JN160715

日下幸男 著

後水尾院の研究

―研究編・資料編・年譜稿―

上冊 研究編・資料編

勉誠出版

緒　言

概して世の中に完璧な物などないのは贅言を要しない。たとえば日本文学史は日本文化史に包含される一分野であるが、完全無欠な日本文学史や日本文化史が存在するのかといえば、その様な状況では勿論ない。当然その一部である近世和歌に関する研究などにしても、まだまだこれから先が長いと言ってもよいだろう。それについては約二十年前に「研究　現状と展望」（『和歌文学論集』一〇）において、少し述べたことがあるので繰り返さない。詳しくはついて見られたい。

近世和歌史というと狭いようであるが、実はあまりに広すぎる。ここでは焦点を後水尾院に絞って、近現代における研究史を振り返りたい。といってもそれほど研究の厚みがあるわけではない。

始まりは『列聖全集』二五冊（同編纂会、一九一五～一九一七年）辺りであろう。百年ほど前のことである。右に含まれる和田英松『皇室御撰解題』は、後に同氏『皇室御撰之研究』二冊（明治書院、一九三三年）に継承発展されている（御記・御撰の編纂史や自身の研究経過等については序説に詳しい）。右によれば、後水尾院の著述類として左の三〇点ほどが知られる（皇族・廷臣の聞書類を除く）。右著をもとに存疑・存否不明本等を除き、書名のみ左に示す（通行の書名を用いることもある）。なお作品所収の活字本については、同氏指摘の通り題下の（　）内に示す。

《有職・教訓》

○当時年中行事　二巻（列聖全集、丹鶴叢書、改訂史籍集覧）

○若宮姫宮様内々御祝儀覚　一巻（列聖全集、墨海山筆、池底叢書）

○親王御元服次第〔後光明天皇〕

○御元服次第〔後西天皇〕

○王代年代号略頌　一巻（列聖全集）

○名目抄音訓　一巻

○逆耳集

《文学》

○胡蝶　一巻（列聖全集）

○胡蝶絵巻　二巻

○源氏物語御書入　二冊

○源氏物語伏屋の塵　一巻（列聖全集、続群書類従）

○伊勢物語御抄　一巻（列聖全集）

○百人一首御抄　二巻

○詠歌大概御抄　三冊（列聖全集）

○後水尾院御集　一一種（列聖全集、続々群書類従）

○源氏物語文字鎖　一巻（列聖全集、八州文藻）

○撰集之事長歌　一冊（列聖全集）
○円浄法皇御自撰和歌　一冊（列聖全集）
○宸翰新歌集　一巻
○玉露稿　一巻（列聖全集）
○一字御抄　八巻
○類題寄書　三巻
○類題和歌集　一五冊
○後水尾法皇御製詩集　一巻（続々群書類従）
○和漢朗詠集御訓点　一巻
○可秘集
○後水尾院和歌作法　一巻（列聖全集）
○聞塵九種

詳しくは『皇室御撰之研究』について見られたい。なお右以外にも院の著述類は存在する。例えば、『集外歌仙』や『後水尾院御日次記』等である。従来、前者は「後西院御撰」とされていたが、現在は「後水尾院御撰」とされる。後者は宸筆と見られる部分もあるのではとされており、その場合は著述類にいれることも可能であろう。著述類については、その他にまだ様々な不確定要素がある。

『列聖全集』や『皇室御撰之研究』以降では、帝国学士院編『宸翰英華』四冊（紀元二千六百年奉祝会、

一九四四年）がある。解説第一冊には聖武天皇から後陽成天皇まで、第二冊には後水尾天皇から大正天皇までの総計一三六二点の宸筆の翻字と解説（挿図一六九点）を収載する。後水尾院の宸筆は五九一番から七三四番文書である。

戦後の混乱期には殆ど研究の進展もなく、中村直勝『後水尾天皇御紀』（旧嵯峨御所大覚寺、一九五一年）が出された程度である。該書には、後水尾院が幕府と緊張した時のためにか、修験道の聖護院門跡に皇子を送り込んだことなどが指摘されている。なお同氏には「後水尾天皇とその御代」（『知音』連載、一九七四〜一九七六年）等もある（『中村直勝著作集』一一所収、淡交社）。

つぎに近年では熊倉功夫『後水尾院』（朝日評伝選26、一九八二年）などがある。以下はここでは省略に従うが、藤井讓治・吉岡眞之監修『天皇皇族実録』全一三五巻（ゆまに書房、二〇〇五〜二〇一〇年）についてだけは触れておきたい。該書は『大日本史料』と同様に、項文・出典・史料を掲げるが、各天皇・皇族ごとに編年体で編集されている。もとは宮内省図書寮編纂の原本（本文二八五冊、総目録一冊、タイプ印刷）を近年になって影印・刊行したものである。

当時の日本文化の中心にいたのが後水尾院であり、文化百般の人々が周囲に群集し、堂上地下の枠組みを越えた交流が存在する。文事の全体像を公開するには、『天皇皇族実録』等を見ても明らかなように、本来は数千頁を要する情報量なのであるが、紙幅の都合もあり、本書では随分削減を試みている。

年譜稿についても元来千頁超であったのを八百頁程に圧縮しているが、事実の究明や内容の充実には努めた。宸翰日記は現存しないようなので、日常的に身近で謦咳に接していた北面の武士による証言（洞中日次記・承応日次記）、院姻戚坊城家の鳳林承章の証言（『隔蓂記』）、院子飼いの弟子である中院通茂の証言（『芥記』）等を史料の中核にして、院の文事の細大漏らさぬ再現を試みている。一次史料を中心とはするが、足らざるを二次史料や編纂物で補うのは前著と同様である（凡例参照）。「如実知見」「実事求是」を旨として、文献学的実証主義の方法によって、後水尾院の文事とその時代の実相を、本書に再現してみたい。

全てをつくすことは無理であるが、既存の研究等とは一線を画すものを本書は目指している。それでもなお失考や錯誤などは免れがたいであろう。大方の博雅の士のご教示をこいねがう次第である。

著者志留寸

平成二十八年十月

目次

資料編（上冊）

研究編

凡例

一、書誌学用語の宸翰・御筆などはそのまま使用する。
一、歴史的用語は改変削除せず、歴史的史料として引用する。
一、引用の漢字仮名は通行の字体による。
一、引用文にも句読点を付す。
一、漢文脈は和文脈になおす。多少の例外は存す。
一、引用文の語句に私意により注を付す場合は（　）内に示す。存疑の場合は（ママ）記号を用いる。
一、二字以上の踊り字は原則として漢字仮名にもどす。
一、不読の箇所は□印を以て埋める。虫損・欠損の箇所は■印を以て埋める。
一、不審の箇所は、典拠にもどって確認されたい。
一、後水尾院年譜稿に関しては、下冊の凡例を見られたい。

第一章　継承と発展

——後陽成院の文事——

はじめに

後陽成院（元亀二年～元和三年〔一五七一～一六一七〕、四十七歳）は第百七代天皇。陽光院（誠仁親王）皇子。正親町院猶子。幼名茶地丸、諱和仁、後に周仁（かたひと）。天正十四年正親町天皇崩御後に即位。慶長十六年政仁親王（後水尾天皇）に譲位。伝については『続史愚抄』・『後陽成天皇実録』二巻（『天皇皇族実録』一〇一・一〇二、ゆまに書房、二〇〇五）や『大日本史料』（以下『史料』）・『史料綜覧』（以下『綜覧』）等に詳しい。

文事については日下幸男『中院通勝の研究――年譜稿篇・歌集歌論篇――』（勉誠出版、二〇一三）の中でも触れたところである。歌壇史については井上宗雄『中世歌壇史の研究　室町後期　改訂新版』（明治書院、一九九一）等に詳しい。

後奈良天皇の朝廷が衰微の極みとされているが、足利政権のもとでは、世の荒廃や国々の騒ぎの中で、朝儀もまた廃れることを余儀なくされていたことは、周知に属する。織田・豊臣政権のもとで、ようやく朝廷の内外の復興整備も不十分ながら進む過程にあって、正親町天皇・後陽成天皇の朝廷の目標は、当然ながら朝儀の復興という点にあったろうと想像される。朝儀の復興は換言すれば朝廷の権威の復興であり、ひいては和歌を中心とした文事の復興でもあったろう。

したがって正親町院の著述類には有職故実類が多く、『正親町院御記』『御湯殿上日記』『御湯殿上日記御抜書』『禁中雑事』『御拝之事』『年中御作法留』『寮馬奉納事』『御はいせんの事』『やくそうの事』『御かくらの事』等がある（和田英松『皇室御撰之研究』）。後陽成院にも『後陽成院御記』『小朝拝事』『県召除目次第』『女御位次之事』『将軍宣下並叙位任大臣等陣儀次第』『兼右卿日録抜萃』等があり、朝儀に関する著述が多いようであるが、もちろん周知の通り文学関係の著述も多くある。和田英松『皇室御撰之研究』によれば、

『和訓押韻』　一冊
『源氏物語聞書』　一冊
『伊勢物語愚案抄』　二冊
『百人一首御抄』　一巻（列聖全集）
『詠歌大概御抄』　一巻（列聖全集）
『未来記雨中吟御抄』　一巻（列聖全集）
『後陽成院御百首』　三巻（列聖全集）
『後陽成院御五十首』　一巻（列聖全集）
『御独吟和漢聯句』　一巻
『文字鎖』　一巻（列聖全集、八洲文藻）

『和歌方輿勝覧』　　二巻（列聖全集）

等の著述類があるとされる。

そのような流れが自然と次代の後水尾院にも継承されているかと推察される。本書第一章では、後水尾院の文事の濫觴をたどる目的もあり、後陽成院（引用を除き、原則として院に統一する）の文事について、朝儀の復興・諸道再興（Ⅰ手習・Ⅱ楽・Ⅲ歌・Ⅳ書写活動）などを柱として概観したい。なお著述類については和田英松『皇室御撰之研究』（明治書院）や『列聖全集』に、宸翰については帝国学士院編『宸翰英華』（以下『英華』）に多く依っていることを最初にお断りしておきたい。

一　朝儀復興・諸道再興

《朝儀復興》
「朝儀復興」というキーワードを『英華』の正親町院の宸翰よりさがすと、幾度となく登場するが、その前提である朝儀の廃れについてまず確認しておきたい。たとえば①弘治三年（一五五七）十月践祚の後、即位の費用なく、豊後の大友、安芸の毛利の献納により、永禄三年（一五六〇）正月に至ってようやく即位の大礼が挙行され（『英華』四一六～四一八、以下文書番号のみ示す）、②誠仁親王の元服の費用なく織田信長に調進を命じ（四二〇）、③譲位の費用なくこれまた信長に調進を命じ（四二一）、天正十四年（一五八六）に譲位の儀が行われている。
朝儀再興については、信長宛正親町院宸翰消息案（四五九）の中に、「やがて上洛候て朝儀を再興かん用にて候」云々とある。諸道再興については、伏見宮宛同消息（四六一）の中に、「四海安全、天下太平の時いたり、朝庭政事昔に復し、礼楽諸道再興の事にて候へば、宮中も残る事なき御繁昌」云々とあり、宛先不明同消息（四六二）の中に、「いよいよ天下おさまり、万国すなほなる時いたり、諸道も再興の春にて候へば」云々とある。たとえ祝言の中の用語であっても、めざす方向に違いは有るまい。

なお正親町院の儲君誠仁親王は即位前に薨去し（三十五歳）、誠仁親王皇子和仁親王（後陽成院）は正親町院猶子となり即位したので、誠仁親王は陽光院太上天皇と追号されている。

朝儀復興は諸道再興にもちろん繋がっている。

《諸道再興》

諸道再興に関連して、宸筆覚書一通（四五三、包紙上書「正親町院より後陽成院へまいらせらるゝ御覚書共」）の中に、

一、夏百日（げ）御手習肝要にて候、
一、楽も日をさだめられて、ならはせられ候べく候、
一、来月三かより日歌可然御入候べく候、

云々とある（東山御文庫蔵）。この覚書は天正十四～五年即位後まもなくの天皇に対するものとされる。正親町院（祖父）から若き天皇に、手習・楽・歌の修練を勧められたものと思われる。

次に後陽成院のⅠ手習・Ⅱ楽・Ⅲ和歌・Ⅳ書写活動について、触れてみたい。

《―手習》

手習の事については、四五三に関連して覚書一通（四五四）の中にも、

一御手みまいらせ候へば、うつゝなき御てぶりにて候、たゞ勅筆やうをあそばされ候べく候、陽光院へまいらせ候からのよりかゝりに、後柏原院みなみなのあそばされ候御てほんども御入候、よくよくそれをならはせられ候べく候、

とあり（東山御文庫蔵）、能筆なるを褒め、後柏原院などの御手本を見て勅筆様を習うべきとされている。

また宸筆消息案一通（四五七）の中には、

又手本の事、伏見院を御ならひ候てよく候べく候、先皇には天然御筆自在にあそばし候て、わろく習候へば、一かうの事にて候ほどに、これも別の手本をまいらせ候べく候、

とある（東山御文庫蔵）。正親町院は、勅筆様や伏見院流（小松茂美『日本書流全史』参照）の手本を学ぶべきことを推奨している。

因みに宣命についての心得等は覚書一通（四五六）に、

一宣命の草（サウ）は宿紙（シユクシ）也、御らんぜられて、やがてかへしくださるる、又清書（セイシヨ）を黄紙にかきあらためてまいらするる、すなはち又かへさるる、

とある（東山御文庫蔵）。解説に依ればこれも天正十四年の即位の時のものとされる。

ちなみに書道の伝授については、『史料綜覧』によれば天皇は文禄四年八月十二日持明院基孝に書道の伝授を受けられている。智仁親王が同八月八日に入木相伝誓紙を持明院基孝に提出しており、烏丸光広も八月十六日に誓紙を提出している（『史料綜覧』、以下『綜覧』）ので、これらは一連の動きと解釈される。

なお本格的な書写活動については後述する。

《Ⅱ楽》

楽については後陽成院の父誠仁親王（陽光院）が熱心であり、楽の行事や伝授については、『中院通勝の研究――年譜稿篇・歌集歌論篇――』において紹介したところである。例えば、即位前十二歳の誠仁親王は永禄三年（一五六〇）に、四辻公遠を召して、楽の伝授を受けており、永禄六年二月以降は、楽御会始に正親町天皇とともに毎年参加している。しかし誠仁親王は天正十四年（一五八六）七月に薨去、第一皇子和仁に親王宣下があり、小御所にて元服、十一月に和仁親王（十六歳）は祖父の正親町天皇より受禅し、即位している。

天正十六年聚楽第に行幸し、御遊では天皇は箏、邦房親王は琵琶を演奏している。その直前四月四日には「議定所にて蘇合香（箏）の御伝授あり、藪公遠これを授け奉る、即ち御剣馬等を給う」（『続史愚抄』）。

箏曲の蘇合秘説伝授について、正親町院宸筆消息案一通（四五八）に、

そがう御でんじゆ候てより御爪をおかれ候事にて候、
蘇合御伝受の由、めでたくぞんじ候、
一こなたよりは今頭弁にも申候ごとく、馬太刀つかはし候、あなたよりは樽にて御入候、

一御ひさしにてこんを御しやうばんさせ候、二こんほどまいり候、おくがきはぢきにまいらせ候かと思ひまいらせ候、
一御琴御まへゝ進じ候物と、御てながと、やぶまへにことをおきまいらせ候物も入まいらせ候、くはしくまへのやうだい、やくしやなど、くはしくやぶにたづねられ候べく候、かしく、

とある（東山御文庫蔵）。正親町院から後陽成院へ、伝授に関する礼物や祝儀についての細かいことも示されている。ちなみに「頭弁」は万里小路充房、「やぶ」は藪公遠のことと思われる。

なお楽の伝授について、『綜覧』によれば、文禄四年四月十九日、笛・和琴の秘訣を四辻公遠に受けさせらる、同四月二十一日、琵琶の秘訣を四辻公遠に受けさせらる、とある。

楽の曲目及び琴の稽古については、後陽成院宸筆消息一通（五一〇）の中に、

壹

胡飲酒破　酒胡子　武徳楽　陵王破　春鶯囀颯踏　以上五ツ

平

万歳楽只拍子　三台急　五常楽急　大平楽急　老君子　小郎子　鶏徳　林歌　扶南夜半楽
以上十

双

胡飲酒破　酒胡子　武徳楽　陵王破　春鶯囀颯踏　以上五ツ

黄

拾翠楽急　青海波　千秋楽　以上三ツ
　盤
輪台　青海波　越天楽　千秋楽　劒気褌脱　以上五ツ
右分来廿一日に御入候間、やがてやがて御けいこ可然存候、只今も四辻親子まいり候て、ことのけいこ仕
候、御こころへのため一筆申入候、かしこ
　伏見どのへ　（御花押）

とあり（邦房親王宛、伏見宮蔵）、『英華』解説によれば、「来廿一日」云々は五〇六文書に関連し、四辻親子は楽師範四辻公遠・季満のこととされる。ちなみに邦房（くにのぶ）親王（永禄九年～元和七年〔一五六六～一六二二〕、五十六歳）は伏見宮第九代。正親町天皇猶子。母は万里小路惟房女。

琵琶については、宸筆消息一通（五〇五）の中に、

比巴の道具入まいらせ候ふくろかり申度候、とても事に中の道具もかり申度候、

云々とあり（伏見宮蔵）、宸筆消息一通（五〇六）の中に、

玉葉二本持進候、則びはも返上申候、廿一日には待申候、御びは早々可進候を、ばちを本に仕候故、遅々之段、迷惑仕候、

云々とある（伏見宮蔵）。両者の日常の交流も窺われる。

尺八の返進及び楽の伝授について、宸筆消息一通（五〇七）の中に、

さきの尺八わろく候まゝ、かへし申候、あらあらわろや、今日御参候へのよし申候へ共、明日者必々奉待候、そのいはれは、只今右府楽伝受にて候、万歳楽只拍子を一つをしへられ候まゝ、あはせ候がく御入候はず候、明日七ツ伝受候はんよし候まゝ、それすぎ候て申候べく候、

云々とあり（伏見宮蔵）、『英華』解説によると、右府を今出川晴季と仮定すれば慶長三年十二月から八年二月の消息らしい。

また尺八について、宸筆消息一通（五〇八）の中に、

さては御やくそくのごとく、又尺八大もりしんくらにみせさせられ候てくだされ候べく候、とてもの御事にぜんあくをうけたまはりたく候、大事の尺八にて候ほどに、よくよくおほせられ候て被下候者、祝著可申候、

云々とあり（伏見宮蔵）、『英華』解説によれば、大もりしんくら（大森新蔵人）は、後陽成天皇の勅命により五調子の尺八を製作したとされる大森宗勲のことらしい。

笛については、宸筆消息一通（五〇九）の中に、

来十日に図竹の調子ヲ各参候而聞申候間、必々御隙入候ともまち入存候、幷梨房者御在京にて候哉、これも

よび申度候、如何、但大原に御座候者、ジュフクキン殿よりのびんぎに、十日以前に御出京可被成候由申度候、そのついでに先度御約束申候図竹ヲ梨門に御所持候て御出候へのよしも、迚之事に申度候、此愚札と丶のへ候折ふし使者悦存候、尺八二ツうけとり申候、御扇まいらせ候、

云々とあり（伏見宮蔵）、『英華』解説によれば、図竹は調子笛、梨房・梨門は三千院門跡最胤親王のこととされる。

《Ⅲ和歌》

後陽成院の歌会活動については、前述のごとく井上宗雄『中世歌壇史の研究　室町後期』に詳しい。右によれば践祚の翌年から歌会の復興著しく、月次歌会や法楽百首・一夜百首の記録も多いとされる。文禄二年四月六日には十五歳以上の廷臣を悉く召して歌会を行ったとされる（『綜覧』）。

つぎに主要な御会について見てみたい。最初に後陽成院歌壇前史として天正五年誠仁親王家五十首を紹介し、その次に天正十四年以降に移る。

〈天正五年親王家五十首〉

天正五年誠仁親王家五十首和歌については、『天正五年親王家五十首』一冊（書陵部、五〇一―八九二）等に詳しい。月日は未詳である。該書巻頭に、

五十首和歌　天正五年　於親王御方　御出題同前

春十首

早春　竹鶯　江上霞　雪中梅　岸柳　春夕月　帰鴈

云々とあり、次に歌人一覧があり、本文は二丁表（以下二ォのように略す）から始まり、

早春

数ならぬかきねの内の草までも緑にかへる春やきぬらん　竹

またさむき去年のあらしの音羽山朝日の色に春やみすらむ　聖

（三首略）

朝な朝な四方にのとけき日影よりくもりなきよの春やきぬらん　通

云々とある。竹は曼殊院良恕親王、聖は聖護院道澄准后、通は中院通勝である。「草までも緑にかへる春やきぬらん」という表現は、「雪もけなくにたちかへるはる」（草根集）や「たちかへるはるよりさきにはるはきにけり」（宝治百首）とは違い、焦点が草の「緑」に集まり、視覚に訴えるところが印象鮮明である。なおその外に飛鳥井雅敦・積善院尊雅・持明院基孝・竹内長治・庭田重通・冷泉為満・中山親綱・高倉永孝・五辻元仲が出詠。三条西実枝が点をし、長治が九首、通勝が八首に点を得ている。『中院通勝の研究』も参照されたい（以下同）。

〈天正十四年著到百首和歌〉

天正十四年四月八日から七月十九日に至り、通勝は著到百首和歌を詠む。

なお朝廷の文事が、連歌・聯句から和歌に主軸が移るのは天正年間の後半になってからであろう。天皇の新造御

所遷御が天正十八年、陽光院六宮（智仁）の御所造営が同十九年であり、是年から智仁親王家和歌御会始が開始されている。

〈天正十六年聚楽第行幸和歌御会〉

天正十六年四月十六日、聚楽第に和歌御会あり、題は寄松祝、出題飛鳥井雅春、読師今出川晴季、講師中山慶親、講頌飛鳥井雅春、以下上達部殿上人等十五人、御製読師関白秀吉、同講師勧修寺晴豊、歌仙邦房親王及び公卿、関白以下殿上人参仕、奉行中山親綱（『続史愚抄』）。朝儀復興や歌会復興に、関白秀吉の思惑が大きく関与している可能性がある。『中院通勝の研究』の他に「飛鳥井家和歌伝授書二種〈翻字〉」（『国文学論叢』55）等も参照されたい。

〈天正十八年千首和歌〉

天正十八年九月一日、千首和歌御会始（『綜覧』）。

〈天正二十年聚楽第行幸和歌御会〉

天正二十年正月二十七日、聚楽第にて和歌御会あり、題は池水久澄、出題飛鳥井雅春、読師庭田重保、講師葉室頼宣、講頌飛鳥井雅春、また蹴鞠御会あり（『続史愚抄』）。

〈文禄二年著到百首和歌〉

文禄二年五月二日著到百首和歌御会の全体像は知られていないようであるが、智仁親王の百首は智仁親王自筆

『禁裏御着到百首並寄書和歌』四軸（宮書）により知られる。その巻頭に、

文禄二年　　　　　　道澄添削

禁裏御着到百首　　別紙六十巻

并寄書一巻（以上本文と別筆）

春

立春　　　　智仁

昨日まて雪とみえける山のはも／かすみそめてや春の立らん

子日

年々にちきりかはらてもろ人の／千代のためしと引子日かな

霞

春たては結ふ氷もとけそひて／霞にとつる川なみのこゑ

云々とある（斜線は行移りを示す、以下同）。「霞にとつる川なみのこゑ」という趣向は、「霞なかかるる宇治の川なみ」（元久詩歌合）等とは違い、視覚と聴覚が混然としている。「霞にとつる……声」という表現は新しいものに感じられる。

後陽成院宸筆（以下は後陽成院宸筆の表記を省く）消息一通（五〇二）に、

追而申候、五月二日ヨリにて候、其御心得肝要、

先度申候日歌之題にて候、此不審紙の所々百首にて御座候、被写置候はゞ可返給候、少用故書中無正体候而、
迷惑沙汰之限候也、

云々とある（伏見宮蔵）。『英華』解説によれば、この百首は文禄二年の『着到百首』のこととされる。なお文禄二年御会和歌は『文禄二年禁中御会歌書』一冊（龍谷大学写字台文庫）にも見られる。詠者は天皇・智仁親王・邦房親王などである。

〈文禄五年五日百首和歌〉

文禄五年正月二十日の五日百首については、『後陽成院五日百首』一冊（書陵部、五〇一―八八四）等に見られる。巻頭に、

文禄五年正月廿日五日百首
　廿日二十首
　　春廿首
　　　立春
明るよりのとけくもあるかをのつから／はるたつけふの空の日かすは
四の海のなみもおさまりふくかせも／のとけきけふの春やたつらむ　重通

云々とある。『後陽成院五日百首』によれば、題は立春・山霞・海霞・初鶯……祝言である。詠者は天皇・庭田

重通・日野兼勝・五辻元仲・園基継等である。

〈**慶長七年百首和歌**〉

慶長七年二月六日百首和歌御会、天皇、山科言経、西洞院時慶ら（『綜覧』）。

〈**慶長八年当座百首和歌**〉

慶長八年十一月十六日当座百首和歌御会、天皇、智仁親王、聖護院道澄准后、梶井最胤親王、曼殊院良恕親王、近衛信尹、烏丸光宣、広橋兼勝、花山院定熙、山科言経、中院素然（通勝）、白川雅朝、高倉永孝、西洞院時慶、六条有広、勧修寺光豊、三条西実条、鷲尾隆尚、五辻之仲、四辻季継、阿野実顕、富小路秀直、広橋総光、舟橋秀賢、近衛信尹出題、建保名所百首題（『史料』）。

朝廷に人なき時代が長く続いたのであるが、周知のごとく慶長三年に山科言経・冷泉為満の、四年に中院素然の勅免出頭があり、歌人の顔ぶれを見ても旧に復したかのようである。

〈**慶長九年当座百首和歌**〉

慶長九年十一月十九日当座百首和歌御会、天皇、道澄、聖護院道勝親王、近衛信尹、広橋兼勝、勧修寺光豊、飛鳥井雅庸、中院素然、三条西実条、鷲尾隆尚（『史料』）。

〈**慶長十年千首和歌**〉

慶長十年九月十六日当座千首和歌御会、天皇、政仁親王（後水尾院）、智仁親王、近衛信尹、聖護院道勝親王、一乗院尊政准后、梶井最胤親王、曼殊院良恕親王、中院素然、山科言緒、西園寺実益、広橋総光、西洞院時慶、白川雅朝、鷲尾隆尚、六条有広、阿野実顕、四辻季継、烏丸光広、中院通村、冷泉為満、広橋兼勝、富小路秀直、花山院定熙、高倉永孝、園基任、三条西実条、飛鳥井雅庸、難波宗勝、舟橋秀賢、冷泉為親、勧修寺光豊、飛鳥井雅賢、五辻之仲、猪熊教利、西洞院時直。為家千首題（『史料』）。書陵部『慶長千首』一冊（五〇一―九二四）によれば、巻頭に、

御千首和歌　慶長十年九月十六日御当座

春二百首

立春朝　さほ姫の霞の衣たちかへる春とはしるき朝ほらけ哉

立春天　きみか御代猶のとかにと久かたの空も霞て春や立つらん　素然

云々とある。地位に関わらず素然が多くの歌を詠み、彼の『慶長千首』入集歌が後に後水尾院の『円浄法皇御自撰和歌』に殆ど入集するのは、後陽成歌壇における『慶長千首』の重要性を象徴しているのかとも思われる。

〈慶長十年当座百首和歌〉

慶長十年十月二十一日当座百首和歌御会、天皇、近衛龍山、道澄准后、良恕親王、近衛信尹、中院素然、飛鳥井雅庸、三条西実条、烏丸光広、冷泉為満、十人各十首（『史料』）。

〈慶長十一年百首和歌〉

慶長十一年五月十九日百首和歌御会、天皇、智仁、龍山、道澄、道勝、素然、実条、雅庸、光広、十人各十首（『史料』）。

〈慶長十一年三十首和歌〉

慶長十一年十一月三十首和歌、天皇、智仁、龍山、信尹、道勝、素然、光広、水無瀬氏成、八人。今治河野本『三十首和歌慶長十一年』一冊によれば、扉に「慶長十一年八月給題、令詠進給云々、遅速有之、十一月中各詠進了云々」とあり、巻頭に、

河霞

よる波の音はあれとも浜名河霞や橋に立渡るらん
はけしさの山風たえて初瀬河ふる河のへのかすむ春かな　智仁
河上の山は霞にうつもれて雲よりくたすうちのしは船　龍山
なかれきてここそ霞のとまりともゆふ浪しつむ水の川隈　信尹

云々とある。「河霞」題では、浜名河・初瀬河・宇治・水無瀬河・天河・吉野河・宇治が詠み込まれている。「給題、令詠進」の歌であるから、八人が連携したわけでもなかろうが、なにとなくイメージの重奏が感じられる。信尹の「なかれきてここそ霞のとまり」という表現は、前代の「ふゆのとまりにはるはきにけり」（草根集）のような表現と違い、むしろ後世の「木枯の果てはありけり海の音」（言水）を連想させるような勢いがある。

〈慶長十二年夏日同詠五十首〉

慶長十二年夏日同詠五十首和歌、天皇、龍山、素然、通村、光広、実条、時慶、実顕ら。先の河野本「三十首」のように一冊にまとめられた本はないようであるが、天皇と龍山、素然と通村の五十首は各一冊にまとめられている。前者は陽明文庫本『五十首』一冊（77705）巻頭に、

五十首
春十
早春
はるのくるころなりけりなきのふけふ／くものたちまふやまはかすみて
氷解
こけのむすいはほのつららとけそひて／いくすち水のなかれいつらん
島霞
なみかけてかすみわたれるあけほのを／むへもゐしまとなつけそめける」（一オ）

とあり、後半の巻頭に（二行略）、

早春　　龍山
捲あくる簾に春の風さえて／こそのままなる嶺の白雪
氷解

岩たたむみきりの池のあさ日かけ／ところところや氷とくらん

島霞

奥津かせかすみをはらふ浪間より／」うかひ出たるあはちしま山

とある。右五十首に関連して、宸筆消息一通（五六九）の中に、

早春

空は猶かすみもやらず風さえて雪げにくもる春の夜の月　後京極

これを本歌にや、あまり其まゝのやうに覚候まゝ、けいこのため尋申候

氷解

玉水は軒の玉水、雪の玉水、井手の玉水などゝかくご申候、たゞ玉水とばかりはいかやうの事候や、

島霞

霞吹とくのところ

春風の霞吹とくたえまよりみだれてなびく青柳のいと

三光院説に、名歌は一句も同じをき所はあしきよし申候と、きゝをよび候、たゞし恵雲院などはいかゞ候つるや

云々とある（陽明文庫蔵）。『英華』解説では近衛信尹宛宸筆消息とするが、『五十首』と五六九文書で龍山の歌が一致しないので不審である（『中院通勝歌集歌論』『中院通勝の研究』では不審に触れていない）。近衛信尹の五十首につい

ては知られておらず、龍山の五十首については知られている。しかし龍山の歌、例えば氷解の「岩たたむ……」には「玉水」という語句が出てこず、龍山の歌に対する歌評であるという確信がなく、近衛信尹宛のままにしておいたが、大谷俊太が陽明文庫の史料を用いて、最近その疑問を解決された（「近衛前久（龍山）詠『五十首和歌』関連資料　解題と翻刻（上）」〔『女子大国文』一五六〕、同「同（下）」〔『国文論藻』一四〕）。

右によれば、氷解の歌の初案は「日影さす砌の池の岩間よりとくや氷をくだく玉水」とあり、歌評の「玉水」とつながった次第である。やはり近衛信尹宛ではなく近衛龍山宛であろう。なお「三光院」は三条西実枝、「恵雲院」は近衛稙家である。ちなみ宸筆消息一通（五七〇）の中に、

一霞吹とく
此義度々御指南祝著申候、先度女御迄申候つる事いかゞ届申候哉、制詞、歌五十四五首は空に如形覚申候、霞吹とくを制詞にて候とは不申候つる
　春風のかすみ吹とく絶まよりみだれて靡く青柳のいと
此みだれてなびく制詞にて候、然者制詞のある歌はいづれも名歌にて候故、同者同じ置所又同じつゞけ様に用捨肝要かと申候義にて候、喩ば第四の句にぬれにぞぬれし、又五文字に秋の露や、これらのたぐひ数多御入候歟、是等皆制詞にては候はね共、同じ置所嫌申候哉、たゞ霞ふきとくとの詞者、常にうた連歌にある事にて候、仍覚歌は殷富門院大輔が歌を本歌にして詠候様に分別申候、本歌に取候時は同じをき所は常の御事候哉、春風を奥津風と被改候故に、心詞吟此三つかよひ候て、同様にをろかなる耳に聞え候を、為稽古尋申候つる、
一取古歌詠新歌事、是は詠歌之大概の抄にて大方得心申候、源氏物語にもある義にて候、

一空は猶かすみもやらず風さえて雪げにくもる春の夜の月
空はまだかすみもあへず風さえて
是は等類とは不申候、吟かよひ候故、其侭のやうに候はん歟との申事にて候、愚詠を隠密にて幽斎に批判させ申候時、愚詠に、
芳野山花さく比の朝な朝な立こそまされ峯の白雲と候を、小倉山しぐるゝ比の朝な朝な昨日は薄き四方の紅葉々と候制詞のある名歌に吟かよひ候故、あしく候由申候を、各又尤の由穿鑿候つる、道具詞のかはりたる計にて、其侭に聞え候、又、
茅葉屋破神代もきかず立田川からくれなゐに水くゝるとは
時雨にはたつたの川も染にけりから紅に木葉くゝれり在原友于
是をおぢがうたをぬすみ取事遺恨也と秘抄共にみえ候、友于は在原行平息にて、業平ためにはをひにて候、是等は詞の置所もちがひ候へ共、心と吟と同物故にて候歟、
一先度承候玉水の義、称名院歌は何と申たる義にて候哉、先輩もわろくし候へば、誤候事侭ある事にて候、をかしき事ながら、玉水を氷ばかりにて、昨今愚詠に、
とけ初る巌のつらゝたえだえに苔のみどりをつたふ玉水
此分者いかが候はん哉、添削憑入候、是も為稽古にて候故、度々尋申候、くだく玉水とは義理得心申かね候まゝ、委曲承度候、

云々とある（陽明文庫蔵）。「称名院」は三条西公条のこと。右の二通はいずれも近衛龍山宛で慶長十二年四月の詠五十首和歌についての添削と応答録であろう。ちなみにそれ以外の点添削に関して云えば、鷹司信尚宛の宸筆消

息一通（五七四）の中に、

御歌拝見申候、何も面白候、乍去中々の五文字は初心なる時は無用の由師説にて候、又いくと申候て、せましやとも、てにをは違候、旁以奥可然候歟、

せめてさは二夜ともがな星合のこん秋ごとに契りたえねど

あらずとなどは、一廉(カド)何とぞ候はではいかゞにて候、いかに作をよみたく候ても、又歌がら肝要にて候、其御心得可然候、

云々とあり（宮内省図書寮蔵）、初心の内は歌を作るのではなく歌柄を肝要とすべきという教訓であろう。同鷹司信尚宛の宸筆消息一通（五七五）の中に、

先申候、度々御失念候、御名乗落申候、

子日

あづさ(梓)弓引真(ひくま、名所にて候)の野べの姫小松君こそちよの数はかぞへめ

後の御歌共は猶々よくも候はず候、

叢虫

うらがるゝ草葉にのこる虫の音はあはれにをのがありかしらるゝ

かれこれを取合て、かやうにも候はん歟、

よろず御心をしづめられ候てよく候べく候、御月次は歌とてと(手)にて、人の心を天子のしろしめし候はんため

にて候、かやうに麁相に御名乗など毎度御失念にて、御分別のうちつき候はぬもしれ候やうに候まゝ、御嗜肝要にて候、御不審はいく度もいく度も可承候也、

云々とあり（宮内省図書寮蔵）、月次御会は歌と筆跡とにより天皇が廷臣の心を掌握する手段であるという考えが示されている。和歌が君臣和楽の中心にあるという思想は、個人の考えというより伝統的なものであろう。斯様な伝統があってこそ、孝明天皇の時代まで連綿と月次御会が継続したものと思われる。

〈慶長十三年冬日同詠三十首〉

慶長十三年冬日同詠三十首和歌、天皇、智仁、光広（『英華』『黄葉和歌集』）。

〈慶長十六年院御所当座百首和歌〉

慶長十六年九月十六日院御所当座百首和歌御会、後陽成院、照高院興意親王（道勝）、実条、智仁、通村、舟橋秀賢、一華堂乗阿、鷹司信尚（『史料』）。乗阿については、小高敏郎『近世初期文壇の研究』（明治書院）等を参照されたい。

慶長十六年三月に後陽成天皇が譲位し、後水尾天皇が践祚したので、これ以降の歌会活動の紹介を省く。なお点取については、皇弟曼殊院良恕親王（誠仁親王第三王）への消息などに見られる。宸筆消息一幅（五一九）の中に、

先度之点取之歌参候、貴院之者一首点御入候、各笑申候まゝ、為案内申候、将又残菊ノ十首者出来申候哉、

我等咳嗽散々に煩申候而、于今朦気申候故、一首モ出来不申候、

云々とある（本派本願寺蔵）。先に貴院の歌に一首点を入れたが、あくまで参考のためで、菊十首については一首も出来ていないと謙遜の辞を述べている。

月次の懐紙につき良恕親王への返答の宸筆消息一幅（五二三）の中に、

追而申候、存出し候まま書付候

古歌　箸鷹の野守の鏡えてしがな思ひおもはずよそながらみん

御書数過披見申候、先以御一巡殊勝に存候、当月之月次御懐紙、則進候、逍遥院歌之義御尋候、おもひ思はずよそながらみんと申候下句にて候間、実隆二句置替かと推量申候、但本歌いづれにて候やらん、別には覚不申候、おもひおもはずよそながらみんの上句只今失念申候、追而書付候て可進候、委曲中院にも可有御尋候也、

仲冬廿冥

回鳳
竹門　　雅輔

とある（蘆屋市山本発次郎蔵）。『英華』解説によれば、

親王が逍遥院三条西実隆の歌について御尋ねになつたが、その歌は古歌の下句「おもひ思はずよそながら見

ん」といふのを、実隆が二句を置替へたのと思ふが、その本歌の上句を何と云つたのか今は御記憶がない、猶中院通勝にも御尋ねあるやうにとの御返事であるが、猶この御消息を御出しにならぬ前に、上句を思ひ出されたので、端に追書としてその古歌をお認めになつたのである。

云々とある。同様に聖護院興意親王の法楽詠の添削依頼に対して、宸筆消息一通（五五七）の中に、

法楽之御詠何も殊勝に候、乍不存、奥者猶以言語道断之様に候、
　山はみなひとつながめに成にけり行も帰るも花の白雲
尤之御作意にて候哉、端者よしやの所少思所にて候、よしやはふて詞とやらん申て、いのゝつらなどと申詞之様に、和漢共に用候歟、吉文字の心にては無之候哉、葛城の御詠者くだけ候様に聞え候、如何、兎角御再吟候て可被定候也、又端中両首落字候哉、

云々とあり（京都霊源寺蔵）、三首の内、奥の歌が良く、端の歌はくだけているように感じられるとし、端と中の歌は落字に注意が必要とされている。また皇弟八条宮智仁親王からの懐紙の端作についての質問に、宸筆消息一幅（五六四）の中に、

文披見申候、仍御懐紙之はしのあそばしやうの御事うけ給候、尤にて候、竹園などのやうも可然候、被相尋候はゞよく御入候べく候、我等も不案内に御入候まゝ、右分に申候、歌之義承候、安間御事とは申度候へ共、自分のさへ難義にて迷惑申候条、誰々にも被頼候て可然候、かしく

云々とある（大阪難波神社蔵）。懐紙の端作や歌の義について、不案内なのでなどと謙遜の辞を述べている。

同じく八条宮智仁親王宛消息一通（五六五）の中に、

昨日は金言妙句共驚耳申候つる、扨は此懐紙短尺御写候はん様に承候かと覚候まゝまいらせ候、則又従其方新宮へ御伝候而可給候、一昨日之御懐紙、少間披見申度候、則返可申候、貴殿之御句は度々承候へ共、残之人数之をそと見申度候、返々唯今之間に可進候也、

正月廿九日

云々とある（京都本法寺蔵）。『英華』解説によれば、二十八日の懐紙短冊を写し遣し、二十七日の連歌懐紙の借用を申し出られたものである。

このように歌道精進はごく自然のこととして日常的に存在したわけである。なお連歌・和漢聯句・香道などについては紙幅の関係で紹介を省く。『英華』について見られたい。

《Ⅳ書写活動》

書写活動に関しては年次による整序はせず、アトランダムに紹介したい。伏見宮邦房親王宛宸筆消息一通（四九九）の中に、

先度之肖聞又おちくぼ、早々被仰付候而、可給候。頼入存候。将又貴殿御所持之源氏之内に、河内本候哉。万一候者、此者可給候。我等持申候内、不足之所、書加申度、内存候。……又申候。弄花御所持にて候者、

是又借用申度候。

云々とあり（伏見宮蔵）、先に依頼の『肖聞抄』や『おちくぼ物語』についての催促をし、新たに河内本源氏物語や『弄花抄』の借用を依頼するものである。ちなみに河内本源氏については、曼殊院良恕親王宛消息一通（五一八）の中にも、

先度御約束申候つる尺共書たる物、借申度候。将又河内本ノ源氏一冊にても御入候はゞ、可給候。まきの名を奥に歌によみて耕雲山人と御入候が河内本にて候。

云々とあり（東京帝室博物館蔵）、奥に耕雲山人の歌があるのが河内本なので、それが一冊でもあれば借用したいと依頼するものである。源氏一部の借用等については、邦房親王宛消息一通（五〇〇）の中に、

付者真名仮名等之筆跡一覧申度候。就中源氏一部之儀茂、御才覚肝要候。将又謡之目録、是又憑入候。

云々とある（伏見宮蔵）。また源語については、中院通勝宛消息一通（五七八）の中に、

兼約候指図虫払に見当□□借候、源氏絵合に、女房のさぶらひにおましよそはせてとある詞、是にて相澄候哉、又末の詞に朝餉の御さうじをあけて中宮もおはしませばとあり、此西礼之指図可然歟、猶分別肝要にて候也、

云々とあり（京都帝国大学蔵）、同じく通勝宛消息一通（五八〇）の中に、

先度は乙女巻講候砌伺候之段、赤面之難申尽候、乍去談義の及第と満足申候、外聞は無申計候、歴々にて廃忘中、五六ヶ条誤候事、口惜候、其内覚悟申失念之事もまじり、又底から未練之事も交候て、後悔申ばかりなく候、

云々とあり（京都帝国大学蔵）、これも通勝宛消息一通（五七七）の中に、

兼又桐火桶之書物祝著申候、写候間、驪而可返候、幷冷泉家抄五冊不苦候者、是又書写之望不浅候、為広等書たる抄物とは少相違之様に管窺候、諸篇異見之外無他候也、

云々とある（京都帝国大学蔵）。当代一の古典学者である通勝に対する信頼の程や真摯な学究態度が窺われる。その他の歌書については、伏見宮邦房親王宛消息一通（五〇一）の中に、

又此題林愚抄まいらせ候。このつれにて候哉。本違候者、たまはり候まじく候。

云々とある（伏見宮蔵）。『和歌題林愚抄』は山科言緒編とされるが、実際にはもっと早くの成立であり、手元の本が伏見宮本のツレかどうか確認を求めている。聖護院道澄准后宛消息一通（五五八）の中に、

仍而魯論之抄と孟子之鈔、照門所持にて候を借申度候、書写之望不浅候故、無心之申事迷惑申候、偏に御才覚憑入候也、

云々とある（蘆屋市山本発次郎蔵）。照門は照高院興意親王のことである（照高院は聖護院門跡の隠居寺）。また邦房親王宛消息一通（五〇三）の中に、

聖護院殿より只今山家集かりにまいり候まゝ、このものに早々可給候。

云々とあり（伏見宮蔵）、禁裏本、聖護院本、伏見宮本の書承関係が窺われる。それは高松宮本も同様である（日下幸男『近世初期聖護院門跡の文事』）。

古筆については邦房親王宛消息一通（五〇四）の中に、

古筆所望の念願候。就中我等所持之分に御所望の候はゞ、是又安間事候間、可進候。兎角懸御目、万事可申候。先々先度給候延喜御門の御震翰、今少ほしく存候。

云々とあり（伏見宮蔵）、妙法院常胤親王宛消息一通（五五三）の中にも、

古筆の大望難申謝候、内々承候つる弥陀の名号大文字等、何時も安間の御事候、御持参次第、染愚筆可申候、一両日中に梶井殿は帰寺候はん由にて候、万一御透にて御参候はゞ、手鏡有次第拝見申度候、

云々とあり（京都妙法院蔵）、当時における古筆流行の一端が窺われる。

著述については曼殊院良恕親王宛消息一通（五一七）の中に、

倭謌方輿勝覧用事候間、先可返給候。

云々とあり（東京帝室博物館蔵）、『倭謌方輿勝覧』をつかうので、返却してほしいとのことである。『倭謌方輿勝覧』については、宸筆『和歌方輿勝覧』一冊奥書（四七五）に、

此名所之抜書、為歌連歌、以愚意、集者也。朱点以下、可憚外見矣。
慶長二稔孟春十又二蓂雨夜　　従神武百数代末孫和仁廿七歳

とあり（高松宮蔵）、後陽成院の若き日の著述類であること、明白である。

外題染筆などについては、曼殊院良恕親王宛消息一通（五二六）の中に、

内々承候つる外題染禿筆進候。定而御嘲弄候はんと赤面此事候。

云々とあり（東京帝室博物館蔵）、非常に能筆であったので、外題や扁額の染筆の要望は多かったようである。

右によれば、後陽成天皇を中心とする文化圏では、日常的に書物の貸借や書写活動が行われていたことが察せられる。書写活動等に関する消息は他にも多くあるが、以下は省略に従い、『英華』に譲る。

《書写奥書》

書写奥書及び編著奥書は、世に多く存在する。例えば宸筆『仮名文字遣』一冊奥書（四七四）に、

這一冊者、以日野新大納言輝資卿□筆本、令書写者也。落字誤等者追而可改也。
慶長二稔孟春下澣　従神武百数代末孫和仁廿七歳

とあり（京都実相院蔵）、同『源氏物語』奥書一幅（四七六）に、

這光源氏物語、或人携袖而献朕、披而所管窺以往之筆者、寔以一流之証本、末学之亀鑑、遊目巻舌也。一策補其闕略、完之事爾。加之逍遥院奥書在之。奇珍々々、不足謂。転覧之次、可綴単辭之由鴻望故、染細毫而已。
慶長十九稔仲春中澣　従神武天皇百数代末孫太上天皇

とあり（大谷派本願寺蔵）、同『伊勢物語秘説伝授状』一幅（四七七）に、

伊勢物語、時直朝臣西洞院于時平少納言執心、高於山、深於海。故切紙口決不残相伝之。穴賢。可有秘蔵者也。
慶長十九年八月九日　従神武百余代孫（方印「周仁」）

とある（東山御文庫蔵）。奥書に繰り返される「従神武……」という記述に、強い皇統意識が感じられる。武家に

政治的権力を委譲していても、天皇が武家政権の上に君臨するは自明のことであり、文化的権威の象徴としての天皇は万古不変であるべきという強い観念であろう。

おわりに

「はじめに」で述べたように、正親町天皇・後陽成天皇の朝廷の目標は、あくまで朝儀の復興という点にあり、朝儀の復興は換言すれば朝廷の権威の復興であり、ひいては和歌を中心とした文事の復興でもあったろう。

正親町院の著述類には有職故実類が多く、後陽成院も同様である。そしてそれは後水尾院にも継承される（『当時年中行事』など）。また後陽成院歌壇の天正から慶長にかけての盛んな歌会活動は、後水尾院歌壇の寛永仙洞歌合、仙洞御著到百首御会などに続き、後陽成院の古典研究は、後水尾院の盛んな古典講釈や古今伝授、そしてその流れの上での一字御抄、円浄法皇御自撰和歌、類題和歌集、当代六歌仙私家集などの成立と、軌を一にしていると思われる。

第二章　後水尾院の文事

はじめに

近世初頭の堂上歌壇を代表する後水尾院[1]（文禄五～延宝八年、八十五歳）の事績等については、既に先学の業績及び資料等が多くある。[2]本章では先学の研究及び拙稿群等を基に、[3]後水尾院の文事の史的定位を試みるとともに、中院通村の文事との関わりを明らかにしたい。なお院の文事の詳細については、本書後水尾院年譜稿を参照されたい。

一　文事の大要

後水尾院の文事の大要を、平間長雅の『和歌血脈道統譜』一冊（国会本、所蔵先の略称は原則として『国書総目録』による、以下同）により、左に示す（句読点を付し、原漢文を私に訓み下す。以下同）。

後水尾院。慶長の帝。諱は政仁、法諱は円浄法皇。歌道は八条宮より淵底を尽して之を附受す。三帝、後柏原院以来の御堪能にして、抜群なり。御徳功は短毫に克へず。御集の金玉二千首に及ぶ。御在世に撰集の御風望有りと雖も、故障により罷むか。是れ密説有り。之により撰集に准ず。御在世の歌人六十余人、和歌千首を撰び置く。秀逸と謂ふべきか。一字抄大巻二冊、類題和歌集十六冊、堂上をして之を選ばしむ。世の至宝も何ぞ之のごときか。此の御代、和歌の再興最も有り難く、叡慮は量り知り難し。都て儒・仏・神三教を貴び、各其の極意に至る。公武の崇敬百王に超出す。寔に聖王と仰ぐべし。

右に誤りが一つ。撰集に関し、「御在世の歌人六十余人」とあるが、現存諸本では当代歌人は院を含めて六人であり、総数では四三人である（済継を入れ、肖柏を除く。注（3）拙稿①②参看）。

右によれば、後水尾院の文事の大要は、A八条宮智仁親王より古今伝授を受け、B御集の金玉は二千首に及び、C撰集（『円浄法皇御自撰和歌』）は故障により完成を見なかったが、D『一字御抄』二冊、E『類題和歌集』一六冊を堂上に命じて編纂、の五点であることがわかる。大体この五項目で尽きているのであろうが、補うとすれば、F堯然親王、道晃親王、飛鳥井雅章、岩倉具起、日野弘資、烏丸資慶、中院通茂、後西院への古今伝授、G撰集入集歌人の私家集の整備、H『集外三十六歌仙』の編纂という三項目であろうか。その他に文事ということではないが、I寛永改元のことも触れる必要があろうと思われる。Hについては本書第五章、Iについては第七章に詳しい。

以下に、A〜Eの五項目について少し敷延してみたい。

二　文事の各論

智仁親王より後水尾院への古今伝授について述べる前に、順序として細川幽斎門流の師資相承関係について触れておきたい。通村の和歌門弟観阿居士松田以范の『二十一代集後談』一冊（天理本）によれば、

玄旨法印は三光院実枝公弟子。也足は初は三光院の弟子、後玄旨の弟子なる。光広、玄旨弟子。通村は父也足の跡をつく。後水尾院、初は近衛関白信尹公に習ひ給ふ。其後、八条宮智仁親王より古今御伝受。其後、実条、光広、通村に御歌の点させ給ふ。雅章は初より後水尾院の御弟子。資慶、弘資、初は通村の弟子、後は御弟子也。通茂もおなしく御弟子なり。道晃法親王、良恕法親王は通村の弟子也。此二法親王は円浄法皇より古今御伝受なり。此時節に雅章卿も古今御伝受す。其後勅定ありて、新院古今御伝受成就せり。当年（天和二年）四月今上帝（霊元天皇）、新院（後西院）より古今御伝受あり云々。

とある。（　）内は私注である（以下同）。右に誤りが一つ。良恕親王（天正二～寛永二十年〔一五七四～一六四三〕、七十歳）は前代の人であり、堯然親王と書くべきを観阿が錯覚したのであろう。

右によれば、後水尾院の歌道の師は近衛信尹、三条西実条、烏丸光広、中院通村などであり、古今伝授は智仁親王より受けたことがわかる。古今伝授は既に総合的な古典教育を指す時代であるから、智仁親王から和歌添削を受けていたことはもちろんである。また若き日には父帝の指導も受けていたであろう。

例えば、親王時代（慶長五～十六年）には父帝後陽成天皇の添削を受けていたようである。何年のものか不明であるが、父帝宛の宸翰消息一通（毘沙門堂蔵）に「月次之愚詠御添削被成候て被下候、過分ニ存旨、可然様に可有

披露候、五月廿二日　政仁」（『宸翰英華』）とある。

これも何年のものか不明であるが、智仁親王宛宸翰詠草一幅（新村出蔵）に、「（歌八首略）月次法楽之愚詠、吟未了事共候、可然様被加潤色候は、可為本望候也、八条とのへ」（『宸翰英華』）とある。

三臣（実条、光広、通村）の中で、最も早い時期に詠歌の相談に与かったのは通村か。『通村日記』（京大中院本、自筆）慶長二十年正月六日条に、

> 入夜、向男末、向晩炊、其後依召又参御参、御製両三首御談合也非年始之御製、不残所存可言上之由、以中御（宣衡）、被仰下。雖固辞、為内々之義、可申入之由、再往被命之。旧冬如此事在之、依連々御談合申入之近衛執后信尹公去年十一月廿五日薨去／従三藐院御存生之時分／内々御談合也、少時而出御、直所存可書付之由、又勅定也。度々雖固辞、不可為正愚存、為聞食也、是非可申入之由仰也。仍所存書付進上之、剰依仰、令添削、

云々とある。時に天皇二十歳、通村二十八歳である。信尹が存生中より通村に「内々御談合」と言うのであるから、信頼の厚さの程が推量されよう。この師弟関係は通村が没するまで全く変わることがなかったようで、通村は後水尾院の文事に深く関わっている。

三臣による添削の跡は、『新一人三臣和歌』一冊（宮書本）などによって知られる。右には主に寛永七年（一六三〇）から正保五年（一六四八）までの歌が収められ（初一葉にそれ以前の歌も載るが断片的である）、添削、批言も書き添えられてある。少し例を挙げてみよう。

寛永十年三月御法楽の御製に、

山中滝　烏丸も中院も端之由被申候

岩波を梢にかけて松風もさらに音なき山の滝つ瀬

水上は梢の露や（の）ちりひちの（や）のつもりてたかき山の滝つ瀬

右之のトやト烏丸大納言添削、此外二首御余分アリ、失念

とあり、同年七月の御製に、

橋雨

うちしめる雨さへおもくをふ柴にかはらぬはしやふむもあやうき

をはしにもわたすみち、此分中院大納言添削

行人の跡絶はてゝ板はしの霜にまされる雨のさひしさ

よりけなる、烏丸大納言添削、御清書了

真木板も苔むしはてゝ村雨のかゝれる橋の声をたにせぬ

等とある。「添削、御清書了」とある如く、「行人の」の歌は添削の形で『円浄法皇御集』三冊（宮書本、本書資料編所収）に入れられている。古今伝授を受けた後であるにも関わらず、後水尾院は臣下の言を是として受け入れている。ちなみに陽明本『新一人三臣和歌』の編者は院の弟近衛信尋である（大谷俊太「『新一人三臣和歌』攷」『中世近世和歌文藝論集』所収）。

A、古今伝授

この時代の古今伝授は、総合的な古典教育システムを指して言う。文字読み伝授を入り口にして、伊勢物語、源氏物語、三部抄などの講釈・秘伝伝授があった後、古今集の講釈・秘伝伝授があり、切紙伝授と古今伝授証明状が附与されるわけである。

前引『通村日記』に明らかなごとく、通村は信尹亡き後は実質的には天皇の歌道師範的な位置にある。それならば通村が天皇に古今伝授すればよいわけであるが、あいにくと通村には古今伝授を行う資格がない。なぜなら通村は二十三歳の慶長十五年に父通勝、外祖父幽斎を相次いで亡くし、正式な古今伝授を受ける機会を失い（古今伝授は原則として三十歳以上で、学問・見識が最上と認められた一子のみが相伝を受けることができる）、辛うじて臨終の床の父から「和歌一流伝授」の証明を受け、幽斎より通勝に与えられた伝授箱を継承したのみだからである（中院通勝の研究）。

資格があるのは、幽斎から正式な伝授を受けた智仁親王（慶長五年）、光広（同八年）、実条（同九年）の三人の生存者だけである。そこで、資格はないが天皇の信頼厚い通村と、資格のある光広、実条が古典講釈を行い、皇兄智仁親王が天皇に古今伝授を行うというような計画が生まれたものと思われる。

通村は天皇への進講に先立ち、元和元年（一六一五）七月に上皇女御近衛前子の前で源氏物語（以下源語と称す）を講じている。また同月徳川家康の前でも源語を講じ、九月には幕府から采地を加増されている。通勝の後継たる源語学者として世間に認知され、確固たる地位を築いたわけである。かくて同二年二月から四月にかけて通村は天皇に源語を進講している。また同五年二月実条、光広、通村が伊勢物語（以下勢語と称す）を、同七年二月通村が源語を、寛永二年正月から三月にかけて通村が勢語を、同年九月から十一月にかけて実条が勢語を進講している。日本書紀については三臣ではなく神道家の吉田兼従が、元和四年四月に侍読している。

それらの過程を経て寛永二年（一六二五）ついに古今集講釈、切紙伝授が行われた。その事に関しては、智仁親王御筆等『古今伝受資料』(4)一一六点（宮書本）に詳しい。伝授の次第については、右の智仁親王御筆『禁裏古今講釈次第』一冊、或いは中院通躬筆『〔古今集講談座割〕』一冊（京大中院本）等によって知ることができる。周知に属することなので、その概要だけを示そう。

勅使阿野実顕、日時勘文土御門泰重。寛永二年十一月九日より十二月八日まで一四度の古今和歌集講釈があり、次の間で実顕も聴聞。十二月十四日巳刻御会の間の上壇床の間に人丸像を掛け、御酒など供え、文台をはさんで天皇と智仁親王が対座し、初めに一八通の、次に六通の切紙伝授があり、ここに古今伝授は一応の完了を見たことになる。

B、御集金玉

後水尾院御集の諸本について、詳細は第三章に譲りたいが、諸本の件について最初に江戸前期の水田長隣の言に耳を傾けたい。水田長隣筆・北条氏朝識語『円浄法皇御集』三冊（宮書本）の識語に、

右三冊者、人王百九代太上皇帝後水尾院之御集也。御在世之御製若干なりといへとも、度々の回禄に御文庫に火入て焼うせたりと。其後諸家に詔ありて、人口に残れるをひろひあつめ給ければ、類本多少ありとなん。亦、後西院詔ありて、あしきを捨、よきを撰み給ふとて、鷗巣集といふものあり。をのをの千首を出す。今此本は先師（平間長雅）所持之一本に多本を合せて、累年校合し侍りぬ日野家之一本／烏丸家之一本。亦加州之家臣今枝氏／所持之本出所堂上其外、凡家所持之本は見聞にまかせ乞求ぬ。中にも今枝氏家蔵之本、亦烏丸家之本は、無双之本也。されと或は古歌、或は再出等相交りぬ。亦是を除きて今凡二千五百首にをよひて清書す。題の並は本書に有

かことくに書つらねぬれは、前後たかひ多かるへし。

云々とある（全文は資料編にあるので、以下は省略する）。

『鷗巣集』の外に、平間長雅本、日野家本、烏丸家本、今枝民部本等を合せて編纂したため、「凡二千五百首にをよひ」とあるが、再出・他人歌を含め、漢詩を除き、全二二九八首か。御製の歌風を分析する上に、底本としてよい善本であろう。次に御集の金玉という点についてすこし触れたい。

御製の歌風を考える上で、自賛歌がまた一つの手がかりともなろう。長隣識語に言う如く撰集（円浄法皇御自撰和歌）を御自撰とすれば、御集よりの入集歌は後水尾院の自賛歌とも考えられよう。入集歌五三首を、水田長隣筆・北条氏朝識語『円浄法皇御自撰和歌』一冊（宮書本）により、歌番号で表1に示す。Aは『円浄法皇御自撰和歌』の、Bは『後水尾院御集』（新編国歌大観）の歌番号である。

表1

A	B
27	1072
97	1080
168	1075
177	1076
181	122
194	×
217	1090
226	1240
231	1092
243	1095
256	1097
310	1104
347	337
353	×
370	1302
374	1108
381	366
396	1298
405	434
417	445
436	1303
439	1304
445	1299
457	520
473	532
476	539
480	554/1320
498	1121
521	1300

A	B
543	1131
584	1243
607	656
620	1138
631	724
642	761/1154
657	1143
689	1307
704	1157
718	×
726	739
740	1305
805	813
876	1309
896	1160
915	848
920	1161
941	924
958	938
959	1164
968	1163
983	1308
1012	1167
1016	1310

なおA四八〇に対してB五五四・一三二〇とあり、A六四二に対してB七六一・一一五四とあるのは重出を示す。Aの一九四、三五三、七一八は、B『新編国歌大観』にない歌なので、『円浄法皇御自撰和歌』により左に示す。

款冬　藤カ

一九四　行春もすきかてに見よ藤浪にいま立こゆる花はあらしを

槿

三五三　をのかうへの千とせの色や夕かけて笆にのこる露の朝かほ

通書顕恋

七一八　くやしくも立しわか名は村鳥の跡ゆへならはかきもやらまし

とある。以上の五三首を通覧すれば理解される如く、一面で古人のいう「理のまさりたる歌」という印象が強い。用語の「道」「ことはり」「ならはし」「みさほ」「一ふし」や、「さもあらはあれ」などの語勢の強さ、歌一首において曖昧なものを捨て明瞭なものを求めようとする傾向など、「理」を印象づけられる所以である。

入集歌の詠作年代については「円浄法皇御自撰和歌について」（本書第四章）において述べた処であるが、右五三首中、二一首は寛永十四年（一六三七）仙洞着到百首の、一一首は慶安元年（一六四八）九月十三夜の歌である。両者で入集御製の六割を占めている。なお後者には御集において中院通村の歌評書状が付されている。周知のものではあるが、試みに『円浄法皇御集』（宮書本）により左に示してみよう。右傍（　）内の数字は本書資料編の歌番号である。

奥書云

仰のをもむき、承候ぬ。此題人の見参に入候まゝ、あそはし候由にて、拝見をゆるされ候。畏り入候。さてさてとりとりの金玉とも、中々こと葉も及はぬ事ともと難有存候。(二二五二)今宵一夜に季秋のなこり一入おしむへき事にて候。就中今夜は清光にて候へき空の体に見え候。(二二五三)星をかさし、故事にて候やらん。不覚悟候へとも、詞つよく誠に及ひかたき体とも申ぬへしやと存候。(二二五四)時雨の雲にもるゝ月、一しほの光輝をそへ候へき事にて候。(二二五五)いはぬはかりの荻、ことはの外に其心あらはれ、余情かきりなきとも申ぬへく候歟。(二二五六)妻こひをなくさめかねてをは捨ならぬ山に鳴鹿、おもひよりかたき事にてや候へからん。(二二五七)春によせし心の花、物かたりのことはの俤候にや。(二二五八)菊も紅葉も折ちらし、是又雲林院の体おもひ出られ候。(二二五九)月は心のおくも知らん、心詞又有かたく拝見候。(二二六〇)月のひかりまておもかはりする心の秋、寔にさる事にて候へきと存候。(二二六一)をくらましかは、わりなき別れの体申はかりなく候か。(二二六二)泪かちなる袂にはくもるはかりの月もかなしき、心はさる物にて御ことはのつゝき誠になまみなく、心にまかせていひくたされしとはかやうの御事にやとすいりやう候。(二二六三)あすの波路も事とへよとて、今夜の月はみつのとまり、妖艶の体にて候やらん。(二二六四)みちぬへき月に行末のつきぬたのしひ、返す返す詞の種もつきせぬ御事と、空をあふくはかりにて、感歎の心にひかれて莠言ことの外しけく成候（後略）。

なお年代不明「故郷梅」以下十首、同「早春霞」以下十首などにも通村の歌評が付されているが紹介は略す。本書資料編について見られたい。歌風の詳しい分析は他日別稿に譲る。

C、撰集

撰集『円浄法皇御自撰和歌』一冊については、既に江戸時代の尾崎雅嘉『群書一覧』や近代になっての和田英松『皇室御撰之研究』等において紹介が見られる。国文研DBによれば、伝本として、刈谷、竹柏（元禄三奥書）、宮書（正徳二水田長隣写）、龍谷（三巻三冊）が知られる。右のデータは古いので、現時点の伝本は本書第四章を参照されたい。

本文については、『列聖全集』（底本は内閣文庫蔵残欠本）や拙編著『刈谷図書館蔵円浄法皇御自撰和歌』（私家版）に翻字がある。しかし最善本である水田長隣筆・北条氏朝識語『円浄法皇御自撰和歌』（宮書本）については、今まで活字翻刻がなかったが、今や本書資料編に備わる。

ここでは主に撰集への道筋、撰集前史について考察してみたい。

ふりかえれば『新続古今集』（永享十一年（一四三九））の後も撰集への動きは様々あったが、勅撰集として完成されることはなく、打ち続く戦乱の中で無為に約二百年が経過する。朝廷式微の時代を経てようやく朝儀復興の世を迎え、智仁親王より古今伝授を受けた天皇は当然の如く撰集を企図したであろうし、そのために関連資料も収集された事であろう。

注（3）拙稿③「近世初期宮廷の古典教育」で述べた如く、上皇時代の寛永六年から慶安四年に至る約二十年は、天皇や廷臣らに和歌・学問を奨励し、後島羽院を追慕し、新古今時代の再現をめざして歌合を催し撰集を企図した、復古思想高まりの時代であったと言えよう。その中心に撰集が位置するわけである。

撰集資料について言えば、例えば寛正勅撰の折の資料は飛鳥井雅親亭の焼失と共に滅亡したかもしれないが、文明打聞の時の資料は三条西実隆没後も三条西家などに伝存したはずである。その他、中世に編まれた『一人三臣抄』（享禄三年（一五三〇）以前）や『続撰吟抄』（天文十年（一五四一））などの抜書・総集の類、『柏玉集』や『聴雪集』などの私家集の類も集められたであろう。

採歌の範囲としては、『新続古今集』以降であるから後土御門天皇から後水尾天皇迄となる。前代では後柏原院と三条西実隆、当代では後水尾天皇と中院通村が中核となる歌人であり、四者で入集歌全体の四割六分を占める（本書第四章）。

撰集の前段階で、後柏原院、実隆などの秀歌を遺漏なく採歌するため、いわゆる『三玉集』が編まれている。ためしに『雪玉集』を例にとって、その発展過程を見てみよう。頭部のカタカナは任意のもので、カ以下は参考迄に付す。

〔実隆時代〕

イ、「前内相実隆公百首集」一冊（永正十年五月竹門慈運自筆本写、今治河野本）

ロ、「聴雪集」二冊（大永三年四月慈運奥書、万里小路輔房写、尊経閣本）

〔幽斎時代〕

ハ、「瑶雪集」二冊（文禄五年正月玄旨奥書、ロと同本）

ニ、「聴雪和歌抄百首部類」一冊（幽斎玄旨花押）

ホ、「逍遥院殿御詠草」一冊（玄旨花押）

ヘ、「今花集』一冊（藤孝花押、ハ〜ヘは永青文庫本）

〔興意親王時代〕

ト、「〔実隆百首〕」一冊（聖護院本）

〔実条時代〕

チ、「逍遥院詠草」三冊
リ、『逍遥院百首』（チリは『実条公遺稿上』所収「幽斎江借ス本共覚」による）
〔智仁親王時代〕
ヌ、『逍遥院集』一冊（巻末一葉は智仁親王御筆か、龍谷大本）
ル、『柏逍徴吟抄』（『雪玉集』所引）
ヲ、『瑶樹抄』（後柏原院御製は『類題和歌集』に、逍遥院歌は『逍遥院瑶樹抄』に所引）
ワ、『雪玉集』四冊（智仁親王御筆、書陵部本）
〔霊元院時代〕
カ、『雪玉』
ヨ、『逍遥院首首四ヶ度』
タ、『逍遥院内大臣百首五ヶ度』
レ、『聴玉集百首十一ヶ度』
ソ、『逍遥院内府百首十一ヶ度』
ツ、『同百首九ヶ度』
ネ、『逍遥院五十首』
ナ、『逍遥院百首親王御方着到』
ラ、『柏逍冷三百首』
ム、『逍遥院基綱卿両吟百首』
ウ、『代世嘉吉逍遥院詠』（カ〜ウは高松宮本『和歌題類聚』八冊の出典一覧による）

この他、御会記録（例えば聖護院本の『竹園御月次明応』一冊、『御月次永正五年』など）、『一人三臣抄』二冊、『続撰吟抄』八冊などからも実隆歌が集められた事は周知の通りである。(5)『雪玉集』四冊（ワ）の成立は元和元年以降、寛永六年までの間と思われる。(6)実隆家集の成立について詳しくは別稿に譲る。

撰集の折には、当代の主要歌人から百首五十首などを和歌所へ提出させるのが慣例であろうが、院には秀忠や家光の歌を入集させる予定は全くなかったろうから、幕府にも知らせず非公式に行われたので、和歌所も開かれず、右のような事も行われなかったようである。ただし、当代六歌仙(7)（幽斎、通勝、智仁親王、光広、通村、院）の歌集は秘かに集められたはずである。それらは家集の形をとっておらず、歌会記録や詠草留の形であったろうと思われる。例えば、通勝歌は『慶長千首』一冊から、幽斎歌は『幽斎詠草』一冊（元和六年以降に佐方宗佐編か）から殆どの歌が採られている（通勝の場合、例外は『詠百首和歌』からの一首のみ）。

また、寛永期に撰集関連と思われる歌会が次々と開かれている。(8)例えば、寛永十三年十月の仙洞当座百首、同年十一月の仙洞当座二百首、同十四年三月からの仙洞着到百首、同十六年十月の仙洞三十六番歌合など。仙洞着到百首からは院御製二一首が、仙洞歌合からは通村詠一首が採られている。

この撰集作業は、『類題』編纂の命があった寛永末年以前に一度区切りがつけられた可能性もあるが、院の慶安元年の詠、通村の承応元年の詠が現存諸本では入集している点から推して、承応二年に通村が没するまで続き、通村の死（二月）と内裏炎上（六月）を機に中絶したものと考えられる。従って勅撰集とはならず、『円浄法皇御自撰和歌』、『御撰千首』『勅撰千首』などの名で伝存している。もちろん後人の付した名であろう。

表2　一字御抄諸本歌数一覧

表2―1

巻	板本歌数
1	725
2	776
3	641
4	153
4'	355
5	586
6	685
7	660
8	586
計	5167

表2―2

巻	宮書	内閣	祐徳	島原松平	龍谷甲	龍谷乙	陽明
上巻	2292	2293	2296	2295	2293	2295	2289
下巻	2877	2874	2870	2868	2868	2877	2849
計	5169	5167	5166	5163	5161	5172	5138

D、一字御抄

歌学書（題詠手引書）『一字御抄』（別称に勅撰和歌一字抄、勅撰一字抄、新撰一字抄など）については、『群書一覧』や『皇室御撰之研究』などに単簡な解題はあるが、日下の口頭発表「一字御抄の成立と伝本」（注（3）《口頭発表》2、なお表2の諸本については上に譲る）などの他は本格的な研究はなく、翻刻もないようである。右の資料等によれば、諸本による収載歌数の違いは、表2の通りである。

撰者については、板本『一字御抄』八冊の序に、

此御抄者、太上天皇の御自撰也。太上天皇と申たてまつるは、人皇百九代御諱は政仁……奉号後水尾院。天皇、万機の御暇もろもろの事をすて給はぬ余り、和歌の道に遊ひ給ふ。御落飾のゝち、もはら此道を事とし給ひ、風雅の遠玄を窮め給ふとや。或は貫之の後、此君まさに千歳の間に独歩し給ふといへり。天皇刪正多しといへとも、御心を用ひられ、和歌の幽微を尽し給ふ事は、此御抄にとゝまれりとや。これをたふとひ、これを翫ふへきにこそ。

とある（元禄三歳庚午十月吉日／江戸日本橋音羽町／田方屋伊右衛門板行）。表2の写本下巻は板本4'以降から始まる。

内容について、尾崎雅嘉の『群書一覧』に、

一字御抄　二巻　後水尾院

天地山海より鳥獣虫魚等にいたるまで、結題の中の文字をいろはに分ちて、題詠の作例を考ふる書也。又題の虚字熟字等をも部類して、をのをの詠格の歌を引せたまへり。その引歌は古今集以下、雪玉、柏玉、碧玉等の時代まで見えたり。

とある（亨和二年歳在壬戌夏六月／浪速新街西口小浜町／書林多田定学堂／海部屋勘兵衛発行）。

右に誤りが一つ。「古今集以下」とあるが、集付に古今集、後撰集はない。因みに、後述の如く三玉集歌人の歌は多く引かれているが、集付に雪玉集などの名は見られない。

『一字御抄』（以下、院一字抄と称す）の先行書には、藤原清輔の『和歌一字秒』（以下、清輔一字抄と称す）などがある。院一字抄の別称である勅撰和歌一字抄や新撰一字抄などは、勿論清輔一字抄を意識し、それとの違いを示すものであろう。清輔一字抄は平安時代成立で、「ある一字（または二字）を標目とし、……その字を含む複合題または結題を掲げ、歌を集めたもの」（『新編国歌大観』解題）。標目は、東、北、上、中、下から即事に至り、証歌を付す。この清輔一字抄の題配列を天、地、山、麓から即事までに変え、室町期までの歌を採歌したのが院一字抄である。歌数は清輔一字抄が最大一一八八首（『新編国歌大観』）であるのに対し、院一字抄は五一六七首（元禄三年板）である。両書は勿論全く別人による別著であるが、未だ両書を混同する事が多いようである（『国書総目録』、『私撰集伝本書目』、『国文学研究資料館マイクロ資料目録』など）。因みに、『皇室御撰之研究』には、「高松宮御所蔵写本は、上下二冊にて、『霊元院御製一字抄』とあり。内容刊本に同じ」とあるが、何かの錯覚で、内容は外題の如く「霊元院御製」を院一字抄の題配列（標目は同じだが、複合題、結題は勿論異なる）に従って編したものである。

採歌の比重という点で言えば、三玉歌人重視と言えようか。近世初頭の堂上の聞書類（『近世歌学集成』三冊所収）を通読すれば自明の如く、幽斎門流における三玉集（主に『雪玉集』）重視の姿勢は歴然としている。もちろん『円浄法皇御自撰和歌』と院一字抄とでは編纂の目的が全く異なる（撰集と歌学書）のに、三玉集重視という点では共通している。入集歌数で比較すると、前者では実隆が二〇五、後柏原院が一五九、下冷泉政為が四三、計四〇七首、三九・八％であるのに対し、後者では板本巻一を例にとると実隆八四、後柏原院七七、政為一九、計一八〇首、二四・八％である（雅章本でもほぼ同様）。一見減少しているように見えるのであるが、編纂目的の違いや採歌範囲の拡大などを考慮に入れれば、実質的には減少しているとも言えないであろう。

採歌範囲に関し、板本巻一を例にとって集付により出典を順不同で示す。

拾遺集〜新続古今集、古今六帖、新撰六帖、一字抄、新葉集、藤葉集、後葉集、石間集、続撰吟、伏見院千首、（宗良親王）千首、（宗尊親王）千首、（雅縁）千首、（耕雲）千首、（為尹）千首、（前大僧正尊応）千首、（称名院）千首、白川殿七百首、亀山殿七百首、六百番歌合、建仁歌合、新宮撰歌合建仁元三廿九、影供歌合建長三九十三仙洞、広綱歌合、将軍家百番歌合文明十四、百番歌合、永正九二百首、永正十九二百首、堀川百首、堀川次郎百首、難題百首、宝治百首、文明四十一廿八准后家百首、光台院五十首、五十首（後柏原院、逍遥院）、花三十首（逍遥院、政為）、文安四尭孝点、基綱点、永和二九十七御会、応永九正十八、文明七、文明十三三十八、同六十八、同九一、同九十八、永正三十九、永正五十、永正九七、永正十二十二、永正十三六、永正十五九廿五など。なお私家集の名は集付に見られない。作者名があれば自明だからであろうか。勿論三玉集も集付にはない。

院一字抄と清輔一字抄との関連について、ここで少し触れておきたい。院一字抄（板本による、以下注記なき場合は同本による）の集付では、清輔一字抄（集付表記「一字抄」）の名を見ることは少く、全体で三〇首にも満たないが、調べて見ると実際にはもっと多く引かれているようである。例えば院一字抄巻一を例にとって、清輔一字抄（『新編国歌大観』、以下同）との一致を歌番号で示すと表3の如くである。Aは前者、Bは後者。

表3

A	B
102	538
112	529
114	528
120	544
123	535
124	536
132	540
281	65
283	513
288	510
289	511
290	507
304	871
515	204
566	563
571	564
603	340
653	561
657	562

右表の中、院一字抄の集付に「一字抄」と明記されているのはA一一四・二八八の二首のみである。しかし実際には一九首も一致するわけである。これは巻一以外も同様である。中には、題、例歌が全て一致する項もある。因みに、清輔一字抄については、『校本和歌一字抄 付索引・資料』(風間書院) 等を参照されたい。

成立に関し、院一字抄と『類題和歌集』(以下『類題』と称す場合がある) との先後関係について言えば、前者→後者の順であろう。なぜなら、後者は前者を引用するが、前者は後者を引用しないからである。少し例をあげよう。

陽明本『類題』春中二ウ「山桜遅開」に、

一字　さかむともおもはさりけり山桜今はちるへきほとにやはあらぬ　頼家

同　霞立春の半に過るまてこゝろもとなき山さくらかな　同

同　一木たに今もさかなん山桜あすをまつへき我身ならねは　範永

とあり、同三ウ「深山桜遅」に、

一字　いまはさけみやまかくれの遅桜おもひわすれて春をすくすな　経信

とある。院一字抄巻三の二二オ「九十六、遅」に右四首がそのままの順序であり、集付に「一字抄」とある。清輔一字抄の歌番号で言えば、一一七四・二六六・二六七・二六五である。

同じく秋上八三オ「鹿交萩」「鹿鳴秋萩」に、

一字抄　さきしよりちらんまてとや鳴鹿の花におきふす野への萩原　逍遥院
同　下葉より物思ふ秋（萩イ）にいとゝしく鹿の音をさへ鳴てきかする　無名

とある。前者は院一字抄巻六の二〇ウ、後者は巻五の一九ウにある。いずれも集付を欠く。むろん逍遥院の歌が清輔一字抄にあるわけはなく、院一字抄よりの引用である事は自明である。さらに『類題』で集付が空白になっていても、実は院一字抄の引き写しであるケースも見られる。例えば『類題』春中六四ウ「花浮水」七首中、前五首（引用略）は、院一字抄巻五の二一オ「二百七、浮」の「花―水」の五首と一致する。

院一字抄の正確な成立年次は不明である。後水尾院の文事の流れからすると、『円浄法皇御自撰和歌』と『類題和歌集』との中間に成立したものと思われる。

諸本について付言すると、堂上一冊本系の書陵部本（谷四七八）、堂上二冊本系の聖護院本などが善本である。前者は題簽飛鳥井雅章筆か、本文別筆で、後人識語に「後水尾上皇宸撰一字御抄一巻／飛鳥井一位大納言雅章卿筆」とある。後者下巻道寛親王奥書に「右全部二品親王道晃以親書ゝ写之畢／寛文七年弥勒生辰／三井尋教臥雲三山検校（花押）和南」とある。翻刻の底本としては、右の二本などが望ましい。詳しくは他日別稿に譲る。

E、類題和歌集

題配列からすれば、院一字抄が清輔一字抄、『纂題和歌集』などの系列に属するのに対し、『類題和歌集』は『二八明題』『続五明題』『題林愚抄』などの系列に属する。後水尾院歌壇における『院一字抄』、『類題和歌集』編纂の動機の一つに伝山科言緒編『題林愚秒』八冊（寛永十四年村上勘兵衛板）の存在があろう。『題林愚抄』は『院一字抄』、『類題和歌集』に引かれ、集付に明記されている。『類題和歌集』には、題だけを集めた三冊本と、それに歌を付した一六冊本がある。いずれも「類題」がもとの書名と思われ、前者に「類題目録」「類題寄書」、後者に「類題和歌集」という説明的な名を付したのは後人であろうか。後に霊元院が諸臣に命じて『新類題』を編纂した折も、まず題が集められ、それに歌が付されたのであろう。『新類題』が編纂資料とした歌集類には、『類題和歌集』（以下『類題』と称す）編纂時に集められたものも多い。本書の概略を尾崎雅嘉の『群書一覧』により左に示す。

此書写本は勅撰類題和歌集と題して全部十六巻とす。刊本は……惣計三十一巻とす。○後水尾院、延宝年中諸臣に勅して今古の類歌を纂めしめて、類題と号したまひ、上王公の製藻より下諸氏の吟稿にいたるまで、題あればすなはち載させたまふ。しかるに書中題のみを挙て、歌なきものまゝあり。今これを考ふるに、此書にのせさせたまふ題の数、一万二千余の内、題有て歌の闕たるもの千七百余也。今そのうたのかけたる題の次第を以て考ふるに、大抵夫木集の題也。彼集は勅撰外の歌なれば、省かせたまふにや。其余近き題をのせて歌なきものは、多く近き代の武家の集どもの題と見えたり。すべて此書に採用ひさせたまへるうたは、廿一代集をはじめとして、諸家の集、歌合等也。紀氏六帖の題もまれには見えたり。元禄年中梓行。

とある。要するに、①後水尾院が延宝年中に諸臣に命じ、②今古の類歌を纂めて「類題」と名付け、③身分上下を問わずに普く題ある歌を採り、④題の数は一万二千余にのぼり、⑤題だけで歌を欠くものが千七百余あり、⑥その多くは夫木集の題や近代の武家の家集等の題であり、⑦採歌の範囲は勅撰集、私家集、歌合などである、とする。

右の①〜⑦について多少敷衍し、検証したい。

①の「後水尾院」「諸臣に勅して」はその通りであろう。「延宝年中」は誤り。成立年時については従来から『皇室御撰之研究』所引『今出川公規公記』により寛文五年七月以前であることはよく知られている。京都大学蔵菊亭本公規自筆『今出川公規公記』寛文五年七月条によれば、

十一日霽、今日依当番、昼夜参禁裏。／先日難波中将(宗量)へ仙洞法皇御撰之／類題之事、令書写度之由申遣候処、／今宿参番之節持参ニ而、則一冊／借用了。以上十五冊有由也。此類題、／仙洞御在世之内ハ他見憚候様ニト／依仰、飛鳥井大納言(雅章)拝借之間、重而／飛鳥井尋之時、如何之間、一筆書付、／他見憚可申之由調、難波羽林(宗量)へ／書状給度之由依申之、明日／書可遣之由、申了。……

とある。成立年時については尊経閣本中院通茂筆題簽・補筆・本文寄合書『類題和歌集』一五冊(春上欠)の中院通茂筆奥書に記述がある。既に拙稿(注(3)④)で紹介し、周知のものであろうが一応左に引く。

右類題和歌集者、寛永末年於仙洞仰／諸臣、所被聚類也。件御本、申出于所々、／書写之。尤魚魯之誤不少。今以両三本、／僻字等雖令改正、猶恐其漏脱而已。／延宝第七黄鐘中浣　特進源朝臣(花押)

右によれば「寛永末年」に仙洞より命が下った事になる。勿論、三万首弱の大部の歌集が一朝一夕にして成るわけではなく、完成までに最低でも数年は要したことであろう。また形が成って後も加除訂正は行われたであろう。右に関し、後西天皇宸翰消息一軸に、

昨夜ハ早々御帰／残念ニ存候。将又類題／押紙之内、朱ヲ以／けし候分ハ可除／之旨、仰ニ候条／申進候也。

十月廿日　良仁

（封）頭弁殿　良仁

とある（茶道資料館『茶の湯と掛物Ⅲ』の写真版による）。年代は不明である。仮に宛名の「頭弁」を坊城俊広とすると慶安頃、また清閑寺熙房とすると承応頃、烏丸光雄とすると寛文頃のものとなる。後西天皇は「寛永末年」を廿一（正保元）年としてもまだ八歳である。筆は伸びやかで、恐らく二十代か三十代の筆蹟と思われる。憶測を逞しゅうすれば、寛文頃に頭弁の光雄を通じて法皇の「仰」を弟の霊元天皇に伝えたものではないかと想像される。書陵部蔵中院通茂筆題簽・霊元天皇御手択本『類題和歌集』には加除訂正押紙が多く見られる。よって『類題』の成立は寛永末年（通茂奥書）から寛文五年（公規公記）の間かと思われる。

②の「今古の類歌」について、その上下限を示す。作品名で言えば、上限は古今集、下限は「天文十二九九」（公事部）であろう。作者名で言えば、前者は在原元方ら、後者は飛鳥井雅綱、三条西公条、三条西実世である。実世（実枝）で切っているのは、彼が幽斎の師であり、前代と当代の境界だからであろう。因みに、院一字抄の下限も実枝である。

③の「上王公……下諸氏」については、⑦の出典一覧を参照されたい。

④の歌題については「一万二千余」とあるが、いずれに拠ったか不明である。歌題集成『類題』三冊（高松宮本）によれば、題の数は左表4の如くである。歌題例歌集成『類題』一六冊（霊元天皇御手択本）によれば、題の数は左表5の如くである。元禄十六年板本によれば左表6の如くである。いずれにしても「一万二千余」ではない。

⑤の題ありて歌の欠けたるもの「千七百余」とあるが、これも実際とは異なる。元禄十六年板本によれば左表7の如くである。

「千七百余」と二九一四では大きく違うが、雅嘉が何を根拠にしたかは不明である。

⑥の例歌を欠く題は「大抵夫木集の題」「近き代の武家の集ともの題」であるという点についても、実際と異なるようである。

夫木集の題はわずか五一九で、『類題』（板本）の有題欠歌二九一四の約六分の一にすぎない。夫木集巻一の題が「歳内立春、朔日、元日宴、立春、初春、子日、卯日、若菜、白馬、御斎会、賭射」であるのに対し、『類題』（板本）春部はじめの例歌を欠く題は、「初春天、初春日、初春雪、初春山、初春海、山家初春、初春水、初春氷、

表4

春	2239
夏	1091
秋	2425
冬	1278
恋	1478
雑	2139
年中行事	132
計	10662

表5

春	2895
夏	1107
秋	2467
冬	1285
恋	1488
雑	2175
公事	134
計	11551

表6

春	2258
夏	1101
秋	2470
冬	1279
恋	1478
雑	2158
公事	135
計	10879

表7

春	580
夏	280
秋	631
冬	346
恋	338
雑	737
公事	2
計	2914

初春朝氷、初春見鶴、初春祝君、早春雨、早春余寒、早春衣、名所早春、谷春氷、氷消、東風吹春氷」等である。『類題』（板本）に題あって歌のないものを補う目的で編纂された『類題和歌補闕』（文政十三年〔一八三〇〕板）は、初春天、初春日、初春雪、山家初春、初春水、初春氷、初春朝氷、早春衣、氷消に正徹の、初春山に慈鎮の、初春海に実隆の、初春見鶴に堯孝の、初春祝君、早春余寒、名所早春に後柏原院の、早春雨に長綱の、谷春氷に西行の、東風吹春氷に家隆の歌をあてている。右によれば、中世以降成立の題であるのは確かであるが、「近き代の武家の集どもの題」であるとも言えないようである。

⑦の「廿一代集をはじめとして、諸家の集、歌合等」という点に関しては、左に主な出典を順不同で示す。

〇廿一代集、〇新葉、藤葉、現存和歌六帖、石間集、一字抄、摘題集、続撰吟抄、題林愚抄、少聞、遠近、代世賀喜、一人三臣、遥樹抄、百類半など、〇後島羽院御集、順徳院御集、後花園院御集、瓊玉集、沙玉集、柏玉集、雪玉集、碧玉集、為広集、為孝集、為明集、為相集、基綱集、済継集、雅有集、雅経集、雅世集、隆祐集、兼澄集、郁芳三品集、源太府卿集、小侍従集、散木集、林葉集、長明集、清輔集、長秋詠藻、山家集、拾玉集、拾遺愚草、為家集、玉吟集、月清集、金槐集、頼政集、草庵集、続草庵集など、〇師兼千首、信太杜千首、肖柏千首、宋雅千首、耕雲千首、為尹千首、為広千首、三光院千首など、〇歌合類聚、河原院歌合、六百番歌合、千五百番歌合、百番歌合、石清水歌合、河合社歌合、広田社歌合、賀茂社歌合、玉津島歌合、康保歌合、宝治歌合、建仁歌合、建仁新供歌合、建保五歌合、遠島歌合、御歌合文明九七七、禁裏歌合康正元、仙洞正治二歌合、仙洞歌合宝徳二十一、内裏御歌合応永十四十一廿九、建長三九十三仙洞影供歌合、建仁元年八月三日歌合、歌合建保五九月、歌合承久元九七、法住寺殿歌合、新宮撰歌合建仁元三廿九、仙洞歌合建暦三年閏九月十九日、建暦三年九月十三夜歌合、建永元七廿五歌合、播磨守兼広朝臣歌合、文永二歌合、嘉元伏見院歌合、殿上蔵人歌合、定資卿家歌合、日吉社大宮歌合承久元九七、石清水若宮歌合、石清水歌合元亨四、亀山殿元亨歌合、前摂政家歌合、御歌合文明九七七、文明十年九月尽歌合、将軍家歌合文明十三十一廿、持明院殿御歌合、長治元五廿広綱歌合、八幡宮撰歌合、卅首歌合雅永、廿五番歌合道堅、年中行事歌合、文明十五正十五詩歌合など、○文明十四武家千首、天文十一二九太神宮法楽千首、白川殿七百首、亀山殿七百首、難題百首、徳治百首、宝治百首、嘉元百首、延文百首、永徳百首、弘安百首、堀河百首、同次郎百首、後土御門院続百首、百首永正九二、百首文保三、文安三八御百首続、文明四十一廿八准后家百首、逍遥院百首、詠百首和歌公条、定家百首、光台院五十首、逍遥院五十首、元亨月五十首、伏見院三十首、花卅首逍遥院、三十首雅世、康暦二内廿首、元亨後宇多院十首、元亨三七廿一内裏三首など、○侍従大納言家水無瀬宮法楽、住吉社法楽資直勧進、愛宕法楽夢想、前内大臣家会、竹園御会、左衛門督会始当座、梶井宮会、陽明御会、太閤会、二階堂昌泰会、元徳元西園寺会、観応元卅六竜楼会、文安四尭孝点、基綱点、文明十三三月尽准后点、文明十四三廿九准后点、点取ノ内、貞治六中殿御会、建武元七夕御会、正治二七四、延文四七夕内裏御会、寛正四、白川殿御会、永正五七夕御会、貞和二年仙洞御会、貞和四年七夕御会、永和元九十三内御会、建保二内御会、後醍醐内御会、元久宇治殿御会、応安二内御会、元亨三九十三仙洞御会、元徳二年八月一日、享徳三正十八、文亀元三十六、文明七、文明十三三十八、永正元三、永正三三廿五月次御会、永正三七、永正四三廿五月次御会、永正八三、永正十一七など、○寛喜女御入内屛風、畠山匠作亭十二月絵など。

以上、雅嘉の解題にそって『類題』一六冊の概略を示した。『類題』の諸本については日下幸男「類題和歌集の成立と伝本」（注（3）《口頭発表》1）、「『類題』『新類題』の成立と撰集資料について」（『中古中世和歌文学論叢』思文閣出版、平成十年）、『類題和歌集――付録本文読み全句索引エクセルＣＤ』（和泉書院、平成二十二年）等を参照されたい。善本としては共に中院通茂筆題簽を有する、書陵部蔵霊元天皇御手択本一六冊、尊経閣文庫蔵中院通茂補筆・奥書本一五冊（春上欠）などがある。

次に、歌題例歌集或『類題』一六冊に先立つ、歌題集成『類題』三冊について触れておきたい。『類題』三冊も中院家との関わりが深い。

高松宮本『類題』三冊（書陵部蔵フィルム高七二）中巻の奥に、「中院家本奥書云、／承応三年三月十日独校了」とあり、下巻雑部末に、「中院家本奥書云、／承応三年三月十三日独校了」とある。右の元奥書本を中院家の人が承応三年に校合した本と解すると、その校合者は通茂と思われる。なぜなら祖父通村、父通純はともに承応二年に没しているからである。

書陵部蔵久世家旧蔵本『類題』（外題は「類題寄書」）三冊の上巻奥に、「享保十三年十月廿三日書写校合了」とあり、中巻奥に、「本云、／承応三年三月十日独校了。／享保十四年二月廿六日一校了。／命通量而令書写了。／点余付之」とあり、下巻奥に、「本云、／承応三年三月十三日独校了。／命通量令書写、一校了。／享保十四年三月廿七日」とある。「通量」は久世通量（宝永七〜享保十五年、二十一歳）である。通量に書写を命じた「余」は、文脈から推して身近な目上の人、恐らく通量の父通夏と思われる。通夏は通茂三男であり、『新類題』清書六人衆の一人である（陽明本の烏丸光栄奥書）。通量は通茂の孫に当る。『類題』三冊（書陵部本、高松宮本）には「歳ノ内ノ立春、歳ノ暮ノ立春、立春、元日立春」などと、全てではないが読みが傍記されている。読みを傍記したのが中院家の人であるとは限らないが、現存諸本がみな中院本系統である事からすれば、その可能性は高い。例えば、中院通村なり通茂なりが読みを付したとも考えられる。その折、『訓題抄』一冊（五一二題全部に読みを併記）が参考にされた可能性がある。精査したわけではないが、題の読みにおいて『類題』三冊と『訓題抄』一冊は近いものがある。勿論、『訓題抄』は中院家にあったはずである。なぜなら、中院通村が聞書したかと思われる(9)『香雲院右丞相口伝』一冊（元和元年頃成立か）「慶長二八仲春以来得実条卿貴命之条々／題之事」に『訓題抄』が引用されているからである。(10) 鶴舞本『訓題抄』の巻頭に「訓題抄　西三条殿家ノ本ニテ書之」とあり、二オ「窓ノ梅対雪」の左傍には「対」に関し「中院家ニテ、ムカウトヨミタマウ」の注記がある。後者は伝聞注記かもしれないが、これも三条西家、中院家と『訓題抄』との関わりを示すものであろう。因みに、『新類題』の稿本の典拠一覧に「明題秒、明題部類抄」などの名が見える。とすると、『新類題』に先立つ『院一字抄』や『類題』の編纂の折にも、『明題部類抄』（以下、部類抄と称す）などが参照された可能性はある。『院一字抄』と『部類秒』には関連が見られ、[11]『院一字抄』を吸収し大規模化した『類題』にも当然その傾向が見られる。尚、『部類抄』の慶安三年板には、全題に読みが付されている。

おわりに

以上、後水尾院の文事、中でも天皇、上皇期の文事について述べてきたのであるが、法皇期の文事については日下幸男『近世初期聖護院門跡の文事――付旧蔵書目録――』や本書年譜稿を参照されたい。

後水尾院の文事を概して言えば、院がめざしたところは、歌道の再興という一事に収斂させる事が可能であろう。朝廷式微の時代を通過して、抽象的には朝儀復興、朝権回復が一つのスローガンではあったろうが、具体的には歌道の再興こそが、その中心であり、何よりも一般に広く朝廷の権威を知らしめるものでもあったろう。敷島の道の頂点に立つことが、取りも直さず武家への圧倒的示威行動でもあったろうと思われる。その証拠に、後水尾院や院周辺の親王、公家のもとには多くの大名や地下人が参集し、宮廷文化圏の広い裾野を形成している（本書資料編一）。そうした観点からすれば、後水尾院が目途した方向は、確かに具現化されたと見てよいだろう。

注

（1）時により政仁親王、後水尾天皇、円浄法皇などの呼称を用いることもある。

（2）和田英松『皇室御撰之研究』、中村直勝『後水尾天皇御紀』、吉沢義則『頭注 後水尾院御集』、『列聖全集』、『宸翰英華』、『大日本史料』第十二篇、『隔蓂記』等。

（3）《論文等》

①『刈谷図書館蔵円浄法皇御自撰和歌』（私家版、昭和五十一年）

②「円浄法皇御自撰和歌について」（『高野山大学国語国文』三、昭和五十一年）

③「近世初期宮廷の古典教育」（『研究集録』一五、昭和五十七年）

④「尊経閣文庫本『類題和歌集』について」（『みをつくし』三、昭和六十年）

⑤『近世初期聖護院門跡の文事――付旧蔵書目録』（私家版、平成四年）

⑥「寛永改元について」（『日本歴史』五五二、平成六年）

⑦「後水尾院歌壇の源語注釈」（『源氏物語古注釈の世界』汲古書院、平成六年）

⑧「『類題』『新類題』の成立と撰集資料について」（『中古中世和歌文学論叢』思文閣出版、平成十年）

⑨『類題和歌集――付録本文読み全句索引エクセルCD』（和泉書院、平成二十二年）

《口頭発表》

1「類題和歌集の成立と伝本」（全国大学国語国文学会（於成城大学）昭和六十二年六月）

2「一字御抄の成立と伝本」（日本近世文学会（於鹿児島大学）平成三年十一月）

3「明題和歌全集の成立」（全国大学国語国文学会（於信州大学）平成四年十月）

（4）『古今伝受資料』一一六点（宮書本）については、横井金男『古今伝授沿革史論』に引かれて夙に有名であり、詳しい紹介は『図書寮典籍解題続文学篇』にある。最近では小高道子の一連の論文がある。

（5）例えば、『雪玉集』と『続撰吟抄』との間に直接的関係があることはよく知られている。肩付に「続撰吟一」などと出典が明示してあるからである。引用底本は原本系であり、略本系ではない。なぜなら略本『続撰吟』三冊は『雪玉集』成立後の寛永七年に通村の弟北畠親顕が作成しているからである。因みに、『続撰吟抄』は資料的価値が大きく、ここから多くの私家集が生まれている。例えば『私家集大成』所収の雅世集Ⅲ（島原松平本）

はその殆どが『続撰吟抄』からの抜き書きである（両者の関連性については、既に千艘秋男が和歌文学会平成三年一月口頭発表「『続撰吟抄』について」で指摘ずみ）。但し、島原松平本が基にした『続撰吟抄』は善本でないらしく誤記の多い（一三七箇所以上）ものである。その事は既に詳しく指摘（日下幸男「続撰吟抄紙背文書について」『国語国文』六二巻二号）した所である。その他、『逍遥院内府詠歌』二冊なども同様である（調べればもっと多く例はあろう）。

（6）元和元年は中院通村が徳大寺家旧蔵石川忠総蔵（のち尊経閣蔵）の原本『続撰吟抄』八冊を始めて見た時点（『中院通村日記』）、寛永六年は智仁親王の没年である。尚、学習院大学国文研究室蔵『雪玉集』一冊によれば、通村は官本実隆百首を慶長十九年十月に書写したようであるが、これが雪玉集への動きにつながるものかどうかは不明である。

（7）六歌仙は通村を除きみな古今伝授を受けた者である。同じ幽斎流の古今伝授を受けた者でありながら、三条西実条が除外されているのは何故か。春日局拝謁事件に代表される如く、幕府側の人間と見なされた事も一因であろうか、家康の恩顧を受け幕府に近い事では人後に落ちない光広が入集している点から考えて、所詮は力量の問題か。

（8）その前後の事を少し補足する。天皇は譲位後、後鳥羽院への傾倒を深め、寛永八年二月に水無瀬氏成を隠岐国の廟所に遣し和歌廿首を奉納している。同十五年二月に後鳥羽院四百回水無瀬法楽百首歌会を開き、氏成を遣し百枚短冊を隠岐の源福寺に奉納している。間接的かも知れないが、こうした動きが仙洞歌合に繋がっていると思われる。仙洞歌合の年の七月には七夕七首、九月には重陽九首御会が開かれている。後者からは院御製一首が撰集に入集している。仙洞歌合は一連の文脈の中にある。仙洞歌合は女中群衆が見守る中で、新古今時代再現の一環として試みられたものらしい。仙洞歌合はこの時代の一つの象徴であり、的確な定位がなされる必要があろう。これについては別稿に譲る。

（9）慶長十六年に香雲院三条西実条に入門し、歌学の指導を受け始めた人は誰か。前述の如く、通村は慶長十五年（二十三歳）に外祖父幽斎、父通勝を亡くしている。従って翌十六年の春から親戚の実条（通勝母は三条西公条女、実条は通勝の弟子）に入門したとしても不思議ではない。また、「披講之事」の条に印盛夢想法楽のことを載すが、印盛、祐甫らは通村文化圏の地下人で、玉丸は通村弟親顕のことである。このような私的な会の事について詳しく知り、かつそれを聞書に書き込む人は、常識的に考えて中院家の人をおいて他にないであろう。あくまで状況証拠だけではあるが、聞書者を通村ではないかと想像する所以である。

(10) 『香雲院右丞相口伝』一冊(大阪市立大学蔵森文庫本)に、「春雨訓題には/春雨とはよます」とあり、『訓題抄』一冊(鶴舞本)には、「春ノ雨」とある。

(11) 例えば部類抄には、清輔一字抄の題が収められているし、慈鎮和尚百首題の高、低、遠、近、浅、深、多、少、遅、速、古、新は、院一字抄巻三の題と一致する(配列は異なる)ので、院一字抄が部類抄を参看した可能性はある。尚、院一字抄の題配列の全体の典拠が何かは未詳である。

第三章　後水尾院御集について

はじめに

御集定本については、曾て「後水尾院の文事」（『国文学論叢』三八、本書所収）において、簡単に触れておいたが、もちろん今では多少の調査による知見の増加もあり、市大森文庫本が最大であることも知っており、本章では立ち戻って諸本分類などについて、もう少し詳しく記しておきたい。

まず参考に『新編国歌大観』の『霊元法皇御集』の解題を引くと、

霊元院の家集には、生前の自撰集と崩御後の他撰集とがある。前者に、類題、編年順、定数歌の三種があり、後者に、冷泉為村撰と桜町院勅撰との二種がある。

とあり、霊元院第一七皇子有栖川宮職仁（よりひと）親王真跡の高松宮旧蔵『桃蘂集』二冊（元文四年職仁親王校合奥書）を底本としたとの説明がある。ところが同じく『新編国歌大観』の『後水尾院御集』の解題には、諸本分類に関する説明がなく、多く流布した内閣文庫本（二〇一―三四六）を底本とする云々との文言があるだけである。『後水尾院御集』には御自撰と称する元奥書を有する伝本はあるものの、御自筆（宸筆）本は残されておらないようで、本当に自撰自筆本が存在したのかは未確認である。なお御集の伝本は日本全国の図書館等に所在しており、例えば架蔵本だけでも十数本に上るので、全体では優に百本以上の存在が見込まれ（国文学研究資料館のデータベースでも九七点が知られる）、個人蔵等を含めると実際にはどれほどの伝本があるのかは不明である。したがって伝本調査を尽くすことや、詳細かつ正確に諸本を分類することは困難な状況であるが、一旦とりあえず管見の範囲で、伝本の紹介と諸本分類（A～E）を試み、大方の御教示をえたい。

なお江戸初期に後水尾院歌壇で、撰集（『円浄法皇御自撰和歌』）の前段階として、たとえば後柏原院・三条西実隆・下冷泉政為の秀歌を遺漏なく採歌するためか、『三玉和歌集』（以下三玉集）が編まれている。三玉集が編纂されて以降は、定数歌の集成部分と四季恋雑の部類分題部分とが分冊編纂になっている。たとえば『柏玉集』や『雪玉集』でも、先行して百首部類（『後柏原院御百首部類』や『実隆千首』等）が編纂されたようである。ちなみに『円浄法皇御自撰和歌』に入集する当代六歌仙の一人である烏丸光広の家集『黄葉集』も、三玉集と同様に定数歌の集成部分（寛永十四年三月の院御着到百首）から始まっている。

一　諸本分類

A［御集本系統］

B［御集派生本系統］

C〔他撰部類本系統〕
D〔他撰雑纂本系統〕
E〔他撰聞書本系統〕

A【御集本系統】

後水尾院自撰自筆の宸筆本御集があれば理想的なのであるが、残念ながら現存しないようである。その代りに後水尾院から古今伝授を受けた照高院道晃親王真跡の正本を一字違えず書写し、なお法皇（後水尾院）御校合の本があり、後水尾院御製の御自撰本であるという奥書を持つ本がある。

たとえば宮内庁書陵部蔵（以下宮書本）『後水尾帝御製』一冊（二六六―四一）の奥書に、

右後水尾院御製御自撰也。以
照高院道晃親王真跡正本、不差
一字、令書写。猶又以風早中納言実種
卿、法皇御校合之本、与実種卿
読合、改正者也。
元禄十六癸未年二月上浣　瑞圭（花押）」（七三オ）

とある（句読点を付す。以下同）。外題は朱書。本文朱墨両筆書入れ、「鷹司城南館図書印」の朱長印あり。一面一三行で墨付七三丁である（以下瑞圭花押本と称す）。なお瑞圭花押本は四季恋雑の他に三十首・着到百首・七首・九首等を付すので、後述の如く通茂筆本（第一次御集）とは別本である。

右奥書を検証することは物証がないので困難であるが、右に言うごとく「法皇御校合之本」「道晃親王真跡正本」があるのであれば、該書の親本は後水尾院や道晃親王没年（延宝七年）以前に成立したことになり、御自撰とする説は一応成り立つことになる。また川崎市民ミュージアム本（後述）や京都大学文閲本『後水尾院御製集』残欠一冊（国文Ｅｒ６ａ）の元奥書に「延宝六年孟秋上旬　従一位雅章」とあるのも傍証になろう。

しかし「法皇御校合之本」そのものは現存しないようである。ただし後水尾院から古今伝授を受けた①道晃親王筆稿本と、②中院通茂筆写本なら存在する。

①については聖護院御文庫本『［後水尾院御集］』一冊がある。仮綴本で、外題はない。一面一一行。墨付二六丁。御集としては異常に丁数が少ないのは、御集全体ではなく春部と仙洞御着到百首しかないからである。訂正書き込みも間々見られ、形態として稿本のようである。御集を本格的に編纂する前に、或いは見本のような形で作成されたのであろうか。春部は一丁から一五丁までで（一九四首）、仙洞御着到百首が一六丁から二六丁に収まる（一二一首、百首を越えるのは余分歌を含む故か）。全三一五首。巻頭に、

試筆　古今御伝受翌年

時しありときくもうれしきももちとりさへつる春をけふは待えて（一）

元日口号

いかて身のさとりひらくる花もみむまよはぬ年の春はきにけり（二）

立春風

天津かせ散来る花^雪^を吹とちて雲のかよひ路春や立らん（三）

立春暁
鳥かなく東の山の関こえてあかつきちかく春やたつらん（四）
初春
来る春の道ひろからし峯の雪汀の氷きえものこらて（五）
ゆふへはは〔と〕みしをいく世の光にてかすみそめたる春の山本（六）」（一オ）

とあり（各歌尾の数字は該書の歌番号ではなく『新編国歌大観』の歌番号を引く、以下同）、一六オに、

仙洞御着到百首
立春
梓弓やまとの国はをしなへておさまる道に春やきぬらん（一〇六八）
朝霞
世は春の民のあさけの烟より霞も四方の空にみつらし（一〇六九）
朝ほらけいつらはあれとしほかまのよはの煙や先かすむらん（三三）
さえかへる風や霞をまきもくの檜原か末も今朝はくもらす（三四）
谷鶯
鶯の声きくよりや雪ふかき谷の心も春にとけゆく（一〇七〇）
谷のとやさすかはるとは鶯のさきちらぬ声の匂ひにもしる（五四）
残雪
」

とある。奥書はない。形態として、未完（残欠）は明らかである。本文内容を中院通茂筆本と比較すると、歌順を始め多く出入りがあり、訂正書き込みも間々あり、肩付を欠くなど、中院通茂筆本より整序されず、先に成立したものと思われる。他の道晃親王筆本（聖護院蔵の例えば『一人三臣』『続撰吟集』等）とは違い、速筆の体ではあるが、書風が一致するので道晃親王筆と判断される（日下幸男『近世初期聖護院門跡の文事』や『文庫及び書肆の研究』等を参照）。

②について、京都大学中院文庫本（以下中院本）『後水尾院御集』一冊（中院VI―八二、以下通茂筆本と称す）は、奥書がないものの中院通茂の筆跡に間違いはなく（京都大学電子図書館には本書の画像がなく、原本かマイクロ（P二七七五）で確認のこと）、形態として中書本ないしは清書本であり、御集諸本中もっとも信頼に足るものであろう（『頭注後水尾院御集』上巻の底本）。

通茂筆本は一面一二行、墨付七三丁。巻頭に、

春

試筆　古今御伝受翌年

寛永三
時しありときくもうれしき百千鳥さへつる春をけふはまちえて（一）

元日口号

いかて身のさとりひらくる花もみむまとは（よ）ぬとしの春はきにけり（二）

立春風

天津風ちりくる雪を吹とちて雲のかよひち春やたつらん（三）

立春暁

寛永十四壬三廿四禁中
鳥かなくあつまの山のせきこえてあかつきちかく春やたつらん（四）

初春

寛永八正廿五聖廟御法楽
くる春の道ひろからし峯の雪みきはの氷きえものこらて（五）

同十五二水無瀬宮法楽四百年忌水無瀬中納言所望
夕とはみしを幾世の光にてかすみそめたる春の山もと（六）　」（一オ）

とあり、巻末は「東照宮三十三回忌」云々の所謂蜘蛛手の御製を含み、「うしや此み山かくれの朽木かきさても心の花しにほはは」（一〇六五）の歌で終わっている。

巻頭に寛永三年「古今御伝受翌年」の「百千鳥」の歌が据えられているのは、後水尾院の文事の源流がまさに智仁親王よりの古今伝授にあることを示す象徴的な歌だからであろう。採歌の範囲としては、肩付によれば中心となる寛永期だけではなく、慶長から承応三年迄の御製が全一〇五四首（書入れ歌を含む）集められている。ちなみになぜ承応三年まで所収なのかと云えば、承応二年に歌道師範中院通村が没し、五月に御受戒のことあり、離俗を期に、一旦区切りをつけられたのであろうか。基本的には題や歌の配列などは瑞圭花押本と同様であるが、瑞圭花押本に存する四季恋雑に続く定数歌部分（三十首・御着到百首・七首・九首等）を通茂筆本は欠いている。

想像によれば通茂筆本は本来複数冊を目途した可能性も考えられる。想像を強めれば奥書を欠くのはそのためであるかもしれない。

つまり承応頃に一旦慶長から承応までの後水尾院御製を集め、道晃親王や中院通茂が編纂等に関与しており、「法皇御校合之本」もあるということであれば、いよいよ御自撰ないしは院宣による編纂の蓋然性は高まったことになる。

故に諸本中この通茂筆本を第一次御集として分類したい。

この通茂筆本と内容が酷似するのが、龍谷大学写字台文庫本（以下写字台A本）『後水尾院御集』一冊（墨付丁数、歌数とも通茂筆本に同じ）であり、巻頭は、各初句「時しありと、いかて身の、天津風、鳥かなく、くる春の、夕とは」の歌で始まり、巻末は通茂筆本と同様に「うしや此」（一〇六五）の歌で終わっている。丁数・歌数だけではなく字配りなども通茂筆本とほぼ一致する。ただし通茂筆本では書入れである五〇八・五六六番歌はすでに本文化されており、ミセケチ部分は訂正に従っているので、通茂筆本成立以後の写本で、恐らく通茂筆本からの転写本またはその二次写本であろう。奥書等がないので書写者は未詳であるが、書風から江戸前期の堂上による書写と思われる。

なお通茂と同じく院の子飼いの弟子飛鳥井雅章及び雅章三男難波宗量が筆写した本や、その転写本系統の写本もある。前者の雅章本系の川崎市民ミュージアム池上本二冊は、上巻に四季恋部、下巻に雑部（元奥書の次に定数歌部分を追加）を配し、題歌配列はほぼ通茂筆本と同様である。上巻頭に一～一二番歌、下巻頭に八一六～八二一番歌＋「みの笠も」を収め、一面一〇行、墨付は上七三・下七三丁である。元奥書に、

此一冊者、
法皇御製也。因小田原侍従正則朝
臣之懇望、不能固辞、以染禿毫。
輒可被禁外見者也。
延宝六年孟秋上旬
従一位雅章 」
此御製集者、木下俊長公豊臣朝臣ヨリ

借りて写し侍る。
をよひなき雲のうへなる日のひかり
やふしわかさる影をうつして　玄叔嘯三 」

とある。因みに「小田原侍従正則」は稲葉正則（元和九年～元禄九年）のことで、飛鳥井雅章歌門の一人で、院とも近い関係の大名である。木下俊長（慶安元年～享保元年）は豊後日出藩第三代藩主である。後者には天理本・静嘉堂本等がある。天理図書館本（B二六二）は外題霊元天皇宸筆、本文難波宗量筆、墨付八五丁（一古斎極め）とされる。巻頭一丁には一番から一四番歌、巻末に一二六五番歌を配す。書写奥書に「此一帖者、／後水尾御集（マヽ）也。依小田原侍従正通朝臣／所望而、不顧禿筆、令書写之、并／加奥書。秘不可被出函底者也。／天和三稔初夏上旬候、黄門侍郎藤原宗量」とある。静嘉堂本は天理本系統の元禄三年の写本である。静嘉堂文庫本『後水尾院御集』一冊（一〇四―三八）は、春（一九六）夏（七二）秋（三三二）冬（八三）恋（二四五）雑一四八釈（二〇）賀（三四）詞書添（四二）都合一〇六二首（他に蜘蛛手御製）で、墨付一一三丁である。並びは巻頭に一番から九番歌を配す。巻末の宗量元奥書（少相異）の後に元禄二年及び三年の書写奥書がある。因みに静嘉堂文庫のもう一本（五二一―一二）は、「和学講談所」「松井蔵書」の印があり、墨付六七丁の雑纂本系統である。

他に、通茂筆本や瑞圭花押本と題歌配列は異なるものの、御集系統に近いと思われる伝本がある。

高松宮旧蔵本『後水尾院御製集』二冊（宮書マイクロ高一四〇・国文研C四二〇）等である。該書は上巻に春～冬、下巻に恋～雑を収める。上巻頭に、

春

試筆　　古今御伝受翌年
時しありと聞も嬉しき百千鳥さえつる春をけふは待えて（一）
立春暁
鳥かなく東の山の関こえてあかつき近く春やたつらむ（四）
初春
来る春の道ひろからし峯の雪汀の氷きえも残らて（五）」（一オ）

とあり、下巻末に、

此御製集は摂州天満宮神主滋岡中務少輔長祇より
御覧ニ入られ候を、御手つからなかは過るほとうつし
給ひて、のこれるを仰付られてうつし、上奉る故に上下二巻となる。
于時享保八癸卯年六月中浣
長祇の奥書ニ
後水尾院御製集一巻菅前亜相
豊長卿、秘書ヲ以写留。是尤」（三一オ）
不可入他之拝見者也。
貞享元甲子暦小春下旬　長祇判と／在之」（三一ウ）

とある。該書は高辻豊長（宝永二年～元禄十五年）写本を滋岡長祇が転写し、それをまた別人が書写したものであろう。ちなみに滋岡長祇は高辻豊長猶子滋岡至長の嗣子である。「長祇より御覧ニ入れられ候」の対象は、享保八年なら中御門天皇か。該書は中院通茂筆本とは由来を異にするが、もとが堂上の高辻豊長筆本なので、便宜によりここに紹介する。

もう一本出所堂上の伝本を紹介しよう。

架蔵A本『後水尾院御製集』一冊は、一面九～一一行、墨付四八丁。巻頭は、各初句「時しありと、鳥の鳴、来る春の、ゆふへとは」の歌で始まり、巻末は「延宝三年元旦御製御歳八十歳／此春にせめておとろくみともかなはしおほしてふいのちなかさを」（ナシ）の歌で終わっている。奥書に、

此一冊者、舟橋尚賢卿、御紅年之御筆也。
祖父賜于連屋了。
享保十六年（朱長印「鈴鹿氏」）（朱方印「敬芳」）
中臣敬芳　」（四八ウ）

とある。舟橋尚賢の父は吉田兼敬、義父は舟橋弘賢である。中臣敬芳は享保四年に『日本紀竟宴和歌』二巻（京都大学本）、享保十年に『黄葉和歌集』二巻（名古屋大学本）等を書写している人である。

他に架蔵A本と同様に通茂筆本とは由来を異にするが、もとが宮門跡出所と思われる伝本がある。

内藤記念くすり博物館大同薬室文庫本『後水尾院御製集』一冊は、墨付一二七丁。「中嶋／瑞光寺」の墨印がある。巻頭の題歌配列は通茂筆本と同様（各初句「時しありと、いかて身の、天津かせ、鳥かなく、くる春の」の順）であ

るが、巻末が違う。一二七オに、

なにことをなけきのもりのしけからむ今いくほとの老のね覚に（ナシ）

社頭祝

我たのむ心の水もいはし水おなしたくひととまらましかは（ナシ）

とあり、この二首は通茂筆本や『新編国歌大観』にない歌である。奥書に、

後水尾法皇様御家集一巻

よし崎の遺具もらして、先頃しり

へ送り侍るにしかり。

伏見宮御内

卯月けふ　　熙子より

光首座同旨

」（一二七ウ）

とある。墨印の「中嶋／瑞光寺」は現在大阪市東淀川区にある臨済宗妙心寺派の瑞光寺のことであろう。京都妙心寺は院が帰依した寺である。

以上、通茂筆本と類似の本文を有する本を、広く第一次御集系統本と称す。

B【御集派生本系統】

第一次御集系統本の他に、部類分題部分と定数歌集成を合わせた、いわゆる『鷗巣集』『鷺巣集』等の第二次御集系統本があるので、次に紹介したい。因みに書名の『鷗巣集』と『鷺巣集』とは同意である。『鷺巣集』の鷺の字義は①鷗②鳳凰の別名とされるので、『鷗巣集』と変わらない。ともに法皇の御集を示唆するのであろう。

甲、鷗巣集系統

この類に属するのが例えば宮書本『鷗巣集』一冊（一五五―一九一）であろう。該書は一面一一行。墨付一二八丁。巻頭に、

　　春　試筆　寛永三　イニ古今御伝受翌年御試筆トアリ
時しありと聞もうれしき百千鳥囀る春をけふは待えて（一）
　　元日
いかて身のさとりひらくる花もみんまよわぬ年の春はきにけり（二）
百敷や古きにかへる今朝は先まくら言葉に春を覚えて（ナシ）
　　八十に成らせ給ひける年の春イニ
此春ははにイせめておとろく身ともかな恥おほしてふ命長さを（ナシ）
　　立春風
天津風散くる雲を吹とちて雲のかよひ路春や立らん（三）
　　立春暁

鳥か鳴東の山の関越てあかつき近く近く（深くイニ）春や立らむ（四）」（一オ）

とあり、四季恋雑・着到百首の次に、

此一冊、依後西院之勅宣、中院通茂卿而
撰集焉。名鷗巣集。

」（九四オ）

とあり、その次に別な春部があり、「梓弓やまとの国」（一〇六八）以下の御着到百首等が集められている。
巻頭の題歌の配列は、中院通茂筆本と似ているのであるが、「いかて身の」と「天津風」との間に、通茂筆本にない二首が増補されている等の相違がかなりあり、通茂筆本から逸脱している点が多々ある。
なお元奥書に言う「後西院之勅宣」云々は、あり得ないことではないが、確証はない。たしかに後水尾院の文事の柱の一つである『類題和歌集』の草稿本成立後に後西院や中院通茂が増補などに深く関わったことはよく知られている（日下幸男『類題和歌集』〈和泉書院〉解題等参照）。また『円浄法皇御自撰和歌』を後水尾院と中院通村が共撰したとする説があるように、ここからは想像であるが、『後水尾院御集』も後水尾院の命により道晃親王等が一旦編纂し、後に後西院が中院通茂に命じて再編集させ、「鷗巣集」と命名したという筋書きも、可能性としては考えられる。

乙、鷺巣集系統

『鷗巣集』の他に『鷺巣集』という外題をもつ伝本もある。高松宮旧蔵本や写字台文庫本などが知られる。

まず高松宮旧蔵本『後水尾院御集』一冊（宮書マイクロ高五六・国文研C八三一）は、題簽には「後水尾院御集」とあるが、扉には「鷺巣」とある。一面一一行、墨付一一五丁。巻頭に、

春

試筆　古今御伝受翌年

元日口号

寛永三
時しありときくもうれしき百千鳥さえつる春をけふは待えて（一）

いかて身のさとりひらくる花もみむまよはぬ年の春は来にけり（二）

立春風

天津かせ散来る雪を吹とちて雲のかよひ路はるやたつ覧（三）

立春暁

寛永十四壬三廿四禁中
鳥かなく東の山のせきこゑてあかつき近く春やたつらん（四）

初春

寛永八正廿五聖廟御法楽
来る春の道ひろからし峯の雪汀の氷消ものこらて（五）」（一表）

とあり、後半に、雑部～「思ひやれいるかことくも梓弓八十年近つく老のね覚を」、定数歌（御著到百首寛永十四年、三十首寛永二年孟冬之比式部卿宮御点、十首みち村×三、十首×六、十三首みち村×三、七首、九首寛永十六年重陽）を収める（「十首みち村」は御製十首の後に通村の評語を付すの意である）。奥書はない。

同じく高松宮旧蔵本（宮書マイクロ高五三・国文研C三〇九）『後水尾院御製』一冊も扉に「鷺巣」とあり、字配り

は違うものの、内容は右の『後水尾院御集』（C八三二）とほぼ同内容である。墨付七〇丁。最終葉に「職仁」の朱印があるので、有栖川宮職仁（よりひと）親王の手沢本と思われる。『霊元院御集（桃蘂集）』とともに『鷺巣集』への、職仁親王の関与が知られる。

次に写字台B本『鷺巣御集』三冊は江戸中期写。墨付四季部六三＋恋雑部三九＋定数歌四九丁、都合一五一丁。全一四四六首。冷泉流の写本で、その一巻頭に、

春

試筆　古今御伝受翌年

寛永三
時しありときくもうれしき百千鳥さえつる春をけふは待えて（一）

元日口号

いかて身のさかり（マヽ）ひらくる花もみんまよはぬ年の春はきにけり（二）

立春風

天津風散くる雪を吹とちて雲のかよひちはるやたつらん（三）

立春暁

寛永十四壬三廿四禁中
鳥かなく東の山の関こえてあかつきちかくはるやたつらん（四）」（一オ）

とあり、二巻頭に、

恋

初恋
末終に渕とやならむなみた河けふの袂を水上にして（六七四）
おもひ川わか水上のゆく末やそこゐもしらすならんとすらん（一四〇三）
けふそしるあやしきそらのなかめよりさは物おもふ我身成とは（六七五）
萌そむる今たにかかるおもひ草葉末の露のいかにみたれむ（六七六）
忍恋
我袖の月もとかむなうき秋に露のかからぬ類ひやは有（六七七）
もの思ふ色は中々みえぬへしもれんうき名もなけくかたにも（六七八）」（一オ）

とあり、三巻頭に、

三十首　寛永二年孟冬之比／式部卿宮御点
早春鶯
長閑なる日影にうつる鶯やはつねおしまて春をつく覧（一一六八）
雪は猶朝しもさそふ風なから春をたとらぬうくひすの声（一一六九）
朝霞
きのふみし遠山まゆもかき絶てかすみをのほる朝つくひ哉（一一七〇）
音なれし夜のまの波の朝なきにかすみやゝかて立かはる覧（一一七一）
夕梅」（一オ）

とあり（右の三十首はいわゆる「灌頂三十首」である）、定数歌部分の最初が高松宮旧蔵本と位置が入れ替わっており（著到百首和歌・灌頂三十首の順）、三巻末に、

右後水尾院御製御自撰也。
以照高院道晃親王真跡正本、
不差一字、令書写。猶又以風早
中納言実種卿、法皇御校合
之本、与実種卿読合、改正者也。
元禄十六癸未年二月上浣　瑞圭判」（四九オ）
這鷺巣者、以法橋田丸養貞所持之
本、令書写校合訖。
享保十乙巳暦五月佳節　清高
此一帖、以原田清高之本、令書写校合畢。
明和三年冬　忠晟（朱方印）」（四九ウ）

とある。元奥書に「瑞圭判」とあるので、瑞圭花押本系統の再編本か。風早実種（寛永九年〜宝永七年）は院の近臣の一人である。田丸養貞・原田清高等については未詳である。

陽明本『藻鷗集』三冊は、外題こそ違え、内容は『鷗巣集』『鷺巣集』と同様である。一面一一行。墨付は上八五・中一一・下二九丁。上巻頭には一～一四番歌が並んでいる。中下巻の丁数から見て、末流写本か。

ちなみに宮城伊達本は、『鷗巣集』や『鷺巣集』の題簽があったと想像されるが、元の題簽を失っている。該書は直外題「法皇御製」、一面一一行、墨付一二〇丁。四季恋雑の次に三十首・着到百首・十首・十三首等がつづく。注記が肩付ではなく題下に記されている。

また慶応大学本には題簽があるものの、本文別筆で「後水尾院御集　中院通村卿筆」と記す。もちろん承応二年に没した中院通村が書写者であるはずもなく、本文筆跡は江戸前期の書写か。綴葉装、鳥の子、墨筆校合、墨付五四丁。「刀水書屋」等の印。四季恋雑の次に御着到百首・春十首・月十三首通村評語がある。外題に「中院通村卿筆」等とあり得ないことを記すのは、巻末に通村評語がある故の錯誤であろうか。

神宮文庫本も題簽はあるが、内容が特異である。残欠二冊本で、題簽「後水尾院御集　中（下）」、一面一〇行、一首二行書、墨付中巻五二・下巻六一丁。歌配列を『新編国歌大観』の歌番号で示すと、中巻頭は五九三・五九五・五九六、下巻頭は一〇六八・一〇六九（御着到百首）、巻末は九五二・九五八・九五九である。巻尾に「太上法皇御製賜黄檗山舎利正信偈宸翰」以下がある。奥書はない。

その他に御集系本文と定数歌本文とそれ以外を混ぜて抜き書きした本がある。

架蔵B本『後水尾院御制（マヽ）集書抜全』一冊は江戸中期の写。一面一二行、墨付四三丁。巻頭に、

後水尾院御製集上

春

古今御伝授あそはされける年の御試筆

ときしありと聞もうれしき百千鳥囀る春を宿に待えて（一）

暁立春

鳥かなく東の山のせきこえてあかつきちかく春や立覧（四）
　元日
いかて身のさとりひらくる花もみんまよはぬ年の春はきにけり（二）
　春風春水一時来
うき草のすゑより水の春風やよに吹そめて長閑かるらん（一九六）
　東風吹春水
時津風春のいろかの水かみにまつ吹そめて氷とくらし（三〇）　」（一オ）

とあり、一一ウに、

後水尾院御製集中
　冬
　　時雨
さためなきこの身もいつの夕しくれふるも思へは袖の外かは（五九三）
　寒草霜
朝かほのもろきも千世のしらきくもわかすかれ野の霜のあわれさ（六一八）
冬かれの浅茅にしろき霜の色は秋の花にもおとるものかは（六二〇）
　枇杷
色こそあれ紅葉ちる日はさきそめて我はかほにも花そにほへる（六六〇）

二たひはさしもにほははたちはなに霜ののちなる花そまかへる（六五九）

千鳥

浦なみのたちわかるるもおりゐるも声にみえゆくさよ千鳥かな（六二八）

とあり、二四オに、

後水尾院御製集下

御着到御百首之内

春二十首之内

立春

梓弓やまとの国はをしなへて治るみちに春やきぬらん（一〇六八）

朝霞

世は春の民の朝けのけふりより霞も四方の空にみつらし（一〇六九）

残雪

峯つつき都にとをき山々もかきりも見えす[てイ]のこる雪かな（一〇七一）

春曙

見しままの心にとまる面かけやたかならはしの春の曙（一〇七六）

款冬

とあり、慶安元年九月十三夜月十三首以下が続き、巻末四三ウには「氷るをや」（九四九）「うこきなき」（九五二）「一夜松」（九五九）の歌で終わり、奥書はない。察するに『鷗巣集』等の三冊本からの抜き書きであり、それに別本から幾許か書き加えたものであろうか。

架蔵C本『後水尾院円浄法皇御製集』一冊もこの系統と思われる。一面一〇行、墨付六四丁。扉に「後水尾院円浄法皇御製集御諱政仁」とあり、内題「後水尾院円浄法皇御諱政仁御製集」の次に、初句「時しありと、鳥かなく、百敷や、うき草の」等の部類分題歌があり、四五オから御着到百首以下の定数歌を載せ、巻末にはいわゆる蜘蛛手の御製があり、元奥書に、

宝永七年寅八月書写之。
享保六年丑六月書写之。　」（六四オ）

とある。江戸後期の書写か。

架蔵D本『後水尾院御製』一冊は御集系統本文ではあるが、歌順が一致しない本文に定数歌部分を合わせて一冊とした本である。無外題、江戸中期写。一面一〇行、墨付九八丁。巻頭に、

後水尾院御製
元日口号
いかて身のさとりひらくる花も見む迷はぬ年の春は来にけり（一）
古今御伝授翌年試筆

時しありと聞も嬉しき百千鳥囀る春をけふは待えて（まちかきイ）（一）

八十の御年にみたせ給ふ時の御製延宝三年元旦御歳八十歳トアリ

此はるにせめて驚く身ともかなはちおほしてふ命なかさを（ナシ）

立春暁

鳥かなく東の山の関こえて暁ちかく春やたつらん（四）

立春風　」（一オ）

とあり、部類文題部分の末に、

延宝三年卯十一月十四日法皇御所八十の御賀の時

御杖和歌　当今御製

君か手にけふとる竹のちよの坂こえて嬉しき行するも見む（ナシ）

御返し　法皇御製

つくからに千年の坂も踏分て君かこゆへき道しるへせん（ナシ）　」

とあり、後半定数歌部分の初めに、

三十首　寛永二年孟冬式部卿御点

早春鶯

のとかなる日かけにうつる鶯やはつねおしまて春を告らん（一一六八）
雪は猶今朝しもさそふ風なから春をたとらぬ鶯の声（一一六九）
朝霞
きのふ見し遠山まゆもかき絶て霞をのほる朝附日哉（一一七〇）
音あれし夜のまの浪の朝なきに霞ややかて立かはるらん（一一七一）
夕梅
誰里の春風ならし夕月夜おほつかなくもにほふ梅かか（一一七二）
ひとしほの色こそ増れくれなゐのかきほの梅の花の夕はへ（一一七三）」

とあり、以下御着到百首、寛永十六年七夕七首、寛永十六年重陽九首、十首、十首みち村、十三首慶安元年九月みち村、十首慶安二年六月廿五日聖廟御法楽、十首慶安五年正月朔日試筆、（十首）慶安五年六月廿五日聖廟御法楽、承応二年正月朔日試毫十首が続き、五首御当座で終っている。奥書はない。
架蔵E本は残欠一冊で、表紙もない。一面一一行、墨付五五丁。雑部と定数歌部分のみである。巻頭に、

雑
雲浮野水
白雲も手にまく計影見えて涼しくすめる野へのまし水（八一六）
橋雨
行ひとの跡たえはてて板橋の霜よりけなる雨のさひしさ（八一九）

行人も笠とる計降雨をおとの残せる浪の河はし（八一七）
五月雨は堤の上も行水にうき橋ならぬ河はしもなし（八一八）
うちしめる雨さへおもくおふ柴にかはらぬ橋や踏もあやうき（八二〇）
槇の板も苔むすままに村雨のかかれる橋のおとたにもせす（八二一）
みの笠もとりあへす行急雨にしととにぬるるままの続はし（ナシ）

塩屋煙　「

とある。墨筆で校合書き込みがあり、歌会注記が肩や題下に朱筆である。また一一オには、

懐旧　一字御相談御謙退故、光廣卿被添さ字
ひらけ猶ふみの道社いにしへに帰らん跡は今の残さらめ（九三六）

とあり、法皇と光広とに関わる有名な話（「資慶卿口授」『近世歌学集成』上五四三頁）を注記で示している。以下哀傷、釈教、神祇、賀と続き、二六ウから定数歌に移り、十首、十首、十首慶安二六廿五聖廟御法楽、七夕七首、九日九首、月十首、十三夜十三首（みち村上）、十首、十首聖廟御法楽、十首（みち村上）、二十首延宝五頃御八十二、三十首寛永二孟冬の頃式部卿宮御点、御着到百首寛永十四が集められ、五四オから立春風以下の書落歌が書き添えられている。書写奥書に、

右後水尾院御製、

享保八年七月十四日　書終之。　墨紙五十五

法印祐清書之（花押）　」（五五ウ）

とある。

右群とは逆に、部類分題と定数歌部分の順が、逆になっている伝本もある。

架蔵Ｆ本『〔後水尾院御歌〕』一冊は、外題別筆、一面一二行、墨付八〇丁。該書は森共之旧蔵本。巻頭に、

三十首　寛永二年孟冬／式部卿御点

早春鶯

のとかなる日影にうつる鶯や初音おしまて春を■（つ）くらむ（一一六八）

雪は猶今朝しもさそふ風なから春をたとらぬ鶯のこゑ（一一六九）

朝霞

きのふ見し遠山まゆもかき絶て霞をのほる朝つくひ哉（一一七〇）

音あれし夜のまの浪の朝なきに霞ややかて立かはるらん（一一七一）

夕梅

誰里の春風ならし夕月夜おほつかなくもにほふ梅かか（一一七二）

ひとしほの色こそまされ紅のかきほの梅の花のゆふはへ（一一七三）

庭春雨

ふるほとは庭にかすみし春雨をはるる軒端の雫にそしる（一一七四）

」

とある。次に御着到百首寛永十四年、七首寛永十六年七夕、九首寛永十六年重陽、十首（みち村）、十首、十首、十三首慶安元年九月十三夜（みち村）、十首慶安二年六月二十五日、十首慶安五年正月試筆、十首慶安五年六月二十五日、十首承応二年正月試筆、五首御当座が続く。二九オから四季恋雑が始まり、各初句「いかて身の、時しありと、くる春の、夕へとは、ひと夜まつ、くれなゐも、くる春の」の歌から始まる。巻末は延宝三年十一月十四日法皇御所八十賀の贈答歌「君か手に」「つくからに」で終わっている。元奥書に、

右御製、多年之聞書也。任人口而巳。
天和三癸亥年三月廿五日書写訖。同廿六日廿七日
校了。墨付八十枚。
貞享元甲子年三月十六日廿一日校訖類本之／校合。」（八〇オ）
元禄四年六月以他人
令書写訖柴田氏許より／借用。
（朱印「森氏」）　森共之（花押）
正本之外題ニ無御字。」（八〇ウ）

とある。森共之は元禄二年に水無瀬兼成『伊勢物語称談集解』二冊を書写している（国会本）。

無窮会神習本『鷺巣　後水尾院御製』一冊（二〇〇八七）は、潅頂三十首ではなく御着到百首が先頭にある。江戸中期写、一面一〇行、墨付九〇丁。巻頭に、

後水尾院御製　　　　　　御着到百首 寛永十四年三月三日より
　春二十首
立春　梓弓やまとの国はをしなへて治るみちに春やきぬらん（一〇六八）
朝霞　世は春の民の朝けのけふりより霞も四方の空にみつらし（一〇六九）
谷鶯　鶯の声のうちにや雪ふかき谷の心も春にとけゆく（一〇七〇）
残雪　峯つつき都に遠き山々のかきりも見えて残る雪かな（一〇七一）
若菜　ひま見ゆる沢辺の氷踏分てわかな摘てふ道はまよはす（一〇七二）
里梅　吹かよふ空にみちてや梅かかもたか里わかぬ月の下風（一〇七三）
簷梅　誰とひてこそはともみん浅ちふや人は軒端の梅の盛を（一〇七四）
春月　鳴くらす鶯の音によろこひの色をそへても出る月哉（一〇七五）」（一オ）

とあり、元奥書に、

宝永七年十月上旬執筆。同下旬書写訖。
同中旬校合畢。」

とある。

次に大きくは『鷗巣集』『鷺巣集』の系列かと思われるが、それ以外にも御集系統からの派生本と目される伝本はある。仮に水田長隣本系統と花園実満本系統と称する。

水田長隣本系統

堂上の古今伝授継承者（聖護院道晃親王・中院通茂・飛鳥井雅章等）に比すれば権威性は劣るものの、地下一流の古今伝授継承者（望月長孝・平間長雅・有賀長伯等）も堂上地下に根を張り、平間長雅から古今伝授を受けた水田長隣は徳川光圀にも親近し、水戸藩の秘本『円浄法皇御自撰和歌』を書写するなどしている。水田長隣については、日下幸男『近世古今伝授史の研究　地下篇』（新典社）等を参照されたい。

西荘文庫旧蔵架蔵G本は水田長隣筆『後水尾院御集』一冊。該書は一面一二行、墨付一二〇丁。全一五四二首。「西荘文庫」の印があり、奥書はない。全冊水田長隣の一筆である。巻頭に、

後水尾院御集

春

古今集御伝受の翌年御試筆

寛永三年　時しありと聞もうれしき百千鳥囀る春をけふは待えて（一）

おなし心を

ももしきやけふ待えたる都人袂ゆたかに春はたつらし（ナシ）

なへて世の花の春たつけふよりやにしきとみゆる霞成らん（一四二二）

立春風

天津風散来る雪を吹とちて雲の通路春や立らん（三）

立春暁

寛永十四閏三廿四禁中　鳥かなくひかしの山の関こえてあかつきふ（ちイ）かく春やたつらん（四）

初春

とあり（通茂筆本では肩付にある注記が頭部に移動しているが、肩付の形で示す）、配列の基本は中院通茂筆本と似るが、試筆の余分が入り元日口号がないなどの出入りがある。定数歌部分の配列も、『鷗巣集』や『鷺巣集』では寛永十四年御着到百首や寛永二年潅頂三十首から始まるが、該書では十首承応二正朔御試筆から始まるなどの違いがある。元禄頃に成立したと思われ、該書を第一次長隣本御集と称す。

宮書本『円浄法皇御集』三冊（二一〇—六六八）が、右本を元に長隣が後に増補した本と思われる。一面一〇行、墨付上巻七九＋中巻七一＋下巻七五丁、都合二二五丁。全二二八四首（他人歌や書き込み補入歌を含み、漢詩等は省く）。全冊水田長隣の一筆。上巻頭に、

元和帝御詠草之聞書

春

元日口号　四十御年カ（別筆—北条氏朝書き入れ）

いかて身のさとりひらくる花も見むまよはぬ年の春はきにけり（二）

立春暁　寛永十四壬三廿四禁中

鳥かなく東の山の関越てあかつきふ（ちイ）かく春やたつらん（四）

立春風

あまつ風散くる雪を吹とちて雲のかよひち春や立らん（三）

寛永三
古今御伝受翌年の御試筆

時しありと聞も嬉しき百千鳥囀る春をけふはまちえて（一）

とあり、中巻頭に、

賀

初春祝道

いはふそよ此あらたまの春とたに道もかしこき代々にかくれて（ナシ）

花契多春

契りをかんはこやの山の花にあかぬ心を千々のはるに任せて（ナシ）

松契春

寛永八正十九御会始

これやこの千年の初あたらしき春しる宿の庭の松か枝（一八〇）

松色春久

今よりの春を重ねて風の音もすむへきやとり（か）松の行末（一八一）

まつかえも千年の外の色そはん此宿からの春の日長さ（一八二）

とあり、中巻末に、

此三冊者、水田氏所伝也。

遠江守

とある。右の水田氏は水田長隣をさし、遠江守は北条氏朝をさす。下巻頭に、

仙洞御着到百首　寛永十四年三月三日初ル
立春
梓弓やまとの国はおしなへておさまる道に春やきぬらん（一〇六八）
朝霞
よは春の民の朝けの烟よりかすみも四方の空にみつらし（一〇六九）
谷鶯
鶯の声のうちにや雪ふかき谷のこころも春に解ゆく（一〇七〇）
残雪
峯つつき都に近き山々の限りもみえて残る雪かな（一〇七一）

とあり、下巻末七四オに、

右三冊者、人王百九代　太上皇帝後水尾院之御集也。御在世之御製若干なりといへとも、度々の回禄に御文庫に火入て焼うせたりと。其後諸家に詔ありて、人口に残れるをひろひあつめ給けれは、類本多少ありとなん。亦、後西院詔あり

て、あしきを捨、よきを撰み給ふとて、鷗巣集と
いふものあり。をのをの千首を出す。今此本は、先師所
持之一本に多本を合せて累年校合し」(七四オ)
侍りぬ日野家之一本、烏丸家之一本　亦加州之家臣今枝氏所持之本出所堂上其外、凡
家所持之本は見聞にまかせ、乞求ぬ。中
にも今枝氏家蔵之本、亦烏丸家之本は、
無双之本也。されと或は古歌、或は再出等
相交りぬ。亦是を除きて今凡二千五百首に
をよひて清書す。題の並は本書に有かことくに
書つらねぬれは、前後たかひ多かるへし。抑此
太上皇は、往昔　三帝・後柏原院の、上にも
たゝせ給ふ程の御うつはにて、近世の御歌仙」(七四ウ)
なりと師説。されは絶て久しき撰集をもおほし
めしたゝせ給けるを、彼回禄に御集うせにしかは、
其事やみぬと。然あれと、密に御自撰の一本
ありて求出ぬ水戸／家蔵。其体古今集に比し、近
代の御歌仙、公武緇素男女のこりなく、御
みつからのまて、撰み入させ給ぬれは、おほろけの
ものにあらすとなん師伝。されは当世亀鑑と」(七五オ)

すへき御歌仙と世に称之。此御集も世間流
布に類せす。無双之秘本と函底に納め、
窓外を出さすといへとも、あてなる君の御所望
によて、書写させ奉り侍りぬ。またく他見漏
脱有へからさるものをや。

六喩居士門生

正徳二壬辰年仲夏日　　長隣／（鼎印「盈紬」）」（七五ウ）

とある。少し注すると、「此本は、先師所持之一本に多本を合せて累年校合し」は先師平間長雅本を底本とし、各部に「又一本余分之和歌」を追加するの意。「多本」の中には、今枝家本・烏丸家本の他に、注記に懐紙短冊を法皇より拝領した人名を「拝領法眼慶雲」「拝領赤塚芸庵一本大文字屋一郎右衛門」等とするので、他撰聞書本系統の鶴舞本等の親本を参照しており、注記に「鷗巣集」云々とあるので、『鷗巣集』等も参照しているものと思われる。「今枝氏」は今枝直方をさす（日下幸男「今枝直方年譜稿」『龍谷大学論集』創立三七〇周年記念特集四七四・四七五合併号）。「或は古歌、或は再出等相交りぬ」とあるが、たとえば「心より」（一三二三）の左傍に「後柏原院也可除」とあり、「うくひすの」（二三九）の左傍に「此歌再出也」云々とある。「本書に有」は親本に有るの意。「撰集」は『円浄法皇御自撰和歌』のこと。「あてなる君」は北条氏朝をさす。

つまり該書は水田長隣が平間長雅本を底本とし、『鷗巣集』（『鷺巣集』）を参照し、今枝家本・烏丸家本等を以て「又一本余分之和歌」として追加し、鶴舞本等の親本を参照して法皇より懐紙短冊を拝領した人名を肩付に注記し、河内狭山藩主北条氏朝に付与したものと思われる。増補訂正多く、清書本というより、中書本あるいはそ

れ以前の形態である。北条氏朝については、日下幸男『近世古今伝授史の研究　地下篇』（新典社）等を参照されたい。

花園実満本系統

花園実満本系統には、例えば内閣文庫本『御（後）水尾院御製集』二冊（二〇一―三四六）等がある。仮に内閣文庫甲本とする。該本は一面一〇行、朱墨両筆書き入れ、墨付上巻六一＋下巻六七丁、都合一二八丁。上巻頭に、

「
春

試筆　古今御伝受翌年

寛永三（朱）
時しありと聞もうれしき百千鳥さへつる春をけふは待えて（一）

元日口号

いかて身のさとりひらくる花もみむまよはぬ年の春は来にけり（二）

立春風

天津風ちりくる雪を吹とちて雲のかよひち春や立らん（三）

立春暁

寛永十四壬三廿四禁中（朱）
鳥かなく東の山の関こえてあかつきちかく春やたつらん（四）

初春
」

とあり、下巻頭に、

雑

雲浮野水

白雲も手にまくはかり影見えて涼しくすめる野辺の真清水（八一六）

橋雨

行人も笠とる計ふる雨を音にのこせるなみの河はし（八一七）

五月雨は堤のうへも行水にうき橋ならぬ川端もなし（八一八）

行人の跡絶はてて板橋の露よりけなる雨のさひしさ（八一九）

打しめる雨さへおもくおふ柴にかはらぬ橋やふむも危ふき（八二〇）

真木の板も苔むすままに村雨のかかれる橋の音たにもせす（八二一）

塩屋煙

」

とあり、六四オの元奥書に、

右、後水尾院御製也。花園宰相実満卿／依書写之本、写之者也。

とあり、次に「御製目録」があり、部立毎の歌数を記す。右によれば「題数、都合八百八拾八也。歌数、都合千四百拾参首也」とあり、白紙三丁を挟んで六七オから定数歌の「御製目録」がある。整序されていないようでもある。本文に誤脱もあり、さまで善本とは思えない（大正時代の『列聖全集』だけではなく、最近の『新編国歌大観』の底本にも使用されているのは、多少不審である）。

内閣文庫乙本『後水尾院御製』一冊（二〇一―五三五）は、一面一〇～一一行、朱墨両筆書き入れ、墨付一四六丁。巻頭に、

春

試筆　古今御伝受翌年

時しありときくもうれしき百千鳥さへつる春をけふは待えて（一）

元日

いかて身のさとりひらくる花も見んまよはぬ年の春はきにけり（二）

立春風

天津かせ散来る雪を吹とちて雲の通路はるやたつらむ（三）

立春暁

鳥かなく東の山の関越てあかつき近くはるや立らむ（四）

初春

」

とあり、後半には十首・三十首などの定数歌が集められ、「延宝四年秋御寝覚ニ被遊廿首」も含まれる。

内閣文庫蔵甲乙二本はいずれも書写奥書がなく、明治十三年に購入されたものである。

それ以外にも御集系統の派生本と目される伝本はある。

架蔵Ｈ本『仙洞御製　星（日）』二冊もこの系統かと思われる。一面九行、墨付五四＋四三丁、都合九十七丁。

上（星）巻頭に、

春　○イニ　試筆　寛永三

○　古今御伝受翌年　此古今……七字頭書／此御詠ノ題鷗巣集ニ試筆と有

元日御口号　御口号の三字ナシ／御詠三首有

時しありときくも嬉しきももちとりさへつるはるをけふにまちえて（一）

＊いかて身のさとりひらくる花もみむまよはぬとしのはるはきにけり（二）

立春風

天津風ちりくる雪をふきとちて雲のかよひちはるやたつらむ（三）

立春暁　暁立春イ

イ寛永十四壬三月廿四日禁中

鳥かなくあつまの山の関こえてあかつきちかく春やたつらむ（四）

とある（墨筆書入れは本文同筆）。なお＊印頭部に、

イニ三首有り、いかて身の下、

百敷やふるきに帰る今朝はまつまくらことはにはるをおほえて（ナシ）

此春はせめておとろく身ともかなはちおほしてふいのちなかさを（ナシ）

の書き込みがある。下（日）巻頭に、

冬

初冬時雨
元和三五十一御当座
ふゆきては木の葉ふりそふ山かせにきのふの秋のしくれともなし（五九二）
時雨
寛永十五十廿四禁中
さためなきこの身もいつのゆふしくれふるもおもへは袖のほかかは（五九三）
朝時雨
元和九十十八御当座
山めくる時雨も見えてはれくもる雲にいさよふあさつくいかな（五九四）
落葉
そめそめすつゐにあらしの末の露もとのしつくのちるこの葉かな（ナシ）

とあり、巻末に、

鷗巣ニはうしやこの（校者注―巻尾の歌を指す）下ニ二首有、以上三首也。
時ありて春しりそむる一花に見よ一はなもさきのこる□は（一〇六六）
身はかくて又もこぬよに水くきの跡たにしはしとゝめむもうき（一〇六七）
此次ニ御着到百首奥書云、
此一冊、依後西院之勅宣、中院通茂卿撰集而焉。
号鷗巣集也。
歌数千壱百七十三首
」（四三ウ）

とある。該書外題の「仙洞御製」は後人が付したものと思われ、いわゆる仙洞御製系統の本とはことなる。該書は『鷗巣集』の後に成立し、『鷗巣集』と校合したものと思われる。

C【他撰部類本系統】

『御集』『鷗巣集』『鷺巣集』以外にも、御集の部類分題を試みた人はいたようである。仮に西郇道益本・市大森文庫本と称す。

西郇道益本

西郇道益本には、たとえば架蔵Ⅰ本『後水尾院御製　乾（坤）』二冊がある。該書は一面一二行、墨付乾巻四四十坤巻四五丁、都合八九丁である。乾巻頭には御集系統の一番歌「時しありと」はなく、

早春　寛永八年二月隠岐国御奉納二十首巻頭（朱）
雲霞海より出て明そむる沖の外山や春をしるらん（一一）

々々　寛永六年二月廿二日水無瀬宮御法楽（朱）
来る春の色もそひけり水無瀬河此山本の霞む光に（一〇）

々々　（墨）（朱）
神垣や春のしるしは杉ならぬ松のあらしも匂ふ梅か香（一六）

々々　寛永八年隠岐国御奉納二十首御余分（朱）
なみかせを島の外までおさめてや世をおもふ道に春も来ぬらん（一二）

々々　同
都にも立まさるらんめにちかく海見やらるる春の霞は（一三）

早春雪
けふといへは積るも雪の浅沓の跡あらはるる百敷の庭（一九）

々々々　庭の面はしめるはかりの春のあは雪イ（墨）
かきくらし降もつもらてのとけさの雪の上にもしるき春哉（二〇）

山早春
ゆたかなる世の春は来ぬ花ならて大内山に何をまたまし（二一）

々々々　朝霞山の端ことにたなひきて四方に長閑き春の色哉（二二）
立春　梓弓やまとの国はおしなへて治る道にはるやたつらむ（一〇六八）

とあり（書き込み朱墨両筆本文同筆。朱合点を省く）、御着到百首の巻頭歌が混入している。坤巻頭に、

恋

初恋　けふは《そ》しるあやしき空のなかめよりさは物思ふ我身とは《なりとはイ》なる（六七五）
々々　末つゐに渕とやならん涙川けふのたもとを水上にして（六七四）
々々　心から物おもへとやいひそめてたへむ夕のそらもしられは（ナシ）
々々　おもひたつこれそ《もイ》あしもと遠くとも恋の山路の末もまかふな（一一三八）
々々　もへそむる今たにかかるおもひ草葉末の露のいかに乱れん（六七六）
忍恋　思ふ《忍ふイ》とも見へしと忍ふ涙をはまきらはさんもなをこころせよ（一一三九）
々々　しられこし《しとイ》と思ひもいれし物思ふ心は色にみへもこそすれ（六八三）
々々　我袖の月もとかむな《さそはんイ》うき秋に《のイ》露のかからぬたくひやはある（六七七）
祈恋　ねきことのしるしも見へぬ我為は神もいさむる道をしるる《れイ》とや（一一四〇）
々々　つれなきを見はててやまん契をや年へて祈るしるしにはせん（六九七）
偽恋　事よきに《もイ》はかられきては偽りのしらるるきはを人にうたかふ（一一五二）」

とあり（イ本校合墨筆）、雑部の次に定数歌（十首承応二正元旦試筆・七首寛永十六七夕・九首寛永十六重陽・慶安二年六月廿

五日聖廟御法楽十首和歌・十首〔通村評語〕・十首〔通村評語〕・十三首正保五年九月十三夜〔通村評語〕・十首・十首慶安五年正月朔日試筆・古今伝授之時三十首御製御点智仁親王・十首慶安五六廿五聖廟御法楽・二十首延宝五御年八十二など）があり、下巻末に貼紙にて、本文別筆で一九首（「青柳の」〜「蘆間より」）を補い、また朱筆にて元奥書、

藤有本文才人富、古今之歌詠、情耽風月之景趣、良晨令夕無吟嘯、不以楽也。今歳丁丑春事、客遊于東都僑居、日長春窓雨静、或者贈後水尾帝御製二巻、以備旅況之幽鬱、文人稽顙、不措斉明盛服、繕写之、深蔵巾笥、以為家珍矣。敬繙此書、則自春夏秋冬到恋雑、且神祇釈教、悉無弗該載焉。実和歌者流之青氈者也。余雖瞽歌学、而窃感文人風雅之才、於是乎書。

元禄丁丑春三月上巳

西邨道益子謙春山謹書／在判

を補い、裏見返し所有者識語に、

白川伯王家門人

林主計（朱方印「宣樞之印」）

とある（本文同筆か）。題配列が御集系統とは明らかに違う。肩付やイ本校合等が増補されている。江戸前期の書

写であろう。白川伯王家は神祇伯白川家のことで、元禄頃の当主は雅光ないし雅冬であるが、享保頃とすると雅富（元禄十五～宝暦九年）であろう。

基本的には右と同様の本文ではあるが、江戸後期の写本がある。

架蔵J本『〔後水尾院御製〕』二冊は外題なく、本文間合紙、一面一〇行、墨付五三＋五五丁、都合一〇八丁。上巻頭に、

早春　雲霞海より出て明そむる沖の外山や春をしるらむ（一一）
々々　来る春の色もそひけり水無瀬川此山本の霞む光に（一〇）
々々　（聖廟御法楽）神垣や春のしるしは杉ならぬ松のあらしも匂ふ梅か香（一六）
々々　なみかせを島の外までおさめてや世を思ふ道に春も来ぬらん（一二）
々々　都にも立まさるらむめにちかく海見やらるるはるの霞は（一三）
早春雪　けふといへは積るも雪の浅沓の跡あらはるる百敷の庭（一九）
々々　かきくらし降もつもらてのとけさの雪の上にもしるき春哉（二〇）（庭の面はしめるはかりの春の淡雪イ）
山早春　ゆたかなる世の春は来ぬ花ならて大内山に何をまたまし（二一）
々々々　朝霞山の端ことにたなひきて四方に長閑き春の色哉（二二）
立春　梓弓やまとの国はおしなへて治る道にはるやたつらむ（一〇六八）

とあり（朱墨両筆は本文同筆）、巻末は「村雨は」で終わり、下巻は恋部・雑部を収め、四〇オ以下に十首承応二正元旦試筆・七首寛永十六七夕・九首寛永十六重陽・慶安二年六月廿五日聖廟御法楽十首和歌・十首みち村上・十

首みち村上・十三首慶安元年九月十三夜みち村上・十首・十首慶安五年正月朔日試筆・寛永二年古今御伝授之時三十首御製御点智仁親王・十首慶安五六廿五聖廟御法楽・延宝五御年八十二三十首等を収め、「蘆間より」で終わる。下巻末に、

藤有本文人才富、古今之歌詠、情耽風月之景趣、良晨令夕無吟嘯、不以楽也。今歳丁丑春事、客遊于東都僑居、日長春窓雨静、或者贈後水尾帝御製二巻以備旅況之幽鬱、文人稽顙、不措斉明盛服、繕写之、深蔵巾笥、以為家珍矣。敬繙此書、則自春夏秋冬到恋雑、且神祇釈教、悉無弗該載焉。実和歌者流之青氈者也。余雖瞽歌学、而窃感文人風雅之才、於是乎書。

元禄丁丑春三月上巳

西邨道益子謙春山謹書」（五五ウ）

とある。以上を西邨道益系統本とする。

市大森文庫本

それ以外に、多くの本をつきあわせて全歌集の編纂を目論んだのではないかと想像され、最大歌数を有する孤

本も存在する。題歌配列が独特で、類本はないようである。他撰雑纂本系統に入れてもよいのであるが、孤本と思われるので便宜により他撰分類本系統の末尾において採り上げたい。

市大森文庫本『〔後水尾院御製集〕』二冊は外題なく、江戸中後期写か。一面一四行、墨付上六九＋下五七丁、都合一二六丁。「金花園」などの印あり。全三二四三首（漢詩・俳句・書入れ補入・イ本補入は省き、本文他人歌・重出歌は含む）で諸本中、最大歌数と思われる。上巻頭に、

後水尾院御製集

春部

年内立春　かすめとももまた白雪のふるとしにいそき馴たる春や立らん（ナシ）

立春　花鳥も今そまつらんけふをこそ春の出たつあしもとにせめ（ナシ）

朝霞心の色もそめ色の山のすかたにはるやたつらん（ナシ）

まれにけふみ雪は庭に積れとも春やかすみの色にたつらん（ナシ）

朝日影いつるそなたの高ねよりくる春つるるかすみそめぬる（マヽ）（ナシ）

けしきたつ霞はかりにけさの朝けそふる木めも春をみすらん（ナシ）

住よしや仰く恵の春立て咲いてん花をまつのことの葉（ナシ）

立春風　天津風ちりくる雪を吹とちて雲のかよひち春や立らん（三）

立春暁（○暁イ）　寛永十四壬三廿四禁中　鳥かなく東の山の関越てあかつきふかく（ちイ）はるやたつらん（四）

処々立春　世をいはふ心かはらてから歌もかくや春たつけふのことふき（ナシ）

老後立春　けふといへは吹くるをとのよはるみは扨も老曾の杜の春風イ（ナシ）

元日　百敷やふるきにかへる今朝はまつまくら言葉に春をおほえて（ナシ）

初春霞　春日野や草のはつかに立そめて霞の衣うらわかきかな（ナシ）　」（一オ）

とある。『新編国歌大観』は一四二六首なので、該書の三一四三首とは比較にならない規模である。もちろん右の一三首中『新編国歌大観』と一致するのは二首のみで、一一首は一致せず、題歌配列も異なる。

三〇〇〇首を越える採歌数から推して、該書は多系統の本をつきあわせて成立したと思われる。特徴を箇条書きで示したい。

①部類分題の部分では、他系統から各部に追加を載せている。たとえば春部の追加には、

元日口号　いかて身のさとりひらくる花もみんまよはぬとしの春は来にけり（ナシ）

歳旦（延宝三正朔八十の御年の会）　此春にせめておとろく身とも哉恥多してふ命なかさをを(よイ)イ（ナシ）

試筆　千代に千世かさねてこもれけふことに立そふ門の松と竹とに（ナシ）

ももしきのふるきに帰る春もまつまくらことはのむかし覚えてイ（ナシ）

水くきのつらら吹とく春風に言葉の花も咲そそめぬる（ナシ）

なへて世の花の春たつけふよりやにしきとみゆるかすみなるらん（一四二二）

（寛永三古今御伝受翌年）時しありて聞も嬉しき百千鳥囀るはなを今朝朝(日イ)は待えて（一）

（同甲申）百敷やけふ待えたるみやこ人たもとゆたかに春はたつらし（ナシ）

云々とある。下巻は雑部に始まり、その末部に狂歌・俳諧を載せている。部類分題末部に狂歌・俳諧を載せるの

は、東大寺本や九大萩野本と同様である。

②定数歌の部分は下巻三四オから始まり、郭公之十首寛永十五年四月禁中御会・七夕之七首寛永十六年七夕・月十五首（二首不足）明暦二年八月禁中御会・重陽之九首寛永十六年・月之十三首慶安元年九月十三夜（通村上）・十首承応二年正月朔日・同慶安二年六月廿五日聖廟御法楽・同五年正月朔日・同五年六月廿五日聖廟御法楽・同・同（通村上）・二十首五年之比御年八十二・三十首寛永二年孟冬式部卿御点・御着到百首寛永十四年三月三日ヨリ・同御着到・恋百首（右百首者依女二宮御執奏所及勅製也）・名所百首の順に配されている。奥書はない。

D【他撰雑纂本系統】

仙洞着到百首本系統

他撰でなおかつ雑纂本系統に属する本は多々あるが、御集系統本と仙洞着到百首本を混交した本がある。たいてい「梓弓大和の国」（仙洞著到百首）の歌で始まるが、純粋ではなく、御集の「時しありと」や「天津風」「鳥かなく」などを混入させているのが特徴である。定数歌部分はない。高松宮旧蔵本『後水尾院御集』、東大史料徳大寺本『後水尾院御集』及び宮書本『後水尾院御製』、東大寺本『後水尾院御製集』、島根県某家本『後水尾院御集』各一冊等が該当する。

高松宮旧蔵本『後水尾院御集』一冊（宮書マイクロ高五六・国文研C八三二）は一面一〇行、墨付八四丁。扉に「元和帝御詠草聞書／後水尾院御集」とあり、巻頭に、

元和帝御詠草聞書

春

立春
梓弓やまとの国はおしなへておさまる道に春やきぬらん（一〇六八）
処々立春
誰里ももれぬ恵の光よりをのかさまさま春をむかへて（一二六八）
立春暁
鳥かなく東の山の関越てあかつきふかく春や立らむ（四）
立春風
天津風散くる雪を吹とちて雲の通路春や立らむ（三）
古今御伝受翌年の御試筆　」（一オ）
時しありときくもうれしき百千鳥囀る春をけふは待えて（一）

とある。部立は四季・賀・羇旅・恋・哀傷・雑・釈教・神祇の順であるが、一〇六八は御着到百首、一二六八は慶安五年正月試筆十首であるなど、先行本通り素直に並べたとも思えない。一度解体して編集を試みているようである。奥書はない。

右に非常に近いのが、東大史料徳大寺本『後水尾院御集』一冊（三三―六七）である。巻頭に、

元和帝御詠草之聞書目録
春百八十八首 合二百十八首　夏八十首 合八十六首
秋二百六首 合二百三十首　冬八十首 合九十首

賀三十八首 合四十三首　　羇旅十一首 合十三首
恋百二十六首 合百三十四首　　哀傷三十二首
雑百四十首 合百四十九首　　釈教十八首
神祇九首 合十首

合／都合一千二十三首

」（一オ）

とあり、二オに、

元和帝御詠草之聞書

春歌

立春

着到御百首一
梓弓やまとの国はおしなへておさまる道に春やきぬらん（一〇六八）

処々立春

春十首一
誰里ももれぬ恵の光よりをのかさまさま春をむかへて（一二六八）

立春暁

鳥かなく東の山の関越てあかつきふかく春や立らん（四）

立春風

天津風ちりくる雪を吹とちて雲の通路春や立らん（三）

古今御伝受翌年の御試筆

時しありときくもうれしき百千鳥囀る春をけふは待えて（一）

とある。奥書はない。

宮書本『後水尾院御製』一冊（谷―九八）は、一面一一行、墨付六二丁。巻頭に、

「後水尾院御製

春

立春

梓弓大和の国はおしなへておさまるみちに春やきぬらん（一〇六八）

朝霞

世は春の民の朝けの煙よりかすみもよもの空にみつらん（一〇六九）

朝ほらけいつくはあれと塩かまのよはの煙や先かすむらむ（三三）

冴かへる風やかすみを巻向のひはらか末もけさはくもらす（三四）

谷鶯

うくひすの声の内にや（イ聞よりや）雪深き谷のこころも春に解ゆく（一〇七〇）

谷の戸やさすか春とは鶯のさきちらぬ声の匂ひにもしる（五四）」（一ォ）

とある。聖護院道晃親王や中院通茂らの三十首を付す。二八ォに金地院栄雲拝領、毘沙門堂門跡拝領、三三ォに桜井道助拝領、石尾七兵衛拝領等の注記があり、四三ォに蜘蛛手御製がある。奥書はない。

彰考館本『後水尾院御集』一冊（巳五）も宮書本（谷―九八）と似ている。該書は一面八行、墨付五二丁。巻頭に、

仙洞御着到百首

立春

あつさゆみやまとの国はをしなへておさまる道に春やきぬらん（一〇六八）

朝霞

世は春の民の朝けのけふりよりかすみも四方の空にみつらん（イらし）（一〇六九）

あさほらけいつくはあれとしほかまの夜半の烟やまつかすむらん（三三）

さえかへる風や霞をまきもくの檜原かすゐもけさはくもらす（三四）

谷鶯

」（一オ）

うくひすのこゑきくよりやゆきふかき谷の心も春にとけゆく（一〇七〇）

谷のとやさすか春とは鶯のさきちらぬこゑのにほひにもしる（五四）

云々とある。修学院八景等を付す。奥書はない。

阿波国文庫旧蔵架蔵K本は前二者に似て御着到百首・四季恋雑の順であるが、部立毎に同追加を続けるという点で、前二者とは異なる伝本である。一面一一行で墨付四五丁という分量からも推察される通り抜粋本である。

巻頭に、

仙洞御製

御着到百首
立春
あつさ弓やまとの国はをしなへておさまる道に春やきぬらん（一〇六八）
朝霞
世は春の民の朝けの煙よりかすみも四方の空にみつらし（一〇六九）
あさほらけいつくはあれとしほかまの夜半の煙や先霞らん（三三）
さえかへり風や霞をまきもくの檜原か末も今朝は曇らす（三四）
谷鶯
鶯のこゑきくよりや雪ふかき谷のこころも春にとけゆく（一〇七〇）
谷の戸やさすか春とは鶯のさきちらぬ声の匂ひにもしる（五四）」（一オ）

とある。巻末は「うしやうし花匂ふえに風かよひちりきて人のこととひはせす」（ナシ）で終わり、「阿波国文庫」の印があるだけで、奥書はない。

東大寺本『後水尾院御製集』一冊（四二一―三九）は一面一一行、墨筆校合、墨付八九丁。首一丁に「元和帝御詠草之聞書」目録があり、二オに高松宮旧蔵本の巻頭のように、

元和帝御詠草之聞書
春歌
立春

梓弓やまとの国はをしなへておさまれる道に春やきぬらん（一〇六八）
　処々立春
誰里ももれぬ恵のひかりよりおのかさまさま春をむかへて（一二六八）
　立春暁
鳥かなく東の山の関越てあかつきふかく春や立らむ（四）
　立春風
あまつかせちりくる雪を吹とちて雲の通かよひち春や立らん（三）
　古今御伝翌年の御試筆
時しありと聞もうれしき百千鳥さえつる春をけふは待えて（二）
　寛永甲申御試筆
百敷やけふ待えたるみやこ人袂ゆたかに春は立らし（ナシ）」（二オ）

云々とあるのはよく見るが、八七オから狂歌や俳諧発句を収め、

　狂歌
世の中はあしまの蟹のあしまとひ横にゆくこそ道のみちなれ（ナシ）
みな人のうへに目かつく横に行あしまの蟹のあはれなる世や（ナシ）

云々とあり、八八ウに、

大坂宗因流の壇林俳諧と云ことをきこしめして
あたら雪に歯形をつくるあほうけた
あせみそをとひこへつむやゑいとこな

等とあるのが特徴である。奥書に、

写本云
時享保戊戌三月既望
長秋官舎於灯火欽書写焉。　藤原佳気万寿
享保十八癸丑年三月五日於大喜院、令書写畢。／宝生閑人成慶　四十九　一（八九オ）

とある。成慶については、日下幸男「東大寺成慶年譜稿」（『中世近世和歌文芸論集』）等を参照されたい。

なお東大寺本とほぼ同内容と思われるのが九大萩野本である。

九大萩野本『元和帝御詠歌聞書』一冊（萩野ケ二五）は、一面一三行、墨付八〇丁。七八丁から狂歌や俳諧発句を収め、裏見返しの奥書に、

天明三癸卯年／正月十七日　■■氏／朋敬（花押）

とある。なお九大萩野本の中には、「時しありと」で始まる『後水尾天皇御製』一冊（萩野コ四五）八二丁本もある。

島根県某家本『後水尾院御集』一冊は花園実満の元奥書を有しているが、内閣本等とは題・歌配列が異なっている。該書は一面一二行、墨付八〇丁。巻頭に、

後水尾院御集　一日鷗巣集

春

立春　（御着到百首□三）梓弓やまとの国はをしなへておさまる道に春やたつらん（一〇六八）

立春風　あまつ風ちりくる雪を吹とちて雲の通路はるやたつらん（三）

処々立春　たか里ももれぬ恵みの光よりをのかさまさま春をむかへて（一二六八）

元日　百敷やふるきにかへれけさはまつまくら言葉に春をおほえて（ナシ）

元日口号　いかて身のさとりひらくる花もみんまよはぬ年の春はきにけり（二）

御試筆　百敷やけふ待えたる宮人のたもとゆたかにはるやたつらむ（ナシ）

古今御伝受の翌年

時しありてきくもうれしき百千鳥さえつる春をけふは待えて（一）

立春暁　鳥か鳴あつまの山の関こえて暁深くはるやたつらん（四）

陽春布徳　宿ことに咲梅かかも隣ある春のこころをまつしらすらん（一八七）」（一オ）

とあり、巻末に、

本奥書云　右後水尾院御製也。花園宰相実満卿依書写之
　本、写之者也。
　于時天和弐年壬戌仲冬念日終之。
　右件本、且以多本校合部類、而令繕写畢。
　　宝永五戊子季春望日　於宣風坊京極寄亭終。
　　　　　　　　　　　明珠庵　釣月叟
」（七八オ）

云々とある。題歌配列が混乱しているのは、「以多本校合部類」が原因であろうか。「花園宰相実満卿」云々の元奥書は内閣本と共通する。ちなみに釣月は正徳二年に後水尾院の『百人一首御講釈聞書』一冊（醍醐冬基自筆本）を書写している（東海大学桃園本）。明珠庵釣月は清水谷実業・武者小路実陰・中院通茂門弟とされるが、詳しくは中和夫「出雲大社八景と明珠庵釣月」（『神道学』一二二）等を参照されたい。

なお宮書本『元和帝御製集』一冊（鷹―七二七）も同系統かと思われる。該書は一面一二行。墨付八一丁。外題「後水尾院御製　本覚院自筆　全」、表紙裏「後水尾院様御製歌」、同付簽「本覚院殿／御自筆之歌書　一冊」。「鷹司城南館図書印」「元綱之印」。巻頭の題一覧の次に、

　春部

　　立春

梓弓やまとの国はをしなへておさまる道に春やきぬらん（一〇六八）
住吉やあふくめくみの春かけて咲出む花をまつのことの葉（ナシ）

暁立春
鳥か鳴あつまの山の関越てあかつき近くはるや立らん（四）
立春風
天津風ちりくる雪を吹とちて雲のかよひち春やたつらむ（三）
試筆　八十御年　延宝三年
此春にせめておとろく身ともかなはちおほしてふ命なかさを（ナシ）
同　　延宝七年
是をたに人に見えんもつつましき八十かのちの敷島のうた（一三七三）」（九オ）

とある。巻末は「つきせしな、ためしなや、九重に、千世もしる、祈をく」の歌で終わり、奥書はない。外題の「本覚院」は、臨済宗宝鏡寺門跡理豊女王（寛文十二年～延享二年）のことか。理豊は御西院皇女。

阪大土橋本『後水尾院御集』一冊（F四—五）は「あつさ弓」で始まる本だが、題歌配列が混乱しているようである。該書は、一面一〇行、墨付四七丁。巻頭の歌配列を『新編国歌大観』歌番号で示すと、一〇六八・四・一二六八・ナシの順である。四四丁以下に修学院八景などがあり、奥書に、

文字かなつかひ等如正本、
貞享元年甲子卯月上浣書焉。

とある。土橋家でいえば、時代的には土橋宗静の書写になるか。

次に『鷗巣集』系統と定数歌集成を合体編纂した本が存在する。

内閣文庫丙本『後水尾院御集』一冊（二〇一―三四四）等が該当する。上下合冊。一面一一行。朱合点・墨筆校合。墨付六五＋五五丁、都合一二〇丁。「和学講談所」「浅草文庫」「書籍館印」等の印。扉見返しに、「世に鷗巣集といへるは、奥書に後西院之勅宣、中院通茂卿撰集といへり。正疑不知」云々とある。歌数一三九六首。上巻頭に、

後水尾院御集　上　従春至秋
　春
　　立春　　寛永一四年御着到　三月三日ニ始ル
梓弓やまとの国はをしなへて治る道に春や立らん（一〇六八）
　　おなし心を
百敷や今朝まち得たる宮人の袂ゆたかに春や立らん（ナシ）
　　立春暁　　寛永十四壬三月廿四日
鳥かなく東の山の関こえて暁ふかく春や立らん（四）
　　処々立春　慶安五正月朔日試筆十首御製之内
誰か里も洩ぬ恵の光よりをのかさまさま年を迎えて（一二六八）
　　立春風　」（二オ）
天津風散くる雪を吹とちて雲の通ひち春や立らん（三）
　　試筆　寛永三　古今御伝受翌年

時ありてきくも嬉しき百千鳥囀る春を今朝は待得て（一）

云々とある。「時しありと」が「時ありて」となっており、本文の正確性に問題があるかもしれない。各巻末に歌数一覧があり、一二〇ウに「歌員両部千三百九十六首、外六十三本書ノ内他歌少々アリ。可除之」とある。一二一オに、

享保十三申中秋　　宇津真之拝書　」

とある。宇津真之については未詳である。

また『鷗巣集』の外題を持ちながら、右本と同様の特徴を持つ伝本に東教大本等がある。

東教大本『鷗巣集』四冊（ル二二四―四）の内訳は、①春・夏、②秋・冬、③賀・羇旅・恋、④哀傷・沓冠・物名・釈教・神祇である。定数歌集成部分はない。該書は、一面一一行、墨付①二五＋②二六＋③一五＋④二〇丁、都合八六丁。江戸後期写の末流写本である。一巻頭に、

元和帝御詠草聞書

春部

立春

梓弓やまとの国はおしなへてをさまる道に春やきぬらん（一〇六八）

処々立春

誰か里ももれぬ恵のひかりよりをのかさまさま年を向へて（一二六八）
　立春暁
鳥かなく東の山の関越てあかつきふかく春や立らん（四）　」（一ウ）

とあり、巻末に、

後西院之勅宣、中院通茂卿而撰集焉。
名鷗巣集。
　右以久我大納言殿　通茂(ママ)卿
　　御蔵本写之、令校合畢　」

とある。元奥書に『鷗巣集』云々とあるが、内容的には全く違うようである。
宮書本『元和帝御製集』一冊（一五五―一八九）は「誰か里も」以下の慶安五年正月試筆十首から始まり、系統未詳である。該書は一面九行、朱墨両筆校合。墨付四三丁。巻頭に、

人王百九代
帝　仙洞御製
　　処々立春
誰か里ももれぬめくみの光よりおのかさまさま春をむかへて（一二六八）

遠山霞薄
今朝はまつそなたにうすき山眉のとをきや霞色をみすらむ（一二六九）
水辺残雪
打出む浪にはとをき花の色や谷の氷にのこるしら雪（一二七〇）
梅近聞鶯
」（一オ）

とあり、一八オに、

御着到百首の御歌の中に
立春
梓弓大和の国はおしなへて治る道に春やたつらん（きぬらんイニ（朱））（一〇六八）
朝霞
朝ほらけいつこはあれとしほかまのよはの烟や先かすむらん（三三）
冴かへる風や霞をまきもくの檜原か末もけさは曇す（三四）
谷鶯　五日御着到イニ（朱）
鶯の声きくよりも雪ふかき谷のこころ（のうちにやイニ（朱））も春にとけゆく（そイニ（朱））（一〇七〇）
谷の戸やさすか春とや鶯の吹ちらぬ声香にもしる哉（はイニ（朱））（の匂ひにそしるイニ（朱））（五四）
」

とあり、三一オから「忠度百首」（「あつまちや」以下）を載せ、四三オに、

寛文十二年歳次壬子
七月二十有三日　　　関月書之」

とある。「忠度百首」を載せるなど、多少雑駁な内容である。
なお通茂筆本系統とは逆に、部類分題部分がなく、定数歌集成だけの「後水尾院御製」も存在する。
例えば宮書本『後水尾院御製』一冊（伏―三三）は外題がなく、内題に「後水尾院御製」とあり、一面一一行、
墨付三七丁。巻頭に、

後水尾院御製
御着到百首　寛永十四年三月三日より
春廿首
立春
梓弓やまとの国はをしなへておさまる道に春やきぬらん（一〇六八）
朝霞
世は春の民の朝けの煙より霞もよもの空にみつらし（一〇六九）
谷鶯
鶯の声のうちにや雪ふかき谷のこころも春に解ゆく（一〇七〇）
残雪
峯つつき都に遠き山々のかきりもみえて残る雪哉（一〇七一）」

とある。定数歌の内訳は、御着到百首・五十首・二十首・三十首寛永二年孟冬ノ比式部卿宮御点・十三首慶安二年・十首・十首・十首・十首慶安五年正月朔日試筆・十首承応二年正月朔日試筆・十首慶安二年六月廿五日聖廟御法楽・十首慶安五年六月廿五日聖廟御法楽・十首・十首・七首寛永十六年七夕・九首寛永十六年重陽である。奥書・識語はなく、成立の事情などは未詳である。

E【他撰聞書本系統】

懐紙短冊写系統

他撰本ではあるが、部類分題せず、懐紙短冊等を任意に集めた系統の本がある。架蔵本や国文研板倉本や鶴舞図河村本、久保田淳本などがある。この四本の内、書写年代が最も古いのが架蔵本と思われる。

架蔵L本『後水尾院御製　全』は、列帖綴一帖、本文色変り料紙、墨付九二丁、遊紙首尾各一丁、巻頭に、

「法皇御製　御懐紙

江山春興多　拝領日光御門跡

引うへし松も高砂住の江の／春にあひ生の緑をやみむ（一九八）

同　知恩院御門跡

氷とけし江の水とをく山かすむ／春やことはの代々のたねなる（一九七）

梅柳渡江春　右衛門佐

江のみなみ梅さきそめて遅くとく／みとりにつつく峯の青柳（九一）」（一オ）

鶯入新年語　崟長老

いにしへのことかたらなむいくよろつ／代々の春しるみやの鶯（六二）

鶯声和琴　　　土御門二位

しらふるも名にあふ春の鶯の／さへつることの音に通ひつつ（五六）

霞春衣　　　狩野永真

白妙の雪にかさねて遠山を／すれる衣やかすみなるらん（四九）

同　　　法眼治徳

」（一ウ）

とあり（歌一首二行書を一行に示す）、全五九三首を四季恋雑に配し、巻末書写奥書に、

右一冊、或人秘之、予令見
頻懇望、写者也。于時延
宝六年戊午夏六月中
望、南紀和陽爾書之畢。
紀県蒙若子源由義謹毫。

とある。題下に、院から懐紙短冊を拝領した者の名が付記してあるのがその特徴である。ちなみに架蔵M本も右本に一見似るが、多くの相違点があるので、ここに付記したい。

架蔵M本『後水尾院御製集』一冊は、一面一一行、墨付五七丁。巻頭に、

法皇御製　尊号後水尾院
　江山春興多
ひきうへし松も高砂住の江の春にあひ生のみとりをやみむ（一九八）
　同
氷とけし江の水遠く山かすむはるやこと葉のよよのたねなる（一九七）
　梅柳渡江春
江の南梅さきそめておそくとくみとりにつつく岸の青柳（九一）
　鶯入新年語
いにしへのことかたらなむ幾よろつ代々の春しる宮の鶯（六二）
　鶯声和琴
しらふるも名にあふ春の鶯のさへつることのねにかよひつつ（五六）
」（一オ）
　霞春衣
白妙の雪にかさねて遠山をすれる衣や霞なるらん（四九）
　同
花鳥のあやをりはへて朝霞はるのたつてふ衣きにけり（四八）
　嶺霞
春ふかくかすむやさこそ遠からぬ花にうれしき四方の山のは（三六）
　同
ことはりの春にはあへすかすみけりけさまて雪にさえし高根も（三五）

松上霞
いつをかはかすむ色ともわきてみむ独になるる松のよそめは（四七）」一ウ

とあり、冒頭部分は架蔵L本の配列と齟齬はないのであるが、四ウの途中から御着到百首の春歌が挿入されているのが、該書の特徴である。御着到百首は各部に切り分けられて挿入されたようである。四ウには初句「軒ふりて〜ことしけき」の四首があり、その次に、

御着到
立春　三月三日
梓弓やまとの国はおしなへておさまる道に春やきぬらん（一〇六八）
朝霞　四日
世は春の民の朝けの烟より霞も四方の空にみつらし（一〇六九）
朝ほらけいつこはあれと塩竃の夜半の烟や先かすむらん（三三）
寒かへる風や霞をまきもくの檜原か末も今朝は曇らす（三四）

とあり。部類分題部分と定数歌部分とを混交していることがわかる。巻末五七オには、

世尊拈花迦葉微笑（破顔）
ゑみの眉ひらけて花は梅か桃か／たれしらさらん誰しらすとも

応無所住而生其心
法皇様右御自筆被為成、京都妙心寺江御寄進也。
物おもへは玉散とても秋の田のかり庵ならぬやとりやはある　御製
はかなしや鳥部の山の夕煙それさへ風にをくれさきたつ　同」

とあるだけで奥書はない。該書は編者が意図したかどうかはともかく、他撰雑纂本と似た性格を持つようである。

国文研板倉家文書本『後水尾院御製』二冊（板倉家四一三）は江戸中期の写で、一面九行、墨付上一〇〇＋下六二丁、都合一六二丁。上巻頭に、

法皇御製
江山春興多　日光御門跡（拝領）
引植し松も高砂すみのえの／はるに相生のみとりをやみむ（一九八）
同　智恩院御門跡（拝受）
氷解し江の水遠く山かすむ／春やことはのよよのたねなる（一九七）
梅柳渡江春　右衛門佐（拝受）
江の南梅咲そめておそくとく／（九二）」（一オ）

とあり、架蔵L本と同様に法皇より懐紙短冊を拝領した人名が注記されているのが特徴である。下巻頭には、

後水尾院御製仙洞御集
　春部
　　立春
あつさ弓やまとの国はをしなへて／おさまるみちに春やきぬらん（一〇六八）
　暁立春
鳥か鳴ひかしのやまの関こえて／あかつきちかくはるやたつらむ（四）
　所々立春
たか里ももれぬめくみの光より／おのかさまさまはるをむかへて（一二六八）　」（一オ）

とあり、奥書はない。この類の四本の中で、截然と御着到百首以下を下巻に加えているのは板倉本だけである。

鶴舞図河村本（河コ一〇四）は、新装題簽に「後水尾院御製和歌集　全」とあるものの、内題には「法皇御製」とあり、巻頭に、

法皇御製　御懐紙　私云御諱政仁
　江山春興多　　　拝領日光御門跡
引うへし松も高砂すみの江の春に相生のみとりをやみむ（一九八）
　同　　　　　　　智恩院御門跡
氷とけし江の水とをく山かすむはるや言葉の代々のたねなる（一九七）
　梅柳渡江春　　　右衛門佐

江の南梅さきそめておそくとくみとりにつつく岸の青柳（九一）
鶯入新年語　　岑長老
いにしへのことかたらなむいくよろつ代々の春しる宮のうくいす（六二）」（一オ）

とあり、巻末に、

おもふ事ひとつかなへはまた二つ三つ四つ五つむつかしの身や（ナシ）
歌数六百参拾五首
宝永二年乙酉四月十日書写畢。
同八十四之御年御製
これをたに人に見えんもつつましき八十か後の四き島の歌（一三七三）」（七一オ）
文政二年己卯十月十三日灯下閲了。
草奔　益根」（七一ウ）

とある。末流写本ではあるが、河村益根の筆写本である。なお河村文庫には、「ときしありと」で始まる『後水尾院御製』一冊七一丁本と、「鳥かなく」で始まる『後水尾院御集』一冊一四一丁本もある。共に無奥書。

なお久保田淳本は未見である。その紹介は鈴木健一「後水尾院歌壇の成立と展開」（『国語と国文学』六三―一）にある。

前四者とは系統が違うが、部分的に懐紙短冊拝受者を書き付けた御製集がある。

東大寺図書館本『後水尾院御集』一冊（四二―五八）は、一面一一行、墨付三四丁。巻頭に、

後水尾院御制（ママ）集

百首

立春

天の空霞のうへに出る日に光も高し春や立らん（ナシ）

霞

和田の原行ゑもはても白波のたつを限りに霞む春哉（ナシ）

鶯

是や此おさまれる世のこゑならしみ垣の竹の鶯の声（ナシ）

残雪

朝ほらけ山のいつこは見えわかて霞のひまに雪そ残れる（ナシ）

朝若菜

」（一オ）

とあり、中に「右百首者、依女二宮御執奏、所及勅製也」とあり、また、

佐川田喜六に下さるる御たんさくに

よし野山花咲比の朝な朝な心にかかる峯のしら雲（ナシ）

花漸散　武田散位助源信俊拝領の御たんさく

日数こそ終につらけれ山かせの誘はぬ花もあを葉そひ行（一五一）
河上花　木下雅楽頭拝領の御懐紙
花盛過行ものは河波のよるひるわかぬならひかなしき（一四七）
等とある。三四オに、
享保十五年首夏下九之比、写功畢。／大法印成算（花押）
重以正本、可有校合、不審之天仁於葉有之。
随写本、令書之矣。
とある。ちなみに東大寺僧成算については、日下幸男「東大寺僧成慶年譜稿」（『中世近世和歌文芸論集』）を参照されたい。

御製聞書系統
宮書本『後水尾院御製集』小本一冊（一五〇―三一九）は一面六行、一首二行書、墨付九一丁。巻頭は延宝五年頃の二十首から始まり、
後水尾院御製集
春暁月

梅か香の夢さそひきて暁の／あはれさもそふ月を見よとや（一三二七）

　独見花

我のみは花の錦もくらふ山／また見ぬ人そ手折ひと枝（一三二八）

　風前花

相思ふ色とも見えぬ風のうへの／ありかさためす花はちるのみ（一三二九）

　惜残春

花鳥にまたあひみむも頼みなき／（一三三〇）」（一ウ）

とある。巻末に、

時ありて春知りそむる一花に／見よひと花もさきのこるかは（一〇六六）

身はかくて又もこぬ世に水花の／跡たにしはしとめむもうき（一〇六七）

　延宝二年の夏御ね／さめに　」（九〇ウ）

おもひやれはるかことくに梓ゆみ／八十ちかつく老のねさめを（ナシ）

　延宝三年元旦／御歳八十歳

この春にせめておとろく身とも哉／はしおほしてふ命なかきを（ナシ）」（九一オ）

とある。全二五五首。

架蔵N本も同様に聞書した御製を任意に配列したものと思われる。無外題、一冊、一面九行、墨付四九丁。巻

頭に、

仙洞後水尾帝御製御当座

春暁月

雲にあふあか月かたのかけもうし／かすむかうへの春のよの月（一〇六）

花漸散

日かすこそつゐにつらけれ山風の／さそはぬ花も青葉そひゆく（一五一）

川上花

花さかりすきゆくものは川波の／（一四七）　」（一オ）

とあり、雑部には慶安元九月十三夜十三首和歌等を含み、巻末は、

承応元大樹鶴を進らせられける時の御会に、

鶴亀もしらしな君か万代の／霜のしらきく残る日かすを（一〇〇一）　」（四八オ）

同　　　禁裏御製

千代の色ものとけき空とあらはれて／春の名しるき神無月哉（ナシ）　」（四八ウ）

とあり、裏見返し書写奥書に、

同故人需元禄庚辰重陽之比、払硯
染筆畢。
一空子　七九歳」

とある。一空子については未詳である。

架蔵〇本『秘書後水尾院御製集全』一冊は定数歌を任意に配したようである。一面一〇～一一行、墨付四〇丁。

巻頭に、

仙洞御製　人王百九代　政仁
十首御詠
所々立春
たかさとももれぬ恵みの光より己かさまさま春をむかへて（一二六八）
遠山霞薄
けさは先そなたに薄き山眉の遠きや霞色をみす覧（一二六九）
水辺残雪
打出ん波には遠き花の色や谷の氷に残るしらゆき（一二七〇）
梅近聞鶯
梅かかもこゑの匂ひにくらからぬをし明方の窓のうくひす（一二七一）」

とあり、巻末には七夕七首があり、その次に菊映月から寄菊祝の七首（おそらく重陽九首か）があり、突然終わっているので、巻末の何丁かを欠くか。奥書はなく、裏見返し左下隅に、

如幻子風山恵長子
村部流鶯軒　」

とある。

おわりに

以上の考察をもとに諸本分類について簡略化して示してみたい。箇条書きで示す。

A御集本系統は恐らく院宣により延宝六年以前に後水尾院歌壇で編纂されたと思われ、それに属するのは聖護院道晃親王稿本（聖護院本）及び中院通茂筆写本（京大中院本）である。成立の時期から第一次御集とする。

B御集派生本系統は第一次御集成立以後に、後西院の勅宣により中院通茂が編纂したと伝えられ、『鷗巣集』（宮書本）や『鷺巣集』（高松宮本・写字台文庫本）という外題をもつ一群がある。これを第二次御集とする。細分すると、部類分題・定数歌部分の順に配するものとその逆順のものと二つに分かれ、また定数歌部分が灌頂三十首から・着到百首から・それ以外から始まるものとに三分される。また第二次御集の『鷗巣集』『鷺巣集』から派生したと思われるものに、水田長隣本系統（宮書本）と花園実満本系統（内閣本）がある。前者で二二八四首、後者で一四二六首が収められている。後者は流布もせず歌数も少なく、なぜ『新編国歌大観』等の底本なのか不審

である。

C他撰部類本系統は第一次・第二次御集とは別に成立したと思われ、西郁道益本や市大森文庫本などがある。中でも後者は三一四三首（増補・異本歌を除く）の多数を誇り、全歌集を目途したかと想像される。

D他撰雑纂本系統は部類分題部分と定数歌部分（着到百首等）を混交しており、題歌配列が不安定である。

E他撰聞書本系統は懐紙短冊写と御製聞書写の二類に分かれる。前者は法皇から懐紙短冊を拝領した人名を注記し、後者は聞書により任意の題歌配列をしたものである。

A以外はかならずしも成立順を示さないが、AからBへという方向は確かであろう。まだ調査は完結していないが、分類に大きな変動はないものと思われる。なお実地調査が主体ではあるが、国文学研究資料館等のマイクロフィルムなどに依ったものもあることを付記しておきたい。

第四章　円浄法皇御自撰和歌について

はじめに

後水尾院の著作、歌集、撰集などについては、一部分が『列聖全集』に収められ、和田英松『皇室御撰解題』（『列聖全集』）、『皇室御撰之研究』（明治書院）等に解題がある。『円浄法皇御自撰和歌』（呼称については「勅撰千首和歌」「後水尾院御撰千首和歌」などがある）についても、『列聖全集』に翻刻が収められてはいるが、それは内閣文庫蔵の残欠本（秋冬恋部欠）を底本にしている。解題も本書については不十分なものである。

そこで『円浄法皇御自撰和歌』の伝本、成立、撰集意図についての調査を記し、将来の当集研究の一資料として提起しようとするのが本章の目的である。

『円浄法皇御自撰和歌』一冊は、後水尾院御自撰と伝えられる。『類題和歌集』一六冊（板本三一冊）が勅命を奉じて廷臣の撰集したものと伝えられるのに対し、前者は、中院通村との共撰ないし御自撰と伝えられる処に、その意義が認められる。

一　伝本

伝本については、『国書総目録』によれば、内閣文庫、刈谷図書館、竹柏園文庫に各一本蔵されている。また『書林会古書総合目録』（昭和四十七年）によれば「元禄享保頃写、大本一冊」が存し、『新興古書大即売展略目』（昭和五十二年十二月）によれば「元禄三年」の原奥書を持つ一本が知られる。その他に、筆者の調査によれば、書陵部に二本、国文学研究資料館、天理図書館、龍谷大学図書館に各一本ずつ蔵されている。

右の中、筆者が調査し得たのは、書陵部甲乙二本、内閣文庫、刈谷中央図書館、国文学研究資料館、天理図書館、龍谷大学図書館各蔵本の都合七本のみである。

いづれも、その奥書等によれば、地下伝来のもので、元奥書とて元禄三年を遡ることはなく、原本成立から四十年近く経過していると考えられ、伝写の間の誤脱が存し、必ずしも善本とは言い難いものばかりである。しかし現状ではこれ以上を望めないと思われる。

①書陵部甲本（二一〇―七〇二）
②書陵部乙本（一五五―二二七）
③内閣文庫蔵本（二一七―一一）
④刈谷中央図書館蔵本（村上二〇六四）
⑤天理図書館本（吉田八一―五九）

⑥国文学研究資料館本（ナ二―二一五）
⑦龍谷大学図書館本（九一一・二六―三二）

右の順で、書誌を記す。表記は通行の字体による。句読点は私に付す。

①書陵部甲本は題簽「円浄法皇御自撰和歌全」。茶色表紙。袋綴一冊。縦二九×横二〇㎝。朱墨両筆書入れ。墨付一〇一丁。虫損甚多。書写奥書に、

右一冊者、水戸宰相(1)以御本
写、書写之畢。可秘々々。
時元禄三庚午歳
　文月吉辰
宝永三丙戌正月以他本
　　　　校合之畢。

此一冊者、
円浄法皇之御自撰、地下未曽有之、
雖為秘本、依貴家之命、奉書写
之。努々漏脱奉禁止者也。
　時
正徳二年壬辰仲秋日　不遠斎　長隣(2)拝書（鼎印「盈緗」）

られる。

とある。長隣奥書の他に北条氏朝の書入れ識語がある。右の本は水戸家蔵本の系統であり、他の諸本の祖本と見られる。[2][3][4]

②書陵部乙本は題簽別筆「後水尾院御撰千首全」。繋ぎ紋表紙原。袋綴一冊。縦二八×横一九cm。朱筆校合。墨付九七丁。奥書なし。脱落不完全歌多し。江戸後期写。巻末に「僧洋」の方印あり。

③内閣文庫蔵本は題簽原「賜蘆拾葉四十六」[5]。内題「勅撰千首和歌完」。巻頭「後水尾院御撰千首和歌」。袋綴一冊。春夏雑部のみの残欠本。墨付六〇丁。浅草文庫旧蔵。『列聖全集』底本。元奥書に、

斯一冊者、
元和帝雖有撰集之御風望、依故障
不被遂
叡慮。自
後柏原院至御在世、長干此道君臣
之秀歌、集千首、以所此撰集矣。
寔二百余荒廃之道、可謂再興起、
豈非広大之御勲徳哉。最仰
可貴。
　　　　　　　風観斎長雅
宝永五戊午歳季秋下院（浣）　□□（花押）
平姓

　　氏朝尊丈
此本者、初従雅翁伝来、筆者由
勝也。其後同門高弟長隣、最前
之書、在後西院千首聞紛。亦以同（与）
予不可漏脱之旨有断。依多年之
働（勲）功、則付属之。出処者水戸之
御家倉、地下未曾有之秘本之由也。
　正徳二年辰九月日　　氏朝印

這
元和帝御撰千首者、智舟尼之藏書也。
乞得而書写之矣。可惜、錯簡脱落、誤
字許多、而有不可読。翁之歌数首、得
善本候後、校合者也。
　　天保三辰年長月　承

とある。右本が残欠本であるのは、氏朝から智舟尼へと伝写される間に、誤説が生じた結果であると思われる。

④刈谷中央図書館蔵本は直外題「円浄法皇御自撰和歌」。袋綴一冊。縦二四×横一七cm。朱墨両筆校合。墨付四五丁。奥書なし。村上忠順旧蔵。若干の誤脱が見られる。配列、題、作者名等で書陵部蔵甲本と相違する。日下幸男『刈谷図書館蔵円浄法皇御自撰和歌』（昭和五十一年、私家版）の底本。

⑤天理図書館本は外題「後水尾天皇　全」（後人筆）。渋刷毛引き表紙。袋綴一冊。二七・五×一九・二㎝。墨付八一丁。虫損、朱墨両筆校合。一面一三行。元奥書に、

右一冊者、以水戸宰相御本写、書写之畢。
可秘々々。
時元禄三庚午歳文月吉辰
右以此一冊書写校合畢。
明和六己丑歳六月
（朱）三ノ字三玉集也

とある。

⑥国文学研究資料館本は直外題「後水尾天皇／御撰千首」。袋綴一冊。墨付八一丁。一面一三行。国文学研究資料館本は天理吉田本の写しと思われる。元奥書に、

右一冊者、以水戸宰相御本写、書写之畢。
可秘々々。
時元禄三庚午歳文月吉辰
右以此一冊書写校合畢。
明和六己丑歳六月

（朱）三ノ字三玉集也

とある。

⑦龍谷大学図書館写字台文庫本は外題なし。扉題に「円浄法皇御自撰作者部類奥ニ出ル」。茶刷毛引き表紙。袋綴三冊。二六・一×一八・八cm。墨付二八・三〇・三九丁。落丁誤脱あり。一面一一行。奥に、

右ノ一冊者、以水戸宰相御本写、
書写之畢。可秘々々。
時元禄三庚午歳／文月吉辰

とある。なお写字台文庫のもう一本は円浄法皇御自撰和歌ではなく後水尾院御集である。

諸本の書誌は、以上の通りである。総歌数は諸本により相違するので、①〜④を表8に示す。なお後柏原院の歌で、題のみで歌の脱落しているのが二首ある（諸本共通）。書陵部水田長隣本では一三四と一三五の間の「未飽花」、一六七と一六八の間の「春月」の歌である。題下に北条氏朝筆で「此歌落ル他本同」と注がある。それを含めると、書陵部甲本では総歌数一〇二四首となる。

表8

部立	①	②	③	④
春	198	196	197	197
夏	101	100	100	101
秋	213	213	欠	213
冬	107	107	欠	105
恋	196	196	欠	196
雑	207	207	207	206
計	1022	1019	504	1018

二　入集歌人

次に、この集の性格を測る意味で入集歌人について見てみよう。

巻末作者部類によれば、後土御門院、後柏原院、後奈良院、後水尾院、伏見宮邦高親王、貞敦親王、道永入道親王、八条宮智仁親王、足利義政、義尚、転法輪三条公敦、大炊御門信量、三条西実隆、公条、実枝、中院通秀、通勝、通村、上冷泉為広、下冷泉政為、飛鳥井雅親、雅康、雅俊、甘露寺親長、烏丸光広、綾小路俊量、姉小路基綱、冨小路資直、東常縁、二階堂政行、一色直朝、細川幽斎、釈正広、飯尾宗祇、岩山道堅、牡丹花肖柏、後花園院上﨟（転法輪三条冬子カ）、後土門院一位、一位局、勾当内侍（四辻春子カ）、権典侍、新典侍の以上総員四三名である。但し北条氏朝が書入れで言っているように、作者部類には誤りがある。姉小路済継[6]の名がなく肖柏[7]の名が付加されている。また一位は上﨟の称であり、一位局と同一人物かとも考えられる。正確な人数は確認しえていない。

右によれば、室町期の歌人が過半を占め、江戸期の歌人はごくわずかである。江戸期の歌人は、通勝、幽斎、智仁親王、光広、通村、後水尾院（没年順）の六名で、総歌数に占める割合は、一割強にしかすぎない。室町期歌人では、後柏原院、実隆、政為のいわゆる三玉集歌人が、総歌数の四割という多数を占めている。三玉集歌人重視は後の『類題和歌集』でも継承されており、二条家の歌風を継承する撰者の意向を強く反映したものであろう。

左に入集主要歌人（三〇名）の入集歌数を書陵部甲本により表9に示す。[8]

表9

歌人	歌数
三条西実隆	205
後柏原院	159
後水尾院	53
中院通村	49
下冷泉政為	43
細川幽斎	38
杉原賢盛	38
一色直朝	37
姉小路基綱	37
烏丸光広	34
岩山道堅	34
三条西公条	25
智仁親王	21
姉小路済継	21
中院通勝	21
後土御門院	20
飛鳥井雅康	18
飛鳥井雅俊	17
上冷泉為広	16
足利義尚	16
邦高親王	15
東　常縁	12
足利義政	10
三条西実枝	10
勾当内侍	10
権典侍	8
飯尾宗祇	7
中院通秀	7
飛鳥井雅親	5
一位局	5

当代六歌人について言えば、時代的に近い『慶長千首』入集歌人が、なぜ当集に漏れたかという疑問が存する。例えば、『慶長千首』に多数入集している主要歌人の後陽成院・近衛信尹・飛鳥井雅庸・上冷泉為満・三条西実条らが、当集に一首として入集していないのはどういう意図があるのか。考えられることは、後水尾院歌壇で当代歌人群を形成しようとの意図ではなかったのか。

また当代六歌人の歌は、『慶長千首』に入集しているが、その入集歌は当集においては省かれている。それは、後陽成院歌壇と後水尾院歌壇との歌風の相違という点に起因するものかと思われる。

三　成立と撰集意図

和田英松は前引著で、「この御集を撰ばせ給ひし年代は詳ならねど、集中載せられたる御製の過半は、寛永十四年御着到百首の中よりとり給ひ、其の他同年二月、同十六年九月の御製等にて、慶安元年九月十三夜十三首の中二首の御製もまじりたれば、寛永の末に撰ばせ給ひ、慶安の始に補ひ給ひしものか。」と述べている。

当代六歌人の内、歌数撰者に次ぎ、撰者と最も没年近く、後水尾院歌壇の主要歌人は、中院通村であるから、両歌人の入集歌の年代下限を調査してみると、詠作年代の明らかなものでは、後水尾院が慶安元年、中院通村が承応元年である。書陵部蔵甲本により、両歌人の詠作年代を表10に示す。[10]

表10

通村	歌数
元和４年	1
寛永６年	1
12年	1
14年	5
15年	1
18年	1
20年	1
正保元年	2
２年	4
３年	8
４年	2
慶安元年	1
２年	2
３年	1
４年	3
承応元年	2
不明	13
計	49

後水尾院	歌数
寛永４年	1
13年	2
14年	22
15年	2
16年	3
17年	1
慶安元年	11
不明	11
計	53

右表によれば、後水尾院の場合、詠作年代の傾向がはっきりしており、寛永十四年と慶安元年に集中していることがわかる。前者では、「着到百首」中より二一首、後者では「十三首」より一一首が入集している。後者は特に中院通村が評して絶讃[11]しているものであり、秀逸なる歌といえよう。「十三首」より一一首と言えば八割強であり、その位置は評価されるべきであろう。

中院通村の場合、寛永期の歌もあるが、それは少数であり、むしろ正保・慶安・承応に至る晩年の歌が中心となっている。通村の家集定本[12]とも言うべき『後十輪院内府集』（中院通茂編）では、若年の折の歌が省かれ、前述の如く「慶長千首」の歌も殆ど入れられておらず、そこに編者通茂の意図あるものと想像していたのであるが、当集においても同傾向を示しており、そこに歌風の変化を感じ、晩年の歌風こそが、通村の庶幾した歌風であろうと考える。彼が晩年に庶幾した歌風を知るために、『屛風押色紙和歌[13]』をここに紹介し、両集の比較にも及びたいと考える。架蔵本『屛風押色紙和歌』一冊の奥に、

屛風押色紙和歌者、中院大納言[14]
通村公之御作撰也。則御自
筆之以本、写之留者也。
正保二年臘月上旬　俊盛書之

とあり、正保二年以前の成立であることが知られる。後水尾院と通村の歌は、ここには一首も入集していないが、それは当代歌人を省く意図があったからであろう。『屛風押色紙和歌』について福井久蔵は、「後柏原天皇を始め廷臣十六人の作六十首をぬき、中院通村の四季恋雑の部立をなせるもの。高松宮家に一本あり」（『大日本歌書綜

覧』中巻）としているが、実は『屏風押色紙和歌』は当集と強い相関関係にあるのである。これについては、両撰者の生涯にわたるつながりや、この集全六一首中、当集に五四首（九割弱）もが入集していること、両集入集歌人が共通しており例外は肖柏唯一人であること等から、関係が深いと考えられる。

入集歌人・歌数一覧を表11に示す。

表11

歌人	歌数
飛鳥井雅親	5
三条西実隆	5
後柏原院	4
後土御門院	4
下冷泉政為	4
姉小路基綱	4
岩山道堅	4
三条西公条	3
邦高親王	3
貞敦親王	3
三条西実枝	2
飛鳥井雅康	2
中院通秀	2
姉小路済継	2
飛鳥井雅俊	2
上冷泉為広	2
富小路資直	2
飯尾宗祇	2
勾当内侍	2
後奈良院	1
中院通勝	1
後花園院上臈	1
牡丹花肖柏	1

ここでも三玉和歌集歌人が上位を占めているのは当然として、文明期の歌合判者雅親が実隆と並んで五首入集しているのは注目される。また一部の巻頭を後柏原院、巻尾を雅親が飾っているのは、象徴的である。雅親は、通秀や実隆文化圏の一員であり、「歌はただ心のおよぶ所にかなはむとすべし、とぞ申侍りし（中略）さればわづかにぞんじてえたらむしるべにつきて事の道理をわきまへよむべし。かくしつつまなびもてゆかば、じねんに心の発する事なからんや」(15)と述べており、二条派の歌風と矛盾するところがない故であろう。

通村は「近代のやうを見習候には、雅世卿、栄雅、逍遥院なとの詠、少々御覧候ても可然候歟」(16)と述べており、雅親の歌風に肯定的な態度をとっている。通村がそのように評価した雅親であるが、当集では二九位で、わずか五首入集でしかない。しかし通村の肯定的態度とは反対の意見を後水尾院が有していたのかといえば、そうではない。確かに千余首中の五首というのは少いが、この五首全てが、表12に示すように両集で一致しているのである。

表12

部立	A歌番号	B歌番号
春	3	173
夏	16	228
冬	41	605
恋	47	749
雑	61	822
計	5首	5首

表13

歌人	歌番号
岩山道堅	14
邦高親王	20
三条西公条	21
飛鳥井雅俊	26
下冷泉政為	35
牡丹花肖柏	36
貞敦親王	37
計	7首

想像するに、後水尾院が雅親をさほど評価せず、さりとて通村が評価している歌人ゆえ、その五首全部を入集させることによって妥協を図られたのではないかとも考えられる。

このように入集歌人は両集で共通していても、その歌人の評価という点で相違していることがわかる。表9と表11を対照すれば明らかな如くである。

また、両集の入集歌に相違する点があるのは前述のごとくである。『屏風押色紙和歌』にあって『円浄法皇御自撰和歌』に漏れた歌を前者の歌番号で示すと表13の通りである。[17]

しかしそれにもかかわらず両集につながりのあることは明らかであり、『円浄法皇御自撰和歌』の成立を考える上で、『屏風押色紙和歌』の撰集資料としての位置は重要と考える。通村と後水尾院のつながりは師弟の関係と言ってもいいものであり、当集撰集に当っての通村の協力というものを除外して考えることは無理であろう。

次に撰集の意図についてであるが、『類題和歌集』を類題集・私撰集と分類し得ても、『円浄法皇御自撰和歌』をそれと同一視することはできない。確かに『新続古今集』と当集とを比較すると、歌数も少く序跋を付さず、重複歌も存するという点で、勅撰集としての体裁は整っていないという感は免れ難いが、撰者の意図としては諸本の奥書識語にある如く、勅撰集としての成立を期していたのではという感がある。『新続古今集』より、「二百余歳荒廃之道」[18]を「再興起」せしめんと努められたのであろうと考える他はない。

しかし、「元和帝、有撰集之御風望」と言えども「依故障、不被遂叡慮」とある如く、正式な勅撰集としては歴史的に成立しなかったようである。

おわりに

以上の考察を整理すると、次のようである。

成立については、①「屏風押色紙和歌」の成立が正保二年以前（架蔵本奥書）であること、③後水尾院御製では着到百首と共に十三首詠が多く入集していること、③通村の承応元年詠が入集していること、④飛鳥井雅章、三条西実教、中院通茂らが入集していないこと等から、上限は寛永十四年、下限は承応元年に求めることが可能であろう。

撰集意図については、①室町期の歌人が大半を占めていること、②新続古今集につらなる雅世、雅親、雅康ではなく三玉和歌集の歌人が首位の座を占めていること、③当代六歌人を全て後水尾院歌壇で占めていること、④当代歌人の中では、後水尾院と通村が首位次位を占めているという事からすれば、撰者後水尾院（中院通村補佐）が、『新続古今集』より「二百余歳」絶えていた勅撰集を、再び世に出し、「荒廃」の極みにある歌道を「再興起」せしめんとしたということであろう。

ついに「故障」により勅撰集としての成立を見ることはなかったものの、歌道振起は古今伝授継承者[19]後水尾院の悲願であり、型式・内容を変えての『勅撰一字抄』『類題和歌集』へと推移していったものと思われる。その意志が後西院、霊元院へと継承されていったことは周知の如くであり、ここに掲げるまでもないことである。

今後は、出典を含む一首ずつの内容吟味、『類題和歌集』などとの比較研究を進めて行きたい。

注

（1）水戸の徳川光圀。

（2）水田（尾崎）七左衛門。長隣。盈緗堂。京都住。平間長雅門弟。その手写本は現在多くは書陵部蔵。長隣については、日下幸男『近世古今伝授史の研究』地下篇（平成十年、新典社）、神作研一「点者としての水田長隣」（『中世近世和歌文芸論集』）等を参照されたい。

（3）従五位上遠江守。伏見奉行、寺社奉行。河内丹南狭山領主（寛政重修諸家譜）。平間長雅・有賀長伯門弟。その手択本は現在書陵部蔵。氏朝については、日下幸男『近世古今伝授史の研究』地下篇（平成十年、新典社）等を参照されたい。

氏朝識語に、

　這書者水田氏所伝也

　　遠江守（丸印）

　　末有断書

先是雅翁所伝書同之、不可漏脱旨之断、仍無之、与
旧陰貯此本、長隣者与
後西院之千首、聞紛歟。

這一冊、従水戸御家倉求出之旨
長隣申処也。
元和帝雖有撰集之御風望、
依故障、不被遂叡慮、故自
後土御門院到御在世、長于此
道君臣之秀歌、集千首、以所
此撰集矣。寔二百余歳荒廃

之道、可謂再興起、豈以非広太、(ママ)
御勲徳、最可仰可貴。
此文ハ雅翁伝之本ニアルユヘ是ヱ写。

とある。

（4）長雅、長伯と水戸とのつながりは、『住吉社奉納千首和歌』（宝永六年）に見られる。右本は長雅発願・長伯編で、巻頭歌は水戸の徳川光圀である。本文作者付に「無名」とあるが巻末作者目録には「水戸西山黄門」と記してある。他に家臣安藤新助為章らも入集している。

（5）叢書。大阪町奉行新見正路編。

（6）済継は二一首入集しており、作者部類にない原因を調査の結果、諸本全て伝写の間の誤りであるということが判明した。作者部類の基綱の次に息済継の名があるべきはずが、そこに中院通勝の名があり、「法名常済、永正十五年四十九才」とある。勿論これは改頁の際に書写者が、両歌人の略伝を混じて書いてしまったために生じた誤記であり、右引「法名常済……」の記述は『公卿補任』『諸家伝』にある如く、姉小路済継の法名などであって、通勝のものではない。

（7）宗祇の門流であり、通秀の舎弟でもあって、原本になかったか、それとも伝写の間の脱落か、まだ結論を得ていない。肖柏は当集と関連ある通村撰『屛風押色紙和歌』には一首入集しており、当集にも入集していた可能性は考えられる。

（8）現存諸本の作者付は、あまり信頼できない。例えば、三五一「閑庭薄」五二八「夕落葉」はそれぞれ資直、直朝となっているが、実は『柏玉集』（『列聖全集』）に収載の歌であり、勿論、後柏原院の歌とすべきものである。表9の歌数は、それを含めて訂正した数を記入している。また一位局の五五一「冬夜月」九三二「冬夜夢」両歌は同一のものであり、一首に数えるべきではあるが、便宜上二首と数え、改めることをしない。

（9）幽斎と中院通勝は、義理の父子（通勝室は幽斎養女）であり、通村から見れば幽斎は外祖父に当る。若き日の通村は、智仁親王邸に出入りし添削をうけている（家集詞書）。また後水尾院は、元和期以来、通村に歌の批評・添削を求めている（通村日記・御集）。通村晩年の弟子には、智忠親王、貞清親王、邦道親王らがいる。

当代六歌人の系統は左の通りである。

（当代六歌人系統図）

細川幽斎─┬─智仁親王──後水尾院
　　　　　├─中院通勝──中院通村
　　　　　└─烏丸光広

(10) 年代調査については、吉沢義則『頭註後水尾院御集』二冊、『後十輪院殿御詠』三冊（京都大学中院本、通茂筆）によった。
(11) 本書資料編参照。
(12) 書陵部蔵。霊元院・通茂・雅章寄合書本。『新編国歌大観』九の日下幸男「後十輪院内府集」解題参照。
(13) 板本は『渚の玉』（宝永四刊）に所収。写本は『国書総目録』によれば、竹泊園文庫・高松宮家に各一本存するが筆者未見。その他書陵部本『歌書集成』（一五四―五八三）にも所収。但し、右本は家蔵本の二九番歌を落としており不完全。また架蔵本のような奥書は不存。家蔵本は題簽別筆「屛風押色紙和歌」。袋綴一冊。縦二七×横二〇㎝。墨付九丁。奥書は前引の通り。
なお中院本『中院家蔵書目』（中院Ⅱ一〇）によれば、江戸中期まで「屛風押色紙形和歌」一冊の存していたことが知られるが、現存せず。
中院本（中院Ⅱ四七）通村自筆日記寛永三年七月二十五日条に「申刻許退出、先是御屛風歌寄書賜之。後土御門院御時、被新調色紙歌也。元来予所持之本、二帖之分在之、二帖之分不足［甲乙四帖歟、反古ノ本御虫払之時、予見裏ニ四帖分書之出也。問進之］。官本也。可令書之由仰也。仍同随身而帰了。予古本［故大聖寺御比丘尼御筆歟。後奈良院御妹歟］。乃晩参内」とあり、室町期の屛風押色紙形和歌に関することを記している。
(14) 通村の権大納言在任は、自寛永六年至同十九年（『公卿補任』）。
(15) 『筆のまよひ』（『日本歌学大系』五所収）。
(16) 中院本（中院Ⅵ一五〇）『武家尋問条々』一冊。通村晩年の寛永末から正保・慶安期における、武家（内藤頼長、津軽信義、脇坂安元、松平忠晴、中根正盛ら）からの添削依頼や、歌道上の質問に答えた折の控えを集めたもの。奥に「寛文二壬寅五廿二、一校了」とある（『近世歌学集成』上所収）。

（17）政為のA三五「山めくる行ゑなからも嶺の雪帰るをさそふ夕時雨哉」が、B五一九では「秋過る松の下陰の木の葉をそわすれぬ色にふるしくれかな」に差しかえられている。また、A四四の作者雅康が、B七一八では円浄法皇となっている。

（18）『新続古今和歌集』を、撰者雅世が後花園天皇に奏覧したのは永享十年〔一四三八〕、それから二百年後は寛永十四年〔一六三七〕である。

（19）八条宮智仁親王より伝受。寛永二年十二月十四日。横井金男『古今伝授沿革史論』。

第五章　集外三十六歌仙について

はじめに

『集外三十六歌仙』（以下『集外歌仙』）の撰者については、後西院とする説、後水尾院とする説の両説がある。先に結論を言えば、諸本の奥書識語等によれば、後者を是とすべきであろう。しかし原本や成立時点に近い写本がない状況からすると、それ以外も含めて該書の成立事情を根本から探る必要もあろう。

一　先行私撰集

まず確認しなければならないのは、他の私撰集との関係であろう。先行私撰集との関係性を見る上で、第一に『集外歌仙』の入集歌人がほぼ室町期の歌人（武士一六・連歌師一五・沙門三他）であること、第二に形態として屏風押色紙和歌であること、等を考えると、同様の条件を具備した私撰集と比較すべきであろう。『集外歌仙』

元奥書にある寛文五年以前に成立した屏風押色紙和歌としては、中院通村撰『屏風押色紙和歌』（『和歌渚の玉』巻四（宝永四年新井弥兵衛刊）所収）がある。架蔵本元奥書に正保四年とあるので、それ以前の成立と思われる（日下幸男「中院通村の私撰集について」『高野山大学国語国文』七、昭和五十六年を参照）。両書を比較すると『集外歌仙』には『屏風押色紙和歌』所収歌は全く入っておらず、一致する歌はない。なぜなら『集外歌仙』が「雲井の人は置せ給ひ、御下司よりして世捨人等のやまと歌」を集めたのに対して、後者は天皇・公卿などの歌を集めているからで、当然といえば当然である。ちなみに『屏風押色紙和歌』の路線を引き継いで、後水尾院と中院通村の共撰により成ったとされる『円浄法皇御自撰和歌』においても同様で、『集外歌仙』と一致する歌はない。念のために『屏風押色紙和歌』を基に増補して成ったとされる『近代百人一首』（元禄二年以前成立）と比較すると、一首のみ一致する。それは三一番歌の晴信（武田信玄）の歌（立ならふかひこそなけれ……）である。たった一首で関係性があるとは言えないであろう。

　そこで範囲を広げて近世前期の私撰集にも目配りしてみたい。近世成立の私撰集を集めた上野洋三編『近世和歌撰集集成　地下篇』（明治書院、昭和六十年）所収歌と『集外歌仙』所収歌とを比較してみると、『歌林尾花末（五社奉納和歌）』五冊（元禄十六年刊）と多く一致し（地下篇歌番号1452・1221・571・1414・1400・1244・1090・1102・1434・236・196・1255・207・312・1267・346・1231・1570・1463・1366・333・1424・356・323・×・1390・33・1380・184・144・174・25・164・×・222・435）、ただ二首（×印の箇所、紹巴と昌叱の歌）だけが一致しない。九四％も一致すると、先後関係はともかく、書承関係については問題にすべきであろうが、確たる証拠は現在まで見つからない。片や『集外歌仙』は三六首、片や『歌林尾花末』は一六〇二首であるから、偶然の一致として片付けてもよいのであるが、なお原因理由は考えるべきであり、それは後考に待ちたい。

二　本文の異同

次に諸本における本文の異同であるが、『集外歌仙』諸本の内の絵入り写本二本と絵入り板本一本、絵なし写本一本及び絵入り板本『歌林尾花末』を比較してみたい。

〔歌仙絵あり〕
大東急本（『大東急記念文庫善本叢刊　中古・中世篇和歌四』）　↓大と略す
姫路市立美術館本（同美術館デジタルミュージアム画像による）　↓姫と略す
黒川本（寛政九年板本に校合書き込み。ノートルダム清心女子大学黒川本G三八、屋代弘賢校本）　↓黒と略す
〔歌仙絵なし〕
金毘羅本（国文研マイクロC四二九六による）　↓金と略す
〔他本絵入り板本〕
『歌林尾花末』五冊（『近世和歌撰集集成地下篇』による）　↓尾と略す

以上の五本の歌題・作者・初句を一覧表にして比較すると（表の表示は省略）、おおむね一致する。ただし寛政板本などに誤りが多いようである。大東急本を基本において比較する（小異は省き、歌番号は左右に関わりなく単純に数字を振る）。なお黒川本は国文研マイクロ（三三二一―二三九―四）による。

一番結句の「白雪」を「しら雲」とする（尾）

二番題「残春」を「残花」とする（姫・黒）
四番題「春祝言」を「春祝」とする（尾）
八番三句「ひとりや月の」を「月もやひとり」とする（尾）
八番四句「よころの袖の」を「日比の袖の」とする（金・尾）
九番初句「秋ふかく」を「秋ふかみ」とする（尾）
九番作者「兼載」を「兼材」（尾）「耕閑斎兼栽」（尾）とする
一一番初句「難波かた」を「難波風」とする（金・尾）
一一番三句「風さえて」を「音冴て」とする（金）
一一番二三句「いり江にわたる風さえて」を「入江吹わたる声さえて」とする（尾）
一一番四結句「あしのかれ葉のかけそさむけき」を「あしのかれ葉におとそさむけき」（姫）「あしの枯葉の
　おとそさむけき」（黒）とする
一四番題「梅花留袖」を「梅香留袖」とする（姫・黒・金）
一五番作者「玄陳」を「里見玄陳」（黒）「玄陳　里村」（金）とする
一六番二句「花さくころの」を「花まつ頃の」とする（尾・姫）
二〇番結句「みする月哉」を「みする月かけ」とする（尾）
二一番二句「種をそうえし」を「たねをそ蒔し」とする（尾）
二二番題「月前遺恨」を「月前述懐」（姫）「月有遠恨」（金）「月在遠情」（尾）とする
二三番作者「親尚」を「蜷川親当」とする（姫・金・黒）
二三番三句「しられけれ」を「しられける」とする（黒）

二四番作者「冬康」を「冬康　三好」（金）「安達冬康」とする（黒）
二四番三句「越さえて」を「こへふけて」（姫）「声更て」（金）「声ふけて」（尾）とする
二八番結句「みちいそくらし」を「雨いそくらし」（金）「雨いそくなり」（尾）とする
二九番二句「いとくりかへす」を「糸くりいたす」とする（尾）
三一番三句「山桜」を「桜花」とする（尾）
三二番四結句「まつのちとせは万世の春」を「松の千とせのよろつ代のすへ」とする（尾）
三三番結句「さみたれの雲」を「五月雨の空」（金）「五月雨のころ」（尾）とする
三五番題「江辺寒月」を「河辺寒月」とする（姫・黒）
三六番初句「雲と見は」を「くもと見す」（姫）「雲と見ては」（金）とする

以上の差違の内、一番の結句のように歌意に関わるものや、二二番題のように大・姫・金・尾ともみな違うものもあるので、善本を決めるのにはもう少し考察が必要である。

なお『集外歌仙』の諸本の紹介は鈴木健一『近世堂上歌壇の研究』（汲古書院、平成八年、増訂版平成二十一年）に備わる。市大森文庫本・国会本・宮書片玉集本・国会清水千清遺書本・寛政九年板本の奥書等を引く。

一応諸本の奥書や刊記等を前提として、成立や成立後の書承関係（直接・間接を問わず）を整理すると以下のようであると推察される。

寛文以前に、東福門院の懇望により後水尾院が『集外歌仙』を勅撰の上、宸筆を染められ、東福門院の御屏風に押され①、画像は狩野蓮長に画かしめた。のちに和歌は巻軸詠者松永貞徳男昌三や、交野内匠頭（時久）によって書写された。昌三筆本は貞徳門弟望月長孝に贈られ②、宝永三年に平間長雅が書写し（這書者、為二条家末流、無上之秘珍也。／宝永三丙戌暦青和上浣　六喩居士長雅）③、長孝・長雅系統の六陽斎長雪相伝本を稲梁軒風斎が跋を付し寛政九年に万屋から出版された④。また出雲寺和泉掾元丘本を寛文五年以降に書写した本は、別の時点で山井図書定重が書写校合し⑤、宝永五年に渡辺宗賢が書写した（宝永五年二月下旬　渡辺宗賢書之／春秋六十八）⑥。

あらましは右の通りであるが、その根拠を簡略に左に示したい。

①②は後引の寛政板本の序文や跋文にある。③は市大森文庫本元奥書にある。④は①に同じ。⑤⑥は金毘羅本元奥書にある。ちなみに長孝・長雅については、日下幸男『近世古今伝授史の研究地下篇』（平成十年）等を参照されたい。寛政板本については後述する。

三　寛政九年板

次に該書の近代における出版史・研究史について触れたい。

まず『続々群書類従』一四（明治四十年、復刻昭和四十五年）の例言によれば、

一　集外三十六歌仙一巻　本書は二十一代集の載せざる歌人三十六人を、後水尾上皇の撰ばせ給ひて、東福門院の御屛風の色紙に、押させ給ひしものといふ、寛政九年板を底本とし、黒川氏蔵屋代弘賢校本により校訂す、

とある。ちなみに右の「黒川氏蔵屋代弘賢校本」はノートルダム清心女子大学現蔵黒川本（G三八）のことであろう（阿波国文庫、不忍文庫、黒川真頼蔵書等の印、表紙に「屋代弘賢校本」とある、以下屋代弘賢校本）。確かに屋代弘賢が

出雲寺元丘所持本により板本に校合書き込みしている。なお周知のことではあるが、元丘は「出雲寺和泉掾（日本橋の書あき人なり）」（『和歌渚の松』の割り注）である。

なお寛政板本には錯簡のあるもの（北大本）があり、また国文学研究資料館電子資料館（以下、国文研DB）で写本とされていても板本写であるもの多く、その点注意を要する（架蔵本二点も板本写である）。

寛政板本についてその序に、

是はかけまくもかしこき後水尾の上皇のおり居させ給ひし比の御すさひにして、神なをひの直き御心に白妙の雲井の人は置せ給ひ、御下司よりして世捨人等のやまと歌にかしこかりしを三十あまり六草に撰はせ給ひて、東福門院の御屏風の色紙におさせたまへりしを、……こたひ風斎老人とはかりて桜木にうつし、おのれおのれ同しこころのひとにたよりす。みつかきのひさしく玉椿の八千代にもつたへてうとねかふことしかなり。安田貞雄（花押影）

とあり、跋文には、

右集外歌仙は近代歌仙とも云、寛永の太上皇御自撰にして、詠歌は震筆を下し給ひ、画像は狩野蓮長に勅して画かしめたまひしも、雲上月宮の御事なれはしるへきに非す、人々の官職によりておろおろに図せしむ。和歌は松永貞徳翁の男昌三子の広沢長孝子に書て贈られしを、我師六陽斎長雪居士まて相伝ありし秘本のままを、許されて写し置ぬ。此歌仙の人々のめいほく、昔の歌仙の人々にもおさおさ劣るましく、有難くも覚侍りぬ。今世たまたまみる所の詠歌の写、書損不少、原本をもて改め正して、世に普く弘めむと思ふ事久し

て果さす、爰に安田貞雄の主の力にて、こたひは梓とはなしぬ。年比のあらまし成て、老の悦はしさになし、
時に寛なる政も八といふ年の霜ふり月の事に社あなれ。

ふところにまきおさめたる文までも　稲梁軒 風斎
しらるる御代にあふかかしこき

とあり、奥付に、

緑毛斎栄保典繁画（印影「藤原」）
芝江釣叟書（印影）
寛政九丁巳正月吉旦
東都山下町
万屋太治右衛門板

とある。裏見返しに他本の奥書を写し、

元丘本云、
A右歌仙者、依東福門院之御懇望、為龍慰
被染宸筆者也。

寛文五年二月下旬　　交野内匠頭写之
B院御覧之後、命狩野蓮長、被製画図、
与各詠、合符畢。
　　　　　　　山井図書定重記之

とある（句読点を付す、頭部のABは任意の記号）。元丘本の交野内匠頭元奥書Aと山井の元識語Bは別時点で成立しているると思われる。時系列のベクトルはこのままとして、前段の「被染宸筆」の主体が後水尾院と思われるのに対して、後段の「院御覧之後」の主体は後西院の可能性も考えられる。つまり後水尾院宸筆屏風押色紙和歌がまず成立し、つぎに後西院の勅により歌仙絵と符合させて集外三十六歌仙（画帖か）が成ったという可能性である。
次に『列聖全集』御撰集六（大正六年）では、表題に「後西院天皇勅撰／集外歌仙」とあり、古谷知新の例言に、

集外歌仙はまた近代歌仙ともいふ。後西院天皇の勅撰にして、東福門院の御懇望により、親しく宸筆を染められしよし、寛文五年の奥書に見ゆ。また一本の奥書に、詠歌は宸筆、画像は狩野蓮長に勅して画かしめられたるよし記せり。版本ありて世に行はる。本書は内閣文庫所蔵の写本に拠れるものなり。

とある。和田英松『皇室御撰之研究』（昭和八年）でも、後西天皇の項目に「集外歌仙」が収載されており、

……清水千里遺書巻二十に収めたる奥書に、
右者依東福門院御懇望、為龍慰被染宸翰者也、

寛文五年二月下旬　　　　　　　　　交野内匠頭写之

右者後西院之御撰也、院御覧之後、狩野蓮長被製図画、与各詠合符畢、

右暫時写之、一校記、　　　　　山井図書定重記之

と見えたり。一本の奥書には、「後西院之御撰也」の六字なく、刊本に載せたる稲梁軒風斎の寛政八年奥書には、「右集外歌仙は、近代歌仙ともいふ、寛永の太上皇御自撰にして、詠歌は宸筆を下し給ひ」と記せり。寛永の太上皇は、後水尾法皇の御事なれば、山井図書の奥書とあはず。蓋し「後西院之御撰也」の六字を脱したるものによりたるが故ならんか。

云々とある。なお右の文言には不審な点がある。まず「清水千里遺書」は恐らく国会本叢書「清水千清遺書」のことと思われる。後西院の御撰であると主張するために、「蓋し「後西院之御撰也」の六字を脱したるものによりたるが故ならんか」というのは、多少強引にすぎようか。

ちなみに右の奥書識語にみられる、交野内匠頭や山井図書について付言しておきたい。交野家は西洞院時慶の末子時貞（慶長十九年〜天和元年）から始まる。交野時貞は承応年中に出家して、法名を可心という。可心は『後水尾院日次記』にも名を見る人物である。また時貞女に山井局（後水尾天皇上臈）がいる。山井定重は山井局の係累かとも想像される。交野内匠頭時久（正保四年〜寛文十年）は二十四歳で没している。すると奥書識語にみられる人物は、みな後水尾院文化圏にいたようである。

おわりに

以上の考察によれば、『集外歌仙』の中で最初に成立したのは東福門院御所の屏風に押された後水尾院宸筆本であり、つぎに色紙和歌と歌仙絵とが対にされた画帖本であろう。それは主に朝廷内に秘され、世間には広まらなかったようである。後に望月長孝・平間長雅流の末流写本をもとに、江戸後期の寛政九年になって板本が出され、その影響でひろまったと思われ、伝本に寛政板本の写本が多いのもそのためかと思われる（寛政板本に誤りが多いのは、親本に末流写本を用いたためと思われる）。画帖の大東急記念文庫本と姫路市立美術館本（酒井抱一本）は絵柄の違いや本文異同があり、直接的書承関係はないようで、別個に成立したかと思われる。

第六章　後水尾院歌壇の源語注釈

はじめに

本章において、後水尾院のとせず後水尾院歌壇のとしたのは、古今伝授の時代にあっては学の継承と言うことが根幹にあり、後水尾院歌壇の人々の学問は個的に存在するとともに、有機的に関連して存在すると見たからである。中院通村、後水尾院の講釈は聴聞者の聞書のままの形（いわゆる抄物）で存在し、中院通茂の抄物は幾分通茂自身の整理が加えられた形で存在する。故に講者の影という点で多少温度差があることは否めず、一概には言えないところであるが、その基調に古注の尊重という共通点を見いだすことは可能であろう。その中で、通茂について言えば、周知のごとく熊沢蕃山と交流があり、通茂の源氏物語注釈には古今伝授の枠を越えて、蕃山の影響も見られる。

後水尾院歌壇における源氏物語注釈（通茂以外は講釈中心であり、以下源語注釈・源語講釈と称す）については既に「近世初期宮廷の古典教育」（『研究集録』一五）等において述べたところであるが、上皇期においてそれを担当したのは、主として中院通村であり、法皇期においては、主に後水尾院、及び中院通茂である。

本章では右記前稿等をうけて、後水尾院歌壇における源語注釈（主に源語講釈）の史的展開に焦点を当てて考察を深めてみたい。なお日下は、聖護院門跡御文庫や京都大学付属図書館蔵中院文庫（文学部陳列館古文書室蔵中院文書も含む）を三十年以上かけて網羅的に拝見しており、論証の根拠は多くそこに由来する（以下聖護院本、中院本、中院文書と称す）。また禁裏本の流れを汲むいわゆる大名文庫についてもいくらか拝見しているので、それらをもとに事実に関する知見を述べて、大方の御叱正を得たい。

一　通村の源氏学

最初に通村（天正十六年～承応二年、六十六歳）の源語講釈について述べたい。それについては既に拙稿「中院通村の古典注釈」（『みをつくし』創刊号、昭和五十八年一月）において概観したところであり、多少引用等に重複する点があることをあらかじめお断りしておきたい。中院家の源氏学については、やはり中院家の人に聞くのがよいであろう。通村の孫通茂が門弟の大名からの質問に答えた時の、応答控えがある。即ち、通茂自筆になる中院本『［古今伝授応答控］』一冊（以下応答控と称す）、及び中院文書『和歌覚書』一通である。『応答控』は元禄四年松平（鍋島）光茂、相馬昌胤よりの質問に答えたものであり、『和歌覚書』は年月・質問者等不明である（しかし両者を比較するに、後者も松平光茂よりの質問に答えたものと推定される）。因に光茂・昌胤は通茂と姻戚関係にある。光茂は寛文三年通茂妹於甘と祝言を挙げている（日下幸男「鍋島光茂の文事」『国語と国文学』昭和六十三年十月号）。昌胤の兄嫁は板倉重矩女、通茂室は重矩養女。なお贅言を加えれば、光茂は北野社僧能円の源語講釈を聞き、寛文二年通茂に歌道伝授起請文を提出し、後水尾院の和歌門弟となり、同十一年雅章より三部抄伝授を受け、貞享三年通茂より古今切紙伝授を受けた人である。以て本資料の価値を知りえよう。

『応答控』（右傍の（朱）と表記した朱筆部分が通茂の返答部分）に、

覚

一古今（朱）切紙之起、宗祇始ニ御座候。（にては無之候。何比始候哉不存候。（略））為世より頓阿迄ハ歌一首宛被伝と見え申候。但、（朱）三条家ニハ其末々迄も被伝来歌御座候様、（左様ニ承候。定而東ノ家ニテ偽候哉と存候。（略））被仰聞候。いつれに切紙と申沢山ニ成候ハいつより始候哉。

一従法皇様御拝領被成候御本と当春被仰候（朱）（其不足ノ分従法皇様拝借仕候。）ハ岷江入楚との巻之事ニ御座候哉。（の事ニ候。）旧冬御見せ被成候御本内に御座候哉、如何。（進之候ハ也足時分より有之候下書ニ候。）扨又、旧冬御見せ被成候古今聞書十六冊、也足之（朱）幽斎へ之聞書ニ御座候哉。（講談之時ノ也足聞書ニ候。）

（略）

覚

一妙門（朱）古今御伝授之時、（箱ハ後水尾院へ返上之事ニ候。）三十首（此歌何方にも無之候。妙門ニハ有之候哉。）いつかたへも数年尋候へ共無御座候。御所持被成候哉。（但古今伝受ノ箱ニ入候ハ、今ハ妙門にも有間敷候。古今）御才覚被成候而成共御みせ可被成候。

（略）

一源氏抄（朱）相残候分、（進之候。御執心之段々千万尤存候。源氏抄源蔵下向ニと存候て存外上本ニ罷成候。蜻蛉以下唯今此方ニ入申候。（略））段々借可被下由、被仰聞候上ハ尤努々疑候而申上ニ而ハ毛頭無御座候へ共、貴公様・拙者も六十才齢ニ而ハ一日も早ク無残所承参候。光茂命ノ果候ハヽ、於御家御切紙等早々返上可仕覚悟ニ御座候。……

五月廿六日　松平――

中院前大納言様

などとあり、『和歌覚書』の「御尋之条々」一通に、

一也足岷江草本四五冊候。奥ハ草不仕候と存候。桐壺者焼候。

一三光院源氏抄ハ前年借進候山下水ニ候。家にも全部ハ不仕之由承候。

一御家御本と被仰越候ハ源氏抄候哉。抄者無之候。後十輪院講尺後々下官なと所々にて承候ハ、河海・花鳥・明星・自分之聞書なと取集候て見合読申候。通ー（純）物語ニ仕候ハ後十輪院申候ハ、抄仕候ハ悪敷候。見よき様に仕候へハ、子孫それをたのみ、不学ニ成候と申候て、抄不仕事自讃仕候由申候。日野弘資卿源氏の名所分可致と被申候をも、左様ニ見よき様にすれハ源氏にうとく成候て悪敷由申留申候。箒木抄一冊後水尾院御前講談の時ノ抄有之候へとも焼失候。中和門院ニテハ一部読申候。是ハ諸抄ヲ見合候やらん抄無之候。……源氏ハ也足読申候時ノ後十輪院聞書有之候。是も焼失候。後十輪院講・通ー（純）聞書、是ハ残候へとも、大部の物故、数年ニ次テ次テ承候故、そろひ申さす候。清書も不仕候故、むさむさと仕たる物ニ候。清書本三四冊候。御覧度候はゝ可掛御目候。……

などとある（句読点を私に付す。合字はこれを開く。以下同）。

右により、①中院家の元禄四年（鍋島光茂六十歳）頃における源氏抄の所蔵状況、②通茂の通村講釈の内容についての見方などが明らかであろう。則ち、①について言えば、通勝自筆『岷江入楚』桐壺巻、通勝講釈通村聞書、通村の後水尾院御前講談の時の『箒木抄』一冊などは焼失したが、三条西実枝『山下水』不揃い本、通勝自筆『岷江入楚』草稿本四五冊、その不足分につき法皇より拝借の本、通村講釈通純聞書不揃い本、その清書本三四冊、通村講釈通茂聞書不揃い本などが残存していたようである。②について言えば、通村講釈通茂聞書の折は、

河海抄・花鳥余情・明星抄・通村聞書などを基に読んでいたようである。また、通村は便利な抄物を作れば子孫が不学になるからという理由でそれを作らず、門弟の日野弘資にも作らせなかったようである。通茂の返答（応答控、和歌覚書）や先行する拙稿群などを基に、通村講釈の軌跡をたどってみたい。

A元和元年七月、中和門院御所にて中和門院に源語講釈。乙女・桐壺（巻名は原文通り。以下同）。光照院・近衛信尋等聴聞（『通村日記』、『大日本史料』一二編二二）。

B同年同月〜八月、二条城にて徳川家康に源語講釈。初音・帚木。南光坊天海・藤堂高虎・伊達政宗等聴聞（『通村日記』、『大日本史料』一二編二二）。

C同二年二月〜四月、禁裏にて後水尾天皇に源語講釈。朝かほ。聴聞者不明（『通村日記』）。

D同七年二月〜同八年四月、禁裏・中和門院御所にて天皇・中和門院に源語講釈。夕顔・乙女・あさかほ・玉鬘・初音・こてふ・ほたる・とこなつ・篝火・野分・みゆき・蘭・巻柱など（講釈順）。智仁親王・好仁親王・尊純親王・近衛信尋・阿野実顕・土御門泰重・高倉永慶・中御門資胤・平松時興等聴聞（『大日本史料』一二編三七）。なお拙稿「中院通村の古典講釈」の時点では知り得なかったことであるが、通村の姻戚（息通純室は永慶女）高倉永慶の聞書は野村精一蔵で、同氏「源氏物語古注釈の成立過程――付、新資料・架蔵高倉永慶筆『中院殿源氏講釈聞書』草稿影印」（『実践国文学』四二、平成四年九月）に紹介がある。

E同九年二月、中和門院御所にて中和門院に源語講釈（史料綜覧、なお大日本史料はこの部分未刊）。

F寛永三年十二月、禁裏にて天皇に源語講釈。槙柱。園基音・勧修寺経広等聴聞（通村日記）。

G同五年十一月〜同十年九月、私邸にて息通純・実弟北畠親顕らに源語講釈。あけまき下・さわらひ・やとり木上・やとり木下・あつまや・うきふね・かけろふ・はゝきゝ・須万・あかし・みをつくし・蓬生・関屋・

絵合・桐壺・帚木・空蟬・夕顔など。高倉永慶・同永将・白川雅陳・清閑寺共綱・土御門泰重・同泰広・園基音・小川坊城俊完・岩倉具起・田中敬清・伴与九郎紀全・伶人伊益・言春・小平太等聴聞（中院本《Ⅴ二八》通純筆『〔源氏物語抄草稿〕』仮綴横小一四冊）。

H同十六年七月～正保二年三月、聖護院・六角堂にて道晃親王らに源語講釈。桐壺・箒木・初音・胡蝶・蛍・槙柱・幻・匂兵部卿宮・紅梅・竹河・橋姫。通純・高倉永慶・白川雅陳・同雅喬・清閑寺共綱など聴聞（聖護院本『聖護院御門跡日々記』合一冊、同道晃親王筆『帚木抄』仮綴横小一冊、中院本《Ⅴ二五》通純筆『〔源氏物語抄草稿〕』仮綴横小七冊）。

I同十二年六月～慶安四年四月（但し巻③⑦は別筆であり、③慶安四卯三、同同六日、四月廿日、⑦卯廿一日、卯月廿五日と連続しており、③⑦は他の冊と成立を異にするか）、持明院亭（⑯）などにて基定らに源語講釈。①桐壺、②箒木・空蟬、③空蟬・夕顔・若紫上、④夕顔、⑤夕かほ下、⑥若紫、⑦若紫下・末摘花、⑧末つむ花・紅葉賀、⑨花宴、⑩葵、⑪榊・花散里、⑫すま、⑬明石、⑭松風・薄雲、⑮槿・乙女上、⑯乙女下・玉鬘、⑰初音、⑱藤裏葉・若菜上ノ本、⑲若菜上ノ末・若菜下ノ本、⑳若菜下ノ末・柏木、㉑横笛・鈴虫・夕霧・御法、㉒椎本、㉓角総上、㉔角総下、㉕早蕨・宿木上、㉖やとり木下、㉗東屋、㉘浮舟、㉙手習、㉚手ならひ、㉛夢浮橋（年月表示少なく講釈順不明により巻数順）。聴聞衆不明。なお③には「岩倉（具起）・白中（雅喬）・通茂・玄俊・江青」とある（中院本《Ⅴ二六》筆者不明『〔源氏物語抄草稿〕』仮綴横小三一冊）。なお①奥に別筆で「溝雲州発起也」とあり、通村室の甥溝口宣直の発起か。また宣直聞書か。別筆の③⑦は通純聞書か。ともに後考を俟つ。

右に見る如く、通村は源語を元和・寛永・正保・慶安とおよそ四十年間に亙って講釈しているが、前引の通茂の発言にある如く、ついに通村自身の手になる注釈書は書き残さなかったようである。

次に通村講釈の内容をG～Iの資料を用い、左に紹介してみたい。

第一に本文について言えば、Bでは「予自筆六半本」を用いている。これは定家筆青表紙本（但し紅梅一冊は定家筆本紛失につき他本）を三条西実隆・三条西公条・西室公順が三筆にて写した本を高倉永慶が三条西家より借りて書写した本の写しであろう（乙夜随筆、渓雲問答、大日本史料一二編三七）。後に通茂が用いることになる「六半本」（通茂日記）も同様であろう。本文に関しては、G桐壺に「河内本も可然所ハ用也」、「定家俊成父子ノ本、猶異同アリ」、H桐壺に「一諸本不同之事」とある。三条西家の源氏学の継承者として当然かも知れないが定家自筆系統青表紙本（定家自筆奥入の写を含む）を原則としつつも、河内本・耕雲本（中院本『源氏物語抄』《V二七》桐壺）も参照したことが判る。今日では山脇毅氏・池田亀鑑氏などの研究により源光行と俊成が親しく、光行・親行の河内本が俊成系で、定家の青表紙本と異同があり、耕雲本が多く河内本に近いことなどはよく知られる所であるが、既にその程度のことは通村たちも知っていたことと思われる。通村などは官庫をはじめ、公家・門跡寺院・将軍・大名文庫にいたるまで、どんな貴書・稀本であろうと望んで見られないものなどない立場におり、源語の書写校合経験も多くあり、学者・能筆家・鑑定家として並ぶ者なき人物であってみれば、別に驚くにも当たらないであろう（中院通村日記、拙稿「中院通村と古筆」『研究集録』一三、昭和五十三年三月、拙稿「俊成・定家・為家本伝来管見」『中世文芸論稿』五、昭和五十四年五月）。

第二に先行注について言えば、G桐壺に「定家ハ系図をさへキラハレタリ、只詞に心を付ヨト也。（略）青表紙ノ奥ニ書入て、奥入也。伊行仰候て、定家俊成父子ノ本、猶異同アリ。ソジヤク光行同人歟」（素寂は親行の子孝行）、H桐壺に「一諸抄之事、別而河海・花鳥、詮也。花鳥ハ誤多。余広才ナル故也」とある。G桐壺には、河・岷江・山下水・花鳥・或抄・奥入などの、H桐壺には花鳥・河海・或抄・弄花・三光説などの、名が見える。中でも多いのが河海抄・花鳥余情よりの引用である。

もとよりG～Iの資料は聞書者の心覚えとして書かれたものであるから、他人が読んでも読解不能の部分が多く、あまり参考になるとも思えない。しかし、具体的例示を全くしないのも不親切なので、右の資料中、比較的よくまとまっているHについて、少し引いてみたい。

例えば、H通純聞書の桐壺の表紙に「寛永十六七十八夜始十九夜終／於聖護院宮　黄門郎通純／桐壺」とあり、冒頭に、

一作者。一物語書様、光源氏の事すくれて書タルコト。

一光ノ字可付事。一時代事、寛弘・弘和。

一物語興事、村上天皇女十宮、大斎院ハ帝王五代之間斎院ノ故ニ大斎院と申也。斎宮ハ一代ニ一度、斎院ハ御服にもおりらるゝコト也。

一物語ノ大意、大学、欲明々徳者コト。格物之事、心ノ実ヲ得ガ此物語之大意也。

一物語之根本、寓言(荘子)(コトヲヤトス)ノコト。シ言(アリアリトシタルコト也)、チヤウ言(重々しき也)。寓言、我謂ヲ以化人ノ名ヲカル也。チヤウ言も似少違也。一部ノ作様ノ建立也。

一部立、史記。宇治ハ世家也。このさかし人、箒木。司馬遷申文ニ似タル也。カ様ノコト史記ニ在也。以一字人ヲホメソシル、左伝也。又一段一段にて人ヲホメソシルハ通鑑也。男女ノコト云タル、毛詩三十篇也。内伝之事六十巻ノコト。若過若滅。」（一オ）

一内証ニ有密法ト云コト。人間も皆作者也。先源氏ト云者、作テサテ後ハ夢ニナリタル也。紫式部カ書タルも夢ニなりたり。抄ニハ終ニ不見。か様ニ云もはてハ夢也。是此物語ノ作意同前也。

一準拠之事。

一諸本不同之事。

一諸抄之事。別而河海・花鳥、詮也。花鳥ハ誤多。余広才ナル故也。

一題号之事。広幡左大臣。光ノ名之事、重家。光ノ名乗之事。謚かコト、ヲクリ名也。源ノ字ノコト。宗源ハ物ノ根本ソ。氏ノ字コト。氏ト姓マキル丶也。姓ハ初ヲ云歟。氏ハ後歟。可考。例ハ清原源の氏ヲ賜トハ不云。此時ハ姓ト不云ハ不叶。濫傷ハ盃ヲ浮程ノ水也。

巻々ノ名ノコト。」（一ウ）

のごとくある（右傍の補入語句は本文に繰り入れる。以下同）。H道晃親王聞書の帚木の見返しに「寛永十六年／七月廿六日」とあり、冒頭に、

　　帚木　以歌為名
帚木の心もしらてそのハらのーー源ノ心也。

空蝉と源トノ贈答ヲ以テ■ル也。

此帚木ノ歌ハ新古今ニ入たる歟。

そのハらのふせやにおふる帚木丶のありとハみえてみえぬ君哉、とある歌以テヨマレタル歌也。

雨夜物語十六才、花六月、サレトモアヤマリ也。五月六月ノ事歟。十二迄桐壺巻ニアリ。十三四五ノ間ノコトハ無之也。

そのハらのふせやハ、みよしの丶よしのとアル、同事也。此巻ノ空蝉ノアリトハみえてあはぬト云所ニ、そのハらのト云歌ノ心也。

帚木ト云名、一部ニワタル也。惣別此物語ナキコトナレトモ、又昔アリタルコト面影ニアルヤウニナル程也。此巻ヲ此歌ニアテヽミレハ、一巻ノ序ニアタル也。又ハ二巻ニアタル。其故ハヒユ品ニアタル。品サタメノ段ニ色々ノタトヘアル也。
桐壺ノ幷ト云説ハ、桐壺ノ終ニ光君トアリテ、此巻ノ初ニ光源氏トアル程ニ云歟ト也。
光源氏ーこととことしうとヨミキル、ソレモヨキ也。サレトモツヽケテ云也。」（一オ）

のごとくある（■印は虫損を示す）。

この他、通村講釈通茂聞書が不揃いながら存在するはずであるが、残念ながらはっきりそれとわかるものはない。通茂は寛永八年生まれであるから、正保慶安頃にしてもまだ十代の若さである。中院本から若書きの源氏抄を探すと『〔源氏物語抄〕』仮綴横小六冊《Ⅴ二二》がある。通茂の名前はどこにも見られないが、文中に「〔花押〕云」とあり、その花押が通茂のものと近似するからである。朱墨両筆書き込み、声点・清濁あり。「可」「花鳥」「抄」「御抄」「廿」「聞」等を引く。該書を通茂の『〔源氏聞書〕』（後述参看）と比較してみるに近似しており、通茂聞書と見てほぼ間違いないものと思われる。試みに『〔源氏物語抄〕』（上段）と『〔源氏聞書〕』（下段）の乙女巻巻頭を左に比較対照してみたい。

乙女（抄）
巻名以詞幷歌号之。五節ノ事アル故ニ号ストミエタリ。
源氏卅二ノ二月より卅四ノ十月迄アリ。

乙女（聞書）
巻名以詞幷歌号之。五節の事ある故ニ号スト見たり。
源氏卅二才二月より卅四才の十月までの事あり。されとも年かはりてとあるにて正月よりとも可見歟。

されとも年かはりてとあるにて正月よりとも可見。
としかはりてーー宮薄雲也。諒闇あく也。国母ノ諒闇、持統天皇始歟。斉明天皇ハ母后なから位ニ即給へハ常の国母ト可替。色あらたまりてーー吉服ニ改也。衣かへのーー四月更衣也。

としかはりて宮の御はても　　おほさらるへし
宮の御はて　　薄雲女院一周忌也。諒闇あく也。国母ノ諒闇持統天皇ニ始レリ。斉明天皇ハ母后なから位に即給へハ常の国母とハ替へき也。
世中色あらたまりて
除服して吉服にあらたまる也。諒闇三月まてなれは四月衣かへにあひあふ也。
ころもかへの程　　四月更衣也。

もちろん右は通村自身の注釈書ではなく、あくまで講釈の、しかも聴講者各自の力量の範囲内の備忘録にしか過ぎないのである。それを前提にして見るに、作者、物語書様、時代之事、物語ノ興事、物語ノ大意、物語ノ根本、部立、諸本、准拠之事、諸抄、題号、巻々ノ名ノコトなどについては先行注を、語の清濁については家説（中院本『源氏清濁』一冊《V一八》『京都大学国語国文資料叢書』三七所収等参照）を踏まえたものと思われるが、解釈については「只詞に心を付」て通村自身の考えも示したものと思われる。例示は省く。

二　御水尾院の源氏学

次に後水尾院（文禄五年〜延宝八年、八十五歳）の源語講釈について述べたい。先に述べたごとく、通村は中和門院御所・禁裏で源語講釈をしており、院の源氏学は通村の影響が大きいと思われる。院の『伏屋塵』（続群書類従一八上、列聖全集御撰集三）を見てもそれは窺える。例えば、「桐壺のみかど」の条に「世世の先達も覚悟おぼろげにして、その心わきがたかりしを、通村この事にあきらけく、さときをのこなれば、よくこそをしへけるなれ」、「揚名介のこと」の条に、「先輩さだかに申し侍らずありけるを、通村にかたらひあひてなむ、よくさとしきはめたり」(列聖全集)などとある。院にはこのほか源語関係では『源氏物語御書入』二冊などがあり、そのほか院の講釈聞書としては『源氏聞書寛文六年後水尾院御講義』一冊、『源氏聞書後水尾院御講談後西院御筆』五冊、『同自桐壺至玉鬘』五冊、同十年四月〜七月禁中法皇講釈聞書(常子内親王・孝子内親王・中院通茂・日野弘資・飛鳥井雅章・園基福・藤谷為条等聴聞)などあったようであるが、いずれも現存しないとされる(和田英松『皇室御撰之研究』)。それでは全くないかと言えばそうでもない。既に拙編著で述べたごとく、従来知られていなかった道寛親王自筆の聞書かと推定される『桐壺』仮綴一冊(聖護院本)などがある。右は恐らく後水尾院の道寛親王(十三歳)に対する古典教育の最初に属するものかと思われる。拙編著にも初葉(一オ)だけ写しておいたが、未公開の資料であり、墨付き全三丁の短いものなので、ここにその全文を写しておきたい(朱合点・丸点は省く)。

万治二年正月廿一日源氏物語、仙洞御講談、先御文字読分
いつれの御時にか女御更衣あまたさふらひ給けるなかに、いとやむことなきゝはにはあらねと、すくれてときめき給ふありけり。これまて也。

題号之事

此物語ノ名ハ、光源氏物語。作者ハ紫式部。
題号之心ハ、全篇光源氏ノ事ヲシルスニ依テ也。
河海抄云、或説云、此物語をはかならす光源氏物語と号へし。いにしへ源氏といふ物語あまたある中に光源氏物語ハ紫式部か製作也云々。是今案の義歟。作者紫式部寛弘六年日記に、源氏物語の御前にあるをよませ

給ふとあり。
水鏡物語にも紫式部か源氏物語とかけり。代々集の詞、これらにおなし。是ヨリサキ源氏物語ト云物有リ。然ハ光ト云字可加。乍去比類ナケレハ源氏トハカリイハンニ、更ニクルシカラスト云々。

作者伝記

紫式部、父越前守為時、母右馬頭為信女也。紫式部ハ御堂関白道長公ノ北方倫子左大臣雅信女ノ官女也。相続テ上東門院ニ陪侍ス。後、左衛門権佐宣孝ニ嫁シテ、大弐三位弁局ヲ生ス。

紫式部名之事

紫式部、初ハ藤式部トイヘリ。
河海抄云、一部之うちに紫の上の事をすくれてかき出たる故に、藤式部の名幽玄ならすとて、後に藤の花色のゆかりに紫の字にあらためらるゝと云々。

時代之事

紫式部か日記ニ、ケフハサトニイテヽ史記トイフ文ヲヨムナリトカケリ。史書ニ通シタル事、分明也。
寛弘ノ初ニツクリ、康和ノ比世ニ流布ト云々。自寛弘元年甲辰、至万治二年己亥、六百四十四年歟。寛弘ヨリ康和マテノ間、百余年也。寛弘ノ末ヨリ天下ニ流布トイヘトモ、殊ニ世にサカリニ、俊成卿定家卿ノ比ヨリ云々。

物語起

選子ヲ大斎院ト申事ハ円融院ヨリ後一条院マテ五代之斎院タルニヨリテナリ。

此物語ノ起、説々アリ。大斎院選子内親王村上女十宮御母、安子中宮、所望上東門院一条院后、御堂関白女、仍仰官女、紫式部作進之。

河海抄云、此物語のおこりに説々ありといへとも、西宮左大臣安和二年大宰権帥に左遷せられ給しかは、藤式部おさなくよりなれたてまつりて、思なけきける比、大斎院選子内親王村上女十宮より上東門院へ、めつらかなる双紙や侍ると尋申させ給けるに、うつほ・たけとりやうの古物語はめなれたれは、あたらしく作いたして奉へき由、式部に仰られけれは、石山寺に通夜して、この事を祈申すに、おりしも八月十五夜の月湖水にうつりて、心のすみわたるまゝに物かたりの風情空にうかひけるを、わすれぬさきにとて仏前に有ける大般若の料紙を本尊に申うけて、まつ、すま・あかしの両巻を書とゝめけり。これによりて、すまの巻に今夜は十五夜なりけりとおほしいてゝとは侍とかや。後に罪障懺悔のために般若一部六百巻を身か(ママ)つらかきて奉納しける。今にかの寺にありと云々。此事ハサラニナシト云々。

又大斎院より上東門院へ、春の日のつれつれなくさみぬへき双紙や侍ると申させ給けるに、女院紫式部をめして、なにをかまいらすへきと仰合られけれは、式部申けるは、めつらしき物はなにか侍るへき、うつほ――――。又いまた宮つかへもせて里に侍るおり、さる物語つくり出シたるによりて召出されて、それ故紫式部とは名付たると申。又第三の若紫の巻をことにたくひなくつくれり。紫式部とはいはれたりとそ。いつれか誠とならん。宇治大納言物語云、今ハ昔、越前守為時とてさへあり。世にめてたくやさしかりける―――。つくりたる也とも申。いつれかまことならん。

大意

弄花抄云、大意者、君臣父子夫婦朋友之道以教人也。

明星抄云、此物語一部ノ大意、面ニハ好色コウ艶ヲ以テ建立セリトイヘトモ、作者ノ本意、人ヲシテ仁義五常ノ道ニ引キ入レ、中道実相ノ妙理ヲサトラシメテ、世間出世ノ善根ヲ成就スヘシト也。サレハ河海ニモ君臣ノ交、仁義ノ道、好色ノ媒、菩薩ノ縁ニイタルマテ、コレヲ載セスト云コトナシトイヘリ。

或説云、一部ノ作意天台ノ四教ノ法門ニ比スト云々。此外毛詩ノ開雎ノ篇、易の家人ノ卦、大学ノ致知格物等ノ事ニ比スル。越筆巻之筆有之。

　　文体之事

司馬遷史記本紀十二巻（自桐壺至匂宮）列伝七十巻（以並擬之）世家三十巻（以宇治十帖比之）。此外於巻々文々句々、有司馬遷文法。

題号之内

一字褒貶ハ左伝之法也。タトヘハ一字ニテ人ノ行状ヲホメソシリタルコト也。是ヲ筆誅ト云。此物語にモ、テニヲハノ一字ニテ如此之類アマタアリ。段々ノ褒貶ハ賢作通鑑ノ文勢、司馬光カ詞ヲ学フト云々。是ハ草子ノ地トテ何事ヲモ批判シタルコトアルヲ云ニヤ。

或抄云、オホムネ荘子ノ寓言ヲ摸シテ作ル物語也トイヘトモ一事トシテ先蹤・本説ナキ事ヲノセス。一字ノ褒貶ハ春秋ニ同シ。但荘子ハ寓言ノミ、左氏ハ事実ヲ書て文詞モ又其ノリアリトイヘリ。今此物語ハ、カナノヲロカナルコトノ葉ナリトイヘトモ、左氏荘子ノカミニタヽンコトモカタカラスヤ。抑男女ノ道ヲ本トセルハ、開雎螽斯ノ徳、王道治世ノ治タルニカタトレリ。其中ニ好色淫風ノヨコシマナルコトヲシルセハ、隠ヨリモアラハナルハナシ。君子ツヽシム所専コヽニアリ。彼人ヲシテコラシメントヤ。スヘテ仁義礼智ノ大綱ヨリ、仏果菩提ノ本源ニイタルマテ此物語ヲハナレテ何ノ指南ヲカ求メン。学者深切ニ眼ヲ付ヘシ。

　　物語時代之准拠事

明星抄云、醍醐・朱雀・村上ノ三代ニ准スル也。桐壺ハ延喜、朱雀ハ天慶、冷泉院ハ天暦、光源氏ハ西宮左大臣、｜｜｜。用捨シテ宜ニ随ヘキ歟。

　　光源氏准拠幷摸行跡事

凡作物語ノ習、其行迹ヲ摸ス事、一様ナラス。

一、光ト云ハ、仁明天皇ノ御子西三条右大臣源光、此人ヲ摸スル歟。
一、美男ニ付テ光ト称スルコト、広幡右大臣顕光公ノ子息重光ノ少将ヲ、天下第一ノ美男ニ付テ光少将ト名ツク。是ヲ摸スル也。
一、一世之源氏左遷ノ事ハ、延喜第一ノ皇子西宮左大臣高明公ノ例也。此公帰洛アリテ二度サカヘ給シ人也。
一、須磨浦謫居ノ事ハ、行平中納言ニ思ヒヨソヘタリ。
一、謫居ノ時、風ノ変アリテ召返サヽル事、周公旦東征ノ事ニ比スル也。又雷鳴ノ事、菅丞相アラ人神トナリ給ヘル後、延長霹靂トテ清涼殿ナトヘ落カヽリシヲ思ヘル歟。
一、源氏君、須磨ノ浦ニテ住吉神、又海龍王ナトノ立願祈情(マヽ)等事、菅丞相ノ宰府ニテ祭文ヲヨミテ七日天ヲ祈リ給シタメシナルヘシ。
一、好色ノ事ハ在中将ノ風ヲマナヘリ。前ニミエタリ。
一、秦始皇ノカクレタル例トハ、日本ノ皇統ニオイテハ源氏ノ御子、冷泉院ノ如キ即位ノ例ナシ。サレハモロコシハ、此秦始皇ハ荘襄王ノ子ニハ非ス。呂不韋カ子ト云説アリ。是ヲ冷泉院ノ事ニタトヘリ。

以上がその全文である。通村の講釈と同様に先行注を踏まえたものであるが、例えば弄花・明星両抄を引きつつ大意において表面の好色は便法で実は人倫を益すると説くなど通茂注と共通する点があり、この時代の堂上における源語観や古典教育の有り様が窺えて興味深い資料である。

この他に講釈年月日不明であるが、後水尾院講釈通茂聞書と思われるものがある。桐壺巻頭を右の道寛親王聞書と比較するによく似た構成をとっており、通茂の二十代または三十代頃の筆であることから推して寛文の後水尾院講釈の聞書と見てほぼ間違いないものと思われる。それは中院本の通茂筆『〔源氏物語抄草稿〕』仮綴横小三冊《V二七》である。外題「桐壺」「箒木」「空蝉」。試みに桐壺の巻頭を掲げる。

発起

光源氏物語之事。

寛弘六年日記源氏（式部）、光の字なし。

為時之作、不用也。

式部俗性。閑院六男良門ーーーー｜｜｜式部
上東門院女房。御堂之妾。後宣孝ニ嫁。

旧跡之事（可）、上東門院御所。

墓所、雲林院ーー。

覚ウンノーー血脉。

紫之事、藤のゆかり。幽玄ならす。

寛弘ニ始リ康和ノ末之作。

大斎院（ヲ丶サイイ）、四五代斎院によりて大ト云。

石山寺（可）ー、さして実なし。されと凡人の所意とみえす。仍不捨不用。

左遷之事、西宮左大臣太宰に左遷之事也。光源ヲ左大臣に比し我ヲ紫上にーーーーにて也。」（一オ）

大意

古之明徳（大学）ーーー。

心ハ身ノ主トスル所意ーー。心ヲ治ル肝心也。自天子至庶人ーー。

本ヲ治ル肝心也。此物語にも父子有ーーー。

易家人卦。女ーー有理、肝心也。

荘子ノ寓言（テナシコトハ）ーー源氏ノ建立也。

巻々ハ史記による也。本紀、まほろし。世家、宇治。列伝、幷。文々句ゝ。筆誅、司馬遷カ勢アリ。

一字褒貶、左伝。

段々ーー、通鑑ノ司馬光。

毛詩三百開雎、一部ノ心思无邪。

尚書。　礼記、母不敬。

　内伝
天台、巻を六十巻ニ比ス。若過若滅皆存大数云々。（天台）」（一ウ）

のごとくある（可は河海抄の略記号か）。H通純聞書に似た所もあるのであるが、それは先行注・先行聞書を踏まえているからと思われる。

この他にも聖護院には『二度メ／は〻木〻』仮綴横小一冊、『もみちの賀／花のえむ』仮綴横小一冊などがある。いずれも道寛親王筆の可能性がある。三光院・素然の説などを引き、道寛親王筆とすれば恐らく法皇（後水尾院）の講釈を聞書したものかと思われる。紹介は省く。

法皇の源氏文字読は万治二年一月だけではなく寛文十一年九月にも行われたようである。『通茂日記』同月十九日条に「参御前、廿一日法皇御幸、源氏御文字読被遊之由也」云々とある（東京大学史料編纂所蔵本）。

法皇の『源語抄』自体はまだ見つかっていないが、その学統や他の御抄からすれば実枝・通勝・通村らの説を継承したものかと想像される。

なお、中院本『岷江御聞書』一冊《Ｖ三一》（京都大学国語国文資料叢書三七所収）の扉には「岷江聞書、後水尾院御校合之時仰候分也」とあるが、先に通村の項で述べたごとく通茂は『岷江入楚』の不足分を法皇より借用して補っている。従って『岷江御聞書』には後水尾院が廷臣に校合させた折の講談が吸収されている可能性がある。書写校合の時点に関しては、中院本『岷江入楚』若紫巻の通茂奥書に「此抄去十一日申出、官庫抄本十二日立筆。／今日終書写之功了。／万治三年四月廿五日権中納言源（花押）」とあるので、その頃のことかと思われる。

また、通茂の源氏抄には法皇説が引用されている。聞書の体ではないが、参考にはなろう。それについては次の通茂の項で述べる。

三　通茂の源氏学

次に通茂（寛永八年～宝永七年、八十歳）の源語講釈について述べたい。通茂の源語研究については重松信弘『新攷源氏物語研究史』（風間書房、昭和三十六年）等に多少の言及がある。通茂の源語講釈について述べる前に、そこに至る道筋について少し確認しておきたい。万治三年五月法皇より伊勢物語・源氏物語切紙伝授、寛文四年五月古今伝授、同年十一月筆道伝授、十二月三部抄伝授、同五年一月伝授奉書頂戴、同八年六月古今伝授掛守書写（本書年譜編）。通村・通純の二代は正式な古今伝授を受けていないので、中院家では通勝以来の事である。これで通茂は法皇の古典学の継承者たる学者として天下に認められた訳である。そして寛文九年二月の三条西実教失脚事件を経て法皇の信頼益々厚くなり、同十年九月日野弘資と共に武家伝奏となり、延宝二年十月これも「法皇の叡慮」により弘資と共に和歌所に移っている（同右）。武家伝奏の任にあった期間は多忙であり、かつ前項で述べたごとく万治寛文年間は法皇の源語講釈があったので、通茂が源語講釈を行う余地はなく、通茂が源語講釈を行うのは延宝になってからの事である。それについて述べる前にこの当時の宮廷における源語の位置を確認しておきたい。家康の法度や後水尾院の訓戒書などに学問に励むことの一条があることは既に広く知られていることである（大日本史料、宸翰英華）。例えば近習衆に必要とされる諸芸は、『通茂日記』寛文十一年七月八日条によれば、

参内、召御前、近習衆諸芸可被仰付歟之由也。
儒学、読書（四書、五経、史記、文選、東坡、山谷、杜子美、）和歌、歌学（万葉、三代集、源氏物語、伊勢物語、朗詠）連歌、詩 聯、管弦、神楽郢曲。

云々とある（東京大学史料編纂所蔵本）。それによれば読書に匹敵する歌学の一部として源氏物語が存在したようである。それを踏まえたうえで次に通茂の源語講釈への歩をたどってみたい。なお『通茂日記』は多く散逸闕脱しているので源氏物語の書写校合・講釈関係記事を完全にここに網羅することは不可能であるが、目につく限り左に摘記してみたい（東京大学史料編纂所蔵本、東京大学付属図書館蔵本、無窮会図書館神習文庫蔵本『通茂日記』各自筆本による。引用の際に多く前後は省略する。（ ）内は私注である）。

【書写校合関係】

○寛文十一年四月廿八日「与中御門黄門（資熙）源氏校合了」
○同　年六月廿六日「鳴滝右京入来。源氏若紫少丶校合了」。鳴滝右京は後の清水谷実業（『諸家伝』）。
○同　年七月廿日「（宇佐美）興庵来。鳴滝・薮羽林（嗣章）入来。通鑑見了。又与鳴滝源氏校合了」

○同　年同月廿二日「鳴滝又入来。興庵帰之後、源氏末摘花校合了」
○同　年同月廿五日「興庵来。中御門・鳴滝入来。入夜、与鳴滝源氏校合了。自内（霊元天皇）御使、桐壺返給、進初音・胡蝶了」
○同　年同月廿六日「入夜、与鳴滝源氏校合了」
○同十二年一月九日「中御門入来。源氏校合了」
○同　年八月廿二日「入夜鳴滝・押小路（公音）入来。源氏校合了」
○同　年閏六月十四日「参内、参御前。今日御記虫払也。無殊事。源語秘訣可写進之由仰也」
○同　年七月廿二日「野宮（定縁）・押小路入来。源氏校合了」
○同　年同月廿四日「野宮・押小路入来。入夜夕霧校合了」
○同　年八月二日「押小路入来。源氏校合。残夕霧、御法」
○同　年同月廿日「押小路入来。源氏校合。入夜野宮入来。見荘子了」
○同　年同月廿四日「午刻許押小路入来。源氏校合。入夜野宮又入来。見荘子」
○同　年同月廿九日「夕飯後押小路入来。源氏校合了」
○同　年十月十五日「夕方押小路入来。源氏寄木校合了」
○同　年同月十九日「入夜押小路入来。校合源氏了」
○同　年十一月四日「自伊州（永井尚庸）使、古今後花園・詞花伏見院・源氏物語此内三帖定成、二帖基綱と云々」
○同　年同月五日「及晩向野宮。押小路入来。同道、帰宅。源氏校合了。浮舟半分計」
○同　年同月七日「又源氏物語・古今・詞花古筆、進新院（後西院）。手跡誰人哉、若（円浄）法皇被入御覧者、可畏候由言上了」

○同　年同月十日「押小路入来。詞花集幷源氏浮舟校合了」

○同　年十二月十日「押小路入来。手習・夢浮橋校合了」

○同十三年七月卅日「今夜辻将監（近完）来。校合。源氏物語桐壺幷箒木端等也」

○同　年八月廿九日「今日自赤石（松平信之、又は熊沢蕃山か）、空蝉抄返来了」

○同　年九月十三日「辻将監来。源氏空蝉・夕皃半校合了」

○延宝元年九月廿四日「入夜将監来。源氏校合。筆稽古了」

○同　年九月卅日「入夜押小路入来。桐壺抄校合了」

○同　年十月一日「入夜将監来。源氏校合。筆稽古了」

○同　年同月六日「入夜将監来。筆稽古。源氏末摘花校合了」

○同　年同月廿三日「押小路入来。空蝉抄清書校合了」

○同　年同月廿四日「野宮入来。内ゝ所進之源氏物語五帖被返下了。椎本二帖猶在御所」

○同二年四月五日「辻将監来。榊巻校合了」

○同　年五月六日「辻伯州（近元）・将監招了。及晩楽壱越。源氏校合了」

○同　年同月七日「押小路入来。箒木抄校合了」

○同　年同月十五日「押小路入来。箒木校合了」

○同　年同月廿一日「辻将監来。蓬生・関屋校合了」

○同　年同月廿二日「未刻許桐壺御校合。予読之了。園（基福）・烏丸（光雄）聴聞也。（略）源氏抄聊書之」

○同　年同月廿三日「及晩辻将監来。源氏絵合・松風半分校合了」

○同　年同月廿五日「申刻参内。箒木校合」

○同　年同月廿八日「参御前。空蝉御校合了。（略）将監来。松風校合了。笙・箏稽古了」
○同　年同月卅日「及晩押小路入来。箒木抄校合了。箒木清書、紅葉賀中書、遣赤石了」
○同　年六月二日「夕飯後辻将監来。薄雲校合。笙稽古了」
○同　年同月五日「及晩辻将監来。校合。槿了。乙女過半了」
○同　年同月十三日「辻将監来。源氏校合乙女」
○同　年七月十七日「辻将監来。野分・行幸校合。入夜吹笙也」
○同　年同月廿八日「押小路入来。夕顔抄校合了」
○同　年八月四日「自明石便、若紫来了」
○同　年同月十一日「押小路入来。夕皃抄出校合了」
○同　年同月十二日「辻将監来。梅枝・藤裏葉校合了」
○同　年同月廿一日「向野宮、夕飯了。将監同道。若菜上四十枚計又校合了」
○同　年九月八日「又辻将監来。源氏若菜校合了」
○同　年同月十三日「将監来。若菜校合」
○同　年同月十四日「及晩向野宮。桐壺抄吟味」
○同　年同月十八日「辻将監来。若菜校合了」
○同　年同月廿三日「辻将監。若菜下校合了」
○同　年十月五日「辻将監来。源氏校合了」
○同　年同月六日「今朝法皇仰、源氏鈴虫・御法進上了。先日柏木進上。其後又横笛・夕霧・幻・匂宮・紅梅・竹川、依仰進上了」

○同　年同月十二日「将監来。夕霧校合了」
○同　年同月廿二日「及晩中井主水（正知）、辻将監来。御法・幻校合了」
○同　年同月廿六日「及晩将監来。匂・紅梅校合了」
○同　年同月卅日「向薮・野宮了。主水・将監来。竹川校合了」
○同　年十一月三日「辻将監・中井主水来。橋姫・椎本一見了」
○同三年二月三日「及晩将監来。寄木校合了」
○同　年同月六日「辻将監来。東屋校合」
○同　年同月八日「晩将監来。東屋・浮舟校合卅丁校合了」
○同　年同月十六日「野宮・将監来。浮舟校合了」
○同　年同月十八日「及晩将監来。蜻蛉校合了」
○同　年同月十九日「入夜将監来。手習・夢浮橋一校了。自去年校合、今日全部事了。加奥書御城外山所望実御台御本云々」
○同　年四月十三日「及晩清水谷（実業）入来。若紫抄清書校合了」
○同　年同月十六日「清水谷入来。若紫校合」
○同　年閏四月五日「及晩清水谷入来。末摘聊校合」
○同　年五月三日「向押小路。源氏紅葉賀抄校合」

［講釈関係］

○延宝二年十月十日「午後法皇御幸。右府（近衞基熙）御参。被召御前、仰云、法皇御老年、和歌之事大切也。仍両人（通茂・弘資）伝奏被免、諸家指南令沙汰可然之由、（永井）伊賀守（尚庸）下向之時、被仰、今度有返事、達上聞之処、尤被思召、伝奏重而可被仰付之由、書付被見之。拝見畏入之由申入了」

○同三年二月十日「辰上刻、向日野（弘資）。花山院（定誠）・予同道。向伊賀守先是摂津守。被行向之対面。伊賀守被申云、於花山院云、伝奏御役可被相勤之由、内々以池尻前中納言（共孝）申入、禁中・法皇之処、可然之由仰也云々。日野・予内々申通、御役之事被免、和歌之義被仰付度之由申了」

○同　年九月廿四日「有召参内法皇御幸。（略）源氏物語講尺之事、主上仰、再三辞之。法皇又仰也。有老輩、又新院可然歟。予故前内府（通村）講尺全部不聞之、未練之由言上。尤無覚束事可有之、可有御相談也。又雖有老輩、少々聞前内府講談、又前内府有其跡、先可始之、来月可始之也。仰無所遁、領状申了」

○同　年同月廿五日「源講之事、談日野亜相了」

○同　年同月廿九日「向三条（実教）、源講之事、談之。其次発端之事尋之。初音尤連綿歟。又紅葉賀始之由、先年三条雑談也。時節相応可始、紅葉賀之事談之。此事、故右府（実条カ）物語也。故右府聞書之体、也足（通勝）談之由也。雖始之、端少許也。其後更自桐壺読之由、被談之了」

○同　年十月一日「参法皇。源氏物語発端、大体以初音、為始。又紅葉賀有例之由所聞置也。今度時節相応十月十日又有行幸。御賀之沙汰故也。一講紅葉賀歟之由窺之。尤之由仰也。文字読桐壺依御所望、於御前読之十枚計」

○同　年同月二日「源氏下読。押小路・野宮等也紅葉賀」

○同　年同月四日「又下読紅葉賀聴衆、白川二位（雅喬）・野宮・山科（持言）・平井春沢・辻将監・母堂（高倉永慶女、桂光院）・山科婦（通茂女、本了院）等也」

○同　年同月六日「招日野父子（弘資・資茂）・白川等。又下読了」

○同　年同月九日「又下読了。伯（雅喬）・野宮・山科・辻伯耆・将監・（北小路）石見（俊光）、定甫等聴聞」

○同　年同月十日「辰刻参内。（略）於学問所講之。主上、西方法皇御対座。東方関白（鷹司房輔）・右大臣（近衛基熙）・聖門（道寛親王）・青門（尊証親王）、見台在次間。座上、予参進。着此所。聴衆参上。中御門大（資熙）・菊大

（公規）・日前大（弘資）・東園前大（基賢）・花山前大（定誠）・烏丸（光雄）・野宮（定縁）・甘露寺（方長）等中納言、千種前中（有能）・柳原宰（資廉）・日宰（資茂）・伯二（雅喬）・（万里小路）淳房・（東園）基量・（庭田）重条・（水無瀬）兼豊・（藤谷）為教・（平松）時方・（裏松）意光・（石井）行豊等朝臣、（五辻）英仲等也。此外簾中不知之。聊読之間、法皇不聞召之由仰。仍入奥間、至法皇御座辺、読之。先紅葉賀文字読半枚、物語発端等申之。講之次又二枚計文字読、講之。又二枚読之。行幸之分也。主上、法皇御褒美也。自愛無極者也」

○同　年同月十一日「及晩、源氏桐壺第一座講之。伯（雅喬）・野宮・押小路・山科・貞甫・石見・辻将監・斎藤左京（盛信）等聴聞」

○同　年同月十五日「源氏下読第二座。野宮・押小路・清水谷等也」

○同　年同月十六日「又下読同昨日。聴、伯父子（雅喬・雅元）・薮中・山科・野宮・北小路石見・斎藤左京・河端安芸守・辻将監・高橋数馬・太田玄淳・吉岡庄左衛門・能貨（北野宮仕）等也」

○同　年同月廿日「参内之処、明後廿二日源講之由也。仍今夜下読、桐壺第一座。白二・野宮・清水谷・押小路・薮中将・辻将監等也」

○同　年同月廿二日「巳刻参内。源講桐壺。先日所申残大意、少々申之。桐壺更衣死去事読了弘徽殿ニハ猶ゆるしなくの給ひける。　聴衆、関白・青門・中御大・大炊御門（経光）・菊大・飛前大（雅章）・日大・烏丸・野宮・甘露寺・柳原・日宰・伯・淳房・基量・重条・時方・意光・行豊等朝臣」

○同　年同月廿六日「源氏桐壺下読了。聴衆、野宮・伯・中園宰（季定）・薮中・山科・石見・左京・中井主水・河端安芸・辻将監・能貨・能東・了長・宗三・越前掾・春養・吉岡庄左衛門」

○同　年十一月一日「参内。源講可為明後日之由也」

○同　年同月三日「巳刻参内。午刻始之一宮みたてまつらせ――始之うたてそなりぬへき人の御さまなりける、終之。聴衆、関白・右大臣・阿野中

（季信）・甘露寺・柳原宰・頭弁（淳房）・庭田・水無瀬・藤谷・平松・裏松・石井・五辻等也。其外、園前大（基福）・菊亭大等也」
○同四年六月九日「於禁中、講源氏桐壺終、そのころこまうとのまいれるか――至終。聴衆、関白・烏中・野中・甘中・柳宰・日宰・白二・難三（宗量）・千三・淳房・重条・意光・兼豊・為教・時方・行豊等朝臣、（梅園）季保・（冷泉）定経・誠光朝臣、英仲等也」
○同　年八月七日「参内。（略）山下水三光院源氏抄先日進上了於被写者校合仕、可進上之由申入了」
○同　年同月十二日「自禁中状、山下水書写之分、被返下十二冊令校合可献之由也。又空・皃・紫・末・賀・宴・音等進上了」
○同　年同月廿六日「参内。御対面。今日紅葉賀書写進之。又山下水、桐壺二・箒・空・朝、五冊校合了。献上了」
○同　年同月廿五日「山下水、空・夕・若・末・賀・宴・初音等書写被下了」
○同　年同月十三日「山下水桐校合」
○同　年同月廿九日「野宮入来。行幸巻書写之事被仰下也。又明日源氏講談之事被仰也。仍今夜下読了。野宮・清水・押小路等也」
○同　年同月卅日「巳刻参内。於小御所講之。箒木自端、中将ハこのことハりきゝはてんと心いれてあへしらひゐ給へり。聴衆、阿野中・烏中・野中・甘中・日宰・白二・難波三・淳房・季保・意光・為教・重条・（竹内）惟庸自今日祗候・兼豊・時方・行豊・定経等朝臣、英仲等也」
○同　年九月廿八日「箒木下読、於野宮談之。聴聞、野宮・聴松院（在天和尚）・山科等也」
○同　年同月廿九日「今日源氏物語講之。巳刻参内。箒木、よろつの事によそへておほせ――。馬頭物語二、

御物かたりかなとてうちわらひおはさうす、至此所。聴衆、阿野・野宮・日宰・白二・季保・意光・為教・
重条・惟庸・兼豊・時方・行豊・定経等歟、猶可尋之」

○同　年十月七日「今日於隣家野宮源氏下読箒木、白川・山科・清水谷入来。辻将監来」

○同　年同月十二日「今日源氏講箒木、自頭中将物語、至おほとのこもれハ人々もしつまりぬ。聴衆、如例」

○同　年同月十八日「於野宮箒木講。白父子・清水・押小路・将監等也」

○同　年同月十九日「参内。源氏講箒木あるしの子ともおかしけにてあり以下。箒木終也」

○同　年同月廿日「今日夕皃被借下了」

○同　年同月廿九日「源氏講。空蝉。終」

○同　年十一月九日「源氏講。夕皃自端ーー、心もとなき事に思へかめり」

○同　年同月十九日「夕かほ講。まことや惟光かあつかりーー、めさましうそ思をる」

○同　年同月廿九日「法皇御振舞御茶屋。仍御理申入了」

○同　年十二月二日「今日源氏講。たとしへなくしつかなる夕ーー、あめのしたの人のさハきなり。人数、阿
野・野宮以下十七八輩也」

○同　年同月九日「夕皃講。くるしき御心ちにもーー至終」

○同五年二月十一日「参内。講若紫当年初度。若紫自初、六半本十六丁、講了」

○同　年三月十二日「及晩参兵部卿宮（有栖川宮幸仁親王）。少時言談。源氏物語御所望也。十七日晩可参之由
契約了」

○同　年同月十三日「参母堂。源氏物語抄取出了」

○同　年同月廿九日「若紫第二度。君は心ちもいとなやましきに、十六丁、心もとなうおほす」

○同　年四月九日「参内。午刻有源氏講。若紫第三度。藤つほの宮なやミ給ーー、おかしきゑなとやり給」
○同　年同月十二日「及晩参有栖川。講桐壺、今日終」
○同　年同月十九日「若紫、かしこにはけふしも、至終、講之」
○同　年同月廿九日「末つむ花、於内、講之。ちゝ君にもかゝる事なともいはさりけり」
○同　年五月一日「従昨日眼病気、仍源氏物語講談不参了」
○同　年六月九日「講末摘花、八月廿よ日よひすくるーー、時々そおはしける」
○同　年十月十三日「及晩彦坂織部来。所望講桐壺」
○同　年同月十五日「夕飯後彦坂織部来。講桐壺」
○同　年同月十八日「夕飯後織部来。桐壺講了。遣三部抄了」
○同　年十一月十六日「烏丸入来。源氏桐壺幷毎月抄被返了」
○同　年同月十七日「従菊亭、源氏物語歌清濁付可遣之由也。仍一覧大体付之、返遣了」
○同　年十二月十四日「参内。来十九日源氏可講之由仰也」
○同　年同月十九日「源氏講、末摘花、かのむらさきのゆかりたつねとりーー、おほしいつとしもくりぬまて」
○同　年同月廿九日「源氏講。依御風御延引」
○同　年閏十二月五日「参内。申昨日御礼了。入夜向菊亭。講桐壺了」
○同　年同月九日「今日源氏講御延引之由、被仰下了」
○同　年同月十五日「入夜向菊亭。講桐壺了」
○同　年同月廿四日「向菊亭。源氏桐壺末、箒木端講了」
○同六年一月四日「向菊亭。講源氏、箒木、半分過了」

○同　年同月十一日「及晩向菊亭。講源氏箒木了」
○同　年同月廿九日「及暮向菊亭。講源氏、箒木末、空蝉等了」
○同　年同月卅日「向押小路。桐壺端講了。（中根）郷右衛門聴聞也。言談及数刻、帰宅了」
○同　年二月八日「向押小路。与中根郷右衛門言談。学術之事也。一々不能記」
○同　年十一月十二日「北小路石見来。明石状来。和書之事也」

この他にも関連記事はあろうが、右により大体の道筋は明らかであろう。講釈内容については後述するとして、まず記事について多少の説明を加えておきたい。

第一に、［書写校合関係］について言えば、校合協力者の野宮定縁・中御門資熙・鳴滝右京（清水谷実業）・押小路公音は血族・姻族であり、辻将監近完・中井主水正知は通茂文化圏の人々である。定縁（寛永十四年～延宝五年、四十一歳）は野宮を相続しているが通茂の実弟である。実業・公音はともに三条西実条孫で、実業（慶安元年～宝永六年、六十二歳）は最初鳴滝と号し後に清水谷を相続、公音（慶安三年～正徳六年、六十七歳）は押小路を創立している。前述のごとく三条西実教は失脚しており、二度と世に出ることはない。中院と三条西は姻戚（通勝母は公条女）で、実教と通茂は師弟関係にあった訳でもあり、通茂としては実条の孫を指導することで三条西家の学問を残そうとしたのではないかと想像される。辻近完（寛永八年～延宝九年、五十一歳）は父近元（慶長七年～延宝九年、八十歳）共々よく中院家に出入りし、通茂らと楽を奏している南都方楽人である（地下家伝、通茂日記）。通村の時代で言えば伶人伊益のような存在であろうか。中井正知（寛永八年～正徳五年、八十五歳）は幕府の京大工頭である（中井家文書の研究）。仙洞御所や中院亭（中筋屋敷）などの作事を担当している。

第二に、［講釈関係］について言えば、通茂は禁裏や宮家（有栖川宮）、野宮・押小路・今出川（菊亭）などの堂上家にて、天皇・公家を始め院北面の武士、儒者、医者、社僧など幅広い階層の人を相手に講じている。中でも下読みを聴聞している北野宮仕一竿斎能貨は『首書源氏物語』全五十五冊（寛文十三年刊）の編著者として有名である（北野拾葉）。中院亭に通って講釈を受けた彦坂織部については不明であるが、大坂町奉行彦坂壱岐守重紹の係累か。後考を俟つ。北小路俊光・斎藤盛信・川端安芸は北面の武士であるが（地下家伝、架蔵本『禁裏院中月卿雲客至地下分限帳』）、中で北小路俊光は中院通茂・野宮定縁と同じく熊沢蕃山の門弟である。周知のごとく当時、山鹿素行が『聖教要録』によって幕府の忌避にふれており、蕃山の身を案じた板倉重矩（蕃山父は島原の乱の折り、重矩の指揮で鍋島勝茂に属し戦功ありと言う）の斡旋で寛文九年蕃山は明石藩主松平信之のもとに逃れている。通茂と「学術」のことを言談している中根郷右衛門は明石藩組頭であり、家老の都築太郎左衛門と共に蕃山門下である。蕃山については、井上通泰氏の諸業績（蕃山考・続蕃山考・蕃山遺材第一第二・南天荘雑筆・南天荘次筆・南天荘墨宝など）があり、全集六巻もある。通茂と蕃山の関係について詳しくはそれらに譲る。蕃山の『源氏外伝』と通茂の『〔源氏聞書〕』との関係については後述する。その他、母堂や弟（野宮定縁・南禅寺聴松院在天和尚正佐）など家族が揃って聴聞しているのが注目される（妹の松平光茂室於甘〔栄正院〕は寛文五年没）。

冒頭に述べたごとく法皇から古今伝授を受けた人は多くいる訳であり、なぜ通茂なのかと言えば、法皇の信頼が無比であるとともに、通勝・通村と続く中院家の源氏学が高く評価されたからであろう。同じく法皇の信頼厚い日野弘資にしても通村の弟子であり、親戚関係にあるから反対などするはずもない（通村弟宝慈院住持周芳は日野家猶子）。通村の和歌門弟道晃親王はこの折、「家の風」を称えて歌を通茂に送っている。中院本の通茂自筆『中院通茂歌集』三冊《Ⅵ一七一》によれば、

延宝三年内裏にて源氏物語講談し侍しをきゝ給ひて照高院宮道晃親王より

家の風ふきつたへしを雲のうへにきこえあけては世ゝにたえせし

返し

なき名のみきこえあけつゝ雲のうへにつたへむ家の風ものこらす

とある。内閣文庫蔵『道晃法親王御詠集』二冊にも「延宝三卯年十月中比、中院前内府通茂卿、於禁裏識仁御所、源氏物語講談之後、道晃法親王ヨリ読て被遣之」云々として同様にある。

既に延宝元年十月内々に源氏物語を進上した時点から伏線はあり、同二年五月「桐壺御校合」の相手をつとめ、基福・光雄が聴聞した時点で霊元天皇への源語講釈は決まっていたものと思われる。弘資とともに同年十月には「和歌之事大切」につき武家伝奏から「諸家指南」役への転換が図られているが、和歌所云々（徳川実紀）の表記がなくとも朝廷における歌道指南役という立場は明らかであろう。通茂がいまさら、後西院がしかるべきであるとか、「老輩」をさしおいてとか、通村の講釈を全部は聞いていないし「未練」であると言っても、天皇・法皇の心持ちが変わるはずもない。道は引かれていた訳である。

また、下読みと禁中講釈とを同時並行させているのは通茂の慎重な性格や慣例もあろうが、下読みの聴衆の顔触れを見ていると、学問の恩恵を押し広げようとする通茂の意図も看て取れる。

講釈の巻順について言えば、通村が家康に講じた時も初音からであったし、元旦には古今などとともに源氏初音を読むのが中院家の恒例であるし（通村日記、通茂日記、通躬日記など）、「発端」は「初音尤連綿」でもあったろうが、実教の言う実条物語のごとく「時節相応」に重きが置かれ、紅葉賀から始められている。この国の人々の季節を尊ぶ心はここにも見られる。

この禁裏での通茂講釈の記録がある。中院本『〔源氏物語抄〕』綴葉装九冊《Ｖ二四》である。該書については他の注釈書とともに次にまとめて述べる。

通茂の源語講釈はもちろん晩年まで続いた可能性があるし、その聴聞衆の顔触れももっと広がりをもつかもしれないが、ここでは禁中講釈への道筋に力点を置いているので、それ以降は別の稿に譲りたい。

次に通茂の源語注釈書について見てみたい。中院本には次の四点が見られる。

A『〔源氏物語抄〕』綴葉装一冊（Ｖ二三）通茂筆
B『〔源氏物語抄〕』綴葉装九冊（Ｖ二四）通茂・通躬筆
C『〔源氏物語注釈〕』仮綴八冊（Ｖ二九）通茂筆
D『〔源氏聞書〕』仮綴五四冊（Ｖ一五）通茂・定縁筆

Aは抜き書きであって注ではない。それぞれの巻の注を付すべき部分を書き出したものと思われる。巻名はすべて合字（符号と言うべきか）で表記されている。例えば桐壺は木ヘンに壺、帚木は木ヘンに帚、空蝉はウカンムリに蝉という具合である。因に巻頭を左に写す。

（桐壺の合字）

一心ほそけに里かちなるを、いよいよあかすあはれなる物におほほして

一いとあはれと物を思ひしことなから、ことにいてゝもきこえやらす

一かきりあらん道にもをくれさきたゝしと契らせ給けるを、されともうちすてゝはえ行やらしとの給はするを少もいといみしとみたてまつりて

一御つかひの行かふ程もなきに猶いふせさをの給はせつるを
一なくてそとはかゝる折にやとみえたり。本歌取様。
（五行略）」（一オ）

のごとくある。

Bは通茂講釈の聞書もしくは通茂の手控え本と思われる。桐壺のみ息通躬筆で、他はすべて通茂筆である。通躬は寛文八年生まれであり延宝五年時点ではまだ十歳であるから、通躬聞書ということは考えられず、紙質も他と違うことから推して桐壺一冊は何かの事情で後年補写したものと思われる。外題は通躬筆の①桐壺を除き、通茂筆の②帚木から⑨葵までの八冊はAと同様の合字である（葵は元来一字だから合字ではない）。これが延宝三年〜五年禁裏講釈時のものであることは、⑥末摘花の巻頭に朱で「延宝五四廿九」、同二〇オに朱で「六月九日第二度」墨で「八月廿よ日」云々、同三一ウに朱で「第三度十二月十九日」墨で「かのむらさきの」云々とあり、通茂日記の記事とぴたり一致することからわかる。試みに桐壺の巻頭を左に写す。

桐壺

以詞為巻名御壺ハ桐壺ナリト云々桐壺更衣之事をもとゝするゆへに此名アリ。桐壺、五舎ノ一也。淑景（シケイ）舎也。

此巻源氏誕生より十二歳の事まてみえたり。

いつれの御時にか

此発端の詞、甚深にしてあまたの理をふくめり。先作者をあらはさすして聞つたへたることをかきたる物にみせたり。此発端、伊勢家集、いつれの御時にかありけん、大宮す所ときこえける御つほねにやまとにおやある人さふらひけり云々。伊勢ハ其身のいやしくことをかくす。紫式部ハ時代をかくす。詞ハおなしけれとも其心各別なり。又著述のみち物をさしつめて云たるは優美なるかたなし。いつれの御時にかといひ出たる所、一部をみすしてすてに余情かきりなし。」（一オ）

また通勝・通村と法皇の説のちがいについて、③空蝉の二〇ウに、

いとおしうてーー身もうく
うつせミのふかくにくミ給へハ、源氏の我身もうくおほゆると也。我身をわれとうきものにみかきる心也。又ノ義いとおしうてといふより、思はてぬといふまてを小君か心とみる也。法皇始之説、可然之由也。也足（通勝）・前内府（通村）毎度用後義也。

云々とある。通茂自身の意見は憚って明示していないが、言外に家説を支持しているか。

CはBと比較するに本文がよく似ているので、これも通茂講釈聞書の類かと思われる。仮綴本で草稿の体であるから、後述するDの草稿本かと思われる。外題は例によってAB同様の合字や巻名の一部のみの表記である。合字は開いて示す。「箒　草」「空　草」「夕　草」「若紫　草」「末　草」「紅　草」「花宴　草」「花散　草」とある。試みにB（上段）とC（下段）の末摘花巻頭を比較対照して示す。

延宝五四廿九（朱）
末摘花　　巻名以歌幷詞為巻名

――――

末摘花
巻名以歌幷詞為巻名

なつかしき色ともなしに何に此末摘花を袖にふれけん
詞ニハ猶かの末つむ花のにほひやかにさし出たり。
末つむ花ハ紅花也。末より次第につむ故に末つむ花と云り。常陸宮の姫君の鼻のさきのあかきをたとへていへり。此巻若紫のならひ也。
これ横竪のならひ也。源氏十七才の春より十八才の春のはしめまての事あり。若紫以前より紅葉賀の」（一ォ）時分までの事あり。

なつかしき色ともなしに何に此末つむ花を袖にふれけん
詞にハ猶かの末つむ花にほひやかにさし出たりとあり。
末つむ花といふハ紅花也。末より咲くたるによりて咲にしたかひて末より次第につむ故に末つむ花といへり。常陸宮の姫君の鼻のさきのあかきをたとへていへり。此巻若紫のならひの巻也。これ横竪のならひ也。源氏十七才の春より十八才の春のはしめまての事あり。
若紫の以前より紅葉賀の時分まての事ともあり。

BCは多少テニヲハが違うもののほぼ同文と見てよいだろう。先後関係については文面からBCの順と思われる。聞書に多少手を加えたという体であろうか。通村が望まなかった注釈書を子孫のために残そうと意図していたと思われる。

DはBCを基に、五四冊中⑪「花散」までは延宝五年九月（定縁没年月）以前に定縁の助力を得つつ（末・紅・花宴・花散の四冊は定縁筆）、他巻もそれから程なく成ったものと思われる。⑧「花宴」通茂奥書に「右一冊誂故野宮黄門定縁卿令書之畢。／今再見之次記之。／元禄十六暦／季春初七／特進源（花押）」とある。付箋・貼紙や訂正が多く見られるので、これも草稿本と言うべきか。小紙片には通躬筆などもまじるか。Dは聞書のみならず、蕃山の『源氏外伝』を加味して一書と成したるもののようである。中院本に通茂筆の『源氏外伝』仮綴一冊《Ｖ一九》がある。外題は後人筆にて「源氏御抄」とある。試みにその巻頭（数行を略す）を左に写す。傍線は稿者による。

云、源氏物語はおもてには好色の事をかけとも、実は好色の事にあらす。此故に源氏物かたりをこのみみる人にも正しきに過たる人あり。此物かたりかきたる意趣はよろつの事世の末になりゆけは、上代美風をとろへて俗になかれんことをなけき思ふといへとも、あらはに正しき書は人いみてちかつかす、みる人すくなけれは世にあまねからす。教をたてゝかきたる事はおほけれとも、ことはすくみて人いとふ心あれはその書久しからす。又ありてもみる人なけれは、なきにひとし。なきにひとしけれは、かきをきても其詮なきことを思ひはかりて、しゐてをしへかましき筆法をあらはさす。たゝ好色のたはふれことゝなして其中にいにしへの上﨟の美風・心もちゐをくはしく記し残するもの也。それをもとの心えなく、一向の作り物語としてよくいへりよくかけりなといひて、よのつねの口にまかせてかきたる物かたりのやうにおもへるは、浅見の人の和漢の書にくはしからさるゆへ也。尤荘周か寓言に類して彼を是に比し、むかしの人のうへを今の人の事のやうにいひ、もろこしのことをやまとのことゝなしてかきたる事はあれとも、其実はみな証跡あることゝも也。故に古人も実事なることは司馬遷か史記の筆法なりといへり。近代の人のことをかくさんために、源氏君といふ好色人の名を仮にたてゝ作物語といひなし、古今和漢の故事又はその世の事までもとりあつめておふせかきたるなるへし。紫式部か父為時は博学達才の人にて、国史をかきつかむとて下かきし置けるを、式部とりて此物かたりにかきなしたるともいへり。されは一条院も此物語を御覧して、日本紀をこそよくみたるものなれと仰られしとそ。さて此物語をみんには、好色淫乱のことを心とせす、作者の奥意に心をつけて書中の能事を知へし。此をしらすしてこのみみる人は、損おほくて益すくなし。夫日本王道の長久なることは、礼楽文章を失なはすして俗におちさるをもて也。剛強に過たるものはなか丶らす、寛柔なるものは久し。歯は剛なれともはやくおち、舌は柔にして終をたもつかことくなるは、すへての物理也。武家は強梁の威を以て一旦天下の権をとるといへとも、歯の落るかことくにして久しからす。王者は柔順に居て、位を失ひたまはす。しかれとも柔にして徳なき時は、人の敬うすし。

云々とある。長文のため以下を略す。『源氏外伝』冒頭の文章を訂正・整理し、段落分けをし、大意と講義に再構成したのが、通茂のD冒頭である。Dでは右の傍線以下が冒頭に来ている。左に示す。

大意

夫日本皇統の相続今にいたりて長久なる事は、礼楽文章を不失して俗におちす、君子の風あるを以て長久なり。剛なる者はなか丶らす、柔なる者は久し。歯は剛なれともはやくおち、舌は柔にして終をたもつかことし。武家は強を以て一旦天下の権をとるといへとも、歯のおちかはるかことくにして久しからす。公家は柔に居て、位を失はれさる也。しかれとも柔にして徳なき時は、人の敬うすし。

云々とある。通茂が『源氏外伝』を下敷きにしたことは周知のことであるが、右によれば一目瞭然であろう。「皇統」「長久」を冒頭に掲げたところに通茂の理想の行方（復古思想と言うべきか）と気分の昂揚が感じられる。通茂が冒頭で強調せんとしたのは、「上代の礼楽文章をみるへきものはたゝ此物語にのみ残れり」「源氏物語は表に好色をあらはして裏に好色なし」「今日取用て益になる処は人情也」「礼楽をしらて源氏みる人は一向源氏みさる人なるへし」「源氏を一向の作物語とみることは和漢の事にくはしからさるゆへなり……古今和漢の故事をとりあつめてかきたる者也」などであろうか。特に新しいことを言っている訳でもなく、源氏学の伝統に則したものであろうが、『源氏外伝』の用語を引くことによって、冒頭の一文など何か新鮮な響きがある。蕃山と通茂との学問的関わりや源氏学における交流の一端は『蕃山全集』にも触れられているが、今後に残された問題もある。蕃山のみならず通茂の周囲には多くの儒者がいて通茂亭でも私的な勉強会をひらいている。あるいは通村より熱心かも知れない。通村の場合については既に述べたが（「中院通村と儒学儒者」『みをつくし』五、昭和六十二年十月）、通茂についても蕃山をはじめとする儒者との交流についての考察がもう少し必要であろう。

おわりに

以上粗々と通村・後水尾院・通茂の源語講釈（注釈）の軌跡をたどってみたのであるが、言うべくして書き漏らした点も多いと思われる。中院家の源氏学は通茂の後も、通茂から古今伝授を受けた中院通躬・野宮定基・久世通夏の三兄弟が継承している。その古今伝授の事も含め、通躬らの学問についてはあまり世に知られていないようであるが、世に知られていないことはいくらもあろう。この学統の正確な位置付けを今後も課題としたい。

第七章　寛永改元について

一　元和改元

寛永改元という事象を捉え、当時の朝幕関係における朝儀復興への動きというものを見てみたい。

林鵞峰の『改元物語』（『椿亭叢書』一四）に、「即位ノ年ニハ改元アルコト例也。或ハ先帝ノ年号ヲ用ヒテ、年ヲ歴テ改元ノ例モアリ」とある（私に句読点を付す、以下同）。

後陽成天皇より後水尾天皇への譲位は慶長十六年のことであるが、即位の年には改元の事なく、四年後の同二十年七月に代始改元が行われている。大坂の陣が終って豊臣氏が滅亡した事に一因があろう。寛永改元との比較の意味で、元和改元の有様について見てみたい。

元和改元については、国立公文書館内閣文庫蔵『改元記少々覚書元和度之也』一冊、立命館大学附属図書館西園寺文庫蔵『慶長二十年七月十三日改元元和代始』一冊等に詳しい。右によれば、七月十二日里亭で勘者宣下があり、同十三日着陣、仗議、条事宛、改元定がある。東坊城長維が延禄・寛永を、五条為経が元和・天保・永安・文弘・明暦を、五条為適が建正・享明を勘申。各年号案につき、上卿近衛信尋、仗議衆花山院定煕、日野資勝、六条有広、飛鳥井雅庸、烏丸光広、広橋総光、徳大寺実久、西園寺公益、今出川宣季、日野光慶が順次に難陳（但し、享明を除く）。信尋が元和の吉例を勘申し、諸卿の同意を得て、元和を奏聞。「仰云、改慶長廿年可為元和元年、依代始ノ例、令作詔書」（後者）。

改元定の前日に勘者宣下があるというような形からも想像される通り、元和の年号は将軍家（徳川秀忠）の意向で事前に決まっていて、形だけ「陳ノ義」が行われたという説がある。『春日社司祐範記』（『大日本史料』第十二編）に、

八月十五日、去七月十三日改元アリ、従京都不被仰下故、寺社不知之、此頃喜多院殿ヨリ御才覚也、元和ト云々、唐憲宗ノ年号也、従将軍ノ御意ト也、乍去陳ノ義ハ有之ト云々、

とある。朝廷の専権事項である改元に、幕府が積極的に関与する事は、当時の朝幕の力関係にあっては有り得る事である。

二　寛永改元への道

寛永改元は、元和の代始改元や元和と寛永の間にあった幻の改元騒動（元和六年三月は理由凶災、同七年八月は理由辛酉革命）とは少し様相が異なるようである。その主たる原因は天皇周辺の動向にある。当時、天皇の側近は皇弟近衛信尋・一条兼遐、廷臣中院通村・阿野実顕・土御門奉重などである。中でも通村と泰重は側近中の側近と

見られ、その活躍ぶりはよく人の知る所である（『大日本史料』）。また一方で、通村は家康に源氏物語を講じて所領加増を受けており、溝口宣勝、石川忠総らと姻戚関係にある。泰重は昵近衆の一人として将軍家とも近く、伊達政宗、細川忠興らとも親しい。通村、泰重らの動きを中心に、改元に至る経過をたどってみたい。

元和九年三月二十二日、通村は小槻忠利（孝亮の代理）を招き、明年の甲子改元の事につき相議（内閣文庫蔵『孝亮宿禰日次記』二二冊、以下『孝亮記』と称す）。

同年三月二十八日、泰重は「御番御前伺公」の折に「甲子旧勘二冊官本申出也」（東京大学史料編纂所蔵謄写本『土御門泰重卿記』一〇冊、以下『泰重記』と称す）。

四月十三日、泰重は改元勘文調進の例なき家ではあるが、調進への道をさぐる。「予家如此革命革令勘文調進之例無之、此御理以有宣卿旧記備叡覧、其御理相スム也、雖然幸徳井（友景）相教、勘文調可遣覚悟候、自愛不過之候」。十四日に勘文を調え、叡覧に備え、旧勘秘術一巻を拝借し、十九日に一巻秘書書写（『泰重記』）。「幸徳井」（もと賀茂、勘解由小路）も陰陽道の家である。

五月六日、泰重は旧記二冊の書写を終え、八日に禁裏に返上する（『泰重記』）。

五月六日、東坊城長維は甲子改元詔書に関し、小槻孝亮・忠利父子を招く（『孝亮記』）。

六月八日、将軍秀忠上洛。二十五日秀忠は参内して天酌を受け、女御（秀忠女）と会い、「近代無之」程の上機嫌であったらしい。泰重も昵近衆として二条城に伺公（『泰重記』）。

七月十三日、家光上洛。十九日泰重は将軍宣下に関し、天曹地府祭の事を伝奏三条西実条に申入れる。二十七日将軍宣下陣儀（『泰重記』）。

八月二日、通村は泰重を訪ね、密談。「中院御出、卒度懸御目候」（『泰重記』）。

閏八月十一日、前将軍秀忠より禁裏に一万石進上し（但し、『徳川実紀』には八月二十四日「大内御料として洛外田園一万石の地を進らせらる」とある）。十四日秀忠は禁裏での能見物の折に摂家と並んで御座の両翼の一方を占め、「事外忝かり」、十八日通村・泰重が五味金右衛門豊直を通じて一万石の領所が方々にあっては不便だと申し出ると、十九日には自ら絵図を広げてさっさと京周辺の地（宇治たばら和束村多賀村三所一所にて八千八百石余、白川村一色千石余、八瀬村八十石、合一万石）に書き換える（『泰重記』）。

十一月二日、通村は甲子改元仗儀の事につき参内。「参内、来年甲子改元之事、被仰於武家、為稽古、仗議之衆□(欠損)可得其意之由申之、抑此事以次記之、雖無其詮、略注之」（書陵部蔵『中院通村日記』謄写本三冊、以下『通村記』と称す）。「被仰於武家」云々とあるので、おそらく十一月中に幕府への改元予告がなされたものと思われる。

十二月五日、通村は「改元記」を書写。十日には改元仗儀の事につき参内し、仗儀衆参内の件は反対があるだろうから、それ以前に下光(シタビカリ)の件を進めようと図る。「抑仗儀衆参内事、依各不堪可申合之由也、其以前、先下光(シタビカリ)可在之歟之由、予申之、仰云、先仗議之衆年号之字等令難陳之内、年号三四ケ被書付、大閤前殿下(九条忠栄)等可有御談合之由也、予此間不得寸隙存之、如何、仍今日少々引考書籍了」（『通村記』）。「改元記」は直近の甲子改元である永正度のものか。「下光」は勘文とは別に年号案を書いたものか。『実隆公記』（明応十年改元定記）に「抑年号字下光事兼日有其沙汰……人々下光並勘文等続之」云々とある。

十二月十四日、通村は広橋兼賢と改元の事につき内談。十七日甲子勘文の事につき参内。十八日諸道博士甲子勘文、宣旨日時、仗議日時等につき「仰」がある。「入夜退出、先諸道博士甲子之勘文等可進之、宣旨日時幷来年二月下旬可有仗議日時等内々可択之由、可命伝泰重之由、被仰也」（『通村記』）。永正度（文亀四年改永正元年）の甲子改元にならい、「二月下旬」の改元がこの時点で内定している。

十二月十五日、中原師生は甲子改元例を勘申。国立歴史民俗博物館蔵高松宮本『甲子文書寛永』一冊によれば、康保元年から永禄七年までの例であるが、永禄七年は改元が実施されておらず「永禄七年甲子、今度無革令幷改元定事」とある。ちなみに永禄年間は戦国乱世の真っ只中にあり、永禄四年の辛酉革命改元も実施されていない。永禄年間に革命改元、革令改元が行われなかった理由としては、改元儀礼を行う廷臣が都にいなかった事があげられる。永禄四年時点では、関白近衛前嗣、権大納言三条西実澄、烏丸光康、中院通為、非参議土御門有春、舟橋良雄、一条兼定らが、同七年時点では実澄、通為、中御門宣綱、三木嗣頼、有春、良雄、兼定らが在国である（『公卿補任』）。朝廷の衰微著しい中で、これでは改元儀礼を行うのが困難と思われる。元和七年辛酉革命改元が流れたのも、公家衆が改元仗儀の事に堪えないとして反対した事に原因の過半がある。

元和十年正月二十九日、改元上卿一条兼遐は中原師生、小槻孝亮を招き、「改元間事等被仰下」（『孝亮記』）。

二月朔日、五条為適は通村を訪ね、勘文連署の事につき相議。その前日には東坊城長維も同じ用件で来談。永正度甲子改元の折は、為適曾祖父為学が清書し、勘文下勘（シタカンカヘ）を為学及び長維曾祖父和長が改削したという先例をもとに、為適・長維両文章博士は連署に反対し、各々単独での勘文勘申を望んだのであるが、連署で決着している（『通村記』）。ちなみに、為適は既に前年に甲子改元の当否につき案文を草している（『甲子文書寛永』）。

二月六日、一条兼遐は使者を以て小槻孝亮に、「条事定可有之事、赦可有之事、神社位階可有之事、詔書永正之例可被用事等」を伝達（『孝亮記』）。

二月十日、一条兼遐の里亭にて改元勘者宣下がある。奉行竹屋光長。中原師生ら参仕（『孝亮記』）。

二月十二日、小槻孝亮は改元伝奏中院通村を訪ね、改元の事を申談（『孝亮記』）。元和改元の折にはなかった改元伝奏という職に、天皇側近の通村が就いている。

二月十三日、土御門泰重は甲子勘文を作調し、奈良の幸徳井友景に遣わす。十四日には小槻孝亮のために勘文一通を作調し、孝亮に遣わす。十七日には一条兼遐のために、二十四日には四辻季継のために甲子定文草案を作り、遣わす（『泰重記』）。みな泰重の力を借りる所が大きかったようである。

二月十六日、通村は改元年号案につき老中に、改元赦につき所司代に書状を送る。

十六日晴、来卅日改元之事、以書状可申達江戸之由、依有仰参、則調書状勢多豊前(治興)令書之、

去年内々被仰出候、依今年甲子改元之事、二月為吉例故、来卅日可被執行候、年号之写、寛永、享明、貞正之内、可被相定、叡慮ニ候、可為如何候哉、以此旨可令洩申給候也、

二月十六日　　　両人加名字

土井大炊頭(利勝)殿

酒井雅楽頭(忠世)殿

将軍家

来晦日改元定之義、以飛脚可被申越之由、被仰出候、然者如此之時、被行赦事候、軽犯之輩少々被追放之義、可為如何哉、以次可被相窺候、此旨内々可申入之由、被仰出候也、

二月十六日

板倉周防守殿

赦之事、先度対面之次、相語候処、両人調書状、遣周防守、則江戸へ可申進之由也、其次囚人於大辟等之罪者、被免不可相計之由也、仍如右、調状者也、

とある（『通村記』）。「仰」に従って通村が書状を調えたのであるが、注意すべきはこの時点で「叡慮」により年号が「寛永」に内々定していたらしい事である。勿論表面的には三案併記の形をとってはいるが、こういう場合意味を持つのは第一案だけで、それ以下は相手の面子を考えての形だけの添え物であろう。方向が逆であるが、

寛文改元の折の話とよく似ている。寛文改元の折、林鵞峰や老中達はみな「寛文然ルヘシ」と思ったが、「今度ノ改元ハ、公家ヨリノ御沙汰ナレハ、只一ツニ武家ヨリ定メラルベキニモ御遠慮アルヘキ儀ナリトノコトニテ、寛文に勘文ノ内ニツヲ加ヘテ、三ツノ内、叡慮次第ト佐渡守親成方へ申遣シ」たのである（『改元物語』）。「赦之事」については、十四日に通村が安元度赦旧記を見ており、赦宣旨を孝亮に命じている（『孝亮記』）。『改元部類』（『続群書類従』一一上）によれば、「依代始無赦」等とある。つまり、代始改元である元和度を避け、次の寛永度で改元赦を実施する事になったのであろう。幕府の承認なしになし得ない事ではあるが、朝廷が改元赦宣旨を下す事は、「天下太平朝廷無事」（『泰重草案甲子定文』）を目的とし、一面で朝廷の威光を示すことにもなるであろう。

二月十七日、一条兼遐邸で通村、孝亮ら改元の間の事を相議。「依召参一条殿、改元間事等有仰、中院中納言有祇候、甲子竿道勘文日付之事。予尋申之処、十日可然云々、文章博士勘文二月七日也東坊城、五条連署也云々」（『孝亮記』）。

二月十八日、算博士小槻孝亮は勘文を中原師生に送る。十日付にする（『孝亮記』）。

二月十九日、暦博士幸徳井友景は孝亮を訪ね、勘文副状のことにつき言談（『孝亮記』）。

二月二十二日、改元奉行竹屋光長邸にて、孝亮、師生ら改元の間の事を相議。

依使者参竹屋弁（光長）、大外記（中原師生）同入来、改元間事也、

一靫負佐左衛門佐（土御門久脩）右衛門佐（高倉永慶）仰赦事、地下誰人歟、可尋之由、上卿仰也、

一国解ヲ上卿（一条兼遐）江束帯ニテ可持参、国解ノ日付廿五六比可然自改元前日也、

一吉書之事当日ノ日付也、当日朝束帯ニテ上卿江可持参蔵人方吉書同日可持参云々、以上上卿仰也云々、

とある（『孝亮記』）。

二月二十四日、一条兼遐邸にて改元習礼がある。

於一条殿（兼遐）右大臣改元上卿也、改元有御習礼、関白殿（近衛信尋）御成、烏丸大（光広）、西園寺大（公益）、四辻中（季継）、日野中（光慶）、広橋左大弁宰相（兼賢）、柳原右大弁宰相（業光）、花山院宰相（定好）、奉行竹屋右中弁（光長）等参之、両局、六位外記史、出納官人等祇候、国解明日亥刻以前可持参之由有仰、明日於禁中改元御習礼有之云々、

とある（『孝亮記』）。

二月二十五日、禁中にて改元習礼ある。

予今日昼夜共右衛門佐（高倉永慶）番代伺公、改元之習礼於陣座有之、予陣官入也、（竹屋）光長本より奉行外記代也、一座之作法、難陳各被申候、主上紫宸殿出御、未刻ヨリ初夜少前、御聴聞也、左衛門佐（土御門久脩）赦之事、従上卿（兼遐）仰下、又左金吾（久脩）家公地下判官申下之、其作法無別詞有之也、

とある（『泰重記』）。

二月二十六日、孝亮は改元赦宣旨の事につき通村に申談。二十八日には改元赦宣旨八通を認める。

改元赦宣旨八通内々認之、

左弁官下五畿内諸国

応令国郡司等行赦事

右右大臣(兼遐)藤原朝臣奉勅、其改元和十年為寛永元年、宜令行赦者、諸国承知依宜行之、
寛永元年二月卅日　左大史小槻宿禰(孝亮)判奉
右中弁藤原朝臣(光長)判
東海道諸国、東山道諸国、北陸道諸国、山陰道諸国、山陽道諸国、南海道諸国、太宰府、以上五畿七道、
宣旨八通也、

とある。二十九日には赦宣旨八通を竹屋光長に送り、加判の後、返却される（『孝亮記』）。
二月三十日、改元定があり、元和十年を寛永元年となす。

今日蔵人方吉書持参之、参中院中納言亭(通村)、赦宣旨令覧之、可然之由有命、披見之後返給之、今日改元雖為己午、勘文到未刻、条事定被始、先条事定、未刻被始行、甲子仗儀有之諸道勘文五通、次改元定有之、上卿一条右大臣殿、仗儀烏丸大納言光広、西園寺大納言公益、四辻中納言季継、阿野中納言実顕、日野中納言光慶、中院中納言通村、広橋左大弁宰相兼賢、柳原右大弁宰相業光、花山院宰相中将定好、奉行職事竹屋右中弁光長、大内記東坊城長維朝臣、大外記師生(中原)朝臣、左大史孝亮(小槻)、土御門左衛門佐安倍久脩朝臣、承赦事、今夜改元和十年為寛永元年、
官方吉書、令持参改元上卿一条右大臣殿(兼遐)、中次民部権少輔(唐橋在村カ)也古書不入筥、其マヽ上之、予束帯ニテ持参之

とあり（『孝亮記』）、また、

飯後、一条殿(兼遐)御見廻、改元上卿、束帯、午刻参内、臨其刻、奉行職事来於里第、厚畳着座、家司為尚出迎、職事告奉行来之由、其以後、職事上卿前伺公、可有御参之由申之、上卿御気色、其以後奉行退出、上卿歩行、参内、仗議諸卿皆参内、着陣、次甲子定仗議有之、従末座甲子定詞逆上也、其前甲子勘文披見畢、条事定各、左大弁宰相(兼賢)同之、多分也、条事定執筆広橋宰相兼賢、甲子定詞執筆柳原業光、執筆畢、奏聞、此間各起座、休息也、従未刻至亥刻、中ヤスミ也、各供御御酒等薦也、子刻少前、各又着陣、改元仗議有之、至日出相終、寛永宜之由、各一同也、其以後、内記(長維)詔書作進、清書以後、於上卿前、守読也、其以後、家(久脩)公于時左衛門佐、赦之事従上卿仰之、参軾、其詞云、任永正元年例、

とある(『泰重記』)。前者の「諸道勘文五通」は、「今年甲子当革令否事」につき、二月七日文章博士五条為適・東坊城長維(連署)、十日算博士小槻孝亮、十三日式部少輔兼博士舟橋秀雄、十五日大外記造酒正助教中原師生、十九日造暦博士幸徳井友景が勘申した勘文五通のことをさす(『甲子文書寛永』、内閣文庫蔵『諸道勘文写元和十年』一冊)。

年号については、前述の如く「叡慮」により寛永と内々定していたようであるが、形の上では改元習礼の折に内定し、改元定の折に難陳を経て正式に決定している。寛永の年号案は東坊城長維勘申。出典は「毛詩朱注日、寛広永長」。難陳については内閣文庫蔵『改元部類記寛永』一冊等に詳しい。右によれば、寛永、享明、康徳、貞正の四案につき、寛永を日野光慶、花山院定好、桃花坊(一条兼遐)が難、享明を広橋兼賢が難、康徳を烏丸光広が難、日野光慶が陳、貞正を某(無記名)が難、中院通村が陳。例えば、某の「元号上下同訓雖渉数ケ度、凶例繁多也」云々という難に対し、通村は「貞正号同訓例不庶幾之由、上自嘉祥下至慶長、已及廿ケ度、同訓号被用之、今更不可為難歟」云々と陳。ちなみに、寛永は延徳度、永正度、元和度にも勘申されて否決されたという経過がある。

全体に永正度の前例を参考に進められたようである。元和と寛永の間に幻の改元騒動があったためか、此度は皇弟一条兼遐を改元上卿に、側近中院通村を改元伝奏に配し、兼遐、通村らと密に計画を練り、万全を期してのものであっただけに、「依仰、今度ハ各精入まして、改元無事相調、叡感におほしめし候」(『泰重記』)とあるのは、首肯される所である。

おわりに

寛永改元の特徴は、それが朝儀復興(朝権回復)の一環であり、形のうえではあくまで朝廷が主導権を握っていたという事である。幕府よりの容喙もなく、めでたく改元なった寛永という年号は、明正天皇の即位後も使用され、後光明天皇の即位後になって、「一年号三帝ニワタル例ナシトテ明年十二月改元アリテ」(『改元物語』)、正保と改まった次第である。

資料編

凡例

一、資料編の各書目についての解題は、本書の研究編を参照されたい。
二、翻字に際しては、通行の漢字仮名を用いる。
三、二字以上の踊り字は漢字仮名にもどす。
四、字配りはもとのままではない。歌一首二行書は一行で表記し、行移りは一字分空白で示す。
五、必要に応じて句読点は打つが、濁点はうたない。引用符は適宜用いる。
六、頭部の数字は任意の一連番号である。
七、書写者の不注意な誤脱がある場合については、（　）内に私注を示す。また歌評と対応する部分に傍線を付す。
八、不読の箇所は、□記号を以て埋める。
九、合点および訓点等は省く。

一、『後水尾院御製』一帖（個人蔵）

法皇御製　御懐紙

江山春興多　拝領　日光御門跡

〇〇一　引うへし松も高砂住の江の　春にあひ生の緑をやみむ

同　知恩院御門跡

〇〇二　氷とけし江の水とをく山かすむ　春やことはの代々のたねなる

梅柳渡江春　右衛門佐

〇〇三　江のみなみ梅さき初て遅くとく　みとりにつゝく峯の青柳

鶯入新年語　崟長老

〇〇四　いにしへのことかたらなむいくよろつ　代々の春しるみやの鶯

鶯声和琴　土御門二位

〇〇五　しらふるも名にあふ春の鶯の　さへつることの音に通ひつゝ

霞春衣　狩野永真

〇〇六　白妙の雪にかさねて遠山を　すれる衣やかすみなるらん

〇〇七　しなとりのあやをりはへて朝霞　春の立てふころもきにけり
同　法眼治徳
嶺霞　岡本丹波

〇〇八　春深くかすむやさこそ遠からぬ　はなにうれしき四方の山のは
同御製　兼庵取次 大文字屋一郎右衛門
嶺霞　勘解由殿 赤塚芸庵

〇〇九　ことのはの春にはあへすかすみけり　今朝まて雪にさえし高根も
松上霞　御蔵左兵衛

〇一〇　いつをかはかすむ色ともわきてみむ　煙になるゝ松のよそめは
梅香何方　柴田隆延

〇一一　朝かすみ立枝もみえぬ垣根より　思ひの外ににほふ梅か香
毎家有春　法眼慶雲

〇一二　世はなへてむめや柳の時つかせ　たか垣ねかは春をへたつる
江上霞　家原自仙

〇一三　住の江や春のしらへは松かせも　ひとつみとりの色にかすみて
名所鶯　道作法印

〇一四　さくらちる御垣かはらにゆく春の　故郷さへやうひ（くひ）くすのなく
同　岩橋友古

〇一五　鶯のとひくるのみやふる里の　御垣かはらの春もへたてぬ

一、『後水尾院御製』一帖（個人蔵）

〇一六　谷鶯　羽倉伯耆介
谷のとやさすか春とはうくひすの　咲たらぬ声の匂にもしる

〇一七　花雲　聖護院殿取次 南昌院
花なれや遠山かつらしろたえに　霞をかけてあくる光は

〇一八　梅薫袖　横山左衛門内儀
袖ことににほひやうつすいやしきも　よきもさかりの梅の下風

〇一九　春月　青蓮院宮
かすみ行影さへうれし小夜風の　さえしとほ(そ)を月に開て

〇二〇　款冬
山ふきやいはても思ふよしの河　はやくの春のおしき名残を

〇二一　河款冬　清閑寺大納言
吉野河さくらは波に行春も　しはしせくかと匂ふ山ふき

〇二二　余寒氷　藤木但馬守
春の日にとけゆく末も木隠の　やました水やまた氷るらん

〇二三　山残雪　坊城大納言
かきりある春はかひなし外のちる　のちこそ花は匂ふ山にも

〇二四　雪消春水来　上原彦右衛門
絶たるをつくや雪けの山水の　すへたのもしき春をみす覧

落花　中島平兵衛

〇二五　山になく鳥の音にさへ散花の　むなしき色はみえてさひしき

春雨　伊勢殿

〇二六　道とをくきてやおほゆる行人の　ぬるゝはかりのころも春雨

二月余寒　新坊取次 仏光寺

〇二七　梅のはな折へき袖も春冴て　なをきさらきの雪そかゝれる

若草　吉田美作守

〇二八　やとりつる小蝶の夢も覚さらむ　ねよけにみゆる野への若草

同御製同　谷野対馬守

陽春布徳　宣豊

〇二九　世をはなにもよろ(ほ)したつる雨風(風雨)も　さらに時ある春の長閑けさ

逐年華珍　吉良上野介

〇三〇　春をへて馴るゝにいとゝ染まさる　こゝろや花の色に出らん

東風吹春氷　土岐立庵

〇三一　時つかせ春の色香の水上に　まつ吹そめて氷とくらし

残雪半蔵梅　野々山丹後守

〇三二　梅やしるきえあえぬ雪の埋木も　かた枝華さく春の恵は

梅　武田玄了

〇三三　大空をおほはん袖につゝむとも　あまるはかりのかせの梅かゝ

一、『後水尾院御製』一帖（個人蔵）

春風不分処

〇三四　風もいまおさまる春に遠近の　わすれすなれぬ心をやふく

春風春水一時来

〇三五　浮草の末より水の春かせや　世に吹そめてのとけかるらん

緑竹弁春

〇三六　めつらしき声の色そへ呉竹の　千代のみとりを鶯の鳴

朝霞

〇三七　あらし吹松も一夜の春に明て　かすむひかりやあけの玉垣

故郷梅

〇三八　行(軒)ふりて梅ならぬ梅か香（に）も　むかし忍ふの露やそふらん

春暁天

〇三九　風さえて霞ふきとく明かたの　かけしもおしき春夜の月

柳桜交枝

〇四〇　華のときにあらすは何を玉の緒の　柳さくらにあかぬ春かな

柳移池水

〇四一　池水の庭なるかけも色そひて　としの緒なかき青柳の糸

静見花

〇四二　ことしけき世をもわすれすつくつくと　心をわけぬはなに向て

御着到　立春　三月三日

○四三　梓弓やまとの国はをしなへて　おさまる道に春やきぬらん

同　朝霞　四日

○四四　世は春のたみの朝けの烟より　(霞も)[本ノマヽ]四方のそらにみつらし

○四五　朝朗いつくはあれとしほかまの　よはの烟やまつかすむらん

○四六　寒かへるかせや霞をまきもくの　桧原か末も今朝はくもらす

同　谷鶯　五日

○四七　鶯のこゑの内にや雪ふかき　たにの心の春にとけゆく

同　残雪

○四八　峯つゝきみやこに遠き山々の　限りもみえて残る雪かな

同　若菜　七日

○四九　ひまみゆる沢辺の氷ふみわけて　わかなつむてふ道はまとはす

同　里梅　八日

○五〇　吹まよふ空にみちてや梅か香を　たか里わかぬ月の下かせ

同　軒梅　九日

○五一　たれといてゝこそはともみむ浅茅生や　人は軒はの梅のさかりを

同　春月　十日

○五二　なきくらす鶯の音によろこひの　色をそへても出る月かな

一、『後水尾院御製』一帖（個人蔵）

〇五三　　同　　春曙　十一日
みしまゝの心にとまるおもかけや　たかならはしの春の明ほの

〇五四　　　山家
御着到　帰鴈　十二日
わりなしや花さくころは柴のとを　さすかとはぬもとはれぬもうき

〇五五　　同　　春雨　十三日
したはれてきにし心の鴈ならは　かへる雲路をいかてしるらん

〇五六　　同　　岸柳　十四日
東屋のまやのあまりにかすめるや　ふるも音せぬ春雨の空

〇五七　　同　　待花　十五日
生ましるきし根の竹のふし柳　おなし緑も春やわくらん

〇五八　　同　　初花　十七日
またてみん思ふにたかふあやにくの　世のことはりに花やさかぬと

〇五九　　同　　見花　十六日
めつらしとみるを心のちしほにて　さくいろふかきはつ桜かな

〇六〇　　同　　花盛　十八日
いかなれやみる物からのわりなさも　心のはなのはるにそひゆく

〇六一　あすをまつけふこそ花はさかりなれ　さきのこらすはちらすやは有

同　落花　十九日

〇六二　よしやふけ散も色香の外ならぬ　花には風を思ひかへさむ

同　款冬　廿日

〇六三　たれゆへにいはぬ色しもみたるらん　忍ふにはあらぬ山吹のはな

同　池藤　廿一日

〇六四　池にすむをしとやさこそ行春を　うら紫にふちもさくらめ

暮春　廿二日

〇六五　花とりにあかてそ終にくれはとり　あやなや春のあまることしを

初春朝霞

〇六六　まちえたるたかうれしさの春の色か　かすみの袖に今朝あまるらん

草花早

〇六七　見そむるそ思ひはふかきさく花の　いろはいつれと分ぬ千草も

春雨

〇六八　立とりのあらぬ羽音に音もなくて　かすむ軒端の雨をきくかな

落梅浮水

〇六九　駒つなくたかため顔に梅の花　またきちり行春の山水

寄風花

〇七〇　さそへとも散へくもあらす盛なる　はなには風のとかもかくれて

一、『後水尾院御製』一帖（個人蔵）

禁庭待花

〇七一　鶯のこゑのつゝみも百しきや　軒端のはなにかけていそかん

春暁月

〇七二　雲にあふ暁かたの影もうし　かすむかうへの春の夜の月

花漸散

〇七三　日かすこそ終につらけれ山かせの　さそはぬはなも青葉そひ行

暮山花

〇七四　ことくさに旅ねしぬへく暮てけり　越行山のはなの下かせ

梅風

〇七五　春かせは吹ともなしに青柳の　木すへにみえてなひく梅かゝ

春草

〇七六　分みれはをのかさまさま花そさく　ひとり緑の野への小草を

暁帰鴈

〇七七　暁の別といへははるのかり　かへる雲路もしたひやはせぬ

折花

〇七八　折のこせあすみん人にみぬ人の　けふのためなる山の桜も

寄雪華

〇七九　華なれや春日うつろふ山のはに　あたゝかけなる雪の一村

春月

○八〇　月影はそことなきまてかすむ夜に　木のした闇そひとりはれ行
　　毎年翫梅

○八一　幾春かことはの花も咲匂ふ　この百しきの宿の梅かえ
　　夏月
　　　　　　　　　　　　　　　　　　　　　聖護院殿御取次 善法院

○八二　松かせも律にやかよふ夏しらぬ　つきそまことの霜の色なる
　　瀬夏月
　　　　　　　　　　　　　　　　　　　　　平野藤次郎

○八三　夕すゝみ渡りもはてす此川の　あさせしらなみ月そ明ゆく
　　浦夏月
　　　　　　　　　　　　　　　　　　　　　小堀源兵衛 園池刑部

○八四　白妙の色そすゝしき夏衣も　かとりの浦の波と月とに
　　夏月易待
　　　　　　　　　　　　　　　　　　　　　積善院

○八五　さし入(て)奥ものこらぬ槙の戸の　明夜しるき月のみしかさ
　　野夏草
　　　　　　　　　　　　　　　　　　　　　官務 聖護院宮

○八六　たのもしな夏の丶草も踏跡は　絶なんとする道をのこして
　　池藤
　　　　　　　　　　　　　　　　　　　　　宗珍

○八七　さく藤もうら紫の色にいてぬ　とはれぬやとの池の心に
　　杣五月雨
　　　　　　　　　　　　　　　　　　　　　中坊美作守

○八八　杣人は宮木もひかぬ五月雨に　やまとよむこゑや瀬々の河波

一、『後水尾院御製』一帖（個人蔵）

瞿麦　三木源蔵人

〇八九　露けしなたか別をかしたひこし　ねての朝けの床なつの花

岡郭公　建部宇右衛門

〇九〇　古里とならしの岡のほとゝきす　世にしのひ音やこゝに鳴らん

同　女院御所

〇九一　一こゑも往来のをかのほとゝきす　里をあまたに聞や伝へむ

杜若祓　通君

〇九二　かねてより月のうつろふ河波に　みそきすゝしき神なひの森

杜蝉　女院御所　越

〇九三　たき波を木末にかけて山ふかき　けしき(の)森のせみのもろ声

籬瞿麦　同　□

〇九四　朝夕のまかきの露やかそいろと　おふしたてけむ花の瞿麦

沼蛍　同　□　吉良若狭守　同

〇九五　もえ渡る思ひはあはれかくれぬの　うきをは人にしらぬ蛍と

岡五月雨　青蓮院宮

〇九六　岡にもやつゐにのほらむ麓河　ゆく水たかき五月(雨)の比

夏関

〇九七　をのかうへにきゝおひてこそ時鳥　まつに名こその関の名もうき

槿不待夕　　正親町大納言

〇九八　花よりはしはしをくるゝそれもなを　ゆふかけまたぬ朝かほの露

五月郭公　　右衛門佐

〇九九　ほとゝきすをのか五月はをりはへて　引や菖蒲のねをもおしまぬ

嶺照射　　芝山大弼

一〇〇　さをしかの立田のおくも残らぬや　嶺にも尾にもともしする比

蚊遣火

一〇一　蚊の声をはらひはてゝも賤か家に　くゆる煙はまたやくるしき

垣夕顔

一〇二　卯の花は日かすへたつる垣ほにも　のこる色かと咲る夕かほ

深夜蛍

一〇三　あはれわかよはひも今はふくる夜の　まとのほたるはあつめても何

御着到三月　　更衣　廿三日

一〇四　ちる花の雪をたゝめる夏衣　かへても春の名残やはなき

同　　卯花　廿四日

一〇五　咲出る折しもあかすうの花は　月なきほとの庭の光そ

同　　待郭公　廿五日

一〇六　時鳥心のまつのみさほにも　くらへくるしき声のつれなき

一、『後水尾院御製』一帖（個人蔵）

同　聞郭公　廿六日

一〇七　覚はてぬあつ（かつ）かき聞の一声は　ゆめにまさらぬ郭公哉

同　郭公稀　廿七日

一〇八　うとくなるをのか啼音も色みしは　青葉のはなの山ほとゝきす

同　古郷橘　廿八日

一〇九　住すてしむかしを遠く古郷の　ぬししらぬ香に匂ふ橘

同　早苗　廿九日

一一〇　山水の滝つなかれをせき入て　あめまちあへすとるさなへかな

五月雨　閏三月朔日

一一一　梢にも魚もとむへくそなれ松　なみにしつめる五月雨の比

鵜川　二日

一一二　川そひの柳にすくやかゝり火の　かけもみたるゝ鵜舟成らん

叢蛍

一一三　草の上に今朝そ消行白たまか　つゆかとまかふ夜半の蛍は

夏草　四日

一一四　あけまきのはなちかふ野の夏深み　かくるゝ草の影をうしとや

夏月　五日

一一五　てりそはむ紅葉はしらす秋風も　月のかつらはまたぬ涼しさ

一一六　あつき日の暮かたかりし名残しも　待とる事のあかぬ涼しさ

夕立　六日

二一七　俄にも波をたゝへし庭たつみ　かはくもやすき夕立の跡

枯(杜)蝉　七日

二一八　夕日さす木すへの露になく蝉の　なみたほしあへぬ衣手の森

夏祓　八日

二一九　けふのみのなつは人まぬ麻のはを　瀬々になかして御祓すゝしも

夏祝言

二二〇　今こゝに人の国またたゝき来んと　君にしらするくゐ(な)(本ノママ)とこそきく

郭公幽

二二一　一声の空に明ゆく郭公　なきつるかたの月のほのかに

貴賎更衣　聖廟御法楽

二二二　跡したふたゝひと声は時鳥　遠き入(さ)の山端の月

二二三　聞初てあかぬ野中の杜鵑　みをくるほとそ空に久しき

島時鳥

二二四　時鳥しま隠れ行一声を　明石のうらのあかすしそ思ふ

二二五　杜鵑まつこそしるし咲藤の　花のたよりを宿に過する

遠夕立

二二六　むさし野やこの野（の）末に降くると　しはしよそなる夕立の雲

一、『後水尾院御製』一帖（個人蔵）

卯花繞家

一二七　月かけはめくらぬかたの垣ねにも　さく(卯の)はなそ光さやけさ(き)

夜廬橘

一二八　名残なをむかし覚てみし夢の　のちもまくらに薫橘

樹陰蝉

一二九　秋風も蝉鳴露の木隠れて　忍ひ忍ひに通ふすゝしさ

夕立

一三〇　霜かれの木の葉そまかふ鳴蝉の　葉山はしけき木末なからも

夕郭公

一三一　夏の日のけしきをかへてふる音に　あられに似たる夕立の雨

叢蛍

一三二　神まつるう月のかけも白妙の　ゆふかけてなくほとゝきすかな

沼菖蒲

一三三　朽はて(ぬ)後こそあらめ草の上の　ほたるや何のもえて行覧

水辺蛍

一三四　しけりあふ草のみとりに隠れぬの　菖蒲も今日や分て曳らん

首夏

一三五　飛蛍水の下にも有けりと　おのか思ひをなくさめやせん

一三六　夏きてのひとつ緑もうすくこき　木末はをのか色に分れて

新樹

一三七　常磐木に色を若葉の薄もへき　おなし緑の中に涼しき

郭公幽

一三八　なをさりに待やは聞む時鳥　雲井に遠きよその一声

杜初秋　女院御所御所望中納言ニ被下

一三九　とはゝやとおもふやしるへわかこゝろ　つれて生田の森の秋風

朝見草花　藤木加賀守

一四〇　霞にも千重まさりけり霧渡る　あきの花のゝ露の明ほの

夜萩　松平東市正（常空拝領同前）

一四一　深き夜のものにまきれぬ閑けさや　こゑそへけらし萩の上かせ

月前釣翁　中井主水正

一四二　おきなさひたれとかむなと秋の水　すめるを待て月に釣らん

紅葉随風　三宅玄蕃助

一四三　梢ふくかせにはまたやまかすらん　しくれに(そ)まし心ことはも

攝（擣）衣　鴨播磨介

一四四　更行はうつや衣(の)おさをあらみ　まとをにきゝし声もさやけき

女郎花　吉田兼庵

一四五　女郎花なまめく花の朝かほや　つまとふ鹿も思ひうつらん

一、『後水尾院御製』一帖（個人蔵）

川霧　（女院御方）土山駿河守　同

一四六　明ほのや山もとくらく立こめて　きりにこゑある秋の川浪

松間月　（梅小路拝領同前）狩野右近

一四七　影うすき月のかつらの初紅葉　くるゝ尾上の松にもりくる

聞攝（擣）衣　狩野采女

一四八　夜な夜なの碪の音をこのころの　まかきの花の名にも寝られぬ

池上月　竹中少弼

一四九　月そすむ千と世の秋も池水の　そこのさゝれの数にみえつゝ

夜虫　女三宮御方

一五〇　折しもあれ夜寒の衣かり金に　はたをるむしも声いそくらし

（擣）攝衣　右衛門佐

一五一　枕かるしるへにややるゆふかせの　たよりにたくふ里のきぬたは

海辺月　品川内膳正

一五二　和田の原雲井につゝく夕なみの　限りしられて出る月影

深山鹿　五島淡路守

一五三　おのかうへに何世を秋の山深く　思ひいるらん小男鹿の声

紅葉霜　米定御方

一五四　染つくす霜より後もおきそひぬ　もみし(に)あける霜やなからん

海月　大外記

一五五　くもみす(ら)よむへも心あるあまのかる　もなかの秋の浪の月かけ

嶺紅葉　歴安

一五六　よそにみてまつやゝみなん染渡す　たかまの峯の木々の紅葉は

浦月　西本願寺

一五七　浪かくる真砂(地)とをく影さへて　うらかせしろき住江の月

女郎花　白河三位

一五八　たかための露ふかゝらし女郎花　千草にものを思ひみたれて

停午月　島又右衛門

一五九　かたふかはくゐある道そ月もいま　のほる空なき影をとゝめよ

松下攝(擣)衣　鷹司殿

一六〇　独のみ夜床にみつの霜をへて　たれお(松)の戸に衣うつらむ

鹿声留人　東本願寺

一六一　からにしきこゝそたゝまく小しか鳴　野辺の真萩もこの比の秋

河霧　土山駿河守

一六二　明ほのや山もとくらく立こめて　霧に声ある秋の河なみ

草(花)露　宮崎河内守

一六三　かゝやくは玉か何そと百草の　色にとられぬ花の白露

一、『後水尾院御製』一帖（個人蔵）

都初秋

一六四　いつしかと今日は紅葉の秋きぬと　みしは昨日の花の都に

山家虫　北小路山城守

一六五　都にも聞しにもにす山深み　たかきの音そふ夜半の虫の音

落葉風　北小路主税助

一六六　あたにちる春のはなより木葉まて　思ふに風のうさもつもれる

聞擣衣　園池中納言

一六七　遠つ人帰らんころもうつたへに　さそなねぬ夜の月に悲しき

落葉霜　梅小路三位

一六八　朝かせに吹やられてや松かせも　なをしもなからつもる紅葉は

浦月　山本五郎右衛門

一六九　思ひやる明石も須磨も面馴て　またみぬ浦の月としもなし

落葉霜　水谷伊勢守

一七〇　かさなるやふき分る風に今朝の霜　ほかは置たる落葉もそある

月前釣翁　早川庄右衛門

一七一　そなれてもあはれ翁の釣たるゝ　いとまなくてや月はみさらん

落葉　風早左京亮

一七二　散そひて山あらはるゝ木間より　紅葉(に)かへて滝そ落くる

暮秋　　長谷三位

一七三　色香をは思ひもいれぬ鷹人も　さこそは野辺の秋をおしまめ

織女衣　　交野可心

一七四　かさぬるも夢とや思ふ七夕の　かへし馴ぬる中の衣は

停午月　　西村越前守

一七五　中空にのほりはてゝそ呉竹の　夜なかきかけも月にすくなき

初(聞)鴈　　町口大炊助

一七六　故郷の秋にたへすや鴈かねの　心かろくもいてゝきぬらん

夕虫　　中村六兵衛[田村取次]

一七七　やとりとるたれを松むし草深き　まかきを山と夕くれの声

初秋朝露　　朽木弥五左衛門

一七八　吹こほす秋の朝けの露見えて　初かせしろき浅茅生の庭

早秋　　若王子

一七九　色みえはこれや初しほ紅葉する　秋のけしきの森の涼しさ

虫怨　　小笠原丹後守

一八〇　うらかるゝまくすか中の秋かせを　音にあらはしてむしもなく也

原虫　　中川飛驒守

一八一　秋かせそ乱てしけきむしの音は　宮城か原の露にまされり

一、『後水尾院御製』一帖（個人蔵）

夜虫　松平伊賀守

一八二　夜な夜なの霜を忍ひて松むしの　名にあふ声の色もかはらぬ

女郎花　東久世木工頭

一八三　たか為に思ひみたれて女郎花　いはぬ色にも露けかるらん

在明月　牧野佐渡守

一八四　月はなをさかり過たる在明の　かけしも深き哀そひゆく

深山鹿　三宅玄蕃助

一八五　秋ふかき太山おろしにさそはれて　もみしにましる棹鹿の声

残暑　女院御所

一八六　秋来てもなをたへかたきあつき日の　さすかにくるゝ影の程なき

立待月　同

一八七　日くらしのなく夕暮のそれならて　立またるゝは山の端の月

海上月　青木遠江守

一八八　須磨あかしすむらん影もみるめなき　わか身をうらの浪のうへの月

寝覚天　吉田兼庵

一八九　夢ならてみしよの事そおもほゆる　ね覚の後の天に向て

嶺上月　簾屋徳助

一九〇　夜なかさの程もしられて待出る　みねこそかはれ在明の月

一九一　初鴈　入谷道源
したひ来て春も昨日の夢の世を　かりとなきてや驚かすらん

一九二　同　横峯待月　木辻雅楽助
秋風をみやこの空のしほりにて　くも路たとらぬ鴈やきぬらん

一九三　海辺月　鳴滝右京亮
影にほふ松もうつり行秋の月　まつ夜かさなる峯のつゝきに

一九四　落葉　交野内匠頭
夕烟月に心して須磨のあまの　家たにまれにもしほ焼らし

一九五　松虫　藤木信濃守
ふみ分る山路にそきく落はして　木末の風のまれになるころ

一九六　秋夕思　長谷図書頭
あさちふの霜にもかれぬ声の色や　ひとり名にあふ野辺の松むし

一九七　月　鈴木伊兵衛
身をしほるならひといかに世やはうき　人やはつらき秋のゆふくれ

一九八　七夕月
いく里かおほし心にみる月も　千々の思ひ(の)いろはかはらん

一九九　天川なかるゝ月もこゝろして　まれの逢瀬に光とゝめよ

一、『後水尾院御製』一帖（個人蔵）

七夕河

二〇〇　なきこふる涙の川にたなはたの　うへてみるめもけふやかるらん

七夕草

二〇一　うへこんとしらすや星の手向草　この七種は花もましらす

七夕鳥

二〇二　かへまくもほしの契よをのかうへに　思ふはをしの独ねぬ夜を

七夕衣

二〇三　七夕のころものすその秋かせに　うらめつらしくかさねてやぬる

七夕別

二〇四　いかにまた汀まさらむ天の川　けさしもかへる波の名残に

七夕祝

二〇五　星合の空にくらへむ君も臣も　身をあはせたる代々の契を

菊映月

二〇六　ひかるとはほしやまかきの秋の菊　月にはへある花のてこかさ（本ノママ）

菊帯露

二〇七　おりに逢ふ今日のかさしをあかすみし　萩もした葉の露のしらきく

菊似霜

二〇八　菊はいまたさきものこらす花の色　霜やまことの霜をまつらん

山路菊

二〇九　露の間に十とせあまりの菊そ咲　大内山も山路おほえて

河辺菊

二一〇　よし野川はやくの年をかさねめや　菊の下みつ老はせくとも

寄菊契

二一一　月草の露もなかけそ我中の　契はかれぬ菊をためしに

寄菊恨

二一二　木からしの宿すきかてに手折しも　菊も恨のあさからめやは

寄菊旅

二一三　梅かゝをふれし衣に秋のきく　かさねて匂ふたひをしそ思ふ

寄菊祝

二一四　百しきや代々のむかしにかへる日を　とりそへてくめきくの盃

七夕風

二一五　このころのせこか衣の初かせを　うらさひしとや星合の空

嶺月

二一六　ふしの根はなへてのみねの雲霧も　麓になして月やすむらん

攝（擣）寒衣

二一七　秋かせの身に寒くなる山かつや　くるゝ夜ことに衣うつ覧

一、『後水尾院御製』一帖（個人蔵）

嶺紅葉
二一八　むら紅葉夜のまに染て横雲の　嶺にわかるゝ松の色かな

野径鶉
二一九　秋の野のふるえの真萩かりにたに　くる人なしと鶉なくらむ

落葉
二二〇　かさなるを吹くる風に今朝の霜　なかはをきたる落葉もそする

月落鶴
二二一　くまもなき真砂の月に白妙に　色をかさぬる鶴の毛衣

寄月神祇
二二二　月よみ（の）神の恵の露しけき　こよひの秋そ光ことなる

寒草霜　高辻少納言
二二三　空にゆくひかりはおそし山の端に　いてぬるほとの月を思へは

二二四　朝かほのもろきも千よの白菊も　わかすかれのゝ霜の哀さ

寒夜水鳥
二二五　独ぬるをのゝ思ひやみたれあしの　はたれ霜ふり寒き夜ことに

寒草　半井驢庵
二二六　しはしこそ霜をもしらぬ冬草は　つゐにみさほの松陰もなし

冬地儀　小堀仁右衛門
二二七　いたはしや朝かせさむき霜のうへに　かよはぬひとのみえてさひしき

夕鷹狩　野宮中将

二二八　あかすなを今一より(と)かりころも　日もおち草をしたひてそ行

山家雪朝

二二九　かくれかの心の雪にうつもれて　みし世のともは今朝そまたるゝ

冬浦

二三〇　時雨きてこのゆふ浪にことの浦　ゆきによせたる舟もこそあれ

同

二三一　焼そへてさすかみ冬の浦風も　ふせくたかり(よ)やあまのもしほ火

望雪　鈴木淡路守

二三二　山の端に降つむ雪も深き夜の　闇はあやなき色にさえつゝ

眺望山雪　御蔵出雲守

二三三　めにちかく山もいりくる楼のうへに　千里はなた(れ)る雪のさやけさ

同

二三四　春秋の山のにしきのおもかけも　うつみはてたる今朝の雪哉

寒草

二三五　千種にもなをかへつへし霜かれの　中に一はなさけに(る)るなてしこ

海辺歳暮

二三六　いとまなみことしも暮ぬ海わたる　世のことわさよ蜑のまてかた

一、『後水尾院御製』一帖（個人蔵）

庭初雪

二三七　庭の面はふりもたまらて真砂のみ　しろき梢の今朝の初雪

初冬　右御着到之内廿九日

二三八　秋風の音をもさらに吹かへて　またおとろかす冬は来にけり

時雨　四月朔日

二三九　夕まくれ聞まかへつる松かせの　やかて(も)さそふさよ時雨哉

落葉　二日

二四〇　染そめす終にあらしの末の露　もとの雫のちる木葉哉

寒草　四日

二四一　冬枯の草葉にもみよ色といへは　ちくさなからのあたの世中

千鳥　五日

二四二　波かくる袖のみなとの風をあらみさはく千鳥やなるかたもなき

水鳥　六日

二四三　みし秋のにしきたえたる河なみに　かさねてうかふおしの毛衣

氷初結　七日

二四四　てる日にも猶たえさりし山水の　音こそきかね今朝や氷れる

冬月　八日

二四五　みる人の袖さへとをる小夜風に　落葉か後の月のくまなる

鷹狩　九日

二四六　暮るをもしらすや分るかり衣　なを心ひくとりのおち草

野霞　十日

二四七　思ふ空古郷とをき旅寝して　霞ふる野にあられけるみを

浅雪　十二日

二四八　踏分るくつもかくれぬ今朝のまを　とふは思ふに浅き雪哉

積雪　十一日

二四九　散そめてつもるを思へはおこたらぬ　学（ひ）成せはまとの白雪

閑中雪　十三日

二五〇　人をまつ心のみちの絶にしも　雪ははらはむよもきふの庭

二五一　住人の心の外にふりおきて　雪や友まつ蓬生の宿

歳暮　十四日

二五二　けふことに過行としを暮ぬとて　身におとろくもいへはおろかさ

冬天象

二五三　これもまた日(白)きをみれは更夜の　月さえわたる鵲のはし

冬地儀

二五四　枯はてゝ中々秋の露よりも　色なき野辺の色そ身にしむ

冬植物

二五五　残りけり松は緑の洞の中に　ちらて友なふ千世の白雪

一、『後水尾院御製』一帖（個人蔵）

霙

二五六　山かせやくるゝまにまに寒からし　みそれに雪の色そ添ゆく

時雨

二五七　さためなきこの身もいつの夕時雨　ふるも思へは袖の外かは

岸千鳥

二五八　松ならぬねにあらはれてさよ千鳥　なみうつきしに妻やとふらん

関路雪

二五九　白雲のいつこる（か）家路ふる雪に　すゝまぬ駒のあしからの関

暮村雪

二六〇　暮ふかく帰るや遠きみちならむ　笠おもけなる雪の里人

雪中鷹狩

二六一　白妙の雪こそ光夕かりの　あはぬ日影をつきてふら南

逐日雪深

二六二　けふことにおもる枝より折そひて　松こそ雪のみをつくしなれ

雪庭樹花

二六三　あかすなをみきりの松の千世もみむ　ちらすは雪の花の常盤に

二六四　今さらに匂はぬはなの恨あれや　御垣の柳雪になひきて

行路雪

二六五　かきくらす雪にもしけき通路は　うつみもはてす跡もとまらす

連日雪

二六六　都とて思ふに雪(の)晴やらぬ　日かすはかりはつもるともなき

庭雪

二六七　晴やらぬ今朝(の)間をとへ踏む跡も　ふりかくすへき庭のしら雪

炭竈

二六八　烟とそ先あらはるゝ年寒きまつより奥の峯のすみ竈

暁雪

二六九　有明の月とみしまに松竹の　わかれぬ色そ雪にわかるゝ

朝雪(霜)

二七〇　霜なれや光かりおさ(ま)る有明の　ことはり過てさやかなる影

千鳥

二七一　しら波の立わかるゝも折ゐるも　声にみえゆく小夜千鳥哉

枇杷

二七二　色こそあれ紅葉ちる日は咲初て　われは顔にも花そ匂へる

二七三　二たひはさし(も)の匂はしたち花に　霜の後なる花そまかへき(る)

枯野

二七四　すゝきのみせめてわかれて花はみな　あらぬさまなる霜のゝへ哉

恋涙

二七五　別行わかたもとには色かへて　身をのみなけく涙さへうき

一、『後水尾院御製』一帖（個人蔵）

寄山恋

二七六　人心みちては我もやみねたゝ　よしうき恋の山つくるとも

逢恋　廿一日

二七七　たくひなや逢夜となれ(は)つらかりし　人にもあらすとくる心の

寄枕恋

二七八　逢とみる一夜計の夢もあれな　いそちのまくらそれは思はす

寄絵恋

二七九　これをたにみさらん程はとはかりに　かきすさひしやえしも恨ぬ

寄鏡述懐

二八〇　うつしみぬ我やなになる世中に　人の鏡はいまもこそあれ

寄鳥恋

二八一　うき中はかりよつはめよ羽をさへ　ならへむと契る人も社あれ

稀逢恋

二八二　あやにくにくらふの山も明る夜を　まれなる中にかこちそへ筒

深更帰恋

二八三　待出てかへる今宵そ強顔さは　人にみはつる有明の月

契待恋

二八四　たのめしをたのまは今は頼なよ　月出(て)とは人のちきらす

初恋　四月十五日
二八五　思ひたつ是そあし本遠くとも　恋の山路の末もまよふな
忍恋　十六日
二八六　もえ初る今たにかゝる思ひくさ　葉末の露のいかに乱ん
祈恋　十七日
二八七　しのふ共みえし(と)忍ふ涙をは　まきらはさんも猶心せよ
聞恋　十八日
二八八　ねき事のしるくもみえぬ我ためは　神のいさむる道をしれとや
不逢恋　十九日
二八九　いつしらぬ詞としるに聞あかす　おくれしかたもさすか語を
契恋　廿日
二九〇　つゐにいかに誠の色をみはてむの　おもきかたには猶たのむとも
別恋　廿二日
二九一　諸神をかけて契れは行末の　松にはこえむ波も思はす
遠恋　(廿四日)
二九二　待えてそいそき立らん鳥かねは　おなしつらさにいひなすもうき
二九三　立かへりとふとも遠き中みちに　心の外の世をへたつらん
二九四　宮のうちを千里にたにも思ふみの　ひなにうつろふ程をしら南

一、『後水尾院御製』一帖（個人蔵）

馴恋　（廿六日）

二九五　なれゆくをまたもみまくのとはかりは　思はし物のといとひはつらん

顕恋　廿七日

二九六　うしや世の人の初のいひさかなさに　またき我名ももれんとすらん

増恋　廿八日

二九七　神よいは聞たかへたる恋せしと　はらひしまゝにまさる悲しさ

偽恋　（廿九日）

二九八　ことよきにはかられきては偽の　しらるゝきはを人にうたかふ

変恋　（晦日）

二九九　つらくてもさらははてしとかはり行　心をしひて頼むはかなさ

経年恋

三〇〇　さり共となくさめきぬる年月に　中々つらき限をそみる

片恋

三〇一　よしや人それにつけても思ひしらは　思はむかたのよそにたにあれ

恨恋

三〇二　をのつからみゆらん物を恨とも　しらすかほなるそれも一ふし

寄絵恋

三〇三　かひもあらしかたちはさこそうつす共　月は光をえしもかゝねは

尋恋
三〇四　嵐吹あきより後はとこなへの　露のよすかもたつね侘つゝ
春恋
三〇五　いかにせんとはれん春もたのまれぬ　身は鴬のこそのやとりを
忍待恋
三〇六　忍ふれは嬉しきものゝ小夜更て　人はねたるそまつに悲しき
恨身恋
三〇七　思ふにはうきもつらき（も）誰ならぬ　うらみのはてそいふかたもなき
顕恋
三〇八　おもへ人うき身のとかになしはてゝ　恨ぬまての中の恨を
被厭恋
三〇九　つゝみこし思ひの霧のたえたえに　身は宇治河の瀬々の網代木
寄商人恋
三一〇　つけはやなきたるあさのわか袖に　終に身をしる雨はしけしと
寄鳥恋
三一一　あはれ身におはぬ歎や商人の　きぬきたらんかたくひさへうき
寄滝恋
三一二　まきのとをたゝけと人に契置ん　水鶏なく夜は聞もとかめし
三一三　せきあへぬ袖の滝つせ行末に　われてもあはむ契たにあれ

一、『後水尾院御製』一帖（個人蔵）

寄猪恋

三一四　みせはやなふすゐのかるもかきたえて　こぬ夜の床の露の乱を

寄虫恋

三一五　おのか名の胡てふににたり折かさす　花にやとりてむすふ契は

寄夜恋

三一六　いかにせむ我か恋衣はる雨に　ぬれしはかりの涙ならすは

適逢恋

三一七　いかにせむ年にまれなる逢事を　待しさくらに人もならはゝ

人伝恨恋

三一八　我うらみ世の空ことにいひなして　きゝもいれすもかたるさへうき

寄月尋恋

三一九　しるへなき闇にそたとる恋の山　かくるゝ月をなを思ふとて

冬祝言

園大納言

三二〇　松にすむ鶴の毛衣も冬来てや　をきまさるちよの霜をみすらん

祝言

東園中納言

三二一　守るてふ五の常の道しあれは　むそちあまりの国もうこかす

旅夜

三二二　をきそふやふる里遠き霜ならん　さゝのまくらの一夜一夜に

三二三　遠山如画図　狩野探幽法印
つくりゑをかすみや残す咲ころは　また遠山の花の千枝に

三二四　河眺望　池尻宰相
深くなる青葉の山の麓川　なつしもしろき波の色哉

三二五　寄月旅泊　服部備後守
波かせのさはきしよりもとまり松　おもひのこさぬ月そねられぬ

三二六　山家　朱宮御方
わりなしやしな咲比の柴のとは　さすかとはぬもとはるゝもうき

三二七　空門極品　金地院
むなしきか色なき色は誰か見む　よし見んひともみぬ世ならすは

三二八　寄日祝　新中
絶せしなあまつ日つきも曇なく　いて入るかけの照すかきりは

三二九　松　女院御方
百しきやうへしわか世の思ふには　いくほとならぬ松の木高さ

三三〇　閑居
心より閑ならす(は)しつかなる　(か)くれ家とてもちりの世中

三三一　寄若菜祝言　勧修寺大納言
若菜つむ袖のよそめも白妙の　つるの毛ころも千世はみえけり

一、『後水尾院御製』一帖（個人蔵）

松有親声　　　　　　　　　　　　松平伊豆守

三三二　風吹は空にはしらぬ白雪の　りちにしらふる松の声哉

寄月旅泊　　　　　　　　　　　　入谷道津

三三三　思ひやる心のみちそともふねの　おなしとまりの月そかはらむ

思往事

三三四　さまさまにみし世をかへす道なれや　雨夜ふけゆくともしひの本

橋上苔

三三五　をのつから柳やたをれふす苔の　まをならすしも渡す川橋

名所松

三三六　百しきやたれをしる人高砂の　松のふりぬるむかしかたりも

寄道慶賀

三三七　行人のとをしともせし東路の　道のはてまておさまれる世は

松

三三八　百しきやうへしわか世の思すは　いくほとならぬまつの木高さ

漁舟連浪

三三九　海士人の一葉にまかふ船よりも　かろき身をおく波のうへ哉

夕鐘

三四〇　春あきのいく夕くれを惜来て　かねもつきぬるとしをつく覧

寄世祝

三四一　祈をく千世は代々につきもせて　ありとある人ひとつこゝろに

旅泊夢

三四二　舟人のいつからとまり波なれて　みるらん夜半の夢そ悲しき

名所鶴

三四三　すむ鶴にとはゝや和歌の浦波を　昔にかへす道はしるやと

海路

三四四　古里を思ふやおなし過ゆくを　ともにみおくる沖つ舟人

旅宿嵐

三四五　憑こし夢路もたえて草枕　故郷とをく吹あらし哉

山家

三四六　思ひいる心の奥のかくれかに　すまはや山はよしあさくとも

古寺松

三四七　法の声にそれもやかよふ高野山　あかつきふかき庭の松かせ

伊勢

三四八　うこきなき下つ岩根の宮柱　身をたつる代々のためしならすや

社頭祝

三四九　石清水なかれの末の我するも　かみしまほらは代々の絶しな

一、『後水尾院御製』一帖（個人蔵）

寄舟無常

三五〇　世の中の浪のさはきもいつ迄の　身の浮舟よさもあらはあれ

社頭暁

三五一　暁の霜もおくかと神かきや　さかきはしろき夏の夜の月

羇中関

三五二　都人あかす別るゝ夢路には　あやなく（ま）さしき関もかためす

海眺望

三五三　面影をうらの烟にさきたてゝ　かすまぬ春もちかの塩かま

古郷草

三五四　あれまくも春そ思はぬ古里の　かきねにしけきつはなすみれに

旅宿

三五五　何かうき草の枕そ故郷と　思ふもかりの宿ならぬかは

山家

三五六　先たちて入し心もなれぬへき　いますみそめむ山の奥にも

夕鐘

三五七　さすか身はおとろきなからつきはてぬ　ねかひもかなし入相のかね

浦松

三五八　住よしや松の緑もなをそへて　あまの家たにあやめふくらし

窓竹

三五九　なよ竹のなひきふしては五月雨の　雨くらから(ぬ)まとのうちかな

田家

三六〇　ことし生の陰さへしけく呉竹の　は山もまとにみえす成行

羇旅　十日

三六一　思へ世はたましくとても秋の田の　かり庵ならぬやとりやはある

述懐　九日

三六二　旅衣うちぬるまゝにふる郷に　かよふ夢路はあしも休めす

懐旧　十一日

三六三　後の世のつとめの外は事なくて　ものにまきれぬ身をつくさはや

神祇　十二日

三六四　道々の百のたくみのしはさまて　昔にをよふものはまれにて

釈教

三六五　憑そよみもすそ川の末代の　かすにはわれももれぬ恵を

祝言

三六六　耳にきゝ目にみる事の一たに　法の外なるものやなからん

鶴伴仙齢

三六七　敷しまのこのことのはに何事か　まさきのかつら長きためしは

三六八　仙人の名におふ宿に千世かけて　こゝにもちきれ鶴の毛衣

一、『後水尾院御製』一帖（個人蔵）

川眺望

三六九　いにしへの契にかけしおひはかり　一すししろきをちの川波

閑居待友

三七〇　今さらにとふへきたれを松の門　さすかにみつの径を残して

眺望日暮

三七一　釣舟はみえす成よりみえ初て　くれ行沖にちかき漁火

田家

三七二　もる声も水のひゝきも絶はてゝ　氷る冬田の庵のさひしさ

岡篠

三七三　かの岡にもゆる草葉のうらわかみ　霜にもかれぬ小篠をやかる

旅行

三七四　行々て思へはかなし末とをく　みえし高根も跡のしら雲

寄日祝

三七五　天つ日をみるかことくに恵ある　世をたにしらぬ時のかし(こ)き

白鷺立汀

三七六　白たへの池の蓮のまたさかぬ　みきはの鷺は色のまさ(か)はす

門杉

三七七　あはれたれまつ事もなくさしこめて　世を杉たてる門の明くれ

岡竹

三七八　いやたかく生そふまゝに大空も　おほふはかりのまとのくれ竹

釈教

三七九　ふかく入のあさしとをしれ法の道　山の（奥）（本ノママ）なるふもとならすは

社頭松久

三八〇　住よしやいつの御幸に相生の　松はしるらん世をはとはゝや

山家

三八一　法にいるみちとをからしおこなひも　ものにまきれぬ山を求は

寄道慶賀

三八二　思ふことのみちみちあらん世の人の　なへてたのし（む）時のうれしさ

山家嵐

三八三　たへてやは深山の庵に聞初し　そのよのまゝのあらし成（せ）は

漁船連浪

三八四　明たらはおのか浦々漕て出て　世をうみ渡る海士の釣ふね

浦船　　輪王院宮

三八五　難波かたうらなみ遠き芦まより　おなし一葉にみゆる釣船

山中滝

三八六　岩波を木末にかけて松風も　さらに音なき山の滝つせ

一、『後水尾院御製』一帖（個人蔵）

暁

三八七　鳥かねに起出るよりよしあしの　わかるゝ道を思はさらめや

山中滝

三八八　みなかみは梢の露やちりひちの　つもりて高き山の滝つせ

名所橋

三八九　世をわたる道もこゝより往還る　人やたえせぬ淀の継はし

山家煙

三九〇　冬深みさらに折たく柴のとのけふりをそへてさゆる山風

殿上梅見の御会に雨ふりけれは、庭梅といふ題をとらせ給て

雨中梅

三九一　心あれや雨にふり出て紅の　いろそふ今日の庭の梅かえ

立春暁

三九二　鳥かなく東の山の関こえて　あかつきちかく春や立らん

早春　　聖廟御法楽

三九三　神かきや春のしるしは杉ならぬ　まつのあらしも匂ふ梅かゝ

早

三九四　雪けにもくもりなれにし山なから　はるの霞は色にまかはす

旅宿春月

三九五　旅まくらみやこ思へはみやこにて　みしにもあらすかすむ月かな

深夜春月

三九六　かたふけは釣簾のまちかく入月の　おほろけならぬ哀をそしる

待花

三九七　常磐なるたねもあらなん住の江の　まつは久しき花ならぬかは

帰鴈

三九八　春かすみかくす都の山のはを　かへりみかちに鴈も行らし

松上藤

三九九　玉かつら嶺まてかけて咲藤も　こたかき松も谷の埋木

毎春有春

四〇〇　今すめるかすみの洞の宿もあれと　なを九重の九重の(衍字削除)はるそ(の)とけき

池藤

四〇一　池水そむらさき深き咲藤は　をしのつはさの色そうはひて

橋辺霞

四〇二　鵲のわたす雲路の末かけて　かすみにつゝく天のはし立

曙花

四〇三　霞ゆく松はよふかき山の端に　あけほのいそくはなの色かな

閑居春雨

四〇四　春の雨もさたかにそきく音信の　人にまれなる宿の軒はゝ

一、『後水尾院御製』一帖（個人蔵）

早春鴬

四〇五　あら玉の春をもこゑの内にして　世の長閑さを鴬そなく

見花恋友

四〇六　友こそはいろ香の外の色かなれ　とへかしはなの盛過さて

南枝暖待鴬

四〇七　行鴈はあとにみすらん花のかに　うくひすいそ(け)春の初かせ

梅香何方

四〇八　玉簾ひまもとめいる春風の　いつくなりけむあやし梅かゝ

雨後花

四〇九　雨の後はなにまれなる花にこそ　ましるとみえし青葉かくれに

潤花然暮雨

四一〇　長閑なるゆふへの雨をひかりにて　谷まも春の花は咲ける

柳枝臨水

四一一　氷とく池のかゝみに影見えて　やなきのまゆも世に類なき

四一二　岸蔭の柳の梢糸たれて　松ならなくにこゆる河波（「垂柳蔵水」の題脱か）

柳露

四一三　青柳は中々をもる露もみす　なひくををのか本のすかたに

雲雀

四一四　夕雲雀わかゐる山の風はやみ　ふかれて声の空にのみする

雪消山色静

四一五　雪とくる春にしつけし年の緒の　なかきはこやの山のみとりは

残雪半蔵梅

四一六　にしこそと秋みし梅の同し枝も　分て残れる雪にさく覧

毎年憂梅

四一七　去年よりもことしはまさる色香そと　幾春かみる庭の梅かえ

落梅浮水

四一八　駒つなくたかため顔に梅の花　またきちりゆく春の山水

春雨

四一九　立とりのあらぬ羽音に音もなく　かすむ軒端の雨をきくかな

陽春布徳

四二〇　宿ことにさく梅かゝもとなりある　春の心をまつしらすらん

風光日々新

四二一　昨日よりけふはめつらし花とりも　千よをならさむ宿の初春

鶯

四二二　うくひす(の)声の匂ひ(を)梅かゝの　いつこにそへてあかすとかなく

春釈教

四二三　霜なからきえも残(ら)し春日さす　のへの若菜のつみは有とも

一、『後水尾院御製』一帖（個人蔵）

初春鴬

四二四　梅かゝのしるへもまたしくる春に　まつさそはるゝ宿の鴬

寄若菜祝言

四二五　わかなつむ袖のよそめも白妙の　鶴の毛衣千よはみえけり

霞添山気色

四二六　よのめくみ大内山や雪はきえて　緑(の)霞袖おほふらん

四二七　春の色もはなに匂はす霞より　心になひく四方の山端

苗代

四二八　あらそはぬ民の心のせき入る　苗代みつの末にみえつゝ

霞春衣

四二九　花とりのあやをりか(は)へて朝かすみ　春の立てふ衣も来にけり

散花

四三〇　花よいかに身をまかすらんあひ思ふ　中ともみえぬ風の心に

春曙

四三一　なかめてそ身にしみ帰る鴈金の　余波もつきぬ春の明ほの

初花

四三二　世のつねの色香ともみすまたれこし　はつ花染のふかき思ひは

花留人

四三三　みるか内にかたらふ人の情まて　花にそへてもえこそみすてね

御着到　早秋　三月九日

四三四　末つゐに身にしむ色の初しほや　衣手かろき今朝の秋風

七夕　十日

四三五　一とせを中にへたてゝ逢みまく　星の契や思つきせぬ

秋風　十一日

四三六　影高き松に吹たにうつもるゝ　のきはの萩の秋風のくれ

萩露　十二日

四三七　此宿にうつし植ても萩のとの　露のひかりはにるへくもなし

四三八　袖かけておらはおちぬへく色にしも　あたの大野の萩のうへの露

女郎花　十三日

四三九　しら露のかさしの玉の女郎花　よそゐことなるはなの俤

女郎花　十四日

四四〇　秋風のそなたになひく女郎花　心にきし（をわけし）結ふ露かも

夜鹿　十五日

四四一　蜑小ふねよるの袂をぬらすとも　さしてしらすや棹しかの声

四四二　秋のかせ夜寒なるとや棹しかも　かれにしをのか妻をとふらん

初鴈　十六日

四四三　古郷を秋しもよそに別きて　鴈の涙や空に時雨し

一、『後水尾院御製』一帖（個人蔵）

秋夕　十七日

四四四　詠こし幾夜の秋のうさならん　われとはなしの夕くれの空

山月

四四五　まきあくる釣簾のまちかく山も更に　うこき出たる月の影かな

野月

四四六　やとりける月も花の〻露分て　家路わする〻草の枕に

江月　廿一日

四四七　ゆくてにや結ひよるらん月やとる　野中の清水知もしらぬも

浦月　廿二日

四四八　かけはらふ手にまかせてや芦まにも　みかく玉江の波の月かけ

笆菊　廿三日

四四九　暮ぬれは沖のとも舟こき別れ　おのか浦々月やみるらん

擣衣　廿四日

四五〇　春秋も笆の蝶のゆめにして　いつしか菊にうつる花かな

暁霧　廿五日

四五一　うつもなを聞人よりは夢やとる　更るきぬたのしはし音せぬ

岡紅葉　廿六日

四五二　さたかにももりくる鐘の声なから　明ぬ夜深き峯の八重霧

四五三　染あへぬ枝も手ことにおりつくす　往還の岡の紅葉はおし

滝紅葉　廿七日

四五四　となせ河水の面にはちらぬ間も　紅葉をくゝる滝の白糸

九月尽

四五五　けふはかりいかてとゝめん又こむは　思ふにとをき秋の別を

四五六　みをくらん行ゑならねと名残なく　霧なへたてそ秋の別路

月出山

四五七　中空はゆくも行かは山の端を　さしのほるほとの月に思へは

月下浅茅

四五八　しつけしな人もはらはぬ露更て　月影おもる浅茅生の庭

駒迎

四五九　世にたへし道ふみ分ていにしへの　ためしにもひけ望月の駒

有明

四六〇　あくる夜のしらむひかりや池水の　月の氷を渡る春風

沢間秋夕

四六一　夕まくれ鴫たつ秋の沢辺には　うき暁の羽かきもなし

初秋露

四六二　むかしより心つくしの秋風を　むすひ初てや露はひかたき

山紅葉

四六三　分入は麓にもにすもみちはの　深きや深き山路なるらん

一、『後水尾院御製』一帖（個人蔵）

野女郎花

四六四　誰かこの野をなつかしみ女郎花　なひく一夜の枕かるらん

虫

四六五　色みしはをのかさまさま鳴出る　それもや千種野辺の虫の音

関月

四六六　月そすむふはの関屋の杉ひさし　久しき跡(を)世々にとゝめて

雨後月

四六七　わひしらぬ月そうつろふ萩すゝき　露もまたひぬ雨の名残に

夜鹿

四六八　小男鹿も山とりの尾の長き夜を　よそにへたてゝ妻や恋らん

関初秋

四六九　初かせの関ふき越る須磨の波に　あきなき花に散やそふらん

暁月厭雲

四七〇　晴かたき雲をそ思ふむかひみる　こゝろの月のすめるあかつき

野萩露

四七一　此ころの野へやいかなる萩のとを　みるたにあかぬ露のさかりに

居待月

四七二　よりゐても月をこそまて心あてに　峯にむかへるまきの柱に

夜鹿

四七三　梓弓ゐる野の鹿や我かたに　ひけははるはる妻や恋らん

月前草露

四七四　影やとすあさちか露の乱れきて　野かせ(に)くもる月もこそあれ

月前雲

四七五　吹かくる雲さへうれし晴る夜の　月にむかへるにしの山風

野月

四七六　むさし野や草の葉分にみへ初て　露より下に出る月かけ

雨後月

四七七　月すめるこよひのためと雨もよに　さしも此比降つくしけむ

滝月

四七八　これもまた滝なくもかなかへりこむ　山路はさこそ月もおくらめ

月前鴫

四七九　聞わひぬをしと思ふ夜の月影に　あかつきしるき鴫の羽(はね)かき

十三夜月

四八〇　よしや見む月の桂を千塩まて　けふしの染る秋の雨かと

海辺擣衣

四八一　あま衣なをうちそひて芦のやの　なたの釣するいとまなき比

庭上月

四八二　雪ならぬ浅ちか庭の露もなを　はらはむ跡はをしき月かけ

月前鹿

四八三　一しほの色もこそそへ夜半の月　鹿なく山の秋をとはゝや

野径月

四八四　おきあへぬ露はさなから月影に　分し跡ある野への通路

月照滝水

四八五　月はなを雲のみをにて滝つせの　中にもよとむ影やなか覧

池辺紅葉

四八六　木々の色のうつろふ池にうく鴨や　しくれ(も)しらぬ青葉成らん

月前蛬

四八七　白妙の霜にまかへてきりきりす　いたくな侘そすめる月影

寄月旅泊

四八八　波かせのさわきしよりも泊ふね　おもひのこさぬ月そねられぬ

名所七夕

四八九　こよひさえ衣かたしきひこ星に　恋やまさらん宇治のはし姫

菊

四九〇　ならの葉の世のふることにもれし菊　梅を忘れし恨なしやは

池月久明

四九一　月そすむちとせの秋も池水の　底のさゝれのかすにみえつゝ

秋神祇

四九二　稲葉にもあまるめくもの露ならん　あまたの神に立るみてくら

（み）

河月　右御着到之内廿日

四九三　月そすむ舟さし下す河なみの　よるの雨きく音もさなから

八月十五夜

四九四　月やこよひこよひもこよひみる人も　待えし宿の池のこゝろは

九月十三夜

四九五　光ある今宵の月のことのはに　くもるうらみをわすれてやみん

湖上月

四九六　はれてよき同したくひの秋の月　たか面影ににほの海つら

月

四九七　もれいてぬ雲間またれて中空に　ゆくもおしまぬ夜半の月哉

鴈

四九八　海士小ふねはつかにそきく初鴈の　こゑをほにあくる秋風の空

河霧

四九九　そことなき霧のうちゆく波の音に　一筋みゆる秋の川水

一、『後水尾院御製』一帖（個人蔵）

秋旅

五〇〇　思ひやれ床は草葉も敷わふる　旅ねの秋の露のふかさを

寄野恋

五〇一　かりにたに人はこさらん恋草の　しけき夏野に何たくふらん

寄湊恋

五〇二　人こゝろうかへるふねのよるへとも　我湊江をいかてたのまむ

見恋

五〇三　思ふそよ芦のほのかに聞しより　みしまかくれは汀まさりて

不逢恋

五〇四　よそに社あふの松原かはかりに　よもさく（たこ）にてはあらしつれなさ

祈恋

五〇五　つれなさをみはて（ゝ）やまん契をや　年へていのるしるしに（や）せむ

寄木恋

五〇六　人こゝろはなにうつろふならひこそ　わかかたはらのつらきみ山木

逢後増恋

五〇七　あひもみぬさきならは社恋せしの　御祓もつらきわか思ひかな

遠恋

五〇八　峯の雪分こし道のわりなさも　あさきかたにはいかゝ思はむ

関路恋

五〇九　今までに昔は物をとはかりの　うらみぬ身をは恨みやはせぬ

怨恋

五一〇　情社おもふにうけれつらしとて　おほよそ人に恨やはある

寄衣恋

五一一　かへしてもみるよまれなる夢そうき　中にあるたにうとき衣を

稀逢恋

五一二　つゐに身の契なれとやたとへても　浮木のかめの逢瀬はかりを

適逢恋

五一三　たまさかのあふ夜なれとはとけやらぬ　恨を人にゆるすさへうき

別恋

五一四　いそくなよよもまたはこし此たひや　限としたふ今朝の別を

増恋

五一五　いかにせむふるやなみたの雨もよに　よとの沢みつまさる思ひを

忘恋

五一六　千重まさる霧やへたつる我かたの　はる日つもりて遠きたえまを

難忘恋

五一七　思ふにはなけの情もいかなれや　そよ其ことのうきにまきれぬ

一、『後水尾院御製』一帖（個人蔵）

近恋

五一八　つらきかなたゝはひわたる程にたに　思はぬ中の遠きたえまを

後朝恋　廿四日

五一九　我こそはさそひてかへる俤をあとに(は)人のさしもとゝめし

近恋　廿五日

五二〇　人やたゝみたにをこさぬ我宿に　松とはさこそしるき木末も

馴恋　廿六日

五二一　あまころもなるとはすれと伊勢島や　あはぬうつせはひろふかひなし

未顕真実

五二二　たへなれやつゐに四十の霜の後　世にあらはるゝ松の言の葉

忍逢恋

五二三　思をけとこの山には人しれぬ　またたまさかの夢もこそあれ

深更帰恋

五二四　有明の月はつれなき色もなし　みはてゝ帰る人の心に

五二五　あかすしも別れぬほとを徒に　月のふけぬと人に恨し

寄雲恋

五二六　はれ間なきならひはいかに雲ならぬ　恋はむなしき空にみちても

寄夕恋

五二七　思へ人あすは問とも草のはら　このゆへ(ふ)露の消は残らし

恨恋

五味藤九郎取次
松平対馬守

五二八　情こそ思ふにうけれつらしとて　おほよそ人に恨やはある

法皇御影之御歌

五二九　うしやこの太山かくれの朽木かき　さてもこゝろの花し匂はゝ

処々立春

五三〇　たか里ももれぬ恵の光より　をの(か)さまさま春をむかへて

遠山霞薄

五三一　けさはまたまつ(衍字か)そなたにうすき山眉の　遠きやかすむ色をみすらん

水辺残雪

五三二　うち出ん波にはとをき花の色や　谷の氷にのこるしら雪

梅近聞鶯

五三三　梅か香も声の匂ひもくらからす　をし明かたのまとの鶯

柳先花緑

五三四　春はまつなひく柳も太山木の　はなにならはむ緑をや思ふ

忍尋緑恋

五三五　この里の道しるへにはたのむとも　人にしのふの奥はしられし

人伝恨恋

五三六　人つてはうしろめたしやにくからす　おなし恨のうち出るこそ

山家客来

五三七　事よせてとひくるもうし山住の　こゝろの外のしなや紅葉に

飛滝音清

五三八　雪とくるけさからことに音そふや　はるをしらふる山の滝つ瀬

霜鶴立洲

五三九　をのかうへにかさねん霜をいくよ共　しらすしらすの鶴の毛衣

このころの時雨に森の紅葉もいかゝと

五四〇　とはゝや(な)きぬかき(さ)岡の秋の色を　来てみよとて(こそ)鹿もなくらめ

山陰道のかたはらに世すて人あり、白茅を結ひてすめる事十とせはかりに成ぬ、かの庵に銘して桐口といふ、三公にもかへさる江山をのそみては詩情のたすけとなし、一鳥なかする岑寂をあなひては禅定を修し、すてに詩熟し禅熟せり、こゝに十篇の金玉をつらねて投贈せらる、幽賞やます、翫味あくことなきあまりに、芳韵をけかし、つたなき言葉をつゝりて是にむくふといふ、愧赧はなはたしきものならし

五四一　うらやまし思ひ入けむ山よりも　ふかき心の奥の閑けさ

五四二　いかてその住るおのへの松風に　我もうき世の夢をさまさむ

五四三　思へこの身をうけなから法の道　ふみもみさらん人はひとかは

五四四　鴬も所え顔にいとふらむ　心をやなく人来人来と

五四五　こゝろしてあらしもた(ゝ)け閇はてて　物にまきれぬ蓬生の宿

五四六　山里も春や隔てぬ雪まそふ　しはのまかきの草青して
五四七　こそよりもことしやしるき雪をもる　深山の松のしたおれの声
五四八　この国につたへぬこそは恨なれ　たれあらそはむ法の衣を
五四九　世にふるはさても思ふに何をかは　人にもとめて身をはかゝめむ
五五〇　古郷にかへれはかはる色もなく　花もみし花山もみし山
　　　　不知夜月
五五一　雨もよにうしや名たゝる昨日といひ　けふたにはれぬいさよひの月
　　　　翫月
五五二　いひしらぬ色にも有かな何事か　なにのむしろか月にはへなき
　　　　松間月
五五三　雪みむと引うへし松も秋をへて　木のますくなき月にくやしき
　　　　月前鹿
五五四　もろともに山よりいてし棹しかや　いるかたみせぬ月になく覧
　　　　月前鴈
五五五　初かりも声をほにあけてしたひきぬ　あまのとわたる月のみ舟を
　　　　都月
五五六　みよやみよ都のふしの空はれて　月もうへなき秋の光を
　　　　嶺月
五五七　影うすき月やかつらの初紅葉　くるゝ尾上の松にもりくる

一、『後水尾院御製』一帖（個人蔵）

水郷月

五五八　秋の月いつくはあれと河つらの　宇治よふしみよいかに住らん

寄月祝

五五九　月よみのひかりあまねく照すてふ　くにも千五百の秋はは（衍字）つきせし

寄月恋

五六〇　たのめしはあらすなる世に面影の　むかしおほゆる月さへそうき

九月十三夜　（「十三首　慶安二年九月十三夜」脱か）

五六一　名にしあふ今宵一夜にとはかりに　みし長月の影をしそ思ふ

月前星

五六二　しらすたれ星をかさしに月をおひて　こゝもはこやの山をとふらん

月前時雨

五六三　しはしなをくもるとみしそ光なる　時雨の雲にもるゝ月かけ

月前萩

五六四　かゝる夜の月にゆめみる人はうし　いはぬはかりの萩のこゑかな

月前鹿

五六五　妻こひをなくさめかねてをは捨の　やまならぬ月に鹿やなく覧

花洛月

五六六　春によせし心の花の都人も　うつろふ秋の月やみるらむ

古寺月

五六七　古てらの菊も紅葉も折ちらし　くむあか月の影そ身にしむ

寄月忍恋

五六八　打とけてみえんはいかゝくまもなき　こゝ[月]ろは心の奥もしるらん

寄月変恋

五六九　もろ共にみし夜の月の光まて　面かはりする人の秋はうし

寄月別恋

五七〇　人もかくをくらましかは帰るさの　月は身にそふ今朝の別を

寄月述懐

五七一　世をなけく涙かちなる袂には　くもるはかりの月もかなしき

寄月旅泊

五七二　こき出はあすの浪路もことゝへは　今宵の月はみつのとまりを

寄月祝言

五七三　みちぬへき月に思ふもゆく末を　まつこそつきぬたのしみにして

仰の趣うけ給候ぬ、この題人のけさむに入候まゝあそはし候ゆへと、はいけんをゆるされ候、かしこまり入候、扨々とりとりの金玉共、中々ことの葉も及はぬ御事ともとありかたく存し候、「こよひ一夜に」、季秋の名残一しほおしむへき事にて、就中こよひは清光にて候へき空の体にみえ候、「星をかさし」、故事にて候哉らん、不覚悟候へ共、詞つよく誠に及かたき体共申ぬへく候やと存し候、「時雨の雲にもるゝ月」、一しほの光輝をそへ候へき事にて候、「いはぬはかりの萩」、詞の外に其心あらはれ、余情限りなき共申ぬへく候歟、「妻恋をなくさめ兼て」、をは捨ならぬ(山)になくしか、思よりかたき御事にてや候へからん、「春によせし心の花」、物語の詞の面かけ候にや、「菊も紅葉も折ちらし」、これまた雲林院の体思出られし、「月は心の奥もしる覧」、心詞また有かたく拝見候、「月の光まて面かはりする」心の秋、まことにさる事にて候へきなと存し候、「をくらましかは」、わりなき別の体、無申計候歟、「涙かちなる袂にはくもるはかりの月もかなしき」、心はさるものにて御詞のつつき誠になまみなく、心にまかせていひ下され候とは、かやうの御事にやと推量候、「あすの波路もことゝへは」とにて、「こよひの月はみつのとまり」、妖艶の体にて候哉覧、「みちぬへき」に「行末つきぬたのしみ」、返々ことの葉のたねもつきぬ御事と、空をあふくはかりにて候、感嘆の心にひかれて莠言ことの外しけく成候、そのまゝにては猶々憚おほみ(く)やと存し候へとも、拝見のあいた御つかひまち参せ候、ことのほか程をへ候やらんと、御わたくしまて見参に入候、くるしからす候はゝ、そと御ひろう候て、すなはちやら(せ)をはしまし候へ、かしく

村通(マヽ)上

一、『後水尾院御製』一帖（個人蔵）

八月中旬の比、中院大納言武家勘当の事ありて、武州に有比、御つかはさる

五七四　思ふより月日へにけりひたひた(と)に　みぬはおほくの秋にやはあらぬ

五七五　秋かせに袂の露もふる郷を　忍ふもちすり乱てや思ふ

五七六　いかにまた秋の夕へをなかむらん　うきはかすそふたひのやとりに

五七七　みる人の心の秋に武蔵野も　姨すて山の月やすむらん
五七八　何事もみなよくなりぬとはかりを　この秋かせにはやもつけこせ
霞　水無瀬宮法楽四百年御忌
五七九　恋つゝもなくや四かへり百ちとり　かすみへたてゝ遠き昔を
江州永源寺一糸和尚へすゝり御寄進の時、硯の命は世をもてかそへしるとかや、ひとのさしもみしかきにかへまほしきよ、故院のつねに御手ふれしものをと思へは、崩御の後は座右に置て朝夕もてならして、いつしか廿年あまり七とせになりぬ、今はとて永源寺の住持にゆつりあたへて彼寺の奥となさしむ、(を)のつから経陀羅尼書写の功をつまは、なとか結縁にならさらんやとてなむ
五八〇　海はあれと君かみかけをみるめなき　すゝりの水のあはれかなしき
五八一　わか後は硯のはこのふたよまて　とりつたへてし形見ともみよ
将軍家光公薨去の時、女院の御方へつかはさる
五八二　あかなくにまたき卯月のはつかにも　雲かくれにし影をしそ思ふ
五八三　時鳥やとにかよふもかひなくて　哀なき人のことつてもなし
五八四　いとゝしく世はかきくれぬ五月やみ　ふるや涙の雨にまさりて
五八五　たのもしなを後の世も目の前に　みることはりを人に思へは
五八六　たゝたのめかせ(け)いやたかく若竹の　代々の緑は色もかはらし
月契多秋　慶安二年九月幡枝行幸
五八七　今夜たにちよを一夜の月もかな　あかすやちよの秋を契らん

一、『後水尾院御製』一帖（個人蔵）

如何是祖師西来意庭柏樹子

五八八　そめてみはうしや西よりくる秋の　いろは色なき庭の木末を

幡枝といふ事を

五八九　ゆかてはたえたえし春の山里に　みし面かけの(月)はかすます

東照権現十三回忌につかはさる心経のつゝみ紙に

五九〇　時鳥なくはむかしのとはかりや　けふの御法を空にとふらし

五九一　梓弓やしまの波をおさめをきて　いまはたおなし世をまもるらし

河上花

五九二　はなさかり過ゆくものは河波の　よるひるわかぬならひかなしき

谷鶯

五九三　谷の戸にあかるゝはかりふく笛の　声のしらへにかよふ鶯

右一冊或人秘之。予令見
頻懇望、写者也。于時延
宝六年戊午夏六月中
望、南紀和陽尔書之畢。
紀県蒙若子源由義謹毫。

二、『〔後水尾院御集〕』（京都大学附属図書館中院文庫蔵（中院VI—八二）一冊　中院通茂筆）

春

試筆　古今御伝受翌年

〇〇〇一　寛永三
時しありときくもうれしき百千鳥さへつる春をけふはまちえて

元日口号

〇〇〇二　いかて身のさとりひらくる花もみむまよはぬ年の春はきにけり

立春風

〇〇〇三　天津風ちりくる雪を吹とちて雲のかよひち春やたつらん

立春暁

〇〇〇四　寛永十四閏三廿四禁中
鳥かなくあつまの山のせきこえてあかつきちかく春やたつらん

初春

〇〇〇五　寛永八正廿五聖廟御法楽
くる春の道ひろからし峯の雪みきはの氷きえものこらて

〇〇〇六　同十五二水無瀬宮法楽四百年忌水無瀬中納言所望
夕とはみしを幾世の光にてかすみそめたる春の山もと

二、『〔後水尾院御集〕』（京大中院文庫蔵本）

〇〇〇七　寛永廿一二廿五聖廟御法楽
一夜松千世のはしめの春もけふきたのゝ神のめくみをそ思ふ

初春朝霞

〇〇〇八　慶安四十廿詩歌御当座
待えたるたかうれしさの春の色かすみの袖にけさあまるらん

〇〇〇九　いとはやもかすみにけりな槙ひはら明やらぬ春の色とみしまに

早春

〇〇一〇　寛永六二廿二水無瀬宮御法楽
くる春の色もそひけり水無瀬河この山もとのかすむ光に

〇〇一一　同八二隠岐国御奉納二十首之巻頭
雲かすみ海よりいてゝ明そむるおきの外山や春をしるらん

〇〇一二　同時御余分
波風を島のほかまておさめてや世を思ふ道に春もきぬらむ

〇〇一三　同
都にもたちまさるらんめにちかく海みやらるゝ春のかすみは

〇〇一四　同
むかしたに昔をしのふ百敷に代々の春のみ立かへりつゝ

〇〇一五　同
と山には雪もけなくに末とをき波ちやかすむ色をみすらん

〇〇一六　寛永十五六廿五聖廟御法楽
神かきや春のしるしは杉ならぬ松のあらしもにほふ梅か香

〇〇一七　同十六二廿二水無瀬宮御法楽
けさよりそ氷なかるゝ水無瀬河春のしるしのありて行せに

〇〇一八　朝日影きえあへぬ雪も白鳥のとは山松は春もわかれす

〇〇一九　慶安二三十九禁中御当座
けふといへはつもるも雪のあさ沓の跡あらはるゝ百敷のはる

早春雪

〇〇二〇　寛永六閏二廿四
かきくらしふるもつもらてのとけさの雪のうへにもしるきはるかな

山早春

〇〇二一　ゆたかなる世の春はきぬ花ならて大内山になにをまたまし

〇〇二二　朝かすみ山のはことにたなひきて四方にのとけき春の色かな

早春鴬

〇〇二三　神かきの春も一夜の松か枝に花やをそきとうくひすのなく

寛永十三七廿二

〇〇二四　梅かゝのしるへもまたてくる春にまつさそはるゝやとのうくひす

寛永十六三廿四禁中

〇〇二五　咲にほふ花もをそしと鴬のこゑにや春の色をそふらん

同年九廿八聖廟御法楽御夢想

〇〇二六　あら玉の春をもこゑのうちにして世のゝとけさをうくひすそ鳴

承応二八十一太神宮御法楽

〇〇二七　このねぬる一夜の松のうくひすや千世のはしめの春をつくらん

〇〇二八　春のくる天の岩戸の明ほのに長鳴かほのうくひすのこゑ

〇〇二九　はるといへは神の御代よりくれ竹のよゝにもたえすきなく鴬

東風吹春氷

寛永九四廿五聖廟御法楽

〇〇三〇　時津風春の色香の水上にまつ吹そめてこほりとくらし

霞

同十八二(ママ)廿二水無瀬宮御法楽四百年御忌松下勧進

〇〇三一　水無瀬河とをきむかしの面影もたつやかすみにくるゝ山もと

清書了

〇〇三二　こひつゝもなくや四かへり百千鳥かすみへたてゝとをきむかしを

二、『〔後水尾院御集〕』（京大中院文庫蔵本）

朝霞

〇〇三三　朝ほらけいつくはあれとしほかまのよはのけふりやまつかすむらん

〇〇三四　さえかへる風や霞をまきもくの桧原かすゑもけさはくもらす

嶺霞

〇〇三五　正保四二十五禁中御当座
ことはりの春にはあへすかすみけりけさまて雪にさえしたかねも

〇〇三六　春ふかくかすむやさこそとをからぬ花にうれしき四方の山のは

峯霞

〇〇三七　承応二十廿七御当座
みねつゝき松のけふりのそれも猶今一しほにかすむ春かな

〇〇三八　峯つゝき松も桧原も陰ふかくはれやらぬ色やまつかすむらん

嶺上霞

〇〇三九　遠近のたかねそしるきうすくこく霞のうちも色はわかれて

霞添山気色

〇〇四〇　寛永十三正十御会始
たちぬはぬ春の衣の色そへてはこやの山に霞たなひく

〇〇四一　老のさかこえてもとをし霞たつはこやの山の春の行すゑ

〇〇四二　今よりのにしきぬものゝ山はあれと春の色とはかすみをそみむ

橋上霞

〇〇四三　同十六五廿四禁中
かさゝきのわたす雲路のすゑかけて霞につゝく天のはしたて

江上霞

〇〇四四　めもはるにかすむ雲路（難波）のあしてともおもひ入江のかりの一つら
慶安四二九禁中御当座

〇〇四五　すみの江や春のしらへは松かせもひとつみとりの色にかすみて

海上霞
寛永十五二廿五聖廟御法楽

〇〇四六　和田の原春は煙の色もみすしほやくうらのおなしかすみに

松上霞

〇〇四七　いつをかはかすむ色ともわきてみむ煙になるゝ松のよそめは

霞春衣
寛永廿五十三

〇〇四八　花鳥のあやをりはへて朝霞春のたつてふころもきにけり

〇〇四九　白妙の雪にかさねてとを山をすれる衣やかすみなるらん

鶯
同八十廿五聖廟御法楽

〇〇五〇　うくひすのこゑのにほひを梅かゝのいつこにそへてあかすとかなく

〇〇五一　のとかなる光をさそふしるへにて花よりさきに鶯そなく

南枝暖待鶯
同十四正十二御会始

〇〇五二　行鳫は跡にみすてむ花のかにうくひすさそ（いそけ）へ春のはつかせ

谷鶯

〇〇五三　谷の戸やさすか春とはうくひすの咲ちらぬこゑのにほひにもしる

二、『〔後水尾院御集〕』（京大中院文庫蔵本）

梅近聞鶯

〇〇五四　元和八二二
こゑなからうつすはかりにうへしよりうくひすならすやとの梅かえ

鶯声和琴

〇〇五五　寛永十五正十四御会始
しらふるも名におふ春の鶯のさへつることのねにかよひつゝ

〇〇五六　千世こもることのしたひにかよふらし百よろこひの鳥のはつねは

〇〇五七　あら玉の春のしらへも鶯のこゑそへてこそことにきこゆれ

名所鶯

〇〇五八　うくひすのとふこゑのみや故郷のみかきか原の春もへたてぬ

〇〇五九　正保四三廿三禁中御当座
よしの河うくひすきなく山吹のちりなむ波のうたかたもおく

〇〇六〇　桜ちるみかきか原は行春のふる里さへやうくひすの鳴

鶯入新年語

〇〇六一　いにしへのことかたらなんいく万代々の春しる宮のうくひす

若菜処々

〇〇六二　詩歌御会
雪きゆる野原のわかなたつねみん沢のねせりはつむもすくなし

寄若菜祝言

〇〇六三　寛永十正十二御会始
わかなつむ袖のよそめも白妙の鶴の毛衣千世はみえけり

春雪

〇〇六四　寛永三四廿四
かきくらしふるもたまらて庭の面はしめるはかりの春のあは雪

雪消山色静

〇〇六五　同十八正十一御会始
雪とくる春にしつけし年のをのなかきはこやの山のみとりは

雪消春水来

〇〇六六　承応二正廿三御会始
たえたるをつくや雪けの山水のすゑたのもしき春をみすらむ

〇〇六七
みねの雪とけ行春にたに水のすゑまてをよふめくみをそ思ふ

残雪半蔵梅

〇〇六八　正保五正十二御会始
梅やしるきえあへぬ雪の埋木もかた枝花さく春のめくみは

〇〇六九
日影さす梢はみえて雪残るかきねの梅もまつにほふらむ

余寒氷

〇〇七〇　元和元
春の日にとけ行すゑも木かくれの山下水やまたこほるらむ

二月余寒

〇〇七一
梅のはなおるへき袖も春さえて猶きさらきの雪そかゝれる

梅

〇〇七二　寛永十四十廿四禁中
大そらをおほはむ袖につゝむともあまるはかりの風の梅か香

〇〇七三　同十五十廿四禁中
さく花のいつこにそへて白妙（こめ）のひとへなるしもふかき梅かゝ

二、『〔後水尾院御集〕』（京大中院文庫蔵本）

梅花告春

〇〇七四　世をめくむ道にもうつせ天かしたみな春にあふ梅のにほひを
同廿正廿三御会始

若木梅

〇〇七五　いかに又色香そはましやとの梅おひゆくするゑもなかきたち枝に
同十九廿五聖廟御法楽

初梅

〇〇七六　吹もまたあたゝかならぬ春風に露まちあへすにほふ梅かゝ
同十五二七殿上梅見御会　梅卅首巻頭

毎年愛梅

〇〇七七　去年よりもことしはまさる色香そといく春かみる庭の梅か枝
同三正十九御会始

多年翫梅

〇〇七八　いく春かことはの花も咲にほふ此もゝしきのやとの梅かえ
同六二十九

梅風

〇〇七九　春風は吹ともなしに青柳のこするゑにみえてなひく梅かゝ
同十三十廿　百首御当座

梅薫風

〇〇八〇　よろつ木にやとして吹ももとつかのなをあまりある梅のした風

雨中梅

〇〇八一　心あれや雨もふり出て紅の色そふけふの庭の梅かえ
同十五二七殿上梅見御会梅卅首御当座

雪中梅

〇〇八二 同十四四廿四禁中
はる風のさえかへるそらにさそひくる雪にまきれぬ梅かゝそする

梅香何方

〇〇八三 同十八正晦
玉すたれ隙もとめ入春風はいつくなりけむあやし梅かゝ

〇〇八四 朝かすみ立枝もみえぬかきねより思ひのほかに匂ふ梅かゝ

梅薫袖

〇〇八五 寛永廿二廿五聖廟御法楽
袖ことに匂ひそうつるいやしきもよきもさかりの梅のした風

落梅浮水

〇〇八六 同十六六五
駒つなくたかためかほに梅花またきちり行春の山水

梅芳(交)松芳

〇〇八七 元和
たちならふ枝にもうつる花のかに松よりふくも梅の下かせ

梅柳渡江春

〇〇八八 慶安五正廿一御会始
江の水に舟さす棹のうちならぬ梅も柳も陰(かけ)うつすはる

〇〇八九 江の南梅咲そめてをそくとくみとりにつゝく岸の青柳

柳弁春

〇〇九〇 元和
春はなを柳にしるしみとりなるひとへ草木のあるか中にも

二、『〔後水尾院御集〕』（京大中院文庫蔵本）

柳靡風

〇〇九一　同八二廿六
花ならぬ柳か枝に吹もなをおもひみたるゝ露の朝かせ

柳露

〇〇九二　寛永十六七廿四禁中
青柳は中々をもる露もみすなひくをゝのかもとのすかたに

行路柳

〇〇九三　同八六廿五聖廟御法楽
別ちの心ほそさを行人にたかおりそへし青柳のいと

垂柳蔵水

〇〇九四
きしかけの柳のこするゑ糸たれて松ならなくにこゆる河波

柳枝臨水

〇〇九五　寛永八正廿八
氷とく池のかゝみに影みえて柳のまゆも世にたくひなき

柳臨池水

〇〇九六　元和十正十九
青柳の糸たえすして万代をすむへきかけや庭のいけ水

〇〇九七
あさみとりなひく柳の色そへて今ひとしほの春の池水

〇〇九八
くりかへし千とせもあかし春の池の滝のしら玉青柳の糸

若草

〇〇九九
やとりつる胡蝶の藤もさめさらむねよけにみゆる野への若草

春草

一〇〇〇　分みれはをのかさまさま花そ咲ひとつみとりの野への小草も

春月

一〇〇一　かすむとはたかいつはりそ白妙の花にくもらぬ春のよの月

寛永八五廿五聖廟御法楽

一〇〇二　月影はそことなきまてかすむ夜に木のしたやみそひとりはれ行

一〇〇三　かすみ行影さへうれしさ夜風のさえしとほそを月にひらきて

春暁月

同十四十十五

一〇〇四　雲にあふあかつきかたの影もうしかすむかうへの春のよの月

同廿一二廿二水無瀬宮御法楽

一〇〇五　名残あれや待出しかたに影うつる花のこすゑの月のあけほの

深夜春月

同十六二廿四禁中

一〇〇六　かたふけはこすのまちかく入月のおほろけならぬあはれをそしる

浦春月

一〇〇七　浦舟のとまかゝけてや難波江の梅かゝならぬ月もみるらし

一〇〇八　かすむともわかすやいかに春の月けふりになるゝ浦のみるめは

寛永十十二廿五聖廟御法楽

一〇〇九　月影のかすめる程もうら波にみえてさやけきあまのいさり火

旅宿春月

同十六二廿四禁中

一〇一〇　たひ枕みやこおもへは宮こにてみしにもあらすかすむ月かな

二、『〔後水尾院御集〕』（京大中院文庫蔵本）

春曙

○二一一 同十三十一十六二百首御当座 なかめてそ身にしみかへる鴈かねの名残もつきぬ春のあけほの

春雨

○二一二 たつ鳥のあらぬ羽音にをともなくかすむ軒はの雨をきく哉

○二一三 雪消てうすみとりなる野への色も今一しほの春雨そふる

○二一四 道とをくきてやおほゆる行人のぬるゝはかりのころもはるさめ

閑居春雨

○二一五 寛永十六五廿四禁中 春の雨もさたかにそきく音つれの人にまれなるやとの軒はは

帰鴈

○二一六 同十六正廿四禁中 春かすみかくすみやこの山のはをかへりみかちに鴈も行らし

暁帰鴈

○二一七 同十六六五 あかつきのわかれといへは春の鴈かへる雲路もしたひやはせぬ

深夜帰鴈

○二一八 同三三廿四 暁の鳥よりさきになきそめてなれもわかれやおしむ鴈金

雉

○二一九 同四三廿四 子を思ふ心やかはす夕ひはり床をならへてきゝすなくなり

雲雀

〇一二〇　同十四二晦
夕ひはり我ゐる山の風はやみふかれてこゑのそらにのみする

桜

〇一二一　同廿一六廿五聖廟御法楽
しほみては磯山さくらふく風にこれもみらくのさかりすくなき

柳桜交枝

〇一二二　同二廿二水無瀬宮御法楽
花の時にあはすは何を玉のをの柳さくらにあかぬ春かな

待花

〇一二三　同十四三廿二御当座花見
いさこゝに千世もまちみむ花の友あかぬ心に春をまかせて

〇一二四　同十六二廿四禁中
常盤なる種もあらなむ住のえの松はひさしき花ならぬかは

初花

〇一二五　同十三十一十六二百首御当座
よのつねの色かともみすまたれこしはつ花そめのふかきこゝ（思ひ）ろは

花初開

〇一二六　寛永十五九廿四禁中
いさきよき朝露なから咲そむる花よさかりのいつはありとも

澗花然暮雨

〇一二七　同十三十一十五御当座
のとかなるゆふへの雨を光にて谷にも春の花はさきけり

〇一二八
夕くれの雨に咲てや谷の戸の花もあしたの雲となりけ（な）ん

二、『〔後水尾院御集〕』(京大中院文庫蔵本)

見花

○一二九 同十四十一廿四禁中
あかなくの心の色やみるたひにまたみぬはかり花にそふらん

見花恋友

○一三〇 同三三廿四
友こそは色香のほかの色かなれとへかし花のさかりすくさて

翫花

○一三一 同十六三十四弘御所御花見御当座
まとゐしてみる人からや花にあかぬ色香もけふににる時はなし

折花

○一三二 同年六五
折のこせあすみむ人に見ぬ人[ゐイ]のけふのためなる山のさくらも

寄雪花

○一三三
花なれや春日うつろふ山のはにあたゝかけなる雪の一むら

寄風花

○一三四
さそへともちるへくもあらすさかりなる花には風のとかもかくれて

花随風

○一三五
花よいかに身をまかすらんあひ思ふ中ともみえぬかせの心に

花雲

○一三六 寛永廿六廿七
天つ風しはしとゝめむちる花の雲のかよひち心してふけ

○一三七
はなゝれや遠山かつら白妙に麓をかけてあくる光は

雨後花

〇一三八　同十五十一廿四禁中
雨のゝち花そまれなる花にこそましるとみえし青葉かくれに

曙花

〇一三九　寛永十六五廿四禁中
かすみ行松はよふかき山のはにあけほのいそく花の色かな

花下忘帰

〇一四〇　みる人をもしあひ思ふ心あらは花もねにかへる道をわすれね

暮山花

〇一四一　ことさらに旅ねしぬへく暮にけりこえ行山の花のした陰

杜花

〇一四二　寛永十一三廿五聖廟御法楽
しめのうちの花をよきてや神かきの杜の春かせ吹ものとけき

〇一四三　月影の杜のいめ縄くるゝよにひかりそひたる木々の花かな

〇一四四　ぬれそはゝうつりや行とみるからにもりのしつくも花にむつかし

河上花

〇一四五　同十三十廿
花さかり過行ものは河波のよるひるわかぬならひかなしき

禁庭待花

〇一四六　鶯のこゑのつゝみも百敷や軒端の花にかけていそかむ

二、『〔後水尾院御集〕』（京大中院文庫蔵本）

山家花

○一四七　春をへてちらすもあらなむ柴の戸は花もうき世の外ならぬかは

花留人

寛永十三十一十六二百首御当座

○一四八　みるかうちにかたらふ人のなさけまて花にそへてもえこそみすてね

花漸散

同十四二晦

○一四九　日かすこそつゐにつらけれ山風のさそはぬ花も青葉そひ行

落花

同十六正廿四禁中

○一五〇　山になくとりのねにさへちる花のむなしき色はみえてさひしき

旅宿花

○一五一　花の比は野山をやとのならはしに又今さらに旅ねともなき

逐年花珍

寛永十一二二

○一五二　春をへてなるゝにいとゝ染まさる心や花の色に出らむ

○一五三　みるたひにみし色かともおもほえす年ふる春の花そふりせぬ

○一五四　春ことの花やいかなるこそはなをみぬ色もかもそふ心ちして

梨花

寛永十四二晦

○一五五　ふる雨にましらぬ雪の枝たはにつもる色そふ山なしのはな

梨

〇一五六　雪なからうつろふ月はさむからてたくひもなしの花の色かな　同四三廿四

苗代

〇一五七　あらそはぬ民の心もせきいるゝ苗代水のするゑにみえつゝ　同十三十一十六二百首御当座

河款冬

〇一五八　よし野河さくらは波に行春もしはしせくかとにほふ山ふき

〇一五九　山吹のうつろふかけや五百年にすむ名も色に井ての玉川　承応二正晦御当座禁中

〇一六〇　やまふきやいはても思ふよしの河はやくの春のおしき名残を

里款冬

〇一六一　里の名のいはても物をとはかりに何か露けき山ふきの花　寛永八十二廿五聖廟御法楽

藤

〇一六二　はひかゝる草木もわかす紫の色こき藤のあかぬこゝろは　同八正廿五聖廟御法楽

藤花久盛

〇一六三　いはひつる松に契りて君と臣あひにあひをひの春の藤なみ　正保二三十六御会始

松上藤

〇一六四　玉かつらみねまてかけて咲藤の木たかき松もたにのむもれ木　寛永十六正廿四禁中

二、『〔後水尾院御集〕』(京大中院文庫蔵本)

池藤

〇一六五 同年七廿四禁中
池水そむらさきふかきさく藤はをしの翅の色もうはひて

〇一六六 正保三十廿三禁中御当座
さく藤もうらむらさきの色に出ぬとはれぬやとの池の心に

〇一六七 慶安五二九禁中御当座
咲藤の影をましへて池にすむ鴛もありしにまさる毛衣

〇一六八 於新造内裏御当座
百敷やありしにまさる影みえて池水ひろき春の藤なみ

〇一六九
山吹をうふるみきはゝさく藤の影もありしにまさる池水

暮春雨

〇一七〇 正保二十二六禁中御当座
ひちかさの雨にかくれんやとりたにしはしもとらて行春はうし

山残春

〇一七一
此夕花ものこらぬあま風にきをひてかへる春のさひしさ

〇一七二
かきりある春はかひなし外のちる後しも花はにほふ山にも

春風不分処

〇一七三 承応三正廿三御会始
風も今おさまる春に遠近のわすれすなれぬこゝろをやふく

〇一七四
世は春にもれぬめくみのかせにこそ所もわかす雪はけぬらん(め)

春朝

〇一七五 慶安三五七禁中御当座
春にみむかすむ朝けそ色も香もそなはる四の時はありとも

春木

〇一七六　神かきや昨日にもにすくる春の一夜の松はかすみわたりて

松色春久

寛永元三廿五行幸女院御所

〇一七七　八千とせを春の色なるかけもあれと猶かきりなき庭の松かえ

松契春

同八正十九御会始

〇一七八　これや此千とせのはしめあたらしき春しるやとの庭の松かせ

〇一七九　今よりの春をかさねて風の音もすむへき宿の松のゆくすゑ

〇一八〇　松か枝もちとせの外の色そはむ此やとからの春の日なかさ

緑竹弁春

慶安四正十一御会始

〇一八一　めつらしき声の色そへ呉竹の千世のみとりをうくひすの鳴

〇一八二　ふかみとり雪けにぬるゝ竹の葉や松よりさきの春のひとしほ

春到管弦中

寛永廿一正廿二御会始

〇一八三　たにかけも粟まくはかり吹笛のこゑのうちなる春のゝとけさ

陽春布徳

同十二正十九御会始

〇一八四　宿ことに咲梅かゝやとなりある春の心をまつしらすらん

〇一八五　世を花にもよほしたつる風雨もさらに時ある春ののとけさ

〇一八六　くまもなき人のめくみを鳥すらも百よろこひの春やつくらん

二、『〔後水尾院御集〕』（京大中院文庫蔵本）

〇一八七　世はさらにおさまる春そ下にある司はなるゝきゝすをもみよ

〇一八八　世は春の雨にまさりて草も木もうるふめくみの露やあまねき

風光日々新

〇一八九　同十七正十七御会始
昨日より今日はめつらし花鳥も千世をならさむやとの初春

毎家有春

〇一九〇　民を思ふ道にもしるや白雪のふるきにそめぬ春のこゝろを

〇一九一　同十六正十九禁中御会始
今すめる霞の洞のやともあれとなを九重の春そのとけき

春風春水一時来

〇一九二　よはなへて梅や柳の時津風たかかきねかは春をへたつる

〇一九三　同年正九御会始
うき草のすゑより水の春風や世に吹そめてのとけかるらん

江山春興多

〇一九四　慶安二正十七御会始
氷とけし江の水とをく山かすむ春やことはの世々の種なる

〇一九五　ひきうへし松も高砂すみの江の春にあひをひの緑をやみむ

夏

首夏

〇一九六　正保二五十禁中御当座
夏きてのひとつみとりもうすくこき梢にをのか色はわかれて

林首夏

〇一九七　けふといへは心をわけて郭公花をおもふかうちもまたるゝ

更衣

寛永十五六廿四禁中

〇一九八　すむ鳥も春より後やうしとなくちりしきのふの花のはやしに

貴賤更衣

正保四六三禁中御当座

〇一九九　ひきかへてみえむもかなし夏衣うらなく花にそめしこゝろを

寛永十六六廿五聖廟御法楽

〇二〇〇　これや此もとつ色なるしらかさねけふの袂は品もわかれす

残花

同元四六

〇二〇一　咲そめし面影なから日にそへてまれなる夏の山さくらかな

新樹

同十三十一十六二百首御当座

〇二〇二　常盤木に色をわか葉のうすもえきおなし緑の中にすゝしき

庭樹結葉

〇二〇三　五月まつ花たちはなに色そへてさくらもしける夏の庭かな

卯花似月

寛永十六十一廿四禁中

〇二〇四　里まてはさしもをくらぬ影なれや卯花山のかへるさの月

渓卯花

〇二〇五　おひて又かへるふるすに卯花の雪をやわくるたにの鴬

二、『〔後水尾院御集〕』(京大中院文庫蔵本)

社卯花

〇二〇六 寛永十四十廿四禁中
白妙の衣ほすかと河やしろしのにみたれてさける卯花

卯花繞家

〇二〇七 同十六五八
月影はめくらぬかたのかきねにも咲うの花そ光さやけき

待郭公

〇二〇八 寛永十四閏三廿四禁中
ほとゝきす松こそしるし咲藤の花のたよりをやとにすくすな

五月郭公

〇二〇九 時鳥をのか五月はをりはへてひくやあやめのねをもおしまぬ

夕郭公

〇二一〇 寛永廿八廿七
郭公ゆふとゝろきのまきれにもまつ一こゑはなをさたかにて

〇二一一 神まつる卯月の影も白妙のゆふかけて鳴ほとゝきすかな

郭公幽

〇二一二 同十五七廿
一こゑのそらそ明ゆく時鳥鳴つるかたの月もほのかに

〇二一三 あとしたふたゝ一声は郭公とをき入さの山のはの月

岡郭公

〇二一四 同八四廿五聖廟御法楽
ほとゝきすなきていまきの岡の松まつにかひあるこゑの色かな

〇二一五 ふる里とならしの岡のほとゝきす世にしのひねやこゝに鳴らん

〇二一六　一こゑもゆきゝのをかの郭公里をあまたにきゝやつたへむ

鳴郭公

〇二一七　同十六閏十一廿四禁中
郭公鳴かくれ行一こゑをあかしの浦のあかすしそおもふ

早苗

〇二一八　山水のたきつなかれをせき入て雨まちあへすとる早苗かな

牡丹

〇二一九　寛永十六三廿七牡丹見
おもへともなをあかさりし桜たにわするはかりのふかみ草かな

〇二二〇　ひときはのかすさへそひて紅の色もことしはふかみくさかな

〇二二一　日影さす露のひるまをさかりにて色も匂ひもふかみ草哉

沼菖蒲

〇二二二　同十四十十五
しけりあふ草のみとりにかくれぬのあやめもけふやわきて引らむ

夜盧橘

〇二二三　名残なをむかしおほえてみし夢の後もまくらにかほるたち花

杣五月雨

〇二二四　杣人は宮木もひかぬ五月雨に山とよむこゑや瀬々の川波

〇二二五　真木なかす河波たかきさみたれにちからをもいれぬにふの杣人

二、『〔後水尾院御集〕』（京大中院文庫蔵本）

〇二二六　　岡五月雨
寛永十六閏十一廿四禁中
岡にもやつゐにのほらむ麓川行水たかきさみたれのころ

〇二二七　　夏月
あつき日のくれかたかりし名残しも待とる月のあかぬすゝしさ

〇二二八
慶安二六十四禁中御当座
松かせもりちにやかよふ夏しらぬ月そまことの霜の色なる

〇二二九　　夏月易明
寛永十四九卅御当座
さし入ておくも残らぬ槙の戸のあくる夜しるき月のみしかさ

〇二三〇
夏の日をなかめくらして見すもあらすみもせぬ影やみしかよの月

〇二三一　　瀬夏月
夕すゝみわたりもはてす此河のあさせしら波月そあけ行

〇二三二　　浦夏月
元和
白妙の色そすゝしき夏衣かとりのうらの波と月とに

〇二三三　　瞿麦
露けしなたか別をかしたひこしねての朝けの床夏のはな

〇二三四　　瞿麦帯露
慶安元五廿五禁中御当座
かしこしなわか国民をなてしこの花のうへにて露おほき世は

籬瞿麦

○二三五　寛永十四十廿四禁中
朝夕のまかきの露やかそいろとおふしたてけん花のなてしこ

野夏草

○二三六　寛永十五九廿四禁中
たのもしな夏野の草もふむ跡はたえなんとする道を残して

峯照射

○二三七　同九五廿五聖廟御法楽
さをしかのたつたのおくも残らぬやみねにもおにもともしする比

○二三八　あくるよをのこす影とや木のくれのしけきおのへにともしさすらし

深夜蛍

○二三九　慶安三十二六禁中御当座
たかおもひあまりて出し玉そとも夜ふかくみえてとふ蛍かな

○二四〇　あはれ我よはひも今はふくるよの窓のほたるをあつめてもなに

池蛍

○二四一　同四四十四禁中御当座
さゝ波のよるさへ見えて蛍とふ池の玉もの光すゝしき

沼蛍

○二四二　寛永十三十一十六二百首御当座
もえわたる思ひはあはれかくれぬのよきをは人にしらぬほたるも

江蛍

○二四三　難波江や夕すゝしくかゝり火にあらぬほたるもうきてもゆらん

二、『〔後水尾院御集〕』（京大中院文庫蔵本）

叢蛍

〇二四四　草のうへにけさそ消行白玉か露かとまかふ夜半のほたるは

垣夕顔露

〇二四五　寛永三六廿四
賤のおか玉かきなれやしら露もすゝしくかゝる花のゆふかほ

蚊遣火

〇二四六　蚊のこゑをはらひいてゝも賤かやにくゆる煙は又やくるしき

里蚊遣火

〇二四七　里人もかやりたくなりなにはかたあまのもしほの煙くらへに

夕立

〇二四八　慶安五五十三禁中御当座
音羽山をとにきこえて夕たちのこゝにふりくる程をふるかな

〇二四九　つねはみぬ山のみとりに滝おちてなこりもすゝし夕たちの雨

晩立

〇二五〇　寛永九三廿五聖廟御法楽
夏の日のけしきをかへてふる音はあられにゝたる夕たちの雨

遠夕立

〇二五一　同十六六五
むさし野やこの野の末にふりくるもしはしよそなる夕立の雲

野夕立

〇二五二　雲とちて野へはふりくる夕たちの跡よりはれてむかふ山のは

杜蝉

〇二五三 寛永十四四廿四禁中
滝波をこするゐにかけて山ふかきけしきのもりの蝉のもろこゑ

樹陰蝉

〇二五四 秋かせも蝉なく露の木かくれてしのひしのひにかよふすゝしさ

〇二五五 霜かれの木のはそまかふなく蝉のはやまはしけき梢なからも

納涼忘夏

〇二五六 寛永三六廿四
すゝしさのことはり過てはては又秋かせふけぬ杜のしたかけ

松下納涼

〇二五七 同廿六廿六昭良公夢想勧進
むかしきくをのゝえくたす松かけもこゝにおほえてあかぬすゝしさ

晩夏

〇二五八 慶安元四十五禁中御当座
とふほたるつけていぬへくこぬ秋のはつかせしるき雲のうへかな

六月祓

〇二五九 あすか河なかれてはやき年波のなかは程なくみそきすらしも

夏河

〇二六〇 うかひ舟いく瀬のほりてかゝり火の蛍よりけにかすかなるらん

〇二六一 かはり行淵瀬をみせて飛鳥川きのふの春の花ものこらぬ

二、『〔後水尾院御集〕』（京大中院文庫蔵本）

夏関

〇二六二　をのかうへにきゝおひてこそ郭公まつに名こその関のなもうき

夏木

〇二六三　とひみはやなにはのことも橘のむかしにかへる道はありやと

夏鳥

〇二六四　夢うつゝわかて過にしほとゝきすこよひさためむ一こゑもかな

夏衣

〇二六五　夕すゝみうすき袂にはては又いとふはかりのもりの下風

秋

初秋風

〇二六六　すゑつゐに身にしむ色のはつしほや衣手かろきけさの秋風

〇二六七　此まゝにうきことそはぬ秋もかなすゝしさのみの今朝のはつ風

初秋露

寛永十六二廿五聖廟御法楽

〇二六八　いにしへもさこそは露をほさゝらめ心つくしの秋のはつかせ

〇二六九　むかしより心つくしの秋かせにむすひそめてや露はひかたき

〇二七〇　今朝はまた荻も音せて露しろき小萩かうへそ秋をみせける

初秋朝露

〇二七一　同十六十一廿四禁中
吹こほす秋の朝けの露みえてはつかせしろき浅茅生の露庭

杜初秋

〇二七二　はゝそ原露よりさきの秋の色にそめぬもしるし杜のしたかせ

〇二七三　とはゝやと思ふやしるへ我心つれていくたのもりの秋かせ

関初秋

〇二七四　寛永十六八廿四禁中
初風のせき吹こゆるすまの波に秋なき花もちりやそふらん

都初秋

〇二七五　いつしかとけふは紅葉の秋もきぬみしはきのふの花のみやこに

〇二七六　音羽山をとにもしるし都にはまた入たゝぬ秋のはつかせ

早秋

〇二七七　きのふにはなを吹かへつ秋の風身にしむまての音はわかねと

〇二七八　すゝみこし松の木陰も思ふにはなへての秋にゝるへくはなし

早涼

〇二七九　寛永十四八廿三
とはゝやなまた世にしらぬ秋かせもさこそ生田の杜のすゝしさ

〇二八〇　慶安三七廿四禁中御当座
色みえはこれやはつしほ紅葉する秋のけしきのもりのすゝしさ

〇二八一　かゝやける玉のうてなの露よりもむくらのやとの秋やすゝしき

二、『〔後水尾院御集〕』（京大中院文庫蔵本）

早涼到

〇二八二　すゝしさをいつくにこめて吹風のきのふにも似ぬ秋をつくらん

〇二八三　風のみか木のまもりくる日の色もうすき袂の秋のすゝしさ

早涼知秋

〇二八四　世にしらぬ秋をやつくるをのつからきよくすゝしき庭の朝かせ

残暑

〇二八五　けさのまは風も秋なる木かくれにあつき日影そやかてもりくる

〇二八六　秋きてもなをたへかたくあつき日のさす（か）にくるゝかけの程なさ

七夕月

〇二八七　夕月夜とくいる比そ織女の舟出をいそけ天の川長

七夕風

（衍字）七夕風

〇二八八　此ころのせこか衣の初かせをうらさひしとやほし合のそら

〇二八九　夜をのこす霧もこそあれ秋の風吹なはらひそ星あひの空

七夕霧

〇二九〇　たえせしの契りに秋の霧たちてわすれぬ中やほしあひのそら

〇二九一　霧はれてけふはなかめむ織女の思ふか中はたちへたつとも

七夕雨

〇二九二　おほつかな雨ふりくらすたなはたの行あひの空は雲もかよはす

七夕地儀

〇二九三　たかなみた雨とふるらんたなはたのけふしもほさむ天の羽衣

七夕河

〇二九四　たなはたのけふのあふせも飛鳥川あすはなみたの渕となりなむ

〇二九五　たなはたのなかき契りやかけ帯となるまてたえぬ天の河波

名所七夕

〇二九六　星合のそらにかさはやあくる夜をくらふの山にやとりもとめて

七夕別

〇二九七　こよひさへ衣かたしきひこほしに恋やまさらんうちのはし姫

七夕即事

〇二九八　みなからもいかに恋しきわかれては年をへたつる天つほしあひ

〇二九九　星合のそらにうくらし糸竹のこゑすみのほるよはの初風

七夕草

〇三〇〇　わすれ草種とらましをとはかりはうらみもはてし星の契りは

〇三〇一　百敷やこと葉の露の手向草いく世かはらぬほしあひのそら

二、『〔後水尾院御集〕』（京大中院文庫蔵本）

七夕鳥

〇三〇二　初秋の夜はなかゝらて長鳴の鳥のねつらき星あひのそら

七夕衣

〇三〇三　かさぬるも夢とや思ふたなはたのかへしなれぬる中の衣は

七夕硯

寛永三七夕

〇三〇四　かはらしなかはらの硯とりむかひかすかく代々の星あひのそら

〇三〇五　天河波もかへるな織女にたむくる筆のうみをふかめて

〇三〇六　たなはたにかす物にもかとりむかふすゝりと筆のちかき契りを

〇三〇七　星合のそらに何をかたむけまし硯も筆もうとむうき身は

七夕糸

〇三〇八　山姫も滝のしらいとくりためてけふ星合のそらにかすらし

七夕祝

〇三〇九　するたえぬ代々の契りはかはらしなみもすそ河も天の河原も

織女期秋

〇三一〇　みな月は時もあつしと秋かけてぃひし契りや星合のそら

〇三一一　からにしき立田の山の秋よりも一夜をやまつほしあひの空

織女惜別

○三一二　たなはたのわかれよいかに今こむといはむ中たにつらきならひを

牛女年々渡

○三一三　織女の中々あかぬわかれにやありしにまさる物思ふらん

○三一四　たなはたの年のわたりの天河まれのあふせもかすやつもらん

憶牛女言志

寛永十七夕

○三一五　天河たえぬ契りを思ふには入ぬる磯のうらみもやなき

○三一六　あらためぬちきりやつらき織女のたはふれにくき中の月日を

○三一七　天河たえせぬよゝになくさめむさしも入ぬる磯のうらみも

代牛女述懐

○三一八　思ふそよ天つ日嗣も銀河神代の契りたえぬ行ゑに

天河雲為橋

寛永二七夕

○三一九　わたるてふ紅葉やいつこなかむれは雲のみかゝる天のかは橋

夜荻

○三二〇　さひしさは夕のそらにつきにしを又夢さそふ荻の上風

寛永十四十一廿四禁中

○三二一　草も木もなへてはふかすさ夜風のひとり隙なき荻の音哉

○三二二　ふかき夜の物にまきれぬしつけさやこゑそへけらし荻のうは風

二、『〔後水尾院御集〕』（京大中院文庫蔵本）

〇三二三　これも又にしきなりけりこきませて萩も薄もなひく秋風

萩露

〇三二四　おりとらはいとひやするとおしみてもひとりこほるゝ萩の上の露

〇三二五　正保三八九禁中御当座
さやけしなきよくすゝしき萩の戸の花にとられぬ露のひかりは

〇三二六　萩かうへそ風も吹あへぬこゑたつる荻は中々露もこほさて

〇三二七　袖かけておらはおちぬへく色にしもあたの大野の萩のうへの露

野萩露

〇三二八　寛永十六七廿四禁中
此比の野へやいかなる萩の戸をみるたにあかぬ露のさかりに

女郎花

〇三二九　女郎花なまめく花の朝かほやつまとふ鹿もおもひうつらん

〇三三〇　露にまた心をわけてをみなへし風のまもなをなひきそふらし

〇三三一　正保二九二禁中御当座
たかために思ひみたれてをみなへしいはぬ色しも露けかるらん

〇三三二　たかための露ふかゝらし女郎花秋のちくさに思ひみたれて

〇三三三　秋風のそなたになひくをみなへし心をわけてむすふ露かも

野女郎花

〇三三四　寛永十六十一廿四禁中
たれか此野をなつかしみ女郎花なひく一夜の枕かるらむ

路薄

〇三三五　みたれあふお花か波にかち人のわたれとぬれぬ道まよふらむ
〇三三六　まねくともたれかはわけむ故郷の道もなきまてしけきすゝきを
〇三三七　萩か枝はおりやつされて道のへのおはなにふかき露の色かな

しのすゝき

〇三三八　寛永十五十二廿禁中
霧にのみむすほゝるらししのすゝきほにたに出ぬ秋のこゝろは

苅萱

〇三三九　元和七六御当座
敷たへのたか枕にかかるかやの末葉みたるゝ野への朝露

ふちはかま

〇三四〇　寛永十五十二廿禁中
藤はかま吹かせふれて秋のゝの草のたもとも香こそにほへれ
〇三四一　ふちはかまみたるゝ色も紫のすそ野の露はふまゝくもおし

草花

〇三四二　さまさまに心うつりてさく花は千種なからにあかすしそ思ふ
〇三四三　あさかほの花より野への夕露も思ひけたるゝ秋の庭かな

草花早

〇三四四　慶安四十廿詩歌御会
みそむるそ思ひはふかき咲花の色はいつれとわかぬ千種も
〇三四五　むしのねをたつねもやらすさきそむる花のゝ露にうつる心は

二、『〔後水尾院御集〕』（京大中院文庫蔵本）

草花露

〇三四六　かゝやくは玉か何そと百草の色にとられぬ花のしら露

〇三四七　朝かほのあたなる色そ朝露は消のこりてもまつしほれ行

朝見草花

〇三四八　寛永十三七廿二
朝またき露しらみ行庭の面にはへある秋の花のいろいろ

〇三四九　霞にも千重まさりけり霧わたる秋の花野の露の明ほの

〇三五〇　夜のまにやひもとく露のふかゝらしけさそ千種の花もかすそふ

秋花

〇三五一　寛永元七廿御当座
千々に身をわくともあかし秋の花のひとつひとつにとまるこゝろは

〇三五二　はへあれやくろきあかきのませのうちに千種の花の色をつくして

槿不待夕

〇三五三　元和八八六御当座
花よりはしはしをくるゝそれもなを夕かけまたぬ朝かほの露

枕露

〇三五四　同九二廿五聖廟御法楽
なへてをく草木かほかも露けきや秋をならひのよはの手枕

虫

〇三五五　寛永十六四廿四禁中
色みえはをのかさまさま鳴いつるそれもや千種野への虫のね

〇三五六　秋の声の中のほそをやたへかたき涙いさなふよはのむしのね

虫怨

〇三五七 寛永十五十一廿四禁中
うらかるゝ真葛か中の秋風をねにあらはして虫もなくなり

〇三五八 我そまつきゝおひかほになけかるゝたつためならぬ虫の恨を

夕虫

〇三五九 やとりとるたれを松虫草ふかき籬を山と夕くれのこゑ

夜虫

〇三六〇 寛永二九御月次
よなよなの霜をしのひて松むしの名におふ声の色もかはらぬ

〇三六一 よひのまにきゝしにもにす露さむきまかきの虫のあかつきの声

〇三六二 月やとる浅茅か露に虫鳴てよるこそ秋はすむ心ちすれ

〇三六三 同十四八廿四禁中
おりしもあれよさむの衣かりかねにはたおる虫もこゑいそくなり

原虫

〇三六四 同十三十廿百首御当座
秋風にみたれてしけき虫のねはみやきか原の露にまされり

山家虫

〇三六五 なく虫もなにかうらむるのかれこし山はうき世の外にやはあらぬ

〇三六六 みやこにてきゝしにもにす山ふかみ滝の音そふよはのむしのね

〇三六七 松むしのまつやたれなる柴の戸は八重むくらしてとちはてし身を

二、『〔後水尾院御集〕』（京大中院文庫蔵本）

松虫

〇三六八　浅茅生の霜にもかれぬこゑの色やひとり名におふ野への松虫

慶安二七廿禁中御当座

〇三六九　露しけき浅ちかやとは月ならて何か松てふむしもなくらん

鈴虫

〇三七〇　むかしみし友やしのふの軒ふりてしけき浅ちか松虫のねに

月前蛬

〇三七一　ふるき世のためしはしるや御狩たに今はかたのゝすゝ虫のこゑ

〇三七二　白妙の霜にまかへてきりきりすいたくなわひそすめる月影

鹿

〇三七三　さをしかのをのかすむのゝ花にたにこゝろをわけぬつまやこふらん

〇三七四　いねかてに妻やとふらん秋萩の下葉色つく野へのさをしか

月前鹿

寛永十四九十三

〇三七五　一しほの色もこそそへ夜はの月鹿なく山の秋をとはゝや

〇三七六　をのかつまこひしき時や小男鹿の山より月の出てなくらむ

〇三七七　月すめるこよひとなれは鳴しかの声の色さへきゝしにもにぬ

夜鹿

寛永十六正廿四禁中

〇三七八　さをしかも山とりのおのなかき夜をよそにへたてゝつまやこふらん

○三七九　同年九廿四禁中
あつさ弓入野の鹿や我かたにひけはよるよる妻をこふらむ

○三八〇　海士小舟よるの袂をぬらすともさしてしらすやさをしかのこゑ

○三八一　秋の風よさむなりとやさをしかもかれにしをのか妻をとふらん

聞鹿

○三八二　きく人のかたるをきゝて思ふさへ身にしむものよさをしかのこゑ

○三八三　野へになくをしかのこゑを萩の戸の花にならしてきくよしもかな

深山鹿

○三八四　寛永八九廿五聖廟御法楽
秋ふかきみ山おろしにさそはれて紅葉にましるさをしかの声

○三八五　しかそなくすむやいかにととふ人にみ山のさとの秋をこたへて

○三八六　をのかうへに何世を秋の山ふかくおもひ入らむさをしかのこゑ

鹿驚夢

○三八七　寛永八三廿五聖廟御法楽
舟となす人もみえこぬ夢はたゝ何かをしかの声もいとはむ

○三八八　さそはるゝ夢の名残も思はぬや秋のよふかきさをしかのこゑ

○三八九　きかはやなまかきのもとのしかのねにおとろく夢の世をはのかれて

鹿声留人

○三九〇　からにしきこゝそたゝまくをしかなく野への真萩もこの比の秋

二、『〔後水尾院御集〕』（京大中院文庫蔵本）

秋夕

○三九一　さしてうき色はわかれす何事もおもひのこさぬ秋のゆふくれ

秋夕雨

○三九二　ふりくるも身をしる雨はうきことのこれやかきりの秋の夕くれ

○三九三　秋は猶はるの軒端のしのふよりみたれてそ思ふ夕くれの雨

秋夕露

○三九四　ことはりの袖の露かな岩木たにぬるれはぬるゝ秋の夕くれ

沢間秋夕

○三九五　寛永十五七廿四禁中
夕まくれ鴫たつ秋のさはへにはうきあかつきのはねかきもなし

秋夕思

○三九六　同十四八二
身をしほるならひよいかに世やはうき人やはつらき秋の夕くれ

駒迎

○三九七　寛永十五四廿四禁中
世にたえし道ふみ分ていにしへのためしを(に)もひけ望月の駒

月

○三九八　元和九二廿四御当座月三首之内
もれいてむ雲ままたれて半天に行もおしまぬよはの月かな

○三九九　同
何ゆへとなかめそめけむ秋の月待もおしむも心つくしを

○四〇〇　同
花ならはうつろふころのそらの月かたふきてしもそふひかり哉

〇四〇一　寛永三四廿四
もれ出る今ひときはのさやけさに雲こそ月のひかりとはみれ

〇四〇二　いく里かおなし心にみる月も千々に思ひの色はかはらむ

横峯待月

〇四〇三　同十六十廿四禁中
影にほふ松もうつり行秋の月まつ夜かさなるみねのつゝきに

〇四〇四　月はなをこなたのみねやへたつらんかさなる山そ待ま久しき

閑見月

〇四〇五　つくつくと月にむかひて思ふかなみぬよのこともかたるはかりに

停午月

〇四〇六　寛永九九廿五聖廟御法楽
半天にのほりはてゝそ呉竹のよなかきかけも月にすくなき

〇四〇七　なかそらに月やなるらんくれ竹のすくなるかけそ窓にうつれる

〇四〇八　かたふかはくゐある道そ月も今のほるそらなき影をとゝめよ

〇四〇九　なかはゆくそらにしられて入までも程なき月のおしき影かな

〇四一〇　此まゝに一夜をあかす月もかな出入山のなかやとりして

十五夜月

〇四一一　正保二八十五禁中御当座
もとみしもけふのこよひににる時はなかはの秋の雲のうへの月

〇四一二　いく世みむ半の秋の半天にさかりひさしき雲の上の月

二、『〔後水尾院御集〕』(京大中院文庫蔵本)

立待月

○四一三 寛永十六八廿四禁中
日くらしのなく夕くれのそれならて立またるゝは山のはの月

居待月

○四一四 けふはまた待ほともなし庭に出てたちやすらへは出る月かけ

○四一五 寛永十六八廿四禁中
よりゐても月をこそまて心あての峯にむかへる槙のはしらに

在明月

○四一六 同十六廿五聖廟御法楽
長月もいまいく程かのこるよのなこりつきせぬあり明のそら

○四一七 月はなをさかり過たる有明の影しもふかきあはれそひ行

○四一八 同十五七廿四禁中
入かたのそらたにあるをさしのほる山のはちかく明る月影

○四一九 あくるよのしらむ光やいけ水の月のこほりをわたる春かせ

十三夜月

○四二〇 同十六九十三
よしやみむ月のかつらをちしほまて今日しもそむる秋の雨かと

九月十三夜

○四二一 よしやみよ此雨雲のはれすともこよひの月の名やはかくれん

○四二二 長月やこの夕しほのみつとなき月もみるめにあかぬ影かな

○四二三 ひかりあることよひの月のことのはにくもるうらみをわすれてやみん

月前雲

○四二四　吹かくる雲さへうれしはるゝよの月にむかへるにしの山かせ

雨後月

○四二五　いひしらぬ月そうつろふ萩すゝき露もまたひぬ雨の名残に

連日雨ふりて九月十三夜晴に属ける日御当座

○四二六　月すめるこよひのためと雨もよにさしも此比ふりつくしけん

月前時雨

慶安元八十五禁中御当座

○四二七　窓の月もりくる竹のさよ風やしくれせぬまもはれくもるらし

○四二八　雪になる山かとはかりしくれこしのちしもしろきあり明の月

暁月厭雲

寛永十六後十一廿四禁中

○四二九　はれかたき雲をそ思ふむかひみる心の月もすめるあかつき

海上暁月

○四三〇　入はつる都の山の月かけものこるや沖のなみの明かた

○四三一　いさり火も更行波に影きえて月のみしろき秋のうら風

○四三二　山のはにかくろひはてむ暁もなをするとをき沖の月影

山月

○四三三　捲あくるこすのまちかく山もさらにうこき出たる月の影かな

二、『〔後水尾院御集〕』（京大中院文庫蔵本）

月出山

○四三四　寛永四九十一
半天は行もゆくかは山のはをさしのほる程の月におもへは

嶺月

○四三五　ふしのねはなへての嶺の雲霧も麓になして月やすむらん
○四三六　みねに生る松そ久しき秋の月いなはの山の霧にこもりて

嶺上月

○四三七　九月十三夜当座巻頭
くもりにしなかはの後の秋の月こよひはみねの雲もかゝるな
○四三八　さらしなの秋もこよひはしたはしよ都のみねの月もなたかし
○四三九　夜なかさの程もしられて待出る峯こそかはれ有明の月
○四四〇　すみぬへき山口しるし出そむる月におのへの雲もかゝらて

岡月

○四四一　てりまさる影やかつらの紅葉々もさこそやしほの岡のへの月
○四四二　慶安四八十六禁中御当座
木かくれはあやな出ても秋の月さすやをかへの松そ久しき
○四四三　月もしれこよひくもらは水くきの岡のくす葉に風もこそふけ

野月

○四四四　むさし野や草の葉分にみえそめて露よりしたにいつる月影
○四四五　いかはかりうつろふ月もしけからん雨より後の宮城のゝ露

〇四四六　ゆくてにやむすひよるらん月やとる野中のし水しるもしらぬも

野径月

〇四四七　をきあへぬ露はさなから月影にわけし跡ある野へのかよひち

関月

寛永十六二廿五聖廟御法楽

〇四四八　月そすむふはのせきやの板ひさし久しき跡をよゝにとゝめて

〇四四九　よをこめて鳥もやなかむせきの戸はあけしはかりの月のさやけさ

池上月

同十六九十三

〇四五〇　月やしるこよひも今宵みる人を待えしやとの池のこゝろに

〇四五一　月こよひすまさらめやは秋も秋みる人からのやとの池水

池月久明

〇四五二　月そすむ千とせの秋も池水のそこのさゝれのかすにみえつゝ

滝月

寛永十五八十五

〇四五三　これもまた滝なくもかなかへりこむ山路はさこそ月もをくらめ

月照滝水

同十三十一廿御当座

〇四五四　月はなを雲のみおにてたきつせの中にもよとむ影やなからん

河月

〇四五五　雲のうへの影もかよひて天河名になかれたる月やすむらん

二、『〔後水尾院御集〕』（京大中院文庫蔵本）

○四五六　寛永元八十五
こよひたによとむせもかな飛鳥川なかれてはやき水の月かけ

○四五七　正保二九十三禁中御会
かは波に（すみわたる）月のかつらのさほさしてあくるもしらすうた（ぬ秋の）ふ舟人

○四五八　更わたる月やさそひてすみのほる河音たかき夜はのしつけさ

海月

○四五九　寛永十五八十五
くもらすよむへも心あるあまのかるもなかの秋の波の月かけ

海辺月

○四六〇　同十三七廿二御当座
和田の原雲ゐにつゝく夕波のかきりしられて出る月かけ

○四六一　夕けふり月に心してすまのあまの家たにまれにもしほ焼らし

○四六二　心なきあまの小舟もくれふかくかへる浪ちの月はまつらん

湖月

○四六三　寛永十四九卅御当座
はれてよきおなしたくひの秋の月たか面影に鳰の海つら

湖上月

○四六四　しほならぬ浦にそからむけふりさへそらにくもらぬ月のみるめは

浦月

○四六五　玉しける宿もをよはむ光かはうらのとまやの波の上の月

○四六六　吹はらふ波のうき霧ひまそひてうら風きよき秋のよの月

〇四六七　正保三十一十七禁中御当座
おもひやるあかしもすまもおもなれてまたみぬ浦の月としもなし

〇四六八　波かくる真さこちとをく影ふけてうら風しろき住のえの月

〇四六九　くれぬれは沖の友舟漕わかれをのかうらうら月やみるらん

都月

〇四七〇　寛永六八十五御当座
こよひたにいかて都のそらなから山のはしらぬ月にあかさむ

社頭月

〇四七一　今日といへは名におふ花の都人も月にかたふく心みすらん

〇四七二　寛永十六六五
やはらくる光やおなし波まより影あらはるゝ住の江の月

山家月

〇四七三　同四九十三
山すみの心のちりもはらへとやいさめてすめる柴のとの月

〇四七四　同十六六五
山水のすめるやいかに月にこそうき世なからも世をはわするれ

〇四七五　やまふかくのかれすむ身も月は猶わすれぬ友とむかふよは哉

草庵月

〇四七六　かゝれとてあらしやをきし隙おほみ月にさはらぬ草のとさしは

庭上月

〇四七七　寛永十四九十三
雪ならぬ浅ちの庭の露もなをはらはむ跡はおしき月かけ

〇四七八　よしやみよ名におふ秋のけふといへはせはきかきねも月はすむらん

二、『〔後水尾院御集〕』（京大中院文庫蔵本）

月前草露

○四七九　同十三十一廿御当座
影やとすあさちか露のみたれきて野風にくもる月もこそあれ

月前萩

○四八〇　夕露の光たにある萩か枝にいとゝそへよと月そうつろふ

月下浅茅

○四八一　同十五九十三
しつけしな人もはらはぬ露ふけて月影をもる浅茅生の庭

○四八二　同
けふたにもみる人なしにあたらよの月や更行あさちふのやと

○四八三　浅ちふのおのゝしの原をく露もあまりて月の影そこほるゝ

松間月

○四八四　影うすき月のかつらの初もみちくるゝおのへの松にもりくる

月下柞

○四八五　九十三
しくれには染あへすとも柞原こよひの月の色そへてみん

月前鶴

○四八六　寛永四九十三
くまもなき真砂の月に白妙の色をかさぬるつるの毛衣

月前釣翁

○四八七　おきなさひたれとかむなと秋の水すめるをまちて月につるらん

○四八八　そなれてもあはれ翁の釣たるゝいとまなくてや月はみさらん

月秋友

○四八九　月を友といはむもやさし雲の上にすむかすむにもあらぬ我身は

○四九〇　うきこともかたりあはする心ちしてかたらひあかぬ秋のよの月

寝覚月

寛永十三十一十六二百首御当座

○四九一　夢ならてみし世のことそおもほゆるね覚の後の月にむかひて

月似氷

○四九二　すむ月の影もまことにこほるかと波すさましき秋の池水

月契多秋

慶安三九十三於幡枝御山庄

○四九三　こよひたに千夜を一よの月もかなあかす八千世の秋を契らん

残月懸峯

○四九四　まつ程の心つくしは物かはと思ふはみねにおつる月影

寄月旅

正保三九十三禁中御当座

○四九五　思ひやるを思ひをこせは故郷もさそな旅ねの月に露けき

○四九六　枕かるけふりも波もふるさとの面影うつす月にかなしき

○四九七　草枕ねられぬ月にこひわふるふるさと人も思ひをこせん

寄月旅泊

寛永十五九十三

○四九八　波かせのさはきしよりもとまり舟おもひのこさぬ月そねられぬ

二、『〔後水尾院御集〕』(京大中院文庫蔵本)

〇四九九　思ひやる心のみちそ友ふねのおなしとまりの月にかはらむ

〇五〇〇　うきねする千里の波にこよひこそ都おもはぬ月はみるらめ

月前眺望

〇五〇一　めにちかき山たにあるをいかに又海みやらるゝ月はすむらん

鴈

〇五〇二　たかゝたによると鳴らし白雲のうはのそらなる鴈の玉つさ

〇五〇三　寛永廿一五十七禁中御当座
くる鴈もたか玉つさを世はなへてうつる心の秋にかけまし

〇五〇四　あま小舟はつかにそきく初鴈のこゑをほにあくる秋風のそら

初鴈

〇五〇五　折しもあれ秋にわかれて故郷のなこりや思ふ初鴈のこゑ

〇五〇六　色になる都の秋のゝへみんと思ひおこして鴈やきぬらん

〇五〇七　秋によする心とやみん春かすみたつをみすてし鴈もきにけり

〇五〇八　秋風をみやこのそらのしほりにて雲ちたとらぬ鴈やきぬらん（補入歌）

〇五〇九　したひこし春もきのふの夢の世をかりと鳴てやおとろかすらん

〇五一〇　寛永九十廿五聖廟御法楽
故郷の秋にたへすや鴈金のこゝろかろくもいてゝきぬらん

初聞鴈

〇五一一　同十六六五
けさそ鳴うらめつらしく秋風にさそはれきぬるころもかりかね

月前鴈

○五一二　とこよ出て鴈もきぬらし秋のそら南にすめる月にうかれて

旅泊鴈

○五一三　磯まくらわか友舟と思ふまてこゝをほにあけて鴈はきにけり

○五一四　こゝきけはなれも旅とて鳴かりのなみたくらふる波まくらかな

山朝霧

寛永十四八廿五禁中

○五一五　嶺つゝき吹かたみえて朝霧の風のたえまは絶またになき

霧中山

同四九廿四御月次

○五一六　みさほはかり日ものほりけりうすくなる霧にみえすく秋の山のは

○五一七　山もさらにうこくとそみる曙や秋かせなひく霧につゝみて

河霧

同四九十一御当座

○五一八　あけほのや山もとくらく立こめて霧にこゝある秋の河なみ

同十三十一六二百首御当座

○五一九　そことなき霧のうちゆく波の音に一すちみゆる秋の川水

河上霧

元和八七廿一御当座

○五二〇　水の面に吹あとみえて山もとの河風しろき浪のうき霧

○五二一　わたし舟よはふこゝのみ遠からて河つらくらき霧のうち哉

二、『〔後水尾院御集〕』（京大中院文庫蔵本）

堤霧

○五二二　寛永八閏十廿五聖廟御法楽
たか中の人めつゝみのへたてとて立かくすらん秋の川きり

渡霧

○五二三　元和九四廿四月次御当座
これも又わたる舟人そことしも行ゑやしらぬよとの川霧

○五二四　夕霧のたちそふ浪のわたし守日もくれぬとや舟いそくらん

擣衣

○五二五　寛永十五十廿四禁中
まくらかるしるへにやゝる夕風のたよりにたくふ里の碪は

聞擣衣

○五二六　更ゆけはうつや衣のおさをあらみまとをにきゝしこゑもさやけき

○五二七　正保四四二禁中御当座
きゝわひぬたかためならて麻衣うちもねぬよの我もつもれは

○五二八　よなよなの碪の音よ此ころのまかきの花の名にもねられぬ

○五二九　とをつ人かへらむ衣うつたへにさそなねぬよの月にかなしき

海辺擣衣

○五三〇　あま衣猶うちそへてあしのやのなたの釣するいとまなきころ

松下擣衣

○五三一　寛永十十廿五聖廟御法楽
ひとりのみ夜床にみつの霜をへてたれ松の戸に衣うつらん

○五三二　夢そなき松のあらしも音そへて猶うちしきる宿のきぬたに

○五三三　常盤山つゐにもみちぬ松風も秋にしられて衣うつらし

月前鴫

○五三四　同十六九十三
きゝわひぬおしと思ふよの月影にあかつきしるき鴫のはねかき

○五三五　この秋の夕にたへす出てゝいなむ月に鴫なくふか草のさと

菊

○五三六　花といへとかゝるそかたき色も香もとりならへたるそのゝ白菊

○五三七　ならの葉の世のふることにもれしきく梅を忘れしうらみなしやは

菊花半開

○五三八　寛永二重陽
なをそみむかた枝はをそき白菊も咲しはかりの秋の日かすに

○五三九　さきさかぬ色やさなから末とをき千世を（の）なかはの秋の白菊

菊花盛久

○五四〇　承応二九廿三
散うせぬ此ことのはの種となる花もいく世の秋のしらきく

菊花久芳

○五四一　霜の後の松もしらしなしら菊の万代かれぬ秋のさかりは

○五四二　百草の花は跡なき霜のそこにわれはかほにも匂ふしら菊

菊久馥

○五四三　百敷やいくよの霜をかさねてかにほふ砌の秋のしらきく

二、『〔後水尾院御集〕』（京大中院文庫蔵本）

菊映月

〇五四四　くもらすよ雲ゐの庭の秋の菊花もひかりを月にかはして

菊香随風

〇五四五　吹しほる草木のうへの秋風はしらてやひとりにほふしら菊

〇五四六　花といへとちらぬためしの園の菊あかぬにほひを風にまかせて

菊帯露

〇五四七　咲まゝに花ふさおもみをく露もたへぬはかりになひく菊かな

露光宿菊

〇五四八　寛永六重陽
あかすみん千世のかすかもさく菊の籬にあまる露のしら玉

〇五四九　さく花も月も色そふ白菊のまかきの露のよなよなの影

〇五五〇　ことの葉の露の光もしら菊のけふのさかりの色かそふらし

〇五五一　おもほへす千世もめくらむ白露の光さしそふ菊のさかつき

菊似霜

〇五五二　けさはまつをく初霜をみる人に咲まとはせる菊の庭かな

山路菊

〇五五三　あらぬ世となりもこそすれきくの露ほさてをかくれ秋の山人

河辺菊

〇五五四　みつの舟うかへてみはや大井河菊もうつろひさかりなる比

籬菊如雪

〇五五五　さく菊のおほへるわたも色そへて籬にをもる花のしら雪

菊粧如錦

〇五五六　秋のきく誰あかすみし面影ににしきぬものゝ花の色々

寄菊旅

〇五五七　江にあらふにしきもしかし咲きくの籬の花の露のいろいろ

寄菊祝

〇五五八　菊さけはけふやたかきにのほるかと折ふしことに思ふ故郷

〇五五九　くみそへてめくらん御代は長月のけふ九重の菊のさかつき

蔦懸松

〇五六〇　はひかゝる蔦そ色こき霜の後松のみとりもあらはれぬまて

〇五六一　うすくこく露や色とる松かきにゐかくとみえてかゝる蔦の葉

黄葉

〇五六二　かはかりの心はそめし初紅葉千しほのゝちの色はありとも

二、『〔後水尾院御集〕』（京大中院文庫蔵本）

紅葉

○五六三　此ころの朝夕露はそめやらて一夜の霜に木々そ色こき

○五六四　をのつからそめぬ梢もうつもれて紅葉にもるゝ松の葉もなし

紅葉盛

○五六五　たのもしなはやまはうすき紅葉々になを残りある秋のさかりは

○五六六　下葉まて今やそむらん露くしれもる山ならぬ秋の木すゑも（補入歌）

紅葉随風

○五六七　寛永十五七廿七禁中　梢ゆく風には又やまかすらししくれにそめし心木のはも

紅葉霜

○五六八　正保三三十禁中御当座　染つくす露より後もをきそひぬ紅葉にあける霜やなからん

○五六九　何か世にはてはうからぬ紅葉々はつゐにそめたる霜そくたさむ

嶺紅葉

○五七〇　慶安元三廿一禁中御当座　よそにみて松ややみなむ染わたす高まのみねの木々の紅葉ゝ（も）

○五七一　むら紅葉よのまにそめて横雲のみねにわかるゝ松の色かな

杜紅葉

○五七二　おもひかねこすゑの露もくれなゐの色にや出る衣手のもり

○五七三　心して吹なはらひそ木からしの杜のもみち葉そめつくすとも

池辺紅葉

○五七四　木々の色のうつろふ池にうく鴨やしくれもしらぬ青葉ならん

暮秋

○五七五　色香をはおもひもいれぬ鷹人もさこそは野への秋をおしまめ

暮秋鳥

○五七六　露霜のいとゝふか草床あれてくれ行秋にうつらなくらん

九月尽

○五七七　みをくらん行ゑならねと名残なく霧なへたてそ秋のわかれち

秋水

○五七八　岩ま行水のひゝきもをのつからすめるや秋のしらへなるらん

○五七九　うつりけり萩はいつしか影たえて菊のした行水のこゝろは

秋里

寛永九七廿五聖廟御法楽

○五八〇　露もなを身にしむ比のいかならんうらめしといふ里の秋かせ

○五八一　名にたかくすみのほりてやさらしなの月は里わく光みすらん

○五八二　秋さむみをのかうれへやいひかはすあかつきちかきしつか家々

秋色

元和九閏八廿四御月次

○五八三　これそこの秋の色とや白妙の霜にうつろふ有明の月

二、『〔後水尾院御集〕』（京大中院文庫蔵本）

〇五八四　木々はみなうつろひはてゝ中々に秋こそ松の色もみえけれ

秋旅

〇五八五　同年閏八廿四御月次
かひなしやたひのそらとふ鳫かねもわか玉つさのつかひならねは

〇五八六　山ふかみしかのこゑのみ友として紅葉ふみ分るたひのかなしさ

〇五八七　寛永十三十一十六二百首御当座
おもひやれ床は草葉をしきわふる旅ねの秋の露のふかさを

秋神祇

〇五八八　寛永十五五廿四禁中御当座
稲葉にもあまるめくみの露ならんあまたの神にたつるみてくら

秋　常盤杜

〇五八九　元和三七廿四御月次
ちりねたゝ月のためさへ色もなき常盤の杜の秋の木するは

冬

初冬時雨

〇五九〇　元和三五十一御当座
冬きては木葉ふりそふ山風にきのふの秋の時雨ともなし

時雨

〇五九一　寛永十五十廿四禁中
さためなき此身もいつの夕時雨ふるを思へは袖のほかゝは

朝時雨

〇五九二　元和九十十八御当座
山めくるしくれもみえて晴くもる雲にいさよふ朝付日かな

落葉

〇五九三　そめそめすつゐにあらしのすゑの露もとのしつくのちる木葉哉

〇五九四　寛永十六四廿四禁中
ふみ分る山路にそきく落葉して梢の風のまれになる声

〇五九五　ちりそひて山あらはるゝ木のまより紅葉にかへて滝そおちくる

落葉風

〇五九六　寛永十四閏三廿四禁中
風やなを木のはにあらき夕時雨そめ残す枝もさそひのこさぬ

〇五九七　あたにちる春の花より木のはまて思ふにかせのうさそつもれる

落葉霜

〇五九八　正保元十二八禁中御当座
かさなるを吹わくる風にけさの霜なかはをきたるおちはもそある

〇五九九　いひしらすすゝきましりに霜むすふ落葉色こきあさちふの庭

〇六〇〇　朝かせに吹やられてや松かけもなを霜なからつもる紅葉々

残菊

〇六〇一　元和
霜をへてうつろひかはる園の菊のこるも残る秋の色かは

庭残菊

〇六〇二　同
むらさきの一もときくそ残りける草はみなからかれしまかきもも（にイ）

霜

〇六〇三　同二十御月次
をく霜にけさそ跡なき木からしの後まて残る庭のおちはも

二、『〔後水尾院御集〕』(京大中院文庫蔵本)

○六〇四 寛永十四九廿四禁中
光もてあけほのいそくかさゝきの橋にみちたる夜はの霜哉

庭霜

○六〇五 朝きよめ猶心せよをきまよふ落葉かうへの霜もえならす

○六〇六 霜に又虫のねよりもさひしさのなを色まさる庭の浅茅生

枯野

○六〇七 寛永十三十一十六二百首御当座
すゝきのみせめてわかれて花はみなあらぬさまなる霜のゝへかな

木枯

○六〇八 元和九十廿四
はけしくも枝吹しほる木からしにうすき紅葉の色ものこらす

○六〇九 吹かくるよその梢のこからしにあらぬもみちの松にのこれる

寒草

○六一〇 寛永八八廿五聖廟御法楽
かるゝよりかりもはらはぬ道みえて霜に跡ある野への草むら

○六一一 庭の面の千種とゝもにみし人も山さとならぬやとをかれ行

○六一二 をきのこすかきねもあれとかれわたる草葉の霜の色そくまなき

○六一三 同十四十十五
しはしこそ霜をもしらね冬草はつゐにみさほの松かけもなし

○六一四 千種にもなをかへつへし霜かれの中に一花さけるなてしこ

寒草風

○六一五 冬きては中々しほるこゑもなしかせもたまらぬ荻のかれ葉に

〇六一六　ふゆかれはおはなかうへも荻のはに秋きゝしよりあらきかせかな

寒草霜

〇六一七　慶安元十十六禁中御当座
朝かほのもろきも千世のしら菊もわかすかれ野の霜のあはれさ

〇六一八　いかなれや霜はわかしをみとりなる草もかれふの中にましれる

〇六一九　冬枯の浅茅にしろき霜の色は秋の花にもおとる物かは

江寒蘆

〇六二〇　正保三十一四禁中御当座
江にしけきあしのはからす霜の後これもあらはれぬ奥のいさり火

〇六二一　よなよなの霜を光にかれわたるあしま晴行難波江の月

氷

〇六二二　寛永十四七廿四禁中
雪をさへ夜はにかさねて水よりもさむき岩ねの朝氷かな

池氷

〇六二三　音かへていつ吹とかむ風わたる跡よりこほる池のさゝ波

井氷

〇六二四　なかるゝもうへにはみえぬ池水の猶一すちはこほるともなき

〇六二五　朝な朝なこほりかさねてくむ人のかけさへみえぬ山の井の水

冬月

〇六二六　みる人の袖さえとをるさよ風そ木葉の後の月のくまなる

二、『〔後水尾院御集〕』（京大中院文庫蔵本）

千鳥

○六二七 慶長 御当座 くまもなく月そもりくる木枯も又一ふしはつらからぬまて

○六二八 うら波のたちわかるゝもおりゐるもこゑにみえ行さよ千鳥哉

河千鳥

○六二九 寛永六閏二廿四 千鳥なくさほの河きりたちわかれ行ゑもしらぬ妻やとふらん

○六三〇 よひかはすこゑさたまらぬ川風にたつや千とりの友まとふらん

岸千鳥

○六三一 同十五六廿四禁中 松ならぬねにあらはれてさよ千鳥波うつきしのつまをこふらし

水鳥

○六三二 へたつらんうきねの水のこほる夜に山鳥ならぬをしの契りも

寒夜水鳥

○六三三 ひとりぬるをしの思ひやみたれあしのはたれ霜ふりさむき夜床に

霙

○六三四 寛永十五八廿四禁中 山かせやくるゝまにまにさむからしみそれに雪の色そゝひ行

雪

○六三五 同十四九廿四禁中 山々のへたてわかるゝさやけさははれての後の雪にこそあれ

暁雪

〇六三六　同十六六五
有明の月とみしまに松竹のわかれぬ色そ雪にわかるゝ

逐日雪深

〇六三七　同十六六廿四禁中
けふことにをもる枝よりおれそひて松こそ雪のみをつくしなれ

連日雪

〇六三八　同十三十一廿
都とて思ふに雪のはれやらぬ日かすはかりはつもるともなき

行路雪

〇六三九　かきくらす雪にもしけきかよひちはうつみもはてす跡もとまらす

冬池雪

〇六四〇　寛永十五六廿四禁中
みたれふすあしまや消間冬の池の波はすくなくつもるしら雪

暮村雪

〇六四一　寛永十三十一廿
くれふかくかへるやとをき道ならん笠おもけなる雪にのさと人

山家雪朝

〇六四二　かくれ家の心も雪にうつもれてみし世の友はけさそまたるゝ

〇六四三　山ふかきけさの雪にもうつもれぬ心の松を人のとへかし

閑中雪

〇六四四　すむ人の心のほかに降をきし雪や友まつよもきふのやと

二、『〔後水尾院御集〕』（京大中院文庫蔵本）

庭雪

〇六四五　はれやらぬ今朝のまをとへふむ跡もふりかくすへき庭のしら雪

松雪深

〇六四六　おち葉せし梢の雪はをもからて松にとのみもつもる雪（庭歟）かな

雪庭樹花

寛永十七十一十四

〇六四七　あかすなをみきりの松の千世もみむちらすは雪の花のときはに

〇六四八　今さらに匂はぬ花の恨あれやみかきの柳雪になひきて

望雪

同十三十一十六二百首御当座

〇六四九　山のはにふりつむ雪もふかきよのやみはあやなき色にさえつゝ

眺望山雪

同十六十廿四禁中

〇六五〇　めにちかく山も入くる楼のうへに千里はれたる雪のさやけさ

〇六五一　春秋の山のにしきの面影もうつみはてたる今朝の雪哉

夕鷹狩

同十三十廿百首御当座

〇六五二　あかす猶今一よりとかり衣日もおち草をしたひてそ行（やイ）

鷹狩日暮

〇六五三　たかゝひのけふはかりとはおもはぬもかへるそらなくかりくらすらん

〇六五四　行鳥もさやかにみえて白雪そくるゝ狩場のひかりなりける

雪中鷹狩
〇六五五　寛永十六五廿四禁中
白妙の雪こそひかり夕かりのあかぬ日影をつきてふらなん

炭竈
〇六五六　同十三十廿百首御当座
煙にそまつあらはるゝ年さむき松よりおくのみねのすみかま

夜埋火
〇六五七　慶安二十一十九禁中御当座
こゑすなりよのまに竹をうつみ火のあたりはしらぬ雪やおるらん
〇六五八　うつみ火のもとの心をへたてすやなにはのこともよはにさためし

枇杷
〇六五九　寛永十八二廿御当座
ふたゝひはさしもにほはし橘に霜の後なる花そまかへる
〇六六〇　色こそあれ紅葉ちる日は咲そめて我はかほにも花そにほへる

歳暮
〇六六一　慶長十九　御当座
なす事のなきにそ思ふ行としも今はおしまむ齢ならねと

海辺歳暮
〇六六二　いとまなみことしもくれぬ海わたる世のことわさよあまのまてかた

除夜
〇六六三　春秋のそれたにあるを行年のけふのわかれはいふかたもなし

二、『〔後水尾院御集〕』（京大中院文庫蔵本）

冬天象

〇六六四 寛永十六十五歌合
これもまたしろきをみれは更る夜の月さへわたるかさゝきのはし

冬風

〇六六五 幾度かしくれの雲をさそひ出て山かせくもる冬のよの月

〇六六六 冬かれはいつれの草に吹もなを荻のうは葉にきゝし秋かせ

冬地儀

〇六六七 寛永十六十五歌合
枯はてゝ中々秋の露よりも色なき野への色そ身にしむ

〇六六八 板はしや朝かせさむき霜のうへにかよはぬ人のみえてさひしき

冬浦

〇六六九 寛永十十一廿五聖廟御法楽
しくれこし此夕波にこと浦の雪をよせたる舟もこそあれ

〇六七〇 たきそへてさすかみ冬のうら風もふせくたよりやあまのもしほ火

〇六七一 ふけわたる浦かせきよく月さえてまさこにきゆる霜のしら鶴

冬植物

〇六七二 寛永十六十五歌合
残りけり松はみとりの洞のうちにちらて友なふ千世のしら菊

〇六七三 霜をかぬ草もありけりくれ竹の千尋ある陰に冬もかくれて

恋

初恋

〇六七四　末つゐに渕とやならむ涙川けふのたもとを水上にして
〇六七五　けふそしるあやしきそらのなかめよりさは物思ふ我身なりとは
〇六七六　もえそむる今たにかゝる思ひ草葉するゑの露のいかにみたれん

忍恋

〇六七七　寛永八七廿五聖廟御法楽
我袖の月もとかむなうき秋に露のかゝらぬたくひやはある
〇六七八　物思ふ色は中々みえぬへしもれむうきなをなけくかたにも
〇六七九　いかさまにまたいひなさむ大かたのよのうきよりはぬるゝ袂を
〇六八〇　いかにせん物や思ふと人とはゝさはく心の色そこたへむ
〇六八一　やかてそのならひもそつくひとりあるよはの涙も心ゆるすな
〇六八二　おりふしの色にそみえむ月日へは忍ふの山のおくもあらはに
〇六八三　慶安三五廿四禁中御当座
しられしと思ひもいれし物思ふ心は色にみえもこそすれ
〇六八四　わすれ草を忍ふとやいふ世に忍ふ思ひはいとゝそひもこそせめ

忍久恋

〇六八五　かひなしや心にこめし年月をかそへは人もおもひこそしれ

二、『〔後水尾院御集〕』（京大中院文庫蔵本）

聞恋

〇六八六　きゝしよりみをとりせぬはかたき世に心あさくも身はまとふらん

見恋

〇六八七　我にかく人は心もとゝめしをみし俤の身をもはなれぬ

寛永十三十廿百首御当座

〇六八八　思ふそよあしのほのかにきゝしよりみしまかくれはみきはまさりて

〇六八九　人にかくそふ身ともかなみしまゝに夢もうつゝもさらぬおも影

〇六九〇　うちつけにやかていさともいはまほしあかすほのかにみつのこしまを

且見恋

〇六九一　わすられぬ思ひはさしも浅からて浅香のぬまの草のなもうし

〇六九二　思ひのみしるへとならはたのめたゝあはれあやなき今日のなかめも

通書恋

慶長廿　御当座

〇六九三　あさくこそ人はみるらめ玉つさにかきもつくさぬ中のおもひを

〇六九四　かへりくる程もまたれしたまつさのむすひしまゝはみるかひもなし

〇六九五　手ならひのたゝ一筆もかきそへはいかて待みるかひもありなん

尋恋

寛永十五八廿四禁中

〇六九六　あらし吹秋よりのちは床夏の露のよすかもたつねわひつゝ

祈恋

○六九七 同十三十廿一百首御当座
つれなさを今はみはてゝやみねとやあやなとしへていのるしるしに

祈難逢恋

○六九八 同三六廿四
いかてかくいのるしるしのみえさらん神は人をもわかしこゝろを

誓恋

○六九九 同十正廿五聖廟御法楽
よしやその千々のやしろはかけすともたのまれぬへき色しみえなは

○七〇〇 たのましなことの葉ことのちかひにそ中々しるき人のいつはり

○七〇一 たのまれむ心は色にみえぬへしちかふによらぬ契りとはしれ

契恋

○七〇二 寛永廿四廿八
わかれてはよもなからへしうき身とも思はぬ人やちきる行末

○七〇三 心ならぬさはりあらはとこのくれを思ひいるゝも思ふにはうき

○七〇四 慶安三七廿四禁中御当座
たのましよことよく契ることのはそつゐになけなる物思ひせん

○七〇五 このくれをまつ契りをけ命たにしらぬ行ゑはあやなにせん

馴恋

○七〇六 なれゆくを又もみまくのとはかりは思はし物のいとひはつらん

不逢恋

○七〇七 元和九二廿四
いかさまにいひもかへましつれなさのおなしすちなる中の恨は

二、『〔後水尾院御集〕』(京大中院文庫蔵本)

〇七〇八 寛永十三十廿百首御当座
よそにこそあふの松はらかはかりによもたゝにてはあらしつれなさ

馴不逢恋

〇七〇九 つれなさの心みはてゝ今さらにおもへはおなし身さへくやしき

契待恋

〇七一〇 寛永十四十二十
たのめしをたのまはいまはたのむなよ月いてゝとは人もちきらす

逢恋

〇七一一 正保五閏正八禁中御当座
あれはありし此身よいつのならはしに夜をへたてむも今さらにうき

〇七一二 逢坂のつゆにおもへは袖ぬれしあはてのうらのなみは物かは

稀逢恋

〇七一三 寛永十四十二四
あやにくにくらふの山もあくるよをまれなる中にかこちそへつゝ

適逢恋

〇七一四 寛永十八二廿四
いかにせむとしにまれなるあふ事をまちし桜に人もならはゝ

別恋

〇七一五 たまさかのあふよなれはとけやらぬうらみを人にゆるすさへうき

〇七一六 まちえてそいそきたつらん鳥かねをおなしつらさにいひなすもうき

惜別恋

〇七一七 寛永八十一廿五聖廟御法楽
あくるよの程なき袖のなみたにや猶かきくらすきぬきぬのそら

○七一八　とゝめてはゆかすやいかに我こそは人にのみそふけさの心も
○七一九　くりかへしおなしことのみちきるかな行もやられぬけさの別に
○七二〇　くれはともなにかたのまむおき出るこの朝露はきえも残らし
○七二一　たかための命ならぬと思ふにもみはてぬ夢のけさの別ち

深更帰恋

寛永十四十二四
○七二二　まちいてゝかへるこよひそつれなさは人にみはつる有明の月

後朝恋

○七二三　身にそへて又こそはねめうつりかもまたさなからの今朝の袂を

顕恋

寛永十五八廿四禁中
○七二四　つゝみこし思ひの霧のたえたえに身はうち川のせゝのあしろ木

顕絶恋

○七二五　たえぬへきそれをかことゝ思ふにはうき名も人やもらしそめけん
○七二六　絶ぬともしのひし程の世なりせは人わらへなる身とはなけかし

増恋

○七二七　いかにせんふるや涙の雨もよに淀のさは水まさるおもひを

逢増恋

慶安三四廿四禁中御当座
○七二八　かた糸のあはすはかゝるけちかさのにくからぬふしも思ひみたれし

二、『〔後水尾院御集〕』（京大中院文庫蔵本）

逢後増恋

○七二九　あひもみぬさきならはこそ恋せしのみそきもつらき我思ひかな

被厭恋

寛永十五四廿四禁中御当座

○七三〇　つけはやなきたるあさの我袖につゐに身をしる雨はしけしと

変恋

○七三一　つらくてもさらはてしとかはり行心をしゐてたのむはかなさ

久恋

寛永八二廿五聖廟御法楽

○七三二　つらさこそ色もかはらね白玉とみえしはいつのなみたなりけん

○七三三　今まてにむかしは物をとはかりもうらみぬ身をもうらみやはせぬ

旧恋

寛永十年二廿五聖廟御法楽

○七三四　さきの世の夢をわすれぬ契りかとたとるはかりの中の年月

○七三五　おもひやれあはぬ月日にいつしかとむかしかたりもつもるうらみを

遠恋

○七三六　立かへりやかてと思ふ中道にあはぬ日おほくつもらんもうし

寛永十三十一廿

○七三七　みねの雪わけこし道のわりなさもあさきかたにはいかゝ思はん

○七三八　わすれすはおもひをこせよ海山も心のうちにさはる物かは

○七三九　行かよふ心はかりそいはねふむ山はとをくてちかき道なる

○七四〇　宮のうちを千里とたにも思ふ身のひなにうつろふ程をしらなん

近恋

寛永十三十一廿
○七四一　つらきかなたゝはひわたる程にたに思はぬ中のとをき絶まは

隔川恋

元和九六十二御当座
○七四二　うしつらし契りにかけむ鳰鳥のおき中川を君にへたてゝ

片思

寛永十一二廿五聖廟御法楽
○七四三　なとか我つらき心のつらからぬよしあひ思ふ道はなくとも
○七四四　よしや人あひおもはすはせめてわれつらき心をつらしともみよ
○七四五　恋わふる人のなけきを身にしみて[めイ]思ひしらぬもうき心哉
○七四六　我のみのなみたそつらき羽かはす鳥のためしもあれはあるよに

思

寛永四三廿四
○七四七　おもひ草思ふも物をとはかりにおきふししけく露そこほるゝ
○七四八　さまさまにしのふもちすりみたるゝも誰ゆへならぬ思ひとをしれ
○七四九　くりかへしなかき世までもまよふへき思ひを何としつのをたまき

難忘恋

寛永十六四廿四禁中
○七五〇　思ふにはなけのなさけもいかなれやそよその事のうきにまきれぬ
○七五一　とし月をへたてしうさもうさなからみしは昨日の面かけにして

二、『〔後水尾院御集〕』（京大中院文庫蔵本）

恨恋

○七五二　うらみしよことはのかきりつくすとも一ふしをたにえやははるけん

○七五三　いかならむこの一ふしのうらみゆへつらき心のおくも見えなは

○七五四　情こそ思ふにうけれつらしとておほよそ人にうらみやはある

人伝恨恋

○七五五　寛永十六二八（五ィ）わかうらみ世のそらことにいひなしてきゝもいれすとかたるさへうき

○七五六　かたはしもまねはし人のことつてをたゝなをさりのうらみとやきく

恨身恋

○七五七　同十七十二廿三おもへ人うき身のとかになしはてゝうらみぬまての中の恨を

○七五八　つゐにその里のしるへもあまのかるもにすむ虫の名にもかなしき

○七五九　思ふにはうきもつらきもたれならぬ恨のはてそいふかひもなき

絶恋

○七六〇　同六十二廿四禁中よしやみよはかなきふしにうきなからえしも忘れぬ人もこそあれ

○七六一　うしや世に絶たるをつく道はあれと分し浅ちそ跡も残らぬ

経年恋

○七六二　さりともとなくさめきぬるとし月に中々つらきかきりをそみる

春恋

〇七六三　寛永十五五廿四禁中
いかにせんとはれむ春もたのまれぬ身は鴬のこそのやとりを

夏恋

〇七六四　あけやすき空そわりなき秋のよもあふ人からはおしむならひを

〇七六五　夢にさへあはれあふよも夏衣かへしもあへすあくるしのゝめ

夏忍恋

〇七六六　思ひわひきゝもあはせむしのひねを我にかたらへ山ほとゝきす

〇七六七　身のうへにかけてもかなし夏虫の音にたてぬしももゆる思を

夕恋

〇七六八　此くれのさはるうらみをかきやるもまつらんかたはつらしとやみむ

〇七六九　おもひやれ人の心の秋ちかみとはぬ夕の露のふかさを

夜恋

〇七七〇　つくつくと物にまきれぬ思ひのみまさきのつなのよるそわひしき

〇七七一　なこりなをあふとみえつる夢よりもさたかにむかふよはのおも影

〇七七二　なかしともおもはてたれかひとりねのあくるまをそきよをおしむらん

恋地儀

〇七七三　物思ふみなかみよりそよとゝもにたえぬ涙のたきもおちくる

二、『〔後水尾院御集〕』（京大中院文庫蔵本）

関路恋

○七七四 寛永十五五七
したひこし面影なからとりかねにいそく関路のならひさへうき

恋涙

○七七五 別行我たもとには色かへて身をのみなけく涙さへうき

寄月恋

○七七六 寛永廿七廿七
おも影の我にむかひてかきくらす人はさたかにみむ月もうし

○七七七 たのめしはあらすなる世に面影のむかしおほゆる月さへそうき

○七七八 たのめこし人の心の秋たちて木のまの月をみぬくれもなし

寄月尋恋

○七七九 寛永十六八十五
しるへなきやみにそたとる恋の山かくるゝ月を猶思ふとて

寄雲恋

○七八〇 同四九十一
契りたゝ思ふにもうき中そらの雲は跡ある人のことの葉

○七八一 同十三十一十六二百首御当座
はれまなきならひよいかに雲ならぬ恋はむなしきそらにみちても

寄煙恋

○七八二 正保二三廿八禁中御当座
人のためはけふりをたちし此比の思ひもしらぬおもひかなしき

○七八三 慶安四十廿四禁中御当座
けふりたに人にしられぬ下もえを里のしるへのあまのもしほ火

○七八四 思ふかたの風にはさしもなひくらんうしやみさほの松のけふりも

寄露恋

〇七八五　思ひやれ人の心の秋も秋露もそらなきつゆのたもとを　寛永十四八廿三

寄夕恋

〇七八六　なひくかとみんふしもかな竹の露のまろひあふまては契りなくとも　慶安三五十九禁中御当座

寄山恋

〇七八七　おもへ人あすはとふとも草の原此夕つゆのきえも残らし

〇七八八　しられしなあはてうき身のなけきこる山としつもる思ひありとも

〇七八九　つれなきもつゐにさはらぬ道しあらは心つくはの山もたのまむ

〇七九〇　人心みはてはわれもやみねたゝよしうき恋の山つくるとも　正保二十五禁中御当座

寄野恋

〇七九一　かりにたに人はこさらむ恋草のしけき夏野に何たくふらん　寛永十六六五

寄滝恋

〇七九二　せきあへぬ袖のたきつせ行するにわれてもあはむ契たにあれ　同年六廿四禁中

寄湊恋

〇七九三　人心うかへる舟のよるへとも我みなと江をいかてたのまむ　寛永十六六五

寄海恋

〇七九四　みちひなきならひもうしや敷妙の枕のしたのしほならぬ海

二、『〔後水尾院御集〕』（京大中院文庫蔵本）

寄草恋

○七九五 寛永十四八二
道たゆる浅ちか庭はまくす葉をかへす秋風ふくとつたへよ

寄草別恋

○七九六 同十四廿五聖廟御法楽
わかれ行此道芝にくらへみよあはてこしよの露は露かは

寄菊恋

○七九七
きくのことうつろふからに色そはゝ人の心の秋もうからし

寄葛恋

○七九八 寛永九八廿五聖廟御法楽
つれなきに我やまくすのうらみさへ今さらふかき露をしらなん

寄木恋

○七九九 寛永十四二晦
人心花にうつろふならひこそ我かたはらのつらきみ山木

寄鳥恋

○八〇〇 同十六五廿四禁中
真木の戸をたゝけと人に契りをかむ水鶏なくよはきゝもとかめし

○八〇一 同年九廿四禁中
うき中は鴈よつはめよ羽をさへならへむと契る人もこそあれ

寄猪恋

○八〇二 同年六廿四禁中
みせはやなふすゐのかるもかき絶てこぬよの床の露のみたれを

寄虫恋

○八〇三 同年三廿四禁中
をのか名のこてふにゝたり折かさす花にやとりてむすふ契りは

寄商人恋

〇八〇四　同十五八廿四禁中
あはれ身におはぬなけきやあき人のきぬきたらんかたくひさへうき

寄枕恋

〇八〇五　我も又かれやはてなむうらみわひうちもねぬよのつもる枕は

寄秋枕恋

〇八〇六　寛永十八廿五聖廟御法楽
うしや今たかたまくらにいとふらん身はならはしの閨の秋風

寄莚恋

〇八〇七　つゆけさのことはり過てひとりぬるよはの枕はうくはかりなる

寄衣恋

〇八〇八　しれかしなとはれぬ床のさむしろにまつよもちりもつもる恨を

〇八〇九　かへしてもみる夜まれなる夢そうき中にあるたにうとき衣を

〇八一〇　寛永十六三廿四禁中
いかにせむ我恋衣はるさめにぬれしはかりのなみたならすは

〇八一一　同廿一十廿一禁中御当座
みるめなきうらみよりけに中々にしほやき衣ぬれそふもうし

〇八一二　かへしても夢たにうときさよ衣つらからぬ中にいつかうらみん

〇八一三　しらさりしみるめなきさそしのはるゝ塩やき衣ほさぬうらみを

寄絵恋

〇八一四　寛永十五八廿四禁中
かひもあらしかたちはさこそうつすとも月は光をえしもかゝねは

二、『〔後水尾院御集〕』(京大中院文庫蔵本)

寄糸恋

〇八一五 同十四十一廿四禁中
いはゝやなしたのうらみのふしおほきしつかしけ糸くりかへしつゝ

寄名所恋

〇八一六 あふことを我松山はあたにのみいくとし波のこえむとすらん

恋

雲浮野水

〇八一七 白雲も手にまくはかり影みえてすゝしくすめる野へのまし水

橋雨

〇八一八 行人も笠とるはかりふる雨を音にのこせる浪の川橋

〇八一九 五月雨は堤のうへも行水にうき橋ならぬ川はしもなし

〇八二〇 寛永十七廿五聖廟御法楽
行人の跡たえはてゝ板はしの霜よりけなる雨のさひしさ

〇八二一 うちしめる雨さへおもくおふ柴にかはらぬ橋やふむもあやうき

〇八二二 真木の板も苔むすまゝにむら雨のかゝれる橋の音たにもせす

塩屋煙

〇八二三 寛永六閏二廿四
もしほやくあまの家たにまれにして煙さひしきすまのうら波

暁

〇八二四　鳥かねにおきいつるよりよしあしのわかるゝ道をおもはさらめや
寛永十四七廿四禁中

遠山如画図

〇八二五　つくりゑをかすみやのこすさく比はまた遠山の花の千枝に
正保四正十八御会始

〇八二六　これも又こゑある旅とや夕かすみ山のはとをくかへる鴈かね

澗水

〇八二七　亀のうへのうつしゑなれや千々の秋の雪をふくめる春の山のは

〇八二八　すむ人はかけたにみえぬ谷の戸の水や岩もるあるしなるらん

〇八二九　薪こり水くむ道のたよりをもちかくやしむる谷のした庵

名所橋

〇八三〇　世をわたるみちもこゝより行かへる人やたえせぬ淀のつきはし
寛永十四八廿四禁中

水石契久

〇八三一　天かしためくむ心も行水のもるてふ石をためしにやせむ
同二正十九御会始

〇八三二　山は石川は帯とそむすひをかむ君と臣との中のちきりを

池水似鏡

〇八三三　のとけしな世にはにこれる水もなき春をうつせる池のかゝみは
正保三三四御会始

〇八三四　たくひなや柳のまゆも春の池の花のかゝみに影をならへて

二、『〔後水尾院御集〕』（京大中院文庫蔵本）

滝

〇八三五　松のこゑたきつ岩波ひゝきあひてすゝしくもあるか山の下陰

飛滝音清

〇八三六　いはかねのこなたかなたにわかれてもよりあふすゑや滝のしら糸

〇八三七　水上は山かせおちて松の声滝のひゝきといつれたかけん

〇八三八　雪とくる山のたきつせおちそひてあらぬこゑにも春をわくらん

山中滝

寛永十三廿五聖廟御法楽

〇八三九　岩波を梢にかけて松かせもさらに音なき山のたきつせ

〇八四〇　なみたにそやかてかりねの夢さむるみ山よふかき滝つせのこゑ

〇八四一　水上はこすゑの露やちりひちのつもりてたかき山のたきつせ

〇八四二　雨のゝち山のみとりにあらはれてきよくすゝしき滝のしら糸

名所滝

〇八四三　世にひゝく名さへそたかきしら雲のうへよりおつる布引のたき

〇八四四　しら玉のまなくみたれてみるもきくもさなから雨とふるの滝つせ

海路

〇八四五　故郷を思ふやおなしすき行をともにみをくる沖つ舟人

故郷草

〇八四六　寛永十六三廿四禁中
あれまくも春そおもはぬ故郷のかきねにしけきつはなすみれに

閑居

〇八四七　同十四二晦
心よりしつかならすはしつかなるかくれかとても塵の世中

閑居待友

〇八四八　のかれこし心にもにす夢はなとなをおもはすに世にかへるらん

〇八四九　今さらにとふへきたれを松の門さすかに三の径を残して

草庵灯

〇八五〇　慶安元九廿四禁中御当座
草の戸のすきまの風のともし火の消やらぬ程とすむやたれなる

〇八五一　くさの庵のくちなん後の蛍よりかすかに残るよはのもし火

古寺松

〇八五二　元和六　廿五聖廟御法楽
法のこゑにそれもやかよふ高野山あかつきふかき庭の松かせ

古寺鐘

〇八五三　正保三十三禁中御当座
をはつせや紅葉吹をくる山風にこゑも色ある入あひのかね

〇八五四　かねのこゑにけふはあすかの明日といひし我おこたりも今そおとろく

山家

〇八五五　寛永十三十廿百首御当座
さきたちて入し心そなれぬへき今すみそめむ山のおくにも

二、『〔後水尾院御集〕』（京大中院文庫蔵本）

○八五六　よしやとへおもひしよりも山里の住うからぬもいはまほしきに

同十六四廿四禁中

○八五七　おもひ入心のおくのかくれ家にすまはや山はよしあさくとも

○八五八　法にいる道とをからしをこなひも物にまきれぬ山をもとめは

山家煙

同十三十一十六二百首御当座

○八五九　冬ふかみさらに折たく柴の戸の煙をそへてさゆる山風

山家燈

同三四廿四

○八六〇　柴の戸にたれかしこきを友として千々にむかへる夜はのともし火

田家

同十三十廿百首御当座

○八六一　はかなしやかりほならぬもかりそめにかこふ田中のしつか家居は

○八六二　もるこゑも水のひゝきも絶はてゝこほる冬田の庵のさひしさ

同十四七廿四禁中

○八六三　秋風のやとりとやなすもる人もかりていなはの小田のかりほは

田家鳥

○八六四　おとろかす跡よりやかてかへりきて門田の鳥そ人にまちかき

○八六五　今こそと門田の鴈のこゑのうちに軒のつはめも思ひたつらし

幽径苔

○八六六　たれはらふ道ともなしにをのつから苔に塵なき松のした陰

岡篠

〇八六七　寛永十六正廿四禁中
かの岡にもゆる草葉のうらわかみ霜にもかれぬをさゝをやかる

庭竹

〇八六八　同廿三九親王御方御稽古之御会初度後十輪院内府出座
くれ竹の園生にのこせ世々の道に老ぬる松の庭のをしへを

窓

〇八六九　同十三十一廿
いやたかく生そふまゝに大そらもおほふはかりの窓のくれ竹

〇八七〇　ことし生の陰さへしけく呉竹のは山も窓にみえすなり行

竹不改色

〇八七一　これを世のすかたともかな呉竹はすくなるものゝ色もかはらぬ

竹契遐年

〇八七二　寛永三九八二条亭行幸
もろこしの鳥もすむへくくれ竹のすくなる世こそ限しられね

水樹佳趣多

〇八七三　同九正十九御会始
しら玉のかすにもしるし池水のたきつ岩ねの松の千とせは

〇八七四　ふりせすよ柳のかみもわかゝへる池のかゝみの春のおも影

〇八七五　青柳のみとりをうつす波のあやにはへある池のをしの毛衣

〇八七六　ことのはのたねならぬかは水とをく山つらなりてかすむ梢も

二、『〔後水尾院御集〕』（京大中院文庫蔵本）

松

○八七七　寛永四八廿五御当座
紅葉こそよそにもおもへ松かせのこゑには秋をわかぬ物かは

○八七八　もゝしきや松のおもはんことのはの道をふるきにいかてかへさん

○八七九　寛永十四十廿四禁中
百敷やうへし我世を思ふにはいく程ならぬ松の木たかさ

嶺松

○八八〇　元和元十一廿御当座
つもりしもつゐにあらしの枝はれて雪に色そふみねの松はら

○八八一　はらふよりつもりもやらて雪にさへつゐにつれなき峯の松風

○八八二　かすむかとみねの桧原はくもる日も松の嵐そひとりつれなき

浦松

○八八三　元和八七二
松かせも秋にすゝしく音かへてうらめつらしきしかのから崎

○八八四　和歌の浦やみちくる八重のしほ風に松もや波の音をそふらん

庭上松

○八八五　寛永十七十一廿御当座
家々の松のことの葉散うせぬ庭のをしへもいく世ならまし

○八八六　此やとにけふをはしめとかきつめて千世もつもらん松のことの葉

砌松

○八八七　寛永廿一正六禁中御当座
百敷のふることかたれ我みても久しき代々の松はしるらん

○八八八　もゝしきの砌の松のあひをひに散うせぬ種やよゝのことのは

松有歓声

〇八八九　承応元十十八
松に吹もやはらく国の風なれややすくたのしむ声にかよひて

〇八九〇　風吹はそらにしられぬしら雪のりちにしらふる松の声かな

名所松

〇八九一　寛永十四四廿四禁中
も〻しきや誰をしる人高砂の松のふりぬるむかしかたりも

門杉

〇八九二　同十三十一廿
あはれたれまつこともなくさしこめてよを杉たてる門の明くれ

麓柴

〇八九三　慶安三五廿四禁中御当座
日をさふる山のふもとのす〻しさに真柴かたしきくらす比哉

〇八九四　みとりなるふもとの野へを分ならすならの葉柴の露のす〻しさ

鶴伴仙齢

〇八九五　寛永七二七御当座
仙人の名におふやとそ千世かけてこ〻にもちきれ鶴の毛衣

〇八九六　万代を三の島なるあしたつのこ〻にもかよふ道はへたてし

名所鶴

〇八九七　同十五七廿
すむつるにとは〻や和かの浦波をむかしにかへす道はしるやと

関鶏

〇八九八　同十四八廿四禁中
名残あれや鳥かなくねにおき出るせきのかや〻の月を残して

白鷺立汀

〇八九九 同十六五八
白妙の池のはちすのまたさかぬみきはの鷺は色もまかはす

馬

〇九〇〇 同十四九廿四禁中
思ふそよ千里の馬をたつねてもしるらん人はさてもなき世を

対亀争齢

〇九〇一
万代をこゝにかそへて百敷のほかにもとめぬ亀のうへの山

筏

〇九〇二 寛永九十廿五聖廟御法楽
心あれやちり行水をせきとめて紅葉々なからたゝむいかたし

暁鐘

〇九〇三 元和九四廿四月次御当座
おとろかす暁ことのかねのこゑに猶さめはてぬ夢をしそ思

夕鐘

〇九〇四 寛永十四十二十
春秋のいく夕くれをおしみきて鐘もつきぬる年をつくらん

〇九〇五 同十六六五
さすか身はおとろきなからつきはてぬねかひもかなし入あひのかね

薄暮鐘

〇九〇六
こゑのうちに花ちる山のさひしさは(も)みるはかりなる入あひのかね

寺近聞鐘

〇九〇七
さめぬへき夢ちそとをきあけくれの寺はこゝなるかねのこゑにも

浦舟

〇九〇八　難波かたうら波とをきあしまよりおなし一葉とみゆる釣舟

漁舟連浪

〇九〇九　寛永十四十二四　あま人の一葉にまかふ舟よりもかろき身をゝく波のうへ哉

野寺僧帰

〇九一〇　明たてはをのかうらうら漕出て世をうみわたるあまの釣舟

〇九一一　かねのこゑを我すむかたとかへる也野寺の門を月にたゝきて

旅朝

〇九一二　寛永五二廿四　たひ衣朝たつのへのさゝ枕一夜のふしもたれかおもはぬ

〇九一三　おもひやれ故郷とをくかりねしてさゝわくるあさの袖の露けさ

〇九一四　朝またきまたきをき出ぬ何にかは心もとめむたひのやとりは

旅夜

〇九一五　をきそふやふる里とをき露ならむさゝのまくらの一夜一夜に

旅行

〇九一六　寛永十三九十六御当座　行々ておもへはかなしすゑとをくみえしたかねは（も）跡のしら雲

〇九一七　みやこにときけは賤さへ一筆のたよりにたのむたひの道かな

二、『〔後水尾院御集〕』（京大中院文庫蔵本）

旅行友

〇九一八　元和六六廿五聖廟御法楽
思ふよりとをくきぬらし旅衣分る夏野の草たかくなる

旅宿

〇九一九　寛永十六九廿四禁中
何かうき草のまくらそふるさとゝ思ふもかりのやとならぬかは

羇中関

〇九二〇　同十六七廿四禁中
都人あかすわかるゝ夢ちにはあやなまさしきせきもかためす

旅泊雨

〇九二一　よるの雨をうき物としもきゝわかすさはきなれにし波の枕は

旅泊夢

〇九二二　寛永十五四廿四禁中
舟人のいつからとまり波なれてみるらんよはの夢もかなしき

〇九二三　同年九廿四禁中
波さはくうきねの枕又うきぬみやこの夢のかへる名残に

眺望日暮

〇九二四　同十六六五
つり舟はみえすなるよりみえそめてくれ行奥にちかきいさり火

川眺望

〇九二五　いにしへの契りにかけし帯はかり一すちしろき遠の川波

〇九二六　ふかくなる青葉の山のふもと川夏しもしろき波の色かな

〇九二七　こりつめるしはしか程も行かへる世のいとなみや宇治の川舟

海眺望

○九二八 寛永十六十二廿四禁中
おもかけを浦のけふりにさきたてゝかすまむ春もちかの塩かま

○九二九 飛鳥井前大納言依所望一首懐紙御清書
あま小舟初雪なれやわたつ海の波よりしろき沖つ島山

湖水眺望

○九三〇 寛永三三廿四
わたつみのかさしにはあらて白妙の花の波よるしかのうら風

望遠帆

○九三一 正保三十二三禁中御当座
しるやいかにこき行舟の友からすそれたにみえぬ波のあはれを

○九三二 見をくるをみるやいかなる行舟はまたきえぬまに浪そへたつる

独述懐

○九三三 へたてなくいひむつふとも世中におなし心の友はあらしな

述懐非一

○九三四 道々のそのひとつたにいにしへのはしかはしにもあらぬ世にして

○九三五 いかにして此身ひとつをたゝさまし国をおさむる道はなくとも

寄鏡述懐

○九三六 うつしみぬ我やいかなる世中に人のかゝみは今もこそあれ
（何）

懐旧

○九三七 ひらけ猶文のみちこそいにしへにかへらん道は今ものこさめ

○九三八　みすしらぬむかし人さへしのふかな我くらき世を思ふあまりに

寄船無常

寛永十六六廿四禁中

○九三九　世中の波のさはきもいつまての身のうき舟よさもあらはあれ

寄橋雑

○九四〇　おもへ人きそのかけはしそれならてうき世をわたる道もあやうし

○九四一　波の音にきゝつたへても思ふそよふみみはいかに天のはしたて

寄衣雑

○九四二　うつりかはる世のならひをも折々にかふる衣の色やみすらん

連

寛永九十二廿五聖廟御法楽

○九四三　梓弓いるにも過て年ことにこそにさへ似すくるゝとし哉

○九四四　よし野川かけもなかれて行月の雲のみおさへよとむせもなき

○九四五　たちゆくも跡になるみの浜千鳥しほあひはやき波のさはきに

相坂関

○九四六　関守はうちもねなゝむ人心すくなるおりにあふ坂の山

鳥羽

○九四七　淀川や波よりしらむ明ほのに鳥羽山松の色そよふかき

○九四八　をきまよふ霜の色のみしら鳥のとはたのおもの冬そさひしき

二、『〔後水尾院御集〕』（京大中院文庫蔵本）

鏡山

○九四九　山の名のかゝみをかけて夕日影そらにかゝやく雪の色かな

○九五〇　こほるをやくもるといふらん鳰の海の水のかゝみの山もうつらす

折句　いへつくりたくひなし

○九五一　いく世をへ月もみるへくりちのうたくりかへしうたひなをかけもよし

物名　かにはさくら　こさくら

○九五二　はつ花もさこそ外にはさくらめとこの色のこさくらふへしやは

伊勢

寛永十六七廿四禁中

○九五三　うこきなき下つ岩根の宮柱身をたつるよゝのためしならすや

社頭

○九五四　にこりなき心の道をたてそめしいすゝの川の宮はしらかも

賀茂社造替比

○九五五　うつしてもみはや宮居もあらたむる賀茂の河霧ふるきためしを

○九五六　みてもおもへすなほなるしも陰たかき内外の神のかやか軒はを

社頭暁

寛永十六六廿四禁中

○九五七　あかつきの霜もをくかと神かきや榊葉しろき夏のよの月

社頭松久

同十五五七

○九五八　住よしやいつのみゆきにあひをひの松はしるらん世をもとはゝや

二、『〔後水尾院御集〕』（京大中院文庫蔵本）

○九五九　　　　社頭祝
寛永廿二廿五聖廟御法楽
代々かけてたのむきたのゝ一夜松ひとつふたつの道のためかは

○九六〇　一夜松十かへりの花も百千度猶さきそはむ宮居久しき

○九六一　　　　寄社祝
寛永九六廿五聖廟御法楽
九重のためならぬかはまもれたゝ天つやしろも国つやしろも

○九六二　まもるより代々にたゝしき風もあれや北野の松のことのはの道

○九六三　　　　寄月神祇
寛永十六八十五
月よみの神のめくみの露しけきこよひの秋そ光ことなる

○九六四　　　　寄花神祇
同八三十四詩歌御会
あかすとや神もうくらむ色も香もふかき心の花のたむけを

○九六五　　　　釈教
ふかくいるもあさしとをしれ法の道山のおくなる麓ならすは

○九六六　　　　春尺教
霜なから消も残らし春日さす野へのわかなのつみはありとも

○九六七　　　　応無所住而生其心
ぬしやたれとはゝこたへよあまの子のやともさためぬ波のうき舟

未顕真実

○九六八　慶安三十一十一本源自性院関白一周忌追善左府勧進
たへなれやつゐに四十年の霜の後よにあらはるゝ松のことのは

如是我聞

○九六九　十といひて四方の山への春にたにみさりし法の花そひらくる

○九七〇　我聞し人の心を種として世々にや法の花はさくらん

照于東方

○九七一　東照権現十三回忌五十首巻頭
いちしるし妙なる法にあふ坂の関のあなたをてらす光は

在於閑処

○九七二　しつかなるみ山の松のあらしこそ心につもるちりもはらはめ

○九七三　をのつから月もくもらししつかなる此山水のすめる心に

無諸衰患

○九七四　あふけ猶八島の外も波かせのうれへなしてふ法のまことを

○九七五　たのもしなあまねき露のめくみには花もおとろへす蝶もうれへす

卒啄同時眼

○九七六　さやけしなかいこを出る鳥かねにやふしもわかすあくる光は

卒啄同時用

○九七七　立ゐなくかいこの鳥の翅こそ山もさはらす海もへたてね

二、『〔後水尾院御集〕』（京大中院文庫蔵本）

空門極品

○九七八　むなしきか色なき色はたれかみんよしみむ人もみぬ世ならね（す）は

○九七九　秋霧のたちもをよはぬ大そらのくまなき月はみる人もなし

世尊拈華迦葉微笑

○九八〇　ゐみのまゆひらけし花は梅か桃か誰しらさらんたれしらすとも

徳山入門便捧

○九八一　あかしかた迫門こす船をうつ波に巌も山ものこるものかは

僧問趙州狗子還有仏性也無州云無

○九八二　かくれ家のいつくかはあるゐのこ草それはとゝへは山なしの花

僧問趙州如何是祖師西来意州云庭前柏樹子

○九八三　そめなさはうしや西よりくる秋の色は色なき庭のこするゐを

高亭隔江見徳山便曰不審徳山挙扇招高亭忽然大悟

○九八四　風きよし山つらなりて水とをき入江の波のしろきあふきは

寄道慶賀

寛永五正十九禁中御会始

○九八五　おもふ事道々あらむ世の人のなへてたのしむ時のうれしさ

○九八六　行人のとをしともせしあつまちの道はてまておさまれる世は

祝

○九八七　たえせしなそのかみ代より人の世にうけてたゝしき敷島の道

祝言

元和九七十二御当座

○九八八　今こそと袋にはせめあつさ弓八のゑひすもみななひきゝぬ

○九八九　まもるてふ五の常の道しあれは六十あまりの国もうこかす

○九九〇　おさめしる人の心よ戸さしせぬ民よりも猶うれしとや思ふ

寄日祝

寛永十六六二（五イ）

○九九一　天つ日をみるかことくにめくみある世とたにしらぬ時のかしこさ

同年九廿四禁中

○九九二　つきせしな天つ日嗣もくもりなく出入かけのてらすかきりは

夏祝言

慶安三四十九御会始

○九九三　今こゝにひとの国さへたゝきこむと君にしらする水鶏とそきく

○九九四　五月こはうつむ田つらを水ひろき民の心に雨を（そ）まかせて

冬祝言

承応元十四禁中

○九九五　鶴亀もしらしな君か万代の霜のしら菊のこる日数は

○九九六　松にすむつるの毛衣冬きてやをきまさる千世の霜をみすらん

寄道祝

寛永　禁中御当座造営之比

○九九七　九重の縄たらすなり木の道のたくみもよゝの跡をのこして

二、『〔後水尾院御集〕』(京大中院文庫蔵本)

〇九九八　行人のみな出ぬへき道ひろく今もおさまる国のかしこさ

寄国祝

〇九九九　寛永十五二廿二水無瀬宮御法楽
ためしなや他国にも我国の神のさつけてたえぬ日嗣は

寄松祝

一〇〇〇　田かへすをはふく春にそあらはるゝ民やす国のもとつ心は

一〇〇一　散うせぬためしときけはふるき世にかへるを松のことのはの道

寄亀祝

一〇〇二　寛永廿一十廿九禁中御当座
九重にうつせる亀の山はけにしらぬちとせの後までもみん

一〇〇三　おもへたゝたれもかへしてむつかしき世の外にへむ亀のよはひを

為君祈世

一〇〇四　寛永十九正廿三御会始
千世もしるしみかきの竹のふして思ひをきてかそふる人のまことに

一〇〇五　やすかれと万の民を思ふまて代々の日嗣はいのるほかゝは

一〇〇六　こゝのへの君をたゝさむ道ならて我身ひとつの世をはいのらす

寄世祝

一〇〇七　寛永十四十十六
いのりをく千とせは代々につきもせしありとある人のひとつ心に

一〇〇八　世をは今たれをろかにも祈をかむめくみの露のかゝろぬもなし

東照権現の十三回忌につかはさる心経のつゝみ紙に

一〇〇九　ほとゝきすなくはむかしのとはかりやけふの御法を空にとふらし

寛永十六年三月 かしはの葉のかたしたる石を将軍家光公につかはさるとて

一〇一〇　梓弓八島の波をおさめをきて今はたおなし世をまもるらし

硯の命は世をもてかそへしるとかや、人の世のさしもみしかきにかへまほしき事よ、故院の常に御手ふれし物をとおもへは、崩御の後は座右にをきて朝夕もてならして、いつしか廿年あまり七とせになりぬ、今はとて永源寺の住持にゆつりあたへて、かの寺の具となさしむ、をのつから経陀羅尼書写の功をつまは、なとか結縁にならさらんやとてなむ

一〇一一　色にこそあらはれすとも玉かしはかふるにあかぬ心とはみよ

一〇一二　海はあれと君かみかけをみるめなき硯の水のあはれかなしき

一〇一三　我のちは硯の箱のふたよまてとりつたへてしかたみともみよ

山陰道のかたはらに世すて人あり、白茅をむすひてすめること十とせはかりになりぬ、かの庵に銘して桐江といふ、三公にもかへさる江山をのそみては詩情のたすけとなし、一鳥なかさる岑寂をあまなひては禅定を修し、すてに詩熟し禅熟せり、こゝに十篇の金玉をつらねて投贈せらる、幽賞やます、翫味あくことなきあまりに芳韵をけかし、つたなき言葉をつゝりてこれにむくふといふ、愧赧はなはたしきものならし

一〇一四　うらやまし思ひ入けむ山よりもふかき心のおくの閑けさ

二、『〔後水尾院御集〕』（京大中院文庫蔵本）

一〇一五　いかてそのすめるおのへの松風に我もうき世の夢を醒さむ

一〇一六　思へこの身をうけなから法の道ふみもみさらん人は人かは

一〇一七　うくひすも所えかほにいとふらん心をやなく人来人来と

一〇一八　心してあらしもたゝけとちはてゝ物にまきれぬ蓬生の門

一〇一九　山里も春やへたてぬ雪まそふ柴のまかきの草青くして

一〇二〇　こそよりもことしやしけき雪をもるみ山の杉の下折の声

一〇二一　此国につたへぬこそはうらみなれたれあらそはむ法の衣を

一〇二二　世にふるはさても思ふに何をかは人にもとめて身をは挙めむ

一〇二三　ふる里にかへれはかはる色もなし花もみし花山もみし山

　　永井信濃守領し来れるさたといふ所の天神の社、荒廃してとし久しくなりぬるを修造のいとなみ功を終て、かのやしろにこめたてまつりたき念願とて、御製を申うけし時つかはさる

一〇二四　家の風世々につたへて神かきや絶たるをつく梅もにほはん

　　海辺の月に鴈ある絵の讃禅閤所望ありしに

一〇二五　こと浦に心もとめすくる鴈やおなしところの月になくらん

　　東照宮三十三回の遠忌をむかへられて、彼社に奉納せしめ給ふ御歌

（蜘蛛手の御製をそのままの形で活字にするのが困難なので、しり取りのように続く右回り外周四首・斜め二首・縦五首・横五首の順に一首ずつ分解して示す。なお漢字部分を右の順につなげると、「とうせうのみやさむしうさ

むくはいきをとふらふうた、やくしふつ・やくしふつ、やくしふつ・やくしふつ・やくしふつ・やくしふつ（東照の宮三十三回忌を弔ふ歌、薬師仏……）」となる、各句頭は漢字のままとする）

一〇二六　登しをへて有やまひま勢るしめの宇ちにみこと能りをはか美もきゝき屋
一〇二七　屋よひ山散きをくれ無もうらみ志なはなを右月のぬ佐とたむけ牟
一〇二八　牟はたまの具らくまよ半むみちも以さしらす喜ぬらし世越さとるひ謄
一〇二九　謄ひみはや部けゆくか良によもき夫の月に有き世をへ太てたるか登
一〇三〇　登りもしれ也よやあさ久はうらみ思よこの夜武かさをい通かわすれ牟
一〇三一　謄きすくる八ま田のお倶てあたに思も霜に布りゆくは津かしの身屋
一〇三二　太のむへき也とならな九にこゝに師も来てと不人をま津かはかな散
一〇三三　有きてよる屋ま吹さ久らこのき之にたゆた布波のう都たへに見無
一〇三四　夫り来るも夜すくそす来る山おろ思にたゝよ婦雲やか徒しくるら志
一〇三五　良くとみるも弥かてうけ倶のたねと斯れたゝ思武へきはし頭う仏しや右
一〇三六　部るさとは八重のしら苦もへたて四にゆきか副ゆめをみ通るあはれ佐
一〇三七　有うき霧と也やなかめ屋るあしの夜のもしほ弥くてふこ八のけふり越
一〇三八　勢きいれて九まむもい久世しらき来のしたゆ倶水にめ苦るさかつ喜
一〇三九　宇らにつり師まにひく之もなつか思き春に斯あかすみ四さくらた以
一〇四〇　能こりゐて不るき世こ布るあさち婦に雨と武るらしけ副のなみた半

二、『〔後水尾院御集〕』（京大中院文庫蔵本）

一〇四一　美し春の津つしをう都す山み徒のたゝま頭あをきな通になりゆ具

たけかりの興ある日、袖にこきいるゝはかりも、木のははまたそめあへねは

一〇四二　霜の後またもきてみむ名にしおはゝさこそやしほの岡の紅葉ゝ

御たけかりの後、将軍家へけさむにいるへき、御製申うけ度よし、板倉周防守所望申、御清書色紙にあそはしてつかはさる

一〇四三　分見れは草木もさらにことやめて野山かすゐの道もさはらす

御山庄に御幸ありてはたえたといふことをたち入たまひて

一〇四四　ゆかてはたえたへし春の山里にみし面影の月はかすます

（慶安四年二月）行幸の御をくり物のさう（箏）のことのことちつゝみにかきつけさせ給ふ

一〇四五　しるしをく世のふることのをのつから絶たるをつく跡なくはなん

将軍家光公薨去の時、女院御方へつかはさる

一〇四六　あかなくにまたきう月のはつかにも雲かくれにし影をしそ思

一〇四七　いとゝしく世はかきくれぬう月やみふるや涙の雨にまさりて

一〇四八　ほとゝきすやとにかよふもかひなくてあはれなき人のことつてもなし

一〇四九　たのもしな猶のちの世もめのまへにみることはりを人におもへは

一〇五〇　たゝたのめかけいやたかく若竹のよゝのみとりは色もかはらし

野山なつかしく、徒然のあまり花壇のあたり徘徊候て、手折候まゝ一枝見参入候

一〇五一　此比の菊そうつろひさかりなるさこそ紅葉も千種なるらめ

野山漸色つき、叡覧にそなへたきと存候折ふし、御花壇の一枝拝領候、中々紅葉にはめもうつるましくかしこまりてなかめ入候斗にて候

聖護院宮　道晃

一〇五二　一枝の菊にけたれて色もなし山の木のはは千種なからに

北山鹿苑寺章長老所望申つかはさる

此比の時雨にもりのもみちもいかゝと

一〇五三　とはゝやな衣笠岡の秋の色をきてみよとこそしかもなくらめ

御影をかゝしめ給ひて色紙形にあそはしつけらる

一〇五四　うしや此み山かくれの朽木かきさても心の花しにほはゝ

三、『円浄法皇御集』（宮書本（二一〇―六六八）三冊　水田長隣筆）

『円浄法皇御集　上』

元和帝御詠草之聞書

春

元日口号　（本文別筆）四十御年カ

〇〇〇一　いかて身のさとりひらくる花も見むまよはぬ年の春はきにけり

立春暁　寛永十四閏三廿四禁中

〇〇〇二　鳥かなく東の山の関越てあかつき（ちイ）ふかく春やたつらん

立春風

〇〇〇三　あまつ風散りくる雪を吹とちて雲のかよひち春や立らん

古今（寛永三）御伝受翌年の御試筆

〇〇〇四　時しありと聞も嬉しき百千鳥囀る春をけふはまちえて

寛永甲申御試毫

〇〇〇五　百敷やけふまち得たる都人袂ゆたかに春はたつらし

〇〇〇六　なへてよの花の春立けふよりや錦とみゆるかすみ成らん

〇〇〇七　もゝしきのふるきに帰る春も先臣等詞臣等詞（マクラコトハ）のむかしおほへ（え）て
　　　　八十にならせたまひける年の春

〇〇〇八　此春にとめて驚く身ともかな恥おほしてふ命なかさを

　　　初春

〇〇〇九　寛永八正廿五聖廟御法楽
くる春の道ひろからし嶺の雪汀の氷消ものこらて

〇〇一〇　同十五二水無瀬宮法楽四百年御忌水無瀬中納言所望
夕とは見しをいくよの光にて霞そめたるはるの山本

〇〇一一　同廿一二廿五聖廟御法楽
ひと夜松千世の始のはるもけふ北野の神の恵をそ思ふ
　　　寛永十五六廿五
　　　聖廟御法楽早春　鴬（ミセケチ）を

〇〇一二　神垣や春のしるしは杉ならぬ松のあらしも匂ふ梅かゝ

〇〇一三　寛永十六二廿二水無瀬宮御法楽
けさよりそ氷なかるゝ水無瀬川春のしるし■あかて行せに
　　　寛永十六己卯九月廿八日御夢想聖廟御法楽　題早春鴬

〇〇一四　このねぬる一夜の松の鴬や千世のはしめの春をつくらむ

〇〇一五　春といへは神の御代より呉竹の代々に絶せす（もたえすイ）来鳴鴬
　　　早春

〇〇一六　寛永八二隠岐国御奉納二十首之巻頭
雲霞海より出て明そむる沖の外山や春をしるらん

〇〇一七　同時御余分
なみ風を島の外まて治めてや世をおもふ道に春もきぬらん

同
〇〇一八　都にも立まさるらん目に近く海見やらるゝ春のかすみに（は）

同
〇〇一九　むかしたに昔をしのふ（思イ）百敷に世々の春のみ立帰りつゝ

同
〇〇二〇　外山には雪もけなくに末遠き波路やかすむ色をみすらん

〇〇二一　あさ日影消あへぬ雪も白鳥の鳥羽山松は春も別れす

寛永六二廿二水無瀬宮法楽
〇〇二二　来る春の色もそひけり水無瀬川この山もとのかすむ光に

慶安二三十九禁中御当座　ィ早春雪
〇〇二三　けふといへは積るも雪の浅沓の跡あらはるゝ百敷の庭

山早春

〇〇二四　豊なる世の春はきぬ花ならて大内山に何をまたまし

〇〇二五　あさかすみ山の端毎にたなひきて四方にのとけき春の色哉

早春雪　寛永六閏二廿四

〇〇二六　かきくらし降もつもらてのとけさの雪のうへにもしるき春哉

寛永十六正十九
禁裏御会初に毎家有春

〇〇二七　今すめる霞の洞の宿もあれと猶九重の春そのとけき

拝領法眼慶雲
〇〇二八　よはなへて梅や柳の時津風たかかきねかは春をへたつる

霞　松下勧進

寛永九十八水無瀬
〇〇二九　水無瀬川とをき昔の俤も立や霞にくるゝ山もと

寛永十八二廿二
後鳥羽院四百年忌に

〇〇三〇　恋（佗イ）つゝもなくや四かへり百千鳥霞へたつると（てヽイ）をき昔を

朝霞

〇〇三一　朝朗いつくはあれと塩竈の夜半の煙や先かすむらん

〇〇三二　冴帰る風や霞を巻向のひはらか末もけさはくもらす

〇〇三三　やまの端のかきりはそれと見えわかて霞を出る朝日かけ哉

初春朝霞

慶安四十廿詩歌御会

〇〇三四　待えたるたか嬉しさの春の色か霞の袖にけさあまるらん

〇〇三五　いとはやも霞にけりな槙桧原明やらぬ春の色と見しまに

霞春衣

拝領狩野永真

〇〇三六　しろ妙の雪に重て遠山のすれる衣やかすみなるらん

寛永廿五十三　拝領法眼自徳

〇〇三七　花鳥のあやをりはへて朝かすみ春のたつてふ衣きにけり

霞添山気色

寛永十三正十御会始

〇〇三八　たちぬはぬ春のころもの色そへてはこやの山に霞棚引

〇〇三九　今よりのにしきぬひもの丶山はあれと春の色とは霞をそみん

〇〇四〇　おひの坂こえてもとをし霞たつはこやの山の春の行末

三、『円浄法皇御集』(宮書本)

水無瀬御法楽題暁霞

〇〇四一　冴帰る風もしられて山の端はかすみもやらぬ霞(有明の月イ)たなひく

嶺霞　拝領岡本丹波

〇〇四二　春深くかすみやさこそ遠からぬ花に嬉しき四方の山の端

正保四二十五禁中御当座

〇〇四三　ことはりの春にはあへす霞けりけさまて雪に冴し高根も

拝領赤塚芸庵一本大文字屋一郎右衛門

〇〇四四　嶺つゝき松の煙のそれもなをいま一入にかすむはる哉

承応二十廿七御当座

〇〇四五　みねつゝきまつも桧原も陰ふかく晴やらぬ色や先かすむらん

嶺上霞

〇〇四六　遠近の高根そしるき薄くこく霞の内も色はわかれて

松上霞

〇〇四七　いつをかは霞む色ともわきてみん煙になるゝ松のよそめは

拝領御蔵左兵衛

橋上(辺イ)霞

〇〇四八　鵲の渡す雲路の末かけてかすみにつゝく天の橋たて

寛永十六五廿四禁中

江上霞

〇〇四九　すみのえや春のしらへは松風もひとつ翠の色にかすみて

慶安四二九禁中　拝領家原自仙

〇〇五〇　目もはるに霞む難波のあしてとも思ひ入江の鴈の一つら

海上霞

〇〇五一　和田の原はるは煙の色もみすしほやく浦の同し霞に
寛永十五二廿五聖廟

海辺霞

〇〇五二　昨日まて汀にさえし松風も今朝は霞の埋木にして

鶯

〇〇五三　長閑なる光をさそふしるへにて花よりさきに鶯の鳴
寛永八十廿五聖廟御法楽

〇〇五四　うくひすの声のにほひを梅か香のいつこにそへてあかすとやなく

題しらす

〇〇五五　日影より先咲梅に鶯のをのかはつねも花にまたるな

南枝暖待鶯
寛永十四正十二御会始

〇〇五六　行鴈の跡に見すてん花の香に鶯いそけ春のはつ風

早春鶯
寛永十三七廿二

〇〇五七　梅か香のにほひもまちす来る春に先さそはるゝやとのうくひす
承応三八十一大神宮御法楽

〇〇五八　はるのくる天の岩戸の曙になか鳴かほの鶯の声

〇〇五九　咲にほふ花も遅しとうくひすの声にや春の色をそふらん
寛永十六三廿四禁中

〇〇六〇　あらたまの春をも声の内にして世ののとけさをうくひすのなく

三、『円浄法皇御集』（宮書本）

鶯告春

〇〇六一　神かきの春も一夜の松か枝に花やをそきとうくひすの鳴

〇〇六二　治まれる世の声ならし鶯も四方にのとけき春を告れは

〇〇六三　くれなゐも緑もみえす吉野山色をちさとにつくるうくひす

谷鶯

〇〇六四　拝領羽倉伯耆介
谷の戸やさすか春とは鶯の咲散ぬ声のにほひにそしる

名所鶯

〇〇六五　拝領道朔法印
桜ちるみかきか原に行（はイ）春の古郷さへやうくひすの鳴

〇〇六六　拝領岩橋友古
うくひすのとふ（とひ来るイ）声のみや古郷の三垣か原の春も隔てぬ

〇〇六七　正保四三廿三禁中御当座
吉野川うくひすきなく山吹のちるらん（りなイ）波のうたかたもおし（なイ）

梅近聞鶯

〇〇六八　元和八二二
声なからうつすはかりに植しより鶯ならす宿の梅かえ

曙鶯

〇〇六九　曙や闇をたとらぬ鶯の声はむめより外に匂ひて

鶯入新年語

〇〇七〇　拝領岑長老
いにしへのことかたらなん幾万代々の春しる宮のうくひす

鶯声和琴　拝領土御門二位

〇〇七一　寛永十五正十四御会始
しらふるも名におふ春の鶯の囀る琴の音に通ひ筒

〇〇七二　新玉の春もしらへもうくひすの声そへてこそことに聞ゆれ

〇〇七三　千世こもることの下ひに通ふらしもゝよろこひの鳥の初音は

春情在鶯

〇〇七四　散もおし花より先にうくひすの声の色香にそむる心は

〇〇七五　をのか為梅も柳も軒ちかくうへしをしるやなるゝうくひす

水辺若菜

〇〇七六　春はまた朝沢水のあさからぬ名にあふ芹やつむもすくなき

若菜処々

〇〇七七　詩歌御会
雪消る野原の若菜尋ねみん沢のね芹は摘もすくなし

寄若菜祝言

〇〇七八　寛永十正十二御会始　拝領勧修寺大納言
若菜つむ袖のよそめも白妙の鶴の毛衣千代は見えけり

余寒氷

〇〇七九　元和元　拝領藤木但馬守
はるの日に解ゆく末も木隠に山下水やまた氷るらん

余寒月

〇〇八〇　さえかへる空にはくもる月かけのそれかと思ふ雪そつもれる

三、『円浄法皇御集』(宮書本)

二月余寒

〇〇八一　拝領仏光寺新坊取次
梅の花折へき袖も春冴てなを二月の雪そかゝれる

春風解氷

〇〇八二　かせもなを長閑なる世は氷ゐし池の心も春にとくらし

春雪

寛永三四廿四

〇〇八三　かきくらし降もたまらて庭の面はしめるはかりの春の淡雪

庭残雪

〇〇八四　今ふるはつもらて消る庭の面に去年のは残る雪そつれなき

東風吹春氷　拝領土岐立庵

〇〇八五　寛永九四廿五聖廟御法楽
時津風はるの色香の水上に先吹初て氷とくらし

雪消山色静

〇〇八六　同十八正十四御会始
雪解る春にしつけし年の緒のなかきはこやの山の翠は

〇〇八七　はるの色の是やそめしを山のはも雪も残らすかすむ明ほの

雪消春水来

〇〇八八　承応二正廿三御会始　拝領上原彦右衛門
絶たるをつくや雪けの山水の末たのもしき春をみすらん

〇〇八九　みねの雪とけ行春に谷水の末までをよふ恵をそおもふ

春風不分処

〇〇九〇　世は春にもれぬ恵の風に社ところもわかす雪はけぬらめ

承応三四廿三御会始
〇〇九一　かせもいま治るはるに遠近の忘れすなれぬ心をやふく

春風春水一時来

寛永十六正御会始
〇〇九二　蘋の末より水の春風や世に吹初てのとけかるらん

江山春興多　拝領知恩院御門主

慶安二正十七御会始
〇〇九三　氷解し江の水遠く山霞む春や言葉の代々の種なる

拝領日光御門主
〇〇九四　引植しまつも高砂すみの江の春に相生の緑をやみん

春朝

慶安三五七禁中御当座
〇〇九五　はるにみん霞む朝けの色もかもそなはる四の時はありとも

春木

〇〇九六　神垣や昨日にも似す来る春の一夜の松は霞渡りて

春到管弦中

寛永廿一正廿三御会始
〇〇九七　谷陰もあはまくはかり吹笛の声の中なる春ののとけさ

〇〇九八　くに民もとも[とイ]に楽しむ糸竹に治る春の色をうつして

陽春布徳

〇〇九九　世は春の雨に増りて草も木も潤ふ恵の露や普き

三、『円浄法皇御集』(宮書本)

〇一〇〇 寛永十二正十九御会始
宿梅に咲梅か香やとなりある春のこゝろを先しらすらん

〇一〇一 拝領宣豊
世をはなに催したつる風(雨イ)たにもさらにときある春ののとけさ

〇一〇二 限もなき人の恵を鳥すらも百よろこひの春や告らん

〇一〇三 よはさらに治る春そ下にある司はなるゝきゝすをもみよ

風光日々新

〇一〇四 寛永十七正十七御会始
昨日よりけふ(は)そめつらし花鳥も千代をならさん宿の初風

〇一〇五 たみを思ふ道にも知やしら菊(雪イ)のふるきにそめぬ春の心を

春生人意中

〇一〇六 のとかなる人のこゝろの春の色や世に初はなと先匂ふらむ

梅

〇一〇七 寛永十四十廿四禁中 拝領武田玄了
大空をおほはん袖につゝむともあまるはかりの風の梅かゝ

〇一〇八 同十五十廿四禁中
さく花のいつこにこめて白妙の偏(ひとへ)なりし(からイ)もふかきむめか香

初梅

〇一〇九 同二七殿上梅見御会梅三十首御当座之内
吹もまた暖ならぬ春風に露(雨イ)待あへすにほふ梅かゝ

若木梅

〇一一〇 寛永十九廿五聖廟御法楽
いかに又色香そはまし宿の梅生行末もなかき立枝に

雨中梅

〇一一一 ふく風もよそにさそはて咲梅のにほひしつけき雨の中かな

梅見御会三十首之内

〇一一二 心あれや雨もふり出て紅の色そふ今日の庭のむめかえ

雪中梅

寛永十四廿四禁中

〇一一三 春風の冴かへる空にさそひくる雪にまきれぬ梅か香そする

梅有遅速

〇一一四 まつ咲やをくるゝ種をうつし植て梅は久しき盛をもみん

梅花告春

寛永廿正廿三御会始

〇一一五 世をめくむ道にもうつせ天か下みなはるにあふ梅のにほひを

毎年愛梅

同十五正十九御会始

〇一一六 去年よりもことしはまさる色香そといくはるかみる庭の梅かえ

逐年梅盛

〇一一七 あかす思ふ心をそめて春毎にいろ増り行宿の梅か枝

多年翫梅

寛永六（春）二十九

〇一一八 幾度か言葉の花も薫ふらんこのもゝしきの宿の梅かえ

三、『円浄法皇御集』（宮書本）

梅風

〇一一九 寛永十三十廿百首之内
はる風は吹ともなしに青柳の梢にみえて靡く梅かゝ

梅薫風

〇一二〇 よろつ木にやとして吹もひとつかの猶あまりある梅の下風

梅薫袖

〇一二一 寛永廿二廿五聖廟　拝領横山左衛門内室
袖ことに匂ひそうつる賎もよきもさかりの梅の下風

梅香何方

〇一二二 同十八正晦
玉たれのひまもとめ入春風はいつく成けんあやし梅かゝ

〇一二三 拝領柴田隆延
あさかすみ立枝もみえぬ垣ねより思ひの外に匂ふ梅かゝ

残雪半蔵梅

〇一二四 正保五正十三御会始　拝領野々山丹後守
梅やしる消あへぬ雪の埋木も片枝花さく春のめくみは

〇一二五 にしこそと秋見しむめの同し枝もわきてのこれる雪に咲らん

〇一二六 日影さす梢は見えてゆき残る垣根の梅も先にほふらん

落梅浮水

〇一二七 寛永十六六五
駒つなくたか為かほる梅の花またきちり行春の山水

（「ほる」に傍記「にイ」）

梅交松芳

〇一二八 元和
立ならふ枝にもうつる花のかに松より吹も梅の下風

梅柳渡江春

〇一二九　慶安五正廿四
江の水に舟さす棹のうちならぬ梅も柳も影うつす春

〇一三〇　拝領衛門佐
えの南梅さき初てをそくとく緑につゝく岸の青柳

柳弁春

〇一三一　元和
春はなを柳にしるし緑なるひとつ草木のあるか中にも

柳靡風

〇一三二　同八二十六
はならぬ柳か枝に吹もなを思ひみたるゝ露の朝かせ

柳露

〇一三三　寛永十六七廿四禁中
青柳は中々をもる露も見すなひくをゝのかもとの姿を（に）

玉柳　此題只柳歟、玉不審

〇一三四
ならひては花もはつかし玉柳玉かつらせるもとの姿よ（にイ）

行路柳

〇一三五　同八六廿五聖廟
別れしの心ほそさを行人にたか折そへし青柳の糸（ち）

柳枝臨水

〇一三六　同八正廿八
こほりとく池の鏡に影見えて柳のまゆも世にたくひなき

三、『円浄法皇御集』（宮書本）

柳移池水

〇一三七　池水のそこなるかけも色そひて年の緒永き青柳の糸

柳臨池水

〇一三八　元和十正十九　青柳の糸絶すして万代をすむへきかけや庭の池水

〇一三九　あさみとりなひく柳の色そへて今ひとしほの春の池水

〇一四〇　繰返し千年もあかし春の池の滝の白玉青柳の糸

柳先花緑

〇一四一　いとはやも緑に薫ふ（そひゆくイ）柳哉花は木のめの春と見しまに

垂柳蔵水

〇一四二　岸陰の柳の梢いとたれて松ならなくにこゆる川波

柳桜交枝

〇一四三　寛永廿二水無瀬宮　はなのときにあはすは何を玉の緒の柳さくらにあかぬ色（春イ）かな

〇一四四　匂へなを柳の糸のなかき日に花の常盤のかけをならへて

若草

〇一四五　拝領吉田美作守　宿りつる小蝶の夢も覚さらんねよけにみゆる野辺の若草

春草

〇一四六　わけみれはをのかさまさま花そさくひとり緑の野への小草も

春曙

〇一四七　寛永十三十一十六二百首之中
なかめても身にしみかへる鴈金の名残もつきぬ春の曙

春月

〇一四八　同八五廿五聖廟
月影はそことなきまて霞む夜に木の下闇そ独晴行

〇一四九　拝領青蓮院宮
かすみ行かけさへ嬉し小夜風の冴し扉を月にひらけて

浦春月

〇一五〇
霞むとはたか偽そしろ妙の花にくもらぬ春の夜の月

〇一五一
うら舟の苫かゝけてや難波江の梅か香ならぬ月もみるらん

〇一五二　寛永七十二廿五聖廟
月影のかすめる程もうらなみに見えてさやけき蜑のいさり火

〇一五三
かすむともわかすやいかに春の月烟に馴る浦のみるめは

旅宿春月

〇一五四　同十六二廿四禁中
たひ枕みやこおもへはみやこにて見しにもあらすかすむ月哉

深夜春月　　拝領板橋志摩守

〇一五五　同十六二廿四禁中
かたふけはこすの間ちかく入月のおほろけならぬ哀をそしる

春暁月

〇一五六　同十四十十五
雲にあふ暁方の影もうしかすむかうへの春の夜の月

三、『円浄法皇御集』（宮書本）

○一五七　同廿一二廿二水無瀬宮御法楽 春雨
余波あれや待出しかたに影うつる花の梢の月のあけほの

○一五八　拝領伊勢殿
みちとをくきてや覚ゆる行人のぬるゝはかりの衣春雨

○一五九　立鳥のあらぬ羽音にをともなく霞む軒端の雨を聞哉

○一六〇　ゆき消て薄緑なる野辺の色もいま一しほの春雨のふる（そ）

○一六一　寛永十六五廿四禁中 閑居春雨
春の雨もさたかにそ聞音信の人に稀なる宿の軒はは

○一六二　同十六正廿四禁中 帰鴈
はる霞かくす都の山の端をかへり見かちに鴈も行らん

○一六三　うは玉の夢てふものもかりかねのわかれにならふ明ほのゝ空

○一六四　同三三廿四 深夜帰鴈
暁の鳥よりさきに鳴初てなれも別れを（やイ）おしむ鴈金

○一六五　同十六六五 暁帰鴈
あかつきの別れといへははるのかりかへる雲路もしたひやはせぬ

○一六六　三月三日
けふはその水上の月もめくり逢て咲かけふかき桃のなみかな

桜 御詞書云、仁和寺に御幸ありて塩かまと云桜をとあり 鷗巣集に入

○一六七 浦の名に聞ては遠きみちのくの花はのき端にちかの塩竈

○一六八 同廿一六廿五聖廟 塩見ては磯山桜吹風にこれも見らくの盛すくなき

漸待花

○一六九 雪もいま残らぬ山の梢より咲いてん花そやかてまたるゝ

待花

○一七〇 同十六二廿四禁中 常盤なる種もあらなん住の江の松は久しき花ならぬかは

○一七一 同十四三廿四花見御当座 いさ爰に千世もまちみむ花の友あかぬ心に春をまかせて

禁庭待花

○一七二 つれなさをたか心よりならひてかむすほゝれたる花の下紐

○一七三 鴬の声の鼓もゝしきや軒端の花にかけていそかん

岩倉御幸に

○一七四 のとけしな風もうこかぬ岩倉の山も花さく春の心は

所々尋花

○一七五 かたかたに分こそまよへ咲花を思ふこゝろの道はかはらて

三、『円浄法皇御集』(宮書本)

○一七六　　　初花
寛永十三十一十六二百首之内
尋常の色香ともみす待れこし初花染の深きおもひは

○一七七　　　花初開
見そむるそ思ひは深きさく花の色はいつれとわかぬ千種に

○一七八　　　見花
同十五九廿四禁中
いさきよき朝露なから咲初る花よ盛の色はありとも

○一七九　　　翫花
同十四十一廿四禁中
あかなくの心の色やみるたひにまたみぬはかり花にそふらん

○一八〇　　　花下忘帰
同十六三十四花見御当座
円居してみる人からや花にあかぬ色香もけふに似る時はなし

○一八一　　　曙花
みる人をもしあひ思ふ花ならは根にかへる道を我も忘れね
(心あらは花もイ)(をわすれねイ)

○一八二　　　折花
同十六五廿四禁中
霞行松は夜深き山の端に曙いそく花の色かな

○一八三　　　見花恋友
同年三十四
折のこせ明日みん人に見ぬ人のけふのためなる山の桜を

○一八四
同三三廿四
友こそは色香の外の色香なれとへかし花の盛すこさて
(くイ)

花留人

〇一八五　同十三十一十六二百首之内
まとゐしてかたらふ人の情まて花にそへてもえこそ見捨ね

花雲

〇一八六　拝領南昌院
はななれや遠山かつら白妙にふもとをかけて明るひかりは

〇一八七　寛永廿六廿七
天つ風しはしとゝめむ散花の雲のかよひち心してふけ

逐年花珍

〇一八八　みるたひに見し色かともおもほえす年ふる春の花そふりせぬ

〇一八九　寛永十一二二　拝領吉良上野介
春をへてなるゝにいとゝ染まさる心や花の色に出らむ

〇一九〇　はることの花やいかなるこそは猶みぬ色もかもそふ心地して

寄風花

〇一九一　さそへとも散へくもあらす盛なる花には風の科もかくれて

寄雪花

〇一九二　花なれや春日うつろふ山の端にあたゝかけなる雪の一むら

花

〇一九三　かきりあらは梢の雪ときえね只ちれはあくたの花の名もうし

社頭花

〇一九四　をのつから宮守そてとなりにけりいかきの花に馴てきぬれは

三、『円浄法皇御集』(宮書本)

杜花

〇一九五 月影のもりのしめ縄くるゝ夜の光そへたる木々の花かな

〇一九六 寛永十一三廿五聖廟
しめの内の花をよきてや神垣のもりの春風吹ものとけき

〇一九七 ぬれそはゝうつりやするとみるからに杜の雫も花に睦まし
(行イ)

松間花

〇一九八 あらましき風こそうけれ咲花にましへてもみん松の翠を

潤花点暮雨

〇一九九 同十三十一十五御当座
のとかなる夕の雨をひかりにて谷にも春の花はさきけり

花随風

〇二〇〇 花よいかに身をまかすらむ相思ふ中ともみえぬ風の心に

落花 拝領中島平兵衛

〇二〇一 寛永十六正廿四禁中
山になく鳥のねにさへ散花のむなしき色はみえて淋しき

〇二〇二 いへつとにせよとや風の送るらんたをらぬ花の袖にみたれて

雉

〇二〇三 同四三廿四
子を思ふ心やかはす夕雲雀床をならへて雉子鳴なり

雲雀

〇二〇四 同十四二晦
ゆふひはり我ゐる山の風はやみふかれて声の空にのみする

苗代

〇二〇五　同十三十一十六二百首之内
あらそはぬ民の心もせき入る苗代水の末に見えつゝ

里款冬

〇二〇六　同八十二廿五聖廟
里の名のいはても物をとはかりに何か露けきやまふきのはな

河款冬

〇二〇七　承応二正晦禁中
山吹のうつろふかけや五百年にすむ名も色にゐての玉川

〇二〇八　拝領清閑寺大納言
やまふきやいはてもおもふ吉野川はやくの春のおしき名残を

〇二〇九
芳野川桜は波に行春もしはしせくかとにほふ山吹

藤　異本云寛永八正廿五聖廟

〇二一〇　正保二三十六御会始
はひかゝる草木もわかす紫の色こき藤のあかぬこゝろを（はイ）

池藤

〇二一一　寛永十六七廿四禁中
池水にむらさきふかく咲藤は鴛の翅の色もうはひて

〇二一二　於新造内裏御当座
百敷やありしにまさる影見えて池水ひろき春のふちなみ

〇二一三　正保三十廿三禁中御当座　拝領宗珍
さく藤もうらむらさきの色に出ぬとはれぬ宿の池の心に

〇二一四　慶安五二九禁中
咲ふちのかけをましへて池にすむ鴛もありしにまさる毛衣

〇二一五
山吹をこふる汀はさく藤のかけもありしにまさる池水（補入歌）

○二一六　松上藤
寛永十六正廿四禁中
玉かつら峯まてかけて咲藤に木高き松も谷のむもれ木

○二一七　梨花
同四三廿四
ゆきなから移ろふ月は寒からてたくひもなしの花の色かな

○二一八
同十四二晦
降雨にましらぬ雪の枝たはにつもるいろそふ山なしの花

○二一九　暮春雨
正保二六禁中御当座
ひちかさの雨にかくれん宿りたにしはしもとらて行春はうし

○二二〇
この夕はなも残らぬ雨風にきほひて帰る春の淋しさ

○二二一　山残春
拝領坊城大納言
かきりある春はかひなし外のちる後しも花はにほふ山にも

又一本余分之和歌

春

年内立春

○二二二
かすめともまたしら雪のふるとしにいそきなれたる春や立らん

立春

○二二三
朝霞心の色もそめいろの山のすかたに春やたつ覧

〇二二四　まれにけふみゆきは庭につもれとも春やかすみの色にたつらむ

老後立春

〇二二五　けふといへは吹けるをとのよはる身はさても老曽の杜の春風

御試筆

〇二二六　千代にちよかさねてこもれけふ毎に立そふ門の松と竹とに

〇二二七　水くきのつらゝ吹とく春風に言葉の花もさきそ初ぬる

初春

〇二二八　足引の山も長閑に出る日の光や春のはしめ成らん

〇二二九　あさひかけさすや園生の若草も恵をあふく春はきにけり

初春朝霞

〇二三〇　見そむる（めてはイ）そ思ひは（そイ）ふかき咲花の色はいつれとわかぬ千くさに

山家初春

〇二三一　山陰に四方の霞を吹よせて春をみせたる宿の初かせ

海辺々々

〇二三二　心なきあまたに春を松島やをしまにかすむ波のあけほの

子日

〇二三三　ひき初る二葉の松の千代をへてことのねかよふ春にあはなむ

三、『円浄法皇御集』（宮書本）

朝霞

〇二三四　天の戸をゝし明かたの横雲にたちもかくれぬ霞なりけり

〇二三五　あけわたる山はそれかと見もわかす霞にこもるしのゝめの空

田家霞

〇二三六　さとかすむ苗代水のひたすらに秋のゆふへはさもあらはあれ

海辺々

〇二三七　浦波のよるの詠めも春なれやかすみにしめるあまの漁火

鴬告春

〇二三八　治れる世の声ならしうくひすのよもゝ長閑に春をつくれは

〇二三九　うくひすのこゑのつゝみもゝしきや軒端の梅（花）にかけていそかん

此歌平出也題禁庭待花也可除

梅花移水

〇二四〇　行水に移ろふかけのしたかはゝ一木の梅や瀬々の埋木

多春採若菜

〇二四一　万代の春に契りて心をも野への若菜やつみはやさまし

池辺柳

〇二四二　池水に移れるかけをたねとして浪のうねうねなひく青柳

春月

〇二四三　照もせす曇りもはてぬ昔よりなを行末も春の夜の月

春曙

〇二四四　わひしとはいかてなかめんかつらきやかすみなからのあけほのゝ空

春雨

〇二四五　さきさかす花もにほひて朝もよひ木のめも春の雨そのとけき

翫花

〇二四六　ゆふへゆふへ立てみゐて見色々に花にたちそふ春の山もと

花留水

〇二四七　山さくら木の下陰にくる人はちるをかきりのわかれなりけり

閑居花

〇二四八　みるまゝにけふの日くれぬ山桜いさ木の本に宿やからまし

花忘老

〇二四九　となりたにまれなる宿に一もとの花をとひくる谷のうくひす

々挿

〇二五〇　かくしあらは幾春もみん老らくのわすれ草なる軒の初花

〇二五一　星まつる大宮人の小忌の花かさすたもとに雪そこほるゝ

三、『円浄法皇御集』（宮書本）

々鏡

○二五二　ちりのまも移ふ春をよそにみん花の鏡のくもらましかは

々滝

○二五三　春風もさそはぬ枝と咲花は庭に音せぬ滝のしら糸

名所花

○二五四　さきにほふ梢のさくら散初て風に色あるみよしのゝ山

々々落花

○二五五　つくはねや峯の嵐にみなの川ふちはさくらの色と社なれ

花時鞍馬多

○二五六　誰となく行手あまたの駒とめて桜につなく春の山陰

遠山残雪

○二五七　月影も残るはおなし有明につらき桜の嶺のしらゆき

帰鴈

○二五八　よしさらは花にはうとき鴈金もしはしやすらへ春の夜の月

名所款冬

○二五九　山吹のいはても思ふ芳野川はやくも春のおしき名残を

蛙

〇二六〇　せきいるゝ苗代水も声そへてあへの田面にかはつなく也

水辺逢春

〇二六一　水鳥のをのか羽風に氷ゐしみきはの浪の色(春イ)は見えつ(けりイ)ゝ

孤島霞

〇二六二　松(春)風に汀のこほりとけ初て浪にはたゝく鳰のうき鳥

春釈教

〇二六三　細波や鳰のうきすとみるまてに霞にのこる沖つしま山

春の比金龍寺御幸おはしまして

〇二六四　照(霜なからイ)しみよ春日に消ぬ雪は(ものこらし春日さすイ)あらし野へのわかなのつみは有とも
此歌再出歟

〇二六五　いまもその春やむかしの夕くれと花にことはる入あひの鐘

夏

首夏

正保二五十禁中御当座

〇二六六　けふといへは心を分て時鳥花を思ふかうちもまたるゝ

〇二六七　夏来てはひとつ緑もうすくこき梢にをのか色もわかれて

〇二六八　なつきては衣ほすてふしら雲のあやしきみねの影(陰イ)そ涼しき

三、『円浄法皇御集』（宮書本）

林首夏

〇二六九　寛永十五六廿四禁中
住鳥も春より後やうしとなく散し昨日の花の林に

更衣

〇二七〇　正保四六三禁中
引かへてみえむもかなし夏衣うらなく花にそめしこゝろを

貴賤更衣

〇二七一　寛永十六六廿五聖廟
是やこのもとつ色なるしらかさねけふの袂はしなも分れす

残花

〇二七二　同元四六
さきそめし俤なから日にそへてまれなる夏の山さくらかな

〇二七三　玉垣は風もよきてや神祭る卯月にかゝる花のしらゆふ

牡丹

〇二七四　ひときはのかすさへそひて紅の色もことしはふかみくさかな

〇二七五　同十六三廿七牡丹見
思へとも猶あかさりし桜たに忘るはかりのふかみ草かな

〇二七六　ひかけさす露のひるまをさかりにて色もにほひも深見草哉

新樹

〇二七七　同十三十一十六二百首之内
常磐木に色を若葉の薄もえき同し翠の中に涼しき

庭樹結葉

〇二七八　五月待花橘に色そへて桜もしける夏の庭かな

卯花

〇二七九　世の常の色香ともみすまたれ来しうの花染のふかき心を（はイ）

卯花似月

寛永十六十一廿四禁中

〇二八〇　さと迄はさしも送らぬ影なれやうの花山の帰るさの月

卯花繞家

同十六五八

〇二八一　月影はめくらぬ方の垣ねにもさく卯の花の（そイ）光さやけき

渓卯花

〇二八二　おひて又帰るふるすに卯花の雪をや分る谷の鴬

社卯花

寛永十四十廿四禁中

〇二八三　しろ妙のころもほすかと川社しのにみたれて咲る卯の花

待子規

同十四閏三廿四禁中

〇二八四　時鳥まつにそしるし咲藤の花の便りを宿に過すな

郭公

延宝八

〇二八五　たかさこの尾上ならても郭公まつはいくよの物とやはしる

〇二八六　一こゑとねかひし事のくやしさよ思ひのまゝになくほとゝきす

〇二八七　すき行をたれ初音とやほとゝき（かイ）すわれをしむをも待えては聞

三、『円浄法皇御集』（宮書本）

五月子規

〇二八八　拝領衛門佐　ほとゝきすをのか皐月は折はへてひくやあやめのねをもおしまぬ

時鳥幽

〇二八九　寛永十五閏二十　一声の空そ明行郭公鳴つる方の月も朏に

〇二九〇　跡したふたゝ一こゑは子規遠く入佐の山の端の月

〇二九一　なをさりに待やは聞んほとゝきす雲井に遠きよその一声

〇二九二　きゝしともえしも定めす時鳥あやな雲井のよそのひと声

雲外子規

〇二九三　郭公それとはかりも白雲の外に鳴音は誰に聞とや

夕郭公

〇二九四　寛永廿八廿七　ほとゝきす夕とゝろきのまきれにも待一声は猶さたかにて

題しらす

〇二九五　神祭る卯月の影も白妙のゆふかけて鳴ほとゝきす哉

〇二九六　郭公まつ夜はきかむ夢もなし花ちるさとの月のみしか夜

暁時鳥

〇二九七　ほとゝきす誰とひすてし恨さへしらて待とる暁の声

〇二九八　人ならはうらみも果む（とふもうらみんイ）暁の空たのめせぬほとゝきす哉

題しらす

〇二九九　おしむらん人におもへはなき（過イ）くるをまちえて聞もうき郭公

岡子規

寛永八四廿五聖廟

〇三〇〇　時鳥なきていまきの岡の松まつにかひある声の色かな

拝領建部宇右衛門

〇三〇一　古郷とならしの岡のほとゝきすよにしのひねや爰になくらん

拝領女院御所

〇三〇二　一声もゆきゝの岡の時鳥さとをあまたに聞やつたへむ

磯子規

〇三〇三　まつとなきあまの磯屋もよる波に声そへてとふほとゝきす哉

島子規

寛永十六閏十一廿四禁中

〇三〇四　ほとゝきす島かくれ行一声も明石の浦のあかすしそおもふ

早苗

〇三〇五　山水の滝つ流をせき入て雨まちあへすとるさなへかな

〇三〇六　うへ渡す早苗の末葉しけるらしちまち（千町）田ともになひく夕風

沼菖蒲

寛永十四十十五

〇三〇七　茂りあふ草のみとりにかくれぬのあやめもけふやよきて引らん

三、『円浄法皇御集』（宮書本）

夜盧橘

〇三〇八　名残なを昔覚えて見し夢の後も枕にかほるたち花

故郷橘

〇三〇九　古郷の軒端ににほふ橘やむかししのふの露をこふらん

五月雨

〇三一〇　五月雨はしくれむら雨夕立のけしきを空にあつめてそふる

杣五月雨

拝領中坊美作守

〇三一一　杣人は宮木もひかぬ五月雨は山とよむ声や瀬々の川波

〇三一二　まきなかす川波高きさみたれにちからをもいれす丹生の杣人

岡五月雨

寛永十六閏十一廿四　拝領青蓮院宮

〇三一三　岡にもや終にのほらん麓川ゆく水高き五月雨の比

嶺照射

同九五廿五聖廟　拝領柴山大弼

〇三一四　小男鹿のたつ田のおくも残らぬやみねにも尾にも照射する比

〇三一五　あくる夜を残すかけとやこかくれの繁きおのへにともしさすらし

蚊遣火

〇三一六　かの声を払ひはてゝも賤か屋にくゆる煙は又や苦しき

里蚊遣火

〇三一七　里人もかやり火たくや難波潟あまのもしほの烟くらへに

叢蛍

〇三一八　草の上にけさそ消行白玉か露かとまかふ夜半の蛍は

水辺蛍

〇三一九　池水になを消やらて飛蛍はかなくもゆるをのか思ひを

池蛍

〇三二〇　さゝ波のよるさへ見えて蛍とふ池の玉藻の光涼しき

沼蛍　拝領吉良若狭守

寛永十三十一十六二百首之内

〇三二一　もえ渡る思ひはあはれかくれぬのうきをは人にしらぬ蛍も

江蛍

〇三二二　難波江や夕涼しくかゝり火のあらぬ蛍も浮てもゆらん

水辺蛍

〇三二三　とふほたる水の下にもありけりとをのか思ひをなくさみやせん

深夜蛍

〇三二四　あはれ我齢も今はふくる夜のまとの蛍はあつめても何

〇三二五　誰おもひあまりて出し玉そとも夜ふかくみえてとふほたる哉

杜蝉

○三二六　拝領女院御所
滝波を梢に懸て山深きけしきの森の蝉の諸声

樹陰蝉

○三二七　秋風も蝉なく露の木隠てしたひ（の）したひにかよふ涼しさ

○三二八　しもかれの木の葉そまかふ鳴蝉の葉山はしけき梢なからも

暮山蝉

○三二九　夕露をまちえかほにも空蝉のはやましけ山茂き声哉

庭夏草

○三三〇　はらへとも跡より青む（生るイ）庭の草を思へは野辺はしけらさりけり

野夏草

○三三一　寛永十五九廿四禁中
たのもしなつのゝ草も踏跡は絶なんとする道を残して

瞿麦

○三三二　拝領参議源蔵人
露けしなたか別をかしたひこしぬ（ね）ての朝けの床夏の花

題しらす

○三三三　なつふかみ茂る野もせの露にみよ麻も蓬もわかぬ恵を

○三三四　折添て手向るけふのなてしこのかた見とみるもいとゝ露けき

笆瞿麦

〇三三五　朝夕の笆の露やかそいろと生したてけん花のなてしこ
寛永十四十廿四禁中　拝領女院御所

瞿麦帯露

〇三三六　かしこしな我国民もなてしこの花の上まて露おほき世は
慶安元五廿五禁中

垣夕顔露

〇三三七　賎のおか玉垣なれや白露も涼しくかゝる花のゆふかほ
寛永三六廿四

夕立

〇三三八　なつの日のけしきをかへて降音は霰ににたる夕立の雨
同九三廿五聖廟

〇三三九　音羽山音は聞えて夕立のこゝにふりくるほとをふるかな
慶安五五十三

〇三四〇　つねはみぬ山の緑も滝落て名残も涼し夕立の雨
（滝に「に イ」）

野夕立

〇三四一　雲閉て野辺は降くる夕立の跡より晴て向ふ山の端

遠夕立

〇三四二　武蔵野やこの野の末にふりくるもしはしよそなる夕立の雲
寛永十六五

夏月

〇三四三　あつき日の暮かたかりし名残しも待とる月のあかぬ涼しさ
慶安二六十四禁中　拝領善法寺

〇三四四　松風も律にや通ふ夏しらぬ月そまことの霜の色なる

三、『円浄法皇御集』(宮書本)

瀬夏月

○三四五 拝領平野藤次郎 夕涼み渡りもはてす此河の浅瀬しら波月そ明ゆく

浦夏月

○三四六 拝領小堀源兵衛又園池形部 しろ妙の色そ涼しき夏衣かとりの浦の波と月とに

夏月易明

○三四七 寛永十四九晦御当座 さし入ておくも残らぬ槙の戸の明る夜しるき月のみしかさ

○三四八 夏の日をなかめくらして見すもあらすみもせぬ影やみしかよの月

松下納涼(む)

○三四九 寛永廿六廿六昭良公夢想勧進 昔きくをのゝ栖くたす松陰も爰におほえてあかぬ涼しさ

納涼忘夏

○三五〇 同三六廿四 涼しさのことはり過てはては又秋風ふきぬ杜の下かけ

夏河

○三五一 鵜飼舟いく瀬のほりてかゝり火の蛍よりけに幽なるらん

○三五二 かはり行淵瀬をみせて飛鳥川昨日の春の花も残らぬ

夏関

○三五三 をのか上に聞おひてこそほとゝきす待になこその関の名もうき

夏木

〇三五四　とひみはや難波の事も橘のむかしに帰る道はありやと

夏鳥

〇三五五　夢現わかて過にし子規こよひさためん一声もかな

夏衣

〇三五六　ゆふ涼み薄き袂にはては又いとふ計の杜の下風

晩夏

〇三五七　慶安元四十五
飛蛍つけていぬへくこぬ秋の初かせしるき雲の上かな

六月祓

〇三五八　あすか川流てはやき年波のなかはほとなくみそきすらしも

又一本余分之和歌

夏

新樹

〇三五九　山はなを青葉か後に顕れてひとりときはの松そ木高き

郭公

〇三六〇　聞たひにきゝそまさりて名残のみをし明かたの山ほとゝきす

待時鳥

〇三六一　昨日今日五月雨そむる雲をのみ声の行ゑとまつ時鳥

里五月雨

〇三六二　こりすまに待ははかなきほとゝきすあふはわかれの花も此比

〇三六三　あつまやのましはの烟うらくえてよそめもわふる五月雨の比

遠村蚊遣火　タヾカヤリビカ

〇三六四　かやり火のくゆるかけにもむせはすや賎男はたな（さカ）へ物語して

夏夜月

〇三六五　難波江の（に）すまぬ物から芦の葉のかりのまそみる夏のよの月

〇三六六　みしか夜は小篠のかりにみる程もあらすかたふく山の端の月

夕納涼

〇三六七　水むすふ岩ねの小草露置て秋見え初る夕すゝみかな

水無月の比比叡の山に御幸おはして

〇三六八　わけ入はなつをゝくらす大比えやをひえのみねの杉のあらしは

秋

都初秋

○三六九　いつしかとけふは紅葉の秋も来ぬ見しは昨日の花の都に

杜初秋

○三七〇　音羽山をとにもしるしみやこにはまた入たえぬ秋のはつかせ

拝領女院御所
○三七一　とははやと思ふやしるへ我心つれていくたの杜の秋風

○三七二　柞原露よりさきの秋の色に染ぬもしるし森の下風

関初秋

寛永十六八廿四禁中
○三七三　はつ風のせき吹こゆる須磨の波に秋なき花も散やそふらん

早秋

○三七四　此侭にうき事そはぬ秋もかな涼しさのみの今朝の初風

初秋露

寛永十六二廿五聖廟
○三七五　いにしへもさこそは露をほさゝらめ心つくしのあきのはつかせ

○三七六　今朝はまた荻も音せて露白き小萩か上そ秋をみせける

○三七七　むかしより心つくしの秋風に結ひそめてやつゆもひかたき

初秋朝露　拝領朽木弥五左衛門

同十六十一廿四禁中
○三七八　吹こほす秋のあさけの露みえて初かせしろき浅茅生の庭

早秋

○三七九　きのふには猶吹かへす（つ）秋の風身にしむまでの音はわかねと

○三八〇　涼み（住吉のイ）こし松の木陰も思ふにはなへての秋ににるへくもなし

早涼

○三八一　寛永十四八廿二
とはゝやなまた世にしらぬ秋風もさこそ生田の杜の涼しさ

○三八二　慶安三七廿四禁中　拝領若王寺
色見えはこれや初入紅葉する秋の気色の森のすゝしさ

早涼到

○三八三　かゝやける玉の台のつゆよりも葎のやとの秋や涼しき

○三八四　涼しさをいつくにこめて吹風のきのふにも似ぬ秋を告らん

早涼知秋

○三八五　かせのみかこのまもりくる日の色も薄き袂の秋の涼しき（さ）

○三八六　世にしらぬ秋をやつくるをのつから清く涼しき庭の朝風

残暑

○三八七　拝領女院御所
秋きても猶たへかたくあつき日のさすかにくるゝ影のほとなさ

○三八八　けさの間は風も秋なる木隠に暑き日影そやかてもりくる

名所七夕

○三八九　こよひさへ衣片敷彦星にこひやまさらんうちのはし姫

〇三九〇　星合の空にかさはや明るよをくらふの山に宿りもとめて

〇三九一　からにしき立田の山の秋よりも一夜をや待星合の空

七夕月

〇三九二　夕月夜とく入比そ織女の舟出をいそけ天の川長

七夕風

〇三九三　この比は(のイ)せこか衣の初風をうら淋しとやほしあひの空

〇三九四　夜をのこす霧もこそあれ秋の風吹なはらひそ星合の空

七夕雨

〇三九五　覚束な雨ふりくらす織女の行合の空は雲も通はす

〇三九六　たかなみた雨とふるらんたなはたのけふしもほさん天の羽衣

七夕鳥

〇三九七　初あきの夜はなかゝらて長鳴の鳥のねつらき星合のそら

七夕草

〇三九八　わすれ草種とらましをとはかりは(にイ)恨もはてし星のちきりは

〇三九九　百敷やことの葉の露の手向草いく世かはらぬほしあひの空

七夕衣

〇四〇〇　かさぬるも夢とやおもふ七夕のかへしなれぬる中のころもは

三、『円浄法皇御集』(宮書本)

七夕霧

〇四〇一　絶せしの契りに秋の霧立て忘れぬ中やほしあひの空

〇四〇二　きり晴てけふはなかめん織女のおもふか中は立へたつとも

七夕硯

〇四〇三　寛永三七夕
かはらしなかはらの硯とりむかひ数かく代々の星合のそら

〇四〇四　天河波も帰るな織女に手向る筆の海をふかめて

〇四〇五　たなはたにかす物にもか取向ふ硯と筆のちかきちきりを

〇四〇六　星合の空に何をか手向たし硯も筆もうときうき身は

七夕糸

〇四〇七　山姫も滝のしら糸くりためてけふほしあひの空にかすらし

七夕地儀

〇四〇八　織女のけふのあふ瀬も飛鳥川あすはなみたの渕と成なん

七夕別

〇四〇九　見なからもいかに恋しき別れては年をへたつる天つ星合

七夕祝

〇四一〇　末絶ぬ代々の契はかはらしなみもすそ川も天の川原も

七夕即事

○四一一　星合の空にうくらし糸竹の声澄のほる夜半の秋風

七夕河

○四一二　七夕の長き契りやかけ帯となるまて絶ぬ天の川波

織女期秋

○四一三　みな月は時もあつしと秋懸ていひしちきりや星合の空

織女惜別

○四一四　七夕の別よいかに今こんといはん中たにつらきならひを

○四一五　たなはたの中々あかぬ別にやありしにまさる物思ふらむ

牛女年々渡

○四一六　七夕の年の渡りの天の川まれのあふ瀬に数やつもらん

憶牛女言志

○四一七　七夕の一夜の契り（銀川たえぬ契りをイ）思ふには入ぬる儀の恨もそ（やイ）なき

○四一八　あらためぬ契りやつらき七夕のたはふれにくき中の月日を

○四一九　天河たえせぬ代々になくさめんさしも入ぬる儀のうらみも

代牛女述懐

○四二〇　こよひあふ二の星の宿りもか空にくらふの山をかさなむ

三、『円浄法皇御集』(宮書本)

〇四二一　世は何の道もかへらぬ昔には逢瀬まれなる天の川なみ

〇四二二　おもふそよ天津日嗣もあまの川神代のちきり絶ぬ行ゑに

天河雲為橋

〇四二三　星合の空にもさこそ物毎にあく時しらぬ人のおもひは

織女恨曙

〇四二四　寛永二七夕
渡るてふ紅葉やいつこ詠れは雲のみかゝる天の川はし

秋夕

〇四二五　七夕の恨やしけきむつこともまたつきぬよの明日ほとなき

秋夕思

〇四二六　さしてうき色は分れす何事も思ひ残さぬ秋のゆふ暮

〇四二七　さひしさは秋のならひを荻のはのことはり過る風のをとかな

閑中秋夕

〇四二八　寛永十四八二拝領長谷図書頭
身をしほるならひよいかに世やはうき人やはつらき秋の夕暮

浦秋夕

〇四二九　ことしけき世にたに秋の夕とはしるらん物をよもきふのやと

〇四三〇　絶す立苫やの煙いろなきも淋しき色か秋のゆふくれ

沢間秋夕

○四三一　寛永十五七廿四禁中
夕間暮鴫たつ秋の沢辺にはうき暁の羽かきもなし

秋夕雨

○四三二　ふりくるも身をしる雨はうき事の是や限りの秋の夕くれ
○四三三　秋は猶はるの軒端の忍ふより乱て思ふゆふくれのあめ

秋夕露

○四三四　ことはりの袖の露かな岩木たにぬるれはぬるゝ秋の夕くれ

枕露

○四三五　元和九二廿五聖廟
なへて置草木か外も露けきや秋をならひのよはの手枕

草花

○四三六　さまさまに心うつりて咲花は千種なからにあかすしそ思ふ
○四三七　朝かほの花より野への夕露もおもひけたるゝ秋の庭かな

草花早

○四三八　せの音を尋ねもやらす咲初る花野の露にうつる心は

秋花

○四三九　寛永元七廿御当座
千々に身をわくともあかし秋の花のひとつひとつに留る心は
○四四〇　はへあれやくろきあかきのませの内にちくさの花の色をつくして

朝見草花

○四四一　朝またき露しらみゆく庭の面にはへある秋の花の色々

○四四二　霞にも千重増りけり霧渡る秋の花の〻露の明ほの
拝領来迎院藤木加賀

○四四三　よの間にや紐とく露のふか〻らしけさそ千草の花も数そふ

草花露

○四四四　花の上の露はひとつをいかにしてまたき千草の中に咲らん

○四四五　か〻やくは玉か何そと百草の色にとられぬはなの白露
拝領宮崎河内

○四四六　朝顔のあたなる色そ朝露は消残りても先しほれゆく

夜荻

○四四七　淋しさは夕の空につきせしを又夢さそふ荻の上風
（にイ）

○四四八　ふかきよの物にまきれぬしつけさや声そへけらし荻の上かせ
寛永十四十一廿四禁中　拝領松平市正

○四四九　草も木もなへては吹かす小夜風の独ひまなきおきのをと哉

野外荻

○四五〇　たれとはぬ恨もひとり穂に出る声もさひしき野への荻原
（更にイ）

萩

○四五一　是も又にしき也けりこきませて萩も薄もなひく秋かせ

題しらす

○四五二　しかなかりそ萩かるおのこ一本はかさしにのこせ野へのかへるさ

萩露

○四五三　折とらはいとひやするとおしみてもひとりこほるゝ萩の上の露

○四五四　袖懸ておらは落ぬへく色にしもあたの大野の萩の上の露

正保三八九禁中

○四五五　さやけしな清く涼しき萩の戸の花にとられぬ露のひかりは

○四五六　萩か上そ風も吹あへぬ声たつる荻は中々露もこほさて

野萩露

寛永十六七廿四禁中

○四五七　この比の野へやいかなる萩の戸をみるたにあかぬ露のさかりに

女郎花

拝領吉田兼庵

○四五八　女郎花なまめく花の朝かほやつまとふ鹿もおもひうつらん

正保二九二禁中　拝領東久世木工頭

○四五九　たか為に思ひみたれてをみなへしいはぬ色しも露けかるらん

○四六〇　露に又心をわけて女郎花風の間もなをなひきそふらし

拝領白河三位

○四六一　たかための露深からしをみなへし秋の千種に思ひみたれて

○四六二　秋風のそなたになひく女郎花心をわけて結ふ露かも

野女郎花

寛永十六十一廿四禁中

○四六三　たれかこの野をなつかしみ女郎花なひく一夜の枕から(るら)なん

苅萱

○四六四　乱るゝを姿也けりかるかやはたゝ秋風にまかせてをみん

元和七六御当座

藤はかま

○四六五　しき妙のたか枕にかかるかやの末葉みたるゝ野辺の朝つゆ

寛永十五十二廿禁中

○四六六　藤袴吹風ふれて秋の野ゝ草の袂も香こそ匂へれ

○四六七　ふちはかま乱るゝ色も紫のすそのゝ露はふまゝくもおし

槿花盛久

○四六八　朝皃の朝な朝なに咲かへて詠(さかりイ)久しき花にこそあれ

元和八八六御当座

槿不待夕

○四六九　花よりはしはしをくるゝそれもなを夕かけまたぬ槿の露

路薄

○四七〇　みたれあふ尾花か波にかち人の渡れとぬれぬ道まとふらん

○四七一　まねくともたれかはわけん古郷は道もなきまて茂る薄を

○四七二　はきか枝は枝やつされて道のへの尾花にふかき露の色哉

寛永十五十二廿禁中

しのすゝき

○四七三　霧にのみむすほゝるらししの薄ほに出ぬ秋の心を

鴈

〇四七四　拝領松平左兵衛督
蜑をふねはつかにそ聞初鴈の声を帆にあけて秋風の空

〇四七五　たか方によるとなくらししら雲のうはの空なる鴈の玉つさ

〇四七六　寛永廿一五十七禁中
くる鴈もたか玉札を世はなへてうつる心の秋にかけまし

〇四七七　色になる都の秋の野辺みんとおもひおこして鴈やきぬらん

〇四七八　あき風をみやこの空のしほりにて雲路たとらぬ鴈やきぬらむ

〇四七九　拝領藤谷道沢
したひこし春も昨日の夢の世をかりと鳴てや驚かすらん

〇四八〇　折しもあれ秋に別れて古郷のなこりや思ふ初鴈の声

〇四八一　秋によする心とやみん春霞たつを見捨しかりもきにけり

〇四八二　寛永五十一廿五聖廟　拝領町口大炊
ふる郷のあきにたへすや鴈金の心かろくも出てきぬらん

初聞鴈

〇四八三　同十六六五
今朝そなくうら珍しく秋風にさそはれきぬる衣かりかね

月前鴈

〇四八四　千里にも曇らぬ月の光より雲路たとらぬ鴈やきぬらん

〇四八五　とこよ出てかりもきぬらし秋の空南にすめる月にうかれて

旅泊鴈

〇四八六　磯枕わか友舟と思ふまて声をほにあけて鴈はきにけり

○四八七　こゑ聞はなれも旅とて鳴鴈の泪くらふる波枕かな

月前鴫

○四八八　寛永十六九十三
聞佗ぬおしと思ふ夜の月影に暁しるき鴫の羽かき

○四八九　この秋の夕に堪す出ていなん月に鴫なく深草の里

鹿

○四九〇　いねかてに妻やとふらん秋はきの下葉色つく野への棹鹿

○四九一　棹鹿のをのか住のゝ花にさへ心を分ぬつまや恋らむ（とふイ）

聞鹿

○四九二　きく人のかたるを聞て思ふさへ身にしむ物よ小男鹿の声

○四九三　野へになくをしかの声を萩の戸の花ならすして（にならイ）聞よしもかな

深山鹿

○四九四　寛永八九廿五聖廟　拝領三宅玄蕃
秋ふかき太山おろしにさそはれて紅葉にましる棹鹿の声

○四九五　拝領五島淡路守
をのか上に何世を秋の山深く思ひ入らんさほしかの声

○四九六　鹿そなくすむやいかにととふ人に深山のさとの秋をこたへて

○四九七　しかの音に立ならひてもかたはらの太山にならぬ木々の色かな

○四九八　鳴鹿の声にそこもるをのかすむ山よりふかきあきの衣は

月前鹿

○四九九　寛永十四九十三
一入の色も社そへ夜半の月鹿なく山の秋をとはゝや

○五〇〇　をのかつま恋しき時や棹鹿の山路の月の出て鳴らん（よりイ）

○五〇一　月のほる今夜となれはなくしかの声の色さへ聞しにもにぬ（すめ）

夜鹿

○五〇二　寛永十六正廿四禁中
さをしかも山鳥の尾の永き夜をよそに隔て妻や恋らん

○五〇三　同九二十四禁中
梓弓入野の鹿や我方にひけはよるよる妻をこふらん

○五〇四　秋のかせ夜寒なりとや小男鹿もかれにしをのかつまをとふらん

鹿声驚夢

○五〇五　聞はやな笆のもとの鹿の音におとろく夢の世をはのかれて

○五〇六　寛永八三廿五聖廟
舟となす人も見えこぬ夢はたゝ何かをしかの声もいとはん

○五〇七　さそはるゝ夢の名残も思はぬや秋の夜深き棹鹿の声

鹿声留人

○五〇八　拝領東本願寺
唐錦こゝそたゝまくをしかなく野辺の真萩も此比の秋

虫

○五〇九　寛永十六廿四禁中
いろ見えてをのかさまさま鳴出るそれもやちくさのへの虫のね

○五一〇　秋の色の中のほそ緒やたへかたき泪いさなふ夜半の虫のね（声）

尋虫

○五一一　袖の露かゝるを（も）しらす虫のねをとめゆくまゝにわくるのもせは

虫怨

○五一二　寛永十五十一廿四禁中　拝領小笠原丹波
うらかるゝ真葛か中の秋風をねにあらはして虫もなく也

○五一三　我そ先聞おひかほになけかるゝたかためならぬむしの恨を

原虫

○五一四　同十三十廿拝領中川飛騨
秋風にみたれて茂き虫のねは宮城かはらの露に増れり

山家虫

○五一五　なく虫も何か恨むるのかれこし山は浮世の外にやはあらぬ

○五一六　拝領北小路山城
都にて聞しにもにす山深み滝のをとそふよはのむしのね

○五一七　まつ虫のまつや誰なる柴の戸は八重むくらして閉はてし身を

夜虫

○五一八　宵の間に聞しにも似す露寒き笆の虫のあかつきの声

○五一九　寛永二九御月次　拝領松平伊賀守
よなよなの霜を忍ひて松虫の名におふ声の色もかはらぬ

○五二〇　同十四八廿四禁中　拝領女三宮御方
折しもあれ夜寒の衣鴈かねにはたをる虫も声いそくらし

○五二一　つきやとる浅茅か露に虫鳴てよるこそ秋はすむ心地すれ

月前蕣

○五二二　しろ妙の霜にまかへて蕣いたくな侘そ澄る月かけ

松虫

○五二三　昔見し友やしのふの軒古く茂き浅茅かまつむしのねに
拝領藤木信濃

○五二四　あさちふのしもにもかれぬ声の色や独なにおふのへの松虫
慶安二七廿禁中御当座

鈴虫

○五二五　露茂き浅茅か宿は月ならて何かまつてふ虫も鳴らん

○五二六　古き代の例はしるや御狩たにいまはかたのゝ鈴虫の声

駒迎

○五二七　代に絶しみちふみ分ていにしへの例にもひけもち月のこま
寛永十五四廿四禁中

月

○五二八　なにゆへとなかめ初けん秋の月まつもおしむも心つくしを

○五二九　もれ出む雲間またれて半天に行もおしまぬ夜半の月哉
元和九二廿四御当座月三首之内

○五三〇　花ならはうつろふ比の空の月かたふきてしもそふひかり哉

○五三一　いくさとか同し心にみか月も千々に思ひの色かはるらん
拝領鈴木伊豆

○五三二　漏出るいま一きはのさやけさに雲こそ月のひかりとはみれ
寛永三四廿四

三、『円浄法皇御集』（宮書本）

十五夜月

○五三三　異本此題山家月　山風にたゝく夕へは聞捨て音なき月にあくる柴の戸

○五三四　正保二八十五禁中御当座　さやけしな絶ても残る浮雲に又待出る山の端の月

○五三五　同時　もと見しもけふのこよひに似る時は半の秋の雲の上の月

○五三六　幾代みん半の秋の半天に盛ひさしき雲の上の月

八月十六夜

○五三七　今夜たに入かたみせぬ影もかな大内山の十六夜の月

連日雨ふりて九月十三夜属（ツク也）晴（ハレニゾクシ也）ける日御当座

○五三八　雨後月　月すめるこよひの為と雨もよにさしもこの比ふり尽しけん

九月十三夜雨降けれは

○五三九　寛永十六　よしやみむ月の桂を千入まてけふしもそむる秋の雨かと

九月十三夜

○五四〇　まつの葉も秋は別れて此夕さすや岡辺の月のさやけさ

○五四一　寛永四九十三　光ある今夜の月の言の葉に曇る恨を忘れてやみん

○五四二　みしあきの最中よりけに置霜のしろきを後の月のさやけさ

○五四三　長月やこの夕塩のみつとなき月もみるめにあかぬかけかな

○五四四　よしやみよ此雨雲の晴すともこよひの月の名やはかくれむ

立待月

〇五四五 寛永十六八廿四禁中　拝領女院御所
蜩のなく夕くれのそれならて立待るゝは山の端のつき

居待月

〇五四六 けふはまた待ほともなし庭に出て立やすらへは出る月影

〇五四七 同十六八廿四
よりゐても月を社まて心あての峯にむかへる槙の柱に

有明月

〇五四八 同六八廿五聖廟
長月も今幾ほとか残る夜のなこりつきせぬ在明の空

〇五四九 拝領牧野佐渡守
月は猶盛すきたる有明の影しも深きあはれそひ行

〇五五〇 寛永十五七廿四禁中
あくる夜のしらむ光や池水の月のこほりを渡る秋かせ

待月

〇五五一 入かたの空たにあるをさしのほる山の端ちかく明る月かけ

見月

〇五五二 山の端の雲より雲に移りきて猶出やらぬ秋の夜の月

閑見月

〇五五三 みる人やをのかさまさま色かはる月は千里もわかぬひかりを

〇五五四 つくつくと月にむかひて思ふ哉みぬ世の事もかたる計に

横嶺(峯)待月

○五五五　寛永十六十廿四禁中　拝領木辻雅楽
影にほふ松もうつり行秋の月待夜かさなる峯のつゝきに

○五五六　月はなをこなたの嶺やへたつらむ重る山そ待間久しき

月出山

○五五七　同四九十一
半天は行もゆくかは山のはをさしのほるほとの月におもへは

停午月　午也

○五五八　中天に月やなるらん呉竹のふか(す)く成かけそまとに移れる

○五五九　同九九廿五聖廟
なかそらにのほりはてゝもくれ竹のよなかき影も(そ)月にすくなき

○五六〇　半行空にしられて入まてもほとなき月のおしき影かな

○五六一　かたふかは悔ある道そ月もいまのほる空なき影をとゝめよ

○五六二　此まゝに一夜を明す月もかな出入山の中やとりして

都月

○五六三　寛永十六八十五
こよひたにいかに都の空なから山の端しらぬ月にあかさん

○五六四　今日といへはなにおふ花の都人も月にかたふく心みすらん

社頭月

○五六五　同十六六五
やはらくる光やおなし浪間より影あらはるゝ住の江の月

山月

○五六六　同四九十一
巻あくる釣簾の間ちかく山も更に動き出たる月の影かな

嶺月

○五六七　富士のねはなへてのみねの雲霧も麓になして月やすむらん
○五六八　みねにおふる松そ久しき秋の月いなはの山の霧にこもりて

嶺上月

○五六九　九十三御当座巻頭
曇にし半の後の秋の月こよひは峯の雲もかゝるな
○五七〇　更級の秋もこよひはしたはしよ都の嶺の月も名高し
○五七一　拝領御簾屋徳助
よなかさのほともしられて待出る嶺こそかはれ有明の月
○五七二　澄ぬへき山口しるしいて初る月におのへの雲もかゝらて

岡月

○五七三　慶安四八十六禁中
木隠はあやな出ても秋の月さすや岡辺のまつそ涼(淋 久イ)しき
○五七四　月もしれこよひくもらぬ水くきの岡の葛葉に風も社ふけ
○五七五　てりまさる影やかつらの紅葉々もさこそやしほの岡のへの月
○五七六　松の葉に秋はわかれて此夕さすや岡辺の月のさやけさ（補入歌）

野月

○五七七　行手にやむすひよすら(る)ん月やとるのなかの清水知もしらぬも

三、『円浄法皇御集』(宮書本)

○五七八　むさし野や草の葉分に見え初て露より下に出る月かけ

野径月

○五七九　いかはかりうつろふ月もしけからん雨より後の宮城のゝ露

○五八〇　置あへぬ露はさなから月影に分しあとあるのへの通路

関月

寛永十六二廿五聖廟

○五八一　月そすむふはのせき屋の板庇久しき跡を世々にとゝめて

○五八二　夜をこめて鳥もやなかん関の戸は明し計の月のさやけさ

河月

○五八三　すみのほる(わたる)月のかつらの棹さしてあくるもしらぬ秋の舟人

正保二九十三禁中

○五八四　川波に月のかつらのさほさしてあくるもしらすうたふ舟人

寛永元八十五拝領毘沙門堂御門主

○五八五　更渡る月やさそひて澄のほる河をと高きよはのしつけさ

○五八六　くもの上のかけもかよひて天の川なになかれたる月やすむらん

同夜御当座之内

○五八七　こよひたによとむ瀬もかな飛鳥川流てはやき水の月影

池上月

同十六九十三

○五八八　月やしるこよひも今夜みる人をまちえし宿の池の心は

○五八九　月こよひすまさらめやは秋も秋みる人からの宿の池水

池月久明

○五九〇 拝領竹中少弼
月そすむ千年の秋も池水の底のさゝれの数にみえつゝ

滝月

○五九一 寛永十五八十五
これも又滝なくもかな帰りこん山路はさこそ月もをくらめ

月照滝水

○五九二 同十三十一廿御当座
月はなを雲のみをにて滝つ瀬の中にもよとむ影やなからん

江上月

○五九三
何事を思ひ入江の月なれはなくさまなくに袖しほるらん

湖上月

○五九四 同十四九廿
はれて見よ同したくひの秋の月たか俤のにほの海つら

海月

○五九五
塩ならぬ海にそからん煙さへ空にくもらぬ月のみるめは

○五九六 寛永十五八十五拝領大外記
くもらすよむへも心ある海士のかるもなかの秋の波の月影

海辺月

○五九七 同十三七廿二拝領品川内膳
和田の原雲井につゝく夕浪の限しられて出る月かけ

○五九八 拝領鳴滝右京
ゆふ烟月に心して須磨の海士の家たにまれにもしほ焼らし

○五九九　心なき蜑のをふねも暮ふかくかへる波路の月はまつらん

浦月

○六〇〇　玉しける宿もをよはん光かは浦のとまやの波の上の月

○六〇一　正保三十一十七禁中　拝領山本五郎左衛門
おもひやる明石もすまも面なれてまたみぬ浦の月としもなし

○六〇二　拝領西本願寺
吹払ふ波の浮霧ひまそひて浦風きよき秋のよの月

○六〇三　波かくる真砂地とをく影更て浦風しろきすみの江の月

山家月

○六〇四　寛永四九十三
山すみの心のちりも払へとやいさめてすめる柴の戸の月

○六〇五　同十六五
やま水のすめるやいかに月にこそうき世なからも世をは忘るな（れ）

○六〇六　山深くのかれすむ身も月はなを忘れぬ友とむかふ夜半哉

題不知

○六〇七　やま住の友とはいはし空の月是もうきよをめくると思へは

草庵月

○六〇八　月そ猶空にやすらふ真木の戸のあけぬといひしかけはとまらす

○六〇九　かゝれとて荒しや置しひまおほみ月にさはらぬ草のとさしは

庭上月

○六一〇　寛永十四九十三
雪ならぬ浅茅か庭の露もなをはらはん跡はおしき月（影イ）かな

○六一一　よしやみよなにおふ秋のけふといへはせはき垣ねも月は澄らん

月下浅茅

○六一二　けふたにもみる人なしにあたら夜の月や更ゆく浅茅生の宿

寛永十五九十三

○六一三　静けしな人も払はぬ露更て月影おもる浅茅生のや（庭イ）と

○六一四　あさちふのをのゝしの原置露もあまりて月の影そこほるゝ

月似氷

○六一五　澄月のかけもまことにこほるかと波（も）冷しき秋のいけ水

雨後月

○六一六　いひしらぬ月そうつろふ萩薄露もまたひぬ雨の名残に

月秋友

○六一七　月を友といはんもやさし雲の上すむかすむにもあらぬ我身は

○六一八　うき事もかたりあはする心地してかたらひあかぬ秋の夜の月

題しらす

○六一九　せめてさは物いひかはせ老の世は月より外の友もやはある

田夫見月

○六二〇　暇なく夜田かる賤も村雲のかゝるおりにや月をみるらん

三、『円浄法皇御集』(宮書本)

月下(前イ)釣翁

○六二一 拝領中井主水
翁さひ誰とかむなと秋の水澄るを待て月の釣らん

月前眺望

○六二二 拝領品川庄右衛門
そなれてもあはれ翁の釣たるゝいとまなくてや月はみさらん

月前雲

○六二三 目に近き山たにあるをいかに又海見やらるゝ月はすむらん

○六二四 ふきか(消イ)へる雲さへ嬉し晴る夜の月にむかへる西の山かせ

月前草露

○六二五 寛永十三十一廿
影やとす浅茅か露の乱れきて野風にくもる月も社あれ

月前萩

○六二六 夕露の光たにある萩か枝にいとゝそへよと月そうつろふ

月前(下イ)柞

○六二七 時雨には染あへすとも柞はら今夜の月の色そへてみん

月前鶴

○六二八 寛永四九十三
くまもなき真砂の月に白妙の色をかさぬる鶴の毛ころも

寝覚月

○六二九 同十三十一六二百首之内 拝領吉田兼庵
夢ならて見しよの事そおもほゆるねさめの後の月にむかひて

暁月厭雲

○六三〇　同十六後十一廿四禁中
はれかたき雲をそ思ふむかひみる心の月もすめるあかつき

海上暁月

○六三一　入はつる都の山の月影ものこるや沖の浪のあけかた

○六三二　漁火も更行波に影消て月のみしろき秋のうら風

○六三三　やまの端にかくろひはてん暁も猶すゝ遠き沖の月影

残月懸峯

○六三四　待ほとの心つくしは物かはと思へは峯におつるつきかけ

寄月旅

○六三五　正保三九十三禁中
おもひやる思ひをこせは故郷もさそな旅ねの月に露けき

○六三六　枕かる烟も波もふるさとの俤うつす月にかなしき

○六三七　くさ枕ねられぬ月に恋侘るふるさと人もおもひをこせん

寄月旅泊

○六三八　寛永十五九十三拝領服部備後
波風のさはきしよりも泊舟おもひのこさぬ月そねられぬ

○六三九　拝領藤谷道沢
思ひやる心のみちそ友舟のおなしとまりの月にかはらんぬ

○六四〇　うきねする千里の波にこよひ社宮古おもはぬ月はみるらめ

霧中山

〇六四一　寛永四九廿四月次
みさほはかり日ものほりけり薄くなる霧に見えすく秋の山のは

〇六四二　山もさらにうこくとそみる曙や秋風なひく霧につゝみて

山朝霧

〇六四三　同十四八廿四禁中
嶺つゝき吹かた見えて朝霧の風の絶まはたえまたになき

河霧

〇六四四　同四九十一御当座　女院御所御取次拝領土山駿河
あけほのや山本くらく立籠て霧に声ある秋の川なみ

〇六四五　同十三十一六二百首之内
底（そこ）となき霧のうらゆく波の音に一筋（ち）みゆるあきの川水

河上霧

〇六四六　元和八七廿一
みつの面に吹あとみえて山本の川風しろきなみのうき霧

〇六四七　渡舟よはふ声のみ遠からて河つらくらき霧の内哉

堤霧

〇六四八　寛永八後十廿五聖廟
たか中の人めつゝみの隔とてたちかくすらん秋の川きり

渡霧

〇六四九　元和九四廿四御月次
是も又渡る舟人そことしも行ゑやしらぬよとの川霧

〇六五〇　ゆふきりの立そふ波のわたし守日もくれぬとや舟いそくらん

擣衣

○六五一　拝領鴨播磨介
更行はうつや衣のおさをあらみまとをに聞し音(声イ)はさやけき

○六五二　寛永十五十廿四禁中　拝領衛門佐
枕かるしるへにや丶る夕風の便りにたくふ里の礁は

聞擣衣

○六五三　正保四四二禁中　拝領狩野采女
よなよなの砧の音よこの比の笆の花のなにもねられぬ

○六五四　聞侘ぬたかためならて麻衣打もねぬよのわれもつもれは

○六五五　遠つ人かへらむころもうつたへにさそなねぬよの月にかなしき

海辺擣衣

○六五六　海人衣猶うちそへよ芦(てイ)の屋のなたの釣する暇なきころ

松下擣衣

○六五七　ゆめそなき松の嵐もをとそへて猶うちしきるやとの擣衣(礁)に

○六五八　寛永十十廿五聖廟
独のみ夜床に賤の霜をへて誰まつのとに衣うつらむ

○六五九　常盤山つゐにもみちぬ松風も秋にしられて衣うつらし

菊

○六六〇　はなといへとか丶るそかたき色も香もとりならへたる園の白菊

○六六一　ならの葉のよ(イなにはふ宮に)のふることにもれし菊梅を忘れし(イのこせ)恨なしやは(イやはある)

三、『円浄法皇御集』(宮書本)

菊為花第一

〇六六二　さく菊やあまつ星かと雲の上にうへなき花の光みすらん

菊花半開

〇六六三　天つ星と見えて雲井に咲菊はうへなき花の光ならすや

寛永二重陽

〇六六四　又そ見ん片枝はおそきしら菊も咲しはかりの秋の日数に

菊映月

〇六六五　さきさかぬ色やさなから末遠き千世の半の秋のしら菊

寛永十六重陽御余分

〇六六六　曇らすよ雲井の庭の秋の菊花も光を月にかはして

菊帯露

〇六六七　さくまゝに花ふさおもみ置露も堪ぬはかりになひく菊かな

菊似霜

〇六六八　今朝は先置初霜そ見る人に咲まとはせる菊の庭かな

山路菊

〇六六九　あらぬよと成もこそすれ菊の露ほさてをかへれ秋の山人

河辺菊

〇六七〇　みつの舟うかへてみはや大井川きくもうつろひさかりなる比

寄菊旅

〇六七一　菊咲はけふやたかきにのほるかと折ふしことに思ふ故郷

寄菊祝

〇六七二　酌そへてめくらん御代は長月のけふ九重のきくのさかつき

菊送多秋

〇六七三　なれてみむ秋をおもふも久方の雲井に匂ふ花のしら菊

菊花盛久

〇六七四　承応二九廿三
散うせぬこの言の葉の種となる花も幾代の秋のしら菊

〇六七五　しもの後まつもしらしな白菊の万代かれぬあきの盛は（のイ）

菊花久芳

〇六七六　もゝ草の花は跡なき霜の底に我はかほにも薫ふ白きく

菊花久馥

〇六七七　百敷やいく代の霜を重てか匂ふみきりの秋のしらきく

菊香随風

〇六七八　ふきしほる草木かうへの秋風はしらてやひとり匂ふしら菊

〇六七九　花といへとちらぬ例の園の菊あかぬにほひは風にまかせて

露光宿菊

〇六八〇　さく花も月も色そふ白菊の笆の露のよなよなのかけ

〇六八一　寛永六重陽
あかす見む千代の数かも咲菊のまかきにあまる露の白玉

〇六八二　ことの葉の露は光もしら菊のけふのさかりの色香そふらし

〇六八三　おもほえす千代もめくらむ白露の光さしそふきくのさかつき

籬菊如雪

〇六八四　咲菊におほへる綿も色そへて笆におもる花のしら雪

菊粧如錦

〇六八五　あきの菊誰あかさりし俤ににしきぬひもの〻花のいろいろ

〇六八六　江に洗ふ錦もしかし咲きくの笆の花の露の色々

野山なつかしく、徒然のあまり花壇のあたり徘徊候て、手折しま〻一枝見参に入候

〇六八七　この比の菊にうつろ(そ)ひ盛りなるさこそ紅葉も千種なるらめ

野山漸々色つき叡覧にそなへたきと存候折ふし、御花壇の一枝拝領候、中々紅葉にはめもうつるましく、畏てなかめ入候計にて候

聖護院宮道晃

〇六八八　一枝の菊にけたれて色もなし山の木葉は千種なからに

此ころのしくれに杜の紅葉もいかゝと

北山鹿苑寺章長老所望ニよりつかはさる

〇六八九　とはゝやな衣笠岡の秋の色をきて見よと社鹿もなくらめ

十月六日

たけかりの興ある日、袖にこきいるゝはかりは木の葉もまた染あへねは

〇六九〇　霜の後又もきてみん名にしおはゝさこそ八入の岡の紅葉ゝ

返事

けふの御幸はたけかりのためなりとや、木々の紅葉は八入の岡の八しほならぬも、こゝろありかほなり　道晃

〇六九一　心していま一たひの御幸まつ山の紅葉や染のこすらん

蔦懸松

〇六九二　はひかゝる蔦そいろこき霜の後松の緑もあらはれぬまて

〇六九三　薄くこく露やいろとる松垣にゐかくと見えてかゝる蔦のは

黄葉

〇六九四　かはかりの心は染しはつ紅葉千入の後の色はありとも

紅葉

〇六九五　此ころの朝夕露は染やらて一夜の霜に木々そ色こき

〇六九六　をのつから染ぬ梢もうつもれて紅葉にもるゝ松のはもなし

三、『円浄法皇御集』（宮書本）

紅葉盛

○六九七　たのもしなはやまはうすき紅葉はに猶のこりある秋のさかりは

○六九八　下葉まで今や染らん露時雨もる山ならぬ秋の木末も

紅葉霜

○六九九　正保五三十禁中　拝領朱宮御方
染つくす露より後も置そひぬ紅葉にあける霜やなからん　下句再出

○七〇〇　何か世にはてはうからぬ紅葉々は終にそめたる霜そくたさん

杜紅葉

○七〇一　思ひかね梢の露もくれなゐの色にやいつるころもての森

○七〇二　こゝろして吹なはらひそ木枯の森のもみちは染つくすとも

岡紅葉

○七〇三　うすくこく染し梢にはへあれや松もならひの岡の紅葉々

嶺紅葉

○七〇四　慶安元三廿一禁中御当座　拝領歴安
余所にみてまつやみなむ染渡す高間の峯の木々の紅葉々

○七〇五　村もみちよの間に染て横雲の嶺に別るゝ松の色かな

池辺紅葉

○七〇六　木々の色のうつろふ池にうく鴨やしくれもしらぬ青葉成らん

紅葉随風　　拝領三宅玄蕃

○七○七　寛永十五七廿四
こすゑふく風（ゆイ）には又やまかすらし時雨に染し心この葉も

（秋）常盤杜

○七○八　元和三七廿四御月次
ちりね只月のためさへ色もなき常盤の森の秋の梢は

秋水

○七○九　岩間行水のひゝきもをのつからすめるや秋のしらへ成らん

○七一○　うつりけり咲し小萩はかけたえて菊の下行水の心は

秋色

○七一一　元和九閏八廿四御月次
是そこの秋の色とや白妙の霜にうつろふ有明の月

○七一二　きゝはみなうつろひはてゝ中々に秋こそ松の色も見えけれ

秋里

○七一三　寛永九七廿五聖廟
露もなを身にしむ比のいかならんうらめしといふさとの秋風

○七一四　なも高く澄のほりてや更級の月は里わく光みす（そふイ）らん

○七一五　秋寒きをのかうれへやいひかはすあかつき近きしつか家々

秋旅

○七一六　元和九閏八廿御月次
かひなしや旅の空とふ鴈金も我玉章の便りなけれ（らね）は

○七一七　山ふかみ鹿の色（声）のみ友として紅葉を分る旅の悲しさ

寛永十三十一十六二百首之内

○七一八　おもひやれ床は草葉を敷侘るたひねの秋の露の深さを

暮秋

拝領長谷三位

○七一九　色香をはおもひもいれぬ鷹人もさこそはのへの秋をおしまめ

暮秋鳥

○七二〇　露霜にい（のイ）とゝ深草床あれてくれ行秋に鶉なくらむ

九月尽

○七二一　見送らん行ゑならねと名残なく霧なへたてそ秋の別路

又一本余分之和歌

秋

初秋露

○七二二　秋の来て葉末の露の朝なきにこゝろの風もしつかなるかは（な）

閑居荻風

○七二三　にはくさの露ももゆる（ろきイ）に玉の緒の末もしられす風のたつらん

○七二四　わくらはに問人もなし山さとは荻ふく風の音はかりして

○七二五　誰かはと思ひ絶まし山里にをとつれて行荻の上かせ

萩露

○七二六　秋風に露の白玉つらぬきて色そみたるゝ秋の萩原

秋夕

○七二七　さひしさは秋のならひの夕そと人にはいひし野へのかり庵

山家秋夕

○七二八　住てよに詠めしよりは哀さも真芝の庵の秋の夜の月

秋夕江

○七二九　よそに世を深山かくれのするすみもいかてたゝには秋の夕暮

秋夕浦

○七三〇　白鷺のひとりふる江におり立て夕をわたる秋の涼しさ

海辺秋夕

○七三一　釣たるゝ棹のすかたも夕なきの波にうかへるあきの三か月

○七三二　一村の烟の遠にすむあまにとはゝや浪の秋のゆふへを

寛文二年八月十四日新院御所に御幸ならせ給ふて、あまり月のさやかなりけれは

○七三三　しら雲にけふの月をしかくすともあなたのみかた明日のよの月

八月十五夜新院御所うへの宮の中に御幸ならせたまふける、その宮の内はあたらしくいとな
みたてさせ給ふなりけり

○七三四　いつも我ふかすかけとや詠むらんみる人からの秋の夜の月

八月十五夜

○七三五　えにしあれは此秋もみつ老か世のくりことを猶月にちきらむ

○七三六　六十あまり経にける老か身の秋の最中の月は世の外にこそ

○七三七　身は老ぬ是を限りといひいひてかこちし月も幾秋かみき

九月十三夜

○七三八　長月の月をこよひと眺めをきしなさけそ世々の空に限なき

○七三九　こよひなをさとをはかれすとふ月の名残ふけ行鐘のをと哉

明暦二年八月禁裏御会

十五夜雨

○七四〇　今宵ふる雨よりは猶うからましつねのたもとに月のやとらは

嶺月

○七四一　ふたつなきみねも光に埋もれぬ雪恥かしき月のこよひは

山月

○七四二　待わひてあるやとゆひせさすはかりしらまにむかふ山のはの月

三、『円浄法皇御集』(宮書本)

田家月

○七四三　こよひのみはにふのこやのいふせさも月に忘れてふかし馴けむ

海辺月

○七四四　海童も今夜の月に白妙の衣うつてふ田子のうら波

月前虫

○七四五　うき玉も露となるまて草村の虫のねくらき蓬生の宿

月前逢恋

○七四六　あふ夜半は只あらましの筆（雪イ）消て月にまはゆき我すかた哉

月多遠情

○七四七　面かけも宿にはこひて難波潟みしかき筆や姨捨の月

月前懐旧

○七四八　いまみるにかはる涙やたらちねのちふさに馴し月のむかしは

月前述旧（懐）

○七四九　身ひとつにけふみる月をねさしにてあはれ草葉の秋の夕露

古寺月

○七五〇　そめかみの八巻の袖にやとるまていらかの松をもるゝ月影

三、『円浄法皇御集』（宮書本）

月前神祇

○七五一　この花のあま（本ノマヽ）命さへ神の代を秋みる月そおしまるゝ哉

寄月祝

○七五二　八十くまち限なき月を光にて秋のほ（水イ）のまの国そさか行

欲月出

○七五三　空に（中空はイ）行光は（も行かはイ）をそし山の端にさしのほる程の月をおもへは
此歌再出

見月

○七五四　つみなくてみるも涙にかきくれぬふるさと遠き人の月影

山月

○七五五　見るや（よ）みよ都のふしの空晴て月もうへなき秋の光を
此歌再出

山月明

○七五六　雲はらふ八十の鏡をかつらきやかゝる高まの山の端の月

嶺月

○七五七　影うすき月やかつらの初紅葉くるゝ尾上の松にもりくる

礒月

○七五八　こよろきの礒辺の浪の露（よせ）かへり月影はこふ秋のしほ風

名所月
○七五九　松島やをしまか磯にさす棹のしつくに月のかけそこほるゝ
故郷月
○七六〇　たれならぬ池の水かけ物さひぬあれたる宿は月はかりにて
雲間月
○七六一　みるかうちに雲間をもるゝ月そこれあはたつ雲の哀れ世中
古寺残月
○七六二　小初瀬やあけほの近き鐘の音にひはらの月も影そや(ぁ)せ行
深山暁月
○七六三　ひとりのみ太山にむすふ柴の戸にすかたともなき有明の月
野月露深
○七六四　露わくる花摺衣色なからかへるたもとや月にそむらん
河月似氷
○七六五　月影やまことすくなき氷そと波にことはる白川の水
田家月
○七六六　つゆ深み芦の丸やをとふ月のおなし枕に夢やさめけん

三、『円浄法皇御集』（宮書本）

月前眺望

〇七六七　是まても思ふ事とて故郷の空にむかへる月そくまなき

月前遠情

〇七六八　おもかけをこよひ都に移しみむおはすて山やさらしなの月

月夜思都

〇七六九　心あての月のあかしはふけはて丶おはすて山をおもかけに行

〇七七〇　あくかれて月にそふらむ（ひゆくイ）我玉やこよひ宮古の空にうかれむ

暮秋月

〇七七一　なからへて又あふ秋と思ふさへしたふ名残は有明の月

〇七七二　紅葉する月のかつらも長月の有明のそらにさそな契らん

夕霧

〇七七三　うは玉の露そこほる丶玉たれの霧の名残もはれぬゆふへは

海辺霧

〇七七四　清見潟秋のたくひて浪のうへに霧は梺（フモト）のふしに棚ひく

中秋雨

〇七七五　みもし見はかたふく影やおしからむ雨もなさけは有明の月

秋時雨

〇七七六　雪のうちの梅にもうつせ心とく秋の時雨に染るもみちは

深山秋夜

〇七七七　下紅葉かつちる夜半の深山辺にわひしらましら声をとしきて

秋思

〇七七八　くらへみんいつれか秋の袖の色をますうのすゝき萩か花すり

菊似霜

〇七七九　菊はいま咲も残らぬ花の色の霜やまことの霜を待らん

簾外稲妻

〇七八〇　玉すたれ槙の板戸をあくるまもまたて消行宵の稲妻

高雄紅葉

〇七八一　ちれはうくちらねは沈む紅葉々の陰や高雄の山川の水

長月のすゑつかた女院と御もろともに修学院に御幸ならせおはしまして

〇七八二　もみち葉や（山かせやイ）誘ひ残せし山風も（紅葉ゝもイ）けふとはるへき人を待えて

（後）九月尽

〇七八三　あらましの秋にもろきもけふのみと袖にことはる我なみたかな

〇七八四　せめてさは夢路に秋をとゝめみむこよひはかりのつゆの手枕

前題しらす

○七八五　影やとす浅茅か露の乱れきて野風におつる月も社あれ

冬

題不知

○七八六　千代の色ものとけき空にあらはれて春の名しるき神無月哉

初冬時雨　元和三五十一御当座

○七八七　冬来ては木葉ふりそふ山風にきのふの秋の時雨ともなし

時雨　寛永十五十廿四禁中

○七八八　さためなきこの身もいつの夕時雨ふるも思へは袖の外かは

朝時雨　元和九十十八御当座

○七八九　山めくる時雨もみえてはれ曇る雲にいさよふ朝付日かな

月前時雨　慶安元八十五御当座

○七九〇　やとの月もりくる竹のさよ風や時雨せぬまもはれくもるらし

○七九一　雪になる山かとはかり時雨来し後しも白き有明のつき

落葉　寛永十六廿四禁中　拝領交野内匠頭

○七九二　ふみ分る山路にそきく落葉して梢の風の稀になる声

〇七九三 散そひて山顕るゝ木の間より紅葉にかへて滝そ落くる　拝領風早左京

題しらす

〇七九四 夕くれはいとゝさひしき色そへて風に乱るゝ庭の紅葉々
〇七九五 あすは又木陰にそみんしはし猶この夕風に残るもみち葉
〇七九六 紅葉々のちりかひかくる夕は山鳥もねくらの道まよふらし
〇七九七 もみち葉をさそひつくして吹音は木々に淋しき夕嵐かな
〇七九八 夕嵐高ねのもみちさそひきて錦をしけるみ山へのさと
〇七九九 あきの色のかたみにのこすもみちはゝつれなくさそふ夕嵐かな
〇八〇〇 花に見えし梢おほして紅葉々を入あひのかねにさそふ山風
〇八〇一 ふくたひに空にしられぬしくれしてこのはみたるゝ夕あらし哉
〇八〇二 夕日影うつろふ山の紅葉々をさそひつくして行あらし哉

落葉風

〇八〇三 風や猶この葉にあらき夕時雨染残す枝もさそひのこさぬ　寛永十四閏三廿四禁中
〇八〇四 あたにちる春のはなより木の葉まて思ふに風のうさも積れる　拝領北小路主税介

夕落葉

〇八〇五 此夕水まさりてや雨となるもみちにまさる山の滝つせ

三、『円浄法皇御集』（宮書本）

落葉霜

〇八〇六 正保元十二八禁中
かさなるを吹わくる風にけさの霜半置たる落葉もそある

〇八〇七 拝領水野伊勢守
朝風に吹やられてや松陰もなを霜なからつもる紅葉々

〇八〇八 拝領梅小路三位
いひしらす薄ましりに霜結ふおちは色こき浅茅生の庭

残菊

〇八〇九
霜をへてうつろひかはる園の菊のこるものこる秋の色かは

庭残菊

〇八一〇
むらさきの一本菊そ残りける草はみなからおなし笆に

枇杷

〇八一一 寛永十八二廿御当座
二度はさしもにほはし橘に霜の後なる花そまかへる

〇八一二
いろこそあれもみち散日は咲初て我はかほにも花そ匂へる

〇八一三
村雨は花にあかなん四の緒にかよへる花の名にはたつとも

霜

〇八一四 元和二十御月次
置霜にけさそ跡なき木枯の後まて残るにはの落葉も

〇八一五 寛永十四九廿四禁中
ひかりもて曙いそく鵲のはしにみちたるよはの霜かな

朝霜

〇八一六
朝きよめ猶心せよ置まよふ落葉かうへのしもゝえならす

〇八一七　しもに又虫の音よりも淋しさの猶色まさる庭の浅茅生

枯野

寛永十三十一十六二百首御当座
〇八一八　薄のみせめて分れて花はみなあらぬさまなる霜の野へかな

木枯

〇八一九　おちはせし梢はよそにとひすてゝおのへの松にさゆる風かな
〇八二〇　吹かくすよその梢の木枯にあらぬ紅葉の松にのこれる
元和九十廿四
〇八二一　はけしくも枝ふきしほる木枯に薄き紅葉の色も残らす（補入歌）

題しらす

〇八二二　ふきつくす木のはかうへは音もなし夕の風を松に残して
〇八二三　散しくを又吹たてゝ夕風の紅葉を庭に残さぬもうし
〇八二四　この夕さそひ尽しぬ朝かせに残るとみへ（え）し木々の木のはも

寒草

寛永八八廿五聖廟
〇八二五　かるゝより苅も払はぬ道見えて霜に跡あるのへの草村
〇八二六　千くさにも猶かへつへし霜枯の中にひとはな咲るなてしこ
寛永十四十十五拝領半井驢庵
〇八二七　しはしこそ霜をもしらね冬草はつゐにみさほの松かけもなし
〇八二八　庭の面の千くさと共に見し人も山さとならぬ宿をかれゆく
〇八二九　をきのこす垣根もあれと枯渡る草葉の霜の色そくまなき

三、『円浄法皇御集』（宮書本）

寒草霜

〇八三〇　ふゆかれの浅茅にしろき霜の色は秋の花にもおとる物かは

慶安元十十六禁中　拝領高辻大納言

〇八三一　槿のもろきも千代の白菊もわかすかれの丶霜のあはれさ

〇八三二　いかなれや霜はわかしを緑なる草も枯生の中にましれる

寒草風

〇八三三　冬きては中々しほる色もなしかせもたまらぬ荻のかれはに

〇八三四　冬枯は尾花か上も荻の葉に秋聞しよりあらきかせ哉

江寒芦

正保三十一四禁中

〇八三五　江にしけき芦の葉からす霜の後是もあらはれぬ沖の漁火

〇八三六　よなよなの霜を光にかれ渡る芦まはれ行難波江の月

冬植物

〇八三七　残りけり松は緑の洞の内にちらて友なふ千世の白菊

〇八三八　霜をかぬ草もありけり呉竹の千尋ある陰に冬もかくれて

冬天象

寛永十六十五御歌合

〇八三九　是も又白きをみれは更る夜の月さへわたる鵲のはし

〇八四〇　いくたひか時雨の雲をさそひ出て山風くもる冬の夜の月

冬風

○八四一　冬枯はいつれの草に吹も猶荻の上葉に聞し秋風

冬地儀

○八四二　かれはてゝ中々秋の露よりも色なきのへの色そ身にしむ

拝領小堀仁右衛門

○八四三　板橋や朝風寒き霜の上にかよはぬ人の見えて淋しき（霜の上に：みをく霜に　イ／かよはぬ：わたらイ）

冬浦

寛永十十一廿五聖廟

○八四四　しくれこし此夕波にことうらの雪をのせたる舟もこそあれ

○八四五　更渡る浦風清く月冴て真砂に消るしものしらつる

○八四六　焼そへてさすかみふゆの浦風もふせく便りやあまのもしほ火

氷

寛永十四七廿四禁中

○八四七　霜をさへ夜半に重て水よりもさむき岩ねの朝氷かな

○八四八　よなよなのさむさかさねて氷る也水より出し波もかへらす

池水

○八四九　音かへていつ吹とかん風わたるあとより氷る池のさゝなみ

○八五〇　なかるゝも上にはみえぬ池水の猶一筋はこほるともなき

三、『円浄法皇御集』(宮書本)

井氷

○八五一　朝な朝な氷かさねてくむ人の影さへみえぬ山の井の水

冬月

慶長御当座

○八五二　くまもなく月そもりくる木枯も又一ふしはつらからぬまて

衛

○八五三　浦波の立別るゝもおりゐるも声にみえ行小夜衛哉

夕千鳥

○八五四　なきかはす友もなきさの浜千鳥独しほるゐ声の悲しさ

浦千鳥

○八五五　さそはれてをのか立居も隙そなき夕波千鳥風のまにまに

○八五六　をのか妻まつはつらくも大淀のうらみてのみや千鳥よるらん(補入歌)

河千鳥

寛永六後二廿四

○八五七　千鳥なくさほの川きり立別れ行ゑもしらぬつまやとふらん

○八五八　よひかはす声さたまらぬ河風にたつや千鳥の友まとふらん

岸千鳥

同十六廿四禁中

○八五九　松ならぬ音にあらはれて小夜千鳥波うつ岸につまをこふらん

水鳥

〇八六〇　へたつらむうきねの床（水イ）の氷るよに山鳥ならぬ鴛の契りも

寒夜水鳥

〇八六一　独ぬるをしのおもひや乱あしのはたれ霜ふり寒きよとこに

霙

寛永十五八廿四禁中

〇八六二　山風やくるゝまにまに寒からしみそれに雪の色そそひゆく

雪

同十四九廿四禁中

〇八六三　山々のへたて別れてさやかなる雪ははれての後に社あれ

〇八六四　はるの花秋の紅葉のなかめまて埋はてたるけさの雪哉

連日雪

同十三十一廿

〇八六五　都とて思ふに雪の晴やらぬ日数はかりは積るともなき

逐日雪深

寛永十六廿四禁中

〇八六六　けふ毎にをもる枝より折そひて松こそ雪のみをつくしなれ

冬池雪

同十五六廿四禁中

〇八六七　乱れふす芦まや消る（氷カ）冬の池の波はすくなくつもる白雪

暮村雪

同十三十一廿

〇八六八　くれ深く帰るやとをき道ならん笠おもけなるゆきのさと人

三、『円浄法皇御集』（宮書本）

行路雪

〇八六九　かきくらす雪にもしけき通路は埋もはてす跡もとまらす

海辺雪

〇八七〇　蜑小舟はつ雪なれやわたつ海の波より白き沖つ島やま

山家雪朝

〇八七一　かくれかの心も雪に埋れて見しよの友は今朝そまたるゝ

閑中雪

〇八七二　山ふかきけさの雪にも埋れぬ心のまつを人のとへかし

庭雪

〇八七三　住人の心の外にふり置て雪や友まつよもきふの宿

〇八七四　はれやらぬけさの間をとへ踏跡もふりかくすへき庭の白雪

雪庭樹花

寛永十七十一廿四

〇八七五　あかす猶砌の松の千代もみん散すは雪の花もときはに

〇八七六　今更ににほはぬ花の恨あれやみかきの柳雪になひきて

望雪

寛永十三十六二百首之内　拝領鈴木淡路

〇八七七　山の端に降つむ雪もふかきよのやみはあやなき色に消つゝ

眺望山雪

〇八七八　同十六十廿四禁中　拝領御蔵出雲
目にちかく山も入くる楼の上に千里はれたる雪のさやけさ

〇八七九　春の花秋の紅葉のなかめまてイ
はる秋の山の錦の俤も埋はてたるけさの雪かな

暁雪

〇八八〇　同十六六五
有明の月と見しまに松竹のわかれぬ色そ雪に分るゝ
竹に雪のふりかゝりたる小枝を、そのまゝ御製にそへてつかはされし御返し

〇八八一　いまよりは雪もてはやす言の葉のみかきの竹の世々につもらん

鷹狩

〇八八二　はしたかの心入てや狩ころも風もさむからす道もまよはす

雪中鷹狩

〇八八三　寛永十六五廿四禁中
白妙の雪こそ光夕かりのあかぬ日影をつきてふらなん

夕鷹狩

〇八八四　同十三十廿二百首之内　拝領野々宮中将
あかす猶いま一よりとかり衣日も落草をしたひてやゆく

題しらす

〇八八五　はしたかのすゝのしのはらかりくれて入日の岡に雉なく也

鷹狩日暮

〇八八六　たかゝひのけふはかりとは思はぬも帰る空なくかりくらすらん

○八八七　行鳥もさやかに見えて白雪そくるゝかりはの光なりける

炭竈

○八八八　寛永十三十廿四百首之内
煙にそ先あらはるゝ年寒き松よりおくの嶺の炭かま

夜埋火

○八八九　声す也夜のまに竹を埋火のあたりはしらぬ雪や折らん

○八九〇　うすみ火のもとの心をへたてすやなにはの事もよはにさためし

歳暮

○八九一　ことたらぬ身は身のほとの程ならてかはらてくらす年のくれ哉

海辺歳暮

○八九二　なす事のなきにそ思ふゆく年も今はおしまんよはひならねと

○八九三　いとまなみことしもくれぬ海渡る世のことはさよ海士のまてかた

除夜

○八九四　春秋のそれたにあるを行年のけふの別はいふかたもなし

又一本余分之和歌

冬

田家初冬

〇八九五　岡野への霜より冬に成ぬらん田面の沢の水こほるまて

落葉

〇八九六　夢さます夜半の時雨は木の葉にてねやもる月の影そ曇らぬ

寒草月

〇八九七　虫のねも庭の浅茅も枯果て跡とふ月の影そ残れる

〇八九八　冬されは野への草葉もうらかれて霜になれつる月のかけ哉

氷閉細流

〇八九九　とちそむる氷もほそき谷水はとけぬ日数のなかれてはゆく（そイ）

山居冬

〇九〇〇　折にさす（か）袖のしきみは花なからたく柴くらき谷の下庵

山路雪

〇九〇一　こゝまてはふらさりけりな里人（とイ）のいふに山路の雪そしくるゝ

山家雪

〇九〇二　山すみの心も雪にうつもれて見しよの友そけさはまたるゝ

三、『円浄法皇御集』(宮書本)

遠村々

〇九〇三　はるかにもさとをしらせて鳴鳥の声はうつまぬ雪の明ほの

庭々

〇九〇四　晴やらぬけさのまをさへふむ跡もふりかくすへき庭のしら雪

雪埋老樹

〇九〇五　ふりつみし梢の雪を吹かねてあらしや松の声もとむらん

行路雪

〇九〇六　くれぬとてかへるやとをき跡成らん笠おもけなる雪の里人(補入歌)

爐火

〇九〇七　ひとりぬるよるは火桶にそひあかて思ふ人こそ常はかたらふ
　　　　ろの文字をとらせたまふて、同し心を

〇九〇八　炉の底に幾夜こかれし埋火のしたのこゝろを知人そなき

歳暮

〇九〇九　雪もおし花にまたれて二道に思ひをわくるとしの暮哉

山家歳暮

〇九一〇　ひとゝせを過るほとたにさまさまにかはる成けりゆめの世中

〇九一一　雪なから妻木もとむるやとりにも猶あらたまる年そまたるゝ

水郷々々

○九一二　いとまなみ世をうち河のはやき瀬もをそき行ゑに年や暮欤

老後歳暮

○九一三　暮やすき身は老らくの姿川かへらぬ水よ（にイ）袖のあたなみ

鷹

○九一四　すゝこさす日もさしかゝり箸鷹の尾上をしのふゆきの山陰

歳暮速

○九一五　梓弓いるにもすきて年毎に去年にさへ似すくるゝ年哉
此歌一字題は雑ニ入

『円浄法皇御集　中』

賀

初春祝道

○九一六　いはふそよ此あらたまの春と共に道もかしこき代々にかくれて

花契多春

○九一七　契りをかんはこやの山の花にあかぬ心を千々のはるに任せて

寛永八正十九御会始
松契春

○九一八　これやこの千年の初あたらしき春しる宿の庭の松か枝

松色春久

○九一九　今よりの春を重ねて風の音もすむへきやとり松（か）の行末

○九二〇　まつかえも千年の外の色そはん此宿からのはるの日長さ

松色春久　寛永元年三月廿五日行幸於女院御所

○九二一　八千年を春の色なるかけもあれと猶かきりなき庭の松かえ

藤花久盛

正保二三十六仙洞御会始

○九二二　いはひつる松に契りて君も臣もあひに相生の春の藤波

賀

○九二三　只たのめ陰いや高き呉竹のよゝの翠は色もかはらし

緑竹弁春

慶安四正十一御会始

○九二四　めつらしき声の色そへ呉竹の千世の緑をうくひすのなく

○九二五　深みとり雪けにぬるゝ竹の葉や松よりさきの春の一しほ

夏祝言

慶安三三十九御会始

○九二六　今こゝに人の国さへたゝきこんと君にしらする水鶏とそ聞

○九二七　五月こは植ん田つらそ水ひろき民の心に雨をまかせて

月契多秋

慶安三九十三於幡枝御当座　拝領板倉周防守

○九二八　こよひたにちよを一よの月もかなあかすやちよの秋をちきらん

冬祝言

○九二九　千よの色も長閑き空にあらはれてはるの名しるき神無月哉

承応元十四禁中
○九三〇　つる亀もしらしな君か万代の霜のしらきく残る日数は

拝領園大納言
○九三一　松にすむ鶴の毛衣冬きてや置まさる千代の霜をみすらん

寄道祝

○九三二　九重のなはたゝすなる木（りイ）の道のたくみも代々の跡を残して

寄道慶賀

○九三三　行人のみな出ぬへき道広くいまもおさまる国のかしこさ

寛永十五正十九禁中御会始
○九三四　ゆく人の遠しともせし東路の道のはてまて治れる代は

○九三五　思ふことの道々あらん世の人のなへて楽しむ時の嬉しさ

寄世祝

同十四十十六
○九三六　祈りをく千年は世々に尽もせしありと有人のひとつ心に

○九三七　よをはいま誰をろかにも祈（を）おかん恵の露のかゝらぬもなし

寄国祝

同十五二廿二水無瀬宮
○九三八　例なや他国にも我国に（のイ）も神のさつけてたえぬ日つきは

○九三九　たかへすをはふく春にそあらはるゝ民やすくにのもとつ心は

寄松祝

○九四〇　散うせぬためしと聞はふるきよにかへるをまつの言の葉の道

寄社祝

寛永九六廿五聖廟

○九四一　こゝのへの為ならぬかは守れたゝあまつ社も国つやしろも

○九四二　守るより代々に正しき風もあれや北野の松のことのはの道

社頭祝

○九四三　いすゝ河いそとせあまり祈[置イ]こし中にひとつの恵みたにあれ

○九四四　八幡山八十にあまる身なからに猶をもねかひに[の有]尽[そイ]ぬかなしさ

○九四五　いかて猶恵にあはん神やしるかけて祈し心ひとつに

社頭

○九四六　まもれなを世に住吉の神ならは此しきしまの道をさかへに

祝言

元和九七十二御当座

○九四七　今こそと袋にはせめ梓弓八のゑひすも皆なひき来ぬ

拝領桜井庄之助

○九四八　まもるてふ五のつねの道しあれは六十あまりの国もうこかす

拝領石尾七兵衛

○九四九　絶せしなその神代より人の世にうけて正しき敷島のみち

○九五〇　おさめしる人の心よ戸さしせぬ民よりもなを嬉しとやおもふ

七十の御賀に御杖を

〇九五一　百年のちかつく坂につき初て今行末もかゝれとそおもふ

法皇八十御賀従　禁中被進御杖以白銀作之、御杖に結ひ付られ給ふ御歌

〇九五二　君か手にけふとる竹の千代の坂こえて嬉しき行末もみん

従法皇翌日以池尻中納言被進

〇九五三　つくからに千年の坂もふみ分て君かこゆへき道しるへせん

池岸有松鶴

延宝五十廿四御新殿御会始

〇九五四　池水の岸根の松に千代ふへきところをみてやたつも住らん

水樹佳趣多

〇九五五　ふりせすよ柳の髪もわかゝへる池の鏡の春の面かけ

寛永九正十九御会始

〇九五六　白玉の数にもしるし池水のたきつ岩根の松のちとせは

異本拝領日野弘資卿　イ題しらす也

〇九五七　ことの葉の種ならぬかは水とをく山つらなりて霞む梢は（も）

〇九五八　青柳の緑をうつす波のあやにはへある池のをしの毛衣

松有歓声

承応元十八

〇九五九　松にふくもやはらく国の風なれや安くたのしむ色（声）にかよひて

拝領松平伊豆守

〇九六〇　かせふけは空にしられぬ白雪の律にしらふる松の色（声）かな

三、『円浄法皇御集』(宮書本)

竹不改色

○九六一　是を代の姿ともかな呉竹はすくなる物の色もかはらぬ

竹契遐年

○九六二　もろこしの鳥も住へく呉竹のすくなる代こそ限りしられね(ぬイ)

鶴伴仙齢

○九六三　寛永七二七御会始　万代をみつの島なる芦田鶴のこゝにもかよふ道は隔てし

○九六四　仙人のなにおふ宿そ千世かけて爰にもちきれ鶴のけころも

鶴馴砌

○九六五　正保五御会始　住なれてなれも千年の友よふや雲井の庭の鶴の諸声

寄亀祝

○九六六　寛永廿一十廿九禁中　こゝのへにうつせる亀の山陰にしらぬ千年の後までもみん

○九六七　思へ只たれもかくしてむつかしき世の外にへん亀のよはひを

対亀争齢

○九六八　池水をのとけき宿と万代を我に契りて亀やすむらん(の カ)

○九六九　よろつよをこゝにうつして百敷の外にもとめぬ亀の上の山(かそへイ)

為君祈世

○九七〇　寛永十九正廿三御会始　千代もしるしみかきの竹のふして思ひ起てかそふる人の真に

○九七一　やすかれと万の民をおもふまて代々の日嗣を祈る外かは

○九七二　九重の君をたゝさん道ならて我身ひとつの世をは祈らす

池水似鏡

正保三三四御会始
○九七三　のとけしな世には濁れる水もなき春をうつせる池の鏡は

○九七四　たくひなや柳の眉も春の池の花の鏡にかけをならへて

水石契久

寛永二正十九御会始
○九七五　天か下恵む心も行水のもるてふ石を例にやせむ

○九七六　やまは石川は帯とそむすひをかん君と臣との中の契りを

寄日祝

同十六六五
○九七七　天津日をみるかことくにめくみある世とたにしらぬ時のかしこき[さ]

同十六九廿四禁中
○九七八　つきせしな天津日嗣もくもりなく出入かけの照すかきりは

羇旅

夏旅

元和六六廿五聖廟
○九七九　おもふより遠くきぬらし旅ころも分る夏のゝ草高くなる

旅泊夢

○九八〇　舟人のいつからとまり波なれてみるらん夜半の夢そ[もイ]かなしき

○九八一　なみさはくうきねの枕またうきぬみやこの夢のかへる名残に

旅泊雨

○九八二　夜の雨をうき物としも聞わかすさはき馴にし波の枕は

旅朝

○九八三　名残思ふ人の舟出にさはるかと嬉しきけさの心あひの風

○九八四　朝またきまたき起出ぬ何にかは心もとめん旅のやとりは

寛永五二廿四

○九八五　たひころも朝たつのへのさゝ枕一よのふしもたれかおもはぬ

○九八六　思ひやれふるさと遠く仮寝してさゝ分る朝の袖の露けさ

旅夜

○九八七　よをこめて急や出しわれはかりおくるゝ道に行人もなし

○九八八　置そふや故郷とをき露ならんさゝのまくらの一よ一よに

旅宿

寛永十六九廿四禁中

○九八九　何かうき草の枕そふるさとゝおもふもかりの宿ならぬかは

旅行

同十三九十六御当座

○九九〇　ゆきゆきて思へはかなし末とをく見えし高根も跡のしら雲

○九九一　都にと聞は賤さへ一筆の便りにたのむ旅のみちかな

旅行友

〇九九二　古郷のさかひは人にかはれとも思ふ心の道もへたてし

羇中関

寛永十六七廿四禁中

〇九九三　みやこ人あかす別るゝ夢路にはあやなまさしき関もかためす

海路

〇九九四　故郷を思ふや同し過行もともにみをくるおきつ舟人

〇九九五　はるかなる詠めする哉筆に写す絵島の波に心よせても

恋

初恋

〇九九六　萌初る今たにかゝる思草葉末の露のいかに乱れん

〇九九七　末終にふちとやならん泪川けふの袂を水上にして

〇九九八　おもひ川我水上の行末やそこゐもしらすならんとすらん

〇九九九　けふそしるあやしき空のなかめよりさはものおもふ我身成とは

忍恋

寛永八七廿五聖廟

一〇〇〇　あからさまにいふ偽や我ならん思ひの色を人にとはれて

一〇〇一　我袖の月もとかむなうき秋に露のかゝらぬたくひやはある

三、『円浄法皇御集』（宮書本）

一〇〇二　もの思ふ色は中々見えぬへしもれむうきなをなけくからにも

一〇〇三　いかさまに又いひなさん大方の世をうきよりはぬるゝ袂を

一〇〇四　しられしと思ひもいれしもの思ふ心は色に見えもこそすれ

一〇〇五　いかにせん物や思ふと人とはゝさはく心のいろそこたへん

一〇〇六　やかてそのならひもそつくひとりある夜はの泪も心ゆるすな

一〇〇七　折ふしの色にそみえむ月日へはしのふの山のおくもあらはに

忍久恋

一〇〇八　わすれ草し（をイ）のふとやいふ世にしのふおもひはいとゝそひもこそせめ

一〇〇九　かひなしや心にこめし年月をかそへは人も思ひこそしれ

題しらす

一〇一〇　色に出は思ひしるらん年月を心にこめし程そくやしき

忍涙恋

一〇一一　さまさまにしのふもちすり乱るゝも誰ゆへならぬ思ひとをしれ
イ此歌思といふ一字題ニ入

欲顕恋

一〇一二　赦さねはそてには落す幾たひか心まてくる我なみたかな

一〇一三　いかにせんしのふる事の日にそへて思ふにまくる心よはさを

顕恋

一〇一四　つゝみこし思ひの霧の絶々に身は宇治川の瀬々のあしろ木

聞恋

一〇一五　聞しより見をとりせぬはかたき世に心あさくも身はまとふらん

見恋

一〇一六　うちつけにやかていさともいはまほしあかすほのかにみつの小島を

寛永十三十廿百首御当座

一〇一七　人にかくそふ身ともかな見しまゝに夢に現にさらぬ面かけ

余分寄汀恋ニ入

一〇一八　おもふそよ芦のほのかに聞しより三島かくれは汀まさりて

一〇一九　我にかく人は心をとゝめしを見し俤の身をもはなれぬ

尋恋

同十五八廿四禁中

一〇二〇　嵐ふく秋より後は床夏の露のよすかもたつね侘つゝ

旦見恋

一〇二一　わすられぬ思ひはさしも浅からてあさかの沼の草の名もうし

一〇二二　思ひのみしるへとならはたのめたゝあはれあやなきけふのなかめも

通書恋

一〇二三　手ならひの只一筆もかきそへはいかて待みるかひもありなん

一〇二四　あさくこそ人はみるらめたまつさにかきもつくさぬ中の思ひを

三、『円浄法皇御集』（宮書本）

一〇二五　帰りくるほともまたれし玉つさの結ひしまゝはみるかひもなし

久恋

一〇二六　今まてに昔は物をとはかりも恨みぬ身をはうらみやはせぬ（むイ）

寛永八二廿五聖廟

一〇二七　つらさこそ色もかはらねしらたまと見えしはいつの泪なりけん

祈恋

一〇二八　つれなさをみはてゝやまん契りをや年へて祈るしるしにやせむ（は）

同十三十廿一百首御当座

一〇二九　強面を今は見はてしやみねとやあやな年へて祈るしるしに

祈逢恋

一〇三〇　今そしるうき年月もあふ事をかけ祈しも神のしるしは

祈難逢恋

寛永三六廿四

一〇三一　いかてかく祈るしるしのみえさらん神は人をもわかし心を

誓恋

一〇三二　たのましよことの葉ことの誓にそ中々しるき人の偽

同十正廿五聖廟

一〇三三　よしやその千々の社はかけすともたのまれぬへき色し見えなは

一〇三四　たのまれん心は色に出ぬ（見えイ）へしちかふによらぬ契りとをしれ

契恋

一〇三五　この暮をまつ契りをけ命たにしらぬ行ゑはあやな何せん

一〇三六　寛永廿四廿八
別てはよもなからへしうき身とも思はぬ人やちきる行末

一〇三七　慶安三七廿四禁中
たのましよことよく契ることの葉そ終になけなる物思ひせん

不逢恋

一〇三八　心ならぬさはりあらはと此暮をおもひいるゝも思ふにはうき

一〇三九　元和九二廿四
いかさまにいひもかへましつれなさの同し筋なる中の恨は

一〇四〇　寛永十三十廿一百首御当座
よそにこそあふの松原かはかりによもたゝにてはあらしつれなさ

馴恋

一〇四一　なれゆくを又もみまくのとはかりは思はし物のいとひはつらむ

馴不逢恋

一〇四二　つれなさの心見はてゝ今さらに思へはおなし身さへくやしき

待恋

一〇四三　小塩山千代のみとりの名をたにもそれとはいはぬくれそ淋しき

契待恋

一〇四四　寛永十四十二十
たのめしをたのまはいまは頼むなよ月出てとは人もちきらす

忍逢恋

一〇四五　思ひをけ床の山には人しれぬまたたまさかの夢も社あれ

三、『円浄法皇御集』（宮書本）

逢恋

一〇四六　正保五後正御当座
あれはありし此身よいつのならはしに夜をへたてんも今更にうき

一〇四七　逢坂の露におもへは袖ぬれしあはての浦の波は物かは

稀逢恋　イ忍逢々

一〇四八　寛永十四十二四
あやにくにくらふの山も明る夜をまれなる中にかこちそへつゝ

適逢恋

一〇四九　たまさかにあふ夜なれはとけやらぬ恨を人にゆるすさへうき
（のイ）

一〇五〇　寛永十八二廿四
いかにせん年にまれなるあふ事を待し桜に人もならはゝ

題しらす

一〇五一　人そうきかゝるふしさへ片糸のあはすは何そ思ひみたれん

逢増恋

一〇五二　慶安四三廿四禁中
かた糸のあはすはかゝるけちかさのにくからぬふしも思ひみたれて

逢不遇恋

一〇五三　又もみん頼みなけれは中々にありし一夜の夢そくやしき

別恋

一〇五四　かたふくをいかにまかへむ告わたる鳥はそらねも有明の月

惜別恋

一〇五五　寛永八十一廿五聖廟
明る夜のほとなきそての泪にや猶かきくらすきぬきぬの空

一〇五六　とゝめてはゆかすやいかに我こそは人にのみそふけさの心も

一〇五七　くりかへし同し事のみ契る哉行もやられぬけさの別に

一〇五八　暮はとも何かたのまん起出る此朝つゆは消ものこらし

一〇五九　たかための命ならねと思ふにもみはてぬゆめのけさの別路

恋涙

一〇六〇　別行我袂には色かへて身をのみなけくなみたさへうき

深更帰恋

一〇六一　待出て帰る今夜そつれなさは人にみはつる有明の月

一〇六二　あり明の月はつれなき色もなし見はてゝかへる人の心に

一〇六三　寛永十四十二四
あかすしも別れぬほとを徒に月もふけぬと人を恨て

後朝恋

一〇六四　身にそへて又やねなまし（こそはねめイ）うつりかもまたさなからの今朝の袂を

題しらす

一〇六五　いかにせん昔はものをとはかりのなけきしらるゝ今朝の思ひを

一〇六六　たましひは別し袖にとゝめをきて今朝身をさらぬ人の俤

三、『円浄法皇御集』（宮書本）

一〇六七　いかにせんつれなきよりも中々に逢みて後のけさの思ひを

一〇六八　かきくれぬわかれし今朝の俤の立はなれぬもおつる泪に

一〇六九　わりなしやあはぬ限りの涙にもくらへくるしき今朝の袂は

一〇七〇　道芝の露の玉緒きえね只今朝の別に何残るらん

一〇七一　消かへる今朝のなこりに露のみのためしくれもまたしとやする

一〇七二　あふまての形見にのこれ別れ来し今朝の涙の袖のうつり香

一〇七三　にくからぬ俤そひて中々にありしにまさる今朝のかなしさ

一〇七四　おき出しわかれかなしき床の上にしはしは残れ袖の移りか

一〇七五　はかなしや起てわかれし床の上に残るをしたふ今朝の俤

一〇七六　名残今朝思ひみたるゝ片糸のあはぬを中に何歎きけん

増恋

一〇七七　いかにせむふるや泪の雨もよに淀の沢水まさるおもひを

思

一〇七八　さまさまにしのふもちすり乱るゝもたれゆへならぬ思ひとをしれ

寛永四三廿四

一〇七九　思ひ草おもふも物をとはかりにうき（おイ）ふししけく露そこほるゝ

一〇八〇　くり返し長きよまてもまよふへき思ひをなにゝ賤のをた巻

片思

一〇八一　恋佗る人のなけきを身にしらて思ひしらぬもうき心かな

寛永十一二廿五聖廟
一〇八二　なとか我つらき心のつらからぬよしあひ思ふ道はなくとも

一〇八三　よしや人あひおもはすはせめて我つらき心をつらしとも見よ

一〇八四　我のみの泪そつらき羽かはす鳥の例もあはれ有世に

被厭恋

寛永十五四廿四
一〇八五　つけはやなきたる朝の我袖に終にみをしる雨はしけしと

難忘恋

同十六四廿四禁中
一〇八六　思ふにはなけの情もいかなれやそよ其事のうきにまきれぬ

一〇八七　とし月をへたてしうさもうさなから見しはきのふの俤にして

旧恋

同十一二廿五聖廟
一〇八八　先の世の夢を忘れぬ契りかとたとるはかりの中の年月

一〇八九　おもひやれあはぬ月日にいつしかと昔かたりもつもる恨を

遠恋

一〇九〇　立かへりやかてとおもふ中道にあはぬ日おほくつもらんもうし

一〇九一　わすれすは思ひをこせよ海山も心のうちにさはるものかは

一〇九二　宮のうちを千里とたにも思ふ身のひなにうつろふ程をしらなん

一〇九三　ゆきかよふ心はかゝりそ岩ねふむ山は遠くてちかきみちなる

近恋

一〇九四　寛永十三十一廿
峯の雪分こしみちのよりなさも浅きかたにはいかゝおもはん

隠恋

一〇九五　同十一廿
つらき哉たゝはひわたる程たにも思はぬ中の遠き絶間は

隔河恋

一〇九六　常夏のはかなき露に嵐吹秋をうらみの袖やひかたき

恋地儀

一〇九七　元和九六十二
うしつらし契にかけん鳰鳥の沖中川を君にへたてゝ

関路恋

一〇九八　物おもふ水上よりそ夜とゝもに絶ぬ涙の滝の落くる

恨恋

一〇九九　寛永十五五七
したひこし俤なから鳥かねにいそく関路のならひさへうき

一一〇〇　拝領五味藤九郎取次松平対馬守
情こそ思ふにうけれつらしとておほよそ人に恨やはある

一一〇一　いかならん此一ふしの恨ゆへつらき心のおくも見えなは

一一〇二　恨みしよ詞のかきりつくすとも一ふしをたにえやははるけん

人伝恨恋

一二〇三　寛永十六五八
我恨世の空事にいひなして聞もいれすと語るさへうき

恨絶恋

一二〇四　かたはしもまねはし人のことつてを只なをさりの恨とや聞

題しらす

一二〇五　年月はきゝ入もせて一ことの恨にたえし中そかなしき

一二〇六　かゝれとてつくりや出し一言の恨みにそへて絶し契りは

一二〇七　終にその里のしるへも海人のかる藻に住虫の名にもかなしき（補入歌）

恨身恋

一二〇八　偽りのことのみ多き玉つさを引かへしても恨つる哉

一二〇九　思ふにはうきもつらきも誰ならぬ恨のはてそいふかひもなき

一二一〇　終にその里のしるへも……右之歌此題ニ入
おもへ人うき身の科になしはてゝ恨ぬまての中のうらみを

絶恋

一二一一　寛永十六十二廿四禁中
よしや見よはかなきふしそうきなからえしもわすれぬ人もこそあれ

一二一二　うしや世に絶たるをつく道はあれと分しあさちのあとものこらぬ

顕絶恋

一二一三　絶ぬへきそれをかことゝ思ふにはうき名も人やもらしそめけむ

二一一四　たえぬともおもひしほとの世なりせは人わらへなる身とはなけかし

顕恋

寛永十五八廿四

二一一五　つゝみ来し思ひのきりのたえくに身はうち川の瀬々の網代木

絶悔恋

二一一六　いひはつ（なつ）る恨は悔しうきなからかゝりきぬるも情なりしを

春恋

寛永十五廿四禁中

二一一七　いかにせんとはれむ春もたのまれぬ身はうくひすの去年のやとりを

夏恋

二一一八　明やすき空そわりなき秋の夜もあふ人からはおしむならひを

恋扇

二一一九　たえぬへき月の行ゑのかひもなしとりもかへさ（はイ）ぬねやの扇は

夏忍恋

二一二〇　思ひ侘聞もあはせん忍ひねを我にかたらへ山ほとゝきす

二一二一　身の上にかけてもかなし夏虫の音にたてぬしももゆる思ひを

秋恋

二一二二　おもへとも人の行ゑはしら菊のうつるを常のならひなりせは

夜恋

一一二三　つくつくと物にまきれぬ思ひのみまさきのつた（な）のよるに侘（そ）しき

一一二四　名残なをあふと見えつる夢よりもさたかに向ふ夜半の俤

一一二五　なかしともおもはて誰か独ねのあくるまをそき夜を惜むらん

恋夢

一一二六　さよ衣せめてかひなき今の身の現を夢に又かへさはや

一一二七　おとろきて覚つる夢に鳴鳥を人に恨みて誰わかるらん

夕恋

一一二八　此暮のさはる恨をかきやるも待らんかたはつらしとやみん

一一二九　おもひやれ人の心の秋近みとはぬゆふへの露のふかさを

寄夕恋

一一三〇　おもへ人あすはとふとも草のはら此夕露は（のイ）消も残らす（し）

寄月恋

寛永廿七廿七

一一三一　俤の我にむかひてかきくらす人はさたかにみむ月もうし

一一三二　もろともに見しよわすれぬ俤に霧ふたかりて曇る月哉

一一三三　たのめこし人の心の秋たちてこのまの月をみぬくれもなし

三、『円浄法皇御集』（宮書本）

寄月忍恋

一一三四　うちとけて見えんもいかゝくまもなき月は心のおくもしるらん

寄月尋恋

寛永十六八十五

一一三五　しるへなき闇にそたとる恋の山かくるゝ月を猶し（思イ）のふとて

寄雲恋

寛永四九十一

一一三六　契（り）れ只思ふにもうき中空の雲は跡ある人のことのは

一一三七　はれまなきならひよいかに雲ならぬ恋は空しきそらにみちても

寄烟恋

慶安四十廿四禁中

一一三八　煙たに人にしられぬ下萠をさとのしるへの海士のもしほ火

一一三九　おもふかたの風にはさしもなひくらむうしやみさほの松の煙も

正保二三廿八禁中於小御所御当座

一一四〇　人の為は煙をたちし此頃の思ひもしらぬおもひかなしき

寄露恋

寛永十四八廿三

一一四一　思ひやれ人の心の秋もあき露もそらなきつゆの袂を

慶安三五十九禁中

一一四二　なひくかと見むふしもかな竹の露のまろひあふまては契りなくとも

寄山恋

一一四三　しられしなあはてうき身のなけきこる山としつもる思ひありとも

一一四四　人心みはてはわれもやみねたゝよしうき恋の山つくるとも　正保二十五禁中

一一四五　つれなさも終にさはらぬ道しあらは心つくはの山もたのまん　寄野恋

一一四六　かりにたに人はこさらん恋草のしけきなつ野に何たくふらん　寛永十五六五　寄川恋

一一四七　いかにせむ泪の川の流れてもあはれ逢瀬を終にしらねは　寄滝恋

一一四八　せきあへぬ袖の滝つ瀬行末よ[に]われてもあはん契りたにあれ　寛永十六廿四禁中　寄海恋

一一四九　みちひなきならひもうしや敷妙の枕の下の塩ならぬ海　寄湊恋

一一五〇　人心うかへる舟のよるへとも我湊江をいかてたのまん　寛永十六六五　寄木恋

一一五一　ひとこゝろ花にうつろふならひこそ我かたはらのつらきみやま木　同十四二晦　寄草恋

一一五二　道たゆる浅茅か庭のまくす葉をかへす秋風吹とつたへよ　同十四八二

寄草別恋

一一五三　同十四廿五聖廟　わかれ行この道芝にくらへ見よあはてこしよの露はつゆかは

寄葛恋

一一五四　同廿八廿五聖廟　難面に我やまくすの恨さへいま更ふかき露や（を）しらなん

寄菊恋

一一五五　きくのことうつろふからに色そはゝ人の心の秋もうからし

寄鳥恋

一一五六　寛永十六五廿四禁中　槙の戸をたゝけと人に契りをかん水鶏鳴夜は聞もとかめし

一一五七　うき中は鴈よつはめよ羽をさへならへんとちきる人も社あれ

寄虫恋

一一五八　同十六三四禁中　をのか名の小蝶に似たり折かさす花にやとりて結ふ契りは

一一五九　ひをむしのまたぬ夕を思ひにて消ぬを頼む身さへはかなし

寄猪恋

一一六〇　寛永十六廿四禁中　見せはやなふするのかるもかき絶てこぬ夜の庭（床）の露の乱れを

寄枕恋

一一六一　我も又かれやはてなん恨みわひうちもねぬよのつもる枕に（はイ）

寄秋枕恋

一一六二　寛永十八廿四聖廟
うしやいまたか手枕にいとふらん身はならはしのねやの秋かせ

一一六三　露けさのことはり過てひとりぬるよはの枕はうく計なる

寄莚恋

一一六四　しれかしなとはれぬ床のさむしろに待夜もちりもつもる恨を

寄衣恋

一一六五　かへしても夢たにうとき小夜衣つらからぬ中にいつか恨む

一一六六　かへしてもみる夜まれなる夢そうき中にあるたにうとき衣を

一一六七　寛永十六三廿四禁中
いかにせむ我こひ衣春雨にぬれしはかりの泪ならすは

一一六八　見るめなきうらみよりけに中々に塩焼衣ぬれそふもうし

一一六九　しらさりしみるめなきさそしのはるゝ塩やき衣ほさぬうらみを

一一七〇　移り替る世のならひをも折々にかふる衣の色やみすらん
イ寄衣雑也

寄糸恋

一一七一　寛永十四十一廿四禁中
いはゝやな下の恨のふしおほきしつかしけ糸くり返しつゝ

寄絵恋

一一七二　同十五八廿四禁中
かひもあらし形はさこそうつすとも月はひかりをえしもかゝねは

三、『円浄法皇御集』(宮書本)

寄商人恋

一一七三 寛永十五八廿四禁中 あはれ身におはぬ歎や商人のきぬきたらんか類さへうき

寄名所恋

一一七四 あふ事を我まつ山は化にのみ幾年なみの越むとすらん

又一本余分之和歌

恋

初恋

一一七五 いさゝめに思ひそめにし恋衣乱れにけりなしのふもちすり

一一七六 恋そめてまた踏わけぬみちのくのしのふの奥はいつこ成らん

遠尋々

一一七七 いろよ香よはつはなそめの恨みあれなとはかりさめし夢の契は

久恋

一一七八 尋ねみん目にも耳にも聞なれぬ賤かすみかに身を尽すまて

祈恋

一一七九 玉すたれかゝけしまゝにくちねとや頼めしかけも長月の空

一一八〇 命とていのる心をうけひかは神はこひちのものやおもはむ

待々
一一八一　おもはすのさはりの雨も何ならんかならすとかきしふみを頼みて

逢々
一一八二　今宵我はらふよとこもちりひちの山とし高き情をそしる

遇不会々
一一八三　あふ事は夢はかりなる現にてつらさはなかき名にやたつらん

後朝々
一一八四　一すちに思ひ結ひし萩の露こほすなよその風はふくとも
一一八五　下紐も心もこよひとけそめてねくたれかみのけさの長閑さ
一一八六　いろこくも常の枕にかよへともさらにあさゐの床の面かけ
一一八七　黒髪にふれしやいつのあさねかみけつれはおつる我泪かな

変々
一一八八　せめてさはかはり行こそ命なれまたわかかたのこゝろたのみよ

恨々
一一八九　あひ思ふこと（思ふてふイ）はまて社かたからめ（くともイ）われをみかへるすかたともかな

遠々
一一九〇　かはり行国ともしらて夢にのみかよふ心をたのむはかなさ

三、『円浄法皇御集』(宮書本)

隔々

一一九一　詠めやる空はなみたの雨にくれてさかひつれなき俤のせき

独々

一一九二　はれまなきこさめを露と詠つゝ浅茅か宿にけふもくらしつ

深々

一一九三　身はたとひ底のみくすとしつむとも君かすかたのうつらましかは

寄月々

一一九四　空にしれ雲間にみゆる三か月の幾夜かさなる恋の心を

一一九五　おもはしと思ひかへせとあつさ弓いるさの山の三ケ月のかけ

々雲々

一一九六　覚束なしらしや人は空の海のあはたつ雲のうきてこふとも

々雨々

一一九七　あた人のとはぬかことゝ成やせんたのめし夜半の村雨の音

々霞々

一一九八　いとゝなをくゆるともしれ隔て行ふかきかすみも身の思ひにて

々露々

一一九九　我うへにしはしとそゝく露にたに君かなみたのかゝらましかは

々山々

一二〇〇　ふしの根のいや遠山のやますのみおもふ心をへたてはてつる

寄浦恋

一二〇一　あまの子の拾ふかひなき行ゑとやすてゝこきゆく恋のうらふね

々汀々　見恋ニ入也

一二〇二　思ふそよあしのほのかに聞しよりみしまかくれは汀まさりて

々木々

一二〇三　さりともと我ゐる山もしらかしの梢つれなく山風そふく

々思草々

一二〇四　人ははやかれにし中の思ひ草なにかたわけてなとしけるらん

々小鳥々

一二〇五　むねはひたき袖はしとゝに成にけりいすかのはしのあはぬ物ゆへ

々虎々

一二〇六　おほつかな汝(ナレ)か尾をふむそれならてとらにいく夜を忍ひ行らむ

々鏡々

一二〇七　山鳥のおろのためしを面影にかけてやこひんふかき(る)鏡を(は)

々枕々

一二〇八　ちかひをやしつはた山のふもと川誰わら（くイ）しなの波の枕に

哀傷

後陽成院崩御の御時に、九月の末つかた思ひもあへす色にうつろひしは、只夢の内なからさむへきかたなきかなしさに、仏をねんし侍けるに、諸法実相と云事を首に置て、いさゝか愁嘆の思ひをのへ侍ならし

一二〇九　しら雲のまかふはかりを形見にて煙のするもみぬそかなしき

一二一〇　よそへみるたくひもはかな槿の花の中にもしほれやすきを

一二一一　ほしわひぬさらても秋の露けきになみたしくるゝすみの袂は

一二一二　うつゝある物とはなしの夢の世にさらはさむへき思ひともかな

一二一三　しらさりきさらぬ別のならひにもかゝる歎をきのふ今日とは

一二一四　つかふへき跡たにあらはなくさまむ苦の雫を袖にかけても

一二一五　さまさまに移りかはるもうき事は道なら（なきイ）ぬ物よあはれ世中

一二一六　うけ継し身のおろかさに何の道もすたれ行へき我世をそ思ふ

新中納言の局身まかりたれは、御悲しみの余り、南無阿弥陀仏の六字を句の上にすへてよませたまひける、新広義門院国子、延宝五年七月

一二二七　なに事も夢の外なる世はなしと思ひし事もかきまきれつゝ

一二二八　むかひゐて只さなからの俤の一言をたにかはさぬそうき

一二二九　あけくれにありしなからのことわさものまへさらにみる心ちして

一二三〇　みぬ世まて思ひ残さすとはかりの此一言を何にかふへき

一二三一　たれも思へ聞てもみてもおとろかぬ世をいつまての空たのめして

一二三二　ふたゝひは生れあはんも頼まれすこの世の夢の契りかなしき

東照権現の十三回忌につかはされ侍る心経のつゝみ紙に

一二三三　子規なくは昔のとはかりやけふの御法を空にとふらむ

永源寺一糸和尚へ御硯御寄進之時に

一二三四　あつさ弓八島の波をおさめ置て今はた同し世を守るらし

硯の寿は代をもてかそへしるとかや、人の世のさしも短にかへまほしき事よ、故院のつねに御手触し物をと思へは、崩御の後は座右に置て朝夕もてならして、いつしか廿年あまり七とせになりぬ、今はとて永源寺の住持にゆつり与へて、彼寺の具となさしむ、をのつから経陀羅尼書写の功をつまは、なとか結縁にもならさらんやとてなん

一二三五　うみはあれと君か御影をみるめなきすゝりの水のあはれかなしき

一二二六　我後は硯の箱のふた代まて取つたへてし形見とも見よ
　右之返し、一糸和尚
　欽献鄙偈一章奉謝　太上皇帝特賜　両朝所磨宝硯云
一枚宝硯帯恩光　両朝親磨御案傍
只願叡齢同此寿　霊山叮嘱莫相忠
　東照の宮卅三回の遠忌をむかへられて、彼社に奉納せしめ給ふ御歌
（蜘蛛手の御製をそのままの形で活字にするのが困難なので、しり取りのように続く外周四首・斜め二首・縦五首の順に一首ずつ分解して示す。なお漢字部分を右の順につなげると、「とうせうのみやさむしうさむくはいきをとふらふうた、やくしふつ・やくしふつ、やくしふつ・やくしふつ・やくしふつ・やくしふつ（東照の宮三十三回忌を弔ふ歌、薬師仏……）」となる。中院本のような横列の五首がないので、全一一首となる）

三、『円浄法皇御集』（宮書本）

一二二七　登しをへて有やまひま勢るしめの宇ちにみこと能りをはか美もきゝき屋
一二二八　屋よひやま散きをくれ無もうらみ志れはなと右つきのぬ佐とたむけ牟
一二二九　牟はたまの具らくまよ半むみちも以さしらす喜ぬらし世越さとるひ轓
一二三〇　轓ひみはや部けゆくか良によもき夫の月に有き世をへ太てたるか登
一二三一　登りもしれ也よやあさ久はうらみ思よこの夜武かさをい通かわすれ牟
一二三二　轓きすくる八ま田のお倶てあたに思もしもに布に行は津かしの身屋
一二三三　太のむへき也とならな九にこゝに師もきてと不人をま津かはかな散

一二三四　有きてよる屋まふきさ久らこのき之にたゆた布なみのう都たへにみ無
一二三五　夫りくるも夜すくそす来る山おろ思たゝよ婦くもやま徒しくるら志
一二三六　良くとみる弥かてうけ倶のたねと斯れ只おも武へきは頭う仏しや右
一二三七　部るさとは八重のしら苫もへたて四にゆきか副ゆめをみ通るあはれ佐
　　　　　将軍家光公薨去のとき女院の御かたにつかはされ侍る
一二三八　あかなくにまたき卯月のはつかにも雲かくれにし影をしそ思ふ
一二三九　時鳥宿にかよふもかひなくてあはれなき人のことつてもなし
一二四〇　いとゝしく世はかきくれぬ五月やみふるや泪の雨にまさりて
一二四一　頼もしな猶後のよもめのまへにみることはりを人におもへは
一二四二　只たのめかけいや高き若竹（くイ）のよゝの翠は色もかはらし
　　　　　寄舟無常
一二四三　寛永十六六廿四禁中
　　　　　世中の波のさはきもいつまての身のうき舟にさもあらはあれ
　　　　　後光明院崩御の御時に
一二四四　あるはなくなきは浪まに顕れて沖こく舟や人の世中
　　　　　東福門院崩御の御時に
一二四五　折々をおもひいつれは草も木もみるに泪のたねならぬかは
一二四六　かゝる折にぬれぬ袖やはありそ海のはまの真砂の天下人

大樹家綱公薨去の御時に

一二四七　哀なり鳥辺野にたつ夕煙それさへ風にをくれ先たつ

題しらす

一二四八　あはれ也鳥への山のゆふけふり我も薪の身をわすれつゝ

又一本余分之和歌

哀傷

後陽成院七年のいみいとなませ給ふ御とき

一二四九　昔ふるよる[軒イ]の雨きくそれならてうき七とせの秋のゆふくれ

後光明院三とせの御いみにすそう供養し給ひ、御経ををくらせ給ふ時、その箱のふたにあそはしやらせ給ふ御製

一二五〇　現とやみつの車のめくる日をさらに夢とはたとりかねぬる

中院通茂卿子をうしなへるをとはせ給ふて

一二五一　身にしれは我もこゝひの森の露きえはともにとおもふ心を

右の御歌は此頃女二の宮かくれたまへりしゆへとなん

院の御めのとなる新中納言の局身まかりけるのち七とせをすきて、香誉声春信女といふ事を
かしらにをかせたまひて

一二五二　から衣はるはる年を重ねても終にかへらぬ旅をしそ思ふ

一二五三　うきなからをくれこそすれ末の露もとの雫を袖にたむけて

一二五四　よの中にさらぬ別れを身にしれはちよもといのることはりもなし

一二五五　せにかはるきのふのうさもあすか川けふは思ひの渕と社なれ

一二五六　うつしみむあへなき玉の俤もくゆる煙の袖のにほひに

一二五七　しのふそよ春の野もせの草はかりむかしおほゆるゆかりにはして

一二五八　ゆく春もとをはたとせをめくりきて一夜にちりし花の下かせ

一二五九　むめの花むかしの香にはにほへともなをふるさとの花の夕くれ

一二六〇　しき忍ふ法のむしろも花なから散にし花そ面影にたつ

一二六一　むかひみる花の鏡もかけくもるなみたの川の水の春風

一二六二　にこりにもそまぬ蓮のうてなまてゆかをならへてのほらましかは

一二六三　よゝとなくや音を鴬も此春にめくるほとけの御名をとなへて

一宮按察使の局こゝち例ならぬ事にて、かきりなるへきよし、きかせたまふて、おほせやら
せ給ふし御歌

一二六四　馴てこしかけも今宵を限りそと思へはおしき月の影哉

小一条の局心ち例ならすして、或山寺にて薬の事まかなひにとて、いとまものしてすへりし
にたまはりし御歌

一二六五　おなしくはいとへ世中さらすとも終にきえなん露のその身を

雑

一糸和尚より奉らる文詞

臣僧文守、有聞昔、宋之田夫、負喧為楽、自謂可以献于時君、雖侶至愚之甚、而亦盡己之誠、不敢少容其偽矣、文守近者、得養痾之暇、謾綴狂斐者十篇、或写山中野態、或述方寸愚誠、歌之、唱之、以楽其志、将謂天壌之間、無代之々楽、果欲献吾太上皇、於戯得不与宋夫至愚等匹乎哉、況其這般寂寞枯槁之言、仮饒可宣于山林、而不可献于朝廷之上、雖然文守辱荷聖眷之日淹矣、故不懼于易天威、欽写蛮楮、奉献丹墀之傍、仰異肆宥僭越、少賜一夜覧、不止一衲栄幸、抑又使海内之士、益識聖心無弃物者歟。

憶昔誅茅空翠間　随縁幾度入人寰
而今悔識聖天子　滅却生前一味間
遅日融々透短櫨　落梅埋尽読残経
春来殊覚憨（熟イ）眠快　万岳松風喚不醒
偏愛清閑養病身　檐山偃（蹇イ）渓四無隣

有時偶傍水辺立　痩影驚看侶別人
扶宗微志化為灰　果日西頽麾不回
自恨卜居山甚浅　未流菜葉惹人来
茶炉薪尽拾柏（松イ）葉　薬圃地空栽菜根
曾被世人奪幽興　会聴剝啄不開門
痩骨凌僧侶鶴形　聊喰薄糝任頽齢
钁頭不用重添銭　荒草遶門春転青
春浅岩房寒未軽　蒲団禅板適幽情
定中猶厭生柴火　彷彿秋虫霜後声
人間得喪久忘機　古木陰中昼掩扉
定有諸方闡玄化　不妨零涕湿麻衣
白雲分与安禅榻　青草宜当坐容氈
収得百年間影跡　対人懶更竪空拳
透得閑名破利関　更無一物犯心顔
客来若問解何道　笑払岩花見遠山

（訓点を省き、句読点を付す）

御返し

山陰道のかたはらに世捨人あり、白茅をむすひて住る事十とせはかりになりぬ、かの庵に銘して相江といふ、三公にもかへさる江山を望ては詩情の物となし、一鳥鳴たる岑寂をあまなひては禅定を修し、已に詩熟し禅熟せり、こゝに十篇の金玉をつらねて投贈せらる、幽賞やます、翫味あく事なきあまりに芳韵をけかし、つたなき詞をつゝりてこれにむくふといふ、愧赧甚しき物ならし。

一二六六　閑　うら山し思ひ入けん山よりもふかき心のおくのしつけさ

一二六七　酔　いかてそのすめる尾上の松風に我もうきよの夢を覚さむ

一二六八　人　思へ此身をうけなから法の道ふみもみさらん人はひとかも

一二六九　来　鴬もところえかほにいとふらん心をやなく人来人来と

一二七〇　門　心して嵐もたゝけ閉はてゝ物にまきれぬ蓬生の門

一二七一　青　やまさとも春やへたてぬ雪間そふ柴の笆の草青くして

一二七二　声　去年よりも今年はしけく雪をもる太山の松の下折の声

一二七三　衣　この国に伝へぬこそは恨なれたれあらそはんのりの衣を

一二七四　挙　世にふるはさても思ふに何をかは人に求て身をは挙（か）めむ

一二七五　山　ふる郷に帰へれはかはる（はるのイ）色もなし花も見し花山もみし山

八月中旬の頃、中院大納言武家勘当のことありて武州にある比つかはされ侍る

一二七六　思ふより月日へにけり一日たにみぬはおほくの秋にやはあらぬ

二二七七　あき風に袂も露も古郷をしのふもちすり乱れてや思ふ

二二七八　いかに又あきの夕をなかむらんうきは数そふたひの宿りに

二二七九　みる人の心の秋にむさし野もをはすて山の月やすむらん

二二八〇　何事もみなよくなりぬとはかりを此秋風にはやも告こせ

永井信濃守領し来れる佐田といふ処の天神の社、荒廃して年久しく成ぬるを修造のいとなみ功を終りて、かのやしろにこめ奉りたき志願とて御製を申請侍りけれは

二二八一　家の風代々に伝へて神垣や絶たるを継梅もにほはん

御茸狩の後、将軍家へけさんに入へく候、御製を申請度よし、板倉周防守申上けれは、宸筆の御色紙を下さるとて

慶安二長谷川に御幸之時

二二八二　分見れは草木もさらにことやめて野山か末の道もさはらす

行幸の御贈物の筆のことのことちつゝみに書付させたまふ御歌

二二八三　しるし置世のふることのをのつから絶たるを継あとならはなむ

海辺の月に鴈ある絵を讃を禅閣のそみ申されけれは

（「讃」の右に「の」、「閣」の右に「閣」と傍書）

二二八四　こと浦に心もとめすくる鴈やおなしところの月になくらん

柏の葉のかたしたる石を将軍家光公へつかはさるとて

寛永十六三

二二八五　色にこそあらはれすとも玉柏かふるにあかぬ心とは見よ

三、『円浄法皇御集』（宮書本）

ある人の歌に、色衣心の外にきし物をうき世のそてと人やいふらん、と読侍るを聞せたまひて、叡感のあまりに

一二八六　よしやたゝありしなからも世中を思ひはなれんほとそしらるゝ

御影をかゝしめたまひて色紙形にあそはし付られし御歌般舟院へつかはさる

一二八七　うしや此みやまかくれの朽木垣（かき）さても心の花しにほはゝ

泉涌寺へつかはされける御影に

一二八八　ときありて春しりそむる一花に見よ一花も咲のこるかは

一二八九　身はかくて又のこ（も）ぬ世に水茎の跡たにしはしとゝめむもうき

初の御歌は一に一切にといふこゝろをあそはされけるとなん

遠山如画図

正保四正十八御会始拝領狩野法印

一二九〇　つくり絵をかすみや残す咲比はまた遠山の花の千枝に

一二九一　是も又声ある絵とや夕霞山のはとをく帰る鴈かね

一二九二　亀の上のうつし絵なれや千代の秋雪をふくめる春の山端

名所橋

寛永十四八廿四禁中

一二九三　世をわたる道もこゝより行還る人や絶せぬ淀の継橋

寄橋雑

一二九四　思へ人木曾の桟それならてうきよを渡るみちもあやうし

一二九五　なみのをとに聞つたへても思ふ哉ふみゝはいかに天のはしたて

橋雨

一二九六　寛永十七廿五聖廟
行人の跡絶はてゝ板橋の霜よりけなる雨の淋しさ

一二九七　行人も笠取はかり降雨を音にのこせる波の川はし

一二九八　さみたれは堤の上も行水にうきはしならぬ川はしもなし

一二九九　うちしめる雨さへおもくおふ柴にかはらぬはしやふむもあやうき

一三〇〇　槙の板も苺むすまゝに急雨（村イ）のかゝれる橋の音たにもせす

一三〇一　みの笠の取あへす行急雨にしとゝにぬるゝまゝの継橋

雲浮野水

一三〇二　しら雲も手にまく計影見えて涼しく澄る野へのまし水

山中滝

一三〇三　泪にそやかてかりねの夢覚るみやまに深き滝つ瀬の声

一三〇四　寛永十三廿五聖廟
岩波を梢にかけて松風も更にをとなき山のたきつ瀬

一三〇五　雨の後山の緑に顕れて清く涼しき滝のしら糸

一三〇六　水上は木末の露やちりひちの積りて高き山のたきつせ

飛滝音清

一三〇七　水上は山かせ落て松の声滝のひゝきといつれ高けん

一三〇八　雪とくる山の滝つ瀬落そひてあらぬ声にも春をわたらん

名所滝

一三〇九　世にひゝくなさへそ高き白雲の上より落る布引の滝

一三一〇　しら玉のまなくみたれてみるも聞もさなから雨とふるの滝つせ

滝

一三一一　松の声滝つ岩なみひゝきあひて涼しくも有か山の下陰

一三一二　岩かねのこなたかなたに別てもより合末やたきのしら糸

澗水

一三一三　すむ人はかけたにみえぬ谷の戸の水や岩もるあるし成らん

一三一四　薪こり水くむ道の便りをも近くやしむる谷の下庵

山家

一三一五　法に入道遠からしをこなひも物にまきれぬ山をもとめて

一三一六　寛永十六四廿四
おもひ入心のおくの隠家にすまはや山はよしあさくとも

一三一七　同十三十廿百首之内
先立て入し心そ馴ぬへき今すみそめん山のおくにも

一三一八　心よりひとりひとりの山住はならふ軒端もしらすかほなる
後柏原院也可除

一三一九　いとふとて皆人毎にのかれなは山や中々うき世ならまし

一三二〇　よしやとへ思ひしよりも山里のすみうからぬもいはまほしきに

一三二一　静なるみ山の松の嵐こそ心につもるちりもはらはめ

山家嵐

一三二二　のかれきて世のはけしさにくらへ見よ聞うきみねの嵐やはある

一三二三　たへてすめ聞うきとても世のうきにかへてそこのむみねの嵐は

一三二四　山松の名にこそたつれみねの庵嵐の外はをとつれもなし

一三二五　思ふそよ市にもすめは住山のあらしにさはく心あさゝを

山家隣

一三二六　ならひすむ人もありけり白雲のたえす棚引みねの庵に

山家煙

寛永十三十一十六二百首之内

一三二七　冬ふかみ更に折たく柴の戸のけふりをそへてさゆる山かせ

山家灯

一三二八　柴の戸にたれかしこきを友として文にむかへる夜半の灯

山家客来

一三二九　さひしさを問来る人も柴の戸の心のおくをしる道やなき

一三三〇　わくらはにとひくる人も柴の戸の少時といはん松の風かは

草庵燈

慶安元九廿四禁中

一三三一　草のとのすき間の風の灯の消やらぬほとゝすむや誰なる

三、『円浄法皇御集』（宮書本）

一三三二　くさの庵の朽なん後の蛍よりかすかに残るよはのともしひ

閑居

寛永十四二晦拝領宣豊朝臣

一三三三　心より静ならすはしつかなるかくれかとてもちりの世の中

閑居待友

一三三四　のかれこし心にも似す夢はなと猶思はすよ世にかへるらん

一三三五　今さらに問へきたれをまつの門さすかに三の径を残して

故郷草

寛永十六三廿四禁中

一三三六　荒まくも春そ思はぬ古郷の垣根にしけきつはな菫に

古寺松

元和二八廿五聖廟

一三三七　法の声にそれもや通ふ高野山暁ふかき庭のまつ風

古寺鐘

正保二正禁中

一三三八　小初瀬やもみち吹をくる山風に声も色ある入相のかね

一三三九　かねの音にけふはあすかのあすといひし我おこたりも今そ驚く

寺近聞鐘

一三四〇　覚ぬへきゆめちそとをき明暮の寺はこゝなる鐘の音（声イ）にも

夕鐘

寛永十四十二十

一三四一　春秋の幾ゆふくれを惜みきて鐘もつきぬる年をつくらむ

一三四二　さすか身はおとろきなからつきはてぬねかひもかなし入相のかね

薄暮鐘

一三四三　声のうちに花ちる山の淋しさもみるはかりなる入あひのかね

暁鐘

元和九四廿四御月次御当座

一三四四　驚かすあかつき毎の鐘の声になをさめはてぬ夢おしそおもふ

野寺僧帰

一三四五　かねの音(声イ)を我すむかたと帰る也野寺の門を月にたゝきて

田家

寛永十三十廿百首

一三四六　もる音(声イ)も水のひゝきも絶はてゝ氷る冬田の庵の淋しさ

同三四廿四

一三四七　はかなしやかりほならぬもかりそめにかこふ田中の賎か家居は

同十四七廿四

一三四八　秋風の宿りとやなす守人もかりていなはの小田のかりほも(はイ)

田家鳥

一三四九　驚かす跡よりやかて帰り来て門田の鳥そ人にましかき(ち)

一三五〇　いまこそと門田の鴈の声の内に軒のつはめも思ひ立らし

門杉

寛永十三十一廿

一三五一　哀たれまつ事もなくさしこめて世を杉たてる門の明くれ

三、『円浄法皇御集』（宮書本）

一三五二　　　　麓柴
慶安三五廿四禁中
日をそふる山のふもとの涼しさに真柴かたしきくらすころ哉

一三五三　　　　岡篠
緑なる麓の野へを分ならすならの葉柴の露の涼しさ

一三五四　　　　幽径苔
寛永十六正廿四禁中
かの岡にもゆる草葉のうらわかみ霜にもかれぬ小篠をやかる

一三五五　　　　市中山居
誰はらふ道ともなしにをのつから苺にちりなき松の下かけ

一三五六　　　　題しらす
たちさらて心のうちをすみかへよさとのいほりもふかきかくれ家

一三五七　　　　此御歌は修学院へ御幸のとき、むかし御覧せられたる野はら人里となりて侍りけれは云々
昔見し野原も里に成にけり数そふ人（民イ）の数（程イ）はしらねと

一三五八　　　　名所鶴
寛永十五七廿
すむつるにとはゝや和歌のうら波を昔にかへすみちはしるやと

一三五九　　　　白鷺立汀
同十六五八
白妙の池の蓮のまたさかぬ汀の鷺は色もまかはす

関鶏

一三六〇 同十四八廿四禁中
名残あれや鳥か鳴音に起出る関の萱屋の月を残して

馬

一三六一 同十四九廿禁中
思ふそよ千里の馬を尋てもしるらん人はさてもなき世を

松

一三六二 同四八廿五
紅葉こそよそにもおもへ松風の声には秋をわかぬ物かは

一三六三 同十四十二十四禁中 拝領女院御所
もゝしきや植しわか世も思ふにはいく程ならぬ松の木高さ

一三六四
百敷や松の思はん言の葉のみちをふるきにいかてかへさん

庭上松

一三六五
家々のまつのことのは散うせぬ庭の訓も幾代ならまし

一三六六
この宿にけふを初とかきつめて千代に(もイ)つもらん松のことのは

砌松

一三六七 元和廿一(ママ)四六禁中
百敷のふることとかたれ我みても久しき代々の松はしるらん

一三六八
もゝしきの砌の松の相生に散うせぬ種やよゝのことのは

名所松

一三六九 寛永十四四廿四禁中
百敷やたれを知人高砂の松のふりぬる昔かたりも(にイ)

三、『円浄法皇御集』（宮書本）

嶺松

一三七〇 払ふよりつもりもやらて雪にさへつゐにつれなき峯のまつ風

一三七一 元和元十一廿
つもりしも終にあらしの枝晴て雪に色そふ嶺の松原

一三七二 霞かとみねの桧原はくもる日も松の嵐そひとりつれなき

一三七三 みねに生るたねもしらしな八千代へん三笠の松の春の一入

浦松

一三七四 和歌の浦や満くる八重の塩風に松もや波のをとをそふらん

一三七五 元和八七二
まつ風も秋に涼しく音かへてうらめつらしき志賀の辛崎

庭竹

一三七六 寛永廿三九親王御稽古之御会　後十輪院出座初度
呉竹の園生に残せよゝの道に老ぬる松の庭のをしへを

窓竹

一三七七 同十三十一廿
いや高く生そふまゝに大空もおほふ計のまとの呉竹

藤白清兵衛といふものゝ笛を聞しめして

一三七八 今年生の陰さへしけく呉竹のはやまもまゝよ見えす成行

一三七九 生出る音よりそしるき笛竹の末の世なかくならんとすらん

塩屋煙

一三八〇 寛永六後二廿四
藻塩焼あまの家たに稀にして煙さひしき須磨の浦波

浦舟

一三八一　難波かた浦浪とをき芦間より同し一葉とみゆるつりふね

漁舟連波

一三八二　明たてはをのか浦々こき出てよをうみ渡るあまの釣舟

一三八三　寛永十四十二四
あま人の一葉にまかふ舟よりも軽き身をゝく波の上かな

漁父

一三八四　さゝかにの一葉に浮ふ姿よりかろき身をまつ舟の上の人

眺望日暮

一三八五　同十六六五
つり舟はみえす成より見え初て暮行沖にちかきいさり火

海眺望

一三八六　飛鳥井大納言依所望一首御懐紙
海士をふね初雪なれやわたつ海の波よりしろき沖つ島山

一三八七　同十六十二廿四禁中　海辺眺望イ
おもかけを浦の煙に先立てかすまん春もちかのしほかま

望遠帆

一三八八　正保三十二三禁中
しるやいかにこき行舟のともかくすそれたにみえぬ波のあはれを

一三八九　見送るをみるやいかなる行舟はまた消ぬまに浪そへたつる

湖水眺望

一三九〇　寛永三三廿四
海童のかさしにはあらて白妙の花の波よるしかの浦かせ

三、『円浄法皇御集』（宮書本）

河眺望

一三九一 拝領池尻宰相
ふかくなる音羽の山のふもと河なつしもしろき波の色哉

一三九二 古の契りにかけし帯計一筋しろき遠の川水 波イ

一三九三 こりつめるしはしかほとも行かへる世のいとなみや宇治の川舟

筏

一三九四 寛永九十廿五聖廟
心あれや散行水をせきとめて紅葉々なからたゝむ筏士

開書知音

一三九五 古をあらはす筆の跡もうしさらすはくたる代とはしらしを

題しらす

一三九六 つくつくと文にむかへはいにしへの心々の見えてかしこき

一三九七 しるしをく世のふる事もをのつから絶たるをつく跡やならはん

暁

一三九八 寛永十四廿四禁中
鳥かねに起出るよりよしあしの別るゝ道を思はさらめや

題しらす

一三九九 おもふ事一つかなへは又二つ三つ四つ五つむつかしの世や

懐旧

一四〇〇　ひらけ猶文の道こそいにしへにかへらむ跡は今も残らめ　一字御談合御謙退故先■(さ)

一四〇一　見すしらぬむかし人さへ忍ふ哉我くらき世をおもふあまりに

題しらす

一四〇二　身はかくて又もこぬ世に水くきの跡たにしはし残さぬもうき

一四〇三　あかさりしむかしの事を書つくる硯の水は涙なりけり

述懐

一四〇四　花鳥の色香も何か老か身は雪より外の友ならてこそ

独述懐

一四〇五　へたてなくいひむつふとも世中に同し心の友はあらしな

夜述懐

一四〇六　何事をおもひつゝけてかくまてはねぬよそつもる涙なるらん

寄月述懐

一四〇七　世を歎く涙かちなる袂にはくもるはかりの月もかなしき

述懐非一

一四〇八　道々のその一たにいにしへのはしかさしにもあらぬ世にして

一四〇九　いかにして此身ひとつをたゝさまし国をおさむる道はなくとも

寄鏡述懐

一四一〇　うつしみぬ我や何なる世中に人のかゝみはいまもこそあれ

寄衣雑

一四一一　うつりかはる世のならひと（をイ）も折々にかふる衣の色やみすらん

速

一四一二　立行も跡になるみのはま衡汐合はやき波のさはきに

寛永九十二廿五聖廟

一四一三　あつさ弓いるにも過て年毎に去年にさへ似すくるゝ年かな

一四一四　芳野川かけも流て行月の雲のみをさへよとむせもなき

相坂関

一四一五　関守はうちもねなゝん人心すくなる折にあふ坂のやま

鳥羽

一四一六　淀川や波よりしらむ曙に鳥羽山松の色そよふかき

一四一七　置まよふ霜の色のみ白鳥のとはたの面の冬そ淋しき

鏡山

一四一八　山の名の鏡をかけて夕日影空にかゝやく雪のいろかな

一四一九　こほるをや曇るといふらん鳰の海の水の鏡の山も移らす

不尽

一四二〇　ものとしてなしとはいはし天地の是もうちなる雪のふしのね

寛文二春の比仙洞の御屛風不二の歌

今上御製

一四二一　いさきよく絵かくはかりにみれは見し俤きえぬふしのしら雪

御物歌(ヲモノ)つくばねのそれにはあらでこぎのこのこよひの月はそらにすめすめ　如此ニモ

一四二二　はねの事(ごと)はやくはゆかでこぎのこの月はこよひの空にすめすめ

孔子

一四二三　たれ道を受つかさらん四を絶四を教ゆるあとしならはゝ

朝聞道夕死可矣

一四二四　学へたゝ朝に聞し道芝の露はゆふへの風にちるとも

題しらす

一四二五　人よしれいへはさら也我思ひ心あまりてことはたらすと

一四二六　しなはやな(本ノまゝ)催し草よ世中のめにも耳にもあまる事こそ

一四二七　まかる木に柳のいとをよりかけてすくなる道を風にとはゝや

一四二八　芦原やしけらはしけれをのかまゝにとてもみちある世とも思はす(は)(にしなければイ)

一四二九　かしこきは捨られぬ身を捨るよに世にすてられて捨ぬ身そうき

三、『円浄法皇御集』（宮書本）

（御落髪の時にイ）

一四三〇　思ふ事なきたにそむく世中にあはれすてゝもおしからぬ身は（そイ）

一四三一　いとふへきことはりまては知人の捨るにかたき世のならひ哉

一四三二　俤はたそさなからに一言もかはさてさめし夢そかなしき

一四三三　さたかなれとはつかあまりに見し月を又もみつかぬ夢そ悲しき

一四三四　現とはおもほえなくにさりとても覚る時なき夢そ悲しき

七十九にならせ給ふ御年の御ねさめに

一四三五　思ひやれいるかことくも梓弓八十近つく老かねさめを

一乗寺宮御返し

一四三六　引かへしいてみまくほし梓弓八十ちかつく君かよはひを

（延宝七イ春ニ入）
八十四にならせ給ふ御年の春

一四三七　是をたに人にみえんもつゝましき八十の後のしきしまの歌

御心地例ならさる中に

一四三八　老の山かりする人もなき物をおちくるしゝのあはれなる哉

又一本余分之和歌

雑

祝

一四三九　君かへん雲のさかひに逢人のなを千世かけて限りしらする

一四四〇　わか宿の庭にそおふる玉椿八千代の色はかねてみえけり

社頭祝

一四四一　幾千代にかけてなかめん男山さかゆく峯の月のみかけを

一四四二　君か代を八千代(世)と守れ石清水すめるにか(あ)へる国民のため

々々月

一四四三　月こよひいかにすむらん石清水にこりなき名も空にかよひて

旅行

一四四四　我なみたつらしや旅をはしめとて草の枕の露そ色なる

羇旅

一四四五　きゝ馴ぬ声のこたへもいかゝせむかたへいなかにさすらふる身は

海路

一四四六　けふいくか遠のうらこく船人もなるれはあかぬ友ならぬかは

三、『円浄法皇御集』(宮書本)

湊舟

一四四七　浦遠く見えぬる月も難波かた芦辺やわくるけさのはつしを[ほ]

羇中船

一四四八　わたし守かゝるたくひの身をとはん角田川原の草のかりねに

々々関

一四四九　都人あかすわかるゝ夢路にはあやなまさしき関もかためす

海辺眺望

一四五〇　なみ高くいるさの月のをくりしほまほかけわかぬ船をしそ思ふ

遠村煙

一四五一　嶺とをく日影は高くさしなから山もとくらきゆふけふりかな

山居

一四五二　声をしる友はたちたる隠れ家の律のしらへにかよふ松かせ

山路日暮

一四五三　峯遠く日も入相の鐘の音に真柴おひつれ帰る山人

山家橋

一四五四　世にかよふ心やそれと太山路の軒端にちかき谷のしは[かけイ]はし

深山嵐

一四五五　滝つ瀬に嵐やおつる山水のすゑのさゝはら打そよきつゝ

々々雨

一四五六　心なき袖の雫もましらなく峯のしらかし雨をもるなり

庭松

一四五七　うつせ猶竹の園生の跡とめて老ぬる松の庭のをしへを

寄菊瀧　雑也

一四五八　菊咲るけふやたかきにのほるかと折ふしことにおもふふる里

雪消山色静　御会始

一四五九　雪とくる春にしつけし年のをのなかきはこやの山のみとりは

独寝別　イ題しらす

一四六〇　ひとりねの閨の灯消しより我かけさへも別れぬる哉

暁更寝覚

一四六一　手枕の寝覚の里のあはらやにもるも（と）しもなき有明の月

老忍少年

一四六二　いくつねて春そと人に問しほ（時イ）とまちとをなりし年そ（比イ）悲しき

三、『円浄法皇御集』(宮書本)

傀儡　テグツ、又クヾツ

一四六三　梶まくらむすひもあへす室の戸のあくるわひしき遠のうら船

囲碁

一四六四　よみあへぬ浜の真砂も乱れ碁の石をあらそふ二つ三つ四つ

鏡

一四六五　朝かゝみよし何にせんむかひても我にそふへき面かけもなし

枕

一四六六　かりにたに一夜枕をいつかわれ草引むすふ中とたのまん

衣

一四六七　なれよ身にかけはなれたる薄衣うすき契りは何にかはせん

糸

一四六八　かた糸のうらあらぬ筋にそ乱れ行人をおもひのするゑ見えぬまて

頼朝

一四六九　折をえて袖の匂ひも真芝かるかまくら山の花のあるしは

最明寺

一四七〇　子を思ふ闇をとはすは伊豆の海や荒礒浪に身をつくさまし

一四七一　小夜更てとりとりなりし土器に面かけも名も残る言の葉

一四七二　こゆるきの礒のみるめもしけきよにともに光や世をてらすらん
一四七三　世にふるも今も（をイ）限りと打槌の音はかりたに身にひゝくらん
一四七四　ふる雪にかけやはかくす埋れぬ名をたつねつゝめくるひかけは

信玄

一四七五　今よりはさらにもいはし更級や姨捨の月もにくからぬ世に
一四七六　けゝらなく草にもなひくかひかねやさやかに照せ月の秋風
一四七七　終の日は思ひしるらめたらちねにうすくつかふる身のおろかさを

弁慶

一四七八　関守もいかてとゝめむ道しある法のをしへをひろめゆく身は
一四七九　おもはすもうきよを出る法の師のかへし袂は児ゆへにこそ

述懐

一四八〇　なからへはさりともと思ふ心こそときにつけつゝよはりはてぬる
一四八一　隠家に身をは心のさそひきて身には心のそはすなりぬる
一四八二　身のうさを思ひしるてふことの葉にいとひなからも世を過すかな
一四八三　よをいとふ心にかなふうれしさはうきにましたる思ひ出そなき
一四八四　憂身には山田のひたのひたすらに秋はてゝこそ世をはすてめや
一四八五　すみわひぬ身に秋風の立田山もみち踏わけいるよしもかな

暁述懐

一四八六　やかてよをそむきやはてん暁のねさめのまゝのこゝろなりせは

夕々々

一四八七　ゆふくれは雲のはたてに物（そイ）そ悲（はカ）しあすしらぬ身のくれて行空

夏々々

一四八八　郭公初音ならては世中に待こともなき我身なりけり

秋々々

一四八九　あはれとは露たにもみよ朝皃の花よりもろき花の行ゑを

寄露述懐

一四九〇　老らくのあかつきをきも頼まれぬうき身やとはん蕣の露

々月々々

一四九一　入かたの山なから（けれ歟こ）みそ武蔵野の草にも月のかけそこほるゝ

々松々々

一四九二　ちらせ露老をはいかに松の葉のちりふく風もふきよはる身に

々海々々

一四九三　いつかわれ御法の海に身をいれんうき塩あひのからきよをへて

々道々々

一四九四　顕はれんとは思へとも和歌の浦に沈むはかひもなみの下草

老後々々

一四九五　みとりこのむかしにかへる身の程や中々よその老もいさめん

一四九六　なへて世の老のすさひもかくやそと思ひあまれはひとりこたるゝ

一四九七　花鳥の色香（音）もさそな老か世はかへにむかはぬ（む事をのみイ）かけならはこそ

述懐動物

一四九八　世中は芦間の蟹のあしまとゐ横に行こそ常のみちなれ

一四九九　みな人は竪（上イ）に目かつく横に行あしまのかにの哀なるよや（今の世中イ）

鹿苑院（寺歟）に御幸ならせたまふて

一五〇〇　よはひをものふる計のましはりやこゝはよもきかほらならねとも

題しらす

一五〇一　あちきなや心のうちのしるへにて尋ねかねたる鴫のくさくき

李夫人

一五〇二　千代もしるしみかきの竹のふして思ひおきてかそふる人のまことに

一五〇三　とはゝこそ露とこたへめとはかりもいはすわらはぬおもかけそうき

富士の画図に賛しおはして

一五〇四　心あての雲も霞も埋れて天の原なるふしの芝やま

一五〇五　ふしのねは雪を地しろに紅のかすみの衣染わけてけり

白川雅陳王のもとに御服の事とはせ給ふて

一五〇六　神こゝろやみにそたとる世の人の種ならぬてふかすにいれとも

御得道の心をよませ給ふて、一糸和尚に下されし御懐紙に

一五〇七　あられふる庭の玉さゝさらさらに人にとくへきこのこゝろかな

一五〇八　風におつるみねのさゝくりさらさらに人はをとせぬ深山辺のさと

本圀寺僧正日蓮の房細写の経を奉りしに、物かつけとて六条中将をやらせ給ふ時、

ふた世とそ水茎の跡を（本ノまゝ）かけて契る妙なる法のはなをうつして

小田原の国鯢和尚斗藪（トソウ）して侍りし比、修学寺の茶店しつらはせ給ふて置せ給ふに、思ひの外なる事侍りて、宇治の槙の島といふところに庵いとなみてすみ侍りしかは

一五〇九　思ひ入しその山出て郭公鳴やむかしの草ふかき（きのイ）うち

沢庵和尚の武江へ趣く時、老たる母を西の京に残せし事をとふらはせ給ふて

一五一〇　おやも子もなきいにしへを君しらは老はてし身の行ゑおもふな

八月廿日定家卿の忌日にあたりぬれは、彼卿の、
明は又秋のなかはも過ぬへしかたふく月のおしきのみかは
と読けるを各々一字つゝかうふりによみ入てよみ侍りしに、くのかなをとらせ給ふて
月前懐旧

一五一一　くりかえし昔をいまに忍へとや玉のをくらの山の端のつき

俊成卿定家卿家隆卿の二つ三つ四つといふ事を歌の履に置て読けるをか[書]ゝせ給ひて

一五一二　五月雨のはれ行かたに見えそめし雲間の星は二つ三つ四つ

一五一三　はやせ川岩間に遊ふ若あゆの数さへみゆる二つ三つ四つ

一五一四　宮人の袖もくれ行鞠の音の雲井にひゝく二つ三つ四つ

小野小町か、あはれいつれの日まてなけかんといひしもなきか数に入ける、と身まかれるとき読る歌を思ひよらせ給ふて

一五一五　むかしたれかそへて入しなき物と生れぬさきにさたまれる身を

御前に鼠の子のあまたはしりまはりしを、上わらはのいとけなきかこそりてとらへさいなみしに、御歌かゝせ給ひてん、此鼠ゆるち[し]やりてよとて読せ給へる

一五一六　ねかはくはゆるせいきとしいける身のいつれか命おしますやある

藤堂大学頭所持の末の松山といふ石を叡感有て、御色紙を被下

一五一七　逢事も我松山は化ならぬ幾年なみのこえむとすらん

一五一八　山といふ名をかる石のそれならて青きはをのか色にそ出くる

江州梓河原よりなりもてくる石の、いまたその名もえさりけれは、われによりて求る事になり、石の青くみとりにして、さなから山のいきほひに似たり、思ふに是はさゝれより世々ふる石の、いつとなく所持かほに苺むしていはほとならむいきほひ有、見るましをそこなはしとその名を青山といへり

一五一九　松の葉の散うせぬ世の例には空にたつみのはふきほし哉

とるも捨るも心よりなれりつゝしめや勇士

右の硯の銘は井伊靭負にくたさる也

寛文四年甲辰秋、珍星世にはふきほしといふ、此星辰巳の方に出、子より丑まて有

一五二〇　さひしさは秋ならねともしられけり鴫たつ沢のむかし思へは

狩野探幽法印か書る鴫たつ沢の歌の風情したる絵に、東福門院より頼み奉らせたまひ、鍋島信濃守かたへたまはりし時

一五二一　さりともとうみ山越て大井川わたりもあへす名をやなかさん

同しく法印のかける旅人の、駿河国なる大井川をわたりかねておもひくるしむけしきを書る絵に遊はされたる御賛、日門主いたゝかせたまへり

同しく法印の書る、わかき女の道のかたへに行たをれて空しく成しところをかきたる絵によませ給ふ御歌

一五二二　むかしたれおもひをかけし黒髪のみたれてともに道芝の露

山家

一五二三　そのまゝに心のうちをすみかへよ山もうきよの外ならぬかは

題不知　尺教ノ部ニ入　イ本題不知春の奥ニ有

一五二四　君みすや散花なからとのもりの朝きよめせぬ庭の光を

題しらす

一五二五　言の葉の種ならぬかは水遠く山かさなりて霞む梢も

陽春布徳　御会始

一五二六　等閑に折つる物を梅の花こき香ふ（に）我や衣そむらん

花留人

一五二七　見るか内にかたらふ人の情まて花にそへてもえ社みすてね

山月

一五二八　むかしおもふ高野の山のふかきよに暁遠くすめる月かけ

題しらす

一五二九　花ならは移ふ比の空の月かたふきなからそふ光かな

忍恋

一五三〇　難波女か小夜に折焼しほれ蘆のしのひにもゆる物を社思へ

忍逢恋

一五三一　思ひをけ床の山には人しれぬ又たまさかの夢も社あれ

深夜帰恋

一五三二　あかすしも別れぬ程を徒に月もふけぬと人をうらみて

一五三三　難波津を　今朝こそみつの　春の夜の
あくるもしらて　にはとりの　とりとりかはす
さかつきの　さすかにしのふ　しきしまや
やまと言の葉　ことかたの　人のゆくゑも
わすられて　筆にすゝりに　からやまと
えそしら雪の　ふることを　口にもつゝり
ふみにのへ　いきのふるまて　ちはやふる
神にちきりて　八百よろつ　代々をもこめて
さゝれ石の　いはてたゝにや　やみの夜に
にしきをきても　ふるさとを　なををのゝえの

くつる世も　くたりてこゝに　すみの江の
岸に生てふ　わすれ草　忘れてやとる
そての月　むかふまはゆき　あさゆふの
市女のをかさ　かつきつれ　つれなきなから
このたひは　梅のかことも　余所の春風

名所御歌　余分

清見関

一五三四　もる人もさてや波間の清見潟こゝろをとむる関の名ならし

富士

一五三五　ふしのねを見し俤のいつきえてあらぬすちなる山やたとらん

二村山

一五三六　朝夕のなかめをわけて二むらの山にいろよき初もみちかな

二見浦

一五三七　月影も冴行まゝにいせ島やふたみのうらに千鳥なくなり

吹負（飯）浦

一五三八　天つ風ふけ井の浦に住鶴やゆたかなる世の数をそふらん

三、『円浄法皇御集』（宮書本）

古川野辺

一五三九　二もとの杉のたちともみかくれぬふる川のへの五月雨の比（再出可除）

巻向

一五四〇　まきもくのひはらの末もくもるまて春やかすみの遠に立らん

朝原

一五四一　霞ゆくあしたの原に駒とめて遠近人の道まよふなり

比良根

一五四二　こまとめて花にそくらすあふみちのひらの高ねに雪はるゝ頃

伏見

一五四三　梓弓ふしみのさとに立かへる花のまとゐそうらやまれぬる

船岡山

一五四四　ふな岡のすそのゝ春の草の原しらすみなれぬおもかけそたつ

宇治川

一五四五　一すちのつゝみの柳枝なへてかすみになるゝうちの川風

床依（浦イ）波

一五四六　ともしひのまたゝく影はさゝ波のよるよる床の浦ならねとも

物名

かにはさくら、こさくら

一五四七　初花もさこそほかにはさくらめと此色のこさくらふへしやは

みやま　ツヾケテカ　つくみ

一五四八　大和路を絶すかよひし折のみやまつくみてみん井ての玉水

微子、宰我、子夏、孔子、子路といふ文字を

一五四九　仙人はさひしさいかにしかなきてをくしもしろし岡野への松

笙、笛、篳篥、琴、琵琶　此五つを物名に

一五五〇　うしやうし花匂ふえに風かよひちりきて人のことゝひはせす

御山庄に御幸ならせ給ひて幡枝といふ事を

一五五一　ゆかてはたえたえし春の山里に見し俤の月はかすます

沓冠の御歌

このちやゝたくひなしといふ事を

一五五二　ことさらのちよの初ややまとうたくりかへしうたひなをあふくらし

此歌イ本ニいへつくりたくひなしと有て

一五五三　いく世をへ月もみるへくりち(律)のうたくりかへしうたひなをかけもなし

釈教

釈教

一五五四　ふかく入も浅しとをしれ法の道山のおくなる麓ならすは

春釈教

一五五五　霜なから消も残らし春日さす野への若菜のつみは有とも

空門極品

一五五六　空しきか色なき色は誰かみんよし見ぬ(ん)人も見ぬよならすは

此御歌は金地院巣雲に被下となん

一五五七　秋霧の立も及はぬ大空のくまなき月は見る人もなし

僧問趙州如何是祖師西来意　別云庭前柏樹子

一五五八　染なさはうしや西より来る秋の色はいろなき庭の梢を

世尊拈華迦葉微笑

一五五九　一枝をさゝけてしめす花の色をしる人もなしよししらすとも

一五六〇　えみのまゆひらけし花は梅か桃か誰しらさらん誰知らすとも

一五六一　イ心もてひらくる華は梅か桃かとはゝや人によしいはすとも(補入歌)

徳山入門便捧

一五六二　明石かた迫戸こす舟を打波に巌も山ものこるものかは

僧問趙州枸子還有仏性也否別云無

一五六三　かくれ家のいつくかはあるゑのこ草それはとゝへは山なしの花

高亭隔江見徳山便云不審徳山挙扇招高亭忽然大悟

一五六四　風清し山つらなりて水遠き入江の波のしろき扇は

応无所住而生其心

一五六五　ぬしやたれとはゝこたへよ海人の子の宿も定めぬ波のうき舟

未顕真実

一五六六　十といひて四方の山辺の春にたに見さりし法の花は咲らん(そひらくるイ)

慶安三十一十一本源自性院関白一周忌追善左府勧進、近衛応山公也

一五六七　たへなれや終に四十の霜の後よにあらはるゝ松のことの葉

如是我聞

一五六八　我聞し人の心を種として世々にや法の花はさくらん

照于東方

東照宮十三回要文五十首巻頭

一五六九　いちしるし妙なる法に逢坂の関のあなたを照らす光は

三、『円浄法皇御集』（宮書本）

在於閑所

一五七〇　をのつから月も曇らし静なるこの山水のすめるこゝろに

一五七一　静なるみやまの松の嵐こそ心につもる塵もはらはめ

无諸衰患

一五七二　頼もしな普ねき露のめくみには花もおとろへす蝶もうれへす

一五七三　あふけなを八島の外も波風のうれへなしてふのりのまことを

啐啄同時眼

一五七四　さやけしなかいこを出るかりかねにやふしもわかすあくるひかりは

啐啄同時用

一五七五　立居なくかいこの鳥の翅こそ山もさはらす海もへたてね

題しらす

一五七六　ありと有ことはさなから内も外も世の常ならぬ世の常をこそ
此御歌は回録の時、顕令和尚へ

一五七七　物ことに聞ても思へ見てもしれかたき岩瀬はやすの川原を

一五七八　いへはえにいはても何か耳に聞目にみる事の外にやはある

一五七九　見しや誰みさらんたれか見すもあらんみもせぬ人の見ぬは（もイ）みぬかは

一五八〇　君みすや散花なからとのもりの朝清めせぬ庭のひかりは
再出

一五八一　花鳥の色音も何か老か世はかへに向へる外なくて（はん事をのみこそイ）社
異本左注に、かへに向はん事をのみこそと被遊しを拝見と云々

一五八二　をのつから思ふは物を思ふかはおもはてこそはうき思ひなれ
此御歌は座禅観法のつゐてに無覚無成の心をと有、御懐紙安井門跡ニ有、尊像ニ添らる

又一本余分和歌

釈教

十界

地獄界

一五八三　くるしみの海にふかくもしつむ身のうかふも法の舟はあれとも

餓鬼々

一五八四　幾千々のこかねを家にかさねても猶老の身の市にたつ哉

畜生々

一五八五　あこかれて妻よふ猫と諸声に人目も恥ぬ閨のゆふくれ

修羅界

一五八六　いくそたひいきしにみする乱れ碁の争ふ石や二つ三つ四つ

人間々

一五八七　朝顔の露に宿かる塵の身の風をまつまの人の世そうき

天上々

一五八八　うき秋の紅葉にもるゝ松か枝も千年をまたぬ雪をれの声

声聞々

一五八九　わしの山常にみのりの花はあれと香をのみしりて色はしられす

縁覚々

一五九〇　それとみる心の池の水の面になをかけうすきおほろよの月

菩薩々

一五九一　たのもしなたとへは罪に沈むなる人をもたすけ露となる身は

仏々

一五九二　影はなを限なき月の鷲の山しはし煙の末にきえつゝ

亦
地獄々

一五九三　のかれ出む限りもしらす（ぬイ）身のはてよいかにならくの底の中みち

餓鬼々

一五九四　堪かぬるあつさやしはし忘るゝとたちよる水もほのほとそなる

畜生々

一五九五　つくりお（を）くつみの此世にめくりきてはこふおもにやうしの小車

修羅界

一五九六　あけになる巷にいとむ争ひのむねのつるきをいつ折（払カ）ふへき

人間界

一五九七　わくらはにうけえし身ともしらま弓なとうきわさと心ひくらん

天上々

一五九八　おとろへん身の行ゑをも久かたの雲にたのしむ天津乙女子

声聞々

一五九九　散そむる一葉のをとにしくれけりしはしまよひのうたゝねの夢

縁覚々

一六〇〇　鷲の山手折し法の花の枝にひとりゑみけん心をそうる

菩薩々

一六〇一　天津風はらひつくせる大空にまた一むらの雲そのこれる

仏々

一六〇二　のほり得て今社五十ふたしなの位たのしき山のいたゝき

十界一心の心はへを

一六〇三　うきしつむさかひは十の品々も心つかひに身をやわくらん

空

一六〇四　雨となる雲井の声もうたゝねの夢も跡なき山郭公

仮

一六〇五　うたゝねの夢路にしはし降雨のくもに一声なくほとゝきす

中

一六〇六　ほとゝきす夢（雲）に鳴つる雨の夜もわすれぬ夢のさむるうたゝね

仏生会

一六〇七　うけそむるたらひの水をたねとしてたえぬ御法の花をみる哉

神祇

寄花神祇

一六〇八　寛永八三十四詩歌御会
あかすとや神もうくらん色も香も深き心の花の手向を

寄月神祇

一六〇九　同十六八十五
月よみの神の恵の露しけき今夜の秋そひかりことなる

秋神祇

一六一〇　同十五廿四禁中
稲葉にもあまるめくみの露ならんあまたの神にたてるみてくら

伊勢

一六一一　同十六七廿四禁中
動なき下つ岩ねの五柱身をたつる代々の例ならすや

一六一二　濁なき心のみちをたて初し五十鈴の河の宮はしらかも

社頭

一六一三　賀茂社造営の比
うつしてもみてや宮井もあらたむる加茂の川霧ふるき例に

一六一四　伊勢
見ても思へすなほなるしも陰高き内外の宮のかやか軒端を（はイ）

社頭暁

一六一五　寛永十六六廿四
暁の霜も置かと神垣や榊葉しろき夏の夜の月

社頭松久

一六一六　同十五五七
すみよしやいつのみゆきに相生の松はしるらん世をもとはゝや

社頭祝

一六一七　同廿二廿五聖廟
代々かけて頼む北野の一夜松ひとつふたつの道の為かは

一六一八　一夜松十かへりの花も百千度なを咲そはん宮ゐ久しき

神社祝　隠岐の国へつかはさる

一六一九　隠岐の海のあらき波風静にて都の南宮つくりせり

社頭水

一六二〇　月こよひいかにすむらん石清水濁なき名も空にむかひて

此三冊者水田氏所伝也

遠江守　」

『円浄法皇御集』　下

御着到之百首　寛永十四年三月三日初ル

立春

一六二一　梓弓やまとの国はおしなへておさまる道に春やきぬらん

朝霞

一六二二　よは春の民の朝けの烟よりかすみも四方の空にみつらし

谷鶯

一六二三　鶯の声のうちにや雪ふかき谷の心も春にとけゆく

残雪

一六二四　峯つゝき都に近（遠イ）き山々の限りもみえて残る雪かな

若菜

一六二五　ひまみゆる沢辺の氷ふみ分て若菜つむてふ道は儚（まと）はす

里梅

一六二六　吹か（まイ）よふ空にみちてや梅か音もたかさとわかぬ月の下風

軒梅

一六二七　たれとひて去年はともみむ浅茅生や人は軒端の梅の盛を

春月

一六二八　鳴くらす鶯のねに悦ひの色をそへてもいつる月かな

春曙

一六二九　見しまゝの心にとまる俤やたかならはしのはるの曙

帰鴈

一六三〇　したはれて来にし心の鴈ならは帰る雲路をいかてしるらん

春雨

一六三一　東屋のまやのあまりにかすめるやふるも音せぬ春雨の空

岸柳

一六三二　生交る岸根の竹のふし柳おなし翠も春や分らむ

待花

一六三三　またてみん思ふにたかふあやにくの世のことはりに花やさかぬと

初花

一六三四　珍しとみるを心の千入にて咲色ふかきはつさくらかな

見花

一六三五　いかなれやみる物(か)もらのわりなさも心の花の春にそひゆく

三、『円浄法皇御集』（宮書本）

花盛

一六三六　明日をまつけふこそ花は盛なれ咲のこらねはちらすやはある

落花

一六三七　よしやふけ散も色香の外ならぬ花には風を思ひかへさん

款冬

一六三八　誰ゆへにいはぬ色しも乱るらんしのふにはあらぬ山吹の露

池藤

一六三九　いけにすむ鴛とやさこそ行春をうらむらさきに藤も咲らめ

暮春

一六四〇　花鳥にあかてそつゐにくれは鳥あやなや春のあまる今年も

更衣

一六四一　ちる花の雪をたゝめる夏衣かへてもはるの名残やはなき

卯花

一六四二　咲出る折しもあかす卯花は月なきほとの庭のひかりに

待子規

一六四三　ほとゝきす心のまつのみさほにもくらへ苦しき声の難面さ

聞郭公

一六四四　覚はてぬ暁闇の一声は夢にまさらぬほとゝきすかな

杜鵑稀

一六四五　疎くなるをのか鳴音も色みえて青葉の花の山ほとゝきす

故郷橘

一六四六　すみ捨しむかしもとをく古郷のぬししらぬかににほふたちはな

早苗

一六四七　せき入る山下水の木隠や雨待あへすさなへとるらむ

五月雨

一六四八　木末にも魚もとむへくそなれ松波にしつめる五月雨の比

鵜川

一六四九　河そひの柳にすくや篝火の影もみたるゝうふねなるらん

叢蛍

一六五〇　朽はてぬ後こそあらめ草の上に蛍や何のもえて行らん

夏草

一六五一　あけまきの放飼野の夏ふかみかくるゝくさの陰をうしとや

三、『円浄法皇御集』（宮書本）

夏月

一六五二　てりそはん紅葉はしらす秋風も月のかつらはまたぬすゝしさ

夕立

一六五三　俄にも浪をたゝへし庭たつみかはくもやすき夕立のあと

杜蝉

一六五四　ゆふひさす（木かくれて朝夕イ）梢の露になくさめ（蝉）の涙ほしあへぬ衣手のもり

夏祓

一六五五　けふのみと夏は人まね麻の葉を瀬々に流してみそきすらしも

早秋

一六五六　末終に身にしむいろの初入や衣手かろきけさの秋かせ

七夕

一六五七　一年を中にへたてゝあひみまく星のちきりや思ひつきせぬ

荻風

一六五八　かけ高き松に吹たに埋るゝ軒端のおきの秋風のをと（くれイ）

萩露

一六五九　此宿にうつしうへても萩の戸の露の光はにるへくもなし

女郎花

一六六〇　しら露のかさしの玉の女郎花よそひことなるはなのおもかけ

夕虫

此御製拝領中村六兵衛
一六六一　宿りとる誰をまつ虫草深きまかきを山とゆふくれの声

夜鹿

一六六二　あまをふねよるの袂をぬらすともさしてしらすや棹鹿の声

初鴈

一六六三　古郷を秋しもよそに別れ来て鴈の泪や空にしくるゝ

秋夕

一六六四　なかめこし幾よのあきの空(うさ)ならん我とはなしの夕くれの空

山月

一六六五　吹のこせかゝるそひかりさしのほる月のなかはの山風の空

野月

一六六六　やとりけり月も花野の露分て家路わするゝ草の枕に

河月

一六六七　月そすむ舟さし下す河波の夜の雨きくをとは(もイ)さなから

江月

一六六八　かり払ふ手にまかせてや芦間にもみかく玉江の波の月かけ

浦月

一六六九　浦人の夕暁ゆく舟は波路をかへて月やみるらむ

籬菊

一六七〇　見し春もまかきのてふの夢にしていつしか菊に移る花（秋イ）かな

擣衣

一六七一　うつもなを聞人よりは夢やみる更てきぬたのしはし音せぬ

暁霧

一六七二　さたかにももりくる鐘の音なからあけぬ夜ふかき嶺の八重霧

岡紅葉

一六七三　染あへぬ枝も手毎に折つくすゆきゝの岡の紅葉々はおし

滝紅葉

一六七四　戸難瀬川水の面には散ぬまも紅葉をくゝる瀧の白糸

九月尽

一六七五　けふたにもいかゝとゝめん又こんは思ふにとをき秋の別れを

初冬

一六七六　秋風のをとをも更に吹かへて又おとろかす冬はきにけり

時雨

一六七七　ゆふま暮聞まかへつる松風のやかてもさそふさよしくれかな

落葉

一六七八　染そめすつゐにあらしの末の露本のしつくとちるこの葉哉

朝霜

一六七九　霜なれや光おさまる有明のことはり過てさやかなるかけ

寒草

一六八〇　冬枯の草葉にも見よ色といへは千くさなからにあたの世中

鴴

一六八一　なみかゝる袖の湊の風をあらみさはく千鳥やよるかたもなき

水鳥

一六八二　見しあきの錦絶たる川波に重てうかふをしのけころも

氷初結

一六八三　照日にも猶たえさりし山水の音こそきかねけさや氷れる

三、『円浄法皇御集』（宮書本）

冬月

一六八四　見る人の袖さえとをる小夜風そ落葉か後の月のくまなる

鷹狩

一六八五　くるゝをもしらすや分るかり衣なを心ひく鳥のおちくさ

野霰

一六八六　思ふそよ故郷とをき旅ねして霰ふる野にあしれ（ら）ける身を

浅雪

一六八七　ふみわくる沓もかくれぬけさのまをとふは思ふに浅き雪哉

積雪

一六八八　降初てつもるを思へをこたらぬ学ひなりせはまとのしら雪

閑中雪

一六八九　人をまつ心の道の絶にしも雪ははらはんよもきふの庭

歳暮

一六九〇　けふ毎に過行年をくれぬとて身に驚くもいへはおろかさ

初恋

一六九一　思ひたつ是そあしもととをくとも恋の山路の末もまよふな

忍恋

一六九二　しのふとも見えしと思ふ泪をはまきらはさんも猶こゝろせよ

祈恋

一六九三　ねきことのしるしも見えぬ我ためは神もいさむる道をしれとや

聞恋

一六九四　いつはらぬ詞としるに聞あ（わイ）かすをくれしかたもさすかかたるを

不逢恋

一六九五　終にいかに真の色を見はてんの重きかたには猶たのむかな（ともイ）

契恋

一六九六　もろ神をかけて契れは行末の松にはこえん波も思はす

逢恋

一六九七　たくひなやあふ夜となれはつらかりし人にもあらすとくる心も

別恋

一六九八　急くなよも又はこし此度やかきりとしたふけさの別を

後朝恋

一六九九　われこそはさそひて帰る俤をあとには人のさしもとゝめし

三、『円浄法皇御集』（宮書本）

遠恋

一七〇〇　立返りとふとも遠き中道に心の外の世をやへたてん

近恋

一七〇一　人はたゝみたにをこせぬ我宿のまつとはさこそしるき梢も

別恋

一七〇二　あま衣なるとはすれといせしまやあはぬうつせはひろふかひなし

顕恋

一七〇三　うしや世の人の物いひさかなさにまたき我名ももれんとすらん

増恋

一七〇四　神よいかに聞たかへたる恋せしの御祓（はらへイ）しまゝに増るかなしさ

偽恋

一七〇五　事よきにはかられきては偽のしらるゝきはを人にうたかふ

変恋

一七〇六　つらくてもさらにはてしとかはり行心をしゐて頼むはかなさ

経年恋

一七〇七　さりともとなくさめきぬる年月に中々つらき限りをそみる

忘恋

一七〇八　千重増る霧やへたつる我かたに春日つもりて遠き絶間を

片恋

一七〇九　よしや人それにつけても思ひしらは思はぬかたのよそにたにあれ

恨恋

一七一〇　をのつからみゆらん物を恨ともしらすかほなるそれも一ふし

浦松

一七一一　住吉の松のみとりも猶そへてあまの家たにあやめふくらし

窓竹

一七一二　なよ竹のなひきふしては五月雨の雨くらからぬまとの内かな

山家嵐

一七一三　堪てやはみやまの庵に聞初しその夜のまゝの嵐なりせは

田家

一七一四　おもへ世は玉しくとても秋の田のかり庵ならぬ宿りやはある

羇旅

一七一五　たひ衣うちぬるまゝにふるさとにかよふゆめちはあしもやすめす

述懐

一七一六　後の世のつとめの外は事なくて物にまきれぬ身をつくさはや

懐旧

一七一七　みちみちの百のたくみのしはさまて昔をよふ物はまれにて

神祇

一七一八　頼むそよみもすそ川の末の代の数には我ももれぬ恵を

釈教

一七一九　耳に聞目にみる事のひとつたに法の外なる物やなからん

祝言

一七二〇　敷島の此ことの葉に何事かまさきのかつらなかき例は

御着到之百首　毎日一首宛エイズルコト也

立春

一七二一　あまの原霞のうへに出る日の光もたかし春や立らん

霞

一七二二　和田のはら行ゑもはても白波のたつをかきりにかすむ春哉

鶯

一七二三　是やこの治まれる世の声ならしみかきの竹の鶯の声

残雪

一七二四　あさほらけ山のいつこは見えわかて霞のひまに雪そのこれる

若菜

一七二五　打むれてけふやわか（袂にイ）なを摘そめん野辺のわかなはありきあらすみ

里梅

一七二六　はるは只たかさとわかすさく梅の香をなつかしみ住やなれまし

檐梅

一七二七　さそへとも恨ぬ風のやとりかなにほひつきせぬ軒の梅かえ

春月

一七二八　寒かへる霞の袖の薄氷猶とけやらぬ月の影かな

春曙

一七二九　かすみのみ明行夜半の光にて月も残らす山の端もなし

帰鴈

一七三〇　鳴ぬなり霞のをちの春の鴈たなひかれぬる夕くれの空

春雨

一七三一　有馬山ありつる峯の見えぬまて霞むい（ゐ）な野の春雨の空

柳

一七三二　なひく也なきたる空のあさ緑春の空（雲）さへ青柳の原（糸）

待花

一七三三　さきぬやといそく心の花かつら木すゑにかけぬ時のまもなし

初花

一七三四　かさしにもおらて見はやせはつせめの初はな桜さきにほふなり

見花

一七三五　宿かりて春のいく夜をおしみきぬ月も折しる花の下ふし

盛花

一七三六　とをからぬ嶺に八重たつ白雲にさかりしらるゝ山桜かな

落花

一七三七　木の下にめてこし春の日数さへつもれは花の雪となるもの

款冬

一七三八　思ふ事いはぬ匂ひの花なから（へ）たてすや色にいての山ふき

藤

一七三九　すみの江の松の木かけに咲藤のしつえを洗ふ浪かとそみる

暮春

一七四〇　何をかもくれ行春に手向山さくらのぬさは散過にけり

更衣

一七四一　はなの香を忍ふもちすり夏きても心を（そめぬイ）　袖ならなくに

卯花

一七四二　底となき里のゆくてのうつきはらまたれぬ花も今さかり也

待郭公

一七四三　折しきて今夜も明ぬ時鳥なをやまつら（ち）のやまの下柴

聞子規

一七四四　こと夏はいかゝと聞し古事もいまはた忍ふほとゝきす哉

早苗

一七四五　ゆたかなる水のまにまにせき入て民やすきよのさなへ取らし

橘

一七四六　橘に昔の風のかほるともをよはぬ袖はいかゝふれまし

五月雨

一七四七　あま人の袖にも浪のこゆるきや岩（礒）の玉は（も）のさみたれの頃

夏草

一七四八　穂に出ぬすゝきかうれに露ちりて秋をそまねくのへの夕風

夏月

一七四九　秋よりも真砂の霜よ（に）影さえて月になつなき鐘のをとかな

鵜川

一七五〇　をのかなる（す歟）光みるさへいとゝしくくらき夜川にかゝりさす也

蛍

一七五一　かこつ哉みちの光はある世にも窓のほたるのをろかなる身を

夕立

一七五二　此里は日影そめくる山たかみ晴ぬ雲井や夕立のそら

蝉

一七五三　鳴すさむ蝉のはやまの夕付日もるかけうすし木々の下道

納涼

一七五四　なつをさへしらぬ翁にむかふ哉結ふ清水にかけや（をイ）うつれる（してイ）

夏祓

一七五五　みそきする河瀬もふりぬみよしのゝいつの山人ゆふなかしけむ

初秋

一七五六　今朝よりは音もいつしか高円の尾上吹こす秋のはつ風

七夕

一七五七　けふにあふ七夕つめのあまつひれふりはへ契るははろしるしに(も)

荻

一七五八　吹たひにきゝもすくさすかつは恨みかつはなくさむ荻の上風

萩

一七五九　駒なへていさみにゆかんとはかりも誰かいはせの野辺の秋はき

虫

一七六〇　ゆふくれの秋吹風にきゝそへていとゝ身にしむ虫の声哉

鴈

一七六一　心より夜寒はさすかなれぬらん今さら誰に衣かりかね

鹿

一七六二　ゆめに只あひみぬ妻や烏羽玉のよはをはかなみ男鹿なくらん

秋夕

一七六三　厭はしようからすとてもうかるへし秋に夕のなきよなりせは

秋田

一七六四　あけ渡る門田の稲葉ほのほのと靡くかたより秋風そふく

山月

一七六五　足引の山の木のまに月も出ぬはたやこよひも心つくさん

野月

一七六六　ふけにけり置そふ露も玉たれのこすのおほの丶よはの月影

関月

一七六七　夜と共に関吹こゆる浪風を月に聞なり須磨の浦人

橋月

一七六八　葛城やあくる残(名)た(残)のなをさりにえもいは橋のよるの月影

浦月

一七六九　ふきにけり秋なき浪のはなもなを月に色そふ夜半の浦風

菊

一七七〇　九重の庭にやちよをつむ筆の露もやいと丶玉をしくらし

擣衣

一七七一　あき風も涙もよほす古郷に今やたらちめ衣うつらん

霧

一七七二　いつみ川いつみしよりも霧立て渡りそとをき秋のゆふ暮

杜紅葉

一七七三　染やらぬしのふの森のうす紅葉おくゆかしくも打時雨つゝ

河紅葉

一七七四　たつ田川なにたつ木々の唐錦思へはなみのたゝんとそみる

暮秋

一七七五　しかりとてとゝまらなくに行秋の道の芝草霜まよふなり

時雨

一七七六　村時雨ふるさとさむくならのはの名おふ宮も冬はきにけり

落葉

一七七七　やまさとにふみちふみわけ人とはゝ嵐を寒くわふとこたへむ

霜

一七七八　夜もすからさえし帳はとけにけり霜のふるはもあかぬ情に

三、『円浄法皇御集』（宮書本）

寒草

一七七九　冬さむみ霜もふるえの萩の露にかりの泪や氷そふらん

冬月

一七八〇　かさゝきのかけたる橋は[ゃ]これならん霜さへわたる夜半のつきかけ

氷

一七八一　さはた川袖つく水もゆきなやみ氷そかゝるまきのつきはし

霰

一七八二　ひろふともしはしはきえし霰さへこほりてたまる玉さゝの上

千鳥

一七八三　あけかたの月もかたみの浦風に猶友さそふ千鳥なくなり

水鳥

一七八四　池水にこほりの関や隔つらんつかはぬをしの声そ聞ゆる

浅雪

一七八五　ふる程もあさちにましり咲花のなひくとそみるけさの初雪

深雪

一七八六　落葉せし梢の雪はをもからて松にとのみも積るころ哉

神楽

一七八七　神もさそ真弓槻弓おしかへしうたふ声には心ひくらん

鷹狩

一七八八　いまも猶さか野の雉の音にそ鳴代々の御狩の跡や忘れぬ

炭竃

一七八九　薄煙なひくをみれは天雲のよそにもしけき嶺のすみかま

歳暮

一七九〇　行年もくれなはなけの花のかけうつる日かすもさのみ惜まし

寄月恋

一七九一　人しれぬ袖の中にもたまり水ありとやこゝに月やとるらん

寄雲恋

一七九二　しのへともむなしき空に行雲のさてもはれぬは心なりけり

寄風恋

一七九三　この暮も又いたつらにあすか風身にのみしみて吹や過けん

々雨々

一七九四　今宵しも雨は降きぬおなしくはとへかし人のさこそぬるとも

三、『円浄法皇御集』（宮書本）

々露々

一七九五　おもひしれ露は化物あたなれとむすへは草のなひきやはせぬ

々山々

一七九六　いつよりか思ふかけみん妹背山中なる川そ袖と（に）なかる〻

々原々

一七九七　契しもあたちの原に小夜更ぬうきくろつかや独たとらん

々海々

一七九八　したへともいなはの海の奥津波千重にそ人の思ひへたつる

々橋々

一七九九　渡るてふことはなからのはし柱くちぬうき名のなにそたつらん

々関々

一八〇〇　よひよひに誰ゆへならぬ関守をかこつ身とてもいやはねらる〻

々木々

一八〇一　わたつみの底はかとなく流れ木のなかる〻便（しほイ）そからき思ひは

々草々

一八〇二　契りたにかれすはなにかたとらましよしや恨みし鴫のくさくき

々虫々

一八〇三　思ひ侘ぬいまも契りは秋の虫のさせるふしなき音のみなかれて

々鳥々

一八〇四　まち得てはいそきたつらん鳥かねをおなし心にいひなすもうき

々獣々

一八〇五　しらさりき契りもうちの里の犬のとかめし声を限りなりとは

々玉々

一八〇六　つゝまれぬ物にそ有ける心さへくたけておつる袖のしら玉

々鏡々

一八〇七　思ひのみますみのかゝみ手にとれはかけもとまらす言葉かはさす

々枕々

一八〇八　扨も又いかにみゆへき夢とたにしらぬ枕に頼むはかなさ

々衣々

一八〇九　うきなからかくてふるきのかは衣なとかしほれぬ色にみえけん

々糸々

一八一〇　いつまてかこなたかなたにかけつけんうきかたいとの絶ゆるちきりを

三、『円浄法皇御集』（宮書本）

暁鶏

一八一一　かきりなき我ねさめかなあかつきのゆふつけ鳥は八声なくとも

松

一八一二　ふりにけり幾代の霜を重ねけんかけもねかひも高砂のまつ

竹

一八一三　すくなれと窓の呉竹ふして思ひおきてもまなふ敷島の道

山家

一八一四　宿しめて住人かたし山ふかみこととふまての老はあれとも

田家

一八一五　身を秋のかりなるいほと詠めつゝ山田もるてふ静にそすむ

旅

一八一六　くるゝ迄こえつる峯のたかし山ふもとの原にこよひかもねん

浦鶴

一八一七　雲のうへに和歌のうら鶴ところえてかよふも高き御代の例そ

述懐

一八一八　かすかなる庭のをしへをしたふとも絶たるをつく道につかへて

神祇

一八一九　五たひの跡に四代へていまも又あくるをあふく玉津島ひめ

祝

一八二〇　我君の有へん千世のありかすにあつめてけりなやまとことのは

名所御百首

音羽川

一八二一　それとのみ水行川もをとはかはをとするかたに春はきにけり

（巻向）桧原

一八二二　巻向のひはらもいまた雪なからくもり初たる朝かすみかな

初瀬山

一八二三　はるなから賤か衣もはつせめの雪うすき日に若菜つむらん

古川野辺

一八二四　（奥ニ入）二本の杉のたちとも見かくれぬ古川野への五月雨の比（補入歌）

遠里小野

一八二五　住吉の遠さとをのゝ真萩原露けき袖に秋風そふく

三、『円浄法皇御集』（宮書本）

印南野

一八二六　いなみのゝ浅茅色つく夕露ときえ残りたる老か身そうき

伊波世野

一八二七　小鷹狩月になるともかへるやと誰かいはせの小野のゆふへは

常盤山

一八二八　くれなゐに猶ふり出て鳴過る（ぬイ）おしむときはの山ほとゝきす

岩倉山

一八二九　永き日もあかてそたとる足引のいはくら山のつゝし咲ころ

八塩岡

一八三〇　一しほと八しほの岡の紅葉々も浅からぬ色を露やそふらん

三室戸山

一八三一　おりはへす（てイ）錦とけふや三むろ戸の山の紅葉は霧にうもれて

久世渡

一八三二　白露も玉ぬくはかり山しろのくせのわたりの風のあさけは

暗部山

一八三三　みちとせになるてふもゝの君か代の春やくらふの山にちきらん

鞍馬山

一八三四　くらふ山花のなみさへうつまゝやけさはかすみを河とたゝえて

貴布祢山

一八三五　きふね山よしさはきねかつゝみまてかたおろしなる風のこゝろは

阿太胡山

一八三六　きえね只かたみの雲もあたこ山あたら桜やあとのはる風

榁原

一八三七　閼伽にほふしきみか原の草枕むすふ夢路も御名そわすれぬ

松島

一八三八　けふもあれなあすのゆふせを松島やをしまか磯の月のみるめは

清滝川

一八三九　清滝や岩瀬にそむるなみ衣なみならぬ秋も紅葉にそしる

松尾山

一八四〇　いろかへぬ松のを山に幾千代をかけていのるや秋のみや人

稲荷

一八四一　照せなをうきよにのみと老か身のたのむねかひは三つのともし火

花山

一八四二　ふりぬれとゆかりの色は花やまのよそならぬまて面影にたつ

粟田山

一八四三　しら雲やあさ(は)たつ山の朝朗まなくとひくるはつしくれかな

鳥部山

一八四四　さためなき煙の末も(に)もれ出る鳥部の山はしくれしつゝも

笠置山

一八四五　馴ねとも袖をそぬらす手にとらぬかさきの山の花のふゝきに

瓜生山

一八四六　にゐ酒にさかなもとめてうりふ山ふもとの春にやとりとらまし

小松峯

一八四七　なれたにも思ふ小松か峯深くうき世をよそにましらなくなり

氷室山

一八四八　下さゆる氷室の山に夏の日をかりねするともうきは離れし

紫野

一八四九　春風もそむるはかりにむらさきの色に流るゝ庭(のヘイ)のふちなみ

船岡

一八五〇　ふなをかの松ならぬ身は色かへてむなし煙の名にやたつらん

内野

一八五一　九重のうち野の末もいつのまに賤かつくりのみちと成ら（けイ）ん

来栖小野

一八五二　待わひぬくるすのをのに虫のねをきかはとはかり枝折さためて

神楽岡

一八五三　かくらをか雪にかなつる乙女子か神のゆくゑそ面影にたつ

平野原

一八五四　あやすきのあやなく藤の色そへて平野の原に春そくれ行

並岡

一八五五　是も世のならひの岡の苅萱の思ひみたるゝ秋そかなしき

衣笠岡

一八五六　山姫のきぬかさ岡にさしつゝくかたせ（本ノまゝ）おとこの藤はかまそも

芹川

一八五七　せり河の竹田のさなへいつのまにふしたちにけん五月雨の比

三、『円浄法皇御集』（宮書本）

春日野

一八五八　奈良山の雪のしお(を)りの道かへて苺のむしろにすゝみとる也

狭穂川

一八五九　きよき瀬を駒うち渡しかよふとは千鳥につけんさほの川かせ

賤機山

一八六〇　しつはたの山もうこかぬ君か代になひくなこやの森の春風

淀渡

一八六一　一声よ余所にしてやは山しろのよとのわたりにゆくほとゝきす

駿河海

一八六二　かたか(こ)ひをするかの海のはまつゝらくるしやあまのすさみならぬも(に身をなさねともイ)

大荒木杜

一八六三　大あらきの森の木枯露ふきてたのめぬ袖もそ(秋イ)てはぬれけり

浮田杜

一八六四　まつ人もうき田の杜のしめ縄にひかれてなかき心なるらむ

姨捨山

一八六五　しろかみの姨捨山にふる雪もさらによそほふ有明の月

箱根山

一八六六　仙人のひめにしふたのはこね山峯にかゝやく秋のよの月

神南備杜

一八六七　かみなひの杜にしくるゝ紅葉々の色をそのまゝ明の玉かき

床山

一八六八　たのめこしまちにし人もいぬかみのとこの山路のさほしかのこゑ

鈴鹿山

一八六九　梓弓八十瀬の浪をひかりとやすゝかの川の夕やみのそら

羽束師野

一八七〇　わかれてそもろき涙もきえかへる身ははつかしの森の下かせ

桜井里

一八七一　さくら井の里のしお(を)りも呉竹のねくらの鳥のこゑ計して

白川

一八七二　白河の花のしらなみ行水となかれてはやき春そ悲しき

梅津川

一八七三　むめつ川関路まかせて里人の篝をそしと鵜舟さす也

三、『円浄法皇御集』(宮書本)

鳴滝

一八七四　涙ゆへ人目つゝみもせきあへすなかき化名となる滝の水

小野

一八七五　すみかまの烟も小野に立まさるけさは都も雪になりつゝ

後瀬山

一八七六　忍ふともけふの光やわかさなるのちせの山の秋のよの月

男山

一八七七　おとこ山名のみときはの色かへて松につれなき日をお[を]くるかな

波瀲岡

一八七八　頼めてもかひもなきさの岡野辺にひとりすみぬる淀の川の水

磐手杜

一八七九　それそともえやはいはての杜の露かゝらましかはかゝらましかは

飾磨川

一八八〇　みのもかさも取あへすたつ市人のしかまの川の五月雨の比

愛智河

一八八一　いちはやき世にもあれとも筏士のくたすこゝろやゑちの川水

真弓岡
一八八二　さほ姫のまゆみの岡もゑむはかり春やかすみのをちに立らん

広瀬川
一八八三　せきとめてむすふ袂もつくはかりひろせの川の水そ涼しき

余古内海
一八八四　塩むすふ（か）波もかすみにうつもれて月にこゑあるよこのうち海

蓮浦
一八八五　つみふかき身をも忘れて色にそむはちすのうらのあまのかりねは

卯花山
一八八六　ほとゝきすをのか翅も雪なからうの花山の陰に鳴なり

十府浦
一八八七　俤もみぬはなみたの床なから七ふつれなきとふのうらさと

風早浦
一八八八　かさはやのうらみなからもみるめかる袖は中々なすひまそなき

鳴海潟
一八八九　なるみかたよせくる波もうつせ貝拾ふかひなく身をつくすかな

三、『円浄法皇御集』（宮書本）

宮城野

一八九〇　秋にまつ心ひかれて宮城野をわくるたもとも萩か花すり

室八島

一八九一　ひめこもるむろの八島の朝霧にうきよのそらや立へたつ覧

絵島磯

一八九二　匂ひある筆も（にイ）よしさはうつすともゑしまか礒の雪の明ほの

多胡浦島

一八九三　夢路にも現にもいさみちのくのたこのうら島おもかけにたつ

浅沢沼

一八九四　花かつみかつ見えそめつ津国のあさ沢ぬまの五月雨の比（ひまイ）

久我渡

一八九五　下野やこかのわたりのかゝ（本ノまゝ）かりに枕香とむるうたゝねそなき

堀金井

一八九六　嬉しくもほりかねの井に水結ふいや風たゆる水無月のころ

磐余池

一八九七　我こゝろ誰にいはれの池水にしつみやはてんとはおもへとも

戸難瀬川

一八九八　となせ川常ならぬ世にみそきして誰か千とせの命のへけん

口無泊

一八九九　ほのかにもいはてをやまん口なしの泊りのをふねかゝらましかは

大江山

一九〇〇　大江やまふもとは霧のたちこめて誰ふみ見よとたとる月かけ

入日岡

一九〇一　いつの間にいり日の岡の夕闇になれか色かる村からすかも

足柄嶺

一九〇二　しるしらぬ駒打なへてあしからのみねををそしと急くたひ人

御吉野

一九〇三　心あての其おもかけも中々にけふみよしのゝ花やかこたん

袖師浦

一九〇四　みるめかる袖しの浦のあま乙女袖になれたる月やとるらん

木幡関

一九〇五　くちなしのいはぬ色なる妻ならて（は）誰かこはたの関をかよはむ

三、『円浄法皇御集』（宮書本）

阿武隈河

一九〇六　夢路にもあふくま川の峯に生る松の沈枝の浪をかけれは

交野

一九〇七　しほりせしかたの丶みのに待侘ぬき丶すへ鳥の声にうかれて

津守浦

一九〇八　日にをくるふみもつもりの浦里に難面き松は雪をれもせす

須磨浦

一九〇九　すまの浦はあまの家たに稀にきくことはりしるく鳴時鳥

明石潟

一九一〇　とことはにたつとも誰か明石かた春のあかしの秋の夕くれ

松浦島

一九一一　またたくひ荒磯浪のよるよるもたのめし岸に松かうら島

清見潟

一九一二　清見潟くまなくはれてうつせ貝ひろふ袂に月はこほる丶

文字関

一九一三　よしいとふ行ゑとたにもすみつきす（本ノまゝ）薄雲もらせもしの関守

飛鳥川

一九一四　渕となるつみも恥し飛鳥川きのふけふとは我ならぬまて

朝日山

一九一五　あさ日山麓の川のそれならて木末によする藤のしら波

古川野辺

一九一六　二もとの杉のたちともみかくれぬふる川のへの五月雨のころ

有度浜

一九一七　うらみてもかひこそなけれうと浜のうとく月日をうみ渡る身は

玉江

一九一八　白露の玉江のあしもそよさらに色にはなひく秋の初かせ

伏見沢

一九一九　草枕ふしみの沢の明ほのに名残そへたる鴫の羽かき

龍田川

一九二〇　たつ田川秋の紅葉のそれならて花もかすみの下くゝる也

不二山

一九二一　わか国の光もしるし雲をおひ雪によそほふふしの芝山

三、『円浄法皇御集』（宮書本）

恋御百首

初恋

一九二二　香に薫ふ初花そめのいつのまにあらぬ色なる恨そふらん

初求縁々

一九二三　おもひあまりその里人にことゝはんわかおもふ人のまつみゆる宿（やと）

忍々

一九二四　月よ日よとをく忍ふの岡紅葉したにこかるゝ行ゑをもしれ

忍久々

一九二五　常盤山みねのみとりのそれならてふかく心にこむるいろかな

立門忍々

一九二六　杖してもはなれぬ犬の音たてゝいもる門（か）もる我すかた哉

忍隣女々

一九二七　枝なひく軒のいろかき色に出てしるへの棹のかけそ身にしむ

祈恋

一九二八　いのるそよ二世をかけて初瀬山松のしるしは見えぬ物から

契恋

一九二九　思ひしれさそな契りの末の松とをき袂に波をたゝへて

々久々

一九三〇　あつさ弓おるゝ行ゑや久かたの空をかきりにたのめたのめて

待々

一九三一　常夜さはあけても関にまよふ也ほかからほかからとまたれまたれて

夕待々

一九三二　あをつゝら色なきまてにくる人も見えぬかきほに立しのふ哉

日暮待々

一九三三　心してねくらのすゝめねもたえね待ゆふくれのさゝのかりねを

逢々

一九三四　あらましに積る言葉は色ならて遅き逢瀬をせめく悲しさ

初逢々

一九三五　塵ならぬ名にしたつとも新枕むすはてこよひあけん物かは

再会々

一九三六　ゆきゆきてさよの中山うき中にたとるかひある我こゝろかな

逢繁々

一九三七　恨あれや揚のはしかきかきたえて百夜かさぬる中の衣も

逢別々

一九三八　ゆめとこそ逢こすくなくわかさなる後世の山のやまぬうらみに

会後別々

一九三九　いまはかり逢みぬよしは中々になるゝわかれの増る悲しさ

別々逢々

一九四〇　其たひや限りと聞し鐘の音をまた逢夜半の書となすらん

別々

一九四一　わかれてふうき一ふしの俤にその玉章をみるもすさまし

欲曙々

一九四二　宵の間のさはりをかこつ露を置てまくらにしらむ閨の明ほの

々暮々

一九四三　たのめつゝくれをまつまや秋のよの一夜も千夜のね覚おほえて

日入々

一九四四　萩の戸もあやなくいそく夕日影袖にやこほす露の玉つさ

日出怨々

一九四五　独ぬるねやに日影はさしなからかへにそむける恨なしやは

怨暁鐘々

一九四六　わかれちはさてもいそかぬあかつきにうらみを尽すかねの音哉

々鶏声々

一九四七　花になくそれにはあらてあふよはの鳥に心そおとろかれぬる

待村女々

一九四八　賤の女かかたみになさけつみ入ておもふかたのゝ村にまつかな

花下待恋

一九四九　春なく（らイ）はたのめてまたし（むイ）とはかりもかやか軒端の花をえにしに

月欲出々

一九五〇　きえてこそみそかにちかき有明の月もかたねの枕たつねて

々々半々

一九五一　手を折てついたち比の月影にわれてあはんをたのむ中哉

々々満々

一九五二　まち出し月もこよひはもちしほのからきあふせに忍ふくまなき

々々虚々

一九五三　諸友に手をたつさへて十六夜の月よりさきと契る中哉

三、『円浄法皇御集』（宮書本）

々々入々

一九五四　待侘ぬあはて今宵もうしみつの月はいるさの山たとるまて

傍垣窺々

一九五五　ゆふかほの花をたねとや中垣の中々つらき名にやたつらん

暁更帰々

一九五六　大空の星のやとりもかへぬまて人はつれなく立かへるらん

幽閨燈白々

一九五七　まちわひて幾夜あさゐの床の上にしらむまもなき灯のかけ

寒衾怨待々

一九五八　思ひしれひとりふすまをかへしても逢夜まれなる夢のちきりを

欲絶恋

一九五九　浦風の末にまかせる烟よりたつ名をよそになす人そうき

々限々

一九六〇　かきりあれなうき暁の鐘の音もひとつふたつと閨にもれきて

心半々

一九六一　春風も末にそかよふ香を忍ひちるをうらむる花のちきりは

念残々

一九六二　ほに出て人やむすはん花すゝきわれても野辺の露と成とも

田家々

一九六三　恋路をはおりたつ田子のみつからとにこす涙をせく袖そなき

替々

一九六四　思へともつれなく人をみつうみのかはるすかたに身をつくすかな

認々

一九六五　とはかりもとめし人香のきえかへる跡にむなしき浅茅生の露

望々

一九六六　例しあるあやうき渕のそれならてそこある人に身をや沈めん

春々

一九六七　ほのみえし春のかすみを中ならはかすみをなかす名とはたちけん

夏々

一九六八　夢にさへあはれ逢夜も夏衣かへしもあへすあくるしのゝめ

秋恋

一九六九　言の葉もいつのゆふへに紅葉してたのめし人は只秋の風

冬々

一九七〇　いかてかは色には出んさゝのはにをくはつ霜のしみはつくとも

月前逢々

一九七一　あかすしも君にあひきや小夜更てあまの戸わたる月の下ふし

寄月逢々

一九七二　よしくもれ月をかことに出むかふ釣簾のそともの中のちきりは

々々忍々

一九七三　陸奥の忍ふもちすり尋ねてもいろなる月のやとる袖かな

々々祈々

一九七四　しかすかに祈し事も夢とやはならの宮居の月のちきりは

々々怨々

一九七五　くすの葉のそのことはりにきえねとや月につれなきよその山風

々花変々

一九七六　いつのまに移ろふ色やみよしのゝ花たにかせのよそに聞世に

々々契々

一九七七　なそへ見む稀なる花も一年にあふことはりを中のたのみに

々野径々

一九七八　うき中もうす紫をかことにてたつぬる野辺のゆかり露けし

寄草恋

一九七九　月草のうつしこゝろも夢なからはやくさめにし事のみそうき

々萩々

一九八〇　身ひとつにしみ社わたれ大かたの萩のうは露それならぬ風

々松々

一九八一　染やすきよその木末に（のイ）ならひて（してイ）やつれなき松に降時雨かな

々杉々

一九八二　むかし聞あらぬすちなる行ゑとは我をはいかに三輪の神杉

々桂々

一九八三　久かたの月のかつらの枝をさへならへんとおもふせこかこゝろは

々槙々

一九八四　つれなしなやよ時雨てよ白雲のまきたつ山に人はすむとも

々庭々

一九八五　賤の女かかやりふすふる庭もせもおもふたもとゝすゝみとりせは

々井々

一九八六　やま人のまよふもさそなにはめの集(スタク)板井の水のよるへは

々水々

一九八七　春かけてたのめしものを忘れ水わすれても猶ぬるむ袖哉

々池々

一九八八　かはしてもあさき心の池なれはすむいろくつのみつからそうき

寄川恋

一九八九　はやくよりかけてそつらき芳野川水の心の滝のなみたは

々瀬々

一九九〇　妹背川たえむと誰か渡りけんちきりし事もよしや世中

々波々

一九九一　あた波のたつ田の河の唐錦そめて袂の色となすらん

々橋々

一九九二　待わひぬ身をうち橋のはしはしら我も例になかれはてゝよ

々舟々

一九九三　かせならは吹もつたへよ八十島やかけて漕まよふ恋のうら舟

々海々
一九九四　はるけてよいつれのとしか待しほに涙のうみのふかきうらみを
々岸々
一九九五　さしも身をよせにし物を山きしにねをはなれたる松のちとせは
々礒々
一九九六　波ふかくいりぬる礒のそれならてみるめはかりを頼む中かな
々棹々
一九九七　さしまよふ玉の小舟の見なれさほなれてもかはる中のふちせは
々道々
一九九八　人よりもつらしや夕あかつきの道にこととふ犬のこゑこゑ
寄犬恋
一九九九　会事はいさしら波の音たてし夜半につれなき家のいぬかな
々猫々
二〇〇〇　なれよわか思ふあたりの妻にすめあらぬきつなをたとひ引とも
々馬々
二〇〇一　馴たにも心にしのへあはれその森の下くさしけき人めを

三、『円浄法皇御集』（宮書本）

々牛々

二〇〇二　あらふへき河もなみたに濁てうしやこよひもあはてのみふす

々鹿々

二〇〇三　秋霧もたちなへたてそいもとあれは我もしかなく恋の山路を

々羊々

二〇〇四　こよひまたあはてかへらはそれならぬひつしのあゆみ露と消せよ

々虎々

二〇〇五　通ふそよしや千さとも遠からすうそふく虎を俤にして

々熊々

二〇〇六　しらせはや思ふ便りもあらくまのかける山路も（に）かよふこゝろを

々猪々

二〇〇七　独のみ我もふすゐのとことはにかけはなれたる身の行ゑかな

々児々

二〇〇八　たをやめになしてもいさやしらま弓ひかれひかるゝ袖のにほひは

々車々

二〇〇九　峯こしにまためくりみんしは車しはしあらしのよそにやるとも

々弓々

二〇一〇　なれしこそいまはいとはめ梓弓かへるわかれの身にせまる夜は

々剱々

二〇一一　厭へたゝ心のやみもますらおのはけるつるきの霜を限りに

々杖々

二〇一二　きえね只人はうさかのもりならぬ身をなよたけの杖の行ゑに

々鏡々

二〇一三　つてをさへしらぬおきなの十寸鏡あらぬすちなる面影そたつ

々櫛々

二〇一四　かくとたにつけのをくしのそれならて別れの櫛の名さへうらめし

々鐘々

二〇一五　関守のうちもねよとのかねならはわか人しれぬ中はたえなん

々枕々

二〇一六　まくら香もつれなき閨に消かへるあとにはまたぬ鳥かねのこゑ

々帯々

二〇一七　結ひてもよし何にせんひたちおひかことはかりもなけのなさけに

々衣々

二〇一八　かへしても扨もねられぬ小夜衣ゆめは五十のむかし覚えて

寄糸恋

二〇一九　一筋によしやむすはぬ中ならはいとしもむかしみたれそめけん

々硯々

二〇二〇　つらきにも硯のうみのそことしもなみならぬまて身をつくす哉

々筆々

二〇二一　露はかり見そめしよりも玉章のふての墨つきしのはるゝ哉

五十首和歌

山早春

二〇二二　山もまたけさは霞の薄衣うらなくはるの色やみすらん

海上霞

二〇二三　海原や塩時いそく朝くもりやかてたちそふかすみなるらん

松鶯

二〇二四　まつ風も春の鴬さえつりて調をそふることさらの声

梅風

二〇二五　こゝろあらは吹な散しそ春風の手にまかせたる梅の薫ひを

故郷柳

二〇二六　五本の柳はあやな朽果てくちせぬ名のみ残るふるさと

嶺春月

二〇二七　ゆふ霞そこともわかぬ高根より月吹出す嵐さやけし

夜帰鴈

二〇二八　古郷にいそく心や春の夜を明しもはてす帰るかりかね

尋花

二〇二九　おく深き山風寒みたち帰りきのふ分こし花や尋ねん

見花

二〇三〇　見てのみやみさらん人にとはかりもさすかにおしき花にくらして

落花

二〇三一　世はかくそ花をおしみて見しもみな散行跡は[にイ]残る人なき[しイ]

春山田

二〇三二　あらそはてあらす山田のくろなれや去年のまゝなる薄高くて

岸藤

二〇三三　ことさらに舟よせよとや岸陰のおほへる松にかゝる藤波

新樹

二〇三四　いかなれやさしもの花の目移しに心もうつる木々の若葉は

聞時鳥

二〇三五　ほとゝきすほのかなりける一声を遠かた人はさたかにやきく

早苗

二〇三六　植渡す田子の裙（モスソ）（もイ）やぬれけらし水を心にまかせたるとき

夏草

二〇三七　かけ高く繁りそひたる夏草に春見しのへの俤もなし（きイ）

夕立雲

二〇三八　俄なる雲風はやき夕立の晴るもやすきあめの涼しさ

夏月

二〇三九　すゝしさを待出る影にくまもなき秋も思はぬ夏の夜の月

納涼

二〇四〇　よるなみもをときく袖にかゝるかと夕すゝしき河つらの里

草花

二〇四一　秋の花に心とられて飛蝶も宿りかねたる羽よはけなり

岡鹿

二〇四二　をのか妻まつ夜空しく棹鹿の岡の葛葉の恨てや鳴

野外虫

二〇四三　踏分る跡たにみえぬのゝ末に誰をまつ虫声の（な）つくしそ

月出山

二〇四四　やまのはの松をはなれてさしのほる月のみかほに似る時もなし

関月

二〇四五　明渡る波路は残る月もなし清見か関の名のみとゝめて

橋月

二〇四六　うち渡す此河橋の長き夜も（にイ）あかすこそみめ月に明して

浦秋月

二〇四七　絶すたつとまやの煙色なきもさひしき色か秋の夕暮

擣衣

二〇四八　なみ風の夜さむもしるく衣打声しきる也川つらの里

紅葉

二〇四九　今朝は又千入のうへにをき添ぬ紅葉にあける霜やなからん

秋時雨

二〇五〇　ゆきの中の梅にもうつせ心よく秋の時雨にそむる紅葉々

暮秋

二〇五一　もゝくさも秋のかた見にをく霜のひとつ色にしかゝ(かる、イ)る淋しさ

残菊匂

二〇五二　心して猶残りける薫哉菊より後のはなもなきころ

朝木枯

二〇五三　月は猶朝の雲に影とめて木間さやけきみねのこからし

寒芦

二〇五四　しもしろく枯たる芦におしかものましる翅は絵にかゝまほし

河千鳥

二〇五五　川風にさそはれわたる小夜千鳥立居もしるく鳴かはしつゝ

初雪

二〇五六　一重なる雪にもしるし物毎にみそむる時のふかきお(心イ)もひは

深雪

二〇五七　ふみ分てけさの間をとふ心にはつもれる雪も浅しとやみむ

鷹狩

二〇五八　俄なる狩場のをのゝしら雪につき尾の鷹も降まかへつゝ

炭竈

二〇五九　とし寒き松よりおくにこの比は煙たてそふをのゝすみかま

忍久恋

二〇六〇　悔しくもいはて過にし年月をしられは人も思ひこそすれ

顕恋

二〇六一　あらはれはいかにせんともおもほえすとてもかくてもおなしうき身は

待恋

二〇六二　今夜もやと思ふはかりをたのみにて更行鐘もたれにかこたん　（補入歌）

小塩山千代のみとりの名をたにもそれとはいはぬくれそさひしき

別恋

二〇六三　又いつとちきらさりしを思ふにはくるゝ夜毎の心みんとや

旧恋

二〇六四　おもひやる心の道もかひそなきふるき枕は夢もかよはす

恨身恋

二〇六五　思ひとけは人にのみつくことはりに身より外には誰をうらみん

野寺

二〇六六　鐘の音（声イ）よそに聞てそ帰り行身もいつかはの野への夕露

巖苔

二〇六七　むかしたれ代々へてすみし跡ならんいはほ苺むし松高きかけ

名所市

二〇六八　終にうき名こそは辰の市ならめ道ひとつたにうる事はなく

鶴立洲

二〇六九　へたてなく洲さきの友と呼かはしかたらひなれよ和歌の浦鶴

松積年

二〇七〇　浦山し身にこそ（そは）しらね何事を松とせしまの老になるらん

神祇

二〇七一　たむくともうけし詞のつたなさをせめてあはれむ神ならはこそ

三十首　寛永二年孟冬之頃 式部卿宮御点

早春鴬

二〇七二　長閑なる日影にうつる鴬や初音おしまて春を告らん

二〇七三　ゆきは猶けさしもさそふ風なから春をたとらぬ鴬の声

朝霞

二〇七四　昨日みし遠山まゆもかき絶て霞をのほる朝付日かな

二〇七五　をとあれしよのまの浪の朝なきに霞ややかて立かはるらん

夕梅

二〇七六　たかさとの春風ならし夕月夜おほつかなくもにほふ梅かゝ

二〇七七　一入の色こそまされ紅（紅いかゝと奉存候）のかきほの梅のはなのゆふはへ

庭春雨

二〇七八　ふるとなく庭にかすめる春雨も軒はをつたふ雫にそしる

二〇七九　春のよの真砂地しめる沓の音にをとなき雨を庭に聞かな

見花

二〇八〇　見るたひにみしをわするゝ色香にて代々にふりせぬ春の花哉

二〇八一　かくなからつくしはてはやつくつくと花にむかへは思ひなきよを

聞時鳥

二〇八二　待つくる只一声はほのかなれともらさすも聞郭公かな

二〇八三　ほとゝきすまつよをあまたかさねても聞にかひある初音ならすや

五月雨久

二〇八四　夕月夜ふり出しより有明のかけまてもらぬ五月雨のそら

二〇八五　ひとゝせも思ふにやすくくるゝ日を心にをくるさみたれのころ

水辺蛍

二〇八六　せきかへし音にやたてぬ音羽川ふかき蛍の夜のおもひも

二〇八七　蛍さへせき入はかりなかれきてやり水涼し川つらの里

遠夕立

二〇八八　此里は（に）くもりはやらて一村の雲もとをちの夕立のそら

二〇八九　このさとは吹風はやみ天雲のよそに過行ゆふたちの雨

樹陰納涼

二〇九〇　影ならぬ霜も寔にむすふかと木のまをもりの月のすゝしさ

二〇九一　たちぬるゝ雫もあかぬ片岡は秋まちあへす森の涼しさ

草花露

二〇九二　はるの山もわすれにけりなもゝくさの花野の露になひく心は

二〇九三　百種の花といふ花の色ことにはへあるものや野辺のしら露

霧中鴈

二〇九四　南をやさしてきぬらん霧の中の小車ならぬかりのつはさも

二〇九五　みねこゆる翅もきえてくる鴈の声のみちかき霧の中哉

野鹿

二〇九六　聞なるゝ人やうからぬ小男鹿のつまとふをのゝ夕くれの声

二〇九七　をみなへしなひくをみてもさほしかの野をなつかしみ妻やとふ覧

深夜月

二〇九八　四方にみな人は声せて更る夜そ月も心もさらにすみゆく

二〇九九　ふけ行は宿かる露も数そひて所えかほの蓬生の月

山紅葉

二一〇〇　山つとに手折をみれは庭の面の木々の千入は露の下染

二一〇一　もみち葉はいかなる露か奥山の山よりふかき色をみすらん

初冬時雨

二一〇二　見しあきの時雨もけさは色かへて木のはふりそふ軒の山風

二一〇三　やかてこそ雪もさそはめ冬きぬとまなく時雨て寒きあらしに

三、『円浄法皇御集』（宮書本）

河氷

二〇四　かち人の朝川わたる跡見えて浅瀬たとらぬうすこほりかな

二〇五　山川や紅葉々なからとちはてゝこほるにかはる風のしら波

連日雪

二〇六　越路には只ときの間に日数（御添削）ふる紅（都）の雪のふかさをやゝ°みん（時の間にみる越路成らん）

浦千鳥

二〇七　おれかへる枝より落て日数ふる後しも浅き松のしら雪

二〇八　をのか妻待はつらしと大よとの恨侘てや千鳥なくらん

二〇九　夕浪（友千鳥）に立行すまの風をいたみ思はぬかたに浦つたふらん

夜神楽

二一〇　笛のを（ね）ともかくらの庭の面白くさゆる霜夜にすみのほりぬる

二一一　さゝ波のかすかすにしも三夜までにうたふをあかす神や聞覧

忍恋

二一二　よそめにはいかにみゆらん世のうきにいひまきらはす袖の泪も

二一三　身におはぬ思ひならすはなをさりにつゝみてましを袖のなみたも

不逢恋

二一四　あはしとは思ひさためてつらくのみいひはなたぬをなさけにやする

二一五　よしさらは我たにうつれつれなさの人はかはらぬ心なりとも

待恋

二一六　ふけぬとも猶そまちみんよひのまはさすかえならぬさはりありやと

二一七　ぬれてもしとひこはさてもとはかりに雨ふるよとてまたすしもなし

遇不逢恋

二一八　そのかみのうき身にかへれこのまゝにあはすはありし夢を別れて

二一九　又もあはんたのみなけれは中々にありし一夜の夢そくやしき

恨恋

二二〇　しれかしなことに出てはいはすともみゆらん物を下のうらみは

二二一　洩さしなそれにつけてもつらからは猶ふかゝらん中の恨を

暁雲

二二二　いりぬへきそれたに思ふ山かつら月の行ゑにかゝらすもかな

二二三　小夜深きおのへの雲にもれ出る暁つくるかねの声かな

夜夢

二二四　思ふより外にやは行よひよひにみる手枕の夢はかはれと

二二五　みしことを渡しもはてすあくる夜の是もわひしき夢のうきはし

三、『円浄法皇御集』（宮書本）

羇中燈

二二二六　故郷にみし人ことの面影のたひねとひくるともしひのもと

二二二七　かりよらん里もわかれすくるゝ夜にみちしるへする灯のかけ

山家嵐

二二二八　等閑に世をいとひこし心こそみねのあらしは猶うかりけめ

二二二九　よしやふけ山にてもうき嵐にそ今一きはゝおもひはなれむ

社頭祝

二二三〇　松の葉のちりうせすしてすみよしやまもるも久し敷島の道

二二三一　いのりをく今行末もかきりなく猶ふきとをせいすゝ川風

僻案愚点卅首　智仁八条宮親王

二十首　延宝五年之頃御八十二

春暁月

二二三二　梅か香や夢さそひきて暁のあはれさもそふ月をみすらん

独見花

二二三三　我のみは花のにしきもくらふ山またみぬ人に手折一枝

風前花

二二三四　あひおもふ道とも見えす風のうへにありかさためす（ぬ）花はちりの身

惜残春

二二三五　はな鳥に又あひみんもたのみなき名残尽せぬ老か世の春

款冬露

二二三六　ことにいてゝ思ひなくさめ山吹のいはぬ色しも露けかるらん

雨後郭公

二二三七　心あれや雨より後の一声は物にまきれす聞ほとゝきす

樹陰避暑

二二三八　あきと社いはねのし水流れいてゝ木陰に夏の日をくらしつゝ

荻風告秋

二二三九　荻の声ひとりさやけし鳴虫もをのかさまさま秋をつくれと

山月

二二四〇　うらみしな山のはしらぬむさし野は草にかくるゝ月もこそあれ

月前雲

二二四一　もれ出て今一きはの光そふ雲にそ月はみるへかりける

栽菊

二一四二　しらすたれ秋なき時と契をきてうへし砌の花のしら菊

擣寒衣

二一四三　思ひやる旅ねの夢もかよふらしうつやきぬたの音も寒けき

冬暁月

二一四四　さゆる夜のすむ月なから影しろく暁ふかき雪にまかひて

落葉

二一四五　朝日にもそむるはかりに夜半の霜とけわたりたる落葉いろこき

寄月恋

二一四六　見るたひにその夜のことそおもはるゝ月はわすれぬ形見なからも

々雲々

二一四七　いかならん心のおくもしら雲のへたてぬ中とおもはましかは

々雨々

二一四八　我そての涙くらへは秋ふかくしくるゝ木々も色はまさらし

々風々

二一四九　こゝろあらはうはの空なる風たにも此一筆を吹もつたへよ

海路

二二五〇　しるしらす爰そとまりと漕よせてかたらひなるゝ舟のうち哉

釈迦

二二五一　ちりうせしたゝ我ひとりとはかりにときしことはの花のにほひは

十三首　慶安二年九月十三夜

九月十三夜

二二五二　名にしあふ今夜一夜にとはかりも皆（みしイ）長月の影をしそ思ふ

月前星

二二五三　しらすたれ星をかさしに月を帯てこゝもはこやの山をとふらん

月前時雨

二二五四　しはしなを曇と見しそ光なる時雨の雲にもるゝ月影

月前荻

二二五五　かゝる夜の月に夢みる人はうしといはぬはかりのおきの音哉

月前鹿

二二五六　妻恋をなくさみかねて姨捨の山ならぬ月に鹿や鳴らん

三、『円浄法皇御集』（宮書本）

花洛月

二一五七　はるによせし心の花の都人うつろふ秋の月やみるらん

古寺月

二一五八　古寺の菊も紅葉も折ちらしくむあか月の影そ身にしむ

寄月忍恋

二一五九　再出 うちとけてみえむはいかゝくまもなき月はこゝろのおくもしるらん

々々変々

二一六〇　諸友にみし夜の月の光まて面かはりする人の秋はうし

々々別々

二一六一　ひともかくをくらましかは帰るさの月は身にそふけさの別れを

々々述懐

二一六二　世をなけく泪かちなる袂には曇るはかりの月もかなしき

々々旅泊

二一六三　こき出はあすの波路も事とへよ今夜の月はみつの泊を

寄月祝言

二一六四　みちぬへき月に思ふも行末を待こそつきぬたのしみにして

奥書云
仰のをもむき承候ぬ、此題人の見参に入候まゝあそはし候由にて、拝見をゆるされ候、畏り入候、さてさてとりとりの金玉とも、中々こと葉も及はぬ事ともと難有存候、「今宵一夜に」、季秋のなこり一入おしむへき事にて候、就中今夜は清光にて候へき空の体に見え候、「星をかさし」、故事にて候やらん、不覚語候へとも詞つよく、誠に及ひかたき体とも申ぬへしやと存候、「時雨の雲にもるゝ月」、一しほの光輝をそへ候へき事にて候、「いはぬはかりの荻」、ことはの外に其心あらはれ余情かきりなきとも申ぬへく候歟、「妻こひをなくさめかねてをは捨てならぬ山に鳴鹿」おもひよりかたき事にてや候へからん、「春によせし心の花」、物かたりのことはの俤候にや、「菊も紅葉も折ちらし」、是又雲林院の体おもひ出られ候、「月は心のおくも知らん」、心詞又有かたく拝見候、「月のひかりまておもかはりする」心の秋、寔にさる事にて候へきと存候、「をくらましかは」、わりなき別れの体申はかりなく候か、「泪かちなる袂にはくもるはかりの月もかなしき」、心はさる物にて御ことはのつゝき誠になまみなく、心にまかせていひくたされしとはかやうの御事にやとすいりやう候、「あすの波路も事とへよ」とて、「今夜の月はみつのとまり」妖艶の体にて候やらん、「みちぬへき月」に行末のつきぬたのしひ、返す返す詞の種もつきせぬ御事と空をあふくはかりにて、感歎の心にひかれて莠言ことの外しけく成候、そのまゝにては猶々憚おほくやと存候へ共、拝見の間御使待まいらせ候、ことのほかほとへ候やらむと、御私まて見参に入候、苦しからす候はゝ、そと御ひろう候て、則やらせおはしまし候へ、

通村上

三、『円浄法皇御集』（宮書本）

月十首

八月十六夜

二一六五　雨もよにうしや名たゝる昨日といひけふたに晴ぬ十六夜の月

月前鴈

二一六六　はつ鴈も声をほにあけてしたひきぬ天の戸渡る月のみふねを

月前鹿

二一六七　諸共に山より出し棹鹿や入かたみせぬ月に鳴らん

翫月

二一六八　いひしらぬ色にもある哉何事か何の筵か月にはへなき

都月

二一六九　見よやみよ都の富士の雲晴て月もうへなき秋の光を

嶺月

二一七〇　影うすき月の桂の初紅葉くるゝ尾上の松にもりくる

松間月

二一七一　雪みんと引植し松も秋をへて木間すくなき月にくやしき

水郷月

二一七二　あきの月いつくはあれと川つらのうちよ伏見よいかにすむらん

寄月恋

二一七三　たのめしはあらすなる世に俤のむかし覚ゆる月さへそうき

寄月祝

二一七四　月よみの光あまねく照すてふ国も千五百の秋はつきせし

十首

故郷梅

二一七五　軒ふりて橘ならぬ梅か香もむかし忍ふの露や添らん

春暁月

二一七六　かせ冴て霞吹とく明方の影しもおしき春の夜の月

垣夕顔

二一七七　卯の花は日数へたつる垣ほにも残る色かと咲る夕かほ

野径鶉

二一七八　あきの野の古枝の真萩かりにたにくる人なしと鶉鳴らん

擣寒衣

二一七九　秋風の身に寒くなる山賤や暮る夜毎に衣うつ覧

三、『円浄法皇御集』（宮書本）

二一八〇　庭初雪
にはの面はふりもたまらて真砂のみ白き木末のけさの初雪

二一八一　寄枕恋
逢とみる一夜はかりの夢もあれな五十の枕それは思はす

二一八二　寄絵恋
甲斐もあらし形はさこそ写すとも月は光をえしもかゝねは

二一八三　是をたに見さらん程はとはかりに書すさめしやえしもうらみす（補入歌）

二一八四　橋上苔
をのつから柳やたふれふす苺のまほならすしも渡る川橋

二一八五　思往事
さまさまに見しよをかへす道なれや雨夜更ゆく灯の本

奥書云
古郷梅、橘ならねと昔思ひ出らるゝつまなりとやらん、物語の詞面白く、言語道断殊勝のやうに拝見候、春暁月、誠におもしろかるへき春暁の一刻、風景無限候にやと存候、垣夕顔、卯花の残るかとみゆる、かきほの夕皃めつらしく拝見候、擣寒衣、本歌の心もたしかに、心詞誠にありかたく無比類様に令存候、野径鶉、彼かりにたにやはといひけんふることを、萩にとりなされ候、尤珍重のやうに存候、庭の初雪、はつ雪の面影まことに眼前に如見候歟、又第三四の御句、「しろき梢」とつゝけられ候、文字うつり殊勝珍重の様に拝見候、寄枕恋、故事をやすらかにとりつゝけられ候、是又絶言語候、寄絵恋、又物語の詞、凡慮及かたき様に存候、橋上苔、心めつらしく詞つよく、しかも縁語をのつから出あひ、殊勝珍重之様に存候、思往事、雨夜の灯下、誠に思ひ残す事も有ましき折からにや、「半夜灯前十年事」とさしつめ候よりも、ことの外幽玄なるやうにやと令存候、

条々憚をかへりみす言上候事、其恐不少候、誠に冥慮もおそろしき事なから、管見の莠言、下（申）も中々物に似候歟之由令存候はかりに、無正体事とも書付候へは又似物候歟、しかるへきやうに御とり直し候て、只一わたり御まへによみ申され、ひきやらせおはしまし候て、よろつのつみをかくされ候やうに御心得候へし、みち村上

十首

早春霞

二一八六　雪けにも曇り馴にし山なから春の霞の色そまかはぬ

静見花

二一八七　こと繁き世をも忘れつつくつくと心を分ぬ花に向ひて

野郭公

二一八八　聞初てあかぬ野中の時鳥見送るほとそ空に久しき

三、『円浄法皇御集』（宮書本）

海辺月

二一八九　すま明石すむらんかけもみるめなき我身をうらの波の上の月

山紅葉

二一九〇　分入は麓にもにす紅葉々の深きやふかき山路なるらん

関路雪

二一九一　しら雲のいつこか家路ふる雪にすゝまぬ駒のあしからのせき

忍待恋

二一九二　忍ふれは嬉しき物をさよ更て人はねたる（くカ）そ待に悲しき

稀逢恋

二一九三　終に身の契なれとやたとへてもうき木の亀のあふせ計を

旅宿嵐

二一九四　たのみこし夢路も絶て草枕古郷とをく吹あらしかな

社頭祝

二一九五　石清水流れの末も我末も神し守らは世々に絶せし

奥書云

十首の御製拝見仕候、早春霞、寒雲烟霞共、難遮翠、微湯春和気、厳然心詞艶美候歟、静見花、繁務の世をわすれ、万花心難及凡慮候、野郭公、景気如見候、海辺月、多年雖雲上、洞中影未見、遠境遼（達イ）海之佳景之思を、小町か我身をうちにとりなされ候、染心腑候、山紅葉、麓より分のほる紅葉の景趣眼前候、珍重に候、関路雪、藍関雪に「す丶まぬ駒のあしから」のつ丶き、又殊勝に候歟、忍待恋、しのふ夜の更行、憂喜心頻感動候、稀逢恋、稀なる中の契を、亀の浮木に取合られ候、切に候へとも、題の心あまりにや候へからん、旅宿嵐、寒風破旅夢、故郷遠き草の枕、こ丶ろたくみに、詞美艶麗抜群のやうに存候、社頭祝、是又珍重殊勝存候、条々憚多存候へとも、任仰、例の無正体事とも書付候、よくよく御取なし候て、御披露候へく候、みち村上

十首

処々立春

二一九六　誰里ももれぬ恵の光よりをのかさまさま春をむかへて

遠山霞薄

二一九七　けさは先そなたに薄き山眉の遠きや霞む色をみすらん

梅近聞鴬

二一九八　梅か香も声の匂ひも闇(暗)からぬをし明かたの窓のうくひす

水辺残雪

二一九九　うち出む波にはとをき花の色や谷の氷に残るしら雪

三、『円浄法皇御集』（宮書本）

柳先花緑

二二〇〇　春は先なひく柳も太山木の花にならはん緑をや思ふ

忍尋縁恋

二二〇一　この里の道しるへには頼むとも人にしのふのおくはしられし

人伝恨恋

二二〇二　人伝はうしろめたしやにくからす同しうらみもうち出てこそ

飛滝音清

二二〇三　雪とくるけさから殊にをとそふや春をしらふる山の滝つせ

山家客来

二二〇四　ことよせてとひくるもうし山住の心の外の花や紅葉に

霜鶴立洲

二二〇五　をのか上にかさねん霜を幾世ともしらす白洲の鶴の毛衣

十首　聖廟御法楽

朝霞

二二〇六　嵐吹松も一夜の春に明てかすむひかりやあけの玉垣

山桜

二二〇七　もろこしもよしや芳野の滝つ浪かゝる桜の花をやはみん

時鳥

二二〇八　天雲のよそに過行ほとゝきすみるよりもきく声はさたかに

萩露

二二〇九　又やみん雪ならぬ露にみたれあひて薄をしなみなひく萩か枝

夜鹿

二二一〇　梓弓引まの野への棹鹿もよるこそまされ妻恋の声

時雨

二二一一　もの毎にさためなき世を思ふにも袖の外なる時雨のみかは

忍恋

二二一二　いまこそはしのふもちすり誰ゆへとみたれて終にしられんもうし

久恋

二二一三　年月はおもひしるらんいかにともいはし岩木のみさほつくりを

羇旅

二二一四　ふる郷の便りときけはふみかきてつくさぬ程のおもひをはしれ

山家

二二二五　山里も時につけたるうさはあれとうき世のうさに似るへくもなし

十首

海辺霞

二二二六　朝またき海つら遠く行舟にほのほのかすむ色やみすらん

松間花

二二二七　まつ風にさそはれやすき花そうきさしも常盤の陰はかはらて

暁郭公

二二二八　時鳥たれとひ捨し恨さへしらて待けるあかつきの声

江上月

二二二九　もみち葉の色もこかるゝ江の波のよるさへみよと月やすむらん

野外萩

二二三〇　しかなかりそ萩かるおのこ一枝はかさしに残せ野へのかへるさ

夕千鳥

二二三一　さそはれてをのか立居も隙そなきゆふなみ千鳥風のまにまに

忍久恋

二三二二　つゝましや身をかへりみる心にはいつか忍ふの色かはらまし

恨絶恋

二三二三　大方のうきならはこそとはかりも恨みて後の心をはしれ

夜述懐

二三二四　何事を歎きの森のしけからんいまいく程の老のねさめに

社頭祝

二三二五　我たのむ心の水も石清水おなしたくひと守らましかは

十首　承応二正月朔日御試筆

嶺上霞

二三二六　嶺高き春の光をさしそへてかすむ朝日の色もめつらし

余寒月

二三二七　さえかへる空にはくもる月影のそれかとまかふ雪そ下（つも）れる

梅薫風

二三二八　世は春に咲るさかさる里はあれと梅か香ならて吹風もなし

帰鴈幽

二二二九　余波あれや翅は消て行鴈の声を雲井に霞残して

山家花

二二三〇　わりなしや花さく比の柴の戸をさすかとはぬもとはるゝもうし[き]

忍久恋

二二三一　今更に山橘の色に出はつもる月日も人はしらしな

不逢恋

二二三二　うこきなく思ひさためて中々にあはしともいはてあはしとやする

朝眺望

二二三三　時しるや都のふしの春の雪かのこまたらにけさはとけつゝ

旅宿夢

二二三四　草枕あらしもなれて故郷は遠さかりてそ夢に見えける

独述懐

二二三五　ともかくもなさは成なん心もて此身ひとつを歎くおろかさ

十首　慶安二年六月廿五日聖廟御法楽

雲外時鳥

二二三六　一声も聞やゝいかなるしら雲のうつむ梢の山ほとゝきす

浜五月雨

二二三七　五月雨は浪そあらさむ浜庇久しく成ぬ晴ぬ日数も

舟納涼

二二三八　漕行は商（アキ）なき波に来ぬ商もまたきおほゆる舟の追風

杜夏祓

二二三九　かねてより月もうつろふ河なみにみそき涼しき神南の杜

憑恋

二二四〇　只たのめたのむにつけてさすか人えもつらからぬふしもましらは

顕恋

二二四一　霜の後の松こそうけれ強面さの色もかはらぬなけきせしまに

隠恋

二二四二　床なつのはかなき露に嵐吹秋を恨の袖やひかたき

澗松

二二四三　咲てとくちらぬ例も光なき谷にやあひに逢生の松

晩鐘

二三四四　思へたゝかねこそかねておとろかす此夕露の消やすき身を

述懐

二三四五　いかにせんいへはまことの道ならぬ道のねかひもたちかたき身（世）を

鵑十首　寛永十五年禁中御会

鵑稀

二三四六　里なれぬ声の行ゑをたとる日のかすはかさなる山ほとゝきす

月前鵑

二三四七　くもりなき月にも声の色見えて移ろふはかり鳴ほとゝきす

暁更鵑

二三四八　夢とのみさめても思ふ郭公つけの枕のあかつきの声

里鵑

二三四九　けふもまつ飛鳥のさとのほとゝきすしのふうきねを瀬にかへてまし

関鵑

二三五〇　ほとゝきす木々の梢に声消てすゆ（く）るともなきあふ坂の関

寄鵑増恋

二二五一　時鳥なれたにかよふまつ人もとはてそまさるねやのうきふし

寄鵑変恋

二二五二　杜鵑よその初音にまたれけん中のなみたの色そつれなき

寄鵑述懐

二二五三　一声も我にはいそけほとゝきすまつ程もなき世にしすまへは

旅泊鵑

二二五四　かけて猶千世もあかしのとまりより磯山とをく鳴ほとゝきす

社頭鵑

二二五五　はるかにも三保の神松[浦]ゆふかけてなのるやふしの山ほとゝきす

九日九首　寛永十六重陽

菊映月

二二五六　光とは是や笆のあきのきく月にはへある花のてこらさ[言語道断也]

菊帯露

二二五七　おりにあふけふのかさしよあかす見し萩も下葉の露の白菊

菊似霜

二二五八　菊はいま咲も残らぬ花の色の霜やまことの霜を待らん

山路菊

二二五九　露の間に十年あまりの菊そ咲大内山もやまちおほえて

河辺菊

二二六〇　芳野川はやくの年を返さめや菊の下水老は（をイ）せくとも

寄菊契

二二六一　月草の露もなかけそ我中の契りはかれぬ菊の例に

寄菊恨

二二六二　木枯の宿過かてに手折しも菊は恨の浅からぬ（めイ）やは

寄菊旅

二二六三　梅かゝをふれし衣に秋のきく重てにほふ旅をしそ思ふ

寄菊祝

二二六四　もゝしきや代々の昔にかへる日をとりそへてくめ菊のさかつき

松島八景御製

梅（松イ）浦春景

二三六五　花さそふ風よりさきにさす棹の雫もかほる松（梅イ）かうら島

松島秋月

二三六六　こと浦の空は曇りて松島や月そ浮世のよその俤

霞浦帰鴈

二三六七　筆きえて霞のうちに思ふ事いはてそかへる鴈の玉章

雄島晩眺

二三六八　松島やをしまか礒の夕波に三つ四つ二つ千鳥なく也

山寺晩鐘

二三六九　山さとのいらかの松に風過て霧まにもるゝ入相のかね

市店漁家

二三七〇　しくれきぬ礒山ちかきうらさとの市女のをかさ取あへぬまて

竹浦夜雨

二三七一　かち枕むすひもあへす降雨に一ふしまさる竹かうらしま

塩竈暮煙

二三七二　夕烟一すちにして雲井よりむすひおろせるしほかまの浦

三、『円浄法皇御集』（宮書本）

七夕七首

七夕月

二三七三　銀漢流るゝ月も心してまれのあふ瀬にひかりとゝめよ

七夕鳥

二三七四　かへまくも星の契りよをのか上に思へは鴛の独ねぬよを

七夕衣

二三七五　織女の衣のすその秋風にうらめつらしく重ねてやぬる

七夕草

二三七六　うくらむもしらすや星の手向草此七種は花もましらす

七夕別

二三七七　いかに又汀まさらん天川けさしも帰る波のなこりに

七夕河

二三七八　なきこふる泪の川に織女のたえてみるめもけふやかるらん

七夕祝

二三七九　星合の空にくらへん君も臣も身をあはせたる世々の契りを

五首御製

父子有親

二三八〇　雲井より沢辺にかよふ声す也子を思ふ鶴もしのはるゝ哉

君臣有義

二三八一　天津空くもりなきまて照月のうつれる水の底も濁らす

夫婦有別

二三八二　ゆき別れ山田もるをはいとまなみ賤はた帯のとけし夜のまも

長幼有序

二三八三　春毎に梅よりつきて咲花の梢あまたの折ふしそよき

朋友有信

二三八四　あしまより友したふ社哀なるをのれのみやはあさる鴈金

右三冊者、人王百九代太上皇帝（後水尾院）之御集也。御在世之御製若干なりといへとも、度々の回禄に御文庫に火入て焼うせたりと。其後諸家に詔ありて、人口に残れるをひろひあつめ給けれは、類本多少ありとなん。亦、後西院詔ありて、あしきを捨、よきを撰み給ふとて、鷗巣集といふものあり。をのをの千首を出す。今此本は先師所持之一本に多本を合せて、累年校合し侍りぬ（日野家之一本、烏丸家之一本）、亦（加州之家臣今枝氏所持之本出所堂上）其外、凡家所持之本は見聞にまかせ乞求ぬ。中にも今枝氏家蔵之本、亦烏丸家之本は、無双之本也。されと或は古歌、或は再出等相交りぬ。亦是を除きて今凡二千五百首にをよひて清書す。題の並は本書に有かことくに書つらねぬれは、前後たかひ多かるへし。抑此太上皇は、往昔三帝後柏原院の上にもたゝせ給ふ程の御うつはにて、近世の御歌仙なりと師説。されは絶て久しき撰集をもおほしめしたゝせ給けるを、彼回禄に御集うせにしかは、其事やみぬと。然あれと密に御自撰の一本ありて求出ぬ水戸家蔵。其体古今集に比し、近代の御歌仙、公武緇素男女のこりなく、御みつからのまて撰み入させ給ぬれは、おほろけのものにあらすとなん師伝。されは当世亀鑑とすへき御歌仙と世に称之。此御集も世間流布に類せす。無双之秘本と函底に納め、窓外を出さすといへとも、あてなる君の御所望によて、書写させ奉り侍りぬ。またく他見漏脱有へからさるものをや。

正徳二壬辰年仲夏日　六喩居士門生　長隣（鼎印「盈紺」）

四、『円浄法皇御自撰和歌　全』（宮書本（二一〇―七〇二）一冊　水田長隣筆）

凡　例

一、本集は家集ではなく撰集のため、題下に作者名が付されている。
二、ただし同じ作者名が連続する場合は、省筆されている。
三、例えば一番歌と二番歌が同じ作者の場合は、一番歌だけに後柏原院と表記し、二番歌では自明のこととしてその表記を省いて空欄にしている。五番歌と六番歌もそれと同様であり、以下も同様である。但し脱落の場合は私意により補う。
四、歌題も作者名と同様に、連続する場合は次の歌の題を自明のこととして省筆している。
五、文中に長隣の朱墨両筆による書き込みが見られるが、朱と墨の区別は省く。他に氏朝筆の書き込みも見られるが、筆の区別も原則として省略する。

春

歳中立春　　後柏原院

〇〇〇一　玉椿としにふたゝひあら玉の春の影みる花もさかなん

立春

〇〇〇二　なへてよのちからをもいれす浪風を四方におさめて春や立らん

四、『円浄法皇御自撰和歌　全』（宮書本）

逍遥院内大臣

〇〇〇三　野も山もけふあら玉のとしの端にめくむ草木の春はきにけり

立春日　慈照院贈太政大臣

〇〇〇四　はる来ぬとふりさけみれは天の原あかねさし出る光かすめり

暁立春　逍遥院

〇〇〇五　このねぬる夜のまをこそといつのまに夕付鳥のおとろかすらん

立春暁

〇〇〇六　おき出てとなふる星の光まて春にあけゆくそらの長閑さ

立春天　後柏原院

〇〇〇七　ふるとしの雪けの雲をへたてきて空にしられぬ春やたつ覧

立春朝　後土御門院

〇〇〇八　朝戸明て出れは出る日の影もおなし心にはるや立らむ

立春氷　一位局

〇〇〇九　やかてはや氷はとけてわか水をむすひかへたるけさのはつ春

春天　後柏原院

〇〇一〇　霞さへたちもお（を）よはぬ大空のいつくをはてと春はきぬらん

初春　智仁親王

〇〇一一　めにも見えぬ山はかすある谷川の波の音にも春やたつらむ

大納言藤原雅康

〇〇一二　けふも猶かたへ雪ふり年と春と行かふ空や霞初らむ

山早春　　後柏原院

〇〇一三　今日にあけて春とやかすむ玉簾ゆきとむかひし山もはるかに

霞

〇〇一四　春はけさいたらぬ方もあらしふく山よりやまにたつ霞かな

山霞　　杉原伊賀守賢盛

〇〇一五　おりにあへは春の立けるかり衣かけてかすまぬ山の端もなし

嶺霞　　後花園院上臈

〇〇一六　みよしのゝ花もにほはぬ春の色の青根かみねや先かすむらん

朝霞　　逍遥院

〇〇一七　分のほる浪もいくへの朝日影かすみにをそきはるの海はら

原上霞　　雅康

〇〇一八　春の色はまた浅茅生の霜かれにかすみもはてぬをのゝしのはら

賢盛

〇〇一九　はるといへは霞も八重の芦ふきにひま社みえねこやの杉[松]原

〇〇二〇　山かつらかすみをかけてまきもくの桧原に春の空そ夜ふかき

江上霞　　後十輪院内大臣

〇〇二一　もえ出てかすむみとりの玉津島入江に遠き芦のはもなし

橋辺霞　　智仁

〇〇二二　川つらの深き霞のいつらそ（こイ）と又ことゝはんうちのはし守

島霞　　侍従中納言通勝

〇〇二三　かすみてはうつさむ筆の跡もなし名のみ絵島のはるの曙

霞添山色　　逍遥院

〇〇二四　うこきなき山をためしに春毎の霞もいくよ立かはるらむ

子日　　貞敦親王

〇〇二五　春ことに子日にあかぬまとひ（ゐ）してひくや小松のかけのはるけさ

若菜　　後柏原院

〇〇二六　くれなゐの花にはあらてもえ出る末つみそむる野辺の七草

円浄法皇

〇〇二七　ひまみゆる沢辺の氷ふみわけてわかな摘てふ道はまよはす

水辺若菜　　後柏原院

〇〇二八　露にすむ野沢の夕日かけろふのもゆるは春の草葉なりけり

沢若菜　　逍遥院

〇〇二九　わかなつむ袖や友鶴白たへのかけをならへてあさる沢水

賢盛

〇〇三〇　ねせりおふる雪けの沢に白妙の衣手ぬれて誰かつむらん

春雪　逍遥院

〇〇三一　春の日に降れは（るはイ）積り（らイ）てをのつから残るは猶ものこるしら雪

木残雪　邦高親王

〇〇三二　はる来ては（もカ）嵐を寒み消やらて松はひさしき雪のいろかな

野残雪　後柏原院

〇〇三三　ふしのねのたくひには見し武蔵野にのこるや雪の時しらすとも

余寒月　常徳院贈左大臣

〇〇三四　春のよの月やあらねとたとる迄かすみもやらすさえかへるそら

道堅法師

〇〇三五　松風もさえこしそらの春の色にうつりかねたる山のはの月

早春鶯　逍遥院

〇〇三六　またさえむあらしもしらす春の日の光にむかふうくひすの声

初鶯　基綱

〇〇三七　かけなくて宿の梢のたかき枝にうつるはつねをいそく鶯

鶯　後柏原院

〇〇三八　ひとゝせの鳥のはつねになきそめて我はかほなる春のうくひす

四、『円浄法皇御自撰和歌　全』（宮書本）

逍遥院

〇〇三九　谷風にふるすあらすな移り行花はしはしの春のうくひす

東下野守常縁

〇〇四〇　はるなから氷はむすふ谷の戸にとけてねにのみうくひすのなく

旧巣鴬　　大納言藤原政為

〇〇四一　霞にや猶こもらまし鴬の雪のふるすはいててなくとも

谷鴬　　逍遥院

〇〇四二　たにふかみ花はむかしのむもれきにをのれはるしる鴬の声

朝鴬　　基綱

〇〇四三　あけそむる霧より出るうくひすや谷の戸口に声むせふらん

竹鴬　　後十輪院

〇〇四四　くれ竹のこそのやとりの雪折にいまた旅なるうくひすやなく

山城守藤原政行

〇〇四五　山さとはそともの竹に宿しめてふもとをめくるうくひすのこゑ

雪中鴬　　後土御門院

〇〇四六　うくひすの雪に木つたふは風にや吹あへぬ梅も花はちるらん

後柏原院

〇〇四七　鴬の声する枝の春風にきえすはいつを杉（松）のしら雪

邦高

〇〇四八　はるをあさみ先さく雪の花のえに移るにほひや鴬の声

雅康

〇〇四九　さすか又さとなれぬ声かふる雪にこぬれから(くイ)れてきゆ(ゐ)るうくひす

大納言雅俊

〇〇五〇　下折のねくらの竹のうくひすや夜深き雪に出てなく覧

名所鴬

逍遥院

〇〇五一　誰きけとなかき日あかす高まとのおのへの宮のうくひすの声

鴬為友

〇〇五二　末とをく高木に移る道しらは宿にちきらん谷のうくひす

梅

直朝

〇〇五三　道のへの本は一木の梅なからおほくの人の袖そにほへる

〇〇五四　このねぬる袖の枕の朝露にのこる月さへむめか香そする

暁梅

大納言藤原光広

〇〇五五　梅かゝもうつゝやふかきあかつきの夢のうちなる花は咲(さめイ)けり

紅梅

後柏原院

〇〇五六　立よれは袖の香ふかし紅の色をもうつせ梅の下風

梅風

〇〇五七　さそひきてひとつににほふ春風や一木の梅の花に増らん

梅薫風　　称名院右大臣

〇〇五八　春風は色香のなきを心にて咲より梅ををのか物なる

梅香留袖　　政為

〇〇五九　むめの花たか行すりの移り香を袖より袖に我はとめけん

逍遥院

〇〇六〇　移しもてかへらむほとの大空におほふもおしき袖の梅かゝ

軒梅　　後十輪院

〇〇六一　春のよのみしかき軒は明そめて梅かゝしろきねやの朝風

光広

〇〇六二　すたれまく大宮人のそめの香にあはせて匂ふ軒の梅かゝ

窓前梅　　逍遥院

〇〇六三　ともし火の花もさなから梅かゝの光に匂ふまとのさよかせ

窓梅　　後柏原院

〇〇六四　薫へ猶さし入月のふかきよに花の影そふまとの梅かゝ

里梅　　後土御門院

〇〇六五　袖ふれは人をや忍ふ里はあれと（てイ）ふれ（りイ）ぬる軒も匂ふ梅かゝ

（後）行路梅　　雅康

〇〇六六　梅かゝを（に歟）又行駒を折かへしをよはぬ枝にこゝろとゝめつ

里梅（前）　題不入　　逍遥院

○○六七　ことの葉の花そむかしの春になをにほふはつせのさとの梅かゝ

露暖梅開　　政為

○○六八　いつかし（しかとイ）と軒はは春の霜消て梢の露に咲るむめかゝ

残雪半蔵梅　　後十輪院

○○六九　にしに社秋見し梅はおなし枝もわけ（き）てのこれる雪に咲らん

南北梅花　　参議藤原済継

○○七〇　おもひやるなにはあたりの春風を都の梅に急く比かな

政為

○○七一　こしの雪よしのゝ花の色に出て梅さく枝のいつれをかみん

柳　　直朝

○○七二　うち霞む柳のいとやさほ姫の朝けのまゆのみたれなるらん

岸柳　　逍遥院

○○七三　きし陰に春行水はある（ゐ歟）よりもなを青柳のなひく川風

江畔柳　　後土御門院

○○七四　かつきする海士も入えの夕浪に柳のかみのみたれあひつゝ

常徳院

○○七五　影うつる入江の水のうき草もうくほ（カイ）とみれはなひく青柳

四、『円浄法皇御自撰和歌　全』（宮書本）

雅康

〇〇七六　江にあらふ春のにしきやはへ（つ歟）るらんひとりに染（そ歟）る青柳の糸

雅俊

〇〇七七　船つれて入江のきしの青柳やつなくにはあらぬ糸をそふらん

月前柳　後柏原院

〇〇七八　ぬきとめぬ柳か枝に移りきて月もみたるゝ露のしら玉

蕨　逍遥院

〇〇七九　春山の空は木のめも煙たちもえてなにあふ下わらひかな

春雨

〇〇八〇　沢にふるみかさはしらす春の野の翠は雨に増る頃かな

直朝

〇〇八一　はる雨はその色としも見えさりし霞の下の露のふか（わ）草

庵春雨　逍遥院

〇〇八二　草の庵もめくみにもれぬ春の雨のふるにかひある世をあふく也

草漸青

〇〇八三　ふみしたくしはふか下もうすみとり日をへて深く染る色哉

春草　後十輪院

〇〇八四　さえかへる野は初草のうらわかみさらにや霜にむすほゝるらん

春駒

〇〇八五　声いさむ駒やしるらん花山のむかしの春にかへるみちをも

道堅

初春待花

〇〇八六　雪のうちにおもひしよりもはるの色をまちえてをそき山桜かな

逍遥院

初花

〇〇八七　鳥の音もほころひ初る梢よりほのほのにほふはなのいろ哉

光広

〇〇八八　さきそめて猶めつらしき心哉去年はみさりし花の色かは

後柏原院

花

〇〇八九　あしかきの芳野もちかき色香哉春の雲井の花のしら雲

〇〇九〇　思ふ哉桜一木をなへて世（に）の花といふ名もはち（はれイ）ぬいろかを

逍遥院

〇〇九一　化なりとおもひも捨ぬ春ことの心そ花に見えてくやしき

〇〇九二　のとかなる春のひかりに空蝉の世をわすれたる花さかりかな

〇〇九三　咲しよりみれはおもひしことはりもちりまかふ花にかきくらしつゝ

直朝

〇〇九四　久方の月は霞（めるイ）の春の夜に花のひかりそ（はイ）さやかなりける

〇〇九五　とふ人のありともいまは我やとの花ちる庭に跡やいとはん

〇〇九六　山桜先みにゆかむあらましの友さそふまに散もこそすれ

四、『円浄法皇御自撰和歌　全』（宮書本）

待花　円浄法皇

〇〇九七　またし只おもふにたかふあやにくの世のことはりに花やさかぬと
逍遥院

〇〇九八　春毎におもへはよしや待人にあらそひはてぬ花のこゝろに（よイ）（はカ）
尋花　基綱

〇〇九九　分きつゝけふ社三輪の山桜花もたつぬる人やまつらん
山花　後柏原院

〇一〇〇　色も香もうつりにけりな山桜花よりつゝくみねのしら雲
智仁

〇一〇一　吹をくる風のにほひは芳野山花に入さのしほ（を）りとそなる
山寒花遅　済継

〇一〇二　よそにして花にうらみしつれなさを嵐にかこつ春の山陰
山花未遍　道堅

〇一〇三　ふかゝらぬ春に先たつ花もあれ猶俤はみねのしら雲
山家花　後柏原院

〇一〇四　鳥の音におとろかされて柴の戸の花もさきそふ春をしる哉
峯花　逍遥院

〇一〇五　きのふまてところもさらぬ嶺の雲とたえは花に風や立らん

遠峰花　後柏原院
〇二〇六　みね高みこそのふる雪思ひ出て花をそたとるけさのはる風

花盛開　称名院
〇二〇七　花よいかにことの葉そなきけふこすはとはかりおもふ心のみして

盛花　逍遥院
〇二〇八　雲をけち雪をうつみてまかひ来し色も及はぬやま桜かな

見花　後柏原院
〇二〇九　いにし年わすれぬ花の俤はいまの色香にとをさかりつゝ

光広
〇二一〇　むかひみる色香はあやしさかぬまも花のうへこそ心なれとも

賢盛
〇二一一　又もこむ春をそちきるなれなれし命なかさを花にわすれて

朝見花　後柏原院
〇二一二　あちきなし化なる花の上にこそなを朝露を置とめてみる

閑見花　政為
〇二一三　つくつくと花をしみれは山彦のこたへきくへきをとたにもなし

見花忘老（恥イ）　逍遥院
〇二一四　朽木にもたくふすかたはさもあらはあれ心は花も移しはてにき

雅康

〇一一五　心たにあかすはよしや咲花のかけの朽木と人はみるとも

大納言為広

〇一一六　まなふさへをろかなる身を春はなと花にひかりの陰お[を][送]くるらん

羇中見花　　道堅

〇一一七　おもひ立心やゆか[きイ]てみよしのゝ花の雲路にわれを待[たイ]らん

朝花　　逍遥院

〇一一八　よるの露も光をそへて朝日影まはゆきまてに匂ふはな哉

終日対花　　法印玄旨

〇一一九　朝日影いつのまにかは移りてんあからめもせす花にくらして

春夜花　　雅俊

〇一二〇　したふしの枕や待し春の夜のこてふの夢も花にとふなり

夜花　　政為

〇一二一　ちらは又花にうつらむ恨まてかすめる月におもひ侘ぬる

月前花　　後柏原院

〇一二二　花も月月も花なる光にてい つれみんとはおもひしもせし

春暁花

〇一二三　山桜あくるひかりをいまやみん夜ふかきかねの花にかすめる

庭花　智仁

〇一二四　人めさへまれなる庭に桜花いかにしりてか風のとふらん

栽花　常徳院

〇一二五　うつし植て君かみかきに咲花やちよの春へむかさしならまし

逍遥院

〇一二六　植しよを三代の雲井の春の花我もなれぬる数に忘るな

翫花　十輪院

〇一二七　やま桜心の色にそむ種（程イ）をなにゝうつとて花にみえ（てイ）まし

基綱

〇一二八　なかめ来しとを山鳥のことのはもあかぬ桜に色をそへつゝ

折花　三光院内大臣

〇一二九　立かへり風やうらみん折枝にさそふは（かイ）花の又もさかまし

基綱

〇一三〇　心なき名やあらはさむ折かさす花にかくるゝ老はありとも

野径花　後柏原院

〇一三一　かり衣野はらの露にかたしきて花に一夜の夢やむすはん

故郷花　逍遥院

〇一三二　里はあれぬみさらん後の春をさへたれに契りて花をうへけん

四、『円浄法皇御自撰和歌　全』（宮書本）

○一三三　独のみなかむる花の夕暮に身をふるさとの春やしるらん　通勝

○一三四　咲花のけふのあるしに身をなして思ふもかなし故郷の空　道堅
未飽花此歌落ル他本同　後柏原院

○一三五　立ことやいと〻かたの〻春ならんたえて桜の外にさかすは
野花留人　逍遥院

○一三六　心なきわか友よりもわか宿の花はいか成人をまつらむ
依花待人　基綱

○一三七　よのうさ（きイ）を又やあひみん泊瀬山いのりし道は花そふりしく
古寺花　道堅

○一三八　花ゆへや風のつらさも浮世とて又すみすてん谷の下庵
古渓花

○一三九　滝の糸のみたれに風の吹くるや花のしら河せく方もなし
滝花　後柏原院

○一四〇　朝霞さ〻なみちりて行水の海ふく風に花の香そする
湖上花　道堅

○一四一　くれ行は只春風の音羽川をとにき〻ても花そかなしき
河辺花

橋下花

〇一四二　忘れすや花に露ちる夕暮の紅葉の橋の秋の村雨

島花　逍遥院

〇一四三　いつのよの新島守かうへをきてかゝる所も花はさくらん

花枝　政行

〇一四四　みる人もかなたこなたの家こ(つイ)とに枝なからちる山さくら哉

花主　後花園院上臈

〇一四五　春は只花をあるしになしはてゝとはれぬうき(さ)も身には恨みし

花匂　基綱

〇一四六　風のつてもとを山桜霞日に心ににほふはなをみる哉

惜花　常徳院

〇一四七　たか世より化なる色に咲そめて花に心を尽しきぬらん

基綱

〇一四八　染さらはうつろふ事もとはかりを心にかこつ花の色かな

落花　後柏原院

〇一四九　うら山しはなはひさしき盛哉よゝの春風吹つたへつゝ

三光院

〇一五〇　さそふにはおほふ袖もや有なまし日数そ花のあらし成ける

四、『円浄法皇御自撰和歌　全』（宮書本）

基綱

○一五一　芳野山落滝つせは色そひて梢にきゆる花のしら雲（淡イ）

落花入簾　後柏原院

○一五二　たますたれ涼しく風に散とみてあるへき花の袖に留れる

庭上落花　光広

○一五三　あかすとや玉しく上に春風の桜ふきまく九重の庭

夕落花　後十輪院

○一五四　散まゝに枝には花の色消て夕くれふかき雪の木の下

落花風　道堅

○一五五　雪とのみ見ても過（へイ）なてとふ人の跡なき花に残る山かせ

残花　逍遥院

○一五六　有てうき世をしる花の中に又心なかきも哀ならすや

通勝

○一五七　咲のこる一木の色にみせてけり四方の花をもくるゝ春をも

残花少　後柏原院

○一五八　つれなしとあまたにみはやさそひ行風にをくるゝ花の心を

帰鴈　逍遥院

○一五九　かへる鴈さすかにとまる一つらも都の花にいかてなからん

○一六〇　氷り居し入江の鴈も春の波かへ（くイ）るをみてや思ひ立らん

為広

○一六一　ゆくかりも心やよらん月しろく水みとりなる春のうら風

夕帰鴈　　賢盛

○一六二　よをかけていくへかかこむ夕霞かすめるみねにむかふ鴈かね（こえん イ）

峯帰鴈　　通勝

○一六三　わけてきしみねの朝霧春は又はれぬ霞にかへるかりかね（こ イ）

遠帰鴈　　雅康

○一六四　もろこしのからろおし出し行舟のはるかに成て帰かり金

浦帰鴈　　逍遥院

○一六五　雪のこるひらのねおろし心あれなみちはるけきかりの翅に

帰鴈似字　　宗祇

○一六六　是やそのわかれとかいふもしならん空にともなき春のかりかね

桃花　　通勝

○一六七　花の色のもゝにはあらて三千年の咲てふたねや仙人の宿

春月此歌落他本同　　後柏原院

円浄法皇

○一六八　なきくらすうくひすのねによろこひの色をそへてもいつる月かな

光広

○一六九　まちえてもおほろにみゆる春のよの月の桂の花くもりかも（へ イ）

基綱

○一七〇　して物（くイ）もなきふる事をかすめても春に色そふ月の影かな
賢盛

○一七一　春もなをなくさめかぬる詠めよりかすみやそめしさらしなの月

独見春月　　済継

○一七二　誰ならぬかけを友なるなくさめもすくなく（本字落他本同）霞（月のイ）むよなよな

春暁月　　大納言藤原雅親

○一七三　かすめともかねのひゝきは高砂や尾上の西に月はむもれて
称名院

○一七四　柴の戸をおしあけかたの春の月かすまぬとても涙にやみん
勾当内侍

○一七五　横雲にかすみもかゝる山の（不入）端につれなく出る有明の月

春月幽　　雅俊

○一七六　出ぬまも（はイ）それとも見えぬ山のはの霞（はイ）に月の色にほのめく

春曙　　円浄法皇

○一七七　見しまゝの心にとまる面影や誰ならはしの春の明ほの
玄旨

○一七八　めてきつる（ぬイ）花も紅葉も月雪も霞にきゆるはるの曙

幽栖春月　逍遥院

○一七九　いまは身のすむともなしの宿の月浮世にもれてかすますもかな

喚子鳥　邦高

○一八〇　山ふかみかすみにむせふよふこ鳥おもふ心のおくをとはゝや

雲雀　円浄法皇

○一八一　夕ひはり我ゐる山の風はやみふかれて声の空にのみして（するカ）

玄旨

○一八二　長閑なる影をちきりて春の日のおつれは落る夕ひはり哉

春日遅　雅康

○一八三　大空に山のはも哉くれやらぬ春の日影の中宿にせん

遅日　後十輪院

○一八四　けさのほとひる間のそらをきのふかとたとるも老の春の日長さ

遊糸　逍遥院

○一八五　くり出す人こそあるらしあそふ糸にひかれて空の上をとはゝや

毎山有春　後十輪院

○一八六　春の色の外山はいはししらかしの枝にも見えて雪そのこれる

江山多春興

○一八七　伊駒山はなのはやしも難波江の春にへたてぬ浪にかすめる

四、『円浄法皇御自撰和歌　全』（宮書本）

春帰日復暮　逍遥院

〇一八八　暮にけり春よいつくに行鳥の入相の鐘の嶺のしら雲

春河　政為

〇一八九　春雨にかくはまさらし芳野川雪けの水や猶のこるらし

蛙　直朝

〇一九〇　雨ふれは山田の堤水こえて草の葉末にかはつ鳴也

杜若　後十輪院

〇一九一　ましるともみさりし池の杜若花にさきてそあやめわきける

直朝

〇一九二　いかなれは朝沢沼のかきつはたこきむらさきに花のさくらむ

躑躅　逍遥院

〇一九三　日のひかりみねにも尾にもへたてなく匂ふは木々の下つゝし哉

款（藤カ）冬　円浄法皇

〇一九四　行春もすきかてに見よ藤浪にいま立こゆる花はあらしを

留春不駐　称名院

〇一九五　山川の花のしからみ雲霞なにゝかけてか春はとまらん

旅三月尽　邦高

〇一九六　行春はけふをかきりの篠枕ふしうきたひは一夜ならぬに

三月尽夕　　　　　　後柏原院

〇一九七　くれてゆく春より外に色もなし入相のかねも雲も霞も

閏三月尽　　　　　　光広

〇一九八　いかにせむことしやよひをそへてたに花におもへは春のすくなき

夏

首夏　　　　　　逍遥院

〇一九九　なつとやはわか葉の木ゝの花も猶ありとこてふの尋てそゆく

旅首夏　　　　　　雅俊

〇二〇〇　諸ともに行旅なから夏もきぬきのふの春にけふはをくれて

更衣

直朝

〇二〇一　おしみつる春の名残をきのふといひけふは衣もか（をイ）へまくもうし

賢盛

〇二〇二　なれなれし春をのこして夏衣かへても袖は花の香そする

羇中更衣　　　　　　政為

〇二〇三　ぬきかふるかとりの浦に立浪の色もすゝしきしらかさね哉

〇二〇四　露けさはかへてやまさる旅衣野山の花の忘れかたみに

余花　　　　十輪院

〇二〇五　ちる事もいそかさらなん山桜春にをくるゝこゝろなかさに

遅花　　　　逍遥院

〇二〇六　夏きても青葉か中の初花ををそき桜の名にや立へき

新樹

〇二〇七　ときは木の下葉もいまはちる花の跡はあらしにしける山かな

卯花　　　　後柏原院

〇二〇八　色はいさにほひなしとや卯花の春の梢に咲をくるらん

　　　　　　逍遥院

〇二〇九　偽の浪こそこゆれ卯花の咲るかきねや末のまつ山

　　　　　　賢盛

〇二一〇　心なきしつか垣ねに薫（匂ふイ）也哀あなうのはなのちきりや

卯花似月　　逍遥院

〇二一一　久かたの光をしらす卯花やこのよの月のかつら成らん

卯花似雪　　後土御門院

〇二一二　かれはつる人めを冬の草葉にて雪にこもれる宿のうの花

葵　　　　　光広

〇二一三　宮人のくろ髪なかきあふひ草いくとしとしをかけてきつらん

郭公　逍遥院

〇二二四　たのめをく物とはなしに時鳥くるゝ夜毎に猶またるらん

直朝

〇二二五　待しよりねぬよの空の一声を夢とはきかし山ほとゝきす

待郭公　後柏原院

〇二二六　一声にあくるもしらて時鳥またるゝ程や長きよのそら

円浄法皇

〇二二七　ほとゝきす心のまつのみさほにて（も）くらへくるしき声のつれなさ

久待郭公　常縁

〇二二八　音になきて思ひを出よ時鳥待れし程の跡の日数に

初聞時鳥　宗祇法師

〇二二九　またてこそ聞へかりけれ（るイ）ほとゝきすさてや心もおもひしめけん

聞時鳥　玄旨

〇二三〇　郭公きゝしとやいはむうたゝねの夢のさかひのよはの一声

人伝時鳥　政為

〇二三一　きゝつともかたるを人のいつはりになすまてうときほとゝきす哉

夕時鳥　後柏原院

〇二三二　いかにきゝいかにみてましほとゝきす空行月の夕くれのそら

四、『円浄法皇御自撰和歌　全』（宮書本）

暁子規　　　　　　　　　　逍遥院

○二三三　かたらへよ有明の月を誰ゆへと待出し空そ（にイ）山ほとゝきす

後十輪院

○二三四　有明の月の行ゑの一声も猶よにしらぬほとゝきす哉

雨中郭公　　　　　　　　　玄旨

○二三五　村雨の雨うちはふき雨雲のよそに成行ほとゝきす哉

野郭公　　　　　　　　　　円浄法皇

○二三六　きゝそめてあかぬ野中の時鳥みをくる程そ空に久しき

里子規　　　　　　　　　　智仁

○二三七　たか里に初音とは又きゝぬらん行ゑほのかになくほとゝきす

馬上時鳥　　　　　　　　　雅親

○二三八　をよふへき雲井ならねと郭公駒ひきむけてしたふ声かな

海杜鵑　　　　　　　　　　逍遥院

○二三九　浦とをくかへる浪をもほとゝきすうら山しとやなき渡るらん

海辺時鳥　　　　　　　　　後柏原院

○二三〇　ほとゝきすあかすとやきくとまやかた花も紅葉もいまの一声

時鳥稀　　　　　　　　　　円浄法皇

○二三一　うとくなるをのかなくねも色見えは青葉の山のやまほとゝきす

〇二三二　立帰り忍る声はほとゝきす世にもれし名や更にくやしき　逍遥院
　夜盧橘
〇二三三　橘のにほひそしらぬむかしをもかたる計のよはの手枕　智仁
　軒橘
〇二三四　にほふよりむかしわするゝ草ならてこはしのふ也軒の立花　逍遥院
　故郷橘
〇二三五　里はあれぬ誰かは有て袖の香もはなたち花にまたのこさまし　後柏原院
〇二三六　むなしくやあれにし床に匂ふらんはらふ人なき軒の立花　逍遥院
　対橘問昔
〇二三七　むかしをはとへとしら玉露おちて袖の香しめる軒の立花　後十輪院
〇二三八　立花は遠きしるへににほへともみしよかたりは我もしてまし　政為
　盧橘子低(イニナシ)
〇二三九　花ちりて雨おもけなる橘に霜のはやしもみる心ちして　称名院
　早苗
〇二四〇　田子のとるさなへの露の玉たすきかけて心に秋やまつらん　直朝

四、『円浄法皇御自撰和歌　全』（宮書本）

門田早苗　　逍遥院

○二四一　山本の門田のくろの柳陰夕日をよそにとるさなへかな

菖蒲　　賢盛

○二四二　枕にもとりあへぬまのあやめ草ひきむすひつる夢のみしかさ

五月雨　　円浄法皇

○二四三　梢にもうをもとむへく（きイ）そなれ松なみにしつめるさみたれのころ

直朝

○二四四　風にあれて月もる程はふかさりしねやの板間の五月雨の比

玄旨

○二四五　さみたれの比はしなとの風とても吹やははらふ雨の八重雲

夜五月雨　　逍遥院

○二四六　三輪の山今夜もはれぬ空の月いかにまちみん五月雨の比

水鶏　　後十輪院

○二四七　水鶏をやおとろかすらむ老のよを猶出かての門させりとて

寝覚水鶏　　逍遥院

○二四八　夢路よりほのかにきゝておとろけは只爰にしもくゐな鳴声

照射

○二四九　人の身はともしによるの鹿はかりはかなき物をよそにやはみる

鵜川　　光広

○二五〇　かゝり火にたきもく(け)たすは(にイ)うかひ舟まよはぬつみの身をてらさめや

蚊遣火　　後柏原院

○二五一　人のうへになしてみせはやかやりたく宿にふすふる賤かおもひを

逍遥院

○二五二　たえたえに煙にきほふ声もなし秋風ちかき宿のかやり火

隣蚊遣火　　政為

○二五三　蚊の声はたかぬ軒はにすたききて煙の外にくもるひとむら

蛍　　基綱

○二五四　みたれそふ蛍やすかる月をそき軒のしのふの露のひかりは

野蛍　　逍遥院

○二五五　神たにもけたぬおもひを行ゑとやふしの裾野に飛蛍かな

叢蛍　　円浄法皇

○二五六　くちはてむ後こそあらめ草のうへの蛍や何のもえて行覧

逍遥院

○二五七　秋をまつ草のしけみの露の上にひかりを花ととふ蛍かな

川蛍　　光広

○二五八　風にもえ浪にも消ぬおもひ川さてや蛍の身さへうかるゝ

四、『円浄法皇御自撰和歌　全』（宮書本）

水辺蛍　基綱
○二五九　とふほたる立川きりの外に又うきて思ひの有世みせつゝ

雨中蛍　政為
○二六〇　空たかくのほる蛍は雨くらきよるとてみえぬ思ひならめや

蛍似露　直朝
○二六一　蛍とふみきりの芦のよなよなにをかぬ露ちるかけの涼しさ

蝉　宗祇
○二六二　あつき日の影よはる山に蝉そなく心の秋ややかてくるしき

夏草　後十輪院
○二六三　庭のおもにはらふもおなし種なれや心にしける葎蓬生

基綱
○二六四　まかきにもやしなひたてつたらちねはわか黒かみやなてしこの花

庭床夏　邦高
○二六五　風のみやちりもはらはぬ(ん)故郷とあれゆく宿の床夏のはな

籬瞿麦　雅康
○二六六　あれそゆくおひさきとをき瞿麦のたのむ籬もひまみゆる迄

蓮　後柏原院
○二六七　涼しさをはちすのうへにわきかねぬ風のたち葉も水のうきはも

池蓮　　　　　　　　　　　直朝

〇二六八　池の面のはすのうきはのしけりあひて水の（にイ）濁れるかけのなき哉

夕顔　　　　　　　　　　　後柏原院

〇二六九　花にをく露の光はほのめきて入日涼しき夕皃の花

　　　　　　　　　　　　　政為

〇二七〇　夕顔のさけるかきねを行水はかけさへ花の色に涼しき

夕立　　　　　　　　　　　称名院

〇二七一　時のまにくれぬとみつる山のはに入日をかへす夕立の空

　　　　　　　　　　　　　常縁

〇二七二　風さはく高根の雲をはしめにて軒端におほふ夕立の雨

山夕立　　　　　　　　　　勾当内侍

〇二七三　山陰の雲にこたへて鳴神のひゝきも高し夕立の空

遠夕立　　　　　　　　　　後柏原院

〇二七四　吹をくる山風なから涼しさの雨にまたるゝ夕立のそら

　　　　　　　　　　　　　政為

〇二七五　雲くらく山のはとをき夕立に日影なからや雨はおつらん

旅夕立　　　　　　　　　　逍遥院

〇二七六　夕立のくれぬと思ひし宿出て行（け不入カ）は山路の日こそ高けれ

四、『円浄法皇御自撰和歌　全』（宮書本）

夏月

〇二七七　うきてよるみるめ涼しくすみわたる月も南の浦風そふく

後十輪院

〇二七八　色きゆる真砂のよるの霜もおし涼しき月のあくる光は（に）

賢盛

〇二七九　夏は只さらてなかむる霜のまに幾夜かあけし槙の戸のうち

後柏原院

樹陰夏月

〇二八〇　蟬の声時雨し跡に待出て木の葉色付月そもりくる

雅俊

夏月易明

〇二八一　なくせみのはやまの梢くれ初てもりくる月もうすき影哉

通勝

夏月涼

〇二八二　難波かた芦のふしの間程もなくかりねに明る夏の夜の月

後柏原院

沙月忘夏

〇二八三　夕やみの庭のかゝり火たきけちて木陰涼しく月に成ぬる

済継

〇二八四　秋の月霜をく庭とみし影やあけて涼しき露の真砂地

後柏原院

夏田

〇二八五　小山田やさなへとる日を夏草のことしけきよの例にそみる

夏海

〇二八六　住の江の浪にも夏を忘草松を秋風いまよりやふく

扇　後奈良院

〇二八七　草木にはいつ吹出む秋近き風のやとりはねやの扇を

玉階夜涼　玄旨

〇二八八　はしの上はいかに涼しき月待て猶おはしまによるの袂の

氷室　逍遥院

〇二八九　冬をのみをのかときはの氷室山花も紅葉もいかにとかみん

泉　宗祇

〇二九〇　山城のいつみのこすけそれなから岩しく庭にまかせてそみる

納涼　後柏原院

〇二九一　なつ衣ひとへに秋■（と）思ふまに袖吹とをす風そ涼しき

逍遥院

〇二九二　涼しさの音にくらへは落滝つ松（杉イ）の（とイ）嵐の（とイ）いつれ高けん

水辺納涼　政為

〇二九三　夏虫もおもひやられてよひよひの涼しきかけや庭のやり水

麓納涼　常徳院

〇二九四　風かよふふもとの野へのくすかつらうら葉の露に秋そちかつく

四、『円浄法皇御自撰和歌　全』(宮書本)

〇二九五　山の名の朝日はとをくかたふきてふもと涼しきうちの川風　入道前左大臣

〇二九六　山風にかよふ麓のならしはのなれ増るへき夕涼み哉　政行

御祓

〇二九七　御祓川なかるゝ水に夏はゆき秋はこえくる瀬ゝの夕浪　直朝

貴賤夏祓

〇二九八　かすならぬ浅茅か露のみそきとてぬかつくわさを神はへたてし　基綱

六月祓

〇二九九　飛鳥川いつかおもひの渕ならて嬉しき世にもみそきしてまし　逍遥院

秋

六月立秋

〇三〇〇　いとはやも秋たつとしか川浪の月のさかりに夏祓して　逍遥院

立秋

〇三〇一　打なひき秋くる色も見えてけり神のいかきのくすのうら風

立秋朝　後柏原院

〇三〇二　袖はまた朝をく露の色もなしいかて身にしむ秋の初かせ

初秋　逍遥院
〇三〇三　夢とのみ又こそ過め荻のをとにうちおとろけは秋のはつ風

初秋露　後柏原院
〇三〇四　露は袖にいつかはかゝる色も見し物思ふ比を秋としるより

初秋衣　後土御門院
〇三〇五　手にならす扇によはき風もはや衣にとをる秋は来にけり

田早秋　入道前左大臣
〇三〇六　をく露も穂にあらはれてみたるめりなひくいなはの秋の初風

釈正広
〇三〇七　露のほる岡辺のわさ田いかならんねての朝けは秋のはつ風

早秋　後十輪院
〇三〇八　色ならはうつるはかりに吹かへて音そ身にしむ秋のはつ風

政為
〇三〇九　袖の露かゝらましかは思ひこし秋風なから身にそおとろく

七夕　円浄法皇
〇三一〇　一とせの中に（をイ）へたてゝあひみまく星のちきりや思ひつきせぬ

賢盛
〇三一一　たなはたの秋さり衣いかにしてまれなる色におもひそめけん

四、『円浄法皇御自撰和歌　全』（宮書本）

七夕雲　常徳院

〇三一二　くる事のちきりまち侘ものや思ふ雲のはたての星合の空

七夕枕　逍遥院

〇三一三　としへても一夜は旅ね七夕のまくらは草をかさすとそ思ふ

海辺七夕　後土御門院

〇三一四　心なきあまもこよひはもしほ草かきて手向よ星合のはま　邦高

七夕後朝　逍遥院

〇三一五　浪こさんうらみはあらし織女のたえぬちきりの末の松山

月前望二星　後十輪院

〇三一六　こきかへる程もうき瀬か天の川きのふもけふもおなし舟路を

織女惜別　政為

〇三一七　今夜あふ星のいもせの中に落る天の河風月に涼しき

秋風　逍遥院

〇三一八　そのまゝにかはる契りを人に見よわかるゝ星のうきは物かは

閑居秋風　玄旨

〇三一九　朝またき心ある風や萩か花ねぬるよのまの露はそふらん

〇三二〇　わけてとふ人しなけれはおきの葉の音にさたむる宿の秋風

葛風　　　　　　　　　　　賢盛

〇三二一　色かはる葛のうら風秋更て有河の波のをとそそひゆく

野分　　　　　　　　　　　通勝

〇三二二　いろいろに野分の風のなるまゝに千種の花の跡かたもなし

袖露　　　　　　　　　　　後柏原院

〇三二三　月やしる枕のしつく袖の露をき所なき秋のこゝろを

蘭露　　　　　　　　　　　慈照院

〇三二四　紫のねすりならねと藤袴わくれは露をくたく袖かな

浅茅露　　　　　　　　　　基綱

〇三二五　くれにけりをきそふ露のかす見えて月にそのこる庭の浅茅生

秋夕　　　　　　　　　　　後十輪院

〇三二六　吹しほるなへて草木の夕露に我袖のこす秋風もなし

　　　　　　　　　　　　　基綱

〇三二七　身のうさはしはしまきれぬころほひの夕を秋の色となかめて

故郷秋夕　　　　　　　　　智仁

〇三二八　ふるさとに住身ならすはあはれさもなをさりならぬ秋の夕暮

秋夕恨　　　　　　　　　　為広

〇三二九　虫はうらみ荻は声してうき暮をとはゝいは木もいかゝこたへむ

四、『円浄法皇御自撰和歌　全』（宮書本）

（後）草花早　邦高

〇三三〇　秋来ては星の名にあふ花やまつ咲て手向のけふに逢らん

（前）秋夕傷心　政為

〇三三一　又もあはん秋をもしらぬ我身にはうきも名残の夕ならすや

朝草花　済継

〇三三二　つれなくて露はさなから明る夜の光におしき朝顔のは（色イ）な

草花露　直朝

〇三三三　夕されはおはなか浪も砕きつゝ露を分行まのゝ浦かせ

草花盛　後柏原院

〇三三四　木ゝに見し春のにしきのはたよ（は）りも猶をやひろのゝ秋の花々

折草花　後土御門院

〇三三五　月草の花のさゝ（くイ）のゝ女郎花うつる心に手折わひぬる

邦高

〇三三六　秋風やさそはぬさきと折袖に露もみたすな花の糸はき

風動野花　称名院

〇三三七　吹からにのへのちくさのうちなひきめにみぬ風も色付にけり

済継

〇三三八　色もなき草の袂の露なからしゐてもしほれのへの秋風

閑庭荻　　　　　　　　　　　　　　常縁

○三三九　をのつからなひくを風のたよりそとおもひなさるゝ庭の荻はら

萩露　　　　　　　　　　　　　　智仁

○三四〇　ぬるゝをも誰かいとはむ露わくる衣手こそは萩かはなすり

後十輪院

○三四一　ふかゝらむ露に手折んをきそはゝもとあらの小萩風を社まて

常縁

○三四二　色かはる秋のまはきをもるつゆやにしきをあらふ雫成らむ

萩花蔵水　　　　　　　　　　　　称名院

○三四三　ふる江にももとの心の萩の花野中の水を友とみるらん

萩映水　　　　　　　　　　　　　後十輪院

○三四四　かけもあえす化になかれん色もおし萩こす浪の花のしからみ

女郎花　　　　　　　　　　　　　基綱

○三四五　すみれにも一夜はねしを女郎花露のあたなや花にとまらん

権典侍

○三四六　なひきなす方もさためぬ女郎花はなのなたての風や吹らん

野女郎花　　　　　　　　　　　　円浄法皇

○三四七　誰か此野をなつかしみ女郎花なひく一夜の枕からなん

女郎花露　称名院

○三四八　夜をこめて誰おき出し露ならんけさ色ふかき女郎花哉

薄　逍遥院

○三四九　一むらは植てたにみん花薄露をく秋の袖のたくひに

夕薄　後柏原院

○三五〇　まねきては夕日（入イ）をかへす袖ならし尾花にとをき夕くれの空（色イ）

閑庭薄　資直（一本後柏原院）

○三五一　宿からのさひしさのみや秋といはんおはなか末はとにもかくにも

薄似袖　基綱

○三五二　花すゝき野中の水に影見せてむすふも袖におもき露かな

槿　円浄法皇

○三五三　をのかうへの千とせの色や夕かけて笆にのこる露の朝かほ

笆槿　逍遥院

○三五四　秋なれやきりのまかきのへたてにも日影わすれぬ朝顔の花

初鴈　賢盛

○三五五　いつのまに色付ぬらん植ていにし秋の山田をかりはきにけり

初鴈幽　直勝（通カ）

○三五六　秋風に雲間の声そほのかなる先くるかりの友やすくなき

雲間初鴈　道堅

〇三五七　くるかりやなきてかへらんおもかけの花となみえそみねの白雲

夜初鴈　大炊御門内大臣

〇三五八　しつかうつ声をそへつゝきにけらし空も夜寒の衣鴈金

月前聞鴈　道堅

〇三五九　ちきりあれやかならす秋のよをかさね月たにすめはかりも鳴也

旅泊鴈　後柏原院

〇三六〇　浪こゆる袖もうきねのとこ世よりきてしはいかに衣かりかね

鶉　資直

〇三六一　色染る鴈のなみたもいかならんうつらなくのゝ秋の白露

野鴫　基綱

〇三六二　百羽かくしきりに露もおきかさね暁さむきのへのかりふし

暁鴫　常徳院

〇三六三　とにかくにねさめの枕物そ思ふ有明の月にしきの羽かき

鹿　後柏原院

〇三六四　いかならんよそにきくたに露けきをしかなく山に住身成せは

〇三六五　秋よいかに岩ほの中もいま更に世のうき事を鹿そ鳴なる

外山鹿　逍遥院

〇三六六　つれなさやまさ木のかつらくるつまもみえぬ外山に鹿の鳴覧

四、『円浄法皇御自撰和歌　全』（宮書本）

嶺上鹿

○三六七　棹鹿の声の外なる恨をもみねのくすはの風をみよとや

谷鹿

○三六八　谷の戸は通（道）もつゝかて小男鹿のたつをたまきのかけそ淋（恋イ）しき

後柏原院

夜鹿

○三六九　秋をうらみ妻をしたひてなく鹿の夜の思ひそよそに悲しき

円浄法皇

月前鹿

○三七〇　つまこひをなくさめかねてをはすての山ならぬ月に鹿や鳴覧

道堅

月前聞鹿

○三七一　月にこそなみたのこさねなく鹿のひとり有暮は忍てもみつ

雅俊

鹿声夜友

○三七二　なかきよのねさめなくさむしかの音はつれなき妻の情とそきく

直朝

虫

○三七三　露霜は消かへりても有ぬへし哀いのちを松むしのなく

円浄法皇

夕虫

○三七四　やとりとる誰を松むし草ふかきまかきを山と夕くれの露（声イ）

後十輪院

○三七五　夕日影うつるもよはき草かくれもよほす露に虫やなくらん

資直

○三七六　あはれいかに夕霜まよふ秋の日の光にあさ（たイ）る虫の声々

深夜虫　基綱

○三七七　なく虫の露の玉の緒つれなくそなかきよさむをうらみ明せる

閨虫　後土御門院

○三七八　聞わひぬ夜寒のねやの秋風に夢もかれ行虫の声々

野虫　邦高

○三七九　なくむしの声の色をも花の上の光にそふる野への夕露

後十輪院

○三八〇　おなしのゝおはなか袖も松むしに心あはせて人まねくらん

原虫　円浄法皇

○三八一　秋風に乱れてしけき虫のねは宮城か原の露に増れり

叢虫　称名院

○三八二　草のはら声もみたれて鳴虫のなみたやおなし露の秋風

露底虫

○三八三　かすかすの思ひの露は八重葎はらはぬかけを虫もなくらし

尋虫声　玄旨

○三八四　むしの声大宮人の袖はへてさかのゝ露にしほれてそ行

四、『円浄法皇御自撰和歌　全』（宮書本）

駒迎　　　逍遥院

〇三八五　契りあれやはるけきおくのまきを出て雲井にかける望月の駒

月　　　後柏原院

〇三八六　波のうへの（のイ二入）こるくまなき影なから漕出る舟や月にさはらん

〇三八七　こゝにみる程は雲井の秋の月手にとるはかり袖にやとして（らイ）

〇三八八　待出て入山まてはわかこゝろかけになりてや月にそふらむ

〇三八九　出入に山有月の行ゑとはさてもおもはぬ半天のかけ

〇三九〇　ひとは只心のくまになかむらんこのよにかけのおしき月かな

逍遥院

〇三九一　みてもたゝ月そ心にかゝみ山曇らしとおもふ人のよの中

常縁

〇三九二　つくつくとおもひつゝけてこしかたはけにさそありと月をみるかな

直朝

〇三九三　さやかなる月には猶もくもるらん心ある人の秋のよのそら

初秋月　　　道堅

〇三九四　おもふにもかきりて（そイ）しらぬいまよりは（のカ）秋に心は月のゆくすゑ

八月十五夜　　　玄旨

〇三九五　月こよひ音羽の山の音にきく姨捨山のかけも及はし

九月十三夜　　　　　　　　　　　　円浄法皇

〇三九六　名にしおふこよひ一夜にとはかりもみる長月のかけをしそ思ふ

月似鏡　　　　　　　　　　　　　　信量

〇三九七　榊葉にかけしかゝみもかく山や木のまをのほる秋のよのつき

為広

〇三九八　まちかきにかけしかゝみの俤も月にそのこるあまのかく山

基綱

〇三九九　むかふうちになみたそくもる月はたかのこすかたみのかゝみ成らむ

晴夜月　　　　　　　　　　　　　　慈照院

〇四〇〇　照もせす曇らぬよりも秋の月さやけきかけそしくものもなき

入道親王道永

〇四〇一　清見かた空の光もひとつにて雲こそなけれ秋の夜の月

逍遥院

〇四〇二　さはるへき雲なき夜半の月の内の桂はかりそくまと成ぬる

為広

〇四〇三　みるまゝに心のくまもなかりけり月や浮世の外にすむらむ

山月初昇　　　　　　　　　　　　　称名院

〇四〇四　川風に先影はれてふもとゆく水より出る山の端の月

四、『円浄法皇御自撰和歌　全』（宮書本）

山月　　　円浄法皇

〇四〇五　まきあくるこすのまちかく山も更にうこき出たる月の影哉

玄旨

〇四〇六　中空にくまなきかけを見るよりもうす雲かゝる山の（不入）はの月

対月待月　　　政為

〇四〇七　はるゝ夜はむかふ山のはさやかにてまたぬも月のおもかけの空

横峰待月

〇四〇八　待ほとはくらき高根を雲かとも影みぬ月に先いとふかな

済継

〇四〇九　心あてにおもひしみねの雲とをくあたりもいまはにほふ月哉

月出山　　　逍遥院

〇四一〇　のこる日のかけにむかひの山のはをみしやそれかと出る月影

山家月　　　智仁

〇四一一　さひしさの又うへもなし柴の戸に月すむよはの嶺の松風

道堅

〇四一二　何事のうきをもいはぬ山にても月みる秋はこゝろこそあれ

暁出月

〇四一三　待出ておもふ名残も秋もいま有明までの月の行ゑを

暁入月

〇四一四　あかすみる月の入さの山かつら人の心に先かゝりつゝ　後土御門院

閑見月

〇四一五　ふくるよの人をしつめてみる月に思ふくまなる松風の声　智仁

野月

〇四一六　百種の花のゝ露に影やとす月にや（はイ）をよふ色やなからん　後柏原院

〇四一七　武蔵野や草のはわけに見えそめて露より下に出る月かけ　円浄法皇

野径月

〇四一八　むさしのやかやか末葉の露かけて袖にこほるゝ月をみる哉　基綱

故郷月

〇四一九　里遠く野はなりにけりなかきよの月の行ゑをとふとせしまに　道堅

〇四二〇　月そすむ里はあれまくをしかふす野となる庭の浅茅生の露　大納言藤原親長

関月

〇四二一　とけてねぬ夢をも誰かうらみまし枕は月の下ひものせき　逍遥院

〇四二二　やすらはゝ月やとさしにあかさまし荒行ふはの関やなりとも　勾当内侍

四、『円浄法皇御自撰和歌　全』（宮書本）

水辺月　　慈照院

○四二三　曇らす（るそイ）よ月の桂の川風にちらす光をはなのかゝみは

江上月　　道堅

○四二四　あはれ也よるなく鶴の声ひとつすめるふる江の水の月影

江月　　後十輪院

○四二五　秋風の水のうき霧空はれて江のなみとをくすめる月影

玄旨

○四二六　なには津のよしあしをしも誰わかん入江の月は雲かくれして

月照滝水　　道堅

○四二七　あかなくに何をか月のくまの川清きをみかく瀧のしら玉

河月　　逍遥院

○四二八　秋にしく月の氷やひろせ川袖つく水はをとさむくして

光広

○四二九　よしの河花は岩にもせかれけり行影とめよ秋の夜の月

滝月　　称名院

○四三〇　山風の声すみのほる月かけによるとは見えぬ滝の白糸

浦月　　逍遥院

○四三一　いつはあれと松を秋風ふくからにいさよふ月にすみよしの浦

○四三二　わきてたか春のうみへと詠ける秋こそ月は住よしのうら

浜月　　　　　　　　　　　　逍遥院名不入

〇四三三　をはすての山をもしらす我心なくさの浜にすめる月影

舟中月　　　　　　　　　　　雅康

〇四三四　ときのまにとまもる影そかはり行おほえすめくる浪の上の月

旅泊月　　　　　　　　　　　道堅

〇四三五　波風もけさの舟出にさはらすはかゝる所の月をみましや

花洛月　　　　　　　　　　　円浄法皇

〇四三六　春によせし心の花の都人も移ふ秋の月やみるらん

禁中月　　　　　　　　　　　逍遥院

〇四三七　曇りあらは世の恨にと雲のうへに君をいさめて月もすむらん

　　　　　　　　　　　　　　通勝

〇四三八　雲の上や二たひかゝる月をみてあきらけきよのめくみをそしる

古寺月　　　　　　　　　　　円浄法皇

〇四三九　古寺のきくも紅葉も折ちらしくむ暁のかけそ身にしむ

庭上月　　　　　　　　　　　後十輪院

〇四四〇　庭の面の光もそへそ秋風や紅葉のこのま月に吹らん

名所月　　　　　　　　　　　直朝

〇四四一　難波かた塩みちくれは汀なる芦の末葉にかゝる月かけ

依所月明　後柏原院

〇四四二　よそにこそへたてもあらめをのつからわかみる月は雲のうへにて

菊笆月　三光院

〇四四三　真砂さへ霜とみるまて澄月にさかりのの菊もうつろひやせん

惜月　逍遥院

〇四四四　あかす思ふ心を月に尽せとや入かた清くすみまさるらむ

月前星　円浄法皇

〇四四五　しらす誰星をかさしに月をおひて爰も箱やの山をとふらむ

月前竹風　道堅

〇四四六　袖の露やもろくはならん笛竹の葉分の月に秋風そふく

月前釣翁　後土御門院

〇四四七　翁さひ哀たへても釣の糸（の）よるさへ月に小舟こくみゆ

月前孤舟　称名院

〇四四八　月ならて我友舟もしら波にまかせて出る秋のうら人

月催涙　政為

〇四四九　なをさりにやとりやきつる秋の月何ゆへぬるゝ袖とかはしる

月恋故人　後柏原院

〇四五〇　かなしきは心にうかふ面影のまたみぬ人そ（よイ）月にまきれぬ

対月懐旧　　雅俊

〇四五一　つくつくと思ひのこさぬ秋の夜は月にむかしのかけやそふらん

霧　　逍遥院

〇四五二　初瀬山谷よりのほる朝霧に夜深きかねののこる空かな

称名院

〇四五三　朝霧のはるゝをみれは野も山も露をく雲のかゝる也けり

山朝霧　　玄旨

〇四五四　めのまへに海をなしつゝ朝霧のあらぬ所におきつしま山

湖霧　　基綱

〇四五五　塩やかぬ水のけふりも立そふやきりの底なるしかの浜松

関路霧　　後柏原院

〇四五六　あふ坂や関の戸さしのあけてたに猶霧くらき松の下道

河霧　　円浄法皇

〇四五七　曙や山もとくらく立籠て霧に声ある秋の川なみ

智仁

〇四五八　あらしふく高根は晴て不二川や浪に立そふ秋の川霧

直朝

〇四五九　落滝津川瀬の浪の行方に霧の声きく秋の夕暮

四、『円浄法皇御自撰和歌　全』（宮書本）

河霧未晴　　　　政為

○四六〇　河上の高根の木末顕れて霧立残る水のしら波

暁霧　　　　逍遥院

○四六一　山里はね覚の窓（まとイ）のあけにら（やイ）て枕をうつむみねの朝きり

俊量

○四六二　横雲の棚引峯は見えわかて霧の霽まや曙の空

渡霧　　　　逍遥院

○四六三　秋や猶うちの渡りと里（もカ）の名も立川きりに詠わふらん

崎霧　　　　賢盛

○四六四　入相のかねのみさきの夕きりに泊やたとるあきの舟人

稲妻　　　　三光院

○四六五　はかなしや草葉にやとる露よりもなをきえやすき稲妻のかけ

雲間稲妻　　　　称名院

○四六六　消かへり此よの露のたくひとや空なる雲も稲妻の影

秋田　　　　後十輪院

○四六七　色になる小田の穂むけの秋風になれもかたよる村雀

擣衣　　　　逍遥院

○四六八　から衣たか秋風にうち初てきくも身にしむ妻と成らん

○四六九　月草の花すり衣有明にうつ声寒しよなよなの空
　賢盛

聞擣衣
○四七〇　あしかきのまちかきこやに打衣いくよの夢をさましきぬらん
　後土御門院

月下擣衣
○四七一　衣うつあるしは月にあらはなる浅茅か宿も松の扉も
　後柏原院

里擣衣
○四七二　きこえくるをとに心をかはしても幾さと人の衣うつ覧
　後土御門院

海辺擣衣
○四七三　麻衣猶うちそへてあしの屋のなたの釣するいとまなき比
　円浄法皇

名所擣衣
○四七四　ころもうつ芳野のおくの秋の風身にしむ比や花にふく声
　称名院

○四七五　衣うつ音は音羽の山こえてせきのこなたもおなし秋風
　済継

菊
○四七六　ならの葉の世のふることにもれし菊梅を忘れし恨なし（きイ）やは
　円浄法皇

○四七七　をきあまる露はこほれて白菊の花の香なかす谷の下水
　光広

籬菊　玄旨

○四七八　うつろふを花のうへにも色そふとまかきのきくや霜を待らん

菊花映霜　政為

○四七九　移ろふと見し色もなし置露（霜）の光にくるゝ菊の籬は

菊似霜　円浄法皇

○四八〇　きくはいま咲ものこらぬ花の色の霜やまことの霜を待らん

名所菊　後柏原院

○四八一　今は我はこゝやの山の秋のきくうつろふ花のおりをしらなむ

伴菊延齢　称名院

○四八二　咲きくの下行水や千代（世）かけて秋をせくへき花のしからみ

柞　政為

○四八三　霜さやく柞のさむき山風にかたしく袖や色かはるらむ

紅葉　後柏原院

○四八四　花に見し春のにしきの中絶て紅葉の秋に移る色かな

黄葉　賢盛

○四八五　染わたる露の梢は霜の上にいま一入の秋そのこれる

嶺紅葉　為広

○四八六　峯たかみうつる夕日の色そめて時雨むなしき秋の山哉

岡紅葉　通勝

〇四八七　そめそめぬ時雨のほとをわきてそめ（見イ）松にならひの岡の紅葉ゝ

紅葉深　玄旨

〇四八八　くらへみんもみちの色に思ひ出るときはの山のつゝし成とも

夕紅葉　三光院

〇四八九　夕露もこゝろしてをけ玉ほこのたよりに折ん木ゝの紅葉ゝ

庭紅葉　権典侍

〇四九〇　軒ちかき一木の梢色つきてよそにもみちの盛をそしる

雨中紅葉　玄旨

〇四九一　もみち葉はしくれの雨にぬれにけりかさとり山の名にもかくれす

紅葉透松　雅俊

〇四九二　露しくれいかにもりてか下紅葉つれなき松に色をみすらむ

垣紅葉　後花園院上臈

〇四九三　紅葉つゝ（はゝイ）しくるゝ今朝も山賤の垣ねはよはる（本ノまゝ）錦とそみる

紅葉出垣　済継

〇四九四　おもへともおほふやせはき袖かきの末こすもみち嵐ふくなり

松間紅葉　逍遥院

〇四九五　時雨にもときはの杜の梢こそ四方の紅葉の匂ひ成けれ

四、『円浄法皇御自撰和歌　全』（宮書本）

河紅葉　　　　邦高

〇四九六　立田川水の秋をや急らんみねの木の葉に秋(山)風そふく

河辺紅葉　　　　玄旨

〇四九七　ちりて先影をやうつす紅葉ゝの浮てなかれぬやま川の水

滝紅葉　　　　円浄法皇

〇四九八　戸無瀬川水の面にはちらぬまも紅葉をくゝる滝のしら糸

秋色　　　　雅俊

〇四九九　花にさき露に染なし草も木も色のちくさや秋につくせる

秋雨　　　　十輪院

〇五〇〇　梢にはまたしき程の夕時雨心を秋の色にそめつゝ

秋夜長　　　　常徳院

〇五〇一　花をのみ詠くらして春の日も月におほゆる秋のよの空

晩秋　　　　道堅

〇五〇二　長月の末野のくすは夕風に露もいまはとうちみてそちる

暮秋　　　　三光院

〇五〇三　染つくす色はこけれと紅葉ゝに秋もいまはのはてそ悲しき

暮秋霜　　　　勾当内侍

〇五〇四　消かへりおしむ心やくれて行秋にをくるゝ霜とならまし

暮秋風　　　　　　　三光院

〇五〇五　霜さむき嵐のかねの声の内に尾上の秋やくれむとすらん

暮秋雨　　　　　　　通勝

〇五〇六　くれて行秋の名残の雨の音やかて時雨に聞やかへまし

秋欲暮　　　　　　　後十輪院

〇五〇七　長月や有明の月の山颪に空にも秋の色そすくなき

九月尽　　　　　　　後柏原院

〇五〇八　なれなれて夕をしらぬ秋ならは今日のわかれの猶やうからん

逍遥院

〇五〇九　おもほえすあたの玉の緒長月を（やイ）ことしも露の身をおくりける（りイ）

〇五一〇　もとゆひの霜はかたみもおもなれぬいくとせ秋のけふの別に

惜九月尽　　　　　　後柏原院

〇五一一　秋の色のあかぬ木陰にけふくれぬ夜のにしきのそれをたにみん

閏九月尽　　　　　　逍遥院

〇五一二　世中よ秋に秋そふ日数たにくるゝは化の身は残りけり

冬

初冬　　　　　　　　称名院

〇五一三　露霜の夜さむか上に冬のきてけふよりはらふ埋火のもと

四、『円浄法皇御自撰和歌　全』（宮書本）

　　　　　　　　　　　　　　　　　直朝
○五一四　山川や日数うつろふ紅葉はのなかれもあへぬ冬はきにけり

　　初冬風　　　　　　　　　　　逍遥院
○五一五　しほれき（こ）し秋の草木の末つゐにたへぬあらしの冬は来にけり

　　初冬時雨　　　　　　　　　　後柏原院
○五一六　ときのまにめくる時雨の空なから秋をきのふにはや過しぬる

　　時雨
○五一七　山とをき都のしくれ暮（行）かたも中空にしてまよふ雲かな

　　　　　　　　　　　　　　　　逍遥院
○五一八　したひ来し花ももみちも初時雨あはれ一夜の夢覚すらん

　　　　　　　　　　　　　　　　基綱
○五一九　一とをり雲吹をくる山風に時雨をそめてふる木の葉かな

　　峯時雨　　　　　　　　　　　政為
○五二〇　秋過る松（岑）の木陰の木の葉をそわすれぬ色にふるしくれかな

　　月前時雨　　　　　　　　　　円浄法皇
○五二一　しはしなをくもるとみしそ光なる時雨の雲をもるゝ月かけ

　　旅宿時雨　　　　　　　　　　道堅
○五二二　さよ時雨とふにつらさもましはふくかりほのかりねいかゝふくらん

落葉　　　　　　　　　　　　　　　　後柏原院

○五二三　水上にちる(りイ)やはとまる枝なから木の葉にうける(か)風(よ)のしからみ

○五二四　ちりつもる色なうつみそ梢よりさそふも霜の下葉なからに

俊量

○五二五　露しくれ染尽しての後はけに声のまゝなるこのはならまし

賢盛

○五二六　かきくらし雨とふり出て山水の紅ふかくなるこのはかな

直朝

○五二七　冬ふかく成にけらしな山里の木のはゝねやの月もらぬまて

夕落葉(江寒芦イ)　本書も如此　　（後柏原院）

○五二八　よる浪の入江や氷る冬枯のあしまになつむ舟のゆきゝは

枯野　　　　　　　　　　　　　　　後十輪院

○五二九　見しや夢草葉のこらす霜むすふ手枕の野の秋の面影

寒草霜　　　　　　　　　　　　　　通勝

○五三〇　をくまゝに草のはつかにかれなして我とすくなき霜の色哉

寒山(松イ)霜　　　　　　　　　　　　道堅

○五三一　枯のこる落葉にたにもならひけん霜に侘たる松の下草

氷　　　　　　　　　　　　　　　　称名院

○五三二　山川になかれもやらぬうす氷かけしや秋の風のしからみ

四、『円浄法皇御自撰和歌　全』（宮書本）

芦間氷　　　　　　　　　　　為広

○五三三　芦の葉は冬かれはてゝ行舟のさはく入江や氷なるらん

雅康

○五三四　冬をあさみ入江にかゝる芦つゝのひとへはかりに氷る比かな

基綱

○五三五　みなと川なかれ入江の塩あひにこほり氷らぬ芦間をそみる

井氷　　　　　　　　　　　賢盛

○五三六　月残る影さへ寒き山の井のあさなあさなにこほる比かな

湖氷　　　　　　　　　　　逍遥院

○五三七　さゝ波のをとは氷に吹なして松にそかへるひらの山風

氷笛（留）水声　　　　　　　　　　　政為

○五三八　音するも音せぬ時もさひしさ（とイ）は我山水の氷にそしる

済継

○五三九　いとひしをおもひしれとや山水の音をたえても今朝こほる覧

冬地儀　　　　　　　　　　　後十輪院

○五四〇　かけ捨し風のしからみ跡見えて紅葉岩行山川の水

冬月　　　　　　　　　　　後柏原院

○五四一　半天にすめる物から冬枯の野山の月にそふひかり哉

○五四二　月なれや夕河わたり程もなく氷をしける水の寒けさ

円浄法皇

○五四三　みる人の袖さえとをるさよ風に落葉（そ）か（のイ）後の月のくまなる

逍遥院

○五四四　霜と見え氷とまかふ影なれは冬にや月はちきり有けん

権典侍

○五四五　水もなき空とはいはし冬きてはこほれる月の色の寒けさ

水郷冬月　　　　　逍遥院

○五四六　さもこそは冬こもりせめ難波人月ともいはす芦火たくらし

寒夜月　　　　　常徳院

○五四七　秋にみし露をは霜にむすひかへて枯野の月の影そ淋しき

為広

○五四八　霜まよふ枕のあらし声さえて軒端の山に有明の月

寒閨月　　　　　後柏原院

○五四九　いつのまに閨のあふきのをくと見し露は霜なる冬のよの月

杣寒月　　　　　逍遥院

○五五〇　月は只光をもとのかつらにて冬も朽木の杣木ともなし（はイ）

冬夜月　　　　　一位局

○五五一　霜むすふ夜さむの床の手枕に氷らぬ夢もとけてやはみる

四、『円浄法皇御自撰和歌　全』（宮書本）

冬暁　　逍遥院

〇五五二　あかむすふ暁おきの手を寒み折たく柴も霜そこほるゝ

冬里　　常縁

〇五五三　をろかにてすむよの程やしらるらん雪に跡なき里の通路

千鳥　　逍遥院

〇五五四　いもに恋ねぬよの空に音信て妻とふ千鳥うち侘てなく

直朝

〇五五五　暮かゝる浦のとまやに宿かれは我友千鳥浪になく也

暁天千鳥　　済継

〇五五六　さそはれし夢や生田の友千鳥しらぬ名残の有明の空

河千鳥　　賢盛

〇五五七　苗代によせていさよふ河なみの行ゑしらすも立千鳥かな

浦千鳥　　逍遥院

〇五五八　なくねをもそへさらめやは浦千鳥荒儀浪の身をくたくまに

磯千鳥

〇五五九　浪に消煙に立て塩竈の儀辺ほのかに行ちとりかな

水鳥　　光広

〇五六〇　池の面にうかひてあそふ水鳥の中にかもめの眠るしつけさ

○五六一　山河の岩きる水と（にイ）すむをしの羽かひに寒き秋（夜カ）の霜かな　　賢盛

沢水鳥

○五六二　たのめ来し影あらはなる芦鴨の沢辺の月を誰に侘らむ　　逍遥院

鷹狩

○五六三　見したかに心入たる身はいつか思ひとりてんけふはかりとも　　後柏原院

夕鷹狩

○五六四　あかなくに山の端なくはとはかりに入日やおしきけふのかり人　　政為

連日鷹狩

○五六五　狩人もけふ立鳥もはかなくやあすをは頼む心成らむ　　逍遥院

霰

○五六六　さえさえてちるや霰の玉はやすむこの浦風浪にしくめる　　後土御門院

篠霰

○五六七　露ならはむすふとそみんさゝのはにふるとはすれと散あられ哉　　逍遥院

柴霰

○五六八　ふるとふる霰や音にしらす覧落葉か庭の谷の下柴　　後十輪院

○五六九　椎柴のともにくたけて散はかりうらみも白く霰みたれて

初雪　後柏原院

○五七〇　さはかりにまたれて今朝そ初雪のつもらぬ程を猶や恨みむ

光広

○五七一　ふむ跡をいとふ計に今朝よりは積をそ待庭のはつ雪

雪　逍遥院

○五七二　手に取てみるにそ雪は久かたの月も及はぬ光成けり

○五七三　ほとなしやすゝきをしなみ降と見し雪は夜の間の松の下折

○五七四　花に過紅葉にくれし恨をもうつめる雪の明方のやま

直朝

山雪　玄旨

○五七五　音信も絶て程ふる我宿にさりとて人は今朝の初雪

○五七六　やまの端の星の光もうす雲にたえたえ残る雪の色哉

峯雪　逍遥院

○五七七　初雪の花のみやこの朝ほらけみさりしみねの四方の俤

行露雪　光広

○五七八　おもひやり（ゐイ）思ひをこせは東路も分し都の不二の白雪

朝雪　直朝

○五七九　とはぬとて人なうらみそ我も又跡たにおしき今朝の初雪

〇五八〇　つもるかとおき出てみれはさえしよの月よりうすきみねの初雪　宗祇

〇五八一　跡つけはうしとそおもふふみわけてとふ計なる雪の朝に　光広
　浅雪

〇五八二　かよひ来しみちふりしきて一筋も雪のくまなき野への曙　後十輪院
　野雪

〇五八三　山本の軒端の梢おもきとてはらはゝよそにおしき雪哉　円浄法皇
　遠村雪

〇五八四　しら雲のいつこか家路ふる雪にすゝまぬ駒のあしからの関　政為
　関路雪

〇五八五　板ひさし雪にはあるゝ色もみすいまもふりつゝ不破のせきやは　光広

〇五八六　みる人にふかさあさゝは有なましたか宿わかぬ庭のはつ雪　宗祇
　庭雪

〇五八七　しろ妙の山をうつせる池水はみくさそ雪の絶間成ける　権典侍
　池辺雪

〇五八八　淋しさになれてすみ来し宿なれは絶ぬる道の雪もいとはす
　閑中雪

四、『円浄法皇御自撰和歌　全』（宮書本）

閑居雪　逍遥院

〇五八九　八重葎それたに有を降雪にかとさせりともみゆる宿かな

雪埋苔径　政為

〇五九〇　たえたえの苔の細道それたにも雪より後は行人もなし

済継

〇五九一　絶はてゝおもひし物を苔の上の雪には稀の跡も見えけり

松雪　智仁

〇五九二　あらしをはうつみはてつる雪にたに声こそ絶ね松の下折

松上雪　玄旨

〇五九三　つもるとてはらひつくせは深翠松こそ雪の上にふりける（ぬれ）

〇五九四　うつすともえやは及はむ雪の松白きを後の面影にせは

雪埋松　後十輪院

〇五九五　積りけり夜のまの雪の朝ほらけ松を嵐のよそに吹まて

光広

〇五九六　木枯にもれすと見えて松の葉のときはの色も深き雪哉

竹雪　後柏原院

〇五九七　心まて雪にそなひく涼しさの夏こそとみし竹の下風

逍遥院

○五九八　ふるまゝになひきふさすと窓の竹山より高き雪もみましや

竹雪深　常徳院

○五九九　ふりつみしまかきの竹は折ふして雪よりはるゝまとの曙

雅康

○六〇〇　降雪にまつ下折し竹のはや独さめたるいろをみすらむ

雪中眺望　政為

○六〇一　うら波の音にもこえて高砂の松は尾上の雪のあけほの

雪中残鴈　済継

○六〇二　はらひ侘雪をや鴈の恨らんをくれてこしは心なからに

雪中待人　称名院

○六〇三　見せはやと人をまつまに今日も又はらはぬ雪の下折の声

雅康

○六〇四　うつもれぬ心の松もふる雪に色しみえねはとふ人もなし

依雪待人　雅親

○六〇五　積らははと人もちきらぬ庵の雪に心とまりて誰をうらみん

神楽　光広

○六〇六　糸竹のよきわさしつゝ御心をとるやかくらの庭火さやけし

四、『円浄法皇御自撰和歌　全』（宮書本）

炭窯　　　　　　　　円浄法皇

〇六〇七　煙こそ先あらはるゝ（れイ）年寒き松よりおくのみねのすみかま

　　　　　　　　　　直朝

〇六〇八　大原やをのゝすみかま風吹はやかぬみねにも立けふり哉

埋火　　　　　　　　後柏原院

〇六〇九　さえさえし夜はのとかにて積るらん雪をも爰にうつみ火のもと

　　　　　　　　　　賢盛

〇六一〇　霜とくる板間の雫落やみてうつみ火寒くふくるねやかな

炉火似春　　　　　　済継

〇六一一　むかひみる心を春の雪なれやとけてのとけきうつみ火のもと

衾　　　　　　　　　逍遥院

〇六一二　民におほふ心もなくてやすくねは夜のにしきのふすま成へし

仏名

〇六一三　たふさより花もひらくる春やいかに三世の仏の光なるらん

歳暮　　　　　　　　後柏原院

〇六一四　おしめ只よそにもくれすとしなみの流れてつゐに身にもよりくる

　　　　　　　　　　光広

〇六一五　めてきつる花も紅葉もちりはてゝ我身ひとつに惜むとしかな

河歳暮　　　　　逍遥院
〇六一六　行としは一夜をのこす竹川に猶花その丶はるやまたまし
歳暮　　　　　直朝
〇六一七　月は只なかれもあへすくれて行我としなみにしからみそなき
歳暮松　　　　　通勝
〇六一八　年くる丶かとの松さへあすは又春のみとりやかつはそはまし
惜歳暮　　　　　雅康
〇六一九　いまはよしとにもかくにもなをさりの老社としの惜みなれつれ

恋

初恋　　　　　円浄法皇
〇六二〇　おもひたつ是そあしもと遠くとも恋の山路の末もまよふな
　　　　　三光院
〇六二一　我なから心のおくもしらぬ哉きのふはあらぬけふの思ひに
洩始恋　　　　　後柏原院
〇六二二　あちきなく誰にまけてし我ならんいはてやむへき心つよさを
忍恋
〇六二三　おもひあまりもらすともなき一言も涙にまさる色や見えなん

四、『円浄法皇御自撰和歌　全』（宮書本）

逍遥院

○六二四　ことはりにかつらは人も哀しれたかためのなを世につゝむらん

忍尋縁恋　玄旨

○六二五　思ひ草尾花か露にぬれぬれすほのめく風のつてにとはゝや

春忍恋　後柏原院

○六二六　我恋のなみたかいかに空の月霞の袖にもれぬひかりは

忍久恋　道堅

○六二七　しられしの思ひの行ゑ我なから幾度よはる心をかみし

相互忍恋　済継

○六二八　漏さしの心はおなし袂にも我そなみたはせきまさるらん

忍涙恋　後柏原院

○六二九　心よりあまる涙をせく袖のまたふたしへにうきおもひ哉

言出恋

○六三〇　いかさまにあはれもうさも今よりの言の葉つきに人にきかれむ

顕恋　円浄法皇

○六三一　つゝみ来し思ひの霧の絶々に身はうち川の瀬ゝの網代木

顕悔恋　後十輪院

○六三二　猶しはしせかましそてのしからみにあまる涙をおもはさりて（け）ん

見恋

○六三三　侘の身にそふよりはわか心きゝしはかりのほとそしのふる　後柏原院

見不逢恋

○六三四　芦辺よりみちくる汐にあらねともみるめにまさる我おもひかな　常縁

○六三五　たのますよ身にそふかけはそれなから月の桂を心なれとは　三光院

尋恋

○六三六　又きくも逢瀬はなしや侘も猶みかくれの中川のやと　後柏原院

○六三七　幾かへりふみまよふらん行先に立おもきけをみちしるへにて　賢盛

久恋

○六三八　こふるまに思ひ初ける月日さへわするゝ程に成にける哉　直朝

契久恋

○六三九　おとろかすたひにはおなしかねことのまことやいつの行末の空　逍遥院

名立恋

○六四〇　よしや只うき名いとはし空の雲はては消なん跡の夕暮　直朝

○六四一　いかにして逢みぬさきの名取川なき名をなかす物思ふらん　後柏原院

四、『円浄法皇御自撰和歌　全』（宮書本）

経年恋　　円浄法皇

○六四二　さりともとなくさめきぬる年月に中々つらき限りをそみる

歎無名恋　　親長

○六四三　思ひ侘消なはつゐになけくとも誰にいはせの山の端の空

不知名恋　　後柏原院

○六四四　花の名もしらぬにおもふ色見えて遠かた人にことやつたへむ

祈恋　　逍遥院

○六四五　ちはやふる御祓も川もしるしあらし我水上の思ひやますは

祈難会恋　　済継

○六四六　おもへかし神にしるしのなき名をもたかつれなさに立とかはしる

依恋所身　　玄旨

○六四七　祈とも神やはうけん恋せしの我心さへしたかはぬ世に

不逢恋　　逍遥院

○六四八　よしやその人をへたてぬつれなさにみはてゝ後のうき身成せは

○六四九　行末をとかくと人のたとりしやうき年月のはしめなるらん

○六五〇　あはしともいはて過しやつれなさのみさほ成へきはしめなるらん

称名院

○六五一　草枕かりふく芦のふしのまもあひみぬ中は夢もたえけり

〇六五二　我命人のおしむを情にてあふにもかへぬ中に恋つゝ　基綱

詞和不逢恋

〇六五三　あけまきのよりあふからに恨わひへたてなきとはかゝる契を　後柏原院

不叶恋

〇六五四　いまは身の恋しねと思ふ命たに心にもあらす存命にけり　逍遥院

〇六五五　わすれなんとはかり思ふ心たに身をやいとひて猶したふらん　為広

〇六五六　いふことはいはてもあらんおもはしと思ふ心そせんかたもなき　賢盛

契恋

〇六五七　もろ神をかけてちきりし行末の松には趣む浪も思はす　円浄法皇

〇六五八　神かけてちきりし末を思ひ出よ我こそ世には数ならすとも　玄旨

忍契恋

〇六五九　もらすなといひしを今は我からの心よはさに思ひ侘ぬる　常縁

契経年恋

〇六六〇　契りをきし秋より先の露の命いかまほしくも成にける哉　政為

四、『円浄法皇御自撰和歌　全』（宮書本）

変恋　　逍遥院

○六六一　朽ね只身をくたきても紫のまたはひあはん色しみえねは

馴恋　　後柏原院

○六六二　うらなくも我こそたのめ色そふもせめて思ひのなくさめにして

不憑恋　　後土御門院

○六六三　さためなき世にはまことのことの葉もおもへは化の中にたのまし

慈照院

○六六四　ひたすらに契たのまん偽のある世をしらぬ我身とも哉

邦高

○六六五　いつはりにならぬ夜比の秋風は身にさむくともいかゝたのまむ

憑媒恋　　逍遥院

○六六六　はかりなき底のみるめのしるへまて我まとはすな蜑の釣舟

偽恋　　後柏原院

○六六七　偽はつれなき程のかことそとうきにも頼む身の行ゑ哉

逍遥院

○六六八　神やいま世（かにイ）のならはしの偽にひとつふたつは思ひなしても

待恋　　賢盛

○六六九　夜更ぬと思ひはすてし人やもし人のしつまる程をまつらん

待空恋　　　　　　　　　　　　　　後柏原院

〇六七〇　待過す一夜二夜はなにならん年のみとせも待はならひを（あさはかに）
　　　　　　　　　　　　　　　　　逍遥院

〇六七一　待人よいまはわかれをかこつへき鳥のはつねをなくなくそぬる

　待夜空恋　　　　　　　　　　　　光広

〇六七二　移行ときをかそへてうちもねすいま今いくよをかひとりあかさん（衍字）

　夜不留恋　　　　　　　　　　　　後柏原院

〇六七三　限りなき思ひや月に残すらん山の端ちかきやとのかへるさ

　来不留恋　　　　　　　　　　　　政為

〇六七四　なくさめてくるとや人は思ふらん何中々に立かへる夜は

　初逢恋　　　　　　　　　　　　　後柏原院

〇六七五　今よりのおもひやそはんさよ枕うつゝの夢の名にも立なは

〇六七六　行末を猶こそ契れあふ事を今夜まちえぬ命成とも

　逢恋　　　　　　　　　　　　　　玄旨

〇六七七　今夜こそしのふる事を忘れけれあふうれしさの心まとひに

　忍逢恋　　　　　　　　　　　　　常徳院

〇六七八　あひみてそ心のおくはしられぬるしのふの山の露の下道

　　　　　　　　　　　　　　　　　逍遥院

〇六七九　あちきなや又かはかりの逢事もいつの人まを㧞も待へき

四、『円浄法皇御自撰和歌　全』（宮書本）

○六八〇　涙ほす袖にあまりの嬉しさもなをつゝましくあかすよは哉　賢盛

白地逢恋

○六八一　わするなよ夜をもとをさぬ芦のやのかりそめふしの契なりとも　後十輪院

別恋

○六八二　移り香を身にそふものとおきいつる袖にかなしき道芝の露　後柏原院

○六八三　きぬきぬになれは逢夜も猶そうしと思ひかへしてなけく空哉　道堅

○六八四　いかにせん袖の白玉をゝよはみぬきもとゝめぬきぬきぬの空　賢盛

忍別恋

○六八五　人めをはつゝむと思ふ別れちもしれはや鳥のおとろかすらん　後柏原院

怨別恋

○六八六　おき出る空には月もかへるとてひかふる袖に人そつれなき

惜別恋

○六八七　おもへともかきり有夜のしのゝめに人にしたはんことの葉もなし　逍遥院

○六八八　あちきなくおき出る空に消もせていつくの露の身を残すらん

寄月別恋　　円浄法皇

〇六八九　人もかくをくらましかはかへるさの月は身にそふ今朝の別を
称名院

後朝恋　　後柏原院

〇六九〇　うらみすやねやのひまさへ明わたる光は月の急く別路
光広

〇六九一　行末のいく夕暮にかへしてもけふはかりとやけさの頼まん

後朝切恋　　済継

〇六九二　黒かみの俤さらぬ移り香にまたねさへこそおきうかりけれ

契待恋　　後柏原院

〇六九三　尽すへきならひなりともいかさまに今朝の心をかきもやらまし

夢中契恋

〇六九四　折しもあれ身にしむ月の今夜とはかねていはぬもつれなかりけり

帰無書恋

〇六九五　猶そうき人はいそかぬ道なから心と夢のかへるさのみち

逢不会恋

〇六九六　おきわかれ涙の空に夕付の鳥の跡をはいつか待みん

〇六九七　いかにしてかたりあはせんさたか成うつゝの夢は独やはみし

四、『円浄法皇御自撰和歌　全』（宮書本）

逢不言恋　　玄旨

○六九八　はかなしや一夜ふせやの中絶て又はゝきゝのよそめ計は（にイ）

被厭恋　　逍遥院

○六九九　したへ只うらみなはてそ思ふとてあひ思ふ人は稀に社あれ

後柏原院

○七〇〇　みすやいかに垣ねにはらふ草かつらいとふにはゆる物にやはあらぬ

被忘恋　　資直

○七〇一　いつまてか思ひ侘けんめかるれはわすれぬへきを世のならひとも

道堅

○七〇二　とりもみぬ物とはしれと玉つさをわれさへいかゝ書たえぬへき

絶恋　　逍遥院

○七〇三　知人もなきよといひし琴の緒のかことにおなし音をやたてまし

恨恋　　円浄法皇

○七〇四　をのつからみゆらん物をうらむか（る）もしらす皃なるそれも一ふし

逍遥院

○七〇五　おもふには末もとをらぬむくひとや人にまさしきむくひしもなき

互恨恋　　常徳院

○七〇六　君とわれふたみの浦のうらみゆへ浪かけ衣ほすひまもなし

逍遥院

〇七〇七　せめてさは中にことはる人もあれなうらむるふしの誰か増ると

為広

〇七〇八　よしさらは恨みもはてしうらむなる我身にならふ人のことのは

基綱

〇七〇九　人もさそ我中垣にまくつはら露のへたてもしほる秋風

賢盛

〇七一〇　くらへ見よめかり塩くみかたかたにほすよもしらぬ袖の浦人

恨絶恋　　　　　　　　後柏原院

〇七一一　あはすはと思ひなからもかたひとのたえむとまては恨さりしを

〇七一二　かれかれのちきりをこそは恨しにそをたにいまは思ひ絶ぬる

逍遥院

〇七一三　絶ねとのかこともとめし折ふしをしらて恨のはてはくやしき

返書恋

〇七一四　情なく花にも手をやふれさらんひきしにとかてかへす玉つさ

政為

〇七一五　みすやいかにこたへせすともせめてなとゝめはをかぬ水くきの跡

通書恋　　　　　　　　後柏原院

〇七一六　おもはすや風のなひかん事もあらしわかかきやりてちらんことはを

四、『円浄法皇御自撰和歌　全』（宮書本）

○七一七　もしほくさかきやる波のかへるまもまたるゝ程か[は]身をうらみつゝ

通書顕恋　円浄法皇

○七一八　くやしくも立しわか名は村鳥の跡ゆへならはかきもやらまし

恥身恋　玄旨

○七一九　いかにして人にむかはん老はてゝかゝみにさへもつゝましき身を

時々驚恋　称名院

○七二〇　春の花秋の紅葉にうつる世をおなし思ひの身にそおとろく

恋草　勾当内侍

○七二一　よしや只しけりもそへな思ひ草ちきりを人のむすふ計に

恋鏡　後十輪院

○七二二　契りさへよそにうつりし形見には我おもかけも涙へたてゝ

思

○七二三　としへても何をか人に染増るおもひの色のあく物にせむ

思不言恋　政為

○七二四　恨[限]あらは人やくみしると計にいはてもえやは山の井の水

無夕不思恋[量家集]　逍遥院

○七二五　こひしさは折ふしことの俤もさらに夕の物となりぬる

遠恋　円浄法皇

○七二六　宮の内を千里とたにも思ふ身のひなにうつろふ程をしらなん

近恋　玄旨

○七二七　しのひつゝ立よる閨に我うへをかたると聞そかつは嬉しき

旅宿逢恋　後柏原院

○七二八　おもはすや故郷人のおもかけにまきるゝ夢は見てもいかにと

○七二九　はかなしや一夜の夢の枕とて草引結ふ露のちきりは

春恋　逍遥院

○七三〇　草枕ひとよの夢路いかなれはみすてゝ出ん宿りともなき

○七三一　おもひ立けふそ(はイ)はつねの玉はゝき取手になひく心ともかな

秋恋

○七三二　めくりあひて見しよにかへる秋もあらは月にも袖の露やほさまし

悲離恋　政為

○七三三　残し置心や筐(カタミ)玉手はこ身をわけてともおもふ別に

深更帰恋　後柏原院

○七三四　かへるさの我まよ(と)はすな月たにも夜ふかき道に行空もなき

寝覚恋　一位

○七三五　思ひねにあふと見しよの夢さめて鳥の音きかぬ衣々の空

暮恋　逍遥院

○七三六　まちえたるならひなき身の夕暮にきかしと思へは入相の鐘

四、『円浄法皇御自撰和歌　全』（宮書本）

〇七三七　寄月恋
冴（さやか）なる影はそのよの形見かはよし只くもれ袖の上の月　慈照院

〇七三八　夜とてもゆるさぬ袖を空の月いつしりそめし涙成らん　逍遥院

〇七三九　問かしなしのふとするも月夜よし夜よしと告てした（に歟）待身を　玄旨

〇七四〇　寄月忍恋
うちとけて見えむもいかゝくまもなき月は心のおくもしらなん（知らんイ）　円浄法皇

〇七四一　寄星恋
月をのみとはかり人に夕つゝのかけのうちにも立またれつゝ　逍遥院

〇七四二　寄雲恋
おもふかたに身をこそたのめみねの雲空にのみしてたえん物とは　後柏原院

〇七四三　かこつへきたよりたになく契りしも跡なき雲と消かへる身は　新典侍

〇七四四　寄風恋
浅からす契りし暮のまつをたにとはすはあらしいかゝ吹らん　道堅

〇七四五　ことの葉はよしやちるとも吹風の便りにつけていひや出まし　権（典）曲侍

寄雨恋　　　　　　　　後柏原院

○七四六　またしとも思ひさためぬ心より又はれくもるよひの村さめ

逍遥院

○七四七　いまはとてねなんもかなしつくつくと身をしりはつる雨の枕に

道堅

○七四八　浅ましや曇るはかりの心をもはらはんそてのかゝる村雨

寄夜雨恋　　　　　　　　雅親

○七四九　つくつくとまもる燈かきくらしひとり雨きくねやの夜ふかさ

寄煙恋　　　　　　　　後柏原院

○七五〇　あまのすむ浦にたくもの烟たに棚引かたは風も社ふけ

智仁

○七五一　涙より（こそ）袖にもせかめむねにたくおもひの煙いかにしてまし

寄露恋　　　　　　　　雅康

○七五二　ねたしやなかゝらましかはたのましな何そは露の化しことのは

寄国恋　祝　此ウタハ雑ニ入ヘキコト也（頭注）　　玄旨

○七五三　立をきし神のちかひのいままても猶うこきなき国のみはしら

寄山恋　　　　　　　　邦高

○七五四　明ぬよのおもひよ（をイ）何にくらふ山やとりとるへき道はありとも

四、『円浄法皇御自撰和歌　全』（宮書本）

寄森恋　　後十輪院

○七五五　いつよりか我名はよそにもりの露はてはなけきの身をしほるらむ

寄野恋　　玄旨

○七五六　武蔵野もはては有なれ行々も我恋草のたねをたつねは

寄原恋　　逍遥院

○七五七　いたつらにおき出てわけん朝露の心もいかにをのゝしのはら

寄径恋　　通勝

○七五八　我にのみたゆるとみせて浅茅原たか中道にかよひなすらん

寄関恋　　後柏原院

○七五九　見はてぬをおもへはおなしせき守のしらぬ夢路の末もとをらす

○七六〇　しるらめやうちねぬ程はよそにてもさそなくるしきよはの関守

逍遥院

○七六一　逢坂やなそこえさらんとはかりの心ひとつはせき守もなし

寄橋恋

○七六二　なれをしそつらしとは思ふ待夜のみつもるためしのうちのはし姫

寄水恋　　雅俊

○七六三　うき契我はむすはてわすれ井の水の心を人や汲らん

寄滝恋　　賢盛

○七六四　袖にいつ落とはみえんぬきみたる我みなかみの滝のしら玉

寄川恋　光広

〇七六五　かへるへき命も化のおもひ川あふ瀬に消よ水のうたかた

寄浦恋　通勝

〇七六六　たえはてゝ又はあふみのかたゝなるうらめしとたにいふよしもかな

寄閨恋　一位局

〇七六七　夜もすからみせはや露もまとろまてひとりおきゐるねやのけしきを

寄隣恋　十輪院

〇七六八　をのつから袖にもかゝれ君かすむ軒はもちかきさゝかにの糸

寄簾恋　後花園院上藹

〇七六九　立そひて消ぬ煙とこかれしや心ひかれしこすのおもかけ

寄草恋　智仁

〇七七〇　相おもふしるへときけはうへぬまの名もうらめしき忘草哉

賢盛

〇七七一　ちきりしは浅はの野への霜枯に紅ふかくなるたもとかな

直朝

〇七七二　今よりや露も身にしむ若草のつまにこもれる末の秋風

寄下草恋　基綱

〇七七三　むすひ捨しちきりは露の秋の色もせめてのこらぬ霜の下草

寄葵恋　　賢盛

○七七四　名にしおはゝうき身消なてもろかつらかけはやちきり露はかりたに

寄木恋　　道堅

○七七五　洩しても色なかるへきことのはや花さかぬ木の陰にくたさん

勾当内侍

○七七六　かひなくて折（朽歟）やはてなん深山木のふかき思ひも人しとはれ（ね）む（は）

寄花逢恋　　光広

○七七七　花かつらたゝ（く）へて物そ思はるゝ又かゝるへき契りならねは

寄松恋　　後柏原院

○七七八　かはらしと猶たのめとや松山の化し浪をはみすしらすして

為広

○七七九　松をのみつれなくみしはうき中にならはぬ先の心なりけり

寄桧（椿）恋　　通勝

○七八〇　おもふ事しら玉つはきしらせてもとしへてつらき色はかはらす

寄椎恋　　後土御門院

○七八一　椎の葉のあらましかりし風の音もこよひのうたに増りやはする

寄朽木恋　　通勝

○七八二　あふ瀬あらはいとはてよしや名取川身をむもれ木と朽なんはうし

寄鳥恋　逍遥院

○七八三　そらねなく鳥たにあれなあくる夜をまたぬわかれのなくさめにせん

後十輪院

○七八四　夜ふかしと人の心の鳥かねもきかすかほにそつくすことの葉

寄鴈恋　一位局

○七八五　我ためはかす（そ）へてもうき数なれやこぬよはかりの鴫の羽かき

寄鳰恋　通勝

○七八六　しらせはやわかれていにしかりたにもまた思ひたつたのみやはある

○七八七　うしや只我身にしらて鳰とりの沖中川をよその契りは

寄虫恋　基綱

○七八八　つくつくと人まつまとのくらこと（く）もおもひをともにくる虫もかな

勾当内侍

○七八九　かれはつる虫の契りはつれもなく猶松虫の音にそたてぬる

寄虫切恋　後柏原院

○七九〇　いかさまに夜は蛍の下もえもおもひある身にくらへてをみん

寄玉恋　基綱

○七九一　よる光ためしもあらは玉をなす涙を袖に如何（てイ）ゆるさん

勾当内侍

○七九二　つれもなき人はとはしなけき侘泪よ（のイ）袖に玉とちるまて

四、『円浄法皇御自撰和歌　全』（宮書本）

寄鏡恋　　後柏原院

〇七九三　ますかゝみくもるにつけて物思ふ涙の程をさやかにそみる　　新典侍

〇七九四　物おもへはやつるゝかけの移りきてむかふかゝみにいまそ驚く

寄枕恋　　智仁

〇七九五　かはしつる折もありきと思ふより我枕たにむつましきかな　　玄旨

〇七九六　人にやはつけの枕とたのむそよとけてわかぬる夜半の涙を

寄席恋　　通勝

〇七九七　ちきらぬも人まつよはとなくさめてひとりとはらふ床の小莚

寄挿頭恋　　逍遥院

〇七九八　さしもそのおなしかさしをかしは木のおち葉なりとは何恨けむ

寄衣恋　　邦高

〇七九九　よなよなの身のなくさめそ哀なるかへす衣の夢をたのみて　　後十輪院

〇八〇〇　から衣あふよやもれん嬉しさをつゝみならはぬ物（袖）にあまらは　　新典侍

〇八〇一　から衣人のつらさを恨みわひ恋しき夜はもかへしてはねし

寄糸恋　　　　　　　　　　　　勾当内侍
〇八〇二　更にまたあひみん事はかたいとの世ゝの契りを身に忍ひても
寄筆恋　　　　　　　　　　　　逍遥院
〇八〇三　情おほき人つてよりはみつからのつらきなからの一筆もかな
　　　　　　　　　　　　　　　玄旨
寄絵恋
〇八〇四　その人の心もさそとたのむ哉たゝしき筆の跡をみるにも
　　　　　　　　　　　　　　　円浄法皇
寄弓恋
〇八〇五　かひもあらしかたちはさこそうつすとも月は光をえしもかゝねは
　　　　　　　　　　　　　　　後土御門院
〇八〇六　よそにみる人の心もしらま弓おしてはいかゝいひも出へき
　　　　　　　　　　　　　　　勾当内侍
寄笠恋
〇八〇七　末かけていかゝたのまん梓弓ひくも化なる人のこゝろを
　　　　　　　　　　　　　　　十輪院
〇八〇八　人もしれかさも取あへすまとひ来し身をしる雨のふるき例は
寄舟恋　　　　　　　　　　　　逍遥院
〇八〇九　あひみまく堀江のをふね漕かへりおなし波にもひかれてかこし
　　　　　　　　　　　　　　　道堅
〇八一〇　契りこそ遠つ海原行舟のほのかなりしもあかぬ名残よ（にイ）

四、『円浄法皇御自撰和歌　全』（宮書本）

寄海恋　　　　　　　　為広

〇八一一　くりかへしなとや恨みむ人こゝろよそになるみのあまのうけなは

寄斧恋　　　　　　　　逍遥院

〇八一二　たまさかに相みるよはをおのゝえの朽し所の月日ともかな

寄石恋　　　　　　　　賢盛

〇八一三　わたつうみとなれる袂のしつくいしうかふ塩瀬もなき思ひ哉

寄名所恋　　　　　　　　逍遥院

〇八一四　はらふへきむかしの袖をかこちてもみせはやあれし床の浦波

〇八一五　諸友に夕付鳥もなき侘ぬまたあふまての下ひものせき

雑

山榊　　　　　　　　常徳院

〇八一六　かく山や神代をかけて置露の玉くしのはにみかく日の影

社頭榊　　　　　　　　後柏原院

〇八一七　松もいまいく度霜にあらはれて神代おほゆる榊葉のかけ

杣桧

〇八一八　杣山や松はまれなる中にしてなをき梢やひはら成らん

杜柏　　　　　　　　慈照院

〇八一九　柏木のかけしめはへて爰にしもすむやはもりの神なひの杜

浜楸　　　　　　　　　　邦高

〇八二〇　よる浪やまたさそふらん浜楸吹浦風にちりし落葉は

嶺（峯イ）松　　　　　　　　　　基綱

〇八二一　みねに生る松ときかねと帰りきぬ君かおさむるときはかきはに

庭上松　　　　　　　　　　雅親

〇八二二　風を聞雪みん為の庭の松わするゝ千代もこもる色かな

砌下有松　　　　　　　　　　後土御門院

〇八二三　すみ捨し雲井の松のとしをへて木高き色はよそにみえけり

松風入琴　　　　　　　　　　後柏原院

〇八二四　琴の音は空にやかよふをのつから風のしらへを松に残して

池上松風　　　　　　　　　　直朝

〇八二五　立ならふ池の汀の松蔭は風と浪とのやとりなりけり

名所松　　　　　　　　　　後十輪院

〇八二六　つかへきて年もへにけり高砂の松のおもはん身をはわすれて

竹　　　　　　　　　　逍遥院

〇八二七　すくなるを心とするもくれ竹のうきふしあれや世にあはすして

窓竹　　　　　　　　　　後柏原院

〇八二八　雨の音雪の声にも夏冬のかけこそあかね窓のくれ竹

竹風如雨　　雅俊

○八二九　おつるとも雫はみえぬ村雨の音うちさやく竹のしたかせ

岡篠　　逍遥院

○八三〇　みまくさに是もやかりしかの岡に末葉みしかきさゝの一村

簷忍草　　後柏原院

○八三一　忍をも草葉につけてかなしきはふるき軒はのよゝのおもかけ

名所山　　逍遥院

○八三二　なれ（へイ）てよのちりよりなれるたくひかは国のはしめの淡路島山

名所関　　賢盛

○八三三　都おもふよはの枕の山風や夢も名こその関のせき守

残月越関　　政為

○八三四　あかて行是も心の戸さし哉せきの梢の月のあけほの

名所渡　　逍遥院

○八三五　身のはてよいかゝなる戸に立浪のあはれしつけき時のまもなし

名所滝　　光広

○八三六　氷とは月やみすらむ絶す猶おつる音羽の滝のしら糸

布引滝　　後柏原院

○八三七　雲霧の空につゝみてしらきぬのはたはりせはき布引のたき

飛滝音清

〇八三八　そらよりや天の川原に吹風の声をもおとすみねの滝つせ　称名院

滝水乱糸

〇八三九　一筋に心をあらへ世にそむる色にみたるゝ滝のしらいと　逍遥院

雲

〇八四〇　ちりひちの山より出て一筋の雲の行ゑや空にみつらん　後柏原院

夕

〇八四一　けふ過ぬとはかりいひて幾度の入相のかねに身を忘るらん　逍遥院

鐘

〇八四二　さても猶なかき眠よ山鳥のおのへのかねはおとろかせとも

夕鐘

〇八四三　花紅葉ちるてふ物をけふ毎に聞おとろかぬ入相のかね　光広

月前鐘

〇八四四　雲におふ暁月にもれ出てひとりくまなきかねのをと哉　後柏原院

古寺鐘

〇八四五　山ふかみ雲より出る入相の声のひゝきやみねの松風

〇八四六　ふきのほる谷風見えて初瀬山夕の鐘に雲のかゝれる

〇八四七　誰もみな命はけふかあすか寺入相のかねにおとろくはなし　玄旨

四、『円浄法皇御自撰和歌　全』（宮書本）

遠寺晩鐘　常縁

○八四八　たえたえに尾上にひゝく入相や寺あるかたのおくの山風

夜涙余袖　後十輪院

○八四九　嬉しさもうきもねさめの思ひ出にひとつ涙そ袖にせきあへぬ

寝覚鶏　政為

○八五〇　なく鳥の空音もあれやよなよなのねさめたかえぬ老の枕に

里　逍遥院

○八五一　すむうちもあはれふか草今はともみさらん後を思ひをく哉

故郷

○八五二　いまはそのならのあすかも故郷をあかすとみけん跡としもなし

川　直朝

○八五三　すみた川むかしいかにとことゝへはわたらぬ浪にぬるゝ袖かな

橋　逍遥院

○八五四　かけていはゝ遠きみちかは人のよも神代のまゝの天の浮橋

温泉

○八五五　わきかへり岩もる水よいつのよのおもひの色に出ゆなるらん

春秋野遊　雅俊

○八五六　すみれつむゆかりの野への紫に是も色こきふちはかま哉

晴後遠水　　後柏原院

〇八五七　空の雲かへりつきたる山きはに水一筋や雲（晴イ）のこるらん

　　　　逍遥院

〇八五八　鷺のとふ河辺を遠み水はれて入日に過る秋のむらさめ（夕くれ）

離別　　賢盛

〇八五九　行人にそふる心も都出ていかなる山を越むとすらん

旅　　後柏原院

〇八六〇　旅にして忍草生る故郷はすむらんよりもみたれてそおもふ

　　　　玄旨

〇八六一　ふる郷の別にそへて旅の宿一夜はかりのなこりさへおし

羇旅　　俊量

〇八六二　都思ふ涙も露もあらそひて草の枕にいく夜ねぬらん

　　　　賢盛

〇八六三　我かたにのこる心のそれなからいそくは旅のならひなるらし

旅行　　後柏原院

〇八六四　宮古人夢路たとるなするかなる山はうつゝにふみまよふとも

夕旅　　逍遥院

〇八六五　たひにしてみるさへかなしあふ坂の嵐のかせの行末の雲（空イ）

〇八六六　夕こりの岩かねさむしわか馬の黒髪山は木ゝの下つゆ

四、『円浄法皇御自撰和歌　全』（宮書本）

山旅

〇八六七　しら雲の棚引かたをやとりそとたのむはかりに行山路かな　智仁

野旅

〇八六八　なれなれて夢みるまてに草枕引むすひたる武蔵野の原　後柏原院

野宿

〇八六九　嶺の庵もとはましものをしらぬ野の草の枕にちかき山かせ　賢盛

風破旅夢

〇八七〇　野への露いく夜しくらんかりねする我身も草に結ふ枕は　政為

旅宿風

〇八七一　こしかたの便りの風とおもふにも夢にはつらき物にやはある　直朝

月旅宿友

〇八七二　行暮てこよひさゝやのふしのまをかりねくるしき風わたる也　逍遥院

海旅

〇八七三　大かたの露には馴し月も猶旅ねの袖をあやしくやとふ　智仁

旅泊重夜

〇八七四　舟人にまかせて行もおほつかな四方の山さへみえぬ浪路を　後柏原院

〇八七五　浪枕なれぬるまゝにねぬるよのうらめつらしき夢の通路

寄月旅泊　　円浄法皇

〇八七六　漕出てあすの波路もことゝへよこよひの月はみつの泊りを

富士（不二イ）　　智仁親王

〇八七七　ふしの根は只雲風をすかたにてもと見し山の俤そなき

後十輪院

〇八七八　富士のねは雪の光に明そめてふもとの雲よのこる夜半哉

光広

〇八七九　年をへて忘れぬ山の俤も更にわすれてむかふふし哉

玄旨

〇八八〇　久かたの空につもれる白雪や明行ふしの高根成らん

清見　　後十輪院

〇八八一　清見かた岩うつ波に声そへて礒つたひ行山の松かせ

羈中秋　　後柏原院

〇八八二　旅衣うつるともなき心にもさすか野山の秋のいろいろ

月羈中友　　逍遥院

〇八八三　さそひくる故郷人の面影に月こそ旅の露をそへけれ

羈中野　　常徳院

〇八八四　仮寝する猪名のさゝ原一夜たにむすはぬ夢をとふ嵐哉

四、『円浄法皇御自撰和歌　全』（宮書本）

羇中関　　後土御門院

〇八八五　ゆく末をせき守神に祈つゝけさこそゆれあふ坂の山

光広

〇八八六　関の名の霞もつらし帰りみるきのふの空もけふはへたてゝ

羇中枕　　逍遥院

〇八八七　まくらとてたのむもいはき（岩木）心有てまたしる人もなき山路かな

山家

〇八八八　とふ人を麓にそれとみやりてもしはしまたるゝ嶺の庵哉

賢盛

〇八八九　おく山のふかき心はくみなるゝ水のしつかにすみて社しれ

玄旨

〇八九〇　をのつからあやしの賤かことの葉をうつして友となるゝ山里

山家暁　　通勝

〇八九一　鳥の音のきこえぬさとになきなれて暁しる（はイ）き猿の一声

道堅

〇八九二　しつかなる柴のとやまのね覚にもなをおもふとや有明の空

山家夕　　基綱

〇八九三　我のみとおもふ軒端の山かけて（にイ）ちきらぬ雲や又かへるらん

山家夢

〇八九四　すめはすむ柴の扉を夢は只さめてもおなし峯の松風　光広

山家嵐

〇八九五　散花ももろきこの葉もかくてみむ深山の嵐吹にまかせて　後柏原院

〇八九六　たへてやは深山の庵にきゝ初しそのよのまゝの嵐なりせは　円浄法皇

〇八九七　吹とをすしつか松垣あらはにて梢にとまるあらしをそきく　基綱

山家風

〇八九八　やまふかみ終にもみちぬ松風や色にそむよの夢さそふらむ　慈照院

山家雨

〇八九九　いにしへもおもひのこさぬ山かけに夜の雨きく草のいほりは　為広

〇九〇〇　山深み柴の戸たゝく夜の雨を袖にこたふる我なみたかな　十輪院

山家路

〇九〇一　をとするもさひしかりけり山さとの岩ねの道をかへる柴人　逍遥院

山家苔

〇九〇二　柴の戸は花も紅葉も幾度かはらはぬ苔の上にくちなん

四、『円浄法皇御自撰和歌　全』（宮書本）

山家水　直朝

〇九〇三　しはの戸にまたすみなれぬ山の井やくみたにしらぬ心くらへん

山家戸　雅康

〇九〇四　山ふかくすめる心をとちはては柴の扉はあらはなりとも

為広

〇九〇五　たゝきぬる尾上のあらしたゆむまはあけても雲のとつる柴の戸

賢盛

〇九〇六　さしこむる岩の扉も苔むしてとふ人かたくなる山ちかな

山家梯　邦高

〇九〇七　すむ人の心ほそさも白雲に一筋のこる谷のかけはし

為広

〇九〇八　捨し世の道にあやうくならはすは渡りやかねむ渓の懸橋

山家餞別　逍遥院

〇九〇九　わすれ行末もさこそと夕くれのまかきはやかて山の下みち

山家鳥　雅俊

〇九一〇　里遠み八声はきかてかへるよにみやまの鳥そ軒にことゝふ

山家虫　為広

〇九一一　はかなしや身社かりなる山さとになれもすかくる軒のさゝかに

山家人稀　称名院

○九一二　山さとは我跡はかりふみ分てまたまよふへき道たにもなし

済継

○九一三　とふ人の有とも誰かこたへまし半おほゆる柴の扉に

山家送年　政為

○九一四　柴の戸をよしかりそめと思ひつゝ住あらしても幾年の空

閑居待友　円浄法皇

○九一五　いま更にとふへき誰を松の門さすかすみつの道を残して

樵夫　逍遥院

○九一六　まさきちるあらしや袖におもからし薪すくなくかへる山人

樵路日暮　済継

○九一七　岨つたひひとりひとりのかへるさに柴とる山は（の）日はくれにけり

樵路雨　後十輪院

○九一八　ふる雨にくれぬさきにといそくらし真柴すくなく帰る山人

田家　後柏原院

○九一九　もり捨し後もやかよふをのつから賤か門田にちかき庵は

円浄法皇

○九二〇　思へよは玉（をイ）しくとても秋の田のかり庵ならぬ宿りやはある

四、『円浄法皇御自撰和歌　全』（宮書本）

光広

○九二一　年も経ぬさはならはしの身也けり哀田面のひとつ庵に

基綱

○九二二　かりてほす田面の庭のいな雀もとめ有身はさはかしの世や

田家雲　　逍遥院

○九二三　秋はてゝ庵あらはなる小山田の雲そ稲葉の色に残れる

閑中燈　　雅康

○九二四　板間あらみまたゝくかけにめもあはて山颪みゆるねやの灯

窓灯欲消　　基綱

○九二五　窓ふかくそむけてあをき灯にかへの草葉も露そ消行

暁　　逍遥院

○九二六　夢にみし故郷人のかへるさもいかゝあらしのしのゝめの空

常縁

○九二七　をのつからさむる夢路やふくる夜のかねより先のしるへ成らん

暁山　　後柏原院

○九二八　輪（メグ）り行星の光に山見えて暁（闇イ）やみのすめる夜の空

暁猿叫峡　　済継

○九二九　ましら鳴有明の月の山かけに落行水の声も澄つゝ

暁夢

〇九三〇　きぬきぬにつらきのみかは鳥のねに昔をみつる夢もわかれぬ　慈照院　通勝

冬夜夢

〇九三一　秋は先夜ふかき程にねさめして夢をも老は暁そみる　一位局

寄衣雑

〇九三二　霜結ふよさむの床の手枕にこほらぬ夢もとけてやはみる　逍遥院

寄船雑

〇九三三　おもひそめし心のまゝの嬉しさはつゝむにあまる墨の衣に

寄橋雑

〇九三四　ふるきよの風やいつくと棹さしておしへむわかの浦人も哉

寄木雑

〇九三五　谷ふかみ橋を過しのちかひたにあれはある世をなとわたるらん

寄苔雑

〇九三六　やとりみん跡なつかしみ世ゝへてもきる事なしのかけあふく也

寄水雑

〇九三七　うつまても何はかりなる名にもあらし深山の苺に身はすませてよ

〇九三八　一かたにすまはすむへき山水を心のちりのまたやけかさん

四、『円浄法皇御自撰和歌　全』（宮書本）

眺望

○九三九　あかす思ふ袖の中にや玉津島入江の月のおきつ白波

河眺望　　円浄法皇

○九四〇　一とをり夕日にはれてめにちかき山より高き遠つ川なみ

海眺望　　逍遥院

○九四一　いにしへの契りにかけし帯計一筋白き遠の川水

海路　　後柏原院

○九四二　いつとかは夕明ほの春秋の只みるたひに浦の初しま

○九四三　舟出する追手もあれな浦とをき塩干の名残浪風もなし

○九四四　かへるにやをのかうらうらみもわかんおなしなみちの沖つ舟人

塩屋煙　　貞敦

○九四五　蜑のすむ塩やくさとははるかにて煙の末にくるゝ浦風

漁舟連浪　　政為

○九四六　もしほたれたつる煙はうき草をわふとはなしのすまの海士人

滄海雲低　　済継

○九四七　をくれしの心やをひて蜑をふね浪に一葉の数そ添ゆく

○九四八　おきつ風汀によせぬ白波やかけをひたせる空のうき雲

政為

○九四九　一村の雲はさなから苫おほふ舟かともみる沖つしら波

鳥　逍遥院

○九五〇　おやを思ふ心わするなからすてふ鳥もうさ玉のよ(は)はに鳴也

鶴立洲　後十輪院

○九五一　むれきてそ(は)水なき空の友鶴も河辺の浪の色をそへける

江雨鷺飛　後柏原院

○九五二　すみかきの只一筆の外なれや雨おつる江を渡る白鷺

披書逢昔　逍遥院

○九五三　しるしをく筆に何かはますかゝみ手に取てみぬいにしへもなし

対鏡知身老　後柏原院

○九五四　ますかゝみ我とわするゝ老か身の心を照すかけも恥かし

往事如夢　政為

○九五五　今そしるいやはかなゝるいにしへもきのふの夢といふはならひを

逍遥院

○九五六　ぬるかうちにみるのみちかき昔にてうつゝの夢を(そ)遠さかり行

夢無常相共

○九五七　ありとやは身をはみるへき何事もきのふの夢の化し世中

四、『円浄法皇御自撰和歌　全』（宮書本）

寄舟無常　円浄法皇

〇九五八　世中の浪のさはきもいつまての身のうき舟よさ[に]もあらはあれ

懐旧

〇九五九　みちみちの百のたくみのしはさまてむかしにをよふ物はまれにて

三光院

〇九六〇　程ちかき我むかしさへ恋しきに老はいかなる涙なるらん

光広

〇九六一　またしらぬ身の行末もおもはすや思ひ出すやこしかたの空

懐旧涙　逍遥院

〇九六二　いにしへをしのはぬ程や老人の涙もろさをよそにみつらん

述懐　後柏原院

〇九六三　さまさまの道のひとつのさかひをもふみゝぬ身社先くるしけれ

〇九六四　兎に角になけく心そ愚かなる身さへうきよと[にイ]思ひしらすも

〇九六五　世中の我心から道もなし人にしるへは有もあらすも

〇九六六　をろかなる身を歎きても一筋にすてぬ心や浮世成らん

〇九六七　我身とてそれも心のまゝならぬこの世に人の恨あらめや

円浄法皇

〇九六八　後の世の勤の外は事なくて物に紛ぬ身を尽さはや

○九六九　人の世にねかふことなる玉の緒のなかきも身には嬉しけもなし

逍遥院

○九七〇　何かおもふ人にもかなし我にをきてうかへる雲の行末の空

○九七一　おもひしる心のまゝにいとはすは悔しかるへき此世ならまし

○九七二　身はふりぬ行末とをくつか（たイ）へよと子をおもふ道も君を思へは

○九七三　おほけなやみなすへらきの海山を我ものかほに民のあらそふ

雅俊

○九七四　すてはてはなをさりにやと思ふまにそむきもやらぬ浮世とそなる

光広

○九七五　あちきなくよはひはたけぬ人の身にむまれしのみをたのしみにして

基綱

○九七六　何かせんいまたに末の世かたりに縦へは残るその名有とも

宗祇

○九七七　なをさりに世をは捨しと思ひきに心ふかさそ人にをくるゝ

権典侍

○九七八　をろかなる身ともなけかし世中になからへはつる例なけれは

後柏原院

述懐多

○九七九　世をうらみあるは我身をうしと思ふ人にいつかは心やすめん

四、『円浄法皇御自撰和歌　全』（宮書本）

夜述懐　　　　　　　　　　道堅

○九八〇　ね覚してうきよをひとりおもはすは夢になされぬ老やなけかん

暁述懐　　　　　　　　　　後十輪院

○九八一　山ふかく今はきくへき鳥のねをおなしねさめに待もつれなし

寄情述懐　　　　　　　　　逍遥院

○九八二　すなほなる姿なからにあたらしき心を得はややまとことのは

寄月述懐　　　　　　　　　円浄法皇

○九八三　世をなけく涙かちなる袂には曇るはかりの月も悲しき

常縁

○九八四　影きよき雲間の月の秋風も心のやみははらふよもなし

寄露述懐　　　　　　　　　政行

○九八五　うき身には秋のならひにかきらめや心よりをく袖のしら露

雪中述懐　　　　　　　　　玄旨

○九八六　さすか又はらひはすてし終に我あつめぬ窓の雪とみるにも

寄鳥述懐　　　　　　　　　直朝

○九八七　あしねはふ入江につくる鳰の巣のうきなからこそ世にはすみけり[れ]

寄関述懐　　　　　　　　　政為

○九八八　なけくそよ岩戸のせきの明暮は身の徒に過る月日を

寄河述懐

〇九八九　よしや世はけふのうきせもあすか川わたりしられぬ末のしら波　直朝

〇九九〇　神風やみもすそ川の清き瀬に祈りし事をうけさらめやは　常徳院

寄海述懐

〇九九一　玉よすることはのうみの渚にもひろふかひなき身をやうらみん　賢盛

寄名所述懐

〇九九二　よの中よ夢路は過てうつの山ゆく先しらぬ物をこそ思へ　後柏原院

神祇

〇九九三　天照す神もいまよりのほるへき雲井を君に契り置らし　逍遥院

〇九九四　こゝのへのかさしの桜いにしへにかへる春をや神にまつらん　後十輪院

〇九九五　言の葉のいつもやへかきへたてなくあふくを神も守らさらめや　雅俊

神社

〇九九六　あらはれししほの八百会のいくへともしらぬちかひや住吉の浜　逍遥院

秋神祇

〇九九七　御幸せし昔の秋のけふ忍ふ心そ手向神もうけてよ　後十輪院

四、『円浄法皇御自撰和歌　全』（宮書本）

祈世神祇　　雅康

〇九九八　祈そよ神のましはるちりひちの山と成まて世をすなをにと

伊勢　　後土御門院

〇九九九　いかてさて人の国まて移しけん内外の宮のかやの軒はを

大原野　　十輪院

一〇〇〇　大原や小塩の桜神まつるおりしらゆふの色をそふらし

日吉　　慈照院

一〇〇一　みわ山にまつあらはれしかみよ神爰をよし田の杜のしめ縄

北野　　後柏原院

一〇〇二　末とをきよゝを守りて九重に近き北野に宮居しむらめ

玉津島　　常徳院

一〇〇三　みかくへき千ゝのこと葉の露に猶めくみはかけよ玉つ島姫

釈教　　後柏原院

一〇〇四　あふけ猶なも大空の世におほふ外なきかこと思ふ仏を

逍遥院

一〇〇五　老の後おなし事とていふへくは南無阿弥陀仏南無阿弥陀仏

一〇〇六　こゝに消かしこにうかふ空の雲いつをまよひのはしめとかしる

一〇〇七　人の世の千とせをまたぬことはりやつるのはやしの春にみせけん

光広

一〇〇八　色も香もなにかみのりにもれぬへきめつる心のさもあらはあれ

基綱

一〇〇九　九の下の品をもたのめ猶三のさかひの出かたき身に

畜生界　逍遥院

一〇一〇　あはれなり車をおもみなつむ牛に猶あけまきのむちをそへ行(つゝイ)

天人界　賢盛

一〇一一　すむ人の身より照すや月も日も及はぬ空のひかり成らん

祝言(イハヒ)　円浄法皇

一〇一二　敷島や此ことの葉に何事か正木のかつらなかきためしは

玄旨

一〇一三　治れる御代のしるしはしられけり君と臣(ヒト)との身をあはせつゝ

寄日祝　逍遥院

一〇一四　いつはとはわかきの枝にさしのほる光も君か世にくもらめや

寄月祝　後柏原院

一〇一五　いくめくり幾よの秋の空の月くもりなき世の光みすらん

寄月祝言　円浄法皇

一〇一六　みちぬへき月に思ふも行末をまつこそつきぬたのしみにして

四、『円浄法皇御自撰和歌　全』（宮書本）

寄述懐祝言　逍遥院

一〇一七　数ならぬ身のねかひにもかなふこそ君ちよませと祈ることのは

社頭祝　玄旨

一〇一八　あふひ草かけておもへはそのかみに是もふたはの松のおの山

寄道祝　後十輪院

一〇一九　みな人のあやうさしらぬ世にそみる道の心のふかきまことは

寄松祝　智仁

一〇二〇　君か代をちきりこそをけ住吉の松の落葉のつきぬ例に

鶴全千年寿　後柏原院

一〇二一　もろ人のちとせのよはひ重ねてや鶴の毛衣世におほふ覧

君恩如雨露　逍遥院

一〇二二　民の草うけてもしるや春の雨秋の露とは君かめくみを

御作者部類

後土御門院　成仁　後花園院皇子　明応九年九月廿八日崩寿五十九

後柏原院　勝仁　後土御門院皇子　大永六年四月七日崩歳六十三

後奈良院　智仁　後柏原院皇子　弘治三年九月五日崩歳六十二

円浄法皇　政仁　後陽成院皇子　延宝八年八月十九日崩歳八十五

邦高親王　一品式部卿伏見祖貞常親王御子

貞敦親王　一品式部卿伏見邦高親王御子

道永入道親王　号下河原

智仁親王　八条一品式部卿陽光院御子号桂高院

慈照院贈大政大臣　義政公　普広院義教公息
法名道禎延徳二年正月七日薨五十六歳

常徳院贈左大臣　義尚公　慈照院義政公息
法名道治延徳元年三月廿六日薨廿五歳

入道前左大臣　公敦公　号三条禅閣左大臣　実量公息
法名禅空　永正四年六十九歳薨

大炊御門右大臣　俊量公　内大臣信宗公息
文明十九年四十六歳薨

逍遥院内大臣　実隆公　号三条西内大臣　公保公息
法名堯空天文六年十月薨歳八十三

称名院右大臣　号三条西公条公　逍遥院実隆息
法名仍覚永禄六年七十七歳薨

三光院内大臣　号三条西実澄公　称名院公条公息
法名豪空六十九歳薨

十輪院内大臣　号中院通秀　准大臣源通淳公息
法名妙益　長享二年六十一歳薨

後十輪院内大臣　号中院通村　中納言源通勝卿息

大納言藤原為広　冷泉大納言為富卿息
法名宗清

大納言藤原政為　下冷泉祖　権大納言持為卿息
法名暁覚（寛イ）大永三年七十九歳薨（逝）

大納言藤原雅親　飛鳥井権中納言雅世卿息
法名栄雅

四、『円浄法皇御自撰和歌　全』（宮書本）

大納言藤原雅康　飛鳥井雅世卿次男　法名宋世号二楽軒

大納言藤原雅俊　飛鳥井雅親卿長男　法名敬雅大永三年六十二歳逝

大納言藤原親長　号甘露寺　頭弁房長息　法名連空（蓮イ）天文十七年六十五歳

大納言藤原光広　号烏丸　権中納言光宣卿息　法名宗観寛永十五年七月十三日薨（逝）五十九歳

中納言源俊量　号綾小路　中納言源有俊卿息　法名量秀永正十五年六十八歳薨（逝）

中納言藤原基綱　姉小路祖　参議昌家息　法名常心文亀四年六十四歳

侍従中納言源通勝　号也足軒　中院中納言通為卿息　法名常済永正十五年四十九歳

従三位　資直　富小路従三位俊通卿息　大永六年逝

東下野守平常縁　下野守昌之子　法名素暁

杉原伊賀守平賢盛　兵庫允満盛子　法名宗伊

山城守藤原政行　号二階堂

源直朝　号月庵源子

法印玄旨　細川幽斎

釈正広　石山僧

宗祇法師　連歌師　文亀元年八月十二（三イ）日死八十二歳

道堅法師　岩山民部少輔

肖柏法師　号牡丹花　十輪院通秀公舎弟
後花園院上臈
後土御門院一位
一位局
勾当内侍
権典侍
新典侍

参議藤原済継トアリ。牡丹花肖柏ハナシ
作者部類ト歌作者付ノ内ト相違也ト尋候へハ、此作者部類ハ後人ノイタシタルモノヽヨシニ候。惣歌者約二首計書落スカト存ル。類本多ナキモノユへ難動。一本ハ取出候へ共、同前之由、済継モ部類ニ落カ、肖柏作者付ニ落タルカト也（この四行は北条氏朝筆書き込み）。

右一冊者、水戸宰相以御本ノ写、書写之畢。可秘々々。
時元禄三庚午歳
文月吉辰
宝永三丙戌正月以他本

校合之畢。」

這書者水田氏所伝也。
遠江守（丸印）

末有断書
先是、雅翁所伝書同之。不可漏脱旨之断、仍無之。与旧陰貯此本。長隣者与後西院之千首聞紛歟（この四行は北条氏朝書き込み）。」

此一冊者、
円浄法皇之御自撰、地下未曾有之雖為秘本、依貴家之命、奉書写之。努々漏脱奉禁止者也。
時 正徳二年壬辰仲秋日　不遠斎 長隣 拝書
（鼎印「盈絪」）」

這一冊、従水戸御家倉、求出之旨、長隣申処也。元和帝、雖有撰集之御風望、依故障、不被遂叡慮。故自後土御門院、到御在世、長于此道、君臣之秀歌、集千首、以所

比撰集矣。寔二百余歳荒廃之道、可謂再興起。豈非広太

御勲徳。最可仰可貴。

此文ハ雅翁伝之本ニアルユヘ是江写（この六行は北条氏朝筆書き込み）。

著者略歴

日下幸男（くさか　ゆきお）

1949年大阪府生まれ。大阪府立大学大学院博士後期課程修了。博士(学術)。龍谷大学文学部教授。

『細川幽斎聞書』（和泉書院、1989年）、『近世古今伝授史の研究　地下篇』（新典社、1998年）、『歌論歌学集成』14（共著、三弥井書店、2005年）、『中世近世和歌文芸論集』（編著、思文閣出版、2008年）、『類題和歌集』（和泉書院、2010年）、『中院通勝の研究—年譜稿篇・歌集歌論篇—』（勉誠出版、2013年）などがある。

後水尾院の研究
——研究編・資料編・年譜稿——
上冊　研究編・資料編

著者　日下幸男
発行者　池嶋洋次
発行所　勉誠出版㈱
〒101-0051 東京都千代田区神田神保町三-一〇-二
電話　〇三-五二一五-九〇二一㈹

二〇一七年二月二十八日　初版発行

印刷　太平印刷社
製本　若林製本工場

【二冊揃】ISBN978-4-585-29141-1　C3095

中院通勝の研究
年譜稿篇・歌集歌論篇

激動の時代を生きた通勝の営みと時代状況を、年譜稿として集成。また、通勝の歌学歌論を伝える未発表資料を翻刻。堂上歌人中院通勝の総体を捉える画期的成果。

日下幸男 著・本体一二〇〇〇円（+税）

豫楽院鑑
近衛家凞公年譜

近衛家凞はどのような人的ネットワークの基に学問・芸道を修し、政治的・文化的営みを為したのか。陽明文庫所蔵の資料を博捜し、近衛家凞の足跡を再現する。

緑川明憲 著・本体九八〇〇円（+税）

陽明文庫　王朝和歌集影

陽明文庫の名品の中から、王朝和歌文化千年の伝承を凝縮。真髄を明らかにする名品群を精選・解説。最新の印刷技術により、実物に迫る美麗な姿でフルカラー再現。

国文学研究資料館 編・本体二八〇〇〇円（+税）

江戸時代初期出版年表
天正十九年〜明暦四年

出版文化の黎明期、どのような本が刷られ、読まれていたのか。江戸文化を記憶し、今に伝える版本の情報を網羅掲載。広大な江戸出版の様相を知る。

岡雅彦 ほか編・本体二五〇〇〇円（+税）